DIDIER POROT

SUITE ALGÉRIENNE

roman

ALBIN MICHEL

Première édition parue en 2014 à la Société des écrivains

« On dirait que des fous, enflammés de fureur, conscients du mariage forcé dont ils ne peuvent se délivrer, ont décidé d'en faire une étreinte mortelle. Forcés de vivre ensemble et incapables de s'unir ils décident au moins de mourir ensemble. »

Albert Camus, lettre à un militant algérien,
1er octobre 1955.

PREMIÈRE PARTIE
1830-1919

Ahanant sous le soleil de juin, faisant jaillir des chaumes mille sauterelles, Eléazar Maureuil avait rejoint sa ferme à grandes enjambées. Il en avait trempé sa chemise de coutil bleu et s'aspergea largement à l'abreuvoir, avant de contempler le village de Castelmatier que caressait la Garonne.

— Tu vas me faire un chaud et froid, va donc te frictionner ! l'apostropha Céline sa femme, qui plumait une oie tandis que Beaudire et Bernard, leurs fils jumeaux, réparaient un volet.

— Je vous apporte une grande nouvelle ! clama-t-il, en ignorant la recommandation de son épouse. Le roi envoie une immense armada dans ce nid de pirates qu'est Alger. Je vous lis ce qu'en dit la gazette : 100 bâtiments de guerre, dont 11 vaisseaux de ligne, 347 navires de commerce, 156 caboteurs !

Du geste, les deux garçons l'encouragèrent à poursuivre son récit tandis que Céline, ses yeux gris pleins de colère, claironnait :

— Va plutôt bailler tes histoires d'homme au cabaret !

— Parce que nos fils ne sont pas des hommes, à dix-sept ans ? Cesseras-tu un jour de les traiter en béjaunes ?

Les deux garçons se regardèrent en souriant. Ils ne semblaient pas alarmés par cette chamaillerie. Depuis toujours, ils avaient assisté aux cordiales querelles de leurs parents…

Tirant sur ses favoris gris, le visage empourpré, son accent paraissant rouler tous les galets du fleuve, Eléazar reprit :

— À bord de la flotte, une infanterie de 10 000 hommes, 3 escadrons de cavalerie, plus les autres corps des effectifs, au total 37 000 hommes ! Et puis 82 bombes à feu et 35 000 chevaux pour compléter le chargement des navires…

Céline le coupa à nouveau :

— Je te le redis, va faire tes boniments guerriers au cabaret. D'ailleurs, comme soldat, tu n'étais jamais au feu !

Pour le coup, elle avait humilié Eléazar. Il était fier de son passé militaire et se plaisait à raconter ses « batailles » avec la Grande Armée, des batailles auxquelles il n'avait effectivement assisté que de loin, étant tailleur dans l'intendance...

Les jumeaux se préparèrent à partir. Tout était en miroir chez eux : leurs silhouettes robustes, leurs yeux d'encre, la chevelure noire et hirsute qu'ils tenaient des Maureuil, leur torse long sur des jambes un peu courtes héritées de la famille de Céline, les Claparède. Seul le regard de Beaudire permettait de le différencier de Bernard. Il avait au coin de l'œil droit une cicatrice qui faisait dire à son père : « Ça lui donne l'air un peu chagrin, mais quand ils dorment, essayez donc de les distinguer... »

— Où allez-vous ? demanda Eléazar, qui voulait continuer d'instruire ses fils sur la campagne africaine du roi.

— Eh bé, au château bien sûr ! dit Bernard qui se faisait toujours l'interprète du couple. On y attaque la charpente ouest.

— Je vous accompagne.

Affrontant la chaleur blanche, ils descendirent vers le village, puis longèrent le fleuve.

— On le dirait pressé de gagner l'océan. Un jour, je le suivrai pour voir la mer qui va le boire, dit Beaudire, dont l'esprit était aventureux.

Ils traversèrent un boqueteau et entrèrent dans le parc du château du baron de Viannac, un gros manoir agrandi de façon anarchique au cours du temps, et qui s'était fort délabré pendant l'exil de son propriétaire, après 1792.

Contrairement à de nombreux émigrés, le baron Gaston avait prolongé son exil et il en était revenu enrichi. Il avait réussi à se faire apprécier d'un riche aristocrate polonais, grand propriétaire, dont il avait géré au mieux les vastes domaines – et épousé la fille, un parti richement doté. En 1797 leur était née Amélie puis, venu avec le siècle, un fils, Aimé. À tous deux leur mère avait transmis son teint pâle, le blond cendré de sa chevelure, le bleu délavé de ses yeux, mais aussi sa stature imposante qui mettait en valeur la virilité du garçon, mais desservait sa sœur.

À son retour en France, à la fin de l'Empire, le baron Gaston avait perdu nombre de ses illusions. Il s'était contenté de confier l'exploitation de ses terres à des métayers, en prenant en revanche à cœur de faire restaurer et agrandir la demeure de ses ancêtres par des artisans locaux, parmi lesquels un charpentier qui avait enseigné son métier aux jumeaux.

En voyant arriver Eléazar et ses garçons, Aimé de Viannac sortit sur le perron :

— Eh bien, Maureuil, vous connaissez la grande nouvelle !

— Que oui, monsieur le baron, que oui !

Et ils commentèrent avec enthousiasme la campagne lancée par Charles X contre la régence d'Alger, Eléazar convenant même qu'en la circonstance le roi avait fait preuve d'une grandeur égale à celle de l'Empereur…

— Vous pouvez être fier de vos garçons. Ils font un très bon travail au château, dit Aimé en désignant du doigt les jumeaux qui travaillaient sur la toiture.

— Oh que oui, monsieur le Baron, j'en suis fier ! Mais je m'inquiète pour leur avenir… Ce chantier sera bientôt fini et le travail se fait rare dans leur partie. Bientôt ils seront de nouveau désœuvrés.

— Je me suis laissé dire qu'ils se comportent en brigands avec les filles.

— Ah, ce sont des coquins ! Ils jouent de leur ressemblance pour les séduire. Mais c'est surtout Bernard qui est un matois. Son frère est plus sérieux.

— Leurs caractères sont-ils différents ?

— Dieu merci oui… Grâce à moi, je dois le dire !

Et aussitôt Eléazar détailla ses efforts pour parvenir à ce résultat, quand il avait quitté l'armée après Waterloo, sous le prétexte du sort injuste fait à « Sa Majesté l'Empereur Napoléon », mais en réalité, pour éviter que seule l'autorité pesante de Céline s'exerce sur les deux garçons. Leur fille aînée, Marie-Louise, désireuse de s'en libérer, n'avait-elle pas, dès ses quinze ans, épousé le premier qui l'avait courtisée, un veuf qu'elle avait suivi sur ses terres dans l'Ariège ?

— Et que ma femme se glorifiait d'habiller et de coiffer pareillement nos deux gars. Et qu'elle affectait de se tromper dans leurs prénoms ! poursuivit-il, avant de conclure : si chacun a son propre caractère, ils restent bien complices. C'est Bernard qui paraît prendre leurs décisions communes, mais en fait c'est Beaudire qui les impose secrètement à son frère... Il y a un ministre des Affaires étrangères et un ministre de l'Intérieur dans cette paire de chenapans. C'est pourquoi j'ai surnommé Bernard, Talleyrand et Beaudire, Fouché !

— En bon bonapartiste.

— On ne se refait pas, monsieur le baron.

Tout le temps de l'expédition d'Alger, Aimé et Eléazar continuèrent de se rencontrer au village ; ce dernier s'efforçant alors de placer ses connaissances auprès de l'assistance, en comparant la régence d'Alger à l'Égypte où il s'était rendu tout jeune, dans l'armée du directoire, la décrivant comme désertique, peuplée de fauves et d'individus redoutables, les Barbaresques, qui réduisaient les chrétiens en esclavage...

Dans le cabaret où flottait l'odeur du vin et du tabac, les buveurs n'arrêtaient guère leurs parties de cartes pour l'écouter, alors qu'ils s'interrompaient quand Aimé prenait la parole, comme le jour où l'on apprit le départ du dey d'Alger pour Naples :

— Le général de Bourmont, qui commande l'expédition, est un ami de mon père, disait-il un matin de juillet. Il a eu le malheur de perdre un fils à la bataille de Chéragas, après le débarquement sur les plages de Sidi-Ferruch, mais il a remporté la victoire sur les Turcs. Parce qu'il a eu le génie d'attaquer Alger par la terre, au contraire de ceux qui, avant lui, avaient choisi l'assaut maritime.

— Comme Charles Quint ou lord Exmouth, avait précisé Eléazar.

— Vous êtes un véritable historien, l'avait complimenté Aimé.

— Un autodidacte, monsieur le baron, un autodidacte ! mais la grande histoire, je l'ai vécue !

Ce qui avait amené Aimé à dire, pour éviter le couplet bonapartiste qui ne manquerait pas de suivre :

— À Alger, un inestimable trésor est paraît-il caché, le fruit des pillages des Ottomans, et la régence elle-même semble une contrée pleine de promesses.

En août, on apprit l'abdication de Charles X et qu'un « roi des Français », le duc d'Orléans, devenu Louis-Philippe Ier, le remplaçait, à la fureur d'Aimé qui explosa :

— Le fils du régicide sur le trône. Que ne suis-je resté en exil ! Tenez, Maureuil, j'aurais préféré un Bonaparte – ce qui fit le bonheur du vieux soldat ! Je quitterais bien la France pour d'autres cieux. Peut-être pour cette Égypte dont vous parlez si souvent !

* * *

Deux ans plus tard, en 1832, si l'exaltation d'Eléazar était retombée, il n'en répétait pas moins aux jumeaux que, s'il était plus jeune, il partirait bien « aux Afriques » et qu'eux-mêmes y auraient plus d'avenir qu'au village. C'était à leur âge, martelait-il, qu'il s'était engagé pour vivre l'aventure impériale, ce qui avait fait dire à Céline :

— Pourquoi partiraient-ils si loin ? Pour y faire quoi ? Pour chasser le lion, épouser une sauvagesse ?

De son côté, Aimé pestait toujours contre les Orléans et il avait commencé à gérer le domaine familial, sans grand enthousiasme. En fait, depuis toujours, il rêvait d'aventures et envisageait mal de se voir rivé à Castelmatier jusqu'à la fin de ses jours.

Par ailleurs, une autre passion était venue habiter son cœur, une passion bien vive dont la cause était une jeune Montalbanaise, Anne Sablayrolles, la fille d'un négociant en blé qui avait fait fortune sous l'Empire. Depuis la mort de sa mère, en 1815, elle était devenue le centre de l'existence de son père. Il avait tenu à ce qu'elle reçoive la meilleure éducation et l'avait toujours encouragée à faire preuve d'une belle liberté d'esprit. Aussi se montrait-elle curieuse de tout, quitte à en être parfois indiscrète ; aussi affirmait-elle volontiers ses convictions républicaines – et ne dissimulait-elle pas son attirance pour les beaux hommes.

Elle s'éprit d'emblée du séduisant Aimé et, lors d'une partie de campagne, le jour de la Saint-Jean, elle lui manifesta l'intérêt qu'elle lui portait, en le troublant par ses regards candides mais audacieux, tout au long d'une conversation dont elle prit l'initiative :

— On me dit que vous ne portez pas notre souverain dans votre cœur, lui avait-elle lancé, avec un sourire narquois.

— Vous ne sauriez mieux dire, mademoiselle.

— Je ne reconnais personnellement qu'un régime juste, celui de la République ! avait-elle répondu avant d'exposer ses convictions.

Aimé avait écouté, davantage subjugué par la grâce, la chevelure auburn et la malice des yeux noisette de la jeune fille que par sa profession de foi politique.

— Je dois admettre certains bienfaits amenés par la République, mais n'oubliez pas les horreurs de la Terreur. Certains des miens y ont laissé leur tête, lui avait-il fait remarquer.

— Bien sûr, et je compatis au sort de ces malheureux, mais quel grand vent de liberté la Révolution a fait se lever ! Une liberté ensuite confisquée par l'Empereur ! clamait-elle encore.

Des propos qui feraient frémir Eléazar Maureuil, avait songé Aimé avec amusement…

Les deux jeunes gens se revirent souvent au cours de l'été. Anne rusa avec ses chaperons afin que leurs chemins se croisent. Elle sut câliner son père – à qui d'ailleurs une alliance avec les Viannac ne déplaisait pas – pour qu'il l'autorise à faire de longues chevauchées, botte à botte, avec le jeune baron.

Un matin, ils avaient ainsi cheminé dès l'aurore au travers des chaumes, en faisant s'envoler les alouettes. La rosée couvrait encore les prairies et sous le jeune soleil la Garonne paraissait sourire aux deux cavaliers. Pour profiter de l'air frais venu du fleuve, ils avaient emprunté un chemin de halage, à l'ombre des peupliers, quand Anne, provoquant Aimé à la course, avait éperonné sa monture qui, en regimbant, l'avait désarçonnée. Si, gisant sur l'herbe, elle s'était aussitôt sue indemne, elle avait feint un évanouissement, bien décidée à tirer parti de l'incident pour amener son compagnon à se prononcer davantage.

Le spectacle qu'elle offrait lui fit atteindre son but : son chignon s'était défait et sa chevelure déployée ; par une déchirure de sa chemise apparaissait une épaule délicate ; sa robe d'amazone, relevée, révélait ses fines chevilles et ses longues jambes. Tout cela lui donnait un air d'abandon attendrissant auquel Aimé, ainsi qu'elle l'espérait, ne sut résister. En déposant sur ses lèvres un baiser, il la fit sortir de sa feinte pâmoison et, loin de protester, elle eut ces mots avant d'épousseter sa robe et tenter de se recoiffer :

— Vous vous êtes longtemps fait attendre, mon prince !

Une semaine plus tard, il demandait sa main. Les fiançailles étaient célébrées en septembre et les noces fixées pour l'année suivante. Un peu avant le mariage, Anne accepta avec enthousiasme la suggestion d'Aimé de passer leur lune de miel dans la régence d'Alger, monsieur Sablayrolles ayant demandé à son futur gendre de s'y rendre pour apprécier les possibilités qu'elle pourrait offrir.

Le 16 juin 1833, dans l'église de Castelmatier parfumée par les lys de saint Joseph, le curé du village unissait le jeune couple. Chacun admira la fraîcheur de la mariée, l'ovale de son visage et son front lisse que bordaient les épais bandeaux de sa chevelure. Tous louèrent sa robe nuptiale, son voile de dentelles de Calais et les fleurs d'oranger de son bouquet nuptial. Un bal suivit la cérémonie, et ce fut tôt le lendemain que les nouveaux époux partirent pour Toulon, les yeux battus par une nuit de noces presque sans sommeil…

* * *

Trois jours après, sur un bateau de la Royale que le mistral éloignait des côtes blanches de Provence, les jeunes mariés contemplaient un essaim de mouettes qui escortait le navire, en rompant par ses cris le grand silence marin. Aimé songeait à la mission que lui avait confiée son beau-père et pour laquelle un ami plus tôt venu à Alger, Paul Marsan, devait lui apporter son secours. Plus romantique, Anne se remémorait ses lectures de Chateaubriand, mais en confondant un peu l'Atlantique et la Méditerranée, l'Afrique et les Amériques, les Abencérages et les Natchez...

Le navire fit une escale à Port Mahon, sur l'île de Minorque, puis vogua encore avant que, tôt le matin, on annonce qu'Alger était en vue. S'il faisait encore nuit quand les passagers se massèrent à la proue du navire, le ciel blanchit très vite puis, tel un trait de fusain, la terre apparut à l'horizon. Le vent faiblit et, criardes comme leurs sœurs provençales, des mouettes vinrent tracer des cercles au-dessus de la mer laiteuse.

— Ce vêtement me pèse ! dit Anne en ôtant le châle qui l'avait protégée de la fraîcheur de l'aube.

— Voici donc la côte africaine ! s'enthousiasma Aimé. Voyez, mon amie, ce triangle blanc, c'est Alger la Barbaresque !

La ville semblait accroupie sur des îlots rocheux, au bas de collines ravinées, parsemées de hameaux clos de broussailles et de vastes demeures blanches cernées de pinèdes.

— On croirait qu'elle nous sourit ! compléta la jeune femme.

Après avoir décrit une longue courbe jusqu'à l'entrée d'une darse encombrée, en plongeant dans l'eau avec un crissement métallique, les ancres du bateau en arrêtèrent la course. En s'affalant les voiles claquèrent et, comme provoquée par leur chute, tomba une moiteur qui poissait la peau.

Une flottille de barques, venue se ranger aux flancs du navire, emmena les passagers vers les quais surmontés par la tour du Penon. À terre se côtoyaient les uniformes militaires et des silhouettes vêtues de blanc ou de costumes bariolés. De tous côtés des porteurs coiffés de toques rouges sollicitaient les voyageurs. L'un d'eux, un grand homme efflanqué et vêtu de haillons, s'était déjà saisi des bagages des Viannac quand survint Paul Marsan qui le chassa, avant de saluer le jeune couple :

— Veuillez excuser mon retard, mais le port est encombré par un débarquement de troupes. Avez-vous fait bon voyage ? La mer était-elle paisible et les vents favorables ? Voici mon « carrosse », dit-il en leur désignant une voiture, et voici Xuereb, mon cocher maltais. Il va nous amener chez mon ami Salem Chbili, qui vous offre l'hospitalité.

La calèche franchit une voûte que Paul désigna comme Bab el Djezira, l'une des portes de la ville, sur laquelle il pointa du doigt un écusson sculpté, l'œuvre d'un captif chrétien. Il poursuivit ses commentaires en traversant la ville basse, qu'il nomma Al wata, avant que la voiture ne s'aventure dans un entrelacs de ruelles qui, dit-il, menait à la ville haute, Al djebel.

Le parcours du véhicule avait été ralenti par une foule dense. Le cocher s'y était frayé un chemin, à grand renfort d'injures et de coups de fouet, et des grappes d'enfants s'étaient accrochées au véhicule en tendant la main.

— Ne leur faites surtout pas l'aumône, avait dit Paul. Ils seraient alors dix fois plus nombreux à vous solliciter. Par ailleurs, il est heureux que vous ne pratiquiez pas les langues de Xuereb ou de ces gamins. Ce qu'ils se disent n'est guère convenable !

Anne était abasourdie par ce qu'elle découvrait. Elle pressait sur son nez un mouchoir parfumé à l'eau de la reine de Hongrie pour se protéger de l'odeur fade des ordures, alliée à celle de l'urine, âcre et entêtante. Après le silence de la traversée, elle était étourdie par les bruits de la rue qui se répercutaient entre les murs des maisons, étayés par des poutres grossières et rapprochés comme les parois d'un puits. Elle était fascinée par l'éclat coloré des costumes des passants, par celui des étals où fruits et légumes débordaient de corbeilles de paille. Elle s'émerveillait à la vue des rouleaux d'étoffes aux couleurs violentes, empilés avec soin, et à celle de l'alignement parfait des sacs de jute, emplis de grains ou d'épices jaunes, rouges ou brunes.

La voiture s'arrêta au bas de marches qui menaient à une courte impasse et Paul dit en souriant :

— Il va nous falloir faire quelques pas !

Anne relevant alors d'une main les pans de sa robe, pour la protéger d'une eau sale qui suintait de partout, s'exclama :

— Dès demain, je ferai comme madame Sand ! Je porterai le pantalon pour sortir.

— Vous choquerez les gens de ce pays, mon amie, lui répondit Aimé.

— Pas du tout ! Les dames algéroises portent une culotte bouffante que l'on l'appelle le sarouel, dit Paul avant de se diriger vers une grande porte garnie de deux heurtoirs.

— Voyez, celui du haut est pour les cavaliers. Nous, modestes piétons, utiliserons celui du bas. En silence, un vantail s'ouvrit pour révéler un vestibule obscur. La fragrance poivrée du basilic y remplaçait les remugles de la rue et il y régnait une fraîcheur reposante, venue du sol carrelé récemment arrosé.

Les voyageurs gravirent de hautes marches jusqu'à une galerie ouverte bordée de fines colonnes, qui surplombait un patio centré par un bassin. À l'aveuglante lumière de midi se révélèrent alors ce qu'ailleurs cachait l'obscurité de la demeure, des sols pavés de marbre et des murs chamarrés, couverts de faïences hétéroclites.

Avant de s'esquiver furtivement, une vieille femme les guida jusqu'à une chambre chaulée de bleu, à peine éclairée par une imposte aux vitres colorées :

— Reposez-vous là de votre voyage, dit Paul. Rafraîchissez-vous, ajouta-t-il en leur désignant une cruche de terre et le vermillon grainé de noir d'une pastèque coupée en tranches. Votre hôte est absent, mais vous ferez sa connaissance en fin d'après-midi.

Épuisés par la chaleur et leur lever matinal, Anne et Aimé sombrèrent dans une longue sieste. Au retour de Paul, ils le suivirent jusqu'à une terrasse où se tenait une silhouette majestueuse, dessinée sur le ciel nacré que striaient les cris et les vols des hirondelles, celle d'un homme à la chevelure et à la barbe aussi blanches que la tunique qui l'habillait. Il paraissait la figure de proue d'un panorama stupéfiant disposé derrière lui, un enchevêtrement de cubes blancs, bruissant d'une rumeur assourdie, un escalier géant dégringolant vers une mer pourpre.

— Soyez les bienvenus dans ma demeure et dans ma ville, dit l'homme dont Paul traduisait les propos. Vous voyez au nord, hors des murailles, les maisons d'été de Mustapha et leurs jardins. Là-bas, ce sont les collines de Kouba et, de l'autre côté de la baie, cette étendue plate, la Rassauta, que termine le cap Matifou.

Désignant ensuite une ligne de crêtes sur le ciel assombri où s'étaient allumées quelques étoiles, il ajouta :

— Et puis, au loin, voici les montagnes où vivent les Kabyles !

Quand la nuit eut effacé la ville, on servit un repas et deux jeunes garçons apparurent, escortés par une femme noire. S'ils étaient de la même taille et pareillement vêtus de longues chemises, s'ils paraissaient tous deux avoir une dizaine d'années, ils ne se ressemblaient guère par ailleurs.

Salem présenta celui qui était très brun, avec de grands yeux noirs humides et veloutés, comme son fils, Abdallah, et le second, un blond aux yeux vert d'eau, comme son petit-fils, Ibrahim. Il les renvoya ensuite d'un geste après qu'ils aient baisé sa main et se soient inclinés devant les convives.

La joliesse des deux petits garçons, leur réserve, avaient intrigué Anne qui plus tard questionna Paul :

— Abdallah est le seul fils de Salem, le benjamin après plusieurs filles, lui dit-il. Quant à Ibrahim, il est l'enfant de l'une de celles-ci. C'est un Koulougli, précisa-t-il. Vous devez savoir que les Ottomans ne venaient dans la régence que pour le temps de leur carrière. Ils y faisaient rarement souche. Cependant, certains y prenaient femme et engendraient ces Koulouglis. Ainsi, un haut dignitaire turc a-t-il épousé une fille de Salem. Mais à l'arrivée des Français, il est retourné dans son pays en abandonnant femme et enfant et Salem a recueilli chez lui son petit-fils quand, peu après, sa mère est morte.

— Pauvre petit ! Abdallah est donc l'oncle d'Ibrahim ? commenta Anne.

— Oui et son aîné de seulement un an… Salem s'est senti très humilié par la désertion de son gendre. Par haine des Turcs, il a pris notre parti. Sachez encore que ces Chbili sont une famille d'aristocrates qui exploitent de grands domaines. Leurs racines ne sont pas dans la ville. Leurs ancêtres sont venus de Séville, d'où leur nom, qui est la déformation de celui de la ville andalouse. Ils ont fui pour ne pas avoir à abjurer l'islam, lors de la Reconquista. Si les Arabes d'Espagne se sont pour la plupart exilés au Maroc et à Tlemcen, les Chbili ont choisi Alger. Ils y ont prospéré et conclu les meilleures alliances avec des familles de grands notables.

* * *

Trois semaines plus tard, sur le bateau qui les ramenait en France, Anne et Aimé avaient l'impression d'avoir vécu en un temps si bref plus d'expériences que dans tout le reste de leurs jeunes vies.

Leur lune de miel à Alger leur avait révélé un monde qui, à certains égards, était celui de leurs lectures mais qui les avait quand même profondément surpris. Un monde africain puisque Aimé y avait chassé la panthère, sur les collines de Kouba. Un monde nuancé d'Occident également, car y étaient déjà nombreux ceux qui avaient quitté l'Europe pour y vivre. C'était surtout un monde prometteur dont le jeune homme fit l'éloge à son beau-père en précisant qu'il n'hésiterait pas lui-même à s'y établir.

— Après tout, une bonne partie de mon existence ne s'est-elle pas déroulée hors de France ? de cette France maintenant Louis-Philipparde, morne et bourgeoise, celle de cet usurpateur ! ajouta-t-il…

En l'absence du jeune couple, l'été avait assigné leurs tâches aux habitants de Castelmatier. Les blés avaient été fauchés et engrangés, les pruneaux cueillis et étuvés, le tabac récolté et séché. Si, jusqu'à l'automne, n'ayant pu utiliser leurs talents de charpentiers, les jumeaux s'étaient loués dans les fermes, l'hiver venu ils étaient de nouveau désœuvrés.

Beaudire souffrait de cette situation plus que son frère. Elle contrariait son désir le plus profond, celui d'épouser Mathilde, une jolie brune, mais qu'il lui aurait fallu alors faire vivre, Eléazar prônant, qu'à son exemple, ses fils ne sauraient prendre femme qu'une fois établis… Si les garçons respectaient ce précepte, chaque fois qu'il rencontrait Mathilde, Beaudire ne s'en révoltait pas moins contre son père. Il se sentait même prêt à l'affronter… pour y renoncer dès qu'il se trouvait en sa présence.

Mathilde acceptait cette situation déjà ancienne. Elle avait le même âge que Beaudire qu'elle avait connu sur les bancs du catéchisme. Leur attirance réciproque s'était renforcée à l'adolescence et à quinze ans, ils avaient échangé un premier baiser. Néanmoins elle avait toujours refusé de se donner à lui, par pudeur autant que par prudence. Elle ne savait que trop bien que si leur idylle tournait mal, nul ne viendrait à son secours, puisqu'elle appartenait à une famille pauvre et méprisée par les villageois.

Dès ses dix ans, elle avait dû se placer chez les Viannac, dont la cuisinière l'avait initiée à ses talents. C'est là qu'elle apprit la décision du jeune baron d'émigrer dans la nouvelle conquête française. Elle se dit qu'il y avait peut-être là un remède au dilemme auquel Beaudire et elle se trouvaient confrontés.

— Pourquoi ne pas partir nous aussi dans la régence où, dit-on, le travail ne manque pas ? suggéra-t-elle.

— Pourquoi pas, en effet ! Mais une fois mariés, car ma mère ne tolérerait pas qu'il en aille autrement, compléta Beaudire qui, séduit par ces perspectives, les soumit à Bernard, lequel à son tour sollicita Aimé.

Celui-ci, sans hésiter, les encouragea tous trois à le suivre.

Il restait à informer Eléazar et Céline du projet. La caution du jeune baron convainquit d'emblée le premier, enchanté d'avoir transmis à ses fils le goût de l'aventure. La seconde, en revanche, protesta avec vigueur contre « une telle folie », pour ensuite se résigner quand elle sut que Mathilde ferait partie du voyage. Elle mit une condition à son agrément, que Beaudire l'épouse auparavant, comme ce dernier l'avait prévu. « Ainsi au moins feras-tu un mariage chrétien », lui dit-elle, ce qui, dans le fond de son cœur, signifiait en fait : « Ainsi ne tomberas-tu pas dans les griffes de quelque gourgandine… » Depuis toujours elle savait combien son garçon était plus fragile que son frère. La sage, la courageuse Mathilde, pour qui elle avait de l'estime, serait le plus sûr des anges gardiens…

Les noces se firent vite et, à l'issue du repas qui suivit, Eléazar sortit d'un coffre une louche en argent à laquelle il tenait beaucoup. Elle avait été coulée à partir de galons et de boutons que les tailleurs de la Grande Armée récupéraient sur les uniformes des officiers, par un privilège qui leur était accordé.

Il la brandit et déclara avec solennité :

— Ma fille Marie-Louise a eu six couverts comme présent de noces mais pour les tiennes, je te donne cet ustensile prestigieux, belle Mathilde ! Il a dû passer par Eylau, par Wagram en des temps plus glorieux, mais sous une autre forme ! Peut-être même a-t-il brillé au soleil d'Austerlitz ! Tu sauras t'en servir, vu tes talents. Et si le sort voulait que tu t'enrôles dans l'armée, cette louche te serait utile. C'est l'arme préférée des cantinières, ajouta-t-il, en songeant sans le dire à l'une de ces dernières dont il avait gardé un souvenir ému, mais pas seulement en raison de ses talents culinaires...

Dans les derniers jours de septembre 1834, les deux jeunes couples et Bernard quittaient les bords de la Garonne pour Toulon. Céline trempa son mouchoir, le baron affecta l'indifférence et la baronne pesta contre ce pays barbare qui lui ravissait son fils. Seul Eléazar, de nouveau, approuva l'audace des jeunes gens tout en exprimant ses regrets de ne pas les accompagner.

La traversée fut rude. Une tempête de fin d'été balayait la Méditerranée et les dames ne quittèrent guère leurs cabines. Une escale à Minorque offrit quelque répit aux voyageurs mais, dès que l'on eut quitté l'île, le vent violent reprit et ne tomba qu'à l'approche de la côte africaine.

Encore une fois, la vue d'Alger émerveilla les Viannac et fascina Bernard. En revanche Mathilde, épuisée par le mal de mer, et Beaudire, inquiet de son état, ignorèrent la splendeur de la ville déployée comme un éventail.

Les Viannac allèrent vivre de nouveau dans la maison Chbili, en attendant de trouver une demeure qui leur convienne. Bernard se logea, au bas d'Al djebel, dans une triste cellule dont l'étroite ouverture laissait pénétrer les puanteurs d'une ruelle. Quant à Beaudire et Mathilde, ils s'installèrent près du port, dans un caravansérail inconfortable mais propre, qui voisinait avec une mosquée d'où, jour et nuit, venaient les appels du muezzin, mais sans que leur jeune sommeil en soit troublé.

Très vite les jumeaux trouvèrent à s'employer. Alger était devenue un vaste chantier au sein duquel les Viannac ne reconnaissaient plus la ville qu'ils avaient quittée un an plus tôt.

La partie basse de la cité, Al wata, avait été largement détruite, de façon anarchique, sans se soucier de ce que la démolition d'une maison faisait chuter ses voisines, tant les bâtiments s'imbriquaient les uns dans les autres. Rien n'avait échappé aux pioches, ni l'arsenal, ni le minaret de la Sayidia qui dominait les souks du Badastan. Sur tous ces décombres avait été créée la vaste place Louis-Philippe, vers laquelle convergeaient les trois voies les plus larges de la ville. Autour d'elle, dans une fièvre de spéculation, on édifiait dans l'anarchie des demeures à l'européenne, avant qu'un homme de goût, l'architecte de la ville Pierre-Auguste Guiauchain, décide de mettre un terme aux ravages ainsi créés.

* * *

À la fin d'un bref printemps qui avait succédé à un hiver haché par de violentes averses, un Juif livournais proposa aux Viannac Boukhandoura, le palais délabré d'un raïs ottoman, qui l'avait mis en vente avant de repartir en Turquie. C'était à Mustapha, hors des murs de la ville, et il les séduisit d'emblée malgré les travaux que son état nécessitait.

Par une matinée lumineuse et déjà chaude de mai, la jeune baronne et les jumeaux s'y rendirent, une fois l'achat conclu.

— Il y aura beaucoup à faire, mais il faudrait d'abord nettoyer les alentours de la maison, dit Beaudire.

En effet, les lieux étant restés à l'abandon depuis longtemps, une jungle d'aloès et de ronces y avait prospéré. Elle avait forcé les issues, escaladé les murs de la bâtisse, en avait même abattu quelques-uns. Au fond d'un vallon, le lit d'un oued d'où parvenait le coassement des grenouilles avait disparu dans le vert tendre d'une forêt de roseaux. Enfin partout ailleurs, ce qui enchanta Anne, des milliers de fleurs sauvages dessinaient dans les champs des motifs identiques à ceux des tapis orientaux.

— C'est sûr qu'il y aura fort à faire, dit Bernard en écho à son frère, mais je pense qu'avec l'équipe que j'ai réunie, vous pourrez emménager à l'automne.

— Il faudra surtout aérer cette demeure ! s'exclama Anne. Je me demande comment le raïs supportait de vivre dans un tel espace clos. C'était la même chose chez les Chbili cet hiver. Leur demeure est splendide, mais comme l'obscurité, le confinement qui y règne est triste... Je veux de grandes fenêtres, ouvertes au nord, une bonne chose dans ces climats chauds !

S'étant risqués à l'intérieur, ils dérangèrent un groupe de chauves-souris, à la vue desquelles Anne s'efforça de garder son sang-froid. Partout régnait un vaste chaos mais, en dépit de son aspect délabré, de ses murs couverts de salpêtre, dans l'ensemble le bâtiment tenait bon. Et puis, sous l'épaisse poussière, se devinaient la splendeur du marbre et des panneaux de carreaux vernissés, comme chez les Chbili.

Une semaine plus tard, les travaux étaient entrepris. Le défrichage, l'essartage rendirent les alentours de la maison plus aimables. Aux étroites cellules qui en compartimentaient l'intérieur succédaient de belles pièces de réception et de grandes chambres. Un vaste salon fut ouvert directement sur un patio bordé de colonnes. « Un cadre parfait pour y donner des fêtes », se dit Anne. À la fin d'octobre, l'endroit était habitable, ainsi que l'avait promis Bernard. Les Viannac y disposèrent le mobilier qu'ils avaient fait venir de France et vinrent vivre dans leur nouvelle résidence.

Et puis ce fut décembre, qui en dépit des épais rideaux, des braseros, du bassinage des lits, répandit partout un froid glacial renforcé par l'humidité du brouillard qui noyait souvent le parc. Il fallut refaire ce qui avait été défait, rétrécir les trop grandes ouvertures, cloisonner de nouveau les trop vastes espaces...

Paul Marsan, qui avait mis en garde ses amis, triompha alors avec modestie :

— Ce pays est un pays froid, où le soleil est souvent chaud ! Quand Alger reçoit les vents de France, d'Espagne ou d'Italie, la

Méditerranée s'est chargée de les rafraîchir. Quant au sirocco, c'est tout le contraire ! Son souffle infernal vient du désert brûler bêtes et gens. Il faut se protéger de ces enfants d'Éole, qu'ils trouvent porte close d'où qu'ils viennent. Les gens d'ici le savent bien et les Turcs l'ont appris d'eux. D'où, ma chère Anne, ces ouvertures que vous trouviez si étroites !

* * *

À l'automne, Anne amorça une grossesse qui tourna court, ce qui se répéta par deux fois. Désemparé, Aimé essayait de la consoler, sans succès… Attristée la jeune femme se traitait de « bréhaigne » et ne savait à qui se confier. Sa servante, Aïcha, la surprit un soir en pleurs et sortant de son silence, elle lui dit, dans le français auquel Anne l'avait initiée :

— Madame, je sais pourquoi t'y es triste. C'est parce que t'y as pas des enfants, mais si tu veux tu viens avec moi… On va voir une femme qu'elle connaît comment qui faut faire pour en avoir.

Anne était à bout. Elle avait suivi sans succès les conseils d'un major militaire, puis ceux d'un médecin civil, qui s'était contenté de lui dire de prier et de patienter…

« Autant suivre la suggestion d'Aïcha. Elle vaut peut-être mieux que celles de ces deux ânes », se dit-elle, ce qu'elle fit mais en se gardant d'en avertir Aimé. Elle savait bien qu'il la taquinerait à propos de sa prétention à toujours garder un esprit rationnel, parce que républicain…

Voilées d'un haïk qui ne laissait apparaître qu'un œil, elles dégringolèrent les ruelles de Al djebel jusqu'à une courette, au fond d'une impasse. De nombreuses femmes y attendaient à leur tour d'être reçues.

Elles durent patienter longtemps avant qu'on ne les conduise auprès d'une impressionnante matrone, assise dans la pénombre. Pareille à une idole, siégeant sur un divan violet surmonté d'un dais brodé, elle balançait lentement d'avant en arrière son corps énorme. En fixant sa visiteuse de ses yeux cernés d'un khôl, elle la soumit à une enquête précise, Aïcha servant d'interprète, puis, ayant passé ses instructions, elle mit fin à la séance d'un mouvement de sa main rougie au henné. Anne retrouva avec soulagement l'air libre de la ruelle, malgré la puanteur qui y régnait, puis à Boukhandoura elle reçut d'Aïcha deux petits sacs de toile :

— Lalla Rachida elle a dit que tu fais des tisanes avec çuila qu'il est blanc et que l'autre qu'il est rouge tu le portes toujours sur toi, parce que dedans y a des choses magiques. Elle a dit aussi que tu vas te baigner au port, que tu vas faire la prière au cimetière des Princesses et que surtout tu dis rien à personne, même pas à ton mari !

Anne se serait bien gardée de le faire... et elle dut user de mille précautions pour qu'Aimé ne s'aperçoive pas de la présence sur elle du sac à amulettes. Elle évita tout de même de faire des décoctions avec le contenu du sachet blanc, mais elle suivit scrupuleusement les autres directives.

Vêtue d'une simple camisole, elle allait chaque semaine se tremper dans l'eau trouble du port en compagnie d'autres femmes, arabes et européennes, tandis qu'Aïcha et d'autres gardiennes chassaient avec véhémence les curieux que le spectacle ne manquait pas d'attirer.

Tout aussi consciencieusement, chaque vendredi, elle se rendait à ce cimetière des Princesses qui passait pour miraculeux. Au fil de nombreuses semaines, elle y égrena son chapelet en priant la Sainte Vierge parmi toutes celles qui désespéraient aussi d'être fécondes, mais qui imploraient Allah. Elle commençait à douter du succès de son entreprise lorsqu'un jour deux femmes exhibèrent avec fierté leur ventre rond. Elle reprit confiance et trois mois plus tard, elle était certaine d'être enceinte, ce qui fit triompher Aïcha :

— J'tai dit, madame, que tu viens grosse avec ça qu'elle t'a donné Lalla Rachida ! Maintenant, au cimetière des Princesses, on continue de prier pour que, *ramdoullah,* y te vient un fils !

Anne continua de suivre ce conseil jusqu'à ce qu'Aimé lui interdise « ces sorties inutiles, dans son état, pour aller Dieu sait où ». Elle mena sa grossesse à terme et accoucha, en septembre 1836, d'un petit Émile de six livres, Mathilde étant la première à lui rendre visite à Boukhandoura :

— Madame la baronne, dit-elle, je suis bien heureuse ! J'avais scrupule d'avoir eu si peu de mal à mettre au monde ma Louise.

Une petite fille était en effet née aux Maureuil, neuf mois après leurs noces, une petite fille dont Anne était la marraine et Bernard le parrain.

* * *

La remise en état de Boukhandoura occupa un temps les jumeaux et, à son terme, l'architecte Guiauchain les engagea. Il avait eu vent de leur excellente réputation professionnelle – tout comme du caractère ombrageux de Beaudire mais que, lui avait-on dit, son frère parvenait toujours à tempérer.

Le sens diplomatique de Bernard était en effet un ingrédient essentiel dans le fonctionnement du tandem. Il s'exerçait au sein de l'alchimie subtile qui s'était élaborée dans leur relation, dès la petite enfance, à partir des différences de leurs tempéraments.

Ces différences, qui contrastaient avec leur rigoureuse ressemblance physique, n'avaient pas échappé à leurs parents. Céline répétait combien Beaudire avait été un nourrisson goulu puis un enfant vorace, quand son frère ne mangeait qu'à sa faim ; comme il était facilement coléreux quand son jumeau restait calme et même volontiers secret. Eléazar, de son côté, avait remarqué très vite que dans leurs comportements, leurs jeux en particulier, Bernard paraissait gérer leur duo et prendre des décisions que Beaudire ne discutait jamais… pour les avoir en fait initiées.

Toutes ces nuances se retrouvaient chez les adultes qu'ils étaient devenus, et cette dissemblance de leurs caractères s'était tout autant précisée dans leur vie amoureuse. Épris de Mathilde, Beaudire n'avait plus d'yeux que pour elle. Bernard, au contraire, après qu'une veuve de Castelmatier l'ait déniaisé, avait brisé bien des cœurs et, depuis son arrivée à Alger, il papillonnait encore davantage.

Paul Marsan l'avait entraîné dans des bals populaires et un temps ils avaient fait partie d'une troupe de théâtre amateur, initiée par Clauzel. Vite lassés de ces plaisirs respectables, ils leur avaient bientôt préféré ceux qu'offrait, rue Kataroudji, « Le Croissant de lune », un établissement à la porte duquel brillait une lanterne rouge mais qui, dans son genre, avait la meilleure des réputations.

Emma Papin, dite Colibri, la patronne des lieux, après une longue carrière à Toulon, avait entrevu les promesses qu'offrait la conquête d'Alger. Avisée, elle avait suivi les armées et créé « Le Croissant » pour le mettre à la disposition de l'abondante population masculine qui rejoignait la régence. Prudente et bien renseignée, elle avait choisi pour son commerce une maison que lui avait louée un Maure. Elle s'était gardée d'en changer la disposition complexe qui en garantissait la discrétion, et en avait seulement accentué le style oriental. Des tentures pourpres rebrodées, dont la faible lumière des chandelles dissimulait la vétusté, couvraient les murs, des palmes garnissaient des pots de cuivre jaune, une fresque naïve figurant un harem ornait le salon où se tenaient les pensionnaires, et partout flottait l'odeur du papier d'Arménie.

Pour elle, Colibri affectait en revanche la sobriété. Elle était toujours vêtue de sombre et n'égayait sa tenue que par un collier d'ambre et un peigne d'écaille fiché dans son lourd chignon. Elle tenait la maison avec autant de sévérité que celle qu'elle mettait dans sa tenue, secondée par un ancien soldat des Turcs, Kabyle débonnaire mais redoutable. Elle dirigeait enfin d'une main de fer les six Musulmanes, dont une plantureuse Biskri, les deux Espagnoles et les trois Juives qui étaient ses pensionnaires.

Elle sélectionnait soigneusement celles-ci, qu'elle nommait « ces demoiselles », tout autant qu'elle triait sa clientèle. Elle n'agréa Paul et Bernard qu'après une enquête soigneuse. Satisfaite de ses résultats, elle leur fit la faveur, réservée aux meilleurs clients, de l'exclusivité d'une porte dérobée sur laquelle un écriteau, où se lisait « méson onette », dissuadait les importuns…

Au début Bernard ne suivit Paul qu'avec réticence puis, rassuré par les bonnes façons qui régnaient au Croissant, il s'y rendit régulièrement. Un temps il choisit ses partenaires au hasard avant de s'attacher à l'une d'elles, que l'on appelait Cléo, à l'état civil Messaouda Torjman.

La jeune femme venait de Blida, la capitale de la Mitidja, qu'elle avait dû fuir après un drame familial. Dernière fille d'une famille juive très stricte, elle avait succombé, à seize ans, aux avances du fiancé de sa sœur. Enceinte, elle n'avait pu cacher à son père les conséquences de sa faute, une faute aggravée par le fait d'avoir bravé la règle qui exigeait que cette sœur, son aînée, soit établie avant elle.

Chassée du toit paternel, Messaouda mit en nourrice Samuel, le petit garçon qui lui était venu en 1830, peu avant l'arrivée des Français. Elle s'exila à Alger où elle survécut chichement avant, découragée, de se laisser convaincre par Colibri d'intégrer son établissement. Elle entendait cependant y conserver une certaine liberté et posa ses conditions, une manifestation de caractère qui, pour tout dire, ne déplut pas à la matrone.

Mais, surtout, la beauté de Messaouda rehaussait le prestige de la maison. La jeune femme était en effet grande et majestueuse. Elle avait de belles épaules, sur un buste mince, et une taille fine qui contrastait avec ses hanches et ses jambes un peu lourdes. Et surtout le regard s'arrêtait sur son visage au teint mat, où brillaient des yeux de nuit qu'ourlaient de longs cils, aussi sombres et fournis que sa chevelure crêpelée. Enfin, un nez étroit et délicatement busqué complétait son air oriental, un air qui fit prétendre par Colibri qu'elle venait d'Égypte et la lui fit rebaptiser Cléopâtre, vite abrégé en Cléo, un prénom qui remisa dans l'ombre celui de Messaouda la Blidéenne.

Peu à peu s'établit entre Bernard et Cléo une liaison empreinte de sensualité puis de tendresse. Elle devint même exempte de toute dimension vénale quand la jeune femme refusa que Bernard monnaie leurs rencontres. Colibri s'alarma de cette faveur mais sa pensionnaire lui rappela les conditions qu'elle avait posées en intégrant le Croissant. La matrone bouda un temps, mais elle finit par se soumettre.

Tandis que se développait cette liaison, et bien qu'il n'en sût rien, Beaudire avait noté d'imperceptibles changements dans le comportement de son frère. Très vite il pensa qu'il était amoureux, puis il en fut tout à fait sûr le jour où il le surprit en compagnie de Cléo.

Gêné, Bernard le présenta à la jeune femme dont le langage particulier, qui bousculait la syntaxe, ne surprit pas Beaudire. À Alger il en existait tant, étranges et souvent indéfinissables. Sa tenue élégante, à l'européenne, l'intrigua davantage, et il l'imagina maltaise ou espagnole, sachant que les jeunes femmes mauresques et juives portaient la tenue traditionnelle et n'apparaissaient jamais en public. Il se montra aimable avec elle mais ne toucha mot de l'événement à personne, pas même à Mathilde. Il se contenta de le ranger dans le tiroir des secrets exclusifs aux jumeaux…

* * *

Dans un souci d'équité, Salem Chbili avait tenu à ce que son fils et son petit-fils reçoivent une éducation identique. Quand il eut la certitude que la France s'installait dans sa conquête, il voulut aussi qu'ils en acquièrent la langue et la culture. Un maître d'école, venu d'Angoulême à Alger dans l'espoir de faire fortune, devint leur précepteur. Ils assimilèrent brillamment son enseignement et, à son terme, s'exprimaient dans un français châtié, tout en ayant de solides notions en mathématiques, en histoire, en géographie et en littérature française.

Quand Ibrahim Candarli eut atteint ses dix-huit ans, son grand-père, qui appréciait sa rigueur et son bon sens, lui confia la gestion de ses domaines. Le garçon s'acquitta de cette tâche avec compétence, en modernisant les méthodes d'exploitation des terres, souvent conseillées par Aimé, et un an plus tard il épousait docilement celle que Salem choisit pour lui.

En revanche, Abdallah semblait peu désireux de quitter le célibat. S'il participait lui aussi à la gestion des affaires, c'était de façon assez indolente. Ses aspirations le portaient davantage vers les lettres et la musique et il avait le goût des voyages. De ce fait, il était en mesure de déclamer des tirades entières de poésie française et il se rendit plusieurs fois à Paris, quand Ibrahim ne songea jamais à traverser la Méditerranée.

Abdallah n'avait pas pris ombrage de cette confiance élective de son père à Ibrahim. Une grande affection liait les deux garçons, installée à l'adolescence, à la suite d'une sévère admonestation de Salem à son fils.

Longtemps ce dernier s'était senti autorisé à diriger son neveu. Il entendait, bien que n'étant que d'un an son aîné, qu'il lui obéisse mais des raisons plus troubles guidaient également sa conduite. À ses yeux, il n'était aussi qu'un Koulougli que son père, le Turc Candarli, paraissait avoir désavoué en l'abandonnant. L'attitude du personnel à l'égard d'Ibrahim, leur moindre empressement à le servir, tant le souvenir de l'Ottoman honni restait vif chez beaucoup, confortaient si bien Abdallah dans son discret mépris pour le garçon qu'un jour il le manifesta devant Salem, qui le tança aussitôt :

— Je ne veux pas que tu n'écoutes pas et surtout que tu colportes des racontars malveillants, ceux des domestiques en particulier ! Ibrahim est de mon sang tout autant que toi. Il est le fils de ma fille, qui était aussi ta sœur. Et il a eu le malheur de perdre sa mère tout enfant, alors que tu as bénéficié de l'affection de la tienne et de celle de tes aînées !

La leçon porta. De ce jour Abdallah se rapprocha de son neveu, tout en faisant strictement taire les médisants.

Ibrahim, de son côté, n'ignorait pas ce qui se murmurait à son propos. Il s'était souvent trouvé quelqu'un pour faire une allusion maligne à ses origines, mais son heureuse nature ne s'en était jamais alarmée.

Il n'avait gardé aucun souvenir de sa mère, mais sa nourrice avait entretenu le souvenir de la disparue. Elle lui avait loué sa beauté, sa douceur, la joie qu'elle avait eue de le mettre au monde. Même cette femme du Sud qui, en raison de ses ancêtres esclaves et noirs, était elle aussi frappée d'ostracisme, n'avait pas hésité à lui chanter les louanges de l'Empire ottoman :

— Tu sais, lui avait-elle dit, il y en a qui maudissent aujourd'hui les Turcs, mais qui étaient moins fiers quand ils étaient leurs maîtres. Ceux qui en disent le plus de mal maintenant rampaient devant eux quand ils étaient là !

Sans oser tout de même ajouter que c'était très volontiers que Salem avait marié sa fille à l'un des influents fonctionnaires de la Porte…

* * *

Guiauchain chargeait les jumeaux de la poutraison et des huisseries des bâtiments qu'il construisait, mais il finit par renvoyer Beaudire quand ce dernier en vint aux mains avec un contremaître. Sans espoir de trouver à s'employer ailleurs pour faire vivre les siens, tant sa réputation était devenue exécrable, il dut alors accepter que Mathilde soit recrutée comme cuisinière dans une gargote. Il dut rester inactif, à ronger son frein, tout en s'occupant de la petite Louise, avec une patience paradoxalement exemplaire.

Bernard continua à travailler, lassé d'avoir eu à plaider si souvent la cause de son frère. Surtout un projet longtemps furtif, mais désormais impérieux, occupait son esprit : proposer à Cléo de quitter « Le Croissant de lune ».

Il s'en ouvrit à elle un dimanche à la terrasse du Café d'Apollon, où ils s'étaient assis pour se rafraîchir. Il faisait une agréable chaleur et la jeune femme étrennait une robe de dentelle blanche, assortie d'une ombrelle dont l'ombre douce mettait en valeur l'éclat de ses yeux noirs.

— J'ai pas trop l'air d'aller me marier dans cette tenue ? dit-elle à Bernard, avec son accent pittoresque qu'elle ne cherchait pas à corriger, tant elle savait qu'il renforçait son air exotique… La mariée que je serais, elle serait trop belle et pas très sérieuse ! Remarque quand même, j'ai pas mis les fleurs d'oranger !

Elle dévisagea alors un des nombreux couples illégitimes de la ville qui passait et murmura en désignant la femme :

— Celle-là, elle se fait appeler Diane, mais son vrai nom c'est Alphonsine. Elle est venue de Paris il y a un an et elle était dans une maison qu'elle a pas la classe du « Croissant », mais elle s'est bien débrouillée avec son sergent !

Bernard vit dans ces propos une allusion à la situation bancale dans laquelle leur couple se trouvait. Il resta silencieux, tandis qu'elle continuait à commenter avec pittoresque la foule qui jouissait de la belle matinée. Les mots de Cléo lui avaient ramené en tête la proposition qu'il se promettait de lui faire, mais dont il repoussait sans cesse l'échéance.

Brusquement, comme pour se délivrer d'un lourd secret, il s'entendit dire, avec une précipitation qui ne lui ressemblait guère :

— Cléo, veux-tu quitter « Le Croissant » et que nous vivions ensemble ?

Elle avait parfois fugitivement espéré une telle offre mais sans y croire. Elle pâlit et lança, soudain très grave :

— T'y imagines ça que les gens ils vont dire ? Que je sors Dieu sait d'où, que je suis une juive et que t'y es un chrétien. Qu'on est des *tournis*.

Et avec véhémence elle lui énuméra les difficultés que leur couple allait rencontrer s'ils prenaient une telle décision.

— Je me moque de l'opinion des autres. Tu viens de me montrer ce couple tout à l'heure, Diane-Alphonsine et son militaire. Il y en a pas mal comme ça. C'est sur la moitié de la ville qu'on pourrait jaser… Ce qui compte, c'est nous deux !

Elle resta longuement pensive, les épaules droites, les deux mains appuyées sur son ombrelle, le regard un peu perdu avant de dire, la voix étranglée :

— T'y as raison. Juste ce qui compte c'est que toi et moi on s'aime et qu'on s'entend bien, en ajoutant avec une fermeté retrouvée : Reste qu'il va falloir convaincre la Colibri…

Deux jours plus tard, Bernard entreprit résolument la matrone. Elle tempêta, refusa, pour se montrer ensuite plus conciliante, mais financièrement exigeante. Un accord fut trouvé, après de longues transactions, au terme desquelles Cléo transporta ses valises dans l'appartement de la place Louis-Philippe que Bernard avait loué pour eux.

Elle avait cependant mis une condition impérative à la réalisation du projet : faire venir auprès d'elle à Alger son fils Samuel. Bernard, bien qu'hésitant, dut s'incliner devant sa détermination. Il savait que depuis son départ de Blida, elle ne s'était jamais dérobée à ses devoirs envers l'enfant. Il avait admiré qu'elle ait régulièrement financé son entretien, qu'elle soit allée le voir tous les deux mois, au prix d'un voyage pénible au cours duquel, voilée et ne s'exprimant qu'en arabe, elle redevenait Messaouda.

Le garçon quitta donc Blida pour Alger. Bernard et lui restèrent longtemps dans une prudente réserve l'un vis-à-vis de l'autre. Cléo tentait de les rapprocher. Elle conjugua les attitudes séductrices ou maternelles, douces ou impérieuses ; elle persévéra dans ses efforts jusqu'au jour où elle sut qu'ils avaient porté leurs fruits. Bernard, qui aspirait à une vie familiale, s'était mis à apprécier un tel arrangement. Samuel, qui n'avait jusque-là été entouré que de femmes, se trouvait bien de la figure masculine que représentait celui chez qui il était venu vivre.

Le jeune garçon découvrait à Alger un monde qui l'émerveillait. S'il gardait le silence, c'était par une habitude prise du fait de son isolement social à Blida. Sa solitude l'avait aussi conduit à développer une intense activité intérieure et il faisait preuve d'une grande précocité intellectuelle. Il avait appris sans mal à lire et à écrire avec un rabbin de Blida et il adorait la lecture. Il passait des heures à dévorer les livres que, sans compter, sa mère lui achetait. Enfin, et bien qu'il n'ait parlé que l'arabe avant sa venue à Alger, il s'exprima très vite dans un français parfait.

— Il sait mieux causer que moi, et en plus il écrit alors qu'à peine je signe mon nom ! disait Cléo avec fierté.

Elle se rengorgeait des succès scolaires de son fils mais, tout comme lui, elle restait prudente. Par moments, elle était gagnée par la crainte que Bernard ne se lasse d'eux et ne les renvoie de chez lui. Aussi multipliait-elle les câlineries et les attentions auprès de son ami, mais sans nécessité, tant il continuait à être séduit par sa beauté et, tout autant, par sa vive intelligence et son intuition sans failles.

Bernard craignait que Beaudire ne désapprouve sa nouvelle situation, aussi Cléo le poussa-t-elle habilement à en parler à son frère, ce qu'il fit, pour apprendre qu'il la connaissait déjà et qu'elle l'avait acceptée. Elle lui avait été révélée lorsque, au cours d'une querelle, le prenant pour Bernard, un indigène l'avait traité de *khaoued* et qualifié Cléo de *karba youdia.*

Mathilde aussi avait appris, à la gargote, la liaison de son beau-frère. Avec une belle décision, elle prit les choses en main :

— J'irai les voir ! dit-elle avec fermeté

Et dès le lendemain, place Louis-Philippe, elle se présenta à Cléo, avec ce sourire un peu triste qui était le sien :

— Je suis Mathilde, la femme du jumeau de Bernard. Après tout nous devrions nous entendre toutes les deux puisque eux-mêmes le font si bien.

— Oh oui ! dit Cléo qui, bien sûr, savait depuis longtemps qui elle était…

Le dimanche suivant les deux couples déjeunaient ensemble puis, au fil des semaines, ils apprirent à se connaître, une complicité particulière se nouant bientôt entre Samuel et la petite Louise.

* * *

Depuis son installation à Alger, Aimé s'était mis en quête d'un domaine, mais il voulait rester prudent car son beau-père devait le financer en grande partie. Maximilien de Tonnac, un « colon en gants jaunes » qui exploitait avec succès ses terres de Tixeraïn, le mit en garde contre de nombreuses transactions douteuses :

— Il faut être très méfiant, mon cher Viannac. Certaines terres relèvent du beylick, cet ensemble des biens turcs confisqués et vendus par l'État. Nombre d'entre elles sont inexploitables et d'autres ne peuvent être acquises qu'en graissant quelques pattes. D'autres encore sont vendues par des gens qui n'en sont pas seuls propriétaires, et se gardent bien de dire qu'elles relèvent de la copropriété tribale, si fréquente ici, et aussi de prévenir ceux qui partagent le bien !

Puis Tonnac lui souligna les exigences agricoles particulières au pays :

— Ce qui paraîtrait suffisant dans votre Gascogne est bien modeste ici. Il faut raisonner ici par dizaines ou centaines d'hectares, car le rendement des sols n'est pas le même qu'en France. Il faut tenir compte de l'approvisionnement en eau, mais aussi des vents, des caprices du temps, des sauterelles ! Rien ne se passe comme dans nos campagnes françaises. Et puis, ne cherchez un domaine que dans la bande côtière que notre armée occupe. Gardez-vous d'en franchir les limites, car le reste du territoire est loin d'être soumis !

Lors de son voyage de noces, Aimé avait pu contempler, du haut des collines du Tell, la plaine de la Mitidja, étendue d'Alger à Blida jusqu'aux contreforts de l'Atlas. En 1835, sa sœur Amélie, qui avait pris le voile, lui fit savoir qu'elle était venue y vivre. Sa communauté de la congrégation de Saint-Joseph de l'Apparition était venue renforcer l'ambulance militaire du camp d'Erlon pendant une grave épidémie de choléra qui avait sévi dans ce cantonnement de l'armée, près du marché traditionnel de Boufarik.

Aussitôt qu'il apprit la nouvelle, Aimé partit lui rendre visite, en empruntant un convoi, mais il refusa qu'Anne l'accompagne :

— Ne puis-je pas moi aussi aller embrasser ma belle-sœur ? protesta-t-elle.

— La Mitidja est une zone dangereuse. La redoutable tribu des guerriers hadjoutes nous combat toujours.

— Croyez-vous, mon ami, qu'ils me fassent peur ?

— Non, et c'est bien ce qui me préoccupe, car je vous trouve souvent trop téméraire.

Elle bouda un moment :

— Votre sœur vit pourtant là-bas et vous ne l'en blâmez pas.

— Certes ! Mais elle a fait vœu de martyre et elle n'a pas d'époux, sinon le Christ, pour la pleurer en cas de malheur. Mais je suis le vôtre et ne consentirai pas à vous voir enlevée pour devenir le plus bel ornement d'un harem ! conclut-il tandis qu'elle tournait les talons en lui tirant la langue.

Le voyage de Boufarik intéressait également Aimé pour d'autres raisons. Il avait appris que l'eau abondait dans la Mitidja, mais sous la forme de marécages putrides, infestés par les fièvres. Elle avait donc été longtemps inhabitable jusqu'à ce que, sous la protection de l'armée, de minuscules colonies de peuplement y soient créées, qui avaient su çà et là rendre la plaine fertile.

— Les malheureux qui sont venus ici ne font souvent que survivre ! dit Amélie à son frère quand ils se retrouvèrent.

Elle lui décrivit l'existence difficile des colons, les maux qui les accablaient, la désillusion amère de certains, qui avaient cru trouver dans la régence un eldorado. Elle le guida au travers du camp, un ensemble fortifié, cerné de palissades doublées de fossés et flanqué de tours de guet, contre lequel se groupaient quelques masures à l'usage des civils, surnommé le Bazar.

— Voici donc le lieu où vous exercez vos talents. On se croirait dans un des châteaux forts de nos aïeux, lui dit Aimé.

— Eh oui, mon frère. Sachez qu'Alger n'est qu'une vitrine séduisante sans aucun rapport avec le pays qui l'entoure. Vous avez bien fait d'exiger que votre jeune épouse reste en ville. Je ne la vois guère ici, malgré le courage dont vous me dites qu'elle sait faire preuve. Moi-même qui suis robuste, les fièvres se sont emparées de moi dès mon arrivée – en effet, Aimé avait été frappé par ses yeux creusés, son teint jaune, son amaigrissement – mais il nous est doux, à mes sœurs et à moi, de soulager ces misères qui frappent sans distinction civils et militaires. Et de plus en plus d'indigènes viennent maintenant demander notre secours.

Son visage sévère parut un instant rêveur puis, prenant son frère par le bras, elle l'invita à le suivre sur une butte, hors du camp. Au pied des montagnes, couverte d'un épais maquis, la plaine palpitait sous la chaleur. Par endroits, des lambeaux de brume y flottaient que chassait un vent chaud, en même temps qu'il soulevait ailleurs des tourbillons d'une fine poussière.

— Ne dirait-on pas l'Enfer de Dante ? demanda Amélie. Ces lieux paraissent maudits, abandonnés par le Seigneur, bien que certains prétendent les transformer en un petit paradis, à ce que l'on m'a dit.

— C'est ce projet que je caresse et c'est, avec le but de vous revoir, la raison de mon voyage ici, lui dit Aimé.

— Puisse le Bon Dieu vous protéger dans votre dessein, soupira Amélie.

Ils retournèrent au camp vers lequel se dirigeait une théorie d'hommes et de femmes. Hâves, déguenillés, la peau brûlée par le soleil, ils parurent à Aimé figurer les damnés de l'univers dantesque qu'avait évoqué sa sœur.

— Encore ceux-ci sont-ils en mesure de travailler, mais nombreux sont ceux qui vont bientôt rejoindre un cimetière déjà trop bien garni. Mais venez donc visiter notre « hôpital », dit Amélie en désignant une baraque en planches.

La chaleur, les odeurs mêlées qui y régnaient, le spectacle des châlits couverts de nattes pour tout matelas sur les quels gisaient les malades, accablèrent Aimé.

Il repartit un peu découragé, et dès le surlendemain, songeur, il disait à Anne :

— Peut-être ai-je mal mesuré les difficultés qui nous attendent dans ce pays et me suis-je laissé séduire par cette belle ville d'Alger ? Regardez-la, opulente, allongée paresseusement au soleil. C'est un tout autre endroit que le bled, si hostile, si sauvage.

— Vous laisserez-vous ainsi abattre ? Votre sœur ne fait face qu'aux malheurs qui frappent la région ! Courage ! lui lança Anne.

Il se souvint de ses discours à son beau-père, de ses louanges de la régence et décida de se reprendre. Si Amélie avait su résister aux difficultés du pays, il y parviendrait lui aussi, finit-il par se dire.

* * *

En 1836, Salem mit Aimé en contact avec un Maure tagarin qui désirait se défaire d'un de ses domaines de chasse de la Mitidja. Les négociations furent longues, courtoises et se firent largement en arabe, puisque Aimé étudiait assidûment cette langue. L'accord final fut signé sous contrôle administratif, et quand tout fut terminé vendeur et acheteur s'étaient liés de sympathie.

Si le Tagarin vanta au jeune baron l'abondance du gibier d'eau qu'il y chassait au faucon, il le mit en garde, comme l'avait fait Amélie, contre les difficultés à affronter. Il lui décrivit l'hostilité des Hadjoutes qu'il redoutait lui-même, puisqu'il ne chassait que sous escorte. Il lui dépeignit les autres maux qui ravageaient la plaine, les inondations du printemps, les fièvres de l'été et ce fut avec un sourire sceptique qu'il entendit Aimé lui exposer ses plans pour exploiter les terres. Pour lui, il était vain de croire que leur débroussaillage, leur assèchement par des canaux qui draineraient les marais, rendraient fertiles ces lieux que, comme Amélie, il qualifia de maudits.

Pour ses projets, Aimé avait songé à recruter les Maureuil mais Bernard déclina son offre. Il avait créé à Alger sa propre entreprise d'ébénisterie, avec succès.

En revanche Beaudire se trouvait toujours inactif et regrettait les conséquences malheureuses de ses manifestations d'humeur. Il se laissa volontiers convaincre par le jeune baron d'aller s'établir à Boufarik, avec Mathilde et Louise, et un mois plus tard, tous trois découvraient leur nouveau cadre de vie.

Leur demeure se trouvait au sein du Bazar, le hameau accolé au camp militaire. Ses murs étaient faits d'un mélange de glaise, de roseaux et de paille et son confort restait très relatif. Il fallait s'y serrer l'hiver autour d'un brasero peu efficace tandis qu'on y étouffait au plus fort de l'été.

Amélie, qui accueillit Mathilde chaleureusement, entendit lui présenter Boufarik d'une façon moins pessimiste qu'elle ne l'avait fait pour Aimé. Cependant, elle la mit en garde contre les difficultés à venir :

— Avant tout, ma petite, ayez de la rigueur. Maintenez votre maison impeccablement propre. Faites-y la chasse aux insectes. Protégez-vous d'eux dès les chaleurs, qui les multiplient, en maintenant portes et fenêtres closes. Placez les pieds des lits dans des boîtes emplies d'eau qui protègent contre ce « mal jaune » qui sévit dans la plaine, cette malédiction qui a tué tant de monde, dont notre prêtre, en nous privant longtemps de tout secours religieux. C'est elle aussi qui donne une si triste mine à nombre de ceux qui vivent ici, au point qu'on la nomme « une mine de Boufarik » ! Mais vous ferez au mieux, j'en suis sûre. J'ai apprécié votre sérieux quand vous étiez placée chez nous à Castelmatier.

La jeune femme appliqua scrupuleusement ces consignes en luttant contre la poussière ou la boue et en faisant la chasse à la vermine, sans relâcher ses efforts quand elle trouva à s'employer dans une cantine. Ainsi qu'elle le faisait à Alger, elle y emportait pour cuisiner la louche d'argent que lui avait offerte Eléazar. Comme elle était un peu superstitieuse, l'ustensile avait surtout à ses yeux la valeur d'un talisman dont le métal, d'origine guerrière, protégerait les siens, y compris de ce mal jaune qu'elle s'était mise à redouter.

Avec plus de réalisme, elle fit suivre à toute la famille le traitement à la quinine que lui recommanda le major, cette quinine dont le docteur Maillot avait récemment découvert les vertus et qu'on réclamait, dans les débits de boisson, sous le nom de « consommation ».

De son côté, Beaudire quittait le camp chaque jour, avant l'aube, à la tête de l'équipe qu'il avait composée, faite d'Arabes des tribus voisines, de deux Italiens et d'un Minorquin, Joan Bagur, qu'il appréciait particulièrement.

Avant que le jour se lève tous cheminaient prudemment dans la plaine, à pied ou à dos de mulet, l'arme au flanc, attentifs au moindre bruit, au plus léger nuage de poussière. Si jusqu'à l'aube la nuit les protégeait, à la condition de ne pas produire la moindre lumière, même celle d'une pipe ou d'un cigare, il leur fallait redoubler de prudence une fois le soleil levé. Sans relâche ils devaient rester attentifs aux signaux que, depuis les remparts du camp, pouvait leur faire la sentinelle qui surveillait la Mitidja.

Ils avaient tout d'abord tracé des pistes précaires, au travers de fondrières ou de mares grouillantes de sangsues, pour aller essarter les épaisses broussailles de palmiers nains, de roseaux, de lentisques et de lauriers roses, tout en prenant soin d'en éradiquer soigneusement les racines. Autant de travaux qui soulevaient des nuées de moustiques, ce qui, en dépit de la chaleur, leur interdisait de dénuder la moindre partie de leur corps. Seule récompense dans leur ingrat labeur, ils tiraient souvent des canards et des bécasses, qu'ils faisaient lever en travaillant. Plusieurs fois ils abattirent un sanglier qu'ils ramenèrent suspendu sur une grosse branche, en riant du dégoût affiché par les Musulmans pour cet animal impur…

Après de longs mois, le domaine fut nettoyé. Il fallut alors le drainer, une tâche pour laquelle les compétences de Beaudire allaient révéler toute leur utilité. S'aidant d'une carte d'état-major il ébaucha, en fonction des ravines qui sillonnaient les lieux, un tracé de canaux de collecte par lesquelles l'eau pourrait s'écouler. Il les fit creuser profondément, souvent avec peine, dans une terre qui, selon les saisons, se révélait trop dure ou au contraire imbibée d'eau, gluante et ramollie. Enfin, grâce à sa connaissance du charpentage, il étaya l'ensemble au moyen de troncs d'arbres débités en planches ou, à défaut, par de fragiles remblais en broussailles que la pression des eaux emportait bien souvent.

Un Italien dut cesser de travailler quand la malaria l'affecta gravement, puis ce fut le tour de trois des ouvriers arabes. Longtemps on ne put les remplacer, ce qui accrut la difficulté de la tâche. L'humeur des hommes s'en ressentit. Aimé dut calmer les esprits mais, à son étonnement, Beaudire resta serein. Il faisait même si bien cesser les querelles qu'à plusieurs reprises, quand il dut s'absenter du domaine, il lui délégua la responsabilité entière du chantier.

Il revint une fois d'Alger accompagné d'Anne qui avait fini par venir à bout de son refus qu'elle le suive. Pour l'occasion, elle avait adopté le pantalon, comme elle avait déjà songé à le faire. Amélie l'approuva et plusieurs femmes l'imitèrent bientôt, à l'amusement d'une cantinière. Elle leur avait conseillé sans succès de porter la culotte, comme elle, et elle déclara que les dames de la ville avaient plus d'esprit pratique que celles du bled.

* * *

Quand Aimé avait acheté son domaine, les Français n'avaient conquis qu'une frange littorale du pays. Ils s'étaient établis dans les villes, Oran prise en 1831, puis Bône un an plus tard, mais ils ne s'étaient avancés qu'avec prudence dans l'intérieur des terres. Constantine n'était tombée qu'en 1837, après une première expédition désastreuse l'année précédente, et au prix d'une pénible victoire, dans la neige et la boue, endeuillée par la mort du général Damrémont.

Tous ces combats avaient été menés contre les derniers soutiens de l'Empire ottoman, des seigneurs de la guerre qui, sauf le vieux bey d'Oran, n'avaient pas entendu céder leurs fiefs. Ils n'étaient pas aimés des populations qu'ils pressuraient, mais un nouveau venu très populaire qui s'imposa se mit à prôner la révolte contre les envahisseurs, Abd el-Kader.

Lorsque la France lui avait concédé un apanage qui allait du Cheliff à la frontière marocaine, cet émir avait accepté d'être son vassal, avant de bientôt se retourner contre elle. Soutenu par de nombreuses tribus et d'anciens séides des Turcs qui s'étaient ralliés à lui, il la combattit un temps jusqu'à ce que, défait par le général Bugeaud au Sig, le 30 mai 1837, il soit contraint de signer avec lui le traité de la Tafna.

Salem avait renseigné Aimé sur cet Abd el-Kader :

— Il vient d'une grande famille chérifienne. Il est très pieux, au point que certains le considèrent comme un saint homme. Sa connaissance du Coran se double d'une grande science militaire, ce qui lui confère un prestige et une influence considérables.

— Ses forces sont-elles importantes ?

— Mille réguliers environ, des volontaires soldés, tous d'excellents combattants.

Aimé avait cru cependant percevoir dans le regard de Salem une certaine réticence à l'égard de l'émir. C'est pourquoi il n'avait pas été surpris quand il avait appris que, malgré leurs alliances familiales avec lui, les Chbili éprouvaient à son égard un certain ressentiment. Dans son combat, Abd el-Kader avait en effet préféré s'entourer de notables religieux plutôt que de membres de l'aristocratie traditionnelle.

Aimé avait rapporté ces informations à Anne ; la paix obtenue après la Tafna lui paraissait précaire, ce qui lui avait valu une réponse exaltée de sa jeune femme :

— Pensez-vous que nous ne parviendrons pas à nous défendre si l'émir reprenait le combat ? N'a-t-il pas été déjà largement battu au Sig ? Nous avons su vaincre les Turcs, de rudes adversaires, qui avaient établi jadis un empire sur la moitié de l'Europe et presque investi Vienne ! Notre armée serait-elle incapable de battre ce simple fédérateur de ces tribus qui, avant notre venue, se livraient une guerre permanente les unes les autres ?

Puis elle avait ajouté, en rougissant :

— Ne dit-on pas que l'émir est bel homme et qu'il règne sur le cœur de ses nombreuses épouses ?

— Vous êtes bien inconvenante, ma chère Anne, lui répondit Aimé, amusé, car il savait les faiblesses de sa jeune femme pour la prestance masculine, une des causes de son inclination pour lui…

Le lendemain, pour avoir plus de précisions, il questionna un officier de l'état-major de Bugeaud qui lui dressa un panorama des zones concédées à Abd el-Kader, après le traité :

— Un beylick à l'ouest, soit en gros toute l'Oranie sauf Oran, Arzew, Mostaganem et Mazagran. Et puis aussi le Titteri et une petite partie de la province d'Alger. Cependant Blida et la Mitidja, où se trouve votre domaine, restent sous notre autorité.

Puis il évoqua la prise de Djidjelli, dans les Babors, à laquelle il venait de participer :

— C'est une belle avancée française, car les Kabyles, de vaillants soldats, nous sont hostiles. Leurs montagnes sont restées de tout temps fermées, aux Arabes comme aux Turcs. Ils seraient de redoutables adversaires si l'émir obtenait leur alliance pour reprendre la guerre. Mais le roi entend bien rester dans ce pays ! La ville de Philippeville sort de terre, dans la baie de Stora. Les princes sont dans nos rangs et le duc d'Orléans s'est illustré avec le général Clauzel à la prise de Mascara, le berceau d'Abd el-Kader…

Ces propos avaient frappé Aimé, et sa nature inquiète ne lui avait fait retenir que leurs aspects alarmants. « Voici, se dit-il, qu'aux fléaux comme la sécheresse, le sirocco, les sauterelles et la malaria pourrait s'ajouter le pire d'entre eux : la guerre ! ».

Et malgré l'optimisme d'Anne, les bruits alarmants qui couraient à Boufarik, à propos de la fièvre qui semblait agiter les Hadjoutes de la Mitidja, n'étaient pas faits pour le rassurer.

Soudain, comme l'avait craint l'officier, la guerre sainte reprit en 1839, en se déployant de douar en douar, d'une crête de montagne à l'autre, en frappant les colons, les voyageurs isolés et les soldats séparés de leurs unités.

S'étant assuré l'alliance du sultan du Maroc, Abd el-Kader proclamait le *djihâd* mineur et se lançait dans la conquête du Constantinois. Les Français lui ripostaient par l'opération des Portes de fer. Tout le pays s'embrasait, et en particulier la Mitidja où les Hadjoutes avaient été parmi les premiers à répondre à l'appel de l'émir, lancé depuis la Kabylie dont il avait obtenu l'alliance. Ils avaient repris leurs harcèlements et des milices de civils venaient renforcer la garnison militaire. Malgré cela, le commandant Raffet et 200 de ses hommes étaient égorgés dans l'est de la plaine...

Dans la plaine, nombreux étaient ceux qui regrettaient d'avoir choisi une destination si périlleuse. Certains décidaient de regagner Alger ou même de retourner en France et ceux qui restaient sur les lieux s'attendaient au pire.

Nul, sauf nécessité absolue, ne s'éloignait du camp. Des civils isolés vinrent s'y abriter. Les travaux entrepris dans les domaines furent suspendus. Le ciel nocturne rougeoyait des grands feux des récoltes incendiées, sous le regard impuissant des assiégés. Hardiment, une escouade de cavaliers hadjoutes venait parfois, et souvent en plein jour, jetait aux abords du camp les têtes de leurs victimes qu'ils se flattaient, disait-on, de décapiter sans même descendre de leurs montures.

Quand une accalmie survenait, les colons partaient aux champs pour tenter de sauver ce qui pouvait l'être. Étroitement groupés et escortés par l'armée, ils travaillaient alors face aux faisceaux dressés par les soldats, une sentinelle inspectant la plaine en permanence et agitant un fanion en cas de péril.

Une telle situation conduisit le général Bugeaud à faire évacuer des zones menacées les civils dont la présence n'était pas indispensable. Ainsi Mathilde et Louise durent-elles regagner Alger, en mai 1840, au sein d'un convoi protégé. Depuis la voiture, d'aussi loin qu'elle le pût, Louise dans ses bras, Mathilde agita son mouchoir. Beaudire regarda s'éloigner ces deux êtres chers à son cœur en mordant sa moustache.

Le voyage fut long et fatigant mais se déroula sans autre incident qu'une roue cassée au passage d'un gué. Quand Alger, blanche et sereine sous le soleil, apparut enfin Mathilde, épuisée, s'autorisa à pleurer à la pensée de celui dont pour la première fois elle se trouvait séparée.

Elle fut étonnée de découvrir combien la ville avait encore changé. Les épaisses murailles édifiées par les Turcs avaient été abattues à l'est, mais elles subsistaient au nord et au sud, prolongées pour ceinturer une partie des environs de la ville. Elles protégeaient maintenant certaines maisons d'été hors les murs, dont Boukhandoura, au soulagement des Viannac qui avaient dû jusque-là faire solidement garder leur demeure, de jour comme de nuit.

La jeune femme vint vivre chez Bernard et Cléo avec sa fille. Très vite, incertaine de l'avenir, au contraire des Algérois, elle reprit son emploi de cuisinière chez ses anciens employeurs. Bakhta, la domestique des Maureuil, devint la nourrice de la petite Louise dont elle s'occupait en permanence, la promenant, juchée sur son dos et lui chantant des berceuses pour l'endormir.

Plusieurs mois s'écoulèrent avant que l'insécurité qui régnait dans tout le pays ne se soit atténuée, grâce aux coups portés aux troupes d'Abd el-Kader par Bugeaud qui, ayant adapté les équipements et le ravitaillement des troupes au climat et au terrain, se mit à mener la guerre comme il l'avait conduite naguère en terre espagnole.

Bientôt des points clés de la Mitidja, Blida et Koléa, un temps perdus, furent repris, ce qui rassura les esprits. La venue en Algérie du duc d'Orléans et de son frère et aide de camp, le duc d'Aumale, le fit aussi. Elle confirmait symboliquement la décision du roi leur père de maintenir la présence de la France dans la régence.

L'armée gagna encore du terrain et reprit Cherchell, Miliana et surtout Médéa, la ville clé du passage entre la Mitidja et l'arrière-pays. Les princes entrèrent dans ses murs après qu'Abd el-Kader ait été défait à la Mouzaïa, les gazettes officielles faisant d'eux les héros de cette bataille dont en fait ils n'avaient été que les spectateurs...

Les Viannac, conviés à une réception donnée en l'honneur des jeunes princes, s'y rendirent malgré les réticences républicaines d'Anne et celles, légitimistes, d'Aimé, tous deux s'amusant de la réflexion d'un convive :

— Le roi veut redorer son prestige et met au feu ses deux fers... ses deux fils veux-je dire !

Anne, sensible au physique avenant des jeunes princes, répondit cependant en rougissant :

— Mais, au demeurant, ces deux jeunes gens sont de jolis garçons !

Un espoir de paix semblait se dessiner quand vint l'automne algérien, doux et lumineux, puis dès la fin novembre les premières neiges blanchirent les cimes de l'Atlas. Aimé passa les fêtes à Alger, mais Beaudire dut rester à Boufarik, pour rattraper le temps perdu du fait de la guerre. Il connut avec ses équipiers un triste Noël, au cabaret, en y buvant trop de rhum, dans une atmosphère lourdement masculine.

* * *

En 1841, Bugeaud succédait à Vallée dans les fonctions de gouverneur général de l'Algérie, ce terme ayant officiellement remplacé ceux de « régence » ou de « possessions françaises dans le nord de l'Afrique ». Le nouveau venu, populaire auprès de la troupe, l'était moins auprès de nombreux civils et d'officiers, tel le colonel Bertrand à Boufarik, qui commenta ainsi cette nomination :

— Viannac, voilà que le père « Bugeman », celui qui signa le désastreux traité de la Tafna, va nous donner des ordres !

— Eh oui, le geôlier de la duchesse de Berry, qui a tant manqué de respect à cette princesse... et qui tient des propos contre la présence de la France ici tout en y combattant ! répondit Aimé.

Et quand, venu inspecter la garnison, le nouveau gouverneur jugea sévèrement l'entretien des armes, le colonel, au mépris de son avancement, s'exclama :

— Un chien noir mord aussi bien qu'un chien blanc !

La critique s'imposait pourtant. Si au printemps la sécurité régnait de nouveau dans la Mitidja, si ses points d'accès étaient contrôlés, si, des semailles ayant été possibles, le blé levait de nouveau, la fin des hostilités était loin d'y être certaine.

Néanmoins, après les moissons, Beaudire put partir pour un long séjour à Alger. Au terme du voyage, il vit apparaître la ville où l'attendaient celles qui lui manquaient tant. À la joie de se retrouver succéda pourtant bientôt une certaine gêne que chacun exprima à sa manière, Beaudire par de longs silences ou de brefs éclats, Louise par des caprices et des bouderies. Mathilde cherchait à comprendre les raisons de ce malaise et elle remarqua que Louise fuyait son père, tout en lui lançant des regards séducteurs. Rassurée, elle dit à Beaudire :

— La petite t'en veut…

— Mais de quoi ? Grands dieux !

— Elle te reproche que je ne sois plus à sa seule disposition, mais elle veut aussi que tu la câlines !

Beaudire maugréa puis tonna, en se tapant sur les cuisses :

— Je vais lui apprendre à m'aimer et à me respecter en m'occupant d'elle quand tu travailleras !

Si l'enfant rechigna un temps et réclama Bakhta, elle se fit vite à la présence de son père et finit même par la rechercher. Ils passaient ensemble une partie de l'après-midi à se promener sur le port. Ils y contemplaient les grands navires et les barques de pêche aux coques de couleurs vives. Beaudire bavardait avec les pêcheurs qui rapiéçaient leurs filets ou repeignaient leurs bateaux. Parfois il rencontrait des matelots venus de France. Il les questionnait sur le pays, sur le roi, dont la popularité déclinait. Enfin, quand le soleil se faisait moins fort, il conduisait la petite fille sur une plage et l'encourageait en riant à s'aventurer dans les vaguelettes.

Quand il n'était pas avec sa fille, il affichait bien souvent une sombre mine et un jour il s'emporta contre Cléo auprès de Mathilde :

— Veut-elle nous éblouir avec ses toilettes, ses bijoux et ses plats dispendieux ? Quel luxe inutile. Cette femme dilapide tout ce que gagne Bernard !

Mathilde se sentit alors honteuse de ses tenues. Sa meilleure robe avait plus de cinq ans, une robe très simple qu'elle « faisait durer », sans peine d'ailleurs, tant elle avait rarement l'occasion de la mettre. Elle entreprit maladroitement d'apaiser la situation en vantant les mérites de sa belle-sœur :

— Elle a eu bien des bontés pour Louise et pour moi.

— Elle gâte surtout beaucoup trop la petite !

La jeune femme n'insista pas quand elle comprit que, s'il ne jalousait pas son frère, Beaudire souffrait de sa belle réussite. « Surtout, se dit-elle, il accepte mal qu'une étrangère se soit interposée entre lui et son jumeau. » Aussi ne fut-elle pas surprise quand il loua pour les siens un modeste appartement, en déclarant qu'il n'entendait pas, tel un parasite, vivre de la charité des autres…

Sa mauvaise humeur n'eut qu'un temps. Dans le nouveau logis, il prit l'habitude de se lever avant Mathilde pour préparer le petit déjeuner :

— C'est à ton tour d'être servie au lieu de servir les autres. D'ailleurs, dès que ce sera possible, tu ne travailleras plus ! lui dit-il.

Puis il espaça ses sorties avec Louise et accepta que Bakhta en reprenne la garde. Il se mit à accompagner son frère sur les chantiers, car l'inactivité lui pesait. Elle sentit aussi combien il appréhendait d'avoir à retourner bientôt à Boufarik et vit son humeur s'assombrir quand, dissimulant maladroitement son malaise, il évoquait son départ avec une fausse indifférence et arpentait la ville, en s'arrêtant souvent dans les cabarets.

Il dormait peu et mal, et une nuit Mathilde s'aperçut qu'il avait quitté l'appartement. Inquiète, elle drapa un châle sur sa camisole et, sans même se chausser, descendit dans la rue. Ignorant le violent orage qui finissait d'arroser la ville, elle courut vers la plage, sachant que Beaudire aimait à s'y réfugier. Elle manqua de tomber dans les ruelles glissantes, sursauta quand un chat qu'elle avait dérangé fila dans une ruelle. Tout essoufflée, elle parvint sur la grève. Le murmure de la mer et le contact ferme du sable mouillé sous ses pieds nus la rassurèrent mais elle se repéra mal dans la noirceur épaisse de la nuit, jusqu'au moment où elle aperçut au loin une lumière rouge oscillante qui la réconforta.

Elle provenait de la pipe de son mari, et dans un élan de tendresse elle courut blottir contre lui son corps moulé par sa chemise trempée par l'averse. Une lune blanche surgit d'entre les nuages qui se déchiraient et sa pâle lueur, en éclairant le visage de Beaudire, y révéla des traces de larmes. Elle en fut bouleversée et se serra encore plus étroitement contre lui. Ils s'aimèrent longuement, avant de s'endormir, et ils reposaient encore côte à côte quand le ciel s'éclaircit. Une mouette qui vint sautiller auprès d'eux les réveilla. Sous le soleil levant, ils rirent de leurs vêtements couverts de sable et de leurs yeux battus. Revenus chez eux, ils s'attendrirent au spectacle de Louise qui dormait profondément, indifférente au jour qui filtrait au travers des persiennes. Ils se regardèrent et, sans se le dire, surent que ce serait ensemble, tous les trois, qu'ils repartiraient à Boufarik.

* * *

Les Maureuil retrouvèrent la Mitidja soumise à une nouvelle protection. Très à l'ouest, le génie avait creusé dans la plaine de profonds fossés, garnis de remblais et de fortins. Ils protégeaient les domaines existants, permettaient la création de nouveaux centres de colonisation et Boufarik, ayant perdu de son importance militaire, prenait le visage d'une bourgade civile.

La paix semblait revenue et les harcèlements des Hadjoutes avaient cessé. En mars, les jours rallongèrent, la température se fit plus douce mais avec le printemps survint encore une incursion des rebelles. Elle causa la mort d'un engagé, le sergent Blandan, massacré avec ses hommes au creux d'un ravin, alors qu'il apportait le courrier à la redoute de Beni Mered. Beaudire, qui s'était lié d'amitié avec le jeune soldat, en fut très peiné.

À l'été, les moissons purent néanmoins commencer, mais la chaleur intense imposait aux travailleurs d'entamer leur besogne en pleine nuit et de s'arrêter quand le soleil devenait trop ardent. Beaudire avait repris les travaux de drainage et Mathilde s'ennuyait. Elle avait entamé une seconde grossesse et son époux s'était alors opposé à ce qu'elle travaille de nouveau. Néanmoins, elle avait continué de rendre secrètement visite chaque jour à la jeune femme musulmane qui l'avait remplacée à l'auberge, sous le prétexte de pratiquer avec elle l'arabe et d'apprendre à cuisiner à la mode du pays.

À l'automne, les cigognes s'envolèrent vers le sud. Mathilde annonça à Louise qu'elles lui apporteraient un petit frère ou une petite sœur à leur retour... Sitôt les grands oiseaux partis, l'hiver survint. La neige déborda de l'Atlas sur la plaine. Après un Noël plus joyeux pour Beaudire que le précédent, le froid se fit encore plus vif et l'usage des *kanouns*, emprunté aux Arabes, s'amplifia. Dans la journée Mathilde emmitouflait Louise dans un épais burnous de laine qu'elle déployait le soir sur son petit lit. Une fois couchée, elle trouvait vite le sommeil. La respiration régulière et la tiédeur du corps de Beaudire la rassuraient. Elle ne craignait plus alors les menaces de la nuit hostile et glacée de l'hiver, habitée par les jappements des chacals et les ricanements des hyènes qui se disputaient les ordures, aux alentours de la bourgade.

Au début de mars 1843, elle ressentit les premières douleurs. Sans aucune difficulté, elle mit au monde, assistée par une cantinière, un beau petit garçon qui fut prénommé Eléazar, en hommage à son grand-père.

À la fin de juin, il faisait déjà très chaud ; une lettre de Cléo arriva. Elle mettait en garde Mathilde contre les dangers qui menaçaient le bébé quand l'été installait une fournaise sur la plaine. Y étant née, elle les connaissait bien et elle proposait de prendre chez elle les deux enfants, jusqu'à l'automne. Mathilde accepta sa proposition, et Beaudire aussi, mais non sans avoir maugréé que cette femme « voulait se mêler de tout ». Elle emmena donc ses petits à Alger. La température plus clémente qui y régnait, tout comme la fraîcheur de l'appartement aux murs épais de son beau-frère, lui confirmèrent le bien-fondé de l'avis de Cléo.

Quelques jours plus tard, le cœur gros, elle regagnait la Mitidja qu'un fort sirocco assiégeait. Chacun se barricadait à l'intérieur pour s'en protéger, ce qui la conforta dans sa décision : chez Cléo, ses enfants échappaient ainsi à son souffle brûlant. Pendant quelques semaines la canicule persista mais, en septembre, quand Beaudire lui annonça leur retour définitif en ville pour la fin de l'année, son bonheur éclata, puis retomba quand il lui dit :

— J'ai accepté un contrat en Oranie, un chantier qui paie bien, mais je m'y rendrai seul. Les enfants et toi resterez à Alger. Il faut que Louise commence à s'instruire et c'est impossible là-bas.

* * *

Le massacre du sergent Blandan et de son escouade avait fait resurgir les craintes d'Aimé, tout comme la guerre avec Abd el-Kader que l'émir, insaisissable, menait en tous sens, avec une simple escorte ou au sein de sa « smala », une vaste ville de toile qui abritait ses soldats réguliers et leurs familles, les membres de certaines tribus ralliées et l'ensemble de leurs biens. Malgré sa lourdeur, cet ensemble mouvant de 30 000 personnes se transportait d'un point à l'autre du territoire, en se dérobant sans cesse à la traque de l'armée française. Aussi, lorsqu'en mai 1843 l'on apprit que le gigantesque camp itinérant avait été enfin pris, un sentiment de triomphe envahit colons et soldats.

Lors d'un dîner à Boukhandoura, un officier qui avait participé à l'exploit fit le récit de cette capture :

Par le plus grand des hasards, près de la source de Taguin, au sud de Boghari, un groupe de cavaliers commandé par Yusuf avait découvert la stricte ordonnance circulaire de la cité de tentes qu'occupaient au centre les civils, et à la périphérie ses défenseurs. Ce jour-là, ceux qui auraient pu la protéger s'étaient éloignés. L'effet de surprise aidant, le duc d'Aumale, qui commandait en chef, l'avait investie en obtenant une victoire facile. Magnanime, il avait ensuite rendu leur liberté à la mère, à la femme et aux enfants de l'émir.

Mais cette intensification de la guerre avait aussi renforcé la cruauté des deux camps. Le massacre de soldats français à Sidi-Brahim, en septembre 1845, dû à l'imprudence du colonel de Montagnac en témoignait, comme l'enfumage dans des grottes, sur l'ordre du général Pelissier, de civils de la tribu des Ouled Rian, un fait peu glorieux que le prince de la Moskowa dénonçait à la Chambre des pairs comme un acte de barbarie.

Mais on prenait aussi des mesures pacifiques, comme la création d'écoles, comme celle, initiée à Daumas, de la mise sur pied des bureaux arabes qu'administraient des officiers connaissant la culture et les langues du pays, comme celle enfin, de l'extension du réseau télégraphique d'Alger à Médéa, via Blida, puis à Mascara, avec une prolongation prévue jusqu'à Oran.

* * *

Cléo voulut revoir ses parents quand elle apprit que sa sœur aînée s'était mariée à Orléansville, une cité garnison créée dans la vallée du Chélif par Bugeaud. Elle se heurta au refus catégorique de son père, mais obtint l'agrément de sa mère, à la condition de garder secrète leur rencontre.

Cléo Maureuil... Bernard l'avait en effet discrètement épousée un an plus tôt ; aussi, quand elle se rendit dans sa ville natale, préféra-t-elle l'attaque à la discrétion. Loin de se cacher sous un *haïk,* elle affronta les regards des Blidéens à visage découvert, vêtue avec élégance et parée de tous ses bijoux. Sa présence fut vite connue et son suborneur, le père de Samuel, se cacha du mieux qu'il le put, mais elle l'ignora. Seules comptaient pour elle ses retrouvailles avec sa mère, un jour de mars, dans un verger.

Elle y arriva la première et se gorgea du printemps algérien. Partout l'eau ruisselait. Jaillie de la neige qui fondait là-haut sur l'Atlas et précieusement recueillie dans les seguias, elle venait faire vivre les jardins. Sans s'en lasser la jeune femme contemplait le vert acide de l'orge en herbe et les papillons blancs des fleurs de fève, sous les amandiers dont la floraison s'achevait.

Bientôt, sous l'averse tourbillonnante de leurs pétales, elle vit claudiquer au loin, appuyée sur un bâton, la frêle silhouette maternelle. Elle courut vers elle et l'étreignit en gémissant puis, usant de nouveau de la langue arabe, elle cajola la vieille dame, en essuyant avec son mouchoir de batiste les larmes qui coulaient sur ses joues ridées. Elle ne lui dit rien cependant de ce qu'avait été son sort depuis son départ de Blida. Elle prétendit tenir un commerce à Alger, sans souffler mot de son mariage et de l'existence de Samuel.

Dans la diligence qui la ramenait à Alger, une sourde mélancolie l'envahit. Sans doute plus jamais, se dit-elle, ne reverrai-je ma mère et je ne pourrai être à son chevet quand elle disparaîtra…

— Tout ça, ça me fait tant de peine ! confia-t-elle à Mathilde quand elle se réfugia dans ses bras pour enfin se laisser aller à pleurer comme une enfant.

— Moi non plus je ne reverrai sans doute plus jamais mes parents, lui dit sa belle-sœur. C'est là le prix que toutes les deux nous avons à payer pour avoir tenté l'aventure, toi avec Bernard, et moi avec Beaudire, parce que nous les aimions. Nous avons dû, toi comme moi, nous débarrasser de notre vieille peau, changer nos habitudes et au besoin braver l'opinion. Le regrettes-tu ?

— Oh non, dit Cléo en effaçant de son visage les traces laissées par son chagrin. La vie elle est dure mais la vie elle est belle, conclut-elle avec un sourire.

Quelques jours après, Mathilde lui demanda si elle accepterait de prendre soin de Louise et d'Eléazar quelque temps.

— Je pourrais aller voir Beaudire à Oran, dit-elle. Il travaille sur le port de Mers el-Kébir. Il y est très bien payé et il économise. Les enfants l'ont réclamé un moment, mais maintenant ils se sont habitués à son absence. Mais moi je commence à trop me languir de lui. Je compte les jours depuis que nous nous sommes séparés. Bientôt dix-huit mois que nous ne nous sommes pas vus, tu te rends compte !

— Bien sûr ma belle, ça me fera joie d'avoir les petits et à Samuel aussi. Bernard, il dit rien, mais je sais qu'il est content quand ils viennent ! s'exclama Cléo.

Mathilde embarqua donc pour Oran, où elle se sentit encore plus dépaysée que lors de sa découverte d'Alger quelques années plus tôt. Au pied du fort espagnol de Santa-Cruz, ce n'était encore qu'une ébauche de ville, où le français et même l'arabe étaient moins utiles que les langues de l'Espagne, tant elles y étaient la règle. Le soir Beaudire la rejoignait et leurs pas les menaient souvent vers le port pour y contempler, venues d'Alicante ou de Valence, les balancelles chargées de nouveaux venus, pleins de l'espoir de connaître une vie meilleure. Nombre d'entre eux campaient dans des grottes, au pied des falaises poussiéreuses qui dominaient la mer. Le soir, tous se retrouvaient pour bavarder tard dans la nuit au long des ruelles, se regrouper autour d'un guitariste pour chanter, danser et parfois se quereller avec véhémence.

Trois semaines passèrent, trop vite au gré des deux époux, et Mathilde reprit la mer, triste de quitter Beaudire mais heureuse de retrouver ses enfants.

De nouveau elle s'ennuya. Elle ne pouvait concevoir de vivre sans travailler, comme elle l'avait fait dès l'âge de dix ans. Son passé d'enfant pauvre lui faisait sans cesse redouter le dénuement. Beaudire était certes maintenant en mesure de faire vivre les siens, mais il pouvait lui arriver un malheur, se disait-elle. Elle avait vu à Boufarik tant de familles réduites à la misère parce que leur chef avait disparu du fait de la malaria, des épidémies ou du fer des Hadjoutes. Avoir un pécule serait utile, songeait-elle, sans réussir à calmer sa mauvaise conscience de désobéir à la volonté de son époux. Mais un jour, balayant ses scrupules, elle alla voir l'aubergiste qui l'avait déjà employée. Il avait prospéré et sa gargote était devenue un restaurant réputé. Il appréciait Mathilde et la réembaucha munie de « sa louche magique », comme il dit en riant. Elle recruta aussitôt une Maltaise pour s'occuper des enfants, tout étonnée de se trouver ainsi patronne à son tour. Après bien des hésitations, elle se décida à écrire à Beaudire pour l'informer de sa nouvelle situation. Il la traita de « charmante mule obstinée » et accepta sa décision.

* * *

Elle refit le voyage d'Oran à plusieurs reprises dans les trois années qui suivirent. Le travail ne manquait pas à Beaudire mais il était tourmenté à l'idée de ne pas voir grandir son fils et de n'être pour lui qu'un inconnu. C'est pourquoi, entre deux chantiers, il embarqua pour Alger, en décembre 1847, afin d'y passer quelques jours à l'occasion des fêtes.

Quand son bateau s'approcha du port, un vent du nord violent chassait des vagues rapides vers le fond de la baie et faisait claquer les voiles avec force. Le mauvais temps avait rendu le voyage pénible mais très vite, la beauté de la ville nettoyée par le vent lui fit oublier son désagrément. Très vite, il fut tout à la joie de retrouver les siens et fut gagné par leur excitation à la perspective de Nöel, un Noël où fut annoncée la reddition d'Abd el Kader.

L'émir avait courageusement tenté de poursuivre son combat et de rallier ses derniers fidèles, en chevauchant du Djurdjura à l'Ouarsenis. Il avait passé la frontière du Maroc pour solliciter de nouveau le soutien du sultan, mais en vain puisque ce dernier, inquiet des menaces de la France, avait au contraire lancé ses forces contre son ancien allié… Finalement, il s'était résigné, se voyant abandonné de tous, à demander l'*amân* le 23 décembre, d'abord au général Lamoricière, puis au duc d'Aumale.

Avec sa suite, il avait été conduit sans délai sur la frégate « Asmodée » d'Oran à Toulon pour y être emprisonné à peine débarqué, en dépit des promesses des Orléans, une mesure qui conforta Aimé dans le peu d'estime qu'il avait pour cette dynastie.

Ce succès ne devait guère servir Louis-Philippe. Deux mois plus tard, la campagne des banquets et la révolte de Paris le contraignaient à l'abdication et instaurait la Seconde République, à la grande satisfaction d'Anne. Pour l'occasion, elle donna un dîner au cours duquel le souverain détrôné fut tourné en dérision :

— Le rejeton de Philippe-Égalité, pour fuir ainsi, a-t-il craint d'être traité comme Louis XVI ? dit un convive.

— Dommage qu'il ne soit pas trouvé un Drouet pour le démasquer sur la route de l'Angleterre, dit un autre.

— La poire était trop mûre, ajouta un troisième.

— Vous voulez dire qu'elle était blette ! conclut Anne.

Aimé se taisait. Cependant, lorsqu'un des invités qui avait beaucoup courtisé les Orléans s'acharna contre eux, il sortit de sa réserve et lança au nouveau converti à la République :

— Vous devez regretter votre ami le duc d'Aumale, puisque lui aussi a dû démissionner de son poste de gouverneur et quitter notre ville !

La Seconde République fit savoir très vite ses projets pour l'Algérie. Elle entendait y maintenir la présence française et assimiler ses institutions à celles de la métropole. Elle y proclamait le suffrage universel et, après une campagne où étaient dénoncés le péril arabe et le pouvoir de l'armée, des élections donnaient quatre députés aux civils. L'administration de la colonie dépendait désormais directement des ministères ; le territoire algérien se transformait en trois départements ; les conseils municipaux seraient élus par les sujets français de plus de vingt-et-un ans, mais aussi par les musulmans et les étrangers soumis à l'impôt.

Les partisans de la République louaient sa générosité et la qualifiaient de bonne mère. Ils eurent bientôt la déception de la voir se muter en marâtre quand elle s'en prit à certains de ceux qui l'avaient fait revenir, souvent ses partisans les plus farouches, en les bannissant en Guyane ou en Algérie.

Elle lança aussi une grande opération afin de ranimer le peuplement français qui stagnait dans la colonie. Un crédit d'un million de francs fut voté, destiné à ceux qui voulaient y émigrer. On vit ainsi, partis de Châlons-sur-Saône par voie fluviale, applaudis par la foule depuis les bords de la rivière, seize convois de chalands qui emmenèrent vers Marseille puis vers l'Afrique plus de mille colons volontaires.

Dirigés vers des centres d'accueil précaires placés sous contrôle militaire, ils y étaient bien vite oubliés ; avec quelques proches, Aimé tenta d'adoucir leur désarroi et leur misère. Il regretta qu'Amélie ne soit plus là pour l'aider, mais elle était maintenant en Tunisie.

Anne seconda son époux du mieux qu'elle le put. Elle sollicita la charité des dames de la ville et demanda à Cléo de la seconder. Cette dernière, éperdue de reconnaissance, vanta partout les qualités de celle qu'elle qualifia de grande dame, une grande dame que nul ne parvint cependant à convaincre que la République s'était montrée ingrate envers certains de ses partisans…

* * *

L'été de 1849 commença tôt. Sitôt levé, le soleil était blanc au-dessus des toits et des terrasses. Il paraissait aspirer l'eau de la mer pour la répandre ensuite en une brume collante et salée sur la ville. La chaleur pesait sur la peau des Algérois comme une tunique brûlante. Elle exaltait dans les rues la puanteur des ordures sur lesquelles les mouches pullulaient, une puanteur qui imprégnait les escaliers et les paliers des immeubles et y subsistait, même après que les éboueurs soient passés avec leurs ânes.

On ne sortait que si l'on y était obligé, comme Mathilde qui devait partir travailler en confiant ses enfants à la Maltaise. La chaleur des fourneaux qui s'ajoutait à la canicule l'accablait dans la cuisine mal aérée de l'auberge et elle rentrait épuisée, tard le soir, pour trouver Louise et Eléazar endormis.

Elle ouvrait les persiennes pour laisser entrer la légère brise de la nuit, elle restait assise dans l'obscurité à les regarder avec tendresse, assoupis à même le carrelage pour profiter de sa fraîcheur. Parfois une angoisse l'étreignait à les voir ainsi, gisant immobiles, comme saisis par la mort.

— S'ils disparaissaient, je mourrais aussi, se disait-elle.

Puis elle se rassurait en les voyant se retourner ou grogner dans leur sommeil et se disait : « Ils sont mieux ici que dans le bled… et s'ils étaient malades, on pourrait les soigner. »

Elle retrouvait alors son calme et le sommeil la gagnait. Après avoir encore une fois passé un linge mouillé sur le visage des enfants, elle s'endormait lourdement. Au petit matin, le claquement des sabots des ânes et des mules, les appels des marchands la réveillaient. Quand le chant du muezzin se déversait, tout comme elle l'aurait fait en entendant l'angélus, elle s'agenouillait avec la Maltaise pour réciter un rosaire.

Un dimanche, à la sortie de la messe, Anne rencontra Mathilde et ses enfants, dont la pâleur et les yeux battus l'inquiétèrent :

— Vos petits ont triste mine. C'est cette maudite chaleur que nous avons cet été ! dit-elle avant de suggérer, à sa façon impétueuse : Pourquoi ne pas me les laisser à Boukhandoura jusqu'à ce qu'il fasse meilleur ? La maison est fraîche et il y a plus d'air à Mustapha que là où vous vivez. Et puis je verrai ainsi davantage ma filleule !

L'idée n'enchantait pas Mathilde, mais elle n'osait cependant se dérober à la suggestion de celle de madame de Viannac :

— Je vous remercie, madame la baronne, mais ils sont terribles vous savez, répondit-elle en s'efforçant de ne pas laisser apparaître son souci, se retrouver sans eux et sans Beaudire, au loin en Oranie...

Comme ils arrivaient dans leur rue, Louise, les yeux baissés, interpella timidement sa mère :

— J'aimerais bien aller chez ma marraine...

— Pas moi en tout cas, lança Eléazar. Je veux rester avec toi, Maman !

Après leur sieste, elle emmena les enfants à la plage. Ils étaient heureux de patauger dans l'eau tiède et elle réfléchissait encore quand Louise l'interpella de nouveau :

— Maman, est-ce que j'irai à Boukhandoura ?

Tout s'éclaircit dans l'esprit de Mathilde. Sa fille se faisait grande. Elle s'ennuyait en compagnie de son petit frère et désirait vraiment aller chez Anne, pour insister de la sorte. D'ailleurs elle bénéficierait ainsi des leçons de couture et de musique que cette dernière lui donnerait et elle pourrait confier certains de ses petits secrets à sa marraine.

— Oui, ma chérie, tu iras là-bas puisque tu le souhaites, mais ton frère restera avec moi.

— De toute façon, je me serai sauvé ! dit le petit garçon.

Le dimanche suivant, elle montait à Mustapha avec les enfants. Toute la journée Anne et Mathilde tentèrent en vain de faire jouer ensemble Eléazar et Émile, ce à quoi, capricieusement, ce dernier se refusa. Si Louise versa quelques larmes en se séparant de sa mère, elle se consola vite.

La canicule se poursuivit jusqu'à la mi-juillet. Sur la place Louis-Philippe, rebaptisée place du Gouvernement, on donna un concert en l'honneur de la fête nationale. Un défilé militaire suivit, applaudis par les Français, mais que les musulmans et les étrangers contemplèrent en silence. Comme les derniers soldats se retiraient, un violent orage éclata, et avec l'averse tomba un peu de la touffeur de l'air.

Ce léger rafraîchissement dura peu et au début du mois d'août, insidieux, un bruit se mit à courir : le choléra est dans la ville…

Il frappait déjà l'Europe. À Alger, on en savait que ce qu'en disaient certains voyageurs. Les rumeurs les plus folles se répandirent, colportées d'un café ou d'un marché à l'autre. Pour certains, le mal était tombé sur la ville avec le gros orage du 14 juillet. Pour d'autres, l'incurie de la République en était la cause, comme l'affirmaient les ennemis du nouveau régime. Pour quelques-uns enfin, c'était là un châtiment divin, venu en raison de la corruption des mœurs…

Mathilde laissait dire mais railla la nourrice qui partageait ce dernier point de vue. Elle n'était pourtant pas loin d'ajouter foi à la sornette mais entendait rassurer Eléazar, que les propos de la femme avaient inquiété.

— J'aimerais mieux que Papa soit là. On ne serait pas malades…

— Moi aussi, mon chéri, j'aimerais qu'il soit là mais rassure-toi, tout ira bien !

Elle s'inquiéta quand le mal s'étendit davantage et que la ville fut dégarnie de nombreux soldats ; pour les préserver de l'épidémie, l'état-major les avait envoyés à la campagne où, pensait-on, les miasmes néfastes étaient plus rares.

Bientôt, les militaires demeurés en ville créèrent un cordon sanitaire qui isolait le centre d'Alger où, pensait-on aussi, se concentrait l'épidémie. Aussi infranchissable que les murailles turques d'antan, il retenait prisonniers Mathilde et son fils et leur interdisait d'aller le dimanche à Boukhandoura.

La vie grouillante de la ville s'éteignit et l'auberge où travaillait Mathilde ferma. La mort se mit à frapper çà et là, s'acharnant davantage sur les femmes et les enfants que sur les hommes. La peur commença à étreindre Mathilde quand, de partout, montèrent de longues lamentations et que se multiplièrent les cortèges qui portaient en terre un défunt. Une voisine que Mathilde connaissait bien mourut… Terrifiée, elle sut que l'épidémie, qui paraissait avoir épargné son quartier, l'avait maintenant gagné.

Une nuit, les pleurs d'Eléazar la réveillèrent. Il s'était plaint la veille de maux de ventre et elle l'avait couché tôt. Elle courut à son petit lit où il gisait, prostré et couvert de vomissures, son visage se crispant de façon brusque par intermittences. Mathilde ne voulait pas envisager le pire, mais elle s'affola en découvrant dans le seau qu'elle avait apporté au petit des selles liquides, fétides et striées de sang.

Le lendemain et le jour suivant, l'enfant vomit et continua de souffrir. Il paraissait fiévreux, mais paradoxalement sa peau était glacée. Tout au long du troisième jour, Mathilde espéra un mieux, mais au soir la panique la saisit et la fit se lancer dans la nuit. Elle chemina au travers des rues désertes que partout l'armée contrôlait, en se cachant quand elle voyait apparaître un uniforme. Haletante, elle parvint enfin à un dispensaire militaire où officiait un major qu'elle avait déjà consulté. C'était un homme encore jeune mais qui lui parut exténué et brusquement vieilli.

— Venez voir mon petit, monsieur le docteur. Il va très mal depuis trois jours. Il vomit, il fait du sang ! le supplia-t-elle.

Elle se refusait à prononcer le mot qui la hantait. Sans mot dire, le major la suivit. Eléazar somnolait et se mit à pleurer quand le médecin l'examina, avec des gestes doux, pendant un temps qui parut interminable à Mathilde. Quand il se retourna et avant qu'il ne parle, elle savait ce qu'il allait dire :

— Madame, c'est sans doute le choléra, et je vais emmener votre enfant à l'hôpital.

Mathilde se glaça. Avec des gestes automatiques, elle rassemblait quelques affaires quand, sentant son angoisse, le major voulut la rassurer :

— Il y sera mieux qu'ici et il nous faudra attendre le neuvième jour, où souvent tout s'arrange. Il faut garder espoir.

— Mais pourrai-je aller le voir ?

— Non, madame. Les consignes sont strictes, vous le savez, le moins possible de déplacements dans la ville.

Peu après, Eléazar partait sur un brancard. Une terrible impression de solitude envahit Mathilde. Elle s'alita, dormit par à-coups, se réveillant tout au long de la nuit. Elle se sentait étrangement lasse et agitée intérieurement à la fois. Elle sanglotait convulsivement par moments, pour ensuite être envahie d'une angoisse glacée.

Quand l'aube parut, elle fut étonnée du silence de la rue, auquel elle s'était pourtant habituée, depuis le début de l'épidémie. Elle rôda tout le jour autour de l'hôpital et même ne put se retenir de le faire de nouveau, à la nuit tombée, après y avoir couru en se cachant de rue en rue.

Elle continua ainsi la semaine suivante jusqu'à ce qu'un immense épuisement l'envahisse soudain. Elle n'avait plus en elle cette force étrange qui l'avait soutenue jusque-là. Elle s'effondra sur son lit, saisie d'une torpeur dont la tirèrent, quelques heures plus tard, de violentes nausées. Elle vomit à plusieurs reprises, sans en être soulagée, puis se mit à geindre ou à crier sous la souffrance quand, en cascades, des crampes se mirent à secouer son corps. Une voisine qui l'avait entendue se risqua chez elle et entreprit de la réconforter. Elle essuya son visage, s'efforça de la faire boire et revint régulièrement accomplir les mêmes gestes, la trouvant, selon les moments, inerte ou gémissante.

Au fil des jours, son visage parut se défaire, ses joues se creusant, son nez se pinçant et ses yeux s'enfonçant dans ses orbites. Par moments, elle paraissait se réveiller de sa semi-inconscience et murmurait des phrases incohérentes en appelant Beaudire.

Et puis un matin, alors que jusque-là il avait semblé lutter contre quelque ennemi invisible, son corps cessa de s'agiter et parut reposé. Au soir, la voisine reprit quelque espoir quand Mathilde entrouvrit les yeux et qu'un imperceptible sourire, vite effacé, apparut sur ses lèvres… Mais quand lui succédèrent un hoquet et un long spasme du visage, auxquels fit place une profonde inertie, elle comprit que son amie avait passé.

Son corps et celui d'Eléazar, mort quelques jours plus tôt, reçurent une sépulture provisoire. Trois semaines après, l'épidémie perdit de sa force et les mesures d'isolement furent relâchées. Bernard et Cléo purent alors ensevelir côte à côte la mère et l'enfant.

* * *

— Ils sont tellement pareils que ça qu'il sent l'un, l'autre il le sent, pour le bien comme pour les misères. Mon pauvre mari qu'est-ce qu'il est malheureux aussi de ça qui s'est passé ! Et puis alors le mal qu'il a eu pour prévenir Beaudire, là-bas en Oranie, disait Cléo à l'issue du drame.

Quand son frère finit par annoncer sa venue, Bernard tint à être seul pour l'accueillir au bateau. Il fut surpris de le voir lui adresser de joyeux mouvements de la main, puis de son comportement étrange, à la fois détaché et exalté, avant de comprendre, à ses paroles embarrassées et à son haleine, qu'il avait bu… Il nota aussi combien sa physionomie avait changé. S'il émanait de lui la même robustesse physique, il avait pris du poids, son visage s'était empâté et sur la peau de ses joues couraient de minuscules veinules violacées.

Il continua de l'observer au cimetière où il l'emmena aussitôt. Beaudire y garda un air distant, son regard allant de la tombe de sa femme à celle de son fils, sans émotion apparente, avant qu'il ne dise avec brusquerie :

— À quoi bon rester ici, ça ne les fera pas revenir !

Il s'était à peine enquis de Louise, et quand elle vint vers lui il l'embrassa distraitement sur le front. Pourtant, chacun savait combien elle attendait la venue de son père, et espérait, en se souvenant de leur ancienne complicité, qu'il saurait mieux qu'un autre la réconforter.

Ses proches avaient été surpris par la curieuse indifférence que l'adolescente avait manifestée à l'annonce du drame, par son absence de larmes et par le silence qu'elle n'avait rompu que pour murmurer :

— J'aurais dû mourir avec eux…

Seule Anne, qui avait observé son regard fuyant et la manière dont elle mâchonnait l'une de ses tresses, avait pris la mesure de la douleur térébrante que sa filleule portait en elle. Aussi l'avait-elle invitée à chercher le secours de la Sainte Vierge par une dizaine d'*Ave*, matin et soir, une invitation à laquelle Louise s'était scrupuleusement soumise.

Le soir venu, au dîner, Bernard remarqua que son jumeau vidait de nombreux verres de vin. Il ne s'étonna pas, tant il paraissait épuisé, de le voir se coucher tôt, en lui souhaitant une bonne nuit, d'une voix embarrassée.

En revanche, quand le lendemain Beaudire se leva, une tristesse profonde émanait de lui, en tout point contraire à sa curieuse apathie de la veille. Avec tendresse, il enlaça et câlina sa fille avant de partir seul avec elle au cimetière, pour une visite qu'ils renouvelèrent chaque jour, jusqu'à son retour à Oran.

Son contrat à Mers el-Kébir allait se terminer, mais un autre suivait. Cependant, précisa-t-il à Louise, en réponse à la supplication muette qui se lisait dans ses yeux :

— J'aurais bien voulu que tu m'accompagnes, mais ce n'est pas possible. Ce bled du Sig est sans confort et il n'y a pas d'école. Or il faut que tu continues à t'instruire, tu le sais. Tu vivras chez ton oncle et ta tante à qui je payerai une pension. Et puis voici pour toi, dit-il en ouvrant un sac, c'est le cadeau que ton grand-père avait offert à ta pauvre maman quand nous nous sommes mariés. Ce sera ton tour de te servir de cette louche d'argent. Fais-le aussi bien que ta mère…

Quand il fut reparti, Bernard parla longuement à Cléo de Beaudire, sans se douter que, derrière la porte, Samuel et Louise les écoutaient :

— Il a toujours eu une sacrée carapace que j'aurais bien voulu avoir aussi, faite d'acier ! Il n'y a eu que Mathilde qui ait su l'entamer. Mais ensuite, il était comme soudé à elle. Ils respiraient le même air. Quand ils ont dû se séparer, ils se sont mis à asphyxier. J'espère qu'il se remettra de sa perte, mais je n'en suis pas certain…

Les Maureuil n'étaient pas les seuls à avoir été éprouvés par l'épidémie. Elle avait frappé riches et miséreux, avait rempli cimetières et fosses communes et fait des orphelins par dizaines. Cependant, Alger s'était vite remise à vivre et la tragédie avait paru oubliée, jusqu'à la Toussaint qui ranima le souvenir des disparus.

Cléo amena Louise au cimetière. Peu après, elle surprit sa nièce qui déchirait une lettre de Mathilde qu'on lui avait remise, un testament spirituel qu'elle avait écrit à l'usage de ses enfants, « au cas où elle disparaîtrait ». Elle ne la blâma pas. Elle avait elle-même eu la même attitude, à la mort d'une de ses grands-mères. En représailles du chagrin qu'elle lui avait infligé en la quittant, elle avait jeté dans un oued le collier de corail que la vieille dame lui avait donné…

* * *

Au long de ces dramatiques journées, nul n'avait prêté attention à Samuel, tant il s'était montré discret. Elles l'avaient pourtant bouleversé et la détresse de Louise, maintenant orpheline de Mathilde, l'avait obligé à se confronter à sa propre situation, à laquelle il évitait de penser en permanence.

Il avait accepté, jusqu'à ses sept ans, ce que lui avait dit sa mère : son père était mort. Plus tard, quand il s'était étonné de n'avoir jamais rencontré de grands-parents, d'oncles, de tantes ou de cousins, il lui avait été répondu qu'eux aussi n'étaient plus là…

Et puis, un jour, il avait senti qu'un mystère entourait sa naissance, un jour où, en colère, sa nourrice l'avait traité de bâtard, avant de lui dire, confuse, que ce n'était là qu'une injure courante. Il s'était efforcé de la croire mais dès lors, un doute insistant s'était installé dans son esprit. Était-il vraiment Juif et qui était son père ?

Il cessa de s'interroger ainsi après sa venue à Alger. Sa rencontre avec Louise y avait été pour beaucoup. Tout de suite, il s'était attaché à la fillette. Elle avait donné un sens à son existence. Il s'était fait le serment de toujours veiller sur elle et après la mort de Mathilde son triste sort lui avait fait oublier le sien.

Elle le questionnait souvent et il essayait de la rassurer, comme ce fut le cas un matin où ils trempaient des lignes dans l'eau jaspée du port :

— Jamais je ne pourrai oublier Maman, avait dit la petite.

— Non bien sûr. Mais tu pourras vivre sans elle.

— Tu dis cela parce que tu as la tienne.

— Oui, mais toi tu as ton père et moi je n'ai même pas connu le mien et tu vois, je vis bien sans lui.

— Pourquoi, il est mort ?

— Oui, juste avant ma naissance, avait-il affirmé sans conviction. Et puis, avait-il ajouté, ma maman, je ne l'ai pas beaucoup vue… jusqu'à ce que je vienne chez Tonton Bernard.

— C'est ton tonton ? Alors on est cousins.

— Non, c'est Maman qui veut que je l'appelle comme ça.

Un long silence avait suivi, que Samuel avait écourté en sentant l'inquiétude de sa petite compagne et pour éviter aussi de réfléchir à sa propre situation. Ramassant le seau où finissaient d'asphyxier girelles et cabotes, il avait dit :

— Allez viens, y a juste de quoi faire une soupe mais avant de rentrer, on va manger des arapèdes !

Et sur les rochers, ils étaient allés arracher les cônes grisâtres des coquillages pour en gober la chair gluante et salée.

Longtemps Bernard et Cléo n'avaient pas contrarié leur amitié innocente, qui les amusait. Cependant quand Samuel se mua en un jeune homme au physique agréable et que Louise eut atteint l'adolescence, Bakhta fit une réflexion :

— Quesqu'y vont dire tes voisins ? Chez nous, c'est l'âge qu'ils se marient.

— Tais-toi, avait répondu Cléo. Chez nous les Juifs aussi, mais seulement chez ceux qui sont pas « venus » comme des Français !

Ce genre de querelles, suivies de bouderies, opposaient régulièrement les deux femmes qui s'apostrophaient pour l'occasion, soit en français, soit en arabe.

— Allez va, une *youdia* t'y es, une *youdia* t'y restes, même si t'y as marié un *roumi* et que tu fais comme les Français ! avait repris Bakhta.

— Et toi qu'est-ce que tu te crois ? T'y es juste une *boudjadia* de la montagne, que je t'ai tout appris. Va voir plutôt si ta *loubia* elle brûle pas ! Avant de se reprendre : Pt'être que t'y as raison pour les enfants. Je vais en causer à mon mari.

— Fiche-leur donc la paix, lui avait dit Bernard. Ils sont comme frère et sœur, et puis ils sont si jeunes. Quant à ce que diront les voisins, je m'en moque ! Tu sais bien que nous sommes nous-mêmes perdus de réputation. Le vrai problème est plutôt qu'il faudra bien qu'un jour Samuel apprenne les circonstances de sa naissance, tu le sais bien.

Elle le savait mais reculait sans cesse l'échéance de révéler la vérité :

— Et pourquoi que je lui dirai qui c'est son père, pour qu'il aille lui faire un « escandale » ? Mieux ça reste comme ça, sauf s'il me demande. Alors là je verrai. D'ailleurs je crois que jamais il me demandera !

— Cela t'arrange bien de dire cela ! avait commenté Bernard, avec un sourire indulgent.

— Peut-être. N'empêche que la Bakhta elle a raison. Et maintenant ils sortent plus ensemble sans, comment qu'on dit ? un chaperon ! Et c'est moi que je le serai, çuila !

* * *

En novembre 1852, Beaudire revint à Alger, pour voter au plébiscite proposé par le prince-président de l'éphémère IIe République, devenu l'Empereur Napoléon III.

Deux heures après avoir débarqué, il s'entretenait à bâtons rompus avec son frère :

— Trois ans là-bas. J'en ai ma claque ! Mais maintenant les marais de la Ceirat sont une plaine fertile…

Et il allait poursuivre quand parvinrent de la cuisine des éclats de voix.

— Depuis qu'on est mariés Cléo se croit toute permise et elle ne cesse de crier, dit Bernard.

— Ah ! Mathilde était plus calme mais elle était de chez nous.

— Tu oublies les cris de Maman quand elle rembarrait Papa pour le récit de ses campagnes ! Elle était pourtant Gasconne elle aussi.

Ils rirent avant que Beaudire ne reprenne :

— J'ai amassé un pécule. Pour faire le paysan, comme nos parents. J'ai d'abord songé à acheter un petit domaine près du barrage du Sig, pour y planter du coton. Mais finalement je vais plutôt chercher près d'Alger, pour me rapprocher de vous tous.

Bernard redoutait toujours un peu les initiatives de son jumeau. Il ne souhaitait pas discuter avec lui de ce nouveau projet sans s'être d'abord renseigné, aussi fit-il diversion :

— Que doit penser notre père du nouvel Empereur ?

— Il est sûrement ravi !

Par fidélité à l'égard du vieux soldat, ils s'apprêtaient par leur oui à approuver la proposition faite aux Français.

— Je ne sais pas ce que ce nouveau Napoléon va faire pour l'Algérie mais en tout cas, Monsieur le baron et aussi mes employés musulmans ont apprécié qu'il ait rendu sa liberté à Abd el Kader, dit Bernard. Et à propos de monsieur le baron, va donc le voir. Il s'intéressera à ton projet et il a beaucoup de relations.

Tandis qu'ils conversaient, Bernard observait son frère. Il avait meilleure mine mais son teint était toujours jaunâtre. Il en avait rendu responsable la malaria qui l'avait frappé à Saint-Denis-du-Sig. Il paraissait toujours boire beaucoup, avait accepté plusieurs verres de vin et s'était resservi spontanément. « Il faudra que je le questionne franchement sur sa santé », se disait Bernard quand Louise survint et alla se blottir dans les bras de son père. Samuel la suivait, qui prêta l'oreille à la conversation des deux hommes. Elle avait repris à propos du général de Saint-Arnaud qu'ils n'aimaient guère. Ils s'inquiétaient du rôle qu'il avait joué le 2 décembre et craignaient qu'il ne renforce en Algérie l'autorité des militaires sur les civils.

Avec une véhémence qui lui était inhabituelle, le jeune homme intervint soudain :

— Il s'est montré un âne et une brute dans l'expédition de Djidjelli mais ça lui a quand même valu sa troisième étoile. Quant à l'Empereur… Rappelez-vous ses opposants qu'il a fait « transporter » ici, par mesure administrative et non pas judiciaire, comme il a dit. Sous l'appellation d'« Algérie plus ». J'en ai vu débarquer certains qui conspuaient les bourgeois avant de partir pour Lambèse. L'Algérie va devenir un bagne, comme la Guyane.

Les deux frères se regardèrent, stupéfaits :

— Tu en sais des choses que nous ignorons, dit Bernard en faisant rougir le garçon sous le compliment.

— Toujours j'l'ai pensé ! dit Cléo, une réflexion qui provoqua un impatient mouvement d'épaules de son fils. Enfin, si t'y aimes pas que je te trouve « gracieux », peut-être t'y aimeras au moins ma *chorba*, lui dit-elle en invitant ensuite chacun à passer à table.

* * *

En 1854 éclatait la guerre de Crimée, sous le prétexte de la garde des lieux saints. Elle allait durer deux ans et une large partie de l'armée cantonnée en Algérie était envoyée sur les bords de la mer Noire. La Kabylie se soulevait alors, à l'instigation de Bou Baghla, dit l'homme à la mule et de celle d'une maraboute, Lalla Fatma N'Soumer. Le général Yusuf puis le général Randon déclenchaient alors dans ces montagnes une sévère répression, qui allait se poursuivre jusqu'à ce que la chute de Souk el-Arbaa et d'Icheriden fasse baisser les armes aux insurgés.

À Boufarik, ces troubles paraissaient lointains. On avait oublié, maintenant que le calme y régnait, combien la plaine avait été à feu et à sang. Sa fertilité était devenue exemplaire et Aimé y avait pris une initiative hardie, celle de la culture des agrumes. Comme elle était pratiquée à Blida, depuis toujours, mais de façon modeste, il s'était dit à juste titre qu'elle pouvait se faire de façon extensive.

La Mitidja étant maintenant riche et bien irriguée, protégée des vents de mer par les collines du Tell et, une température propice à l'oranger comme au mandarinier régnant dans la plaine, son projet avait abouti et de belles récoltes avaient été faites.

Avec Anne, il séjournait maintenant souvent dans la grande maison, baptisée « Bordj el-Kébir », qu'ils avaient édifiée au milieu des orangers. Ils ne se lassaient pas de contempler leurs arbres ronds, plantés en carrés réguliers et les comparaient en souriant à ceux qui s'étiolaient dans les serres de France. Lors de la récolte, ils s'extasiaient à la vue des corbeilles pleines des globes dorés de leurs fruits mais c'était avant tout de leur floraison qu'Anne raffolait.

Elle s'amusait à composer avec les délicates fleurs blanches un bouquet identique à celui de ses noces, fait de pétales de cire, qu'elle avait gardé sous une cloche de verre. Elle y mêlait parfois quelques brins de ce géranium à essence dont les champs roses contrastaient avec le vert sombre des vergers d'agrumes ; de ce géranium rosat dont Aimé avait aussi entrepris la culture, après que le Grassois Mercurin l'ait introduit à Chéragas.

— Tout cela est si beau, dit-elle un jour à Aimé. Et puis regardez toutes ces abeilles sur les arbres, mon ami. Est-ce parce qu'elles sont l'emblème des Bonaparte qu'elles s'agitent autant qu'eux ?

— Vous êtes injuste avec ces laborieuses petites bêtes, ma chère Anne. Au moins produisent-elles ce miel que vous aimez tant au lieu de sang, de sueur et de larmes !

Émile chevauchait parfois avec ses parents dans le domaine, tous trois communiant alors dans leur amour de la terre. C'était là les seuls moments de répit dans les tensions qui régnaient entre eux.

Il avait été un enfant difficile, qui les avait toujours désorientés. Au collège, ses études avaient été médiocres et il y avait connu de graves problèmes disciplinaires. Rien ne l'intéressait sinon la chasse et les jeux brutaux. Anne s'accusa alors de ses faiblesses à l'égard de cet enfant qu'elle avait voulu unique. En revanche, il avait manifesté très tôt un vif intérêt pour ce qui concernait l'agriculture. Dès l'âge de dix-huit ans, il avait commencé à s'occuper du domaine avec un réel talent, mais avec beaucoup de morgue à l'égard des employés musulmans et espagnols, ce qui faisait craindre à Aimé une vengeance de ces gens ombrageux.

* * *

En 1854, une lettre de leur sœur Marie-Louise annonça aux jumeaux la triste nouvelle de la mort du vieil Eléazar. Céline et lui étaient allés vivre en Ariège, quatre ans auparavant, chez Jules, l'époux de leur fille. Il avait entendu participer au travail de la ferme de son gendre et celui-ci lui avait confié de menues besognes, mais en lui interdisant de s'occuper des bêtes. Piqué au vif, il avait ignoré la consigne si bien qu'un cheval rétif l'avait projeté sur un mur de l'écurie, contre lequel il s'était brisé le cou.

Bernard répondit à sa sœur qu'il viendrait au printemps avec sa famille se recueillir sur la tombe de leur père. Beaudire ne pouvant quitter son chantier d'Oranie, il emmènerait sa nièce Louise avec lui, cette petite-fille que ses grands-parents s'étaient toujours désolés de ne pas connaître.

En fait il souhaitait depuis longtemps faire découvrir à Cléo la France, un endroit mythique pour elle, et elle exulta quand il lui fit part de son projet. Elle approchait maintenant de la quarantaine, revêtait un air majestueux mais avait pris un certain embonpoint qu'elle masquait habilement avec corsets et crinolines. En revanche elle découvrait volontiers ses épaules, agréablement arrondies, et son visage, exempt de rides, surmontant un cou encore parfait, était celui d'une Junon. Enfin elle avait appris, guidée par Anne, à se maquiller et à s'habiller et elle avait acquis une réputation d'élégance. Aussi entreprit-elle pour la maintenir de composer, pour elle et pour Louise, une garde-robe à la hauteur du voyage.

La jeune fille, elle, n'avait aucun goût pour la toilette et portait invariablement des tenues d'une teinte pastel qu'elle ne rehaussait d'aucune fantaisie. Sans être vraiment jolie, elle bénéficiait de la fraîcheur de ses dix-neuf ans. Un sourire charmant, mais rare éclairait parfois ses traits un peu mous, ce qui faisait dire à Cléo :

— Mais souris donc, ma fille, ça te change la « fugure » complètement. Tu veux plaire à personne ?

— Je plais à qui je veux et dans la vie il n'y a pas que cela. Plaire, plaire, plaire ! Tu n'as que ce mot à la bouche ! répondait-elle invariablement.

Une seule ombre planait, qui tourmentait Cléo. Samuel ferait-il partie du voyage ? Bernard ne l'avait pas précisé et elle n'osait le lui demander.

Il devina son souci et vint à son secours :

— Je crois savoir, ma Cléo, que tu te demandes si Samuel nous accompagnera. Bien sûr ! Il est un peu mon fils, non ?

— C'est que je me fais souci de le laisser seul, il est si doux et si naïf !

— C'est un adulte maintenant et qui sait se défendre. Simplement il prend son temps. Il réfléchit, mais quand il attaque, il attaque, tu sais. Je le connais bien maintenant.

Deux mois plus tôt, il avait vu le jeune homme aux prises avec un importun, avait admiré son sang-froid et en avait été heureux. Le timide petit garçon venu de Blida était maintenant un jeune homme qui avait pris de l'assurance, peut-être grâce à ses conseils, avait-il osé espérer.

Rassurée, Cléo reprit ce qu'elle avait délaissé un temps, ses emplettes en vue du voyage, non sans avoir demandé à Anne d'encourager sa filleule à plus de coquetterie :

— Madame la baronne, vous qui êtes une Française de France, dites-lui que là-bas les femmes elles sont plus élégantes qu'ici.

— Pas tant que cela, répondit Anne qui se souvenait des tristes tenues provinciales de sa jeunesse. Vous savez, à Paris peut-être. Et encore, certaines dames seulement. Moi je trouve qu'ici le soleil rend les femmes plus jolies et leur fait mieux porter la toilette.

— Et puis qu'est-ce qu'elles vont dire la mère et la sœur à Bernard de comment que je cause ? De mon accent qu'il est comme celui des Arabes ? Remarquez qu'à part vous et monsieur le baron, tous ici ils ont un accent !

— Mais votre belle-famille a elle aussi un accent ! Celui de Bernard et de Beaudire. Celui de la province où ils sont nés. Personne ne vous fera de remarques.

Cléo avait encore plus honte d'être illettrée. Elle avait bien acquis quelques rudiments de lecture et d'écriture mais ils ne lui permettaient que de déchiffrer laborieusement un texte. « Eh bien, se dit-elle, si je dois lire je dirais que je suis *larmaa* et que j'ai oublié mes lunettes, comment que je fais déjà. »

Mais plus que Cléo, qui voyait dans ce voyage un triomphe personnel, plus que Louise, heureuse de connaître sa famille, plus que Bernard, joyeux à l'idée de revoir sa mère et sa sœur, Samuel exulta. Il allait découvrir un nouveau monde et, de plus, être un mois entier avec Louise. Il n'était jamais las d'apprendre, ce qui lui avait fait enrichir sa connaissance de l'arabe et du français, de celle du tamazight, de l'espagnol et de l'italien. Ses talents lui avaient d'ailleurs fait obtenir un poste d'interprète dans l'armée, à Cherchell. Il devait l'occuper au retour de leur voyage et il s'amusait que son nom, Torjman, soit dérivé du mot turc signifiant « traducteur »...

En mai, tous embarquaient pour la France. Marseille ne les surprit guère. Sa foule leur rappelait celle d'Alger. Après un long voyage jusqu'à Saint-Gaudens, le spectacle verdoyant des Pyrénées le fit davantage.

Jules, l'époux de Marie-Louise, était venu les chercher à la gare. Quand sa charrette eut grimpé dans la montagne, Bernard fut ému de voir sa mère, toute menue, lui faire de loin de grands signes d'une main en protégeant de l'autre ses yeux du dur soleil d'altitude. Bernard eut du mal à reconnaître Céline dans cette petite vieille dame, voûtée, aux cheveux noués en un maigre chignon. Près de vingt ans avaient passé...

Pourtant il la retrouva vite dans son regard clair et rusé et dans ses propos acerbes. L'accueil froid que Cléo reçut d'elle, tout comme l'inspection qu'elle fit de sa petite fille, à la confusion de cette dernière, ne le surprirent pas plus. Ils étaient bien dans ses manières :

En effet, Céline, après avoir relevé le menton de Louise, palpé sa poitrine et l'avoir inspectée de face et de dos avait exprimé sa satisfaction :

— Elle tient plus de Mathilde que de Beaudire. D'ailleurs regardez-la à côté de son oncle, qui est du même modèle que son père. Un bon point, elle a hérité des yeux gris des Claparède !

Ceux, d'un noir de jais, de Cléo brillaient de la fureur d'être ignorée par sa belle-mère. Bernard, qui le sentit, fit diversion en demandant à visiter la ferme.

C'était une grosse bâtisse de pierres, flanquée d'une étable et d'une écurie, dans laquelle Jules signala l'endroit où Eléazar avait été tué par le cheval. La bête était toujours là qui renâcla à leur passage :

— Moi j'aurais fait abattre cette carne ! murmura Céline à Cléo, qui se sentit enfin reconnue. Mais pour mon gendre, pas de sentiment. Pour lui il n'y a que l'argent qui compte.

Plus loin, Samuel et Louise contemplaient les prairies qui dévalaient jusqu'au fond d'une vallée. Des troupeaux y avançaient lentement. La lumière limpide, la légèreté de l'air, des fleurs et des arbres inconnus les décontenançaient et, comme pour se rassurer, Louise lança :

— Autour d'Alger, les beaux jours d'hiver, c'est un peu pareil.

— Non, il y a toujours l'humidité venue de la mer qui assourdit les couleurs, et puis toute la végétation est si différente !

— Sauf les narcisses de Mahelma, mais ils sont plus petits.

Cléo les appela. Elle n'aimait pas les voir s'isoler et redoutait les commentaires de Céline, lesquels ne manquèrent pas :

— On pourrait les marier ces deux-là. Un brun et une blonde, ça pourrait donner des résultats… En tout cas Louise n'a pas laissé le soleil d'Afrique abîmer son teint. Vous non plus d'ailleurs, ajouta-t-elle à l'usage de Cléo. Vous avez le type espagnol, comme l'Impératrice. Je craignais d'avoir une bru qui soit une moricaude !

La réflexion enchanta Cléo, dont on avait déjà comparé les épaules à celles de la souveraine. Elle était adoptée par la vieille dame, mais Bernard se disait que d'autres piques maternelles pourraient succéder aux compliments…

On alla se recueillir sur la tombe d'Eléazar. On la garnit le dernier jour des fleurs d'un rosier jaune qui couvrait la façade de la ferme. Jules conduisit les voyageurs à Saint-Gaudens, d'où ils devaient gagner Paris. Du plus loin qu'il le pût, Bernard regarda sa mère qui agitait un mouchoir. Mélancoliquement il pensait qu'il la voyait sans doute pour la dernière fois et dit d'un ton solennel :

— À propos de la femme de Loth, la Bible recommande de ne pas regarder en arrière. Je me demande si j'ai bien fait de revenir. J'avais tourné la page.

Cléo prit alors sa main :

— Mais si, c'est bien comme ça. Moi, heureusement que j'ai revu ma mère à Blida avant qu'elle est morte, la pauvre. Ça m'a fait bonheur qu'on s'est quittées en s'embrassant, qu'on était plus fâchées. Et comment que je suis triste que mon père il a fait le fier, *zarma* ! Tout j'aurais fait pour qu'il me pardonne. Qu'il m'aurait crié dessus tant qu'il voulait, j'aurais rien dit. Crois-moi, c'est mieux comme ça que t'y as revu ta maman, même si c'est la dernière fois...

Ils conclurent leur voyage par quelques jours à Paris pour y visiter l'Exposition universelle de 1855. La capitale éventrée par les travaux du baron Haussman ne leur parut guère avenante.

— Je ruine toutes mes robes ici, dit Cléo, et toi aussi fais « entention » ! dit-elle à Louise. C'est plus sale qu'Alger et au moins là-bas je sais où je dois pas aller, si je veux pas pourrir mes toilettes.

À l'exposition, seul les séduisit le pavillon de l'Algérie. Ils s'y trouvèrent en terrain connu. Des palmes le garnissaient, au milieu d'un savant arrangement de peaux de lions et de panthères. Audessous d'elles étaient disposés des œufs d'autruches, des buissons de corail de La Calle, des corbeilles d'agrumes, des bouquets de géranium rosat et de jasmin. Plus prosaïques, des feuilles de tabac, des gerbes de céréales, des touffes d'alfa et des bonbonnes de vin y figuraient aussi.

Le dernier soir, ils dînèrent avec Paul Marsan, longtemps perdu de vue depuis son retour en France, quatre ans plus tôt.

L'enthousiasme qu'il manifestait, juste après la conquête de l'Algérie, était retombé :

— Je suis revenu en métropole, leur dit-il, car je n'ai aucune confiance en Badinguet. Il ne croit pas à l'avenir de la France là-bas et se dit l'Empereur des Français et des Arabes. De plus, le flot des émigrants en Algérie se tarit. Ils préfèrent les Amériques à l'Afrique. Vous n'êtes que 200 000 Européens, dont une bonne moitié d'étrangers, face à 3 000 000 de musulmans et vous vivez presque tous dans les villes. Le bled est presque le même qu'en 1830 !

Il rappela que le pouvoir était de nouveau entre les mains des militaires. Il évoqua l'affaire Doisneau et s'emporta contre une administration corrompue. Tous l'avaient écouté en silence et Bernard lui donna raison sur certains points. Samuel qui pourtant avait des idées sur le sujet se tut, par timidité. Les dames, elles, ne se sentirent pas autorisées à intervenir.

Quand ils furent de retour à Alger, quittée cinq semaines plus tôt, l'été s'y était installé. Le port et la ville baignaient dans une brume de chaleur épaisse. Ils furent heureux de retrouver la fraîcheur de l'appartement. Une lettre de Beaudire les attendait par laquelle il leur annonçait son retour définitif à Alger et Cléo soupira d'aise :

— Ah, il a bien raison de revenir ici. Y a qu'à Alger qu'on est bien. Ta France, tu sais !

* * *

Quand Beaudire rentra d'Oranie, en septembre, Bernard s'alarma de nouveau de son aspect physique qui s'était encore plus délabré. Son regard était las et vindicatif. Des mouvements machinaux lui faisaient passer d'une main à l'autre sa pipe, qu'il cherchait vainement à allumer de ses doigts tremblants. Bernard remarqua aussi sa tenue négligée, presque malpropre, quand lui-même restait très soigné. Il se dit que leur gémellité n'apparaissait plus guère. Beaudire semblait maintenant un aîné bien plus âgé.

Lentement, longuement, ce dernier monologua :

— Plus rien à foutre en Oranie. Pas moyen de se faire entendre par tous ces petits chefs qui croient tout savoir. J'ai fini par claquer la porte. Remarque que j'ai fait ma pelote, mais en acceptant n'importe quoi. Et puis au Sig les marais étaient infects, pires que dans la Mitidja, chez le baron.

Il réclama à boire et vida d'un trait son verre de vin :

— Je vais me mettre à mon compte. J'ai de quoi. Je vais prendre une concession mais, comme je te l'ai déjà dit, je veux rester près d'Alger. Pour vous voir tous, et surtout ma fille. J'ai besoin de ma famille depuis que Mathilde a disparu, conclut-il, des larmes dans les yeux.

Les deux frères eurent encore de longues discussions. Cléo restait en retrait mais elle était inquiète de l'état de son beau-frère. Louise affectait de ne pas s'être aperçue de la détérioration physique de son père. En réalité elle aussi s'en était alarmée mais elle n'avait voulu confier son souci qu'à Samuel.

En décembre, à l'issue du repas de Noël, Beaudire annonça une grande nouvelle :

— Je vais acheter un petit domaine sur la Rassauta, au bord de la mer, à Fort-de-l'Eau. J'ai pris conseil auprès de monsieur de Viannac. Il m'a recommandé l'endroit. Il le connaît bien puisqu'il y a fait venir des Minorquins des Baléares, des gens sérieux et durs au travail.

Bernard fronça le sourcil :

— Le baron t'a-t-il parlé de ceux qui ont échoué là où tu comptes t'installer ? Cette zone qui faisait partie du beylick a été confisquée quand les Turcs sont partis. On a voulu sédentariser la tribu des Aribs qui y vivaient, en leur donnant des terres, mais ils n'ont fait qu'y mettre leurs chèvres… Et puis il y a eu le prince de Mir, un Polonais, un cousin éloigné des Viannac, je crois, mais il se contentait de jouer les grands seigneurs sur son domaine. Ensuite est venu un Espagnol, le comte del Valle de San Juan qui a brusquement disparu, tellement il avait de dettes. Alors maintenant l'administration est stricte. Elle ne veut plus y donner de concessions et elle en a refusé une à un Irlandais, Rawoon, qui voulait y fonder une petite colonie avec des gens de son île.

— Mais je ne vais pas demander une concession à l'État, ce grand voleur ! s'exclama Beaudire. Je compte acheter ce petit domaine à un caïd.

— Vérifie d'abord qu'il ne s'agit pas d'un bien tribal. Tu pourrais avoir de mauvaises surprises.

— C'est fait. L'endroit n'appartient qu'à lui seul et l'on signera devant notaire. Remarque, cela n'a pas été sans mal. C'est un fin renard et il était conseillé par les bureaux arabes, qui ne sont pas du côté des colons.

— Je pense, dit Samuel, et avec tout le respect que je vous dois, qu'il faudra vous faire aider par des gens qui connaissent la terre, car jusqu'à présent vous faisiez tout autre chose.

— Tu crois que je ne le sais pas, dit Beaudire, agacé par les mots du jeune homme, habituellement si réservé, mais à qui en aparté Louise avait demandé d'intervenir. Je compte recruter un intendant, Joan Bagur, un Mahonnais qui faisait partie de mon équipe à Boufarik. Dans la Mitidja, il a appris un peu le français avec moi, et moi un peu de minorquin avec lui. On arrive à se comprendre. Il a accepté mon offre à la condition de faire venir sa famille depuis Ciudadella. D'ailleurs à Castelmatier, Papa, un ancien tailleur militaire, était devenu un parfait cultivateur. Je serai bien capable d'en faire autant !

— Oui, mais il avait Maman, une bonne paysanne, dit Bernard.

— Je le sais, je le sais, conclut Beaudire que toute cette argumentation commençait à exaspérer.

Six mois plus tard, le nouveau propriétaire flanqué de Joan Bagur, s'installait sur ses terres. Elles consistaient en une bande triangulaire de quelques hectares, allongée entre la route d'Alger et la plage. Une ligne de hautes dunes, sur lesquelles poussaient des tamaris échevelés, la séparait de la mer et en arrêtait les vents. Comparé à bien des exploitations, le domaine était de proportions modestes mais la fertilité de son sol, sa facile irrigation grâce à un oued voisin, sa proximité d'Alger étaient prometteuses. Il avait vocation de maraîchage ce à quoi l'ancien propriétaire l'avait consacré, très modestement. Y poussaient en effet un peu d'orge, quelques légumes et des figuiers mais la plus grande partie était couverte de marécages ou d'herbes sèches où broutaient des chèvres.

Non loin s'élevait un fort imposant, dit le Fort des précipices. Les Barbaresques l'avaient établi pour protéger l'entrée de la baie, après que Charles Quint ait débarqué en 1541 sur une plage voisine. Il abritait un puits, ce qui avait donné son nom au lieu-dit. Contre les épaisses murailles de la citadelle s'adossaient quelques baraques ; en particulier un estaminet, pompeusement appelé « Le Café de la paix », où Beaudire emmena Bernard arroser son installation. Une robuste Alsacienne, Rosalie, le tenait et, tout comme elle, d'autres commerçants avaient suivi là civils et militaires. Ainsi un boucher arabe officiait-il dans sa boutique dans laquelle, au milieu des mouches, des carcasses étaient suspendues et empilées des têtes de chèvres, de moutons, parfois celle d'un dromadaire. Ainsi également une boulangère espagnole vendait-elle des pains rustiques et faisait-elle commerce d'articles d'épicerie ou de ménage.

Régulièrement, Joan rappelait à Beaudire sa promesse :

— Patron, je peux faire venir ma famille maintenant ? Il y a une maison pour vous et une pour nous.

Il s'agissait de deux maisonnettes qui se trouvaient sur le domaine, de simples blocs cubiques en piteux état, aux ouvertures minuscules et aux murs décrépits, où campaient les deux hommes.

— À Minorque ce n'est pas mieux ! insistait-il.

— Non, pas encore. Ces maisons sont pleines de vermine et il pleut dedans.

Bernard vint les examiner et les mit en chantier. Elles furent agrandies et couvertes d'un toit de tuiles qui remplaçait leurs terrasses. Leurs ouvertures furent élargies, le sol en terre battue carrelé et leurs murs chaulés pour atténuer l'humidité qui y régnait.

Dans le même temps, Beaudire entreprenait d'établir un système d'irrigation et d'assainir le puits qui fournirait l'eau potable. Au terme de plusieurs mois, les terres étaient prêtes à être cultivées, les maisons habitables. Cléo équipait celle de son beau-frère avec les meubles et le linge de Mathilde qu'elle avait pieusement conservés.

Au début, l'inexpérience de Beaudire lui fit faire des tentatives agricoles hasardeuses. Il avait essayé le coton puis, sur les conseils d'un soldat antillais qui confondait sans doute les climats de Fort-de-France et de Fort-de-l'Eau, il avait planté des bananiers, aussitôt flétris. Comme Aimé, il avait voulu aussi faire venir des agrumes, sans penser que les conditions climatiques du bord de mer n'étaient pas celles de la Mitidja. Enfin, devant le succès du riz produit à Saint-Denis-du-Sig il avait inondé une partie de ses terres, pour n'obtenir qu'une récolte juste bonne à laisser aux oiseaux…

Au fil de ces travaux, Beaudire perçut que la docilité de Joan à exécuter ses ordres cédait la place à une discrète désapprobation. Il finit par demander conseil à son métayer qui lui intima alors, en éclatant de rire, de planter, comme à Minorque, des tomates, des poivrons, des aubergines, des courgettes, quelques fruitiers, mais bien à l'abri, et puis encore des tomates !

* * *

Beaudire accéda finalement au désir de son employé de faire venir sa famille, et il se rendit au port avec lui pour l'accueillir. Inquiet Joan avait vu arriver la balancelle venue des Baléares, fortement secouée par les vagues qui balayaient la baie. Il avait marmonné des prières et s'était signé plusieurs fois avant d'exprimer bruyamment sa joie quand l'esquif avait franchi la passe.

Les passagers étaient descendus à terre d'un air mal assuré. Sur leurs visages livides se lisait le soulagement de voir venue la fin de leurs épreuves. Il régnait cependant dans la foule un certain silence, les effusions se faisaient discrètes, ce qui s'expliqua quand on descendit, enveloppé dans un linceul, le corps d'une passagère. Elle avait péri pendant la traversée. À ce spectacle, un éclair de panique avait couru un instant dans le regard de Joan qui n'avait pas encore vu apparaître sa famille… Puis il avait arboré un franc sourire quand un groupe avait, le dernier, franchi la passerelle.

Il était composé d'une petite femme, ronde, robuste et sans âge, d'un jeune homme maigre à la lèvre surmontée d'une fine moustache, à la taille ceinte d'une bande de flanelle rouge et enfin d'une toute jeune fille, à peine sortie de l'adolescence, dont la beauté éclatait dans cette foule terne.

Comme les autres femmes, elle était vêtue de sombre mais portait sa tenue modeste avec une grâce unique. Beaudire admira son teint pâle, ses prunelles noires qui paraissaient manger son visage triangulaire aux pommettes hautes, que mettait en valeur le foulard qui l'encadrait. Manifestement fier d'elle, Joan la présenta comme sa dernière fille, Conception, surnommée Concha, puis le jeune homme comme son fils Miguel, avant d'aller aider sa femme, qu'il désigna comme Maria, à réunir les bagages.

On s'entassa dans le char à bancs, et Joan prit la route du littoral en houspillant le mulet. Une pluie dense était venue, dont chacun tâchait de se protéger à l'aide de sacs de jute. De longues vagues couronnées d'écume couraient sur la baie avant de se briser sur les plages grises. La nuit vint. Les lumières de la ville disparurent. Seule une mauvaise lanterne continua d'éclairer faiblement la route.

— Y vois-tu suffisamment ? demanda Beaudire.

— Le mulet connaît le chemin à force de l'emprunter pour les livraisons à Alger ! répondit en riant Joan.

Il paraissait si heureux que Beaudire l'envia, avant de dire aux nouveaux venus quand apparurent, baignées d'une faible lueur, les premières maisons de Fort-de-l'Eau :

— Nous voilà presque arrivés. Bienvenue ! Mais quel mauvais temps pour vous accueillir.

— Oh ! dit Joan, à Minorque et ici le beau temps et le mauvais temps sont les mêmes.

La maison destinée aux Bagur parut leur plaire. Malgré sa rusticité, elle était accueillante, au sortir de la nuit froide et pluvieuse, et au terme d'un pénible voyage. Le feu fut ranimé et chacun se coucha aussitôt.

Le lendemain matin, par un de ces brusques caprices du temps propre au pays, un ciel lumineux avait succédé aux nuages bas de la veille. Un soleil éclatant faisait miroiter les flaques d'eau dans les champs vers lesquels Beaudire, Joan et Miguel se dirigèrent. Maria et Concha qui avaient entrepris de nettoyer les maisons longtemps négligées contemplèrent un moment les silhouettes des trois hommes qui s'éloignaient ; celles, courtes, du père et du fils encadrant celle de Beaudire, dont la taille, pourtant moyenne, s'en trouvait rehaussée.

Les fortes averses des jours précédents avaient grossi l'oued. Les seguias débordaient une eau jaune. De grosses grenouilles rousses sautaient en tous sens dans la boue gluante mais, au travers des champs, les jeunes pousses ne paraissaient pas avoir souffert du déluge de la veille. Chacun travailla toute la matinée avant de venir déjeuner puis de repartir aux champs, ce rituel quotidien s'instaurant au fil des semaines.

Cependant, s'il partageait leur table à midi, Beaudire préférait rester seul le soir. Il se rendait alors invariablement au « Café de la paix » pour y dîner frugalement, mais en encadrant sa collation de nombreuses absinthes. Rosalie appréciait sa présence car il consommait beaucoup, mais elle le morigénait régulièrement, et sans aucun effet, d'une voix éraillée par les cigarillos, dans laquelle traînait l'accent de sa province :

— Mangez plus, monsieur Beaudire. Un homme costaud qui travaille comme vous doit remplir son ventre et pas seulement avec de l'absinthe !

— Oh, je mange bien à midi avec mes employés et madame Bagur est une bonne cuisinière ! répondait-il, invariablement.

— Pensez donc, une cuisine trop grasse. Tout à l'huile !

Dans la salle enfumée la soirée se déroulait toujours de la même façon. Les soldats buveurs de rhum, les Mahonnais buveurs d'anis et les Arabes buveurs de café, jouaient aux dominos ou aux cartes espagnoles à la maigre lueur de quelques chandelles, jusqu'à tard dans la nuit. Les groupes s'épiaient et parfois une querelle éclatait. Des injures étaient échangées en différentes langues, dont tous avaient appris le sens. La présence de Rosalie suffisait généralement à calmer le jeu. Elle n'hésitait pas soit à décocher quelques taloches, soit à expulser un client, soit même, punition redoutée, à interdire provisoirement sa porte aux plus récalcitrants. Enfin quand la situation la dépassait intervenait Mokrane, un ancien zouave, son factotum et amant en titre.

À l'inverse, Rosalie savait aussi user de la douceur. Ainsi avait-elle su amener Beaudire à lui dire sa douleur d'avoir perdu Mathilde et leur petit garçon, un privilège qu'il n'avait accordé qu'à Bernard. Elle avait dû faire preuve de beaucoup de patience et lui verser de nombreux verres, avant qu'il ne se confie et elle avait mesuré ses paroles avant de lui dire un soir :

— Monsieur Beaudire, il faut de nouveau vous établir. Un homme jeune comme vous !

Et il s'était alors fermé, comme il l'avait fait quand, auparavant, elle avait tenté de lui faire partager son lit…

Rituellement, Beaudire quittait le cabaret vers les 10 heures. Il cheminait péniblement jusqu'à sa chambre où il s'écroulait pour un noir sommeil, avant de se lever dès l'aube, paradoxalement dispos, pour aller travailler avec Joan et Miguel. Maria les accompagnait parfois et maniait la pioche comme eux. Il lui arrivait même de labourer en résistant à la traction des mulets, arc-boutée sur les poignées de la charrue pour tracer des sillons impeccables. Par jeu, Concha avait une fois voulu imiter sa mère mais celle-ci l'avait rabrouée violemment. Beaudire avait alors compris combien sa fille représentait pour elle une richesse à préserver. Par contre elle exigeait avec autorité qu'elle se livre à des tâches moins dures, la cueillette des fruits et des légumes, ou les soins à la basse-cour. La jeune fille les accomplissait alors joyeusement, en chantant, en riant souvent, en rejetant en arrière sa nuque délicate et sa longue chevelure.

En la regardant, Beaudire s'étonnait de sa docilité. Il songeait à celle de Mathilde qui, elle aussi, n'avait jamais discuté ses ordres ni, avant lui, ceux de ses parents. « À côté d'elles, se disait-il, Louise, pourtant si douce, est une vraie rebelle… sans parler de Cléo qui mène mon frère par le bout du nez. »

Il avait aussi remarqué le soin que Joan et surtout Maria mettaient à ne jamais laisser leur fille aller seule au village. Si elle devait s'y rendre, ils exigeaient que Miguel l'escorte, ce à quoi il mettait beaucoup de cœur. « Cette famille de canards est tout étonnée de ce cygne arrivé chez eux, se disait-il. Pourtant, la petite ne court pas de grands risques. Le village est minuscule et chacun s'y connaît. Joan et Maria seraient aussitôt informés de tout écart de conduite de Concha. Ne vivent ici pratiquement que des Mahonnais, pour qui les règles qui concernent la vertu des filles sont bien établies, quoique bien curieuses. »

En effet les manifestations bruyantes des hommes au passage des jeunes filles l'étonnaient, tout comme les compliments parfois osés qu'ils leur adressaient. Nul ne semblait trouver à y redire. Celles qui en faisaient l'objet les ignoraient, en particulier Concha. Elle ne détournait jamais les yeux quand ces hommages pleuvaient sur elle, bien davantage que sur les autres femmes. Elle avançait droite, la tête haute, avec sa grâce habituelle. Rien dans son comportement ne trahissait le moindre trouble. Tout semblait se passer comme si, malgré sa jeunesse, elle était blasée des compliments qui lui étaient adressés.

Le dimanche, à la messe qu'un aumônier venait parfois célébrer, elle paraissait une véritable vestale. Sa dévotion était exemplaire. Elle ne regardait que l'autel, ce que Beaudire admira les quelques fois où il se rendit à l'office, en souvenir de Mathilde.

En même temps, il remarqua que les regards de Maria étaient plus attentifs au comportement de sa fille qu'aux gestes de l'officiant et qu'elle continuait de jouer les duègnes quand les villageois se réunissaient.

Il surprit un jour une conversation animée entre ses métayers. Joan paraissait plaider la cause de Concha mais y renonça quand Maria évoqua une certaine Pilar :

— À ma sœur aussi le diable avait fait cadeau de la beauté. Tu sais bien ce qui en a été. Elle est partie avec Dieu sait qui à Barcelone ! s'était-elle exclamée, le feu aux joues.

Dès lors il comprit qu'un fantôme venait hanter les Bagur, et qu'il entretenait leur sévère rigueur à l'égard de celle qu'il semblait menacer.

* * *

Bernard, Cléo et Louise venaient régulièrement le dimanche à Fort-de-l'Eau. Samuel les accompagnait jusqu'au jour où il dut rejoindre la garnison de Cherchell.

Louise entreprit d'aider Concha à perfectionner son français dans lequel, un an après son arrivée, elle s'exprima couramment et presque sans accent. À chacun de ses passages, elle lui laissait des exercices. La jeune fille les faisait avec application mais quand elle s'installait sur la table de la cuisine pour étudier, Maria maugréait :

— Tu ferais mieux de m'aider pour le dîner. À quoi ça va te servir de lire et d'écrire le français puisque, merci mon Dieu, tu épouseras un de chez nous, quand on rentrera au pays.

Concha ne répondait rien et Joan venait à son secours :

— C'est bien qu'elle s'instruise. Rien ne dit qu'on retournera dans l'île. On est bien ici. On y vit mieux que là-bas, non ?

Il touchait là un point sensible. Son épouse vivait dans l'espoir de revenir là où elle était née, un espoir qui s'amenuisait avec le temps, ce qui la faisait protester :

— De toutes les façons aucun Français ne voudra d'elle. Ils se marient entre eux. Ils nous méprisent, nous les Mahonnais !

Joan en convenait. Quand il faisait ses livraisons à Alger, il sentait qu'on le regardait de haut mais il ne désespérait pas d'être un jour reconnu à sa valeur. « Mon patron m'estime, et aussi monsieur Bernard, son frère qui est marié avec cette sorte d'Arabe, bien aimable et pas fière », avait-il dit à Maria qui, se méfiant de Cléo, avait lancé :

— Celle-là, elle a jeté un sort à Concha qui ne parle que d'elle. Et puis je n'aime pas qu'elle lui donne des robes et des chapeaux comme elle le fait !

Comme Louise qui entendait cultiver l'esprit de la jeune fille, Cléo avait en effet entrepris de lui enseigner l'élégance. Elle lui abandonnait quelques-unes de ses anciennes tenues et lui apprenait à les retoucher, les mesures de Concha étant nettement moins imposantes que les siennes…

Un jour où Bernard lui avait reproché de trop choyer la jeune fille, elle s'était justifiée :

— Les fleurs fraîches il leur faut des beaux vases. C'est pas ça que t'y as fait avec moi autrefois ? Regarde-moi cette beauté qu'elle est cette petite, un bouton de rose, même que sa mère elle est jalouse !

— Mais non. Elle craint pour elle quelque malheur.

— Allez va, elle est maligne la Concha. Elle saura se débrouiller avec les hommes !

Et Bernard, qui connaissait les capacités intuitives de son épouse, n'osa pas la contredire.

À force de paraître l'écouter, Concha capta la confiance de Louise. Elle réussit même à la rendre plus coquette, ce à quoi, malgré ses efforts, Cléo n'était pas parvenue.

Elles avaient pris l'habitude, le dimanche, d'assister ensemble à la messe. Louise appréciait l'attitude modeste qu'y affectait sa protégée, aussi fut-elle surprise quand celle-ci lui dit un jour de sa voix douce et voilée :

— Vous avez entendu ce que les hommes ont dit quand nous sommes passées devant le café ? *Macas* !

— Je ne sais pas ce que cela signifie, dit hypocritement Louise qui, si elle ne parlait pas le minorquin, avait compris que le mot devait être élogieux.

— *Macas* ? Jolies, belles, comme vous préférez.

— Veux-tu bien te taire, vilaine fille. D'ailleurs, s'ils ont dit cela, c'était à ton propos !

— Mais non c'était au pluriel !

Et elle épela le mot, fière de montrer à Louise que ses leçons portaient leurs fruits avant d'insister, malicieusement.

— D'ailleurs vous rougissez. Ça ne vous déplaît pas tout ça ! Et à moi non plus, parce que celui qui criait le plus fort c'était José. Celui-là, il me regarde tellement que ma mère m'a grondée. Elle m'a dit que c'est un vaurien. C'est vrai d'ailleurs, mais il est si séduisant !

Plus que ce côté insolite qu'elle avait découvert chez Concha, Louise avait été troublée par ce qu'elle avait ajouté :

— Mais vous, vous vous moquez bien de José. Ce qui vous plairait plus serait un compliment de monsieur Samuel !

Ce qui l'avait fait vivement réagir :

— Voyons, il est pour moi comme un frère !

— Peut-être, mais il n'est pas votre frère ! avait alors lancé Concha avec un sourire narquois.

* * *

Un peu malgré lui, Beaudire s'était mis à observer Concha, au fil des jours, puis à la complimenter pour le soin qu'elle apportait à entretenir sa maison. Cet intérêt de son patron pour sa fille n'échappa pas à Maria qui s'en inquiéta. Le souvenir de sa sœur Pilar vint de nouveau la tracasser, tout comme celui d'une autre tragédie dont elle avait fait cent fois le récit à Concha pour l'édifier : une fille de Ciudadella, qu'un riche propriétaire avait séduite et abandonnée enceinte, n'avait eu d'autre ressource que d'aller se noyer…

Elle n'osait pas s'ouvrir de ce souci à qui que ce soit. Elle se méfiait des commères du village qui louaient fielleusement la beauté de Concha. Son inquiétude s'accrut quand elle vit Beaudire revenir chez lui aux heures où la jeune fille y faisait le ménage. Elle s'alarma franchement quand elle vit qu'il l'épiait derrière ses rideaux. Elle fut prise de panique quand il se fit moins assidu au « Café de la paix » et demanda à Concha de lui apporter chez lui, le soir, un léger dîner… Elle mit en garde sa fille qui lui rit au nez. Dépitée, elle vit dans cette attitude frondeuse l'influence néfaste de Louise et de Cléo.

Concha avait remarqué l'intérêt que lui portait son patron bien avant Maria. Dès ses 13 ans, elle avait remarqué les regards de convoitise de bien des hommes à son égard et elle avait alors du ruser avec sa famille, pour conserver une certaine liberté, en prétendant ne pas les avoir remarqués. Plus tard, leurs hommages bruyants ne l'avaient pas surprise.

Même si un lourd silence pesait sur le sort de sa tante, elle savait que Pilar avait été l'objet de tels hommages. Elle avait une dizaine d'années quand celle-ci était partie, en « succombant aux tentations du démon », ainsi que lui avaient dit ses parents. Il lui restait d'elle l'image d'une femme tendre et parfumée sur le sort de laquelle, à l'adolescence, ses compagnes l'avaient renseignée. Tous les hommes de la ville étaient fous d'elle, avaient-elles dit. Elle en faisait ce qu'elle voulait. Concha avait alors ressenti une certaine admiration pour cette Pilar. Elle lui avait inventé un destin fastueux. Elle avait fini par être certaine qu'elle reviendrait un jour, triomphante, pour se venger de ces paysans qui l'avaient forcée à fuir.

Elle en arriva à vouloir suivre ses traces. Cela supposait qu'elle rencontre un soupirant prestigieux. Aussi lui était-il aisé d'ignorer ses piètres admirateurs du village, à part ce José à qui elle trouvait une jolie figure, mais dont l'impétuosité lui faisait peur.

Beaudire lui convenait davantage. Son âge la rassurait. Si elle ne le trouvait pas particulièrement beau, son côté bourru, ses longs silences lui plaisaient. Elle se mit à avoir pour lui certaines attentions, un bouquet de fleurs, une coupe de fruits déposée sur sa table… Si bien qu'à l'insu du reste de la famille Bagur, un badinage s'établit entre eux deux.

Il avait commencé à l'initiative de Concha, à propos de fleurs des champs dont elle avait garni la maison, mais qui s'étaient vite fanées.

— Quel dommage, un si joli bouquet ! avait-elle dit.

— Il est comme moi, fragile, avait bougonné Beaudire.

— Vous fragile ? Allons donc !

Une réponse qui avait flatté l'amour-propre de celui à qui elle s'adressait.

Ils avaient de nouveau flirté à propos d'une rose du jardin. Cette fois c'était lui qui avait comparé la délicatesse des fleurs à celle de la jeune fille, un compliment que Concha avait entendu sans rougir.

L'été venu, elle s'était faite plus hardie. Elle avait mis un jour une coupe de grenades sur la table. Saisissant un des fruits dont l'écorce fendue laissait apparaître les grains vermillon, elle avait osé dire, d'un air faussement dépité :

— Elle a la forme d'un cœur mais est-ce un cœur qui éclate de bonheur ou bien un cœur brisé ? Comme celui de certaines filles qui ont cru plaire…

Beaudire ayant alors rétorqué :

— Ce n'est pas à toi que cela risque d'arriver !

Un matin de juillet, Maria avait dû se joindre à Joan et à Miguel pour une livraison à Alger, inquiète de laisser seule sa fille à la ferme.

À l'aube, un orage sec grondait, et Beaudire était parti aux champs. L'eau des seguias venait généreusement arroser les carrés de légumes. Comme, à midi, il rentrait par la plage, il avait apprécié la fraîcheur de la mer qui adoucissait le souffle du vent chaud. Il avait contemplé les nuages qui couraient en masquant et révélant le soleil, toujours sans paraître devoir amener la pluie. Arrivé chez lui, il avait trouvé la jeune fille qui lavait le sol à grande eau, en chantant. Elle évoluait avec la jolie liberté qu'elle avait en toutes circonstances, même quand elle se livrait à des tâches ingrates. Sa robe retroussée sur ses hanches, ses cheveux retenus par un ruban vert et le front emperlé de sueur, elle semblait danser en avançant campée sur ses longues jambes brunes, pieds nus sur les carreaux humides.

Gardant le silence, Beaudire la contempla longuement jusqu'à ce que, ayant senti sa présence, elle ait sursauté. Elle rajusta sa tenue, en laissant tomber à terre le linge avec lequel elle lavait le sol. Il le ramassa et le lui tendit, en se rapprochant d'elle, puis avançant impulsivement la main, il caressa son long cou. Elle le laissa faire puis ne l'empêcha pas de poser ses lèvres sur les siennes mais soudain elle se dirigea vers la porte… avant de faire volte-face et de revenir vers lui.

Elle semblait tout d'un coup aussi assurée qu'elle avait paru désemparée l'instant d'avant. Alors qu'il restait les bras ballants, ce fut elle qui ferma la porte et tira les rideaux de chaque fenêtre. Résolument, elle alla s'allonger sur le lit. Soulevant sa jupe, elle dévoila le triangle de la sombre toison au bas de son ventre. Un moment il caressa de nouveau son visage avant de lentement la déshabiller, en admirant le grain juvénile de sa peau. Il redécouvrait avec bonheur des sensations et des gestes qu'il croyait avoir oubliés. Sans se lasser, il effleura le ventre plat, emboîta de ses mains les douces hanches. Il avait empaumé les jeunes seins aux larges aréoles brunes quand lui vint alors le souvenir de celles, si pâles, de Mathilde. L'image de la disparue s'empara de lui. Alors soudain, comme à regret, il écarta les cuisses de la jeune fille et la pénétra avec une violence contraire à la douceur qu'il avait manifestée jusque-là. Elle étouffa un cri qu'il ignora, en continuant ses mouvements, pendant un temps qui parut à Concha une éternité. Quand il eut grogné plusieurs fois avant de se rejeter en arrière, elle resta allongée. Elle comprima un moment son giron de ses poings pour y apaiser une douleur qui l'étonnait, avant de brusquement se lever et d'affronter au dehors la touffeur de midi. Hébété, Beaudire la suivit du regard. Plus tard il la vit étendre sa robe qu'elle avait lavée, une robe qui le reste de l'après-midi fut, tel un étendard agité par le sirocco, le témoin de ce qu'il avait la sensation d'avoir rêvé.

Une semaine entière ils s'évitèrent, puis lui revint, insistant, le souvenir du plaisir qu'il avait pris. Elle-même sentit s'estomper la douleur qui l'avait frappée au ventre, tout comme disparut son impression que le vent dans les arbres disait la faute qu'elle avait commise…

Et puis une nuit vint un songe à Beaudire : Mathilde paraissait l'encourager du geste, avec bienveillance, ainsi qu'elle l'avait fait si souvent. Au matin, le souvenir du rêve restait si présent qu'y voyant un message de la défunte, il lança à Concha :

— Tu sais, je suis honteux mais heureux de ce que j'ai fait… avant d'ajouter, en bégayant : Veux-tu de moi ? Accepterais-tu de m'épouser !

Elle se retourna, muette, le fixa un instant avant de déposer les assiettes qu'elle rangeait et de lui répondre, le visage figé :

— Ce sera comme mes parents diront.

Il l'enlaça et la sentit légèrement se cabrer. Comme on entendait de l'autre côté du jardin Joan interpeller Maria, il se dirigea d'un coup vers la maison des Bagur, en entraînant la jeune fille. En traversant la cour, il se souvint du temps où il avait demandé la main de Mathilde. À l'époque tout avait été si simple. Chacun attendait sa démarche. Il se rappela aussi combien tous deux étaient alors des jeunes gens impétueux, impatients de partir pour une Afrique inconnue. Il eut le sentiment de se lancer dans une autre aventure, mais pour laquelle il se sentait moins armé. Lorsqu'il traversa le rideau qui fermait la porte des Bagur, le cliquetis des perles de bois le fit sursauter…

Joan, assis dans la pénombre devant un verre de vin, se leva en le voyant et saisit la bouteille pour le servir. Maria essuya ses mains sur son tablier. Manifestement, tous deux étaient étonnés que leur fille se tienne aux côtés du patron qui, après avoir vidé son verre d'un trait, lança :

— Bagur, je veux épouser ta fille !

Joan parut désemparé, puis s'étant tourné vers Maria :

— Monsieur Beaudire veut épouser Concha…

Avant de s'avancer vers cette dernière :

— Tu as entendu ? Tu veux aussi te marier ?

— Oui, si vous le voulez, répondit-elle froidement.

* * *

Bernard fut à peine surpris quand Beaudire lui annonça son remariage. Ce projet s'inscrivait dans la série des décisions fantasques, et plus ou moins heureuses, de son frère. Chaque fois il l'avait encouragé ou dissuadé dans ses démarches mais, en la situation, il n'osait intervenir. Lui-même n'avait-il pas fait entrer Cléo dans son existence, sans consulter personne ? Ne lui avait-il pas donné son nom, en mettant sa famille devant le fait accompli ? Il appréciait chez Concha sa beauté, son charme et son courage au travail mais il était contrarié de la voir, si jeune, s'unir à un Beaudire bientôt cinquantenaire. Il avait également remarqué chez elle une fêlure comparable à celle qu'il avait décelée très tôt dans le caractère de son jumeau. Il lui revenait enfin ce qu'avait dit d'elle Cléo qui la trouvait souvent « dissimulée ».

Celle-ci, oubliant ses réserves, fut en revanche aux anges devant ce qui lui semblait un conte de fées. Elle compara l'événement à ce qui lui était arrivé autrefois. La différence d'âge ne la gêna pas. Elle avait vu tant d'unions organisées entre des barbons et des filles à peine nubiles. La préoccupa avant tout l'importance à donner à la cérémonie et les toilettes qu'elle choisirait pour l'événement.

Quant à Louise, elle reçut la nouvelle avec stupéfaction, avant de manifester une violente colère. Elle avait pourtant envisagé un remariage de son père. Elle savait que de multiples intrigues s'étaient nouées à son sujet, que bien des marieuses s'étaient employées à lui trouver un parti. Alger ne manquait pas de veuves que la guerre, la misère ou les maladies avaient mises dans des situations difficiles. Que son père épouse la plus méritante d'entre elles aurait été une action charitable, qui lui aurait fait tolérer que Mathilde soit remplacée, mais le choix qu'il avait fait la révolta.

Seul Samuel parvint à la raisonner, quand il vint de Cherchell passer quelques jours chez les Maureuil. Il lui proposa une promenade sur le port, selon ce rituel qu'ils suivaient depuis l'enfance. Ils contemplaient en silence l'arrivée d'un chalutier et le garçon goûtait le calme qui régnait quand Louise s'indigna, le visage et le cou marbrés de rouge :

— Comment imaginer une chose pareille ? Avoir une belle-mère plus jeune que moi ! Et puis, comme il se contentait de l'observer, dis donc quelque chose, ne reste pas ainsi muet !

Samuel ne l'avait vue aussi troublée qu'après la mort de Mathilde :

— D'ailleurs cette Concha est une gourgandine, reprit-elle. Si tu savais comme elle jouait les coquettes à Fort-de-l'Eau. Et, de plus, en me faisant participer à ses manœuvres !

Il prit dans ses mains les épaules de Louise, ainsi qu'il le faisait quand, enfant, elle avait un gros chagrin :

— Ma petite Lou, crois-tu que j'ai été heureux quand un homme, Bernard, est venu partager avec moi le cœur de ma mère ? lui dit-il.

Étonnée, elle le regarda :

— As-tu été aussi malheureux que je le suis aujourd'hui ?

— Oui, beaucoup, mais je n'avais pas d'autre choix que de me résigner… Et puis très vite j'ai aimé Bernard. Il m'a aidé à le faire, par sa bonté. Tu dois songer à la solitude de ton père et te montrer tolérante.

Louise n'avait jamais envisagé ce dilemme qu'avait connu Samuel. Tout comme autrefois elle n'avait pris conscience de la générosité de son oncle et de sa tante que lorsque Anne avait évoqué leur « grand cœur ». Lorsqu'ils l'avaient accueillie chez eux, après le départ de son père en Oranie, cela lui avait paru tout naturel.

— Cette générosité, c'est une qualité des Maureuil, dit-elle. Je vais tâcher de la perpétuer. M'y aideras-tu ?

— Bien entendu, lui dit-il, avec son doux sourire.

Mais il savait que le ressentiment de Louise à l'égard de Concha resterait intact…

* * *

Le mariage se fit à Alger, sans aucun faste, et les époux passèrent leur nuit de noces à l'hôtel de la Régence. Dès le lendemain, ils étaient de retour à Fort-de-l'Eau où un vin d'honneur fut offert aux villageois, pour que soit clarifiée une situation qui déjà faisait jaser.

La vie à la ferme reprit son cours. Le seul changement fut que Concha, en traversant le jardin, quitta la maison de ses parents pour celle de son mari. Le badinage qui avait présidé à la formation du couple disparut. Une certaine gêne s'établit entre les époux. Ils ne firent plus que se rencontrer le soir pour dîner avant de se coucher en silence. Concha ne cédait qu'à contrecœur aux sollicitations de Beaudire et n'éprouvait pas le moindre plaisir dans leurs étreintes. Après qu'il se soit endormi, elle restait éveillée, la tête vide. Elle prit l'habitude, après avoir en vain attendu le sommeil, de s'asseoir dehors. Elle goûtait la nuit tiède de l'été dont le silence n'était rompu que par le ressac des vagues, par quelques aboiements lointains, parfois par les hurlements des chacals ou le ricanement d'une hyène. Ils lui faisaient alors rejoindre précipitamment le lit conjugal avec l'espoir que Beaudire la réconforterait. Elle se découragea quand, invariablement, elle n'obtint de lui que quelques grognements qui interrompaient ses ronflements sonores. Bientôt elle eut la nostalgie du temps où les hommes lui adressaient bruyamment leurs compliments. Ils lui donnaient le sentiment d'exister. Maintenant nul n'osait plus s'exclamer sur son passage quand elle se rendait au village.

Son humeur s'assombrit. Elle cessa de chanter. Elle se mit à redouter les visites des Maureuil tant elle avait la sensation qu'ils l'épiaient. Les femmes surtout. Louise s'adressait à elle le moins possible mais Concha savait bien que, comme Cléo, elle regardait à la dérobée son tour de taille. Quant aux hommes, elle pensait qu'eux aussi évoquaient à son propos une possible grossesse, mais à la manière dont ils l'auraient fait pour une chèvre ou une jument.

Plus que tous, elle sentait que Maria l'observait et s'efforçait, à sa manière bourrue, de lui faire rompre son silence obstiné. À l'avance elle prévoyait ce que sa mère lui dirait : « Sois une bonne épouse, sois docile, montre-toi patiente ! »

En novembre, après qu'elle eut été prise de vomissements, elle dut se rendre à une évidence. Elle était enceinte, et de plus de trois mois. Elle n'avait prêté attention ni à l'arrêt de ses règles, ni à l'arrondissement de sa taille. Dès lors elle cessa de travailler. Elle se mit à repousser avec violence Beaudire quand il s'approchait d'elle. Désormais ils dormirent séparés. Sitôt fini de dîner, elle se couchait, tandis qu'il avait repris ses habitudes au « Café de la paix ».

Ils ne se parlaient presque plus et un ressentiment profond à l'égard de son époux avait envahi la jeune femme. En janvier, elle ne quitta plus son lit que par moments, pour contempler derrière les carreaux sur lesquels ruisselaient les averses, le jardin vidé par l'hiver et transformé en un champ de boue.

À la suite des trombes d'eau du mois précédent, l'oued déborda. De jour comme de nuit il fallut surveiller le niveau des seguias ; Beaudire se chargea de la corvée. Dès lors, en revenant de ses inspections, il ne prit même plus la peine de se coucher. Il passa ses nuits dans un fauteuil à vider une bouteille, entre deux sommes brefs et agités, l'aube le trouvant hagard et de méchante humeur.

En février, le soleil revint, et avec lui éclata la floraison des amandiers. Joan en cueillit pour sa fille quelques branches qu'elle contempla avec indifférence. Il se demanda comment sa Concha, si gaie, avait pu se transformer en cet être mélancolique…

* * *

En mars les pluies revinrent et le bébé de Concha naquit sous des trombes d'eau.

Les douleurs commencèrent dans l'après-midi. Elles durèrent des heures. La jeune femme alternait les gémissements et les hurlements, sous les yeux impuissants des femmes qui l'assistaient et à l'effroi des hommes qui rentraient des champs.

Lorsque Beaudire se rendit à son chevet, elle lui signifia du geste de s'éloigner, de la haine dans les yeux. Blessé, il se saisit de son chapeau et courut au café où il se tint de longues heures, silencieux, en dépit des efforts faits par Rosalie pour le réconforter. Il n'en revint qu'après minuit pour entendre de loin les vagissements de celle qui venait d'aborder le monde et à qui une vieille Mahonnaise, qui avait présidé à l'accouchement, avait souhaité de vivre cent ans, sur cette terre où elle avait ouvert les yeux.

Beaudire alla déclarer sa fille à la mairie sous le nom de Julie, Louise, Micaëlla, née le 7 avril 1862 à Fort-de-l'Eau, sur la commune de la Rassauta. Comme elle était venue légèrement en avance, Maria lui improvisa un berceau, avec un cageot garni de touffes de laine brute qu'elle plaçait en permanence devant la cheminée.

Concha dormit beaucoup après sa délivrance. Elle allaitait passivement le nourrisson quand Maria le lui amenait. Son lait se tarit vite et il fallut recourir à celui d'une chèvre au poil blond et aux yeux clairs, ce qui fit dire aux commères que les prunelles de Julie hériteraient de leur couleur.

Plus que Concha, étrangement indifférente à la petite fille, Beaudire s'intéressa à elle. Il en parla d'abondance au « Café de la paix », à la surprise de Rosalie qui ne l'avait jamais connu si loquace. Il entreprit même de donner à la petite les biberons de la nuit et Maria protesta que cette tâche ne revenait pas aux hommes.

Louise rendit très vite visite à sa sœur. D'emblée elle s'éprit de Julie qui se mit à lui sourire chaque fois qu'elle s'approchait du berceau, alors qu'elle pleurait quand, rarement, sa mère se penchait vers elle. Au baptême, elle fut la marraine du bébé et Miguel le parrain. Le prêtre, appelé auprès de la jeune accouchée, obtint d'elle qu'elle se rende à la cérémonie mais elle y resta silencieuse, avant de vite retourner s'aliter.

Cette attitude remplit Joan et Maria de tristesse et parut bien étrange aux Maureuil. Louise, fidèle à sa résolution de se montrer généreuse, dit sans y croire que le sentiment maternel finirait par se faire jour chez Concha, mais Cléo fit un commentaire plus sévère :

— Comment qu'elle est ? s'indigna-t-elle auprès de Bernard, alors qu'ils rentraient en calèche un dimanche soir. Crois-moi, quand Samuel il est né, pour moi c'était bien plus difficile… Mais je l'aimais ce petit, et en plus son père il était mort !

— Allons Cléo, le mari mort, c'est pour les autres, pas pour moi tu le sais bien ! lui dit Bernard avec un sourire auquel elle répondit par une moue gênée. Et puis, poursuivit-il reprenant sans le vouloir les mots de Louise, Concha est si jeune. Il faut parfois du temps aux mamans pour s'intéresser à leur bébé. C'est pareil chez les bêtes !

— Justement, c'est une sale bête !

Bernard, qui au fond partageait son avis, se tut. Il se contenta de saisir sa main pour y déposer un baiser avant de reprendre le contrôle des rênes.

— Tu as été une très bonne mère, je le sais, mais laisse à ta petite belle-sœur le temps de le devenir !

* * *

Deux mois plus tard, Concha était toujours indifférente à son bébé. Maria tentait de la faire s'y intéresser en le déposant dans ses bras mais elle le lui rendait aussitôt, avec un éclair inquiétant dans le regard.

Elle se levait le matin très tard et, après une toilette sommaire, elle s'asseyait dans le jardin, en dédaignant le petit déjeuner copieux que tenait à lui servir sa mère, affolée par sa maigreur.

— J'ai été difforme assez longtemps ! répondait-elle invariablement.

À chacune des remarques de Maria ou de celles, plus conciliantes, de Joan, Concha haussait les épaules, avant de souvent partir déambuler sur la plage. Quand à son tour Beaudire tenta de la raisonner, elle se contenta de le défier par un sourire mauvais.

Vers la fin de septembre, un vol de flamants roses qui entamaient leur migration passa au ras des vagues, sous les yeux de Concha qui regardait fixement la tache blanche d'Alger, de l'autre côté de la baie. Elle contempla un instant les grands oiseaux puis, un sourire énigmatique collé aux lèvres, elle revint vers la ferme d'un pas décidé.

Elle resta silencieuse pendant tout le dîner puis alla se coucher, tandis que Beaudire partait au café. Beaucoup plus tard, comme il en rentrait pour donner à Julie son second biberon de la nuit, il entendit le bébé qui pleurait. Quand il pénétra dans la maison, Maria était là, qui s'efforçait de calmer l'enfant :

— Le lit de Concha est vide ! lui lança-t-elle.

Il alla réveiller Joan et munis d'une lanterne tous deux allèrent arpenter la propriété. Longtemps ils longèrent la plage en clamant le nom de la disparue, sans effet. À leur retour, alors que l'aube pointait, ils trouvèrent Maria qui, le visage défait, leur annonça :

— Rachid est passé pour nous dire quelque chose. Je n'ai pas compris ce qu'il a dit, en arabe, mais il a parlé de Concha.

En hâte, ils rejoignirent le journalier qui leur dit avoir vu la jeune femme sur la route d'Alger. Habillée comme le dimanche, un balluchon à la main, elle avait fait signe à un roulier et était montée dans sa voiture.

Beaudire attela et partit pour la ville dans l'espoir qu'elle soit chez Bernard. Elle ne s'y trouvait pas. Nul n'avait vu la jeune femme. Il patienta trois semaines avant de se résigner à signaler la disparition de son épouse aux autorités.

* * *

L'existence de Julie débutait dans une Algérie où les propos sibyllins que tenait Napoléon III échauffaient les esprits. Ne disait-on pas qu'il voulait faire de la colonie un royaume arabe, dont Abd el-Kader serait le souverain ? Un projet que lui aurait soufflé ce dernier...

C'est alors que l'Empereur, conseillé par le saint-simonien Ysmaÿl Urbain, proposait le sénatus-consulte du 14 juillet 1865 qui s'adressait aux indigènes musulmans et israélites d'Algérie en les déclarant français. Il leur ouvrait ainsi la possibilité de servir dans les armées de terre, dans la marine et d'accéder à des postes administratifs, sans renoncer aux lois d'inspiration confessionnelle ou traditionnelle qui avaient jusque là encadré leur existence.

Par ailleurs, il était aussi possible à ces deux communautés d'acquérir la citoyenneté française pleine mais avec l'obligation alors d'accepter d'être régis par les seules lois civiles et politiques de la France.

En ce qui concernait les Européens d'origine étrangère dont le régime coutumier ne différait guère de celui de la France, ils pouvaient accéder d'emblée, quant à eux, à la pleine citoyenneté française à la condition de justifier de trois ans de résidence en Algérie.

Le sénatus-consulte fut accueilli avec indifférence par les communautés à qui il s'adressait. Quant aux conditions requises pour accéder pleinement à la citoyenneté française, rares furent ceux qui les acceptèrent. L'abandon de leur statut coranique paraissait aux musulmans une véritable apostasie ; les juifs, de leur côté, répugnaient à être tenus à des obligations militaires et refusaient certaines clauses qui concernaient le mariage ; les Européens d'origine étrangère, quant à eux, espéraient en fait presque tous retourner chez eux, une fois fortune faite…

Cinq mois plus tard, les Viannac donnaient un dîner. Aucun des convives n'était bonapartiste et chacun voyait dans la politique impériale un mouvement de dégagement français en Algérie, ce qui avait fait lancer par Anne :

— L'Empereur a ramené le nombre de nos députés à deux dès 1852, en annulant ce que nous avait accordé la République, qu'en dictateur il a d'ailleurs abolie sans vergogne !

Aimé tâchait de garder la tête froide mais son intérêt s'éveilla quand un convive, légitimiste, lança :

— Le comte de Chambord reviendra occuper de nouveau le trône de ses ancêtres après en avoir chassé Badinguet !

Aimé doutait d'une telle éventualité mais ne souhaitait pas intervenir. Il porta alors son regard sur son fils. Émile était maintenant un garçon de bientôt trente ans, corpulent et au visage poupin. Pour faire oublier sa calvitie naissante il arborait de longs favoris, une épaisse moustache et une impériale à la manière de celui que pourtant il vouait aux gémonies.

En le fixant, Aimé se dit : « Il tient ses traits de mon arrière-grand-père, celui qui était né sous Louis XV et qui passait pour un débauché », avant de regarder ensuite sa bru, Delphine. Comme Anne, l'union qu'avait contractée son fils avec cette jeune femme ne l'avait guère enchanté. Elle une héritière normande qu'Émile avait connue aux eaux et avait alors largement coiffé sainte Catherine, était un peu trop ronde, mais ses espérances l'avaient rendue séduisante aux yeux du jeune homme.

Émile n'avait pas hérité de l'élégance de ses parents, ni de leur courtoisie. Coupant le discours de son voisin, il s'était lancé dans un réquisitoire violent contre les gens de la métropole et leurs gouvernants :

— Nous ne nous laisserons pas faire ! Pour qui nous prennent ces messieurs de Paris et tous les Français de France ? Pour des imbéciles ? Nous, tous autant que nous sommes, les Français de bonne race, serons minoritaires ici quand ceux que Badinguet sollicite se seront rués sur son offre !

Aimé ne put alors se retenir d'intervenir :

— C'est tout le contraire qui se passe. Le nombre de demandes de naturalisation est infime.

— Ah oui ? Et cet Ibrahim Candarli que vous aimez tant ? Et ce Juif qui est le beau-fils de Bernard Maureuil ? Ils ont demandé à être naturalisés !

Anne regarda intensément Aimé, dont elle voyait qu'il contenait sa colère. Émile s'en était pris, une fois de plus et en public, à ceux que son père aimait et estimait. Elle fut saisie de cet accablement qu'elle ressentait chaque fois que son fils tenait ces propos péremptoires. Elle s'efforça avec peine de garder sa maîtrise. Surtout, elle se mit à craindre que sa belle-fille Delphine ne saisisse, une fois de plus, l'occasion de se quereller avec Émile, ce qu'elle ne manqua pas de faire…

— Qu'as-tu donc contre les Français de France ? Je te rappelle que j'en fais partie ! dit-elle avant d'entreprendre son voisin de table :

— Je suis née d'Estigny, « d » apostrophe. Ma famille qui est à Rouen est de petite noblesse normande… mais ancienne, précisa-t-elle.

In petto, Anne corrigea : « Pas d'Estigny mais Destigny, roturiers et drapiers, enrichis récemment, comme nous les Sablayrolles… Trop heureuse de trouver un mari car elle montait en graine. Ravie aussi de devenir baronne. Enfin, soyons juste, elle m'a donné de beaux petits-enfants ! »

Elle songea avec émotion à ses deux petites-filles, Céleste et Stéphanie, âgées de quatre et trois ans et au benjamin, Rodolphe, un bébé d'à peine un an.

Les messieurs partis au fumoir, elle pria les dames de la suivre dans le grand salon.

L'une d'entre elles la questionna :

— Vos enfants vivent-ils à Boufarik ?

— Non, seul mon fils y est la plupart du temps. Ma bru préfère Alger. Delphine et les enfants sont maintenant installés à Boukhandoura, la maison est si grande, répondit-elle, mais sans préciser que mari et femme avaient ainsi organisé leur existence, en raison de leur croissante mésentente.

— Mon époux dit le plus grand bien de l'exploitation du domaine par Émile, dit une autre.

Anne la remercia, réconfortée par ce propos. « En effet, mon fils possède là un réel talent, supérieur à celui d'Aimé. Avec acharnement, et en prenant des risques, il a su rendre encore plus fertile la Mitidja. Il aime sa terre natale et en prend bien soin » songea-t-elle, soudain interrompue dans ses pensées par Delphine :

— Mère, je disais à notre invitée qui est depuis si peu dans la ville que je lui ferai connaître les Algérois qui en valent la peine. Il y a ici tant de parvenus, enrichis dans le commerce ou la culture des tomates, ajouta-t-elle en minaudant.

— Allons ma fille, ni vous ni moi, dont les parents étaient commerçants, ni ceux qui cultivent les primeurs au lieu des orangers, n'ont à rougir de leurs origines ou de ce qu'ils font !

Delphine blanchit et replia nerveusement son éventail mais, sentant la colère froide de sa belle-mère, elle n'osa lui répondre.

Pendant ce temps, au fumoir les sujets politiques continuaient d'alimenter les propos. Aimé n'y participait que pour relancer la conversation. « Certains me suspectent de bonapartisme. On ne peut en dire autant de ma Républicaine », se disait-il, quand il fut arraché d'un coup à ses pensées par les mots qu'Émile adressait à son voisin :

— Le coton ? Vous n'y pensez pas ! Je l'ai tenté mais il est de qualité médiocre. S'il s'est bien vendu un temps, c'était à cause du blocus des ports des confédérés. Mais cette guerre entre Américains se termine. Ils réimposeront rapidement leurs produits. Je préfère continuer les agrumes.

Et d'entendre son fils s'exprimer ainsi à propos de ce qu'il connaissait bien, il s'en trouva réconforté, tout comme l'avait été Anne un peu plus tôt.

La soirée s'étira. Quand les convives eurent pris congé, Anne rejoignit Aimé qui prenait un cognac près du feu.

— Je suis un peu las de ces mondanités, lui dit-il.

— Moi aussi, mon ami et, ajouta-t-elle à voix basse, je suis surtout lasse de la sottise de ma belle-fille.

Aimé eut un regard mélancolique :

— Peut-être suis-je trop vieux ? J'ai senti le poids des ans lors du voyage officiel de l'Empereur en mai dernier. La cérémonie d'inauguration du boulevard de l'Impératrice m'a semblé interminable. J'ai été bien heureux de ne pas avoir eu à suivre plus loin le périple impérial.

* * *

À la longue, les recherches pour retrouver Concha furent abandonnées. Miguel apprit cependant par ses relations de la Cantère que l'on avait aperçu sa sœur à Alger. Certains affirmaient l'avoir vue embarquer sur un navire. Maria était défaite par le chagrin. Au village le silence qui se faisait sur son passage lui pesait et accentuait sa tristesse. Joan s'était muré dans une égale douleur et Miguel tempêtait contre l'inconduite de sa sœur. Quant à Beaudire, il évitait de se trouver en présence des Bagur, sauf au travail, où il se contentait de leur donner de brèves indications. Le soir, à peine rentré des champs, il partait au « Café de la paix ». Il y faisait des stations de plus en plus longues et Rosalie dut plusieurs fois le faire raccompagner chez lui tant il avait bu.

Seule Julie offrait quelques joies aux siens. Elle s'exprima très vite dans la langue de ses grands-parents puis, avec le temps acquit parfaitement le français. Elle marcha tôt et devint une jolie petite fille qui avait hérité de la chevelure épaisse, noire et bouclée de sa mère et, comme Louise, des yeux clairs de sa grand-mère Céline, ou de la chèvre qui l'avait nourrie…

La présence de sa nièce enchantait Bernard, mais il était bien le seul à s'inquiéter de plus en plus de l'état de son frère. Il s'enquit discrètement de lui auprès des Bagur, mais n'obtint rien d'eux. Un dimanche, il décida de questionner avec plus d'insistance Maria. Elle était en train de jeter du grain aux poules, et finit par lui dire que son patron était plus assidu que jamais au café et qu'elle trouvait dans sa maison de nombreuses bouteilles vides.

— C'est pas bien que je vous dise tout ça, protesta-t-elle.

— Ça qu'y serait pas bien, c'est de le cacher ! reprit aussitôt Cléo. Ça qu'y est pas bien, c'est de laisser quelqu'un qu'il se noie comme ça dedans l'absinthe !

Des mots qui firent abandonner sa tâche à Maria ; elle se mit à sangloter, à l'étonnement de la volaille soudain privée de sa manne.

Louise, qui était restée silencieuse, vint lui caresser la joue en lui disant :

— Allons, allons, Maria, personne ne vous reprochera quoi que ce soit ! Vous avez bien fait de tout nous dire.

Avec son tablier la vieille dame essuya ses larmes et Julie, une petite poule rousse au bec entrouvert et aux plumes ébouriffées dans les bras, s'étonna :

— Pourquoi tu pleures, Grand-mère ? Ils sont méchants avec toi ?

Bernard décida d'écourter cette scène pénible. Son frère allait revenir des champs. Avec Cléo il grimpa dans sa calèche. Maria recommença de jeter les graines en pluie. La volaille reprit son becquetage saccadé et Julie entreprit de nourrir à la main la petite poule. La voiture s'ébranla et Beaudire, arrivé entre-temps, la suivit des yeux avant de prendre, une fois encore, le chemin du « Café de la paix ».

* * *

Le lendemain, Samuel, de passage à Alger, proposa à Louise de se rendre au port, selon leur habitude ancienne. « Nous n'y pêcherons pas les girelles, mais plutôt tes tourments », avait-il plaisanté.

— C'est celui que nous avons pris pour aller en France. T'en souviens-tu ? Avec ces nouveaux bateaux à vapeur, il va bientôt partir à la casse, dit-il en face d'un grand navire aux voiles affalées.

Elle eut un pauvre sourire :

— Mon père va y aller aussi si cela continue comme ça. Ma petite sœur se retrouvera orpheline, et doublement, puisque sa mère a disparu. Elle va connaître mon triste sort quand Maman est morte et que Papa est parti en Oranie.

Il la regardait avec tendresse quand soudain, l'air exalté, elle lui lança brusquement :

— Épouse-moi, Samuel, épouse-moi !

Il demeura pétrifié mais un grand bonheur l'envahit. Cent fois il avait rêvé de se déclarer. Cent fois il s'était repris, sûr que sa démarche au mieux apparaîtrait dérisoire à la jeune fille, au pire qu'elle serait l'objet de ses sarcasmes… Mais elle renouvela sa demande.

— Bien sûr ! balbutia-t-il. Mais penses-tu vraiment que cela puisse se faire ? Moi juif, et toi une catholique ? en énonçant ainsi à haute voix ce qu'il s'était si souvent dit.

— Bernard et ta mère sont dans la même situation. Elle n'est pas facile mais ils l'assument bien !

Samuel doutait encore de la sincérité de la jeune fille. Il n'eût pas été surpris qu'elle se reprenne mais le visage souriant de Louise le rassura et il le fut plus encore quand elle lui déclara :

— Ne m'en veux-tu pas de mon inconvenance ? de cette inversion des rôles ? Mais le plus dur reste à faire, convaincre nos parents, ta mère en particulier.

Il devait regagner Cherchell une semaine plus tard. Ils patientèrent jusqu'au dimanche suivant et ce fut à Fort-de-l'Eau, après le déjeuner, qu'ils annoncèrent leur décision.

Bernard garda le silence et Beaudire dit laconiquement :

— Soit ! Mais soyez plus heureux que moi !

Les éclats de Cléo, auxquels ils s'attendaient, ne les étonnèrent pas :

— Ça alors ! Mon fils qu'il veut se marier et que je suis la dernière que je l'apprends ! Et toi, sournoise, que tu m'en as pas plus causé ! lança-t-elle à Louise, puis se tournant vers Bernard : Tu savais rien, peut-être ?

Chacun souriait sous cape, sachant qu'elle se croyait obligée de faire de telles démonstrations au sein desquelles perçait une secrète satisfaction. Elle eut un dernier geste théâtral en portant sa main sur son front, avant de se lever en disant :

— Maria, venez me délacer ou que je vais me trouver mal. L'émotion ça m'a tourné la digestion !

Elle revint une heure après, détendue et souriante :

— Ça que vous m'avez annoncé, je m'y attendais un peu parce que beaucoup ils en profitaient pour faire leurs mauvaises langues. Y en a une qu'elle va être contente, c'est la Bakhta. Elle, elle était sûre que ça allait arriver ! Mais je voulais pas la croire. Mais venez mes enfants que je vous bénisse et toi, ajouta-t-elle à l'adresse de Louise, c'est moi que je te choisirai ta robe de mariée !

De retour en ville, elle parla d'abondance à Bernard :

— Je suis contente pour les enfants, mais ça va pas être facile pour eux. Autrefois on se mariait comme on voulait. Les gens y s'en fichaient. À l'époque ça leur faisait rien que moi je sois une *youdia* et toi un chrétien. Mais maintenant chacun il reste chez soi, avec ceux de son espèce ou de sa religion !

Elle resta un instant songeuse, puis elle reprit :

— Je savais bien que mon fils y pensait qu'à Louise, et que elle, c'était kif-kif. Et qu'elle venait vieille fille… Vingt-huit ans qu'elle a ! Et rien qu'ils « s'arregardaient » comme des chiens en « finance »…

— En *faïence* corrigea Bernard, finance c'est pour l'argent.

— En faïence, en finance, c'est pareil ! Mais puisque tu parles de l'argent il va falloir faire ça clair avec les nouveaux fiancés.

Cette réflexion incita Bernard à parler à Samuel. Il aborda avec lui la question du budget du futur couple. Les revenus du garçon étaient modestes et Louise était habituée à un certain confort. Puis avec gravité, il se lança dans une longue tirade :

— Sam, tu es pour moi le fils que je n'ai pas eu, puisque le Bon Dieu n'a pas voulu que nous ayons d'enfants, Cléo et moi. Lorsque j'ai connu ta mère, il y a trente ans, Alger était peuplée surtout de pionniers, pas des proscrits mais presque. Je l'ai épousée sans que l'on jase. On se moquait alors du qu'en-dira-t-on – un voile de nostalgie passa alors dans son regard tandis qu'il caressait son front qui commençait à se dégarnir – c'était l'aventure mais c'était la liberté ! Une jolie époque, même si elle était dure. Mais maintenant, si nous les pionniers on est restés les mêmes, Alger s'est embourgeoisée. Elle est devenue une ville provinciale, qui se veut respectable, avec ses barrières sociales. Tu vois, le baron Aimé et madame Anne, alors que nous étions leurs employés ici, ils nous on toujours traités comme leurs égaux, à cause des temps difficiles que nous avons affrontés ensemble. Mais regarde la condescendance de leur fils et surtout de leur belle-fille, tout imbue de ses origines normandes et métropolitaines !

Un long silence suivit, avant qu'il ne reprenne :

— Mon petit, Louise et toi vous allez connaître des moments difficiles pour ne pas vous marier « dans votre rue », comme on dit. Les « bons chrétiens » vont la regarder de travers. Quant à toi… Je sais que tu ne te sens pas vraiment faire partie de ta communauté, mais je pense qu'elle te le reproche. Elle a vu d'un mauvais œil ton choix lors du sénatus-consulte. Alors là, imagine, si tu épouses une chrétienne !

— J'ai conscience de tout cela, intervint Samuel. Je fais confiance à Louise pour faire front. Elle est courageuse. Et puis je me fais confiance aussi !

— Nous serons à vos côtés, ta mère et moi, reprit Bernard. Et ta mère, tu connais sa fougue ! Nous ferons front tous les quatre. Et pour que tout le monde soit informé de votre union, on fera un grand mariage, à la cathédrale, à la sacristie peut-être, mais celle de la cathédrale ! Monseigneur Pavy est ouvert au dialogue entre les communautés, même s'il cherche quand même à convertir les gens du pays. Il prêche pour sa paroisse, et c'est normal ! Aussi sans doute exigera-t-il que vos enfants embrassent la religion catholique. C'est de bonne guerre… Ah ! conclut-il, quand je pense au petit jeune homme naïf que j'étais en débarquant ici, en quittant cette France où je n'avais aucun avenir !

« Par contre il a conservé sa faconde et son accent des bords de la Garonne ! » songea Samuel, amusé.

* * *

Au printemps de 1866, l'archevêque bénit l'union de Samuel et de Louise, non sans avoir formulé les conditions prévues par Bernard. Un temps de fiançailles avait précédé sa célébration. Cléo l'avait exigé afin, disait-elle, que les deux jeunes gens soient sûrs de leur engagement, mais surtout parce qu'elle avait voulu retarder une échéance qu'elle redoutait, tout en l'appelant de ses vœux.

Après les noces, les jeunes époux renouvelèrent le voyage en Ariège qu'ils avaient fait quelques années plus tôt, puis ils reprirent le chemin de l'Algérie.

Ils contemplaient depuis le bateau la côte africaine qui tremblait à l'horizon lorsque les surprirent d'étranges nuées, qui oscillaient autour de la baie, du cap Caxine au cap Matifou. Comme le navire ralentissait sa course, ils sentirent la caresse chaude du sirocco mais perçurent aussi le rythme incessant des darboukas. Soudain, comme l'étrave s'était mise à fendre une écume rousse, quelqu'un s'écria : « Les sauterelles ! »

En effet c'étaient elles dont les corps constituaient cette mousse étrange qui flottait à la surface de l'eau. Elles arrivaient de partout, minuscules brindilles qui s'accrochaient aux gréements. Leur flot paraissait inépuisable en dépit des efforts des matelots qui, en faisaient une bouillie gluante à coups de pelles, avant de la jeter pardessus bord.

Un colon avec qui les Torjman s'étaient liés leur confia :

— Quand je suis parti, il y a quinze jours, les rouliers venus du sud nous avaient dit qu'elles remontaient vers le Tell. Elles viennent d'au-delà du Sahara et rien ne les arrête, pas même l'Atlas. Et tout juste la mer ! Dans le bled, l'année a été terrible. La sécheresse puis les inondations, une récolte qui fait pitié, des famines terribles chez les Arabes… Et maintenant que la nouvelle récolte levait, voilà qu'elles viennent la bouffer ! Regardez, elles sont partout, sur la Rassauta, sur la Bouzaréa et même là-bas sur la Mitidja, conclut-il en pointant du doigt le nuage qui plongeait derrière les collines.

Aussitôt débarqués, Samuel et Louise gagnèrent Fort-de-l'Eau. Au long du chemin, il leur fallut maintenir fermées les fenêtres. Les insectes ruisselaient sur la voiture et s'étalaient sur la route, en une couche grouillante sur laquelle les sabots des chevaux clapotaient et les roues patinaient.

Le spectacle qu'offrait la ferme était désolant. Plus rien ne subsistait du jardin des Bagur. Tout avait été dévoré par les envahisseurs, les rosiers qui couraient sur la façade des maisons, les arbres du jardin, les tamaris des dunes et même le linge étendu sur les fils du séchoir. Dans les champs, les hommes faisaient des tas des insectes auxquels ils mettaient le feu, une tâche qu'il leur fallait renouveler sans cesse car, dans un bruissement formidable, une vague de prédateurs succédait à une autre.

Au soir, le vent tomba et le rythme des tambours se fit plus faible. Le domaine paraissait un champ de bataille. Dans des brasiers les criquets se débattaient avant de se consumer. Sur l'eau leur foule était brassée par le ressac. Défaites, couvertes de cendres, les équipes mobilisées par Beaudire revinrent au crépuscule. Les hommes cheminant, l'air épuisé, le long de la plage, tels des soldats vaincus, en donnant des coups de pieds rageurs dans la masse poisseuse abîmée sur le sable.

Le désespoir qui se lisait dans les yeux rougis de Beaudire effraya Louise. Le lendemain, devant la voiture qui la ramenait à Alger, ce fut sur un ton désabusé qu'il lui dit :

— Regarde ma propriété. Elle ressemble au Waterloo que décrivait mon père… Et puis ce n'est pas fini, ces sales bêtes auront pondu partout. Cette terre est maudite. Elle m'a pris tout ce que j'avais de cher. Elle ne m'a laissé que toi et Julie. Elle m'emportera aussi. Ne t'y attache pas, quitte-la même, si tu le peux !

* * *

À la Césarée antique de Juba II et de Cléopâtre Séléné avait succédé Cherchell, un temps une place forte ottomane, devenue ensuite un simple port de pêcheurs. Elle restait ceinte de murailles entre lesquelles voisinaient les cubes blancs de la ville arabe et les maisonnettes de la ville européenne, autour d'une plage sur laquelle l'on tirait les barques. Des traces de l'ancienne gloire de la capitale de la Mauritanie césarienne y apparaissaient cependant ; des chapiteaux, quelques dalles couvertes d'inscriptions latines, les restes d'un amphithéâtre et de thermes antiques ; au bord d'une plage, les pierres d'une jetée romaine engloutie, signalées par une barre d'écume.

Samuel y avait loué une petite maison de trois pièces, chaulées de bleu pour éloigner les moustiques. Elle dominait directement la mer, et les courants d'air la parcouraient, un avantage l'été, un inconvénient l'hiver. En explorant la ville, Louise découvrit bien vite qu'elle était l'une des seules Françaises du lieu, la plupart des Cherchellois étant arabes, espagnols ou italiens. Elle apprécia la vie paisible de la petite ville, à côté de laquelle Alger paraissait une métropole immense. Elle prit ses habitudes chez les commerçants, en particulier celle d'acheter son poisson à Lounès, un pêcheur qui opérait seul, aidé par son fils de dix ans, Kader.

Quand elle voulut connaître la famille de Lounès, celui-ci se déroba.

— Pourquoi cette méfiance ? s'étonna-t-elle auprès de Samuel.

— Parce que tu n'es pas d'ici et que tu es une Française. Il n'y a pas si longtemps, Cherchell était retombée aux mains d'Abd el-Kader. Nos troupes ne l'ont reprise qu'après des combats sans merci, souvent aux dépens des civils. Beaucoup d'Arabes s'en souviennent. Certains croient même que les Turcs, ou un autre Abd el-Kader, reviendront prendre leur revanche. Lounès est peut-être de ceux-ci.

Ils étaient assis devant la fenêtre ouverte. En cette fin de juin, le calme de cette belle soirée n'était troublé que par les légers bruits du port et les cris des martinets volant sur le ciel vert.

— Et puis tu passes pour une Israélite.

— Mais je vais à la messe.

— Alors tu passes en plus pour une *tourni* aux yeux des juifs, des musulmans et des chrétiens !

Elle resta songeuse. « Ainsi, se dit-elle, voici venues pour nous les difficultés que Bernard et Cléo ont connues, celles qu'ils nous ont prédites quand nous leur avons annoncé notre projet de mariage. Voici pourquoi les rares dames européennes m'évitent ! »

Auparavant, elle avait toujours voulu ignorer la situation de son oncle et sa tante. Voici qu'elle se trouvait maintenant, comme eux, confrontée à cette réalité qu'elle avait évité d'envisager…

Elle se reprit. Comme en dressant la table elle y avait déposé la louche d'argent d'Eléazar, elle la brandit et lança à Samuel, en exagérant les faits d'armes de son aïeul :

— Je ferai comme mon grand-père à Austerlitz, je me battrai. Je montrerai à tous la résolution et le courage des Maureuil !

Un soir, la jeune femme qui amorçait une grossesse était déjà couchée et Samuel terminait une traduction, quand des coups furent frappés à la porte. Il alla ouvrir pour trouver Lounès qui, loin d'afficher sa réserve habituelle, lui demanda en arabe d'une voix altérée :

— Elle est là madame Torjman ? Mon fils Kader est malade. Il y a quatre jours il s'est blessé avec un gros hameçon et ce soir il est tout chaud. C'est mon seul garçon, car après lui Allah ne nous a donné que des filles. Ma femme veut que j'aille chercher un marabout mais j'aime mieux que la tienne elle vienne. Elle m'a dit qu'elle sait s'occuper des malades.

Louise avait en effet appris à Alger à donner certains soins dans un dispensaire fondé par l'ordre d'Amélie de Viannac. Alertée, elle s'habilla rapidement et, consciente de ses minces compétences, pria le Seigneur de l'assister. Flanquée de Samuel, elle grimpa vers le haut de la ville, dans une nuit sombre et silencieuse en suivant Lounés qui, devant chez lui, proféra quelques mots conjuratoires avant de lancer une pierre vers un chien maigre qui détala, une lueur peureuse dans le regard.

À l'intérieur, sur le sol en terre battue, le petit Kader gisait sur une natte tandis que sa mère lui caressait le front en gémissant. Du geste son père chassa trois fillettes qui, tapies dans l'obscurité, observaient la scène de leurs yeux noirs. Empêtrée dans sa vaste robe, Louise s'agenouilla avec peine. Elle toucha le front, brûlant et couvert de sueur, du petit malade qui tourna vers elle un visage crispé par la douleur mais qui entendait rester stoïque. Elle ôta doucement le linge souillé qui pansait la jambe, puis un emplâtre d'herbes et de terre et mit à jour une plaie boursouflée cernée de vilaines traînées rouges. Elle la considéra soigneusement avant, d'un ton décidé, de proposer d'emmener le petit chez elle, ce que Lounés accepta.

Samuel avait contemplé la scène en s'étonnant de cette assurance soudain venue à son épouse. Était-ce le mariage qui avait révélé cette nouvelle Louise ? Cette Louise autrefois timorée qui, une fois Kader chez eux, avait posément nettoyé et désinfecté la plaie avant d'en fermer les lèvres à l'aide de son nécessaire à couture ?

Il avait aussi admiré le courage de l'enfant, qui n'avait pas émis le moindre murmure pendant qu'elle s'occupait de lui mais qui n'avait pas cessé de serrer, jusqu'à la blanchir, la main que lui avait tendue son père.

— Vous avez été aussi brave l'une que l'autre, le blessé comme l'infirmière, dit Samuel quand Lounés fut parti.

— Oh, mais rien n'est fini, lui répondit Louise en essuyant son visage.

Les jours suivants, elle poursuivit les soins et, ayant voulu prendre l'avis d'un major, se sentit rassurée quand le médecin lui affirma :

— Je n'aurais pas fait mieux et le gosse ne serait peut-être plus là si vous n'étiez pas intervenue. Puis sur un ton qui la choqua : Quoique, vous savez, pour ces Arabes, un enfant de plus ou de moins…

Pourtant, les jours suivants, l'inquiétude reprit Louise. La nuit elle se relevait pour aller voir le petit garçon qui, parfois éveillé, la regardait furtivement. « S'il mourrait, se disait-elle après avoir récité une dizaine, je me le reprocherais toute ma vie. Pourtant, Sainte Vierge, j'aurais fait tout ce que j'ai pu. »

Dix jours après, un matin, comme elle s'approchait du lit de Kader, il l'accueillit avec un grand sourire. Son front était frais et, alors que jusque-là il n'avait qu'à peine touché à la nourriture, il dévora plusieurs tartines. En visitant son fils ce jour-là, comme il le faisait quotidiennement, Louise vit la joie éclairer le visage de Lounés. Enfin, quand il ramena chez lui son fils guéri, il apporta un énorme mérou aux Torjman en rendant grâce à Allah et à Louise.

Quand le père et le fils furent partis, Samuel dit :

— On a beau parler du fatalisme arabe, ils refusent tout de même la souffrance. Surtout celle de leurs enfants. Et puis, ajouta-t-il malgré son scepticisme religieux, tes prières et celles de Lounés ont hâté la guérison du petit, j'en suis certain.

Scrupuleuse, Louise avait fait revenir le major avant de rendre l'enfant à son père. De nouveau il l'avait complimentée mais avait aussi renouvelé ses sarcasmes :

— Ne croyez surtout pas, madame, qu'ils vous seront reconnaissants de ce que vous avez fait pour eux.

— Docteur, lui lança-t-elle, vous n'êtes pas né ici comme mon mari, Lounès ou moi. Nous avons tous les trois entre nous plus d'affinités que vous ne le croyez.

Elle fut troublée de son audace, mais heureuse de l'hommage que Lounès lui rendit plus tard :

— Les Français ont tué mon père, mais ils ont sauvé mon fils.

Samuel, intrigué, se renseigna et apprit que le père de Lounès avait combattu dans les rangs d'Abd el-Kader. Quand il était mort au combat, un oncle pêcheur avait recueilli son neveu et lui avait enseigné le métier.

Le terme de la grossesse de Louise était pour avril. Dès la fin février Cléo, affrontant la dure mer d'hiver, débarqua à Cherchell, un peu défaite par le voyage. La semaine suivante, elle choisit une musulmane, parmi les matrones qui présidaient aux accouchements, en justifiant ainsi son choix :

— Les Mauresques, elles accouchent dans de telles conditions ! Si ça se compliquait elle saurait quoi faire.

Ce qui ne rassura pas Louise.

En fait, tout se passa simplement et la jeune femme mit au monde un garçon que l'on prénomma Raphaël. Dans son lit, la jeune accouchée put longtemps méditer. Elle se disait qu'il lui avait fallu vivre à Cherchell pour vraiment connaître l'Algérie. « Seule la Casbah et la présence des musulmans donnent à Alger un air exotique mais elle pourrait aussi bien être n'importe quelle ville de la métropole. Aujourd'hui, chacun y garde ses distances. En revanche, les difficultés que rencontrent ceux du bled rapprochent les communautés. Au fond, concluait-elle, peut-être faut-il imaginer un autre avenir et une société nouvelle faite d'individus métissés. La petite Julie, française et espagnole par ses parents, en est un exemple et puis aussi mon Raphaël, juif et chrétien. » Et elle contemplait avec attendrissement le regard étonné que son fils ouvrait sur le monde quand elle l'allaitait, le baignait ou le changeait.

* * *

Après 1865, Aimé laissa à Émile le soin de s'occuper seul du domaine de Boufarik. Avec l'âge, il ressentait une certaine lassitude. Sa santé restait bonne mais il désirait se consacrer davantage à son passe-temps favori, l'exploration des beautés du vieil Alger, auxquelles Salem puis Abdallah Chbili l'avaient initié. Il souhaitait enfin, après de longues années d'exil, séjourner une partie de l'été en France. La desserte de la métropole était maintenant commode et confortable et malgré leur attachement à l'Algérie, Anne et lui étaient aussi heureux de renouer avec leur terre natale. Ils passaient un mois à Castelmatier où nombre de ceux qu'ils y avaient connus avaient disparu, en particulier Amélie, décédée en Asie en 1856. Ils faisaient ensuite une cure thermale à Plombières, séjournaient un temps à Biarritz, avant de terminer leurs vacances par quelques jours à Paris.

En 1870, ils durent renoncer à leur voyage estival. La guerre était de retour, mais sur le territoire métropolitain cette fois. Ils renouèrent avec les habitudes qu'imposait l'été algérien, vivre la nuit plus que le jour, consacrer les heures chaudes à la sieste, ne voyager, s'il le fallait, qu'avant le lever du soleil.

Dès la mi juin, Boukhandoura prenait ses quartiers d'été. On l'ouvrait à la relative fraîcheur de la nuit pour, à l'inverse, la protéger de la fournaise du jour, en la fermant hermétiquement dès le petit matin. Elle paraissait alors, avec ses pièces baignant dans l'obscurité et ses sols carrelés régulièrement arrosés, une arche reposante et silencieuse qui voguait dans un océan de chaleur.

Avec le soir, le crissement des cigales s'arrêtait. Les persiennes claquaient. Sous un semblant de brise, la grande maison reprenait vie. Les enfants s'agitaient au sortir de la sieste et les femmes reprenaient leurs chants. Les chats qui avaient somnolé tout le jour s'étiraient et, rituellement, Aimé, suivi de Sirocco, son sloughi, faisait le tour du parc.

De son côté, Anne organisait les dîners et les réceptions. Dans la ville, chacun était avide de commenter les péripéties de la guerre contre les Prussiens.

Ainsi, lors d'un dîner, lorsque furent connus le désastre de Sedan et la capture de l'Empereur avec 100 000 hommes les commentaires fusèrent :

— Nous avons été trahis !

— Par nos dirigeants et par l'Empereur !

— C'est surtout qu'il n'était plus qu'un pantin entre les mains de sa femme. Et puis qu'il était bien malade, car il payait ses débauches !

— La faute en incombe aussi à Émile Ollivier et à ses cocoricos ! Lancer moins de 300 000 hommes contre 800 000 Teutons !

Lorsqu'on apprit la reddition de Bazaine à Metz, Aimé décida de ne plus recevoir, en signe de deuil. Il fit cependant une exception pour quelques-uns dont il appréciait la sagesse, ceux qui comme lui déploraient l'impréparation de l'armée française, la témérité impériale et reconnaissaient l'habileté du chancelier Bismarck.

En Algérie comme en métropole, le Noël qui suivit fut bien triste. Quelques semaines plus tard, la France capitulait, la paix était signée et Guillaume de Prusse était proclamé Empereur d'Allemagne dans la galerie des glaces du palais de Versailles, et Napoléon III s'exilait en Angleterre dans l'indifférence générale, comme l'avait fait Louis-Philippe avant lui…

En mai, l'année suivante, Émile vint voir ses parents et Delphine évoqua les vacances d'été :

— Il faudrait s'en occuper. Nous avons été, les enfants et moi, privés l'an dernier de notre séjour si bienfaisant à Dieppe. Je ne compte pas renouveler une telle expérience ! D'ailleurs, ajouta-t-elle, ainsi que le suggère mon père, pourquoi ne pas vendre ici le domaine et investir en Normandie ? Autant cultiver des pommes que des oranges…

Ce qui fit exploser la colère de son mari :

— Que connaît votre père à part le commerce des draps ? Et vous-même, cesserez-vous un jour de proférer des sottises ? Les femmes devraient se contenter de tricoter, de cuisiner et de faire des enfants. Vous faites comme l'Impératrice, vous vous mêlez de ce qui ne vous regarde pas ! Je suis sûr qu'en bonne étrangère, c'est elle qui a imposé le sénatus-consulte il y a six ans. Elle, cette Espagnole, qui voulait faire des Français de ces « fout-la-faim » qui partent de leur pays dans tous les coins de la Méditerranée. De plus, et c'est un comble, ce sénatus-consulte concernait aussi les Juifs et les Arabes !

Suffoquant et le visage empourpré, il se tut un instant avant de reprendre :

— Ce sont d'ailleurs ces Juifs qui ont soutenu Badinguet, ces Pereire, ces Rothschild et ce Crémieux toujours fourré ici !

Un long silence s'établit. Outré par les propos de son fils, Aimé sortit dans la nuit du parc. Anne, devant l'inquiétude des enfants après l'esclandre de leur père, les emmena se coucher tandis qu'Émile et Delphine regagnaient leurs chambres, désormais séparées.

* * *

Après la défaite de Sedan, la IIIe République, proclamée le 4 septembre, prenait des mesures radicales en Algérie. Crémieux, son ministre de la Justice, édictait six décrets à propos de la colonie. L'un d'entre eux accordait d'office la nationalité française, par défaut, aux 37 000 Juifs algériens. La loi républicaine venait ainsi remplacer leurs lois particulières sans entraîner beaucoup de protestation, sinon celles des éléments les plus anciens ou les plus traditionalistes de la communauté. En fait, bien des jeunes Israélites avaient déjà adopté le mode de vie français et Crémieux, au cours de ses nombreux voyages en Algérie, avait su convaincre les plus récalcitrants.

En revanche, de nombreux Français de souche protestaient. Ils dénonçaient les dispositions communautaires de ces nouveaux nationaux. De plus, ils redoutaient surtout qu'un décret analogue ne s'applique aux étrangers et aux musulmans.

Partisan de Crémieux, Aimé s'inquiétait au contraire que ces derniers ne se sentent légitimement les victimes d'une injustice, s'ils ne faisaient pas l'objet d'une mesure analogue. Aussi voulut-il connaître l'opinion d'Abdallah, mais fut surpris de sa réponse :

— Je ne suis pas un Algérien, donc je ne suis pas concerné. Je suis, comme le disait mon père jusqu'à sa mort, un Andalou chassé de Séville par l'Espagne catholique. Mon patronyme le dit clairement. Peu a importé à mes aïeux que la tutelle française ait remplacé la tutelle ottomane. Les Chbili ne sont pas devenus turcs, ils ne seront pas plus français et resteront avant tout andalous.

— Mais croyez-vous réellement revenir un jour dans cette Espagne quittée par vos ancêtres, il y a près de trois siècles ? s'étonna Aimé.

— Je patienterai.

— Votre neveu Ibrahim Candarli a pourtant opté pour la France lors du sénatus-consulte.

— Quelque opportunisme l'aura guidé, conclut Abdallah avec agacement.

De retour à Boukhandoura, Aimé rapporta sa conversation à Anne qui lui répondit avec vivacité :

— Se sentir andalou aujourd'hui encore. C'est du pur dandysme ! Je pense qu'il a plutôt voulu exprimer son dépit après le décret Crémieux. Cependant je suis certaine que la République, qui est généreuse, va étendre cet avantage à tous.

— Peut-être, dit Aimé, mais si c'est le cas, les musulmans renonceront-ils facilement à la loi coranique ? J'ai souvent l'impression qu'ils ne font que tolérer notre présence ici. Et même, qui plus est, la présence de certains des leurs. C'est le cas d'Abdallah avec Ibrahim. Malgré son affection pour lui, il le considère, ce Kouloudji, comme un Turc, comme un envahisseur, au même titre que nous les Français…

En Algérie, on avait salué l'établissement de la République, déploré la chute de Metz, mais on s'était gaussé de Mac Mahon, qui était encore un gouverneur fort impopulaire cinq semaines plus tôt.

Certains, comme Émile, applaudissaient un républicain banni en Algérie en 1852, l'avocat Vuillermoz. Il réclamait avec exaltation un statut d'autonomie et une constitution fédérale pour la colonie quand, plus modestement, d'autres contestataires souhaitaient que soit renforcé le pouvoir des civils. Il fallait, disaient-ils, mettre fin au régime du sabre, et que les gouverneurs ne soient plus choisis dans l'armée.

Le 9 octobre, Vuillermoz, élu maire de la ville, se distinguait de nouveau en proposant de lever en Algérie des troupes pour défendre la patrie. De façon cinglante, Gambetta le traitait de dictateur. Désavoué également par les autorités de Bône et de Constantine, il se soumit.

L'effervescence disparaissait tandis qu'enfin un civil, du Bouzet, le préfet d'Oran, était installé comme commissaire extraordinaire provisoire. Ainsi prenait fin la Commune d'Alger. Elle n'avait fait aucune victime au contraire de la Commune de Paris...

De nouvelles élections portaient à six le nombre des députés, tous d'orientation plutôt socialiste, quand en métropole se dégageait une majorité royaliste qui rendait envisageable le retour de la monarchie.

À cette perspective, Aimé avait retrouvé ses ardeurs légitimistes. Il déchanta quand le manifeste du drapeau blanc rendit la restauration du prince impossible. Devant la déconvenue de son époux, Anne le raisonna :

— Mon ami, vous savez bien que le comte n'a vécu qu'à l'étranger. Finalement, ce qui devrait être son royaume n'est pour lui qu'une terre inconnue. Et qui a tant changé depuis 1789 ! Et puis, reprit-elle, vous connaissez l'influence qu'a sur lui son épouse, une Modène, donc une étrangère. Voyez où l'ex-Empereur, un Allemand finalement, marié à une Espagnole, a mené notre pauvre pays. Désormais la politique de la France ne doit être décidée que par des Français. En particulier le sort de l'Algérie. Elle n'a échappé que de peu à une mise sous la tutelle de l'Espagne, sur l'ordre des vainqueurs prussiens, des étrangers eux encore !

— Ce n'était qu'une rumeur.

— Une rumeur ? L'Alsace et la Lorraine ont bien été perdues après le traité de Francfort !

Aimé se résigna à ne pas voir Henri V occuper le trône de ses ancêtres. Il pensa plus utile d'écrire au baron d'Haussonville. Il avait connu à Paris cet aristocrate lorrain qui, avec l'industriel mulhousien Dolfuss, projetait de faire émigrer en Algérie ceux qui refusaient de passer sous tutelle allemande. Leur initiative avait plu à la République. Elle lui permettait de régler à bon compte le sort des réfugiés alsaciens et lorrains et, du même coup, d'accroître la population française en Algérie. Cent mille hectares, souvent arbitrairement confisqués par l'État, étaient remis à ceux qui s'étaient exilés au-delà de la Méditerranée. Bientôt des villages, aux noms évocateurs des provinces perdues, y voyaient le jour.

Cependant, à l'image de bien des émigrants qui les avaient précédés, ces nouveaux venus, ignorant tout du travail de la terre, s'adaptaient mal. Enfin l'implantation de plusieurs de leurs colonies en Kabylie allait exaspérer les esprits et engendrer des troubles semblables à ceux qui, quatorze ans plus tôt, avaient déjà agité ces montagnes.

* * *

Après la naissance de Raphaël, Louise fit une fausse couche, puis au début de 1871, elle fut de nouveau enceinte. Samuel voulait qu'elle quitte Cherchell pour Alger, où sa grossesse serait mieux suivie. Louise embarqua avec son petit garçon et du bateau, vit s'éloigner la silhouette de son mari et celle de Lounes qui avait tenu à venir lui faire ses adieux. À son arrivée, elle se signa lorsqu'elle aperçut la nouvelle basilique de Notre-Dame d'Afrique, presque terminée et dominant la mer.

Beaudire était venu l'accueillir au port. Son air sombre et inquiet alarma la jeune femme. Au long du trajet vers Fort-de-l'Eau, il ne s'anima que pour déplorer que la récolte des primeurs ait été médiocre. De son côté Raphaël, dont le grand-père n'avait fait que lui ébouriffer distraitement les cheveux, resta silencieux lui aussi, manifestement intimidé.

Elle s'installa à Fort-de-l'Eau en attendant la venue à Alger de Samuel qui, au sein d'une délégation de jeunes indigènes juifs et musulmans naturalisés, avait été présenté à l'Empereur, lors du second et dernier voyage officiel de ce dernier. Il avait par la suite été distingué pour occuper un poste d'enseignant à l'École normale d'instituteurs de la Bouzaréa. Sa connaissance approfondie des langues et des dialectes locaux avaient été appréciée en haut lieu. Elle y serait mieux employée que dans l'armée. En effet, à Cherchell, son rôle consistait surtout à traduire en français des querelles de soldats, des récriminations de civils ou des commandes passées à des fournisseurs…

Le jour de son arrivée, Louise fut surprise de l'accueil distant de Maria. Fatiguée par le voyage, elle se coucha tôt en se disant : « Il règne une bien lourde atmosphère ici. Et puis voici Papa qui part, sans doute pour aller boire ». Elle s'endormit vite mais, après minuit, fut réveillée par Beaudire qui jura dans l'obscurité avant de s'effondrer sur sa couche, pour y ronfler bruyamment. Soucieuse, elle eut alors du mal à retrouver le sommeil mais, quand elle sentit le bébé qui bougeait en elle, elle retrouva la sérénité.

Tôt le matin, Raphaël l'appela. Il avait faim. Elle fut éblouie par la chape bleue de la mer, en ouvrant les volets. L'atmosphère était celle, calme et douce, d'une matinée d'octobre ensoleillée. « Sans doute Samuel la contemple-t-il aussi, à cent kilomètres à l'ouest d'ici », se dit-elle. Maria survint qui lui fit un large sourire avant de lui proposer du café et du lait de chèvre pour Raphaël. Rien n'apparaissait plus de sa froideur de la veille. Les enfants étant partis en courant vers la mer étale, Louise resta seule avec la vieille dame qui, les yeux embués, s'ouvrit à elle : son patron soupçonnait Joan de le voler et ne lui adressait plus la parole, sauf pour le travail. Elle la rassura et quand Bernard arriva d'Alger pour le déjeuner dominical, elle s'isola avec lui pour le questionner :

— Et oui, lui dit-il, mon pauvre frère perd la tête. Ses affaires, sans être mauvaises, ne vont pas très fort, mais il refuse que je l'aide. Il se croit aussi entouré d'ennemis et il en veut particulièrement à ces pauvres Bagur ! Au fond peut-être leur reproche-t-il le départ de Concha, alors qu'ils n'y sont pour rien. Pour ma part, je comprends ce qu'a fait cette petite, si jeune, avec un homme plus âgé et buveur ! Tu sais, ton père a commencé à boire en Oranie, avant même la mort de ta mère. La solitude, les habitudes des chantiers… au point de ne plus savoir maintenant où il en est. Et dire qu'autrefois c'est lui qui me soufflait les décisions à prendre. J'essaie de le conseiller à mon tour, mais il m'envoie promener !

Louise resta encore quelque temps à Fort-de-l'Eau, attristée par le désintérêt de son père pour tout, à commencer par la grâce de Raphaël. Au début de novembre, le temps se gâta et la maison devint froide et inconfortable. L'humidité venue du ciel se conjuguait avec celle qui émanait d'une mer sombre et hostile. Quand Raphaël s'enrhuma, elle décida de s'installer à Alger chez les Maureuil, chez qui Samuel la rejoignit. Sa nomination à Alger avait été confirmée malgré le changement de régime, rien n'étant venu arrêter la machine administrative.

Il dut repartir pour quelques jours à Cherchell, et quand Louise l'accompagna au port, l'état de la mer l'effraya. Les vagues qui franchissaient les jetées agitèrent en tous sens le petit bateau dès qu'il eut franchi la passe. Elle le suivit des yeux aussi longtemps qu'elle le put, puis elle affronta l'averse pour remonter en ville.

Quand elle arriva chez les Maureuil, Cléo, l'air sombre, s'avança vers elle et la prit dans ses bras :

— Une mauvaise nouvelle, ma Lou, une mauvaise nouvelle – Louise prit peur et songea aussitôt à Samuel – ton père, il est plus avec nous ! Et Bernard il est parti à Fort-de-l'Eau pour savoir ça qui lui est arrivé !

Au milieu de la nuit précédente, Beaudire avait réveillé Joan pour lui dire qu'il allait inspecter le domaine. En effet les jours précédents, sous l'effet des pluies, de nombreux oueds, devenus fous, avaient débordé, détruisant les cultures et noyant bêtes et hommes, dont on retrouvait au loin les cadavres gonflés d'eau.

Avant de s'enfoncer dans l'obscurité, il avait ajouté d'un air mystérieux qu'à son retour il lui faudrait exterminer toutes sortes de vermines qui avaient envahi sa maison. Une heure plus tard, Joan l'avait entendu rentrer. Peu après était survenu depuis chez lui un énorme fracas suivi d'un silence que seul troublait le bruit de la pluie sur le toit.

Au matin, Maria s'était rendue chez Beaudire. Il régnait dans la maison vide un profond désordre. Draps et couvertures gisaient sur le sol parmi les éclats de verre d'une lampe brisée, dont le pétrole répandu empestait la chambre. Le plâtre des murs avait été éraflé, sans doute avec un balai dont les débris gisaient dans un coin. Enfin un guéridon était fracassé au pied d'une fenêtre sur laquelle il avait manifestement été lancé.

De son côté, étonnée de ne pas voir arriver leur patron, son équipe s'était lancée à sa recherche. En vain. Par contre des traces de pas qui s'arrêtaient au bord de l'eau, à demi effacées par les vagues, avaient été découvertes sur la plage détrempée par la pluie. Et puis la nouvelle que le corps d'un noyé s'était échoué sur une avancée de rochers était venue d'Ain Taya… Bernard, rendu sur place, l'avait aussitôt identifié.

À son retour, il questionna les Bagur au sujet de cette vermine évoquée par leur patron, pour apprendre de Maria que celui-ci lui avait reproché de ne pas l'exterminer dans la maison. Il avait même parlé de serpents et de scorpions, ajouta-t-elle…

En rentrant à Alger avec Louise et Cléo, Bernard évoqua ces propos :

— Il a fait une crise de delirium tremens, comme le craignait un médecin dont j'avais pris l'avis. Terrorisé par ses visions, il a lutté contre elles, en cassant tout chez lui. En cherchant ensuite à noyer dans la mer ces bestioles issues de ses hallucinations, il s'est noyé lui-même.

— Misère des humains ! soupira Cléo.

— De toute façon, depuis la disparition de Maman, Papa était un mort en sursis, compléta Louise.

Beaudire fut mis en terre au cimetière de Fort-de-l'Eau, dans la concession qu'il y avait achetée avant d'y transférer les restes de Mathilde et du petit Eléazar. Autant Bernard avait affiché un masque impassible jusque-là, autant la tristesse et le désarroi se lisaient sur son visage. Quand on descendit le cercueil dans la fosse, il parut un instant défaillir puis, avec une étrange exaltation, dit soudain en guise d'oraison funèbre :

— Ces obsèques sont aussi un peu les miennes. Voici maintenant plus de trente ans que nous sommes venus sur cette terre dans laquelle on enfouit maintenant mon double. Mais ses restes, comme ceux de sa femme et de son fils, seront les racines que notre famille aura plantées ici.

Quelques semaines plus tard, Louise accoucha d'une petite fille, qu'elle prénomma Eugénie. Nommée tutrice de Julie, la jeune mère décida aussi de l'emmener vivre avec elle, afin de parfaire l'éducation très rudimentaire que sa sœur avait reçue à Fort-de-l'Eau. Chacun approuva cette décision sauf les Bagur et la fillette, désolés à l'idée d'avoir à se séparer. Il fut promis que la petite se rendrait à Fort-de-l'Eau tous les dimanches et aux vacances. Néanmoins, bien des larmes furent versées quand elle monta dans la calèche de Bernard pour se rendre à El biar où les Torjman avaient loué une maison : Dar el-Ouard.

Julie s'accoutuma cependant vite à sa nouvelle existence et fut heureuse de vivre avec ses neveux. Très vite, elle prit l'habitude de s'occuper d'eux dans le grand jardin d'où l'on pouvait contempler la baie et une bonne partie de la ville.

* * *

Après la défaite de la France, la Kabylie s'était enflammée, sous l'impulsion du cheikh Mohammed El Mokrani. Et après avoir combattu les Prussiens, le sergent Armand Bénézit fut envoyé en Algérie, dans les tirailleurs algériens. Il était descendu du convoyeur qui l'avait amené à Bône, bien droit dans son uniforme de drap bleu soutaché de jonquille, en relevant son menton orné d'une courte barbe noire. Il avait aussitôt considéré avec curiosité la terre africaine et posé mille questions à un ancien, sur ceux, qu'après les Prussien, il allait affronter.

— Les Kabyles sont des gens farouches, des montagnards coriaces ! lui avait dit le Turco. Ils se battent entre tribus, mais savent se rassembler quand c'est nécessaire. Nos chefs ont cru bon de les encourager à s'unir pour contrer le pouvoir des civils en Algérie. Ils étaient restés pacifiques depuis leur soulèvement de 1857, mais notre défaite récente les a encouragés à se rebeller de nouveau. Ils ont aussi de bonnes raisons de le faire. Certains ont été spoliés sous des prétextes divers et rarement justifiés. D'autres, comme bien des musulmans, ont mal accepté que le décret Crémieux s'applique aux juifs mais pas à eux. Aussi ont-ils été sensibles à un certain El Haddad et à leurs marabouts, quand ils ont prêché la guerre sainte. Maintenant c'est El Mokrani, dont le père avait pourtant fait allégeance à la France dès 1837, qui la mène. Il paraît même qu'à ses côtés se trouve un fils d'Abd el-Kader, Mahi ed Din.

Dès mars 1871, la révolte s'était vite étendue dans les montagnes. Tizi Ouzou avait été investie par le frère de El Mokrani qui avait remplacé celui-ci, tué au combat. Bougie, Dellys, Djidjelli et Sétif, où la présence française était forte, s'étaient trouvées bientôt menacées. Aussi une riposte sérieuse s'était-elle avérée indispensable.

Bien vite, Armand avait participé aux combats qu'il avait trouvés rudes, bien différents de ceux auxquels il avait été mêlé en France. Fin juillet, lors de la seconde bataille d'Icheriden, il avait été gravement blessé, ce qu'il avait décrit dans une longue lettre à ses parents :

« J'ai reçu un choc dans la jambe droite, comme un coup de gourdin. Et puis, mais très brièvement, la douleur a disparu pour revenir, bien vive, quand j'ai voulu me relever. J'ai alors pu me traîner jusqu'à un massif de lentisques, auprès d'un olivier sur lequel s'était posé un groupe de grives. J'avais très mal à la jambe qui pissait le sang. Le bleu de ma culotte devenait écarlate mais j'essayais d'oublier la douleur, en regardant ces jolis oiseaux, bien nourris, bien dodus. Je me disais qu'à d'autres moments ils auraient fait un beau tableau de chasse ! Je les tenais au bout de mon fusil mais bien sûr il n'était pas question de m'en servir. Les grives paraissaient se régaler d'olives mais moi je me sentais faiblir, et j'avais grand soif. J'avais dû perdre pas mal de sang car, au bout d'un moment, autour de moi les montagnes, les arbres, les buissons m'ont paru flotter, comme les nuages dans le ciel. Je me suis senti tout léger, prêt à m'envoler auprès des oiseaux. Et c'est ce qu'ils ont fait, dans un grand bruit de plumes, quand de nouveau ont retenti des coups de feu ! Curieusement, je n'avais pas peur… Pourtant ça m'est arrivé d'avoir eu du mal à surmonter ma frousse. Là j'étais comme insensible, tout calme, à cause du sang que j'avais perdu, je pense. Le silence est revenu et j'ai admiré de nouveau la beauté du vallon où je me trouvais, ces oliviers bleutés, ce maquis qui sentait bon, l'azur du ciel au-dessus de moi… Avant de m'évanouir comme une jeune fille… J'ai eu de la chance puisque finalement un groupe de mes camarades m'a trouvé derrière mon buisson mais si cela avait été les rebelles, "couic" et je ne serais plus là pour vous écrire. »

Il avait été évacué et soigné, mais son fémur brisé avait été long à se ressouder. Il avait bénéficié d'une permission de convalescence, mais comme elle était trop courte pour qu'il puisse se rendre chez lui en Bretagne, il avait choisi de la passer à Alger.

* * *

Le père d'Armand, Honoré Bénézit, était un gendarme d'origine catalane qui avait fait sa carrière dans le Morbihan. Il y avait épousé Perrine Huet, une jeune fille de Pénestin, puis n'avait plus quitté la Bretagne. Honoré, en effet, n'avait pas l'esprit aventureux, au contraire de l'un de ses frères, un ancien des campagnes de Morée et d'Algérie, mais qui était également passé par les bataillons disciplinaires de Cherbourg…

Perrine avait un faible pour ce beau-frère, et avait tenu à ce qu'il soit le parrain d'Armand. Elle l'avait si souvent cité en exemple à son fils que celui-ci avait calqué sa conduite, souvent téméraire, sur celle de cet oncle. Elle avait aussi voulu que l'instruction de son garçon soit moins négligée que celles de ses sœurs, et en classe Armand s'était montré un élève studieux, bien que souvent turbulent.

À plusieurs reprises, il avait pratiqué l'école buissonnière. En bon militaire, Honoré avait alors violemment sanctionné ces incartades. Et un beau jour, il avait disparu deux longues journées, après une punition particulièrement sévère.

Gêné, Honoré n'avait osé faire appel à ses collègues et l'avait recherché seul. À Trehiguier, un pêcheur avait vu l'enfant et lui avait ri au nez quand il avait prétendu s'embarquer. Çà et là des paysans l'avaient vu passer. Ce furent finalement des traces de pas sur une plage déserte qui le firent découvrir, caché dans une grotte, transi et affamé, car il ne s'était nourri que de pommes pourries et d'œufs de mouettes. Penaud, il avait suivi sans protester son père qui, avec réalisme, avait alors jugé bon de canaliser le caractère fantasque d'Armand et décida de l'envoyer aux enfants de troupe.

Le cœur gros, mais en serrant les dents, le petit garçon partit donc pour la capitale puis franchit les portes de la caserne. Sans mot dire, il en suivit les règles et subit la tyrannie des adultes auxquels il était mêlé, dans une complète promiscuité. Sans broncher, il obéit au prince impérial qui s'initiait au commandement, en faisant manœuvrer des enfants de troupe souvent plus âgés que lui. Enfin, sans hésiter, à seize ans, il opta pour la carrière des armes.

* * *

Une lointaine alliance existait entre les Bénézit et les Maureuil, et Perrine avait suggéré à son fils de contacter à Alger ces cousins éloignés, ce qu'il s'empressa de faire lors de sa permission de convalescence. Un peu méfiant, Bernard hésita d'abord à répondre à ce parent inconnu, un militaire de surcroît, mais par solidarité familiale, il finit par l'inviter à Fort-de-l'Eau, un dimanche de juillet.

Maria gérait maintenant la ferme aux côtés de Miguel, Joan ayant sombré dans la sénilité. Et pour l'occasion, elle se lança dans l'élaboration d'une grande paella. Elle s'affairait dans la cuisine quand elle entendit la calèche de Bernard qui allait chercher Armand au terminus du tramway qui desservait le village depuis Alger.

Le jeune homme avait été intrigué par ses compagnons de voyage. Il ne connaissait des habitants de l'Algérie que les Kabyles et la population largement française d'Alger.

— Pouvez-vous me dire quelle était la langue de bien des passagers ? demanda-t-il à Bernard après qu'ils se furent salués. Il m'a semblé qu'il s'agissait de l'espagnol mais d'un espagnol particulier.

— Du catalan, dit avec un grand sourire Bernard, heureux de rompre le silence embarrassé qui régnait entre son invité et lui. La langue que parlaient les ancêtres de votre père, sauf que ces derniers vivaient au pied des Pyrénées et que vos compagnons de voyage viennent de Minorque. Le baron de Viannac, aux côtés duquel mon frère et moi sommes venus en Algérie il y a maintenant presque quarante ans, a encouragé nombre d'entre eux à quitter leur île. Ce sont des maraîchers, durs à la tâche, et je suis fier que ma nièce Julie ait en partie hérité de leur sang…

Armand avait envisagé cette rencontre avec une certaine appréhension. Il connaissait l'hostilité des civils à l'égard des militaires en Algérie, mais s'était dit : « Si j'ai eu affaire aux Prussiens et aux Kabyles, de redoutables adversaires, je saurai affronter ces gens-là ! »

En fait, dès son arrivée, il avait reçu un accueil chaleureux ; Cléo, la première, l'avait abordé en minaudant :

— Votre bel uniforme des tirailleurs, comment que vous le portez bien !

Armand, surpris par la syntaxe pittoresque et l'accent râpeux et chantant de la dame, rougit sous le compliment et le lui rendit.

— Me voici entouré de bien jolies personnes, et cela me manquait sur mes pitons. Aucune d'entre vous, si vous me permettez de le dire, ne déparerait sur les boulevards parisiens !

— Vous êtes un flatteur ! lui dit Louise.

— Oh non, vous avez raison, reprit Cléo. La réputation des Parisiennes elle est bien « xagérée ». Y a pas comme les belles plantes d'Algérie !

La pyramide d'un jaune intense, fumante et parfumée, de la paella, le poulet, les coquillages, les tranches de soubressade qui la complétaient furent servis avec la louche d'argent d'Eléazar, à la demande de Louise qui l'avait apportée d'Alger. Il ne resta pas un grain de riz dans le plat, ni de vin rosé dans les verres. Au dessert, rassasiés, c'est à peine si les convives goûtèrent aux *mantecaos* et aux fruits, « tous du jardin ! » comme l'avait précisé Maria.

Alourdis, tous appréciaient l'ombre de la treille sous laquelle la table avait été dressée quand Cléo suggéra :

— Pourquoi qu'on chanterait pas un peu ? Pour faire la digestion.

La première, Maria entonna un chant minorquin que Julie reprit de sa jolie voix. Puis Bernard aborda, avec un clin d'œil à son épouse, un air de *La Juive* et précisa à Armand :

— Ma femme est israélite mais nous avons pu, malgré quelques difficultés, former un couple plus heureux que celui de Léopold et sa Rachel !

Vint ensuite le tour d'Armand. Il entama un chant breton, mais il détonnait beaucoup. Comme il priait en rougissant l'auditoire de l'excuser, il remarqua que la petite Julie l'observait. Il lui sourit et elle baissa instantanément ses yeux gris. Troublé, il se lança alors avec Samuel et Bernard, entre hommes, dans une conversation sur la Kabylie, laquelle s'étendit à toute l'Algérie, pour aborder enfin la question des pouvoirs étendus de M. Thiers.

Le sujet ennuyait les dames, qui s'éventaient et n'étaient pas loin de somnoler. Louise emmena les petits Raphaël et Eugénie, qui grognaient, faire la sieste. Cléo, qui étouffait dans sa robe pourtant décolletée, et qui aspirait à se délacer, dit à son tour qu'elle souhaitait prendre un peu de repos. Quant à Julie, elle entreprit un jeu de marelle solitaire tout en continuant à regarder l'invité à la dérobée.

L'ardeur du soleil s'atténua et les ombres s'allongèrent. Quelques bouffées de brise marine ranimèrent la vie que la torpeur de l'après-midi avait endormie. Un âne se mit à braire dans l'écurie. En l'entendant, Bernard proposa à Armand d'aller voir les bêtes et l'entraîna vers un bâtiment cerné de grands eucalyptus, dont les longues feuilles bruissaient :

— Ces arbres viennent du bout du monde, de l'Australie, dit Bernard. Leurs racines savent chercher l'eau très profondément, un avantage ici. Ils sont robustes et bons pour les poumons. C'est mon frère Beaudire qui les a plantés… ajouta-t-il avec une lueur de tristesse dans le regard.

Armand n'en avait jamais vu. Il n'avait non plus vu d'autruches qu'au zoo or dans un box à côté de celui des mulets figurait un couple de ces grands oiseaux qui dévisagèrent les visiteurs avec dédain.

— Ces deux-là sont ici seulement pour faire plaisir à ma femme, dit Bernard. Elle voulait avoir sa propre source de plumes pour ses chapeaux, mais le résultat est décevant !

Puis comme Armand avançait la main vers eux :

— Méfiez-vous ! Ce sont de sales bêtes. Elles crèveront de froid un jour ou l'autre car le climat ne leur convient pas. Des colons qui avaient prétendu en faire l'élevage en grand ont connu bien des déboires. Ne vous fiez pas à la température d'aujourd'hui. Il fait aussi très froid dans ce pays !

— Oh oui ! je m'en suis aperçu dans les montagnes kabyles, dit Armand.

Ils sortirent de l'écurie. Le soleil palpitait encore derrière les tamaris mais l'air était maintenant tiède et soyeux. L'heure du retour était venue si l'on voulait être en ville avant la nuit. Bernard proposa de ramener Armand à Alger et comme la calèche s'éloignait, Louise se tourna vers sa sœur :

— Nous avons passé une délicieuse journée et ce monsieur Bénézit est charmant !

La petite rougit, puis dit avec assurance :

— Oui, c'est un beau soldat et un bel homme…

Louise s'esclaffa :

— Eh bien mademoiselle, voulez-vous bien vous taire ! C'est un adulte et tu n'es qu'une petite fille de seulement douze ans ! Voyons plutôt tes résolutions pour l'année scolaire qui va venir !

— Bien travailler en classe mais aussi commencer mon trousseau. Pour me marier…

* * *

Quand il apprit la sévérité avec laquelle Randon et Yusuf avaient châtié la révolte des Kabyles, Abdallah fut troublé. Jusque-là, il n'avait eu qu'un sentiment condescendant de citadin et d'aristocrate vis-à-vis de ces montagnards, mais leur déroute agit sur lui comme une révélation. La répression exercée sur ces Kabyles, des musulmans, était le fait de chrétiens. C'étaient aussi des chrétiens qui avaient chassé de l'Algérie d'autres musulmans, les Turcs. Enfin c'étaient les rois très catholiques qui avaient forcé ses aïeux à quitter cette Andalousie dont il aimait tant à se réclamer… Il comprit les vraies raisons de son différend avec Ibrahim lorsque celui-ci avait opté pour la nationalité française. Ce choix lui apparut comme une allégeance de son neveu aux infidèles…

Il prit conscience de son appartenance à une vaste communauté et s'accusa d'indolence. Il décida d'accomplir ce que commandait le cinquième pilier de l'islam, le pèlerinage à La Mecque en le faisant suivre d'une visite à Damas à celui qui s'y était retiré, Abd el-Kader. La curiosité, sans doute plus que sa foi restée très tiède, le guida dans cette décision.

« Que sais-je de ceux qui partagent la même confession que moi ? se dit-il. De ceux qui, à travers le monde, forment un peuple immense auquel j'appartiens et que guident les versets du Coran ? Je vais aller leur rendre visite et peut-être ce long voyage me permettra-t-il de faire retour à ce que l'on m'a enseigné autrefois. »

Avant d'arrêter définitivement sa décision, il voulut prendre l'avis de celle qu'il avait épousée vingt ans plus tôt, Bahia. Il appréciait sa vive intelligence et, bien que ne la partageant pas, sa grande piété. Leur union s'était révélée inféconde mais il éprouvait pour elle un tel respect qu'il s'était toujours refusé de l'humilier en la répudiant ou en prenant une autre épouse. La joie discrète qu'elle manifesta à la perspective de son projet l'ancra définitivement dans sa décision de le réaliser.

Au contraire de la majorité des pèlerins algériens qui, depuis les ports d'Algérie, gagnaient Suez par mer, puis de là Djeddah et La Mecque, Abdallah préféra la voie de terre. Cela lui permettrait de rencontrer ses coreligionnaires d'autres pays.

Au printemps de 1875, il rejoignit la Tunisie, fit une étape de quelques jours à Kairouan la Sainte, avant, au sein de caravanes, de gagner Tripoli et l'Égypte, puis de traverser la mer Rouge sur un boutre. Arrivé à destination, il se sentit récompensé par la vue de la ville sainte ; il fut fasciné par la nuée des croyants et passionné par leurs origines multiples, il vibra au spectacle de la foule autour de la Kaaba, il s'obligea à accomplir les tours prescrits et même à lapider rituellement les démons. Finalement, il se sentit un membre de l'« Umma » mais sans que pour autant son scepticisme ancien en soit beaucoup entamé.

Comme bien des pèlerins, il fut victime d'une épidémie de dysenterie, mais put rejoindre Alexandrie. Il y séjourna dans la demeure d'une famille algérienne qui s'était exilée en Égypte après 1830. Elle le reçut bien, mais il eut néanmoins le sentiment que, quarante ans plus tard, elle continuait de tenir les Chbili pour des renégats, en raison de leur allégeance à la France.

Il partit ensuite pour Damas afin d'y accomplir ce qu'il considérait comme un second pèlerinage, la visite à Abd el-Kader. Il fut déçu de sa brève entrevue avec lui. L'émir paraissait indifférent au sort de la terre pour laquelle il s'était tant battu. Il prônait la résignation au cours de l'histoire, le retour à Dieu, la charité vis-à-vis des autres, quelles que soient leur origine et leur confession.

Quand il fut de retour à Alger, près d'un an s'était écoulé. Une nouvelle tragique l'y attendait. Six mois plus tôt, Ibrahim Candarli, sa femme et quatre de leurs enfants, avaient péri intoxiqués dans leur sommeil par les émanations d'un *kanoun.* Seul avait survécu Ahmet, âgé de douze ans. Bahia, qui s'était particulièrement attachée à lui, le prenait souvent chez elle, ce qui avait été le cas lors de cette nuit tragique.

Elle s'était efforcée d'adoucir la détresse de l'enfant, sans succès et elle espérait qu'Abdallah y parviendrait mieux. Aussi dès son retour eut-il avec le petit garçon un long tête-à-tête :

— Ta douleur est bien grande et je la partage, lui dit-il gravement. Tu as perdu les tiens, ton père en particulier qui était comme un frère pour moi. Mais tu appartiens à une autre famille, plus vaste ! Elle est faite de tous ceux qui vivent là, dit-il en désignant du geste la Casbah, la famille des musulmans !

L'enfant restait muet mais ses grands yeux verts, hérités de son père, traduisaient sa vive attention. Aussi Abdallah, de nouveau, évoqua-t-il Ibrahim :

— Ton nom est un héritage de tes ancêtres turcs. Des musulmans là encore… Ton père Ibrahim te l'a légué, et aussi ses yeux verts. Ouvre-les grands sur le monde et regarde-le. Il vaut la peine d'être connu.

Puis il conclut en disant :

— Un vieux sage de chez nous que j'ai rencontré en Syrie m'a conseillé la résignation. C'est une vertu, certes, mais elle ne doit pas effacer le passé et faire tout accepter, des étrangers en particulier. Ne te laisse jamais dominer par eux !

* * *

En 1880, Alger comptait presque 200 000 habitants et Julie, qui venait de fêter ses dix-huit ans, en était un des plus jolis ornements. La petite paysanne de Fort-de-l'Eau s'était transformée en une jeune fille séduisante, qui ressemblait étonnamment à sa mère. Elle en avait hérité la chevelure drue, sombre et bouclée mais aussi le port élégant, la taille fine et les hanches minces, où s'attachaient de longues jambes. En la voyant, certains, troublés, pensaient voir évoluer Concha, jusqu'à ce que son regard gris et pénétrant vienne dissiper cette illusion.

Personne ne lui avait parlé de sa mère. Seule Cléo avait discrètement évoqué sa beauté et, une seule fois, Louise avait fait à son propos une remarque peu amène. Son père lui était tout aussi inconnu, mais tous en entretenaient le souvenir et elle pouvait se le figurer en la personne de son jumeau Bernard.

Elle paraissait indifférente à ses parents disparus, mais faisait preuve d'un attachement profond au reste de sa famille et tout spécialement à ses neveux, Raphaël et Eugénie. Enfants, ils avaient aimé jouer à El biar, au milieu des plumets des fenouils sauvages des prairies. Maintenant, plus âgés, ils continuaient de faire de longues promenades au creux des vallons qui entouraient le village.

Un soir, elle revint en disant à Louise et à Cléo, avec une feinte naïveté, son étonnement que des hommes, dans la rue, aient salué son passage. Se souvenant du jour où Concha l'avait taquinée pour la même raison, sa sœur lui lança, d'une voix sèche :

— Tout cela n'est que vanité de ta part Si en les croisant tu avais gardé un air modeste, cela ne se serait pas produit !

Décontenancée, Julie se tourna vers Cléo, rassurée quand celle-ci lui dit :

— C'est parce que tu viens belle, *aziza*, comme beaucoup de femmes dans la famille. Mais fais quand même « entention » aux hommes ! Ils sont comme des renards bien polis pour avoir ça qu'ils veulent, mais après c'est des vrais « chacailles ».

— Mais que veulent-ils donc ?

— Ça t'y es trop jeune pour savoir. Tu sauras assez tôt ! dit Cléo qui se reprit, en se souvenant alors qu'il aurait été bon pour elle, autrefois, d'avoir été mieux informée… Ils veulent te mettre dans leur lit !

Décidée à en savoir plus, Julie insista :

— Pourquoi ? Pour dormir ?

Mais sa ruse échoua et sa tante, haussant les épaules, reprit sa broderie.

La jeune fille resta silencieuse puis rassembla dans ses souvenirs ce qu'elle savait déjà à propos des relations entre les hommes et les femmes.

À Fort-de-l'Eau, petite fille, en compagnie d'autres gamins, elle avait épié les comportements des « grands ». Ils avaient surpris un jour, au creux d'une dune, un couple qui s'embrassait et se contorsionnait bizarrement, en faisant de drôles de bruits. Tout d'un coup l'homme, découvrant la présence des enfants, les avait invectivés, ce qui les avait fait fuir, effrayés et très excités. Le plus âgé de la petite bande, Jaime, qui aimait jouer les mentors, leur avait alors affirmé :

— Ils se frottent le bonbon, pour faire l'amour…

Ces mots avaient intrigué et intriguaient toujours Julie. Elle questionna de nouveau Cléo, en lui rapportant les mots de Jaime, et sa tante, délaissant son canevas, éclata de rire :

— Toi alors… T'y es plus têtue qu'un *brêle* quand tu veux savoir quelque chose ! Oui, c'est à peu près ce que tu dis qu'ils font les hommes et les femmes dans le lit, mais c'est pour faire des enfants. Mais aussi un peu pour le plaisir… Et maintenant va dormir !

Julie comprit que sa tante n'en dirait pas plus. Elle regagna sa chambre pour noter aussitôt sur son journal intime les quelques renseignements qu'elle avait glanés. Elle ne voulut cependant pas en rester là et se dit que peut-être Maria la renseignerait utilement. Aussi dès le dimanche suivant l'interrogea-t-elle :

— Grand-mère, est-ce que je suis jolie ?

La vieille dame qui balayait se retourna d'un air courroucé :

— Ma petite, la beauté est une malédiction !

Désorientée et dépitée, Julie n'insista pas. Un entretien avec Bakhta, la vieille servante des Maureuil, se révélerait plus fructueux, se dit-elle. Elle avait toujours été dans un rapport de confiance avec celle qui avait si souvent su la consoler, la rassurer. Surtout, elle ne s'était jamais dérobée à ses questions. En particulier quand Julie avait découvert du sang dans son linge, elle l'avait instruite de ce qu'il en était, simplement en lui disant, sur le ton qu'elle avait employé quand elle l'avait initiée aux tâches ménagères :

— Ça y est. T'y es une femme. Tu pourras avoir des enfants, mais pour ça il faudra faire avec les hommes autre chose aussi… Avant d'ajouter, soudain devenue grave : Mais tu dois faire bien attention, ma fille !

Elle rappela à Bakhta ces propos d'alors et celle-ci lui dit :

— Ça que les femmes elles font avec les hommes ? Si t'y es pas mariée, t'y essayes pas de le faire ! Même si les hommes ils veulent et même si t'y as envie ! Puis reprenant les mots de Cléo : Y en a c'est des vrais « chacailles » !

Malgré le caractère sybillin des propos des adultes, elle estima en savoir assez. Par sa réponse en tout cas, sa grand-mère lui avait confirmé qu'elle était jolie. Elle n'eut désormais plus aucune honte de se livrer à ce qu'elle avait entrepris dès ses treize ans, examiner certaines parties de son corps devant sa psyché. Elle ne se trouva plus impudique de se livrer à ces inspections. Elle n'éprouva plus le besoin de s'en accuser à confesse, ainsi qu'elle l'avait fait jusque-là, de façon alambiquée, pour que le prêtre lui accorde l'absolution…

Elle remarqua aussi qu'après son enquête, la surveillance des femmes de la famille sur sa personne s'était renforcée et surprit un jour un échange entre Cléo et Louise :

— Ça la « tchiquette » elle est jolie et même qu'elle pourrait faire tourner bien des têtes, comme sa mère !

— Ah ! ne parle pas de corde dans la maison d'un pendu. L'atavisme, tu sais, ça existe !

Julie fut troublée de ce qu'elle avait entendu. Personne ne parlait jamais de sa mère. On lui avait seulement dit qu'elle était morte. Que signifiait cet atavisme ? Sachant qu'aucun des siens ne la renseignerait à propos de sa mère, elle se résolut à rendre visite à Anne, comme celle-ci le lui avait souvent proposé.

Cette dernière l'écouta et lui promit de l'aider, ce qu'elle fit, en disant ensuite à Louise :

— Cette petite semble étouffer d'être l'objet d'un secret que vous gardez tous. Il serait légitime maintenant qu'elle sache la vérité. Déchargez-la de ce fardeau !

* * *

Les Maureuil et les Torjman se consultèrent puis, embarrassés, révélèrent à Julie ce qui s'était passé, vingt ans plus tôt. Elle les écouta avec une telle impassibilité que Cléo la questionna :

— Ça t'a fait quoi ça qu'on t'a dit ?

— Pas grand-chose, à vrai dire…

— Mais nous en veux-tu de t'avoir ainsi tout dissimulé ? demanda Bernard.

— Vous ne pouviez guère faire autrement. Et puis que peut me faire l'évocation d'un fantôme ? Je n'ai jamais connu ma mère. Elle vous hante, elle hante mes grands-parents, mais pas moi.

Troublé, Samuel avait assisté à l'entretien. Il avait lui aussi gardé le secret, solidaire des Maureuil. Ils l'avaient réconforté et soutenu quand il avait dû affronter certains commérages ; quand les chrétiens lui avaient fait grief d'avoir épousé l'une de leurs filles et les juifs, de ne pas avoir choisi l'une des leurs… mais également, et tout autant, de garder ses distances vis-à-vis de leur communauté et de ne jamais pratiquer. Puis ces commérages avaient concerné sa nomination à l'École de lettres établie par Paul Bert en 1879 à Alger. Après plusieurs années à l'École normale, il y enseignait maintenant, car il avait brillamment passé un concours. Malgré cela, on murmurait qu'il devait sa nomination à une supposée franc-maçonnerie de Bernard ou à la solidarité entre Juifs…

Les satisfactions qu'il trouvait dans son travail avaient apaisé son tourment. Et voici qu'à la faveur des révélations faites à Julie en avait ressurgi un nouveau, celui du mystère qui entourait ses origines. Il croyait pourtant ne plus y penser. À lui aussi on avait dit que son père était mort. Mais pourquoi donc alors sa nourrice l'avait-elle un jour traité de bâtard, pour se reprendre aussitôt ? Pourquoi avait-elle souvent évoqué, sans la nommer, une grande famille de Blida qu'aurait bien connue sa mère ?

Il tenta de questionner directement Cléo à ce sujet, mais renonça très vite devant son trouble, découvrant chez elle une vulnérabilité qu'il ne lui connaissait pas. Bernard, qu'il chercha ensuite à sonder, pratiqua l'esquive. Enfin, quand dans un dernier recours il songea à consulter les bureaux d'état-civil, on lui répondit qu'au moment de sa naissance ils n'existaient pas.

Le calme affiché par Julie après les révélations sur sa mère l'avait impressionné. « Peut-être pourra-t-elle m'aider », se dit-il ; ce qui l'amena à lui confier ce qu'il soupçonnait maintenant, l'illégitimité de sa naissance. Grande fut sa surprise devant la réponse aussi inattendue qu'apaisante de la jeune fille :

— Samuel, si tu crois être un bâtard, j'en suis une aussi. Même si mes parents m'ont conçue très officiellement. Ma mère m'est aussi inconnue que ton père l'est pour toi. Et puis tous deux ne se sont guère souciés de nous. D'ailleurs nous sommes nombreux à être des bâtards sur cette terre d'Algérie, des enfants dont la France prétend être la mère. Car elle a renié nombre de ces enfants, quand elle ne les a pas abandonnés ou même chassés de son territoire !

* * *

En septembre de la même année, Julie fit son entrée dans le monde des grandes personnes, à l'occasion d'un bal donné par les Viannac, dans le patio de Boukhandoura.

En descendant le chemin qui y menait et qu'éclairaient des torches, la jolie débutante ne parvenait plus à garder l'air blasé qu'elle avait décidé d'affecter. Ses joues étaient en feu, autant sous l'effet de l'émotion que de la tiédeur de cette soirée de fin d'été. La belle assurance qui l'habitait en montant dans la calèche l'avait abandonnée. Pourtant l'image que lui avait renvoyée son miroir l'avait satisfaite et Louise, qui la chaperonnait, l'avait complimentée.

Un tourbillon d'idées folles l'assaillait. Elle jugeait mal coupée sa robe blanche, elle craignait de s'y prendre les pieds, elle trouvait bien maigres ses bras nus, elle s'inquiétait que les épingles qui maintenaient son chignon ne se défassent, enfin elle redoutait que le camélia en soie qui fermait son corsage ne se déchire…

Avant d'entrer dans le patio, Louise lissa sa robe de taffetas parme avant de donner un léger coup d'éventail sur le bras de sa sœur. À son silence, à sa démarche, elle avait saisi le désarroi qui avait envahi la jeune fille. Elle s'était souvenue de son propre embarras d'autrefois, quand Anne la conviait à Boukhandoura. Avançant sa main gantée, elle saisit fermement le coude de Julie et lui murmura :

— Ma chérie, tu es un véritable cygne !

— Plutôt une grosse oie pataude tu veux dire, une oie blanche dans une robe blanche en plus !

— Tu sais bien que le blanc s'impose pour les jeunes filles qui entrent dans le monde.

Ce bref échange rasséréna Julie. Et lorsqu'elle perçut, en s'avançant dans le patio, la fragrance familière d'un grand jasmin, elle eut l'impression d'avoir heureusement franchi une frontière.

La rumeur qui montait de la foule, les parfums et la musique ne la troublèrent pas. On la dévisageait et elle perçut les regards comme autant de défis à relever. Anne l'avait accueillie par ces mots :

— Tu es ravissante, ma petite Julie ! Et, se tournant vers Aimé : N'est-ce pas mon ami ?

Celui-ci s'inclina, avec dans les yeux cette lueur étrange que Julie avait déjà remarquée dans le regard de bien des hommes…

Et la maîtresse de maison avait ajouté :

— Nous regrettons tant que Bernard, Samuel et Cléo ne soient pas avec vous !

— Samuel est indisposé et mon oncle et ma tante se sentent trop âgés pour danser, dit Louise.

— Que devrions-nous penser, Aimé et moi ? répondit Anne, qui connaissait leurs vraies raisons : Mais dites-leur combien nous sommes tristes de leur absence !

Julie se tut. Elle aurait pourtant voulu clamer la raison de leur dérobade, leur crainte d'être l'objet d'affronts feutrés, parce que Cléo et son fils étaient israélites… Elle fut reconnaissante à sa sœur. En la chaperonnant, elle courait ce risque-tout autant qu'eux. Pour lui rendre hommage, elle lui dédia un sourire plein de tendresse.

« Et Dieu sait, se disait-elle, si la tante Cléo aurait aimé se trouver là… Dieu sait si elle a parcouru la rue Bab Azoun pour y trouver le meilleur tissu pour ma robe et avec quelle passion elle a surveillé la couturière. »

Sûre que Louise pensait la même chose, elle lui confia :

— Ni Samuel, ni l'oncle Bernard n'ont de regrets, tant ils détestent danser, mais quel plaisir eut éprouvé notre tante, et tout ça à cause de quelques imbéciles !

Louise lui sourit en déployant son éventail et murmura :

— La vie est ainsi faite… Cléo a toujours dû affronter de telles situations. Je crois que cela n'a fait que l'unir davantage à Bernard. Et plus tard, cela a été mon tour de subir le même sort… Mais n'y pense plus ma chérie et amuse-toi !

Au même moment, Anne songeait de l'un des invités qui se penchait sur sa main : « Eh bien, en voici un qui n'aurait pas manqué d'offenser les Maureuil et de commenter malignement leur présence. Comme cette ville a changé en quelques décennies… Nos premiers bals ici comptaient bien des Israélites, et leurs filles étaient souvent les plus belles… »

Elle détourna les yeux pour regarder les deux sœurs qui s'entretenaient avec un jeune militaire dont elle se souvint qu'il s'était présenté à Aimé à l'occasion de manœuvres à Boufarik.

Tous deux avaient sympathisé, puis correspondu, quand le jeune homme avait quitté Blida, pour être affecté çà et là à travers le pays.

Elle se tourna vers son époux :

— Voulez-vous me rappeler le nom de cet officier qui bavarde avec les sœurs Maureuil ?

— Il s'agit du lieutenant Armand Bénézit. Je l'ai invité au bal puisqu'il était de passage à Alger. Il a connu nos amis Maureuil autrefois. C'est un garçon de valeur, méritant, un sous-officier qui a pu sortir du rang grâce à sa belle conduite en 1870 et lors de l'insurrection kabyle, où il a été blessé. Votre curiosité est-elle satisfaite, ma chère Anne ?

Il aimait à la taquiner sur sa curiosité. Elle lui répondait alors qu'il était de pires défauts, et que ce travers pouvait parfois se révéler utile.

Quand Armand, sanglé dans son uniforme, les pieds joints et en inclinant le buste, s'était présenté à Louise, Julie l'avait tout de suite reconnu et elle trouva stupide la question qu'après tant d'années sa sœur posa au jeune homme.

— Je vous suppose tout à fait remis de votre blessure.

— Si bien remis que je souhaiterais m'inscrire sur le carnet de mademoiselle Julie.

— Il a été presque entièrement rempli dès son arrivée. Il vous faudra être patient !

Les danses se succédèrent. Julie, comme elle passait des bras d'un cavalier à ceux d'un autre, fut troublée de se sentir impatiente qu'arrive le tour d'Armand. Les mains moites de certains de ses partenaires, les odeurs que dégageaient d'autres, l'importunaient.

Quand enfin Armand vint l'inviter pour une valse, elle retrouva toute l'ardeur qui l'avait un moment quittée. Elle se mit à tourner avec grâce, sous sa conduite. Lorsqu'elle osa furtivement porter son regard vers lui, elle vit qu'il souriait. Ses pensées se bousculaient, mais elle suivait sereinement les indications qu'imprimait Armand aux mouvements de leur couple.

Et puis vint le temps du quadrille, qui signifiait la fin du bal. Elle en suivit avec application les figures, un sourire ravi aux lèvres lorsque ses pas la ramenaient face à Armand.

La nuit s'avançait et la foule s'était éclaircie. Assise sur sa chaise au milieu des autres chaperons, Louise donnait des signes de lassitude. L'orchestre joua encore deux morceaux, sur la demande des derniers danseurs, puis les musiciens quittèrent leur estrade. Au-dessus du patio le ciel s'était illuminé, en faisant chanter les oiseaux au travers du parc. Une lumière rose éclairait les tables et révélait les verres vides, les nappes tachées et les débris du cotillon. Elle soulignait durement lc contraste entre les visages fatigués des femmes les plus âgées, sous leurs maquillages défaits, et ceux des jeunes filles, pleins de fraîcheur.

Comme à regret, les invités remontaient entre les torches, maintenant consumées, vers les calèches qui une à une redescendaient chargées vers la ville. Quand Armand reconduisit les deux sœurs jusqu'à la leur, il demanda respectueusement à Louise la faveur de rencontrer de nouveau les Maureuil, avant d'adresser un dernier regard à Julie, un regard qu'elle reçut sans ciller, mais avec une émotion qui la troubla de nouveau.

* * *

Le dernier de ses hôtes parti, Anne donna quelques ordres pour effacer les traces de la fête, mais elle voulait retrouver le calme avant de rejoindre Aimé. Elle se sentait épuisée, mais son esprit bouillonnait d'une sourde fièvre.

Elle trempa son mouchoir dans le jet d'eau du patio et le passa sur son visage, avant de traverser la pinède jusqu'à une petite terrasse. Appuyée sur la balustrade, elle laissa se dérouler sous ses yeux clos les images de la nuit, particulièrement celles de Julie, charmante, et de ce jeune officier à qui elle avait trouvé une certaine allure.

Évoquant en pensée les traits de la jeune fille, elle repensa à Concha, et à la troublante ressemblance entre la mère et la fille.

« Qu'est-elle devenue ? Sous quels cieux se trouve-t-elle ? Est-elle morte ou vivante ? » se demandait-elle. Elle se souvint ensuite de Beaudire et de son destin tragique, si différent de celui de son jumeau qui était lui, maintenant, un homme arrivé. Il lui revint l'image des deux frères à Castelmatier, de Mathilde, de leur départ, entraînés par Aimé vers les rivages de l'Afrique. Elle se rappela avec reconnaissance l'accueil de Salem Chbili…

Elle songea aussi à la soixantaine qu'elle avait franchie. Elle se dit que le prétexte de leur âge évoqué par Bernard et Cléo, pour ne pas assister au bal, valait aussi pour elle. « Mais enfin, songeait-elle, il faut aussi donner une occasion de se distraire aux jeunes Algérois, à ces "enfants de la Nouvelle France", comme les surnomme Aimé. » Et parmi eux Émile, ce seul fils qu'elle avait donné à l'Algérie, ce fils qu'elle adulait mais qui l'avait si souvent déçue.

L'éventail roux d'une huppe se déploya dans un pin. Elle y nichait parmi les boules cotonneuses des nids de chenilles processionnaires. Dans le ciel, le soleil était déjà haut et la fraîcheur des premières heures n'était plus qu'un souvenir. Apaisée, Anne coupa quelques amaryllis roses dont la floraison annonçait le renouveau du jardin. « L'été est fini, tant mieux ! Cette saison, la plus belle en France, est l'hiver de l'Algérie ! Il y détruit tout », se dit-elle. Elle monta jusqu'à sa chambre, défit et brossa sa chevelure maintenant passée au henné pour en effacer les fils blancs et s'apprêta à prendre enfin quelque repos.

De leur côté, Louise, de retour à Dar el-Ouard, s'était endormie à peine couchée tandis que Julie, étendue sur son lit jouait avec la tresse de ses cheveux. Elle songeait au bal mais surtout à Armand, à ses yeux en amande qui lui donnaient un air moqueur, à sa courte barbe bien taillée qui un instant avait caressé sa joue, à ses bras qu'elle avait sentis à la fois forts et légers autour de sa taille…

Elle n'essayait pas de mettre de l'ordre dans son esprit. « À quoi bon, mon Dieu, se dit-elle. Pourquoi ne pas laisser agir le destin, ce destin qui, si longtemps après, m'a fait revoir cet Armand ! Oh, je pense trop à lui », s'avoua-t-elle quand brusquement le sommeil la saisit, malgré le jour qui, filtrant au travers des persiennes, soulignait le modelé délicat de ses traits encore gonflés d'enfance.

* * *

Le massacre de la mission Flatters, en 1881, attestait que le Grand Sud était toujours insoumis, tout comme le faisaient les incursions répétées de nomades dans les oasis, souvent inspirées par les Mozabites, et qui ne cessèrent que lorsque le général de Latour d'Auvergne eut investi les cinq villes où ceux-ci vivaient.

Armand fut muté à Ghardaia, à l'automne de 1883. Après le bal il avait régulièrement été l'hôte des Maureuil. Chacun avait deviné qu'une idylle s'était nouée entre Julie et lui. Il se prononça peu avant son départ, demanda dans les formes à Bernard la main de sa nièce et des fiançailles furent célébrées en hâte. Depuis sa Bretagne, Perrine envoya sa bénédiction à son fils en assurant qu'Honoré, disparu cinq ans plus tôt, aurait approuvé son choix.

Une correspondance régulière s'établit entre les fiancés, que Louise entendit contrôler. Armand y exprimait l'ennui qu'il éprouvait car, comme il l'écrivait : « Je suis arrivé après la bataille et je ne connaîtrai pas l'odeur de la poudre, puisque maintenant la paix règne dans le Mzab. »

Néanmoins la pentapole l'émerveilla. Il décrivait à Julie la rigueur de l'islam pratiqué ici. Avec lyrisme, il lui décrivit, dans sa première lettre, son nouveau cadre de vie :

« Imaginez, ma chère Juliette, la promenade de votre Roméo au travers de venelles blanches et obscures que les femmes n'empruntent pas, car ici elles vivent recluses comme nos religieuses dans leur cloître. Imaginez la sérénité du cimetière hérissé de simples stèles, où ne règne en rien la pompe de nos champs funéraires. Tâchez encore de vous figurer le calme apaisant de la fraîche palmeraie dans laquelle je souhaite me promener un jour à vos côtés ! »

Julie se rendait régulièrement à Fort-de-l'Eau embrasser Maria, désormais veuve. Renouant avec le minorquin de son enfance, elle avait de longues conversations avec la vieille dame. Un dimanche, tout émue, elle lui apprit le retour de son fiancé à Alger :

— Mais il ne sera là que pour une semaine ! J'espérais que nous aurions plus de temps pour nous voir, et même nous marier, mais il m'annonce qu'il ne fera ici qu'une courte étape avant de partir se battre au Tonkin. Au Tonkin, tu te rends compte !

Maria parut perplexe :

— C'est aussi loin que Minorque ?

— Cent fois plus loin !

Se blottissant contre sa grand-mère, comme elle le faisait petite fille, Julie se lamenta :

— Je ne le verrai plus, et pendant si longtemps !

Le séjour d'Armand à Alger passa comme un éclair et, le jour de son départ, Julie l'accompagna sur le quai. Avant de se quitter, ils avaient échangé le serment de beaucoup s'écrire. Ils avaient aussi convenu d'user dans leurs lettres d'un langage secret, pour tromper la censure familiale.

Aussi longtemps qu'elle aperçut à la poupe du bateau la tache bleue de l'uniforme de turco de son fiancé, Julie agita son mouchoir, ne s'arrêtant que pour essuyer ses larmes. Quand le navire fut hors de vue, elle se raidit et décida de cesser de pleurer. Elle devait se comporter en future épouse de soldat, se dit-elle, en remontant bravement vers la ville, ses yeux gonflés attestant seuls de son chagrin.

* * *

Armand fit un rapide voyage à Pénestin avant d'embarquer pour l'Asie ; après une première lettre venue de Bretagne, dans laquelle il disait à sa fiancée sa joie d'avoir revu sa mère et ses sœurs, mais sa tristesse « d'être si loin de sa Juliette », en arrivèrent de nombreuses autres. Dans celle qui venait de Port-Saïd, Armand disait avoir découvert ce qu'était vraiment l'Orient : « Un monde épicé, exotique, à côté duquel notre Algérie paraît bien française. » Dans celle qui suivait, il décrivait le passage du canal de Suez et la navigation dans la mer Rouge « où, disait-il, si la chaleur s'est faite plus forte. Les tirailleurs ne s'en plaignent pas. Cependant, ajoutait-il, l'inactivité les rend nerveux. Il me faut arbitrer de multiples querelles dont la cause dépend souvent de codes que je ne connais pas encore ». Il évoquait par la suite ses escales à Aden, qu'il dépeignit comme « un port maussade au bout du désert », puis à Colombo, où il dit ressentir « une émotion étrange devant un monde si différent, qui désoriente mes hommes et les fait multiplier les sarcasmes à l'égard des indigènes du pays ». Quelque temps après, il disait que Singapour lui avait révélé l'Asie « comme il l'imaginait ». Enfin, arrivé à destination il décrivait le Tonkin et son peuple : « Des gens si différents, comme venus d'une autre planète. Ils évoluent sans peine, au contraire de nous, dans une touffeur humide qui fait paraître celle de l'Algérie dérisoire, une touffeur que rien n'arrête, pas même la nuit, où il nous faut de plus lutter contre des nuées de moustiques. »

Et puis la correspondance s'interrompit, après une dernière lettre conclue par un « Je ne suis pas ici au “Café de la paix” » qui, selon leur langage secret, signifiait qu'il était parti au combat... Julie entendit ne rien laisser paraître à sa famille des craintes qui lui vinrent alors. Elle réservait ses confidences à sa meilleure amie, Valentine Keller, une apprentie couturière, la fille d'Alsaciens venus en Kabylie en 1871. Avec elle, elle se laissait aller à son chagrin, évoquant pêle-mêle ses inquiétudes, inquiète du silence de son fiancé...

— Ces sauvages l'ont peut-être tué, peut-être même après l'avoir supplicié, car il paraît qu'ils sont des maîtres dans ce domaine. À moins qu'il ne m'ait oubliée pour quelque mousmée ! lui avait-elle affirmé un jour.

Valentine, qui connaissait l'attachement d'Armand pour son amie, avait souri. Julie, consciente d'avoir dit une bêtise, était passée à un autre sujet mais avait repris bien vite :

— Crois-tu qu'il ait pu m'oublier ?

— Allons donc, c'est un officier. Sa parole est sacrée. Il ne t'abandonnera pas plus qu'il n'abandonnera ses hommes au combat !

Autant que les mots réconfortants de son amie, c'était sa douce blondeur, son regard bienveillant qui rassérénaient Julie. Après avoir bassiné ses yeux et y avoir appliqué des tranches de concombre, elle rentrait chaque fois apaisée chez elle.

Deux mois s'écoulèrent ainsi avant que n'arrive enfin une lettre d'Armand, au retour des hirondelles. Il avait beaucoup baroudé, jusqu'aux frontières de la Chine. De nulle part il n'avait pu écrire. Il disait « être désolé d'avoir inquiété celle dont il connaissait pourtant la vaillance et d'avoir même peut-être fait pleurer ses beaux yeux », mais encore « que s'il avait échappé à bien des fléaux qui sévissaient dans ce pays, une balle ennemie ne l'en avait pas moins frappé à l'épaule, juste assez pour le faire rapatrier ».

Du jour au lendemain, l'humeur de Julie vira au beau fixe. Elle se remit à goûter la clarté des jours d'avril, à chanter à travers la maison, à humer le parfum des fleurs du jardin. Elle abandonna les tenues sévères qu'elle s'était mise à adopter. Elle demanda même à Valentine de lui confectionner une tenue « dans le goût tonkinois » pour le retour de son fiancé…

En juillet, elle s'installa à Fort-de-l'Eau pour y attendre le retour d'Armand, annoncé pour le mois d'août. Elle y trompa son impatience comme elle le pouvait. En particulier chaque soir, ce qui choquait sa grand-mère, elle terminait la journée par une baignade, vêtue d'une longue camisole de lin qui protégeait sa pudeur et sa peau des derniers éclats du soleil.

Après son bain et le dîner frugal qui le suivait, commençait une longue soirée en famille. Assis sous la treille, on bavardait dans la nuit d'été. On s'amusait à observer les bonds saccadés et les immobilisations prolongées des tarentes, en bénissant ces petits reptiles qui exterminaient la vermine.

Parfois, Valentine lui rendait visite. Tard dans la nuit toutes deux continuaient de causer. Elles s'interrogeaient sur les mystères de la vie conjugale et développaient des projets d'avenir. Julie affirmait son désir de suivre son futur mari dans toutes ses garnisons et son amie celui d'ouvrir un jour une boutique de couture.

Le jour du retour du soldat arriva enfin. Julie voulut l'accueillir, et Louise la chaperonner. Près de deux ans s'étaient écoulés depuis la séparation des fiancés. Pourtant, au pied de la coupée, la jeune fille trouva presque inchangé celui qui était parti, si loin et si longtemps. Seules d'imperceptibles ridules se dessinaient au coin de ses yeux et quelques fils d'argent garnissaient sa chevelure et sa courte barbe.

Les fiancés se contemplèrent un long moment et ils continuèrent de se tourner l'un vers l'autre dans la voiture qui les ramenait à Fort-de-l'Eau. À la vive lumière qui régnait sur la route moutonnière, Julie remarqua que le teint d'Armand avait jauni et, ayant surpris son regard, il lui dit :

— Non Juliette, je ne suis pas devenu un Tonkinois mais le palud m'a laissé un souvenir ! Il est terrible en Asie, aussi redoutable que les Pavillons noirs ! Plus que ces derniers, et avec le choléra et la dysenterie, il a décimé nombre de mes hommes et de mes camarades. Il n'a cependant pas eu raison de ma peau coriace de Breton !

Il repartit rapidement pour Blida où il devait demander à son colonel l'autorisation de se marier, ce qui supposait une enquête sur la fiancée et sa famille. Quand elle fut favorablement conclue, la date des noces fut arrêtée.

* * *

Le 19 octobre 1886, un soleil éclatant saluait les noces d'Armand et de Julie, à Notre-Dame des Anges, une jolie petite église de Mustapha supérieur, toute fleurie d'arums.

La mère d'Armand, Perrine, avait quitté Pénestin pour faire le plus long voyage de sa vie. Sous sa coiffe bretonne elle rayonnait de voir son fils pénétrer dans la maison de Dieu, pour une fois de bon gré. Émue, elle avait vu Julie, au bras de Bernard, toute menue dans la robe nuptiale que lui avait confectionnée Valentine, le rejoindre dans le chœur.

Quand la future mariée s'était agenouillée, Cléo avait endossé le rôle dévolu traditionnellement à la mère de la mariée, en affectant de se tamponner les yeux. Louise avait songé à la naissance de sa sœur qui lui paraissait dater de la veille, et Bernard n'avait pu chasser de son esprit le souvenir de son jumeau disparu.

Si le silence et le recueillement présidaient à l'intérieur de la nef, dehors, un événement insolite avait surpris certains invités qui se trouvaient sur le parvis ; un fiacre, aux rideaux à demi tirés, était venu se ranger en face de l'église et une dame en noir y était assise, le visage dissimulé par une épaisse voilette.

La nouvelle de la présence de cet étrange équipage, reparti aussitôt les jeunes mariés sortis de l'église, s'était répandue très vite. Chacun avait été intrigué. Surtout Anne. À l'hôtel Splendid, où Bernard avait organisé une réception, un objet somptueux, qui figurait parmi les cadeaux faits au jeune couple, l'avait plus encore étonnée. Il s'agissait d'un grand plat d'argent, marqué du poinçon d'une maison anglaise, posé à côté de la louche d'Eléazar que Louise, à qui elle rappelait de tristes souvenirs, avait offerte à sa sœur.

Quand Julie gagna la chambre nuptiale, elle n'avait plus d'appréhension sur ces « relations intimes entre époux » dont elle s'était tant entretenue avec Valentine, d'autant que Cléo lui avait dit, avec un sourire complice :

— Tout à l'heure, laisse qu'Armand il mène les opérations… C'est un militaire et il saura, après qu'il aura fait ton siège, enlever la place forte !

Confiante, étourdie de champagne, elle suivit le conseil de sa tante. Elle se soumit aux « exigences de l'hyménée », comme les avait qualifiées Louise. Elle ne détesta nullement ce que sa sœur lui avait présenté comme un sacrifice, et osa même prendre quelques initiatives. Elle refusa cependant de retirer sa chemise, mais Armand se garda de protester. Il savait qu'en amour tout vient à point à qui sait attendre…

* * *

Le plat d'argent qui figurait parmi les cadeaux de noces avait continué d'intriguer Anne, longtemps après le mariage. Elle se dit que c'était là sans doute un présent offert par l'un de ces nombreux

Anglais qui avaient pris l'habitude d'hiverner à Alger mais, quand elle questionna Cléo, elle apprit d'elle que les Maureuil n'en fréquentaient aucun.

— J'ai demandé au magasin d'où qu'elle vient cette belle chose et si que c'était pas une erreur. Mais non, qu'on m'a dit, c'est bien pour Julie mais personne y savait qui c'est qu'il a fait le cadeau ! avait-elle ajouté.

Anne décida alors de mener sa propre enquête. Elle fit des emplettes à l'épicerie fine « Lawson et Lefebure », où s'approvisionnaient les hivernants britanniques ; elle prit le thé à la pâtisserie Fille qu'ils fréquentaient ; elle lut « The English Advertiser », cette gazette locale publiée à leur usage ; elle fréquenta le golf de Birmandreïs où ils étaient nombreux ; elle se rendit enfin régulièrement à la chapelle presbytérienne et à l'église anglicane de la Sainte-Trinité. Aucune de ses démarches ne lui révéla le moindre indice qui puisse l'éclairer.

Il lui vint alors l'idée de renouer avec Heather Furey, une Anglaise qui voyait beaucoup de monde à Alger. Elle déposa sa carte à la villa que l'architecte Bucknall avait édifiée pour elle. À son tour, Heather se passionna pour ce qu'elle appela l'affaire du plat d'argent et promit de se renseigner. Elle lui conseilla de poursuivre son enquête dans un certain *fah*, l'ancienne demeure d'un dignitaire turc, où séjournaient nombre de ses compatriotes britanniques.

Anne s'y rendit très vite, et y rencontra par hasard Mahmoud, l'un de ses anciens jardiniers.

— Y sont belles mes fleurs, hein madame Viannac ? lui dit-il en souriant de sa bouche édentée. Y a une dame qu'elle les aimait beaucoup ces plumbagos. Même qu'elle venait les voir tous les jours, mais elle est partie maintenant. Elle m'a dit aussi qu'avant elle habitait en Algérie.

Anne fut intriguée :

— Tu peux m'en parler plus, Mahmoud ? Tu sais son nom ?

— Ah non, mais elle était belle ! Elle était pas comme les Anglaises parce que ses cheveux y z'étaient noirs et sa peau comme celle à les femmes de chez nous. Elle parlait un peu l'arabe et elle a donné un bon pourboire à Carmen, la femme qu'elle faisait sa chambre !

Anne se mit aussitôt en quête de cette Carmen et apprit d'elle que la dame s'appelait lady Fairfax. Questionnée à son tour, Heather dit avoir entendu parler d'un lord de ce nom, un riche propriétaire terrien du Berkshire, qui résidait souvent sur la Riviera et qui, à ce que l'on disait, entretenait une belle Espagnole.

Une idée qu'elle jugea d'abord un peu folle s'imposa à Anne. Et si cette mystérieuse inconnue qui avait stationné dans un fiacre devant Notre Dame des Anges et offert le superbe plat d'argent n'était autre que Concha ?

Elle mourut d'envie de soumettre à Aimé son idée, tout en s'inquiétant de sa réaction. À son étonnement, il ne la taquina pas à propos de sa trop vive imagination, et lui conseilla d'en faire part aux Maureuil et aux Torjman, qui en furent tous ébranlés.

Après le départ d'Anne, ils eurent ensemble une conversation passionnée, que conclut ainsi Cléo :

— Si c'est la Concha, je sais pas si c'est bon qu'elle revienne. Cette femme elle apporte le malheur ! C'est mal ce qu'elle a fait à son mari, à ses parents et surtout à sa fille qu'elle l'a abandonnée. Jamais j'aurais fait ça avec Samuel. En tout cas, il faut rien dire à la petite et à la *djouza*, Maria. Que chacun il le jure en levant la main !

Elle fut entendue et, de nouveau, quelque chose qui peut-être concernait sa mère fut dissimulé à Julie…

* * *

En octobre 1889, Sarah Bernhardt débarquait en grande pompe à Alger, suivie de vingt-sept malles. Le spectacle qu'elle donnait au Grand Théâtre municipal se jouait à guichets fermés et, avant son départ, un raout était organisé en son honneur par les Viannac.

Dès son arrivée, Aimé l'avait remerciée :

— Madame, vous avez bien voulu nous honorer de votre visite. Au nom de tous, je vous en remercie. Après les Américains et les Russes, vous êtes venue faire profiter les Algérois de vos dons immenses. Boukhandoura pourra s'honorer d'avoir accueilli la grande artiste que vous êtes, après d'autres figures talentueuses comme Eugène Fromentin… ou Théophile Gautier qui lui, voulait même venir vivre sur cette terre qui lui inspira *La Juive de Constantine*. Encore une fois, soyez remerciée du fond du cœur pour les joies que vous nous avez procurées !

Il avait été vivement applaudi. Il était dans sa quatre-vingt-dixième année et disait souvent, avec une certaine coquetterie, s'étonner d'être encore sur cette terre. Sa haute silhouette légèrement voûtée, sa belle chevelure blanche, le soin qu'il prenait de sa personne lui conféraient toujours une grande allure. Sa lucidité et sa mémoire étaient intactes aussi Rodolphe, son petit-fils, le priait-il souvent d'évoquer sa longue vie. Néanmoins, son cœur affaibli ne lui permettait plus guère de faire des efforts et ceux qu'il avait dû fournir pour la soirée l'avaient contraint à se retirer, après son petit discours.

Une fois couché, les échos de la fête continuaient à lui parvenir et il ne trouvait pas le sommeil. L'insomnie lui était une compagne familière et il s'efforça de recourir aux expédients par lesquels il la meublait : la prière, l'évocation de ses souvenirs, la méditation. Mais, cette nuit-là, ces recettes se révélaient inefficaces. Des pensées moroses l'assaillaient. Il songeait au sort que connaîtrait Anne s'il disparaissait. Il craignait pour elle une solitude à laquelle elle n'était pas habituée. Ses relations difficiles avec Émile et Delphine le hantaient aussi. Il avait pu souvent les apaiser, mais qu'en serait-il, lui parti ? Il redoutait le caractère sournois de leur fils et la sottise de sa bru, qui ne songeait qu'à retourner vivre en France et avait définitivement déserté Bordj el-Kébir, où une maîtresse d'Émile avait pris sa place.

Il récita un acte de contrition pour avoir eu ces pensées malveillantes et voulut plutôt songer à ses petits-enfants, qu'il chérissait. Céleste, ravissante mais un peu superficielle, puis Stéphanie moins jolie mais plus intelligente. Et Rodolphe, à qui Aimé se flattait d'avoir transmis non seulement son physique mais aussi ses propres valeurs, un garçon sensible dont ni Anne ni lui n'osait s'avouer qu'ils le préféraient à ses sœurs.

Il se demanda si Émile respecterait sa volonté d'assurer à Anne une vie confortable ? La tiendrait-il au courant de l'évolution des terres de la Mitidja qu'elle aimait tant ? Ne serait-il pas brutal ou désinvolte avec elle ?

— Allons, l'heure du loup, celle du pessimisme, vient de sonner, se dit-il comme la pendule avait sonné 3 heures. Nos hôtes s'amusent toujours. Accordons notre âme à leur bonheur.

Il parvint à s'assoupir. Quand il se réveilla, les moineaux qui nichaient sous l'auvent couvert de tuiles vertes, au-dessus de sa fenêtre, accueillaient le petit jour gris. La porte s'ouvrit doucement révélant Anne :

— C'est vous mon amie ? Tout est terminé ?

— Oui, enfin ! Les plus jeunes de nos invités ne parvenaient plus à se séparer et il a fallu attendre le départ de madame Bernhardt qui paraissait se plaire ici. Émile vient de repartir à cheval à Boufarik. Heureusement que sa monture n'a pas fait honneur au punch autant que son cavalier !

Dans les semaines qui suivirent, l'état d'Aimé s'affaiblit. Le matin, il ne se mit à apparaître que tard, rompant avec ses habitudes qui lui faisaient prendre son petit déjeuner dès 6 heures, habillé de pied en cap.

Anne s'alarma un jour où, à 10 heures, il n'était toujours pas là. Elle se rendit à son chevet. Il gisait la tête rejetée en arrière, ses longs bras décharnés sur le rabat du drap, que souillait une écume rose. Tous les efforts qu'elle fit pour le sortir de son inertie furent vains. Elle comprit alors qu'il avait passé et lui ferma les yeux.

Elle fit prévenir Émile à Boufarik et demanda à Rodolphe de se rendre à l'archevêché, auprès du cardinal Lavigerie. Aimé s'était lié d'amitié avec lui, du fait de leurs origines aquitaines communes mais, tout autant, de leur ambition de rapprocher musulmans, juifs et chrétiens. Il avait entendu avec intérêt le prélat lui raconter son entrevue, à Damas, avec Abd el-Kader. Il l'avait approuvé quand il avait donné sa bénédiction à l'union de Sidi Ahmed Tijani et Aurélie Picard. À ses côtés, bien que restant de cœur légitimiste, il avait porté le toast à la République, prôné par Léon XIII. Enfin il l'avait appuyé quand, secondé par la mère Marie-Salomé, il avait fondé l'ordre des Pères blancs, puis celui des Sœurs missionnaires d'Afrique.

Mgr Lavigerie reçut aussitôt Rodolphe. Bien que lui-même affaibli par la maladie, il se rendit à Boukhandoura pour réconforter Anne. Enfin quelques jours plus tard, il officiait à la cathédrale Saint-Philippe pour les obsèques de son ami disparu, en présence d'une assistance considérable qui, toutes communautés confondues, était venue honorer la grande figure algéroise qu'avait été Aimé de Viannac.

* * *

Après la mort d'Aimé, Anne resta un temps à Boukhandoura. Elle y était désormais seule car Delphine et ses enfants vivaient maintenant dans un appartement, au cœur de la ville. Au souvenir des jours heureux qu'elle avait connus dans la grande maison, elle cessa de s'y plaire. Elle en vint même à s'y sentir presque une intruse et la demeure lui parut hantée par ceux qui l'avaient habitée avant elle. En dépit de son esprit pragmatique, elle se mit à accorder du crédit à une superstition de sa servante Zohra : le fantôme du raïs qui avait fait construire la maison y revenait, sous la forme d'un être maléfique, le *Roula.*

Anne s'ouvrit de son trouble à son confesseur, qui l'admonesta. Elle se traita de folle et décida d'aller vivre ailleurs. Émile lui proposa sans grande conviction de s'installer à Bordj el-Kébir. Pas plus qu'à son fils l'idée ne lui sourit et elle préféra consulter Bernard pour le choix d'une nouvelle résidence.

Comme elle souhaitait se rapprocher de la mer, il lui vanta les mérites d'une grande villa, récemment bâtie à Saint-Eugène. Cléo qui, loin de démentir Zohra à propos du *Roula*, avait plutôt accrédité ses dires, approuva la suggestion. Au moins, dit-elle, « dans les maisons neuves y a pas des revenants pour faire leur carnaval ».

La maison, ornée de clochetons et de colombages, au perron flanqué de deux atlantes mal proportionnés, était au goût du jour, un peu trop pour Anne qui décida néanmoins de l'acheter, séduite par son agencement commode et son équipement moderne. Elle en aima aussi la grande terrasse qui s'ouvrait sur un jardin en restanques, au-dessus d'une crique d'où montait le bruit apaisant du ressac. Elle apprécia cette proximité de la mer, qui modérait les chaleurs estivales qu'elle ne pouvait désormais plus fuir en partant en France, en raison de l'arthrite sévère qui l'affligeait.

— Vous ne serez pas gênée par les voisins ; tout au plus par le veau marin qui habite une grotte dans les rochers de la crique. Sa tête ronde est plus sympathique que ce *Roula* dont vous parlait cette sotte de Zohra, lui dit Bernard.

La villa se nommait « Bella Vista ». Elle fut rebaptisée par sa nouvelle propriétaire « Le Djenane ». Le jour où Anne s'y s'installa, les lieux n'évoquaient en rien cet espace apaisant que signifiait ce terme arabe. Une tempête avait parcouru la Méditerranée du nord au sud, en amenant, dès le matin, une pluie et un vent violents. Au soir, Anne contempla la houle grise au travers des vitres embuées par les embruns. Elle ressentit une profonde tristesse et passa une mauvaise nuit mais à son lever, en ouvrant ses persiennes, elle fut remplie d'allégresse : un grand soleil de printemps faisait scintiller une Mediterranée apaisée…

Rodolphe qui vivait chez sa mère avait pris l'habitude de rendre régulièrement visite à sa grand-mère. Tous deux avaient toujours eu de profondes affinités et se réconfortaient mutuellement. Ce fut le cas le jour où, voyant son petit-fils en proie à une colère mal dissimulée, Anne le questionna :

— Qu'as-tu, mon petit ?

— Je suis revenu hier de Boufarik où j'ai eu une grave dispute avec mon père. Il n'admet pas que je refuse d'intégrer une école d'agronomie pour prendre un jour sa suite. Que voulez-vous, Bonne Maman, je suis un littéraire ou bien, veuillez m'excuser du terme employé par mon père, un « foutu » rêveur ! Mais vous savez, je vous le donne en mille, c'est cette femme avec qui il vit, cette Augustine, qui a réussi à l'apaiser. Par respect pour vous je ne devrais pas vous parler d'elle, mais elle a su trouver les mots pour qu'il consente, de mauvais gré, à me laisser faire les études qui me plaisent. Mais ce n'est pas fini… Je viens à l'instant d'avoir une autre altercation, avec ma mère cette fois. Elle n'est pas choquée de mon choix, mais a prétendu que je devrais aller étudier à Paris. Je dois dire que j'ai fait preuve d'insolence à son égard quand je lui ai demandé ce qu'elle entendait aux études, pour n'en avoir fait aucune. Une crise de larmes s'en est ensuivie, et me voilà !

Anne l'avait écouté en silence. Puis elle lui suggéra d'aller se détendre en nageant dans la crique. Lorsqu'il en remonta, elle lui fit part de la décision qu'elle avait prise : si cela lui convenait, elle proposerait à ses parents qu'il vienne vivre au Djenane, ce qu'il accepta avec enthousiasme.

Dès la semaine suivante, elle obtenait l'agrément d'Émile et de Delphine, qu'ils accompagnèrent d'un commentaire fielleux sur les jours difficiles qu'elle allait connaître, avec ce garçon si compliqué...

* * *

Près de soixante ans après le débarquement des Français sur les plages de Sidi-Ferruch, ils étaient encore, et de loin, les moins nombreux en Algérie. Leur langue s'était néanmoins largement imposée dans les villes, mais souvent au prix d'une mutation en un curieux langage, le pataouète, qu'Auguste Robinet, dit Musette, mettait dans la bouche de son héros littéraire, l'Algérois Cagayous.

« Algérien je suis, Algérien je parle ! » proclamait ce personnage emblématique d'une génération qui se sentait chez elle là où elle avait vu le jour. Elle était faite d'individus d'origine espagnole, italienne, maltaise, voire suisse ou allemande, dont la France décida de faire ses sujets, comme avec les Juifs indigènes. Par la loi du 29 juin 1889, inspirée du décret Crémieux, elle imposait, par défaut, aux enfants majeurs d'Européens étrangers nés en Algérie la nationalité française, avec ses droits et ses obligations, militaires en particulier, une loi qui là encore ne s'étendait pas à la population musulmane...

Cette mesure n'était pas appréciée par certains Français de souche. Émile de Viannac, là encore, s'était indigné comme il l'avait fait à propos du sénatus-consulte de 1855 et à l'occasion du décret Crémieux :

— Tous ces étrangers vont nous noyer, nous les Français. Bientôt on causera ici comme à Alicante ou à Naples. De là à ce qu'ils demandent que l'Algérie passe sous le contrôle de leur pays d'origine, il n'y a pas loin !

Delphine, pour une fois d'accord avec lui, avait renchéri :

— Je me suis toujours méfiée de cette racaille. Avec les sauvages – pour elle les indigènes. Ils s'entendront un jour pour dépouiller les vrais Français et les renvoyer chez eux. Au fond ce ne serait peut-être pas plus mal, avait-elle ajouté.

Et Émile, qui savait ce qu'elle allait entamer, un plaidoyer pour qu'ils aillent s'installer en métropole, lui avait lancé un regard furieux qui l'avait fait taire.

La nouvelle loi avait aussi inquiété Maria. Elle en avait mal compris la teneur et elle s'était lamentée auprès de Miguel :

— Je n'aurai plus le droit d'aller à Ciudadella !

— Mais, Maman, tu n'y as plus personne et ce voyage ne t'est plus possible à ton âge, tu le sais bien !

Elle ne voulait pas l'entendre et il avait fini par lui dire, pour la calmer :

— Mais si, tu en auras toujours le droit !

Ce qui ne l'avait pas empêchée de se désoler encore :

— Et puis plus personne ne parlera ici ce que parlait mon père. Regarde tes enfants et ma petite Julie qui a presque oublié le minorquin !

En songeant, in petto : « Ce sont d'ailleurs ces Français qui m'ont fait perdre ma Concha ! »

* * *

En 1890, une congestion cérébrale laissa Bernard partiellement paralysé. L'âge de Cléo ne lui permettait plus de lui dispenser ses soins, aussi s'en remit-elle à une matrone espagnole, qu'elle contrôlait avec vigilance. Louise relayait régulièrement sa belle-mère afin qu'elle puisse sortir, en particulier pour rendre visite à Anne de Viannac, comme en cette belle journée, juste avant la Toussaint. Le soleil d'automne était doux ; Cléo, pour en profiter mais aussi pour faire admirer son élégance, avait fait découvrir sa voiture et, arrivée au Djenane, elle proposa à son amie de faire une balade, jusqu'à la Madrague. Tout au long de la corniche, abritées par leurs ombrelles, toutes deux se mirent à papoter, à la manière de deux vieilles chouettes bavardes, comme se disait Anne. Çà et là Cléo donnait l'ordre au cocher de s'arrêter, pour contempler les points de vue. Aux Bains romains, les deux promeneuses regardaient les petites vagues lécher les galets d'une crique quand Anne s'exclama :

— Ah, Cléo, comme je suis heureuse de la présence de mon Rodolphe auprès de moi !

— Madame la baronne, y a que les jeunes qui comptent et il faut tout faire pour les aider. Mon Raphaël il est brillant. Il étudie la loi et il veut continuer à Paris. Je l'aiderais s'il le faut. J'ai plus de souci pour mon Eugénie qu'elle va se marier avec Maurice Attia, le fils d'un commerçant de la rue Bab Azoun, parce que les Attia ils veulent qu'elle se convertisse ! Moi je suis d'accord, quoi que moi et la religion... Samuel aussi ça lui est égal, mais juste il est surpris que sa fille, maintenant, elle veut « revenir zraélite ». Lui, il dit que de l'être, ça l'a pas servi, au contraire. Mais Louise alors elle est pas contente, elle qu'elle va à la messe tous les jours et qu'elle s'occupe des pauvres de la paroisse, avec le curé d'El biar. Elle voulait qu'Eugénie elle reste catholique mais, madame la Baronne, si on est « zraélite », même seulement un peu, « zraélite » on reste !

Un peu gênée d'avoir été si bavarde elle lança :

— Mais je cause, je cause, et vous vous avez peut-être des choses à me dire ?

— Non, rien de bien précis, mais je suis malheureuse des mauvaises relations de Rodolphe avec ses parents. Peut-être est-ce ma faute ?

Cléo protesta :

— C'est pas votre faute. Toujours à vous « scuser » ! On fait ça qu'on peut avec les enfants ! Votre Rodolphe de toute façon c'est une merveille comment qu'il est « gracieux » ! Mais vos petites-filles elles se croient, pardon de dire comme ça, et elles font souvent du chiqué… Comme leur mère.

Anne ne la contredit pas. Elle les trouvait un peu superficielles.

— C'est exact, mais la vie se chargera de les rendre plus modestes. De toute manière, ma petite Céleste se marie en juin de l'année prochaine, avec un Américain, et elle part vivre en Louisiane. Quant à Stéphanie, nous ne la voyons plus guère, mais elle semble heureuse dans son ménage, en Oranie.

Elles remontèrent dans la calèche et comme le soleil déclinait Cléo s'inquiéta :

— Le soir il tombe. Il faut que je rentre pour faire dîner mon mari. Ça, je laisse faire personne d'autre, même à l'Espagnole ! Je vais lui cuire les rougets qu'on a achetés à la Madrague, c'est son poisson préféré mais il faut que je les lui dépiaute bien, le pauvre. C'est pas facile de les manger avec sa bouche tordue. Manquerait plus qu'y « s'étrangue » avec une arête !

Elle rentra rue de l'Isly alors qu'il faisait nuit noire. Louise, qui l'attendait pour rentrer à El biar monta dans la calèche que Cléo avait mise à sa disposition. Elle se mit à bavarder avec le cocher, dès qu'ils furent partis. Il était kabyle et vivait à Alger depuis presque dix ans. Sa famille était restée au pays mais il souhaitait qu'elle le rejoigne :

— Je voudrais que mes enfants aient de l'instruction. Ils en ont un peu avec les sœurs blanches, mais ça ne suffit pas.

— Est-ce pour cela que vous, les Kabyles, vous venez si nombreux à Alger ?

— Non, c'est surtout parce que nos montagnes ne nous font plus vivre. Il y a eu beaucoup de biens confisqués par l'État après nos révoltes. En particulier les terres de ceux qui les ont menées, de ceux qu'on a exilés au bout du monde.

— En Nouvelle-Calédonie ?

— Oui, et aucun n'en est revenu.

À Dar el-Ouard, elle trouva Samuel en train d'étudier. Sous la lampe, ses traits paraissaient vieillis mais son sourire était celui du jeune garçon qui la consolait après la mort de Mathilde, et aussi celui de son jeune mari de Cherchel. Avec tendresse, elle embrassa sa nuque grisonnante.

* * *

Peu après être venu vivre auprès d'Anne, Rodolphe s'inscrivit à la faculté des lettres d'Alger, en même temps qu'Ahmet Candarli, qu'il connaissait depuis le lycée, mais qu'il n'avait jamais cherché à approcher. Il le trouvait un peu bizarre. En effet le garçon refusait tout dialogue pendant de longues périodes pour se montrer très bavard à d'autres. Mais lorsque Anne lui révéla le drame qu'avait connu cet Ahmet, Rodolphe et lui devinrent amis. Dès lors ils prirent l'habitude de travailler ensemble, mais aussi celle de fréquenter les cafés, les salles de spectacle et… « Le Croissant de lune », dont la réputation était toujours excellente.

Un soir où tous deux s'y étaient rendus, Rodolphe rentra éméché au Djenane. La nuit était calme et il offrait son visage à la fraîcheur venue de la mer quand il remarqua que la terrasse était éclairée. Anne s'y trouvait, assoupie sur un fauteuil d'osier. À la lumière jaune de la lampe, il fut surpris de l'air juvénile que le sommeil donnait à son visage. Il la contemplait quand elle ouvrit soudain les yeux, murmura le nom d'Aimé, parut un instant comme étonnée, avant de lui dire :

— J'ai cru un instant que ton grand-père était revenu. Tes boucles blondes, ton teint clair, ton air polonais, tout comme lui !

Elle parut de nouveau rêveuse, puis, comme Rodolphe voulait l'aider à se lever elle s'exclama :

— Merci, mon petit, mais je peux encore y arriver seule. Le moment n'est pas encore venu où il vaudra mieux que j'aille rejoindre mon cher Aimé au cimetière. Va donc te coucher. Tu me sembles en avoir besoin après ce qui paraît avoir été une soirée agitée !

— Oh, juste une sortie avec Ahmet… dit-il en rougissant.

Restée seule, Anne sourit en pensant au fard piqué par son petit-fils. Elle connaissait l'existence du « Croissant ». Elle savait que s'y terminaient les sorties entre garçons. « Il jette sa gourme », se dit-elle, avant de ressentir un bref vertige. « Je devrais consulter, mais à quoi bon s'écouter ! » conclut-elle en entrant dans son lit.

Elle s'était déshabillée et décoiffée seule. Elle refusait de contraindre Zohra à veiller. Dans la nuit, de sa chambre elle entendit le ressac. « Le vent se lève, il faisait d'ailleurs plus frais sur la terrasse ce soir. L'automne commence. C'est ma saison préférée… et celui de ma vie est déjà bien avancé ! » se dit-elle avant de s'endormir.

Trois mois plus tard, pour son premier Noël hors de Boukhandoura, elle avait réuni les siens autour d'un couscous. Elle ne fut pas étonnée de la moue de Delphine qui ne jurait que par la cuisine au beurre. Elle ne fut pas non plus surprise quand elle évoqua certains mariages récents. Elle savait que sa belle-fille cherchait à fiancer son fils :

— Le fils des Mercier de Rouen a épousé la fille d'un riche notaire. Et puis à Étretat, l'an dernier, nous avons revu la petite Cormier. Elle est charmante !

— Et elle a de belles espérances ! ajouta Émile, qui souhaitait voir son fils prendre une épouse richement dotée, afin d'agrandir le domaine de Boufarik.

Devant le silence de son fils, Delphine osa alors :

— Ce serait un parti merveilleux pour toi, Rodolphe, bien plus souhaitable que ces « cuves de la plaine » d'Algérie !

Anne intervint :

— Mais il en est de fort jolies !

— Peut-être, mais si vulgaires !

— Mais Maman, ma sœur et moi sommes des « cuves de la plaine » ! protesta Céleste, le feu aux joues. Cette vulgarité que vous dénoncez devrait donc aussi être la nôtre. Cela n'a pas empêché Stéphanie de faire un mariage qui vous a plu. Cela ne m'empêchera pas non plus de convoler en juin prochain, à votre grande satisfaction d'ailleurs !

Ignorant sa fille, Delphine reprit :

— Mon fils, avec la fortune des Cormier, tu pourrais vivre à Paris !

Ce qui fit exploser Émile.

— Encore votre Paris et vos projets hors d'Algérie. Quand donc cesserez-vous ? Êtes-vous si malheureuse ici ?

Un long silence s'établit, que rompit Rodolphe :

— Mère, sachez que je ne quitterai jamais ce pays, sauf de façon provisoire, ou bien contraint et forcé. Sachez aussi que je serai seul à choisir mon épouse !

Anne fut frappée de la fermeté de son ton. « Mon petit Rodolphe est devenu un homme », se dit-elle. Puis, lasse et désireuse d'éviter de nouvelles frictions, elle suggéra que l'heure de se séparer était venue…

Les Maureuil étaient aussi réunis, ce même jour de Noël 1890. Julie était parmi eux, mais sans Armand. Pendant trois ans, elle avait suivi son époux, de garnison en garnison, mais avant de le rejoindre à Laghouat, où il venait d'être affecté, elle avait dû passer quelques jours à Alger.

La veille, elle avait accompagné Louise à la messe de Minuit, et elle avait vu sa sœur peinée. Ni Raphaël, ni Eugénie ne s'étaient rendus à l'église avec elle. Le premier se voulait agnostique et la seconde avait maintenant fait un retour au judaïsme, pour épouser Maurice Attia.

Tandis que Louise commentait l'office de la veille au soir, Cléo s'exclama :

— Dis donc, Julie, je trouve que t'y as grossi. T'y aurais pas quelque chose à nous annoncer ?

La jeune femme rougit. Elle ne comptait pas encore évoquer sa grossesse mais se vit contrainte de le faire.

— Alors ça y est, reprit Cléo, t'y es dans une situation « entéressante ». Un bonheur pour toi quand pour moi c'était une *miseria*… Mais quand même c'est pas « pleine » comme t'y es que tu vas descendre là où qu'il est ton mari. Et puis tu vas pas non plus nous faire le petit en plein milieu du désert !

— Mémé, laisse-la tranquille ! Et puis on ne dit pas « pleine », « pleine » c'est pour les animaux ! On dit enceinte ! l'apostropha Eugénie.

— De quoi que tu te mêles ? Je cause comme je veux et tu me gardes le respect au lieu de faire ta maligne ! D'ailleurs personne ici il parle le vrai français de France comme Armand ou madame de Viannac. Et puis aussi personne non plus il cause l'arabe aussi bien que moi, sauf Samuel, et ça vous rend bien service des fois, non ?

Avant de conclure, en se tournant de nouveau vers Julie :

— Allez va ma chérie. C'est vrai que ta place c'est près de ton mari, mais sois bien prudente, hein ? J'irai donner de l'argent à un rabbin pour que ton voyage il se passe bien. Et aussi au marabout… Et puis je mettrai en plus un cierge à Notre-Dame d'Afrique ! Et toi, Louise, quand elle quittera Dar el-Ouard, oublie pas de jeter un verre d'eau derrière elle. Enfin, et ça c'est le principal, ramène-nous de là-bas un beau petit ou une belle petite !

Abdallah, lui, entendait ignorer Noël. Il n'aimait pas les fêtes et ne célébrait que pour la forme celles de l'islam. Par ailleurs, s'il avait emprunté nombre de leurs usages aux Français, il ne voulait pas célébrer avec eux la naissance de leur Dieu, ce Jésus qui pour le Coran n'était que le prophète Aïssa.

Il était soucieux. La veille il s'était rendu square Bresson. Il marchait à l'ombre des ficus quand un homme avait glissé dans sa main un papier plié avant de s'éloigner. Ce brusque événement avait interrompu sa songerie à propos de la place des Garamantes, cette tour des miracles de l'Alger ottomane que le square avait remplacée. Abasourdi, il avait poursuivi son chemin jusqu'au Tantonville où il avait commandé une limonade. Une fine l'aurait davantage réconforté mais, bien que vêtu ce jour-là à l'européenne, il n'avait osé le faire, du fait du contenu du billet : « Trouve-toi juste après la prière de la mi-journée à la sortie de la mosquée de la Pêcherie, pour aider un de tes frères devant Allah. »

Il avait enfilé la rue Bab Azoun à l'heure indiquée, traversé la place du Gouvernement et rejoint la foule qui sortait du lieu de culte, une foule au sein de laquelle un homme l'avait invité à le suivre, d'un geste discret. « Son épaisse gandoura de laine brute est celle d'un Kabyle », s'était dit Abdallah, qui avait cheminé derrière son guide à travers la Casbah, jusqu'à une certaine porte, qu'il avait franchie derrière lui.

Elle ouvrait sur une antichambre dans laquelle se tenait un homme, assis en tailleur. Il avait souri à Abdallah qui, lorsque ses yeux se furent faits à la pénombre, avait reconnu, bien que vieilli, un certain M'hamed Kaci, qu'il avait rencontré autrefois. Bien vite il s'était souvenu qu'après l'insurrection kabyle de 1871, ce dernier avait été banni en Nouvelle-Calédonie.

Quand ils se furent salués, Abdallah lui demanda en quoi il pourrait l'aider avant de le prier de lui décrire son périple depuis le Pacifique jusqu'à l'Algérie. Longtemps, lui dit alors M'hamed, il avait accepté son sort et cultivé une concession. Il n'en avait pas moins continué d'espérer une amnistie et il s'était révolté quand, en 1880, elle était arrivée, mais n'avait concerné que les Communards. Dès lors, si certains Kabyles s'étaient résignés à finir leur existence aux antipodes, il avait décidé de fuir et, longtemps après, quand il avait pu se procurer de faux papiers, il s'était embarqué sur le *Fidjian*.

Il avait ainsi gagné la France avec un de ses camarades qui, imprudent, s'était fait reprendre et renvoyer, via Saint-Martin-de-Ré, là d'où il s'était enfui... Plus heureux, M'hamed était resté longtemps à Paris. Il hésitait à revenir chez lui. Il craignait d'y être repris. Il se sentait plus en sécurité dans l'anonymat de la capitale, mais le mal du pays avait été le plus fort. Il avait donc fini par rejoindre ses montagnes natales mais pour y apprendre qu'une famille, à qui l'opposait une vendetta ancestrale, menaçait de le dénoncer. Il lui fallait donc trouver un nouvel asile...

Sans hésiter, Abdallah lui avait proposé de l'aider, au nom de cette fraternité dans l'islam qui maintenant guidait si souvent sa conduite depuis son pèlerinage à La Mecque, et Bahia l'approuva quand il la mit dans la confidence :

— Il est bon que tu aides ce frère musulman, mais c'est aussi pour toi l'occasion de payer la dette de tes aïeux d'Espagne aux Algériens. Ce sont eux qui les ont accueillis quand ils ont dû s'exiler. Ils leur ont même donné leurs filles. Par elles, tu es aussi un Algérien, tout comme M'hamed le Berbère ! Envoie-le donc dans notre palmeraie de Laghouat. Elle a besoin d'un bon jardinier et les Kabyles savent bien travailler la terre.

* * *

Abdallah remit à M'hamed une attestation écrite de sa main. Elle faisait de lui, Mohammed Guebli, le régisseur de son verger dans l'oasis. Le 10 janvier, il le conduisit à la diligence qui devait l'emmener dans le Grand Sud.

Ce même jour, avant de grimper dans cette même diligence, Julie vit arriver les deux hommes, frappée par l'aspect de celui qui, vêtu d'un burnous blanc et coiffé d'un chèche, marchait aux côtés d'Abdallah. « Tiens, Si Chbili ne me salue pas. Il ne m'aura pas reconnue. À vrai dire nous n'avons fait que nous croiser chez les Viannac » se dit-elle, surprise cependant par sa façon d'écourter ses adieux à celui qu'il accompagnait. Intriguée, elle écouta distraitement Louise lui faire encore mille recommandations, jusqu'à ce que le signal du départ ait été donné.

Quand la lourde patache se mit à cahoter sur les pavés, Julie observa ceux dont elle allait partager le sort. Certains n'étaient que des silhouettes grises. « Des voyageurs de commerce, des fonctionnaires du bled », supputa-t-elle, plus intéressée par celui qu'elle avait déjà surnommé « l'homme au chèche » et par une dame corpulente, sanglée dans un manteau cramoisi, assise à ses côtés.

Après les champs bien ordonnés de la campagne algéroise, lui apparurent bientôt les pentes arides de l'Atlas qui dévalaient vers des vallons étroits, où se dessinait le filet safran des oueds. À la longue, la monotonie du paysage, le rythme régulier de la voiture, ses lentes oscillations la bercèrent si bien qu'elle s'endormit. Il faisait presque nuit quand elle s'éveilla pour apprendre de sa voisine au manteau rouge, qui s'exprimait avec un accent italien, que l'on ne tarderait pas à faire étape.

À ce premier relais, un caravansérail sommaire, la grosse dame, qui l'invita à l'appeler Grazia, exigea avec véhémence, qu'étant les seules femmes parmi les voyageurs, une chambre convenable leur soit destinée. De plus, quand elle connut l'état de Julie elle entendit qu'elle prenne la meilleure couche et redoubla de prévenances à son égard. Elle procéda de la sorte aux étapes suivantes. Bientôt Julie sut tout d'elle.

Elle se rendait à Djelfa, où elle tenait un commerce. Elle était la veuve d'un Sicilien rencontré en Algérie, mais elle-même venait des Abruzzes et avait cinq enfants. Poliment Julie l'écoutait mais elle tournait par moments ses yeux vers le paysage. Figé par le froid, c'était une étendue de pierres sur laquelle se hérissaient des touffes d'alfa et où subsistaient des plaques de neige sale, un panorama monotone, seulement animé par les caravanes des dromadaires.

À Djelfa, Grazia, après avoir tracé un signe de croix sur le front de Julie, lui fit ses adieux, mais l'homme au chèche poursuivit le voyage, en s'isolant aux relais pour prendre des repas frugaux, faits de *kessra* et de quelques olives.

Insensiblement, il se mit à faire très chaud dans l'habitacle confiné. Son tailleur engonçait Julie. Elle se sentait sale et se disait : « De quoi ai-je l'air dans cette tenue de laine que m'a imposée Cléo, sous un prétexte d'élégance ? Et puis ce chapeau garni de fleurs en soie. Un simple chapeau de paille, pour ne pas être en cheveux, aurait suffi. Ou mieux encore, comme mon voisin, un burnous et un chèche. À l'arrivée, vite se laver ! ».

Pour tromper son ennui, elle tâchait de deviner, à travers les vitres couvertes de poussière, à quoi ressemblait le Sahara, ce mythe, pour s'avouer que ce qu'elle en apercevait était sec et sans charme ; elle fut soulagée quand la diligence entra enfin dans l'oasis, avant de s'arrêter sur une vaste place.

Aussitôt les passagers descendus, Julie vit l'homme au chèche disparaître rapidement au coin d'une ruelle puis, peu après, arriver Armand qui s'exclama :

— Tu dois être bien lasse, ma pauvre Juliette. Partons tout de suite pour la palmeraie. J'y ai trouvé une maisonnette rustique, mais charmante. Tu pourras t'y reposer et Daouya, qui est impatiente de te connaître, prendra soin de toi.

— Qui est Daouya ?

— C'est la fée qui préside à notre demeure, une *Biskri*.

La calèche dans laquelle ils avaient pris place roula dans l'ombre fraîche des palmiers. Elle longea des potagers, des vergers. Le roucoulement des tourterelles et le chant de centaines d'oiseaux paraissaient la saluer. Elle finit par s'arrêter devant une petite maison blanche devant laquelle, sous un grenadier, souriait une femme au teint sombre.

— Voici Daouya, dit Armand. Elle ne parle pas le français mais je pense qu'avec ton peu d'arabe vous vous comprendrez !

Et en effet, au fil des jours, une confiance chaleureuse s'installa entre les deux femmes. Des confidences furent échangées. Julie apprit que sa servante avait donné à son mari, un soldat retraité, six enfants dont l'aînée aidait sa mère dans sa tâche.

— Mais j'ai trois enfants qui sont morts, lui confia-t-elle bientôt, et sa résignation étonna Julie.

Et plus encore cette réponse, un jour où sa peau portait des marbrures :

— Mon mari il me donne des coups…

Elle avait dit cela avec cette placidité qu'elle affichait en permanence, aussi constante que l'étaient l'énergie et l'autorité dont elle faisait aussi preuve. Julie s'en remit bientôt complètement à elle, comme elle l'y avait invitée, et se laissa aller à une douce paresse…

Au huitième mois de la grossesse de Julie, Armand partit en manœuvres. Mai s'avançait, il faisait désormais très chaud. Elle se sentait lourde, ne cessait de s'éponger le visage et les bras, et sommeillait longuement l'après-midi. Elle n'avait aucune nouvelle d'Armand. Soudain, un soir, en proie à une peur absurde, elle fondit en larmes, aussitôt prise dans ses bras par Daouya, qui se mit à la bercer doucement, en chantonnant.

La tête contre la vaste poitrine, qu'ornait un collier de sequins, elle se crut revenue à ces moments de son enfance où Maria la consolait ainsi. Une odeur se dégageait de la peau parcheminée de sa servante, chaude et musquée, proche de celle de sa grand-mère.

Bientôt, rassurée, elle se laissa aller au sommeil pour ne se réveiller que deux heures plus tard.

À travers les palmes, le soleil filtrait, assez bas maintenant. Les oiseaux se disputaient les branches où passer la nuit. Un crapaud fit entendre sa flûte, un autre lui répondit, puis un autre encore.

— Ils veulent se marier pour faire des petits. Comme toi tu vas faire bientôt, plaisanta Daouya, avant d'ajouter : Tu veux que je reste ce soir ?

— Non, ma belle. Va t'occuper de tes petits à toi.

* * *

Armand finit par revenir. Son visage et son cou étaient brûlés par le soleil, ce qui contrastait avec la blancheur du reste de son corps. Julie le china en le traitant de navet breton et il lui répliqua en la comparant à un pruneau espagnol…

Le neuvième mois de la grossesse se terminait. Il avait été entendu que, dès les premières douleurs, on ferait appel au major, bien qu'il ne soit guère compétent en la matière. Le colonel, qui ne voyait que des inconvénients à la présence de femmes dans la garnison, avait prévenu Armand :

— La vérole, les chaudes-pisses, les cors aux pieds, il s'y connaît. Il sait aussi très bien soigner les hommes, après ou pendant le combat, mais les dames, ça, je ne vous garantis rien !

Au matin du 14 juillet, quand Julie se réveilla, Armand était déjà parti. Surprise et honteuse, elle s'aperçut que ses draps étaient trempés. Brièvement elle crut avoir uriné, s'en étonna, puis comprit ce qui se passait quand un spasme violent la saisit. Elle appela Daouya qui envoya sa fille chercher le major, la petite revenant très vite pour dire qu'elle n'avait pas osé le déranger. Il assistait au défilé pour la « fête de la France »…

Julie se sentit rassurée de voir sa servante prendre alors les choses en main. Elle la fit s'allonger sur la table, avant de lui masser le ventre en chantonnant une lente mélopée dont Julie perçut qu'elle maudissait les démons et implorait les esprits bienfaisants.

Près de deux heures passèrent ainsi et comme, malgré la douleur, Julie se retenait de geindre, Daouya lui intima :

— Pousse, *aziza*, pousse et crie bien fort. Ça te fait du bien et puis comme ça le bébé il t'entend et il va vers toi... Il n'y a personne ici et si un homme il se plaint, qu'il vient et comme ça, il saura comme c'est difficile pour nous autres les femmes de faire des enfants !

Julie ne se priva pas de suivre ce conseil jusqu'au moment où, sortant d'une demi-inconscience, elle comprit que ses épreuves étaient terminées. Toute douleur avait cessé et Daouya brandissait avec un sourire de triomphe le corps écarlate d'une petite fille qui hurlait.

Épuisée, elle tint le nouveau-né contre elle un instant avant de s'assoupir. Elle ne se réveilla que bien plus tard pour entendre sa servante dire à Armand qui venait d'arriver :

— Monsieur le lieutenant voilà ta fille. Tu es fier, hein ? Dommage que ce ne soit pas un garçon… Maintenant tu vas dire, là où il le faut, quand elle est née, comme vous faites, vous les Français !

Il déclara l'enfant comme Estelle, Mathilde, Perrine, née le 14 juillet 1891.

Julie allaita son bébé aussi longtemps que possible, mais son lait s'étant tari, elle dut bientôt la nourrir avec celui d'une chèvre ou d'une chamelle, selon ce qu'elle trouvait.

— Tu vas lui forger un sacré caractère ! Déjà qu'elle est née le jour de la prise de la Bastille ! s'amusait Armand.

— Eh bien cela lui sera sûrement utile, répondait-elle, un peu vexée.

La chaleur s'accrut. Survint un vent de sable qui se déchaîna une semaine entière. Une fine poussière pénétrait partout dans les maisons, mal calfeutrées. Elle se glissait insidieusement sous les vêtements et érodait la peau. Bêtes et gens en souffraient tous, sauf les dromadaires qui, les yeux mi-clos, continuaient de ruminer placidement, en ignorant la tourmente.

Et puis la tempête tomba aussi brusquement qu'elle était survenue mais, devant la fournaise qui continuait de régner, Armand décida que sa femme et leur fille devaient partir passer l'été à Alger.

* * *

Julie refit en sens inverse son voyage de l'hiver précédent. Le bébé supporta bien les longues étapes, ne cessant de dormir que pour boire le lait d'une chèvre qui trottait, attachée à l'arrière de la voiture.

Elle s'installa à Fort-de-l'Eau, où Louise se trouvait déjà pour les mois chauds. Elle y reprit ses habitudes, dont celle de son bain de mer après la sieste. Au bout de quelque temps, une curieuse impression l'envahit : celle d'être épiée... Le soir, quand elle se mêlait aux villageois qui arpentaient la place de Fort-de-l'Eau, il lui sembla aussi distinguer dans l'ombre un regard qui l'observait... Et puis un jour, Louise l'ayant accompagnée sur la plage, toutes deux virent s'agiter un bosquet de tamaris, avant de découvrir sur le sable des traces de pas fraîches qui en partaient. Sa sœur parvint à la rassurer en lui disant : « La campagne algérienne, même quand elle paraît vide, est toujours peuplée d'observateurs furtifs, de “chouffeurs”... »

Le passage des flamants roses signa le déclin de l'été. Louise ferma la maison et on rentra à Alger. Julie oublia ses frayeurs jusqu'au jour où, comme elle se promenait en ville, il lui sembla qu'à nouveau quelqu'un l'observait. Consultée, Valentine lui suggéra de s'ouvrir de ses craintes à Samuel.

Il promit évasivement de mener une enquête, mais son esprit pacifique ne faisait pas de lui le meilleur des alliés, comme le lui dit Eugénie de façon véhémente :

— Papa ne fera rien. Tes problèmes, tu penses bien qu'il s'en moque. Comme des miens au sujet de mon mariage avec Maurice. Se taire et ne rien entreprendre, c'est tout ce qu'il sait faire. Il n'y a que ses livres et sa femme qui l'intéressent ! À ta place, j'irais voir madame de Viannac. C'est une femme énergique, et elle est très curieuse. Maman dit même qu'elle l'est parfois trop. En tout cas, elle a beaucoup de relations, plus que Papa.

Julie restait songeuse. Armand lui aurait dit ce qu'il convenait de faire, mais il était si loin, là-bas, dans les déserts du sud... Bernard l'aurait fait aussi mais il était désormais totalement impotent... Et puis quand, au marché, elle eut une fois encore le sentiment qu'on la suivait, elle décida de se rendre l'après-midi même à Saint-Eugène.

Droite dans son fauteuil, Anne l'écouta en jouant avec son face-à-main. Dans son regard brillait une lueur qui montrait qu'elle se sentait flattée que la jeune femme l'ait consultée. « Je ne suis pas si sénile, se disait-elle, pour que cette petite, comme mon Rodolphe, me fasse des confidences ! » et leur confiance la consolait des piètres relations qu'elle avait avec son fils et sa bru.

En entendant le récit de Julie, elle songea d'emblée à la mystérieuse calèche du jour du mariage, au plat d'argent anglais et à ce qu'elle avait appris de son amie Heather. Elle était une grande lectrice de Conan Doyle. Aussi, inspirée par ses lectures, décida-t-elle de consulter un détective nommé Pérez, aussi doué que Sherlock Holmes, disait-on.

Abaissant sa voilette, elle pria le cocher de la déposer à distance de l'officine. Une plaque « Filatures en tout genre » la signalait et elle s'engouffra dans l'immeuble. Il y régnait une odeur de chou-fleur et la concierge épia son passage. « Peu m'importe, nombreux doivent être ceux qui comme moi entendent ne pas se faire remarquer », se dit-elle.

Elle exposa en désordre les buts de sa démarche à Pérez, un petit homme chauve et rougeaud, vêtu sans recherche, en rien comparable à l'élégant gentleman de Baker Street. Au terme de l'entretien, d'un air docte, le détective lui demanda de lui régler une avance et de prévenir Julie. Elle serait l'objet d'une double filature, la sienne et celle qui paraissait déjà en cours…

Quand elle fut au Djenane, Rodolphe venait de rentrer :

— Vous avez l'air ailleurs, Bonne Maman. Rien de grave j'espère ?

— Non, mon petit…

Elle se sentait ridicule. Elle se félicitait in petto qu'Aimé ne soit plus là pour voir les folies de sa femme. « Voici, pensa-t-elle, que se renouvelle mais à rôles inversés, ce qui s'est passé entre mon petit-fils et moi lorsqu'il est revenu du “Croissant de lune”. Mais cette fois-ci, c'est moi qui n'ose dire où je me suis rendue ! »

Elle prévint Julie, qui en parla à son tour aux Torjman. Samuel regretta de ne pas avoir pris ses craintes au sérieux. Louise jura d'accompagner partout sa sœur « pour suppléer son ange gardien défaillant ».

Quinze jours plus tard, Pérez ne pouvait rien apprendre de nouveau à Anne et lui demandait une nouvelle avance. L'affaire ne l'avait guère passionné. Il croyait à un banal adultère. Il fut plus intéressé quand Julie vint le voir à son tour. Il lui recommanda alors de multiplier les feintes, pour démasquer le mystérieux suiveur.

Elle appliqua si bien la consigne qu'une semaine plus tard, alors qu'elle zigzaguait avec application entre les arcades la rue Bab Azoun, Pérez repérait celui qu'il recherchait. Celui-ci révéla sans façons le but de sa démarche. Il était lui-même un détective privé, venu de Cannes, avec une mission simple : un client, dont il refusa de dévoiler le nom, l'avait mandaté pour lui rapporter tout ce qui concernait Julie...

* * *

Julie redescendit à Laghouat fin octobre pour y apprendre d'Armand qu'il avait été promu capitaine et serait muté à Fort-National, l'été suivant.

— Profitons de ce dernier hiver saharien, si clément, avant celui, très rude, que nous connaîtrons dans les montagnes de Kabylie ! dit-il.

Elle suivit son conseil. Chaque jour, elle alla se promener avec Daouya et Estelle. Elle s'imprégna de la substance dorée de la lumière qui baignait la palmeraie. Elle écouta le murmure de l'eau dans les seguias et la ritournelle des norias animées par les ânes. Elle contempla les oasiens escaladant les fûts des palmiers pour en détacher les lourds régimes et, en dégustant la chair translucide des dattes, elle disait à Daouya :

— C'est le paradis ici !

— Pas toujours ! Tu as oublié la chaleur. Tu as oublié le simoun. Et si l'eau elle vient plus, tout le monde il meurt !

Elle eut un jour la surprise de rencontrer l'homme au chèche au cours d'une de ses promenades. Il ne la salua que d'une brève inclinaison de la tête puis, quand leurs chemins se croisèrent de nouveau, attendri par Estelle, il se montra plus affable. Elle apprit de lui qu'il s'appelait Mohammed Guebli, originaire de l'Ouarsenis, le jardinier d'un riche Algérois, sans désigner Abdallah Chbili, comme elle avait cru un instant qu'il allait le faire. Se voulant discrète, elle ne le questionna pas davantage mais le consulta à propos d'une bougainvillée qui dépérissait. Il vint l'examiner, lui donna quelques conseils – et les fleurs reprirent leur flamboyance violette.

Il paraissait éviter de parler en présence de Daouya, ce qui intrigua Julie. Elle remarqua par ailleurs que celle-ci l'avait considéré longtemps d'un air soupçonneux, avant de lui dire un jour :

— Celui-là, il a la peau blanche et il n'est pas de chez nous. Ces gens du nord sont méchants. Avant que les Français soient ici, ils venaient nous voler nos enfants pour les emmener travailler chez eux !

Peu avant leur retour vers le Nord, les Bénézit furent conviés à une *diffa* donnée par un *bachaga*. Julie y était l'une des rares femmes, au milieu des militaires et des notables qui se pressaient à la fête. À cause de sa tournure, elle ne pouvait s'asseoir à terre, sur les tapis où était servi un riche repas. Elle n'osait réclamer un siège quand elle entendit des rires féminins derrière les tentures brodées qui isolaient les convives. Elle aperçut en les écartant un groupe de servantes qui paraissaient rire de sa déconvenue et elle les interpella :

— J'ai mal aux pieds mais je ne peux pas, comme vous, aller sans chaussures. Mes sœurs, donnez-moi quelque chose pour m'asseoir !

Cinq minutes plus tard, on lui apportait une chaise, sur laquelle elle put se poser jusqu'à ce que soit annoncé que des danseuses Ouled Naïl allaient se produire. Le spectacle de leur nudité était réservé aux hommes, et elle comprit qu'elle devait sortir de la maison.

Dans le ciel immense du désert, les étoiles étaient si nombreuses qu'on aurait cru qu'elles éclairaient la nuit. Le chant des Ouled Naïl paraissait être celui du firmament et quand, plus tard, Armand la rejoignit, elle lui dit avec enthousiasme :

— Qu'il est beau mon pays, partout, sur la terre, sur la mer et même dans le ciel !

* * *

Les Bénézit quittèrent Laghouat en mai. Julie passa l'été à Fort-de-l'Eau, tandis qu'Armand gagnait Fort-National où, avec la petite Estelle, elle le rejoignit en novembre. Émerveillée, elle découvrit la Kabylie avec ses profondes vallées, creusées entre des pitons coiffés de villages, parsemées d'arbres jaunis par l'automne, avec ses vergers d'oliviers où la récolte était en cour, un paysage que surmontaient de très hauts sommets déjà poudrés par une première neige.

De nouveau elle aborda une grossesse. Contrairement à la précédente, elle était en proie à des nausées qui l'épuisaient.

Dès Noël tomba une neige épaisse. Un brouillard dense noyait souvent la ville. Elle ne pouvait plus sortir qu'avec difficulté. Morose, elle tournait en rond dans le petit appartement et en vint à s'impatienter de l'agitation d'Estelle qui pleurnichait et considérait son ventre avec suspicion.

Armand exigea alors qu'elle soit aidée et Miloud, un caporal qu'il estimait, lui recommanda vivement une veuve de sa connaissance, en ajoutant qu'ayant été placée à Alger elle parlait bien le français.

Celle-ci, Taos, vint se présenter quelques jours plus tard. De sa fenêtre, Julie la vit venir, silhouette austère que brouillait une averse de neige. Quand elle l'eut fait entrer, elle vit une grande femme, au beau visage marqué de tatouages bleus.

Très vite, cette Taos organisa la maison. Elle ne souriait que rarement, mais alors ses traits sévères dégageaient une douceur rassurante. Elle restait silencieuse la plupart du temps mais fredonnait, à l'usage d'Estelle, des chansons de ses montagnes dont les sonorités gazouillantes plaisaient à la petite fille.

Vers le quatrième mois de sa grossesse, Julie se sentit mieux. Elle fut heureuse de pouvoir être de nouveau active. Elle eut envie d'en savoir plus sur Taos, mais celle-ci ne lui livra d'elle que des informations aussi brèves que floues. Elle se contenta de lui apprendre qu'elle était veuve depuis longtemps, qu'elle avait une fille, Tassadit, mariée dans un village du Djurdjura et un fils, Hocine, qui travaillait à Alger.

Le printemps venu, Julie, ayant retrouvé ses forces, voulut faire avec Estelle des promenades dans la campagne, ce à quoi Taos s'opposa, sauf si c'était en sa compagnie.

Partout sur les flancs de la montagne, entre les herbes brûlées par l'hiver, des ruisseaux couraient, nés de la neige des sommets. Dans les vallons, les petits jardins renaissaient et dans les vergers les touffes des amandiers fleuris éclataient de blancheur.

— Leurs branches semblent couvertes de neige, mais d'une neige plus agréable que l'autre, dit Julie.

— Oui, répondit Taos, mais sans celle de l'hiver, celle-ci ne viendrait pas et, plus tard, pas de fruits non plus !

Elle était plus loquace désormais. Elle continuait néanmoins de veiller avec autorité sur sa patronne, voulait qu'elle se ménage et, quand arriva le terme de sa grossesse, elle approuva Armand qui voulut que l'accouchement ait lieu à Tizi Ouzou.

Dans les derniers jours de juillet 1892, Rose venait au monde. Armand n'avait pu quitter sa garnison pour l'occasion. Il sut la nouvelle par son caporal Miloud, informé avant lui, par des sources mystérieuses. Quand il put enfin aller voir sa fille, il fondit devant ce bébé aussi blond que sa sœur Estelle était brune.

Julie regagna Fort-National avec l'intention de ne pas quitter l'endroit pour la plaine. Mieux valait pour le nourrisson passer l'été dans la petite ville, à près de mille mètres, plutôt que dans la chaleur humide du bord de mer.

* * *

M'hamed avait évité de se lier avec qui que ce soit à Laghouat. En revanche, dès qu'il l'avait connue, il s'était senti en confiance avec Julie. Il bavardait volontiers avec elle lorsqu'elle se promenait dans la palmeraie. Avant de quitter l'oasis, elle lui avait laissé son adresse à Fort-National mais il s'était gardé de lui révéler qu'il était kabyle. Il se méfiait de sa servante Daouya, qu'il tenait pour une brave femme, mais plutôt bavarde, et dont il savait que le mari renseignait les autorités.

Un soir, il était sorti de la ville pour faire sa prière dans le désert, dans les mêmes conditions que le prophète, comme il se le disait chaque fois. Il voulait aussi contempler les chatoiements du ciel, après avoir replié son tapis. Ils n'avaient nul équivalent partout où il était allé, se disait-il. Même le ciel du Pacifique ne virait pas ainsi du bleu au vert, pour se teindre plus tard de dégradés de rose et de safran, avant que la nuit n'efface toutes ces couleurs. Il aimait aussi le silence du désert, pareil à celui de ses montagnes, là-bas dans le Nord, un silence dont seuls des cris d'enfants, des bêlements, un air de flûte, étouffés par la distance, rompaient un instant la profondeur.

À son retour, un homme l'attendait devant sa porte, un commerçant mozabite, choisi comme intermédiaire entre Abdallah et lui :

— Si Chbili pense que maintenant tu n'as plus rien à craindre des Français, lui dit l'homme. Pourtant il dit que tu dois rester prudent, parce que, en revanche, tes ennemis en Kabylie te guettent toujours, paraît-il. Tu peux remonter au Nord mais tu devras te cacher encore un bon moment. Après il faudra t'installer à Alger où on te trouvera du travail. Et puis, ajouta-t-il enfin, ta femme a appris ton retour. Ainsi tu pourras la voir.

Le souvenir de Taos, quittée plus de vingt ans auparavant, de sa fière Taos qui devait se croire veuve ou abandonnée, et qu'il allait enfin revoir, l'emplit d'un tel bonheur qu'il dormit profondément cette nuit-là, alors qu'il était sans cesse sujet à l'insomnie.

Le lendemain, sitôt levé, il prépara son départ. Il acheta un cheval au marché du mercredi ; c'était une jument grise, petite mais vigoureuse, plus très jeune mais assez placide pour qu'il puisse la monter facilement car il avait plutôt l'habitude des mules, plus à l'aise dans la montagne que les chevaux.

En regagnant la palmeraie, il croisa le mari de Daouya qui le dévisagea longuement. « Mieux vaut partir assez vite et discrètement, en quittant l'oasis à la nuit tombée », se dit-il. Aussi, sitôt fait son mince bagage, il décampa le soir même.

Le voyage fut long mais lui parut facile, quand il le compara à celui qu'il avait dû faire pour s'échapper de Nouvelle-Calédonie. Il avança par petites étapes, en traversant le reg caillouteux, puis les monotones champs d'alfa des hauts plateaux. Par prudence il chevauchait du crépuscule à l'aube et dormait le jour dans un endroit isolé. Il voulait éviter les petits centres de colonisation, mais dut parfois s'y arrêter pour s'approvisionner. Si alors quelqu'un le questionnait, il restait discret. Si l'on insistait, il évoquait un pèlerinage à La Mecque, ce qui lui valait une considération respectueuse.

Après de longues et fatigantes journées, dans des régions plates et découvertes, il fut heureux de retrouver son élément naturel, la montagne. Il traversa les chaînes de l'Ouarsenis où achevaient de fondre les dernières plaques de neige. « J'ai dit à madame Bénézit que j'étais de ces montagnes mais c'est à peine si j'ai menti, songeait-il tandis que sa jument peinait à suivre les étroits chemins. Ce paysage me rappelle celui de chez moi. Ces gens me regardent passer avec méfiance, comme le font les miens, quand survient un étranger. »

Il arriva à Blida, qu'il contourna largement, puis à Koléa où il séjourna un temps chez un Kabyle dont le Mozabite lui avait donné l'adresse. Il devait y attendre des nouvelles avant d'entrer dans Alger, où Abdallah l'hébergerait provisoirement. Une dizaine de jours plus tard, on lui fit savoir qu'il pouvait rejoindre la ville.

Il traversa le Sahel, El biar, puis le quartier des Tagarins, au pied du fort de l'Empereur, avant de rejoindre la Casbah. Il en descendit les ruelles jusqu'à la demeure des Chbili. Dans le dédale de la citadelle, il se sentait en sécurité. Un sentiment de liberté l'envahit à l'idée de ne plus être Mohammed Guebli mais de nouveau M'hamed Kaci…

Son fils Hocine, né trois ans avant qu'il ait été déporté, devait venir le voir. Il ne savait rien de lui sinon que le garçon, venu tout jeune à Alger, avait maintenant seize ans, qu'il s'employait à des travaux sur le port et envoyait une partie de ses gains à sa mère. En attendant de le rencontrer, M'hamed l'imaginait. Avait-il hérité de la haute taille et des traits austères mais majestueux de Taos, de la blancheur de son teint ? Ou était-il comme lui râblé et vigoureux, avec une chevelure blonde et frisée ? Et aussi, comme sa mère, farouchement indépendant ? Possédait-il cette volonté qu'ils avaient tous deux ? Cette volonté qui les avait unis quand les Kaci, des notables, ne souhaitaient pas que leur fils épouse Taos, une jeune fille d'un milieu plus modeste ?

Quinze jours plus tard, en secret, Hocine lui rendit visite. La prudence s'imposait. Peut-être avait-on déjà appris que son père était de retour et surveillait-on ses faits et gestes. La vendetta qui opposait sa famille à celle d'un village voisin n'était pas éteinte ; même si on ne savait plus de quoi elle relevait, une fille séduite, une contestation territoriale ; une vendetta qui ne se limitait pas aux montagnes et pouvait se poursuivre à Alger.

Quand son fils fut là, M'hamed le contempla sans mot dire avant de le faire, avec solennité, s'asseoir face à lui. Son émotion était si forte qu'il ne trouvait pas de mots à lui adresser. Le garçon attendait de son côté, par respect, que son père entame un dialogue. Et puis bien vite, cette première gêne surmontée, un flot de paroles vint aux lèvres de M'hamed :

— Tu es bien le fils de ta mère, grand comme elle. Ton visage est sculpté comme le sien, mais tu as mes cheveux blonds et mes yeux aussi. Ils viennent de la famille de ma mère, aussi clairs !

À son tour Hocine résuma sa jeune existence, sa venue à Alger quand, au village, des menaces avaient pesé sur lui et émis des doutes sur sa légitimité… Leur dialogue dura longtemps puis le fils fit part au père des projets que ses protecteurs avaient élaborés pour lui :

— Des amis vont venir te chercher. Tu te cacheras encore un temps dans la forêt de Yacouren. Tu n'en sortiras pour revenir à Alger que lorsque nous nous serons assurés que c'est sans risque.

* * *

À son retour de Tizi Ouzou, Julie trouva Taos différente. Elle la secondait toujours efficacement et s'était attendrie devant le nouveau bébé. Cependant elle paraissait avoir la tête ailleurs. Elle disparaissait par moments de la maison et un jour Julie la surprit menant une conversation animée avec le caporal Miloud, au coin d'une ruelle. Et puis brusquement, elle demanda de pouvoir s'absenter quelques jours, ce qui lui fut accordé.

Très tôt le lendemain, munie d'un léger baluchon, elle s'engagea sur les sentiers en avançant d'un bon pas, seulement ralenti par certaines pentes abruptes, en ne s'arrêtant que pour une collation de galette et de figues sèches à l'ombre des oliviers.

Elle arriva au soir près d'un village de pierres qui, telle une chéchia, coiffait un piton. Avant d'y entrer, elle massa ses pieds endoloris dans l'eau d'un ruisseau, épousseta sa robe avec une branche de genêt, rajusta son foulard puis frappa à la porte de la maison où vivait sa fille Tassadit.

— Oui, lui dit celle-ci en l'embrassant, il est enfin revenu. Comme toi je n'ai jamais douté qu'on le reverrait un jour ! Et Hocine qui n'y croyait plus – puis, baissant la voix – tu vas pouvoir le revoir mais il faudra ruser, même si chacun le pense mort. Les langues vont bon train ici. Il ne faut pas que nos ennemis se doutent de sa présence !

Deux jours plus tard, Taos simulait un retour à Fort-National avant, loin des regards, d'emprunter un sentier qui conduisait à la forêt. À l'orée de celle-ci un petit berger lui fit discrètement signe de le suivre sous les frondaisons. Elle marcha longuement sous les chênes-lièges avant de rejoindre une clairière centrée par un amas de rochers. S'y ouvrait une grotte et, quand elle vit celui qui se tenait sur son seuil, elle suffoqua de joie.

C'était bien M'hamed qui lui souriait, mais qui n'avait plus cet air juvénile du temps où il combattait. Après tant d'années, si son visage s'était buriné et était tanné par le soleil, c'étaient bien ses yeux clairs qui pétillaient... C'était bien lui qui la prit dans ses bras, quand le berger fut parti et qui lui caressa tendrement le visage.

— J'ai été Mohammed Guebli à Laghouat, mais je porte de nouveau le nom de Kaci que je t'ai donné, ainsi qu'à mes enfants, lui dit-il. Je n'ai pas pu revoir Tassadit. Ce serait dangereux. Elle ne peut quitter le village et son mari Amézianе est paraît-il un drôle d'homme.

— Ça oui, il était dur avec moi et avec Hocine.

— Ce Hocine, notre fils, que j'ai enfin connu ! Un jeune homme sérieux mais un peu sombre.

— Tu ne t'ennuies pas trop ici ?

— Si, à part le garçon qui t'a guidée et qui me ravitaille, je ne vois personne, sauf de temps en temps un chacal ou quelques singes !

Puis il reprit :

— J'ai su chez qui tu travailles. Par notre cousin Miloud qui est dans l'armée. C'est lui qui t'a recommandée à son capitaine. D'autre part il se trouve que j'ai connu ta patronne, madame Bénézit, à Laghouat, par hasard, mais je n'ai jamais parlé avec son mari.

— Tu connais madame Julie ? s'étonna Taos.

— Oui. Essaie de savoir par le capitaine, car c'est un homme bon, si je peux réapparaître sans danger. On me l'a affirmé mais je voudrais en être sûr !

Elle passa la nuit auprès de lui. Ils s'attachèrent à retrouver les gestes de leur intimité ancienne avec maladresse au début puis, comme si les années s'effaçaient, leur complicité leur revint, intacte...

Heureux mais mélancoliques à l'idée de se séparer, ils virent se lever le jour au travers du brouillard d'automne qui s'était installé pendant la nuit. Taos prit le chemin du retour après s'être retournée une derrière fois pour sourire à M'hamed. Elle marcha de nouveau toute la journée, avant de franchir à la nuit tombée la porte d'Alger, à Fort-National.

Après son retour, elle ne dit rien de son voyage avant de demander à sa patronne :

— Il faudrait que je parle à monsieur Capitaine.

— Je pourrais lui parler si tu veux.

— Non, c'est moi qui dois le faire.

Julie acquiesça et le soir venu Taos s'isola avec Armand :

— Monsieur Capitaine, tu as fait la guerre ici quand les Kabyles ils se sont révoltés ?

— Oui, Taos, et ils étaient courageux comme des lions. Ils ont perdu et ils l'ont payé cher, trop cher pour certains, mais maintenant c'est fini, on est devenus des amis.

— Tu es sûr ? Parce que dans mon village, ils disent que si on retrouve ceux qui ont fait la guerre on les met en prison.

— Non, tout est effacé.

Il n'en était pas aussi certain. Il avait voulu rassurer Taos. Dès le lendemain, il entreprit de se renseigner davantage. Non, lui affirma son colonel, la paix revenue, on n'avait arrêté que ceux qui, sous couvert de la guerre, avaient commis des crimes de droit commun. Quant aux déportés de la Nouvelle-Calédonie, la plupart s'étaient fixés dans l'île et on laissait courir ceux qui, peut-être, s'en étaient évadés.

* * *

En novembre 1885, Anne trouva dans son courrier une lettre timbrée de Cannes qui la payait de ses efforts. Elle venait de Concha. Elle lui confirmait que c'était elle qui avait commandé la filature de Julie. Elle lui disait aussi qu'elle serait à Alger quinze jours plus tard et lui demandait si elle consentirait à la rencontrer.

Cette lettre laissa Anne perplexe. Elle voyait, dans cette décision si brusque prise par la jeune femme de gagner l'Algérie, une nouvelle manifestation de cette impulsivité qui avait fait abandonner son époux et son bébé. Elle accepta néanmoins le rendez-vous, qui fut fixé dans ce *fah* de Mustapha supérieur, où elle avait recueilli les premiers indices de son enquête.

Le jour venu, il lui fut indiqué que lady Fairfax se trouvait dans le jardin. Dès qu'elle vit, assise sous une tonnelle, une femme élégante qui lisait « The Algerian Observer », elle sut que c'était elle.

Elle en fut tout à fait certaine quand, en levant la tête, celle-ci laissa apparaître ses traits jusque-là tenus dans l'ombre par une large capeline. Elle retrouva instantanément la beauté de ce visage qui l'avait tant frappée, le jour de ses noces avec Beaudire. Certes, ses traits n'étaient plus ceux, pleins, de la jeune fille d'alors, car un pli un peu amer marquait les coins de sa bouche et à l'angle de ses yeux se dessinaient de minuscules ridules. Mais la grâce des mouvements, le port de tête, la taille fine et l'épaisse chevelure noire étaient bien ceux qu'Anne avait connus.

En la voyant arriver, Concha pâlit, ramassa son ombrelle et fit mine de se lever. D'un geste Anne la pria de rester assise, tira une chaise et l'invita à parler :

— Oui, c'est bien moi, Concha Bagur, dit-elle avec précipitation après avoir remercié sa visiteuse.

Elle avait toujours sa voix légèrement rauque et son léger accent espagnol, auquel se mêlaient maintenant quelques tonalités britanniques. Très vite, sans qu'Anne le lui demande, elle évoqua son mariage, décevant, puis sa grossesse qui l'avait terrifiée. Les déformations de son corps, les regards que l'on portait sur elle et même les compliments qui lui étaient faits lui paraissaient insupportables.

— Le pire, dit-elle, était que ma mère exigeait que je me déshabille chaque semaine devant elle, pour s'assurer de mon état ! La nourriture qu'elle me préparait, pour mon bien disait-elle, m'écœurait tant que je me forçais à la rejeter. J'ai voulu me faire du mal et en faire à ce bébé qui vivait en moi. Il me paraissait un parasite qui me dévorait de l'intérieur. J'ai avalé des herbes que je croyais toxiques, j'ai cogné mon ventre sur les meubles…

Elle pâlit et s'arrêta de parler un moment :

Anne la comprenait. Elle se souvenait d'avoir elle aussi traversé difficilement sa grossesse. L'idée de mourir précocement, comme sa propre mère, l'avait alors terrifiée et fait refuser de renouveler une telle expérience.

Concha reprit :

— Après le mariage, Beaudire est retourné à ses habitudes. Il buvait, il buvait ! Je restais seule des soirées entières quand il allait au « Café de la paix ». C'était comme s'il voulait se tuer lentement, je n'existais pas à ses yeux. Il prononçait parfois, dans son sommeil, le nom de sa première femme, Mathilde. Bientôt, je n'ai plus supporté son contact. Et puis ma fille est née. J'ai traversé l'accouchement comme un cauchemar, tant je souffrais. Et ce cauchemar s'est poursuivi, sous une autre forme. Quelque chose en moi me poussait à faire du mal à Julie, à l'étouffer quand elle pleurait… J'ai été soulagée que ma mère décide de s'en occuper complètement. J'ai connu un répit et j'ai alors décidé que le mieux pour tous était que je me sauve le plus loin possible… (Elle s'interrompit en baissant la tête) avant de commettre quelque geste irréparable à l'égard du bébé.

Elle se tut et Anne respecta son silence. « Je n'ai pas à la juger, se disait-elle. Certaines femmes ne sont pas faites pour être mères. C'est peut-être mon cas d'ailleurs… »

Un grand calme régnait dans le jardin. L'on n'y entendait que le bruit des cisailles d'un jardinier et le roucoulement des tourterelles dans un grand jacaranda bleu. Un groupe de dames anglaises passa et quand elles se furent éloignées, Concha paraissait sereine. Ses mains, qui tout au long de son récit s'étaient crispées sur le pommeau de son ombrelle, cessèrent de trembler. D'une voix neutre, elle décrivit ce qui lui était ensuite arrivé :

Elle n'était restée que trois jours à Alger. Elle craignait que l'on ne la recherche, surtout son frère Miguel. Elle savait où Beaudire cachait ses économies et elle les avait dérobées. Ainsi avait-elle pu partir pour Nice, où elle avait travaillé dans un hôtel. Bien des hommes l'avaient sollicitée, mais la simple idée de leur parler la répugnait.

— Et puis, six mois après mon arrivée, j'ai connu Edwin, lord Fairfax plutôt, dit-elle. Ce jour-là il faisait beau, j'avais une robe neuve et je me sentais jolie. Je me suis assise sur la Promenade des Anglais et, c'est le cas de le dire, ils y étaient nombreux ce jour-là. Edwin est passé près de moi plusieurs fois, en me regardant timidement, comme je contemplais la mer. Elle me paraissait être une barrière qui me protégeait de mon passé et m'autorisait une autre vie. Il a fini par m'aborder et m'a parlé gentiment. J'ai eu confiance en lui. J'ai accepté de le suivre à une terrasse de café. Je ne m'y asseyais jamais, par crainte de paraître chercher l'aventure. Je crois que j'avais besoin de compagnie. Je ne parlais plus à personne depuis si longtemps. Je n'avais pas d'amis et il en est devenu un… enfin un peu plus qu'un ami bien sûr !

Elle ajouta qu'il avait été très patient avec elle, qu'elle ne lui avait accordé ses faveurs que très tard, et qu'il lui avait alors proposé de partir vivre en Angleterre avec lui.

— J'ai accepté et j'y suis toujours. Nous résidons dans le Berkshire. Nous n'allons que rarement à Londres. Nous ne sommes pas reçus par la gentry. Quand nous partons sur la Côte d'Azur pour la mauvaise saison, elle nous ignore. Bien sûr, il a songé à hiverner en Algérie, mais j'ai refusé et il ne m'a pas questionnée. C'est un vrai gentleman et son indulgence est infinie !

— Sans doute aussi vous aime-t-il ! lui dit Anne. Mais pourquoi avoir voulu renouer avec votre ancienne vie à Alger pour les noces de Julie et y avoir envoyé ce détective ?

— J'ai voulu me réconcilier avec le passé. J'ai payé cet homme qui m'a appris que Beaudire était mort, que Julie était fiancée. Je me suis donné le prétexte de revoir les lieux où s'était déroulée ma jeunesse, sans venir perturber la vie de ma fille, de la voir de loin, devenue adulte, à l'occasion de ses noces. Et puis j'ai continué de m'informer de ce qui lui arrivait par l'intermédiaire du détective.

— Mais ne souhaitiez-vous pas renouer avec vos parents ?

— Oh non ! le seul qui m'aurait peut-être soutenue, mon père, n'était plus là. Ma mère ? Je ne savais pas comment elle réagirait. Mal, je pense. D'ailleurs il est impossible que je lui dise quelle a été ma vie, celle d'une femme entretenue – comme sa sœur Pilar –

avant qu'Edwin ne m'ait discrètement épousée… Quant à Miguel, il avait clamé partout dans la Cantère qu'il me tuerait s'il me retrouvait, et il l'aurait fait. Il est violent et le sens de l'honneur des Minorquins est bien raide !

Les deux femmes se regardèrent et se sourirent.

— Souhaitez-vous sincèrement revoir votre fille ? Sans appréhension ?

— Quelques peurs, oui, mais je me sens prête. Vous m'aiderez ?

— Merci de votre confiance, je ferai de mon mieux, lui dit simplement Anne.

* * *

Après plusieurs journées ensoleillées, l'hiver pesait de nouveau sur la ville et sur la mer. Depuis les fenêtres de son salon, en attendant ses hôtes, Anne contemplait l'eau plate de la crique, que ridait la pluie. Elle s'était mise à douter du bien-fondé de sa démarche et redoutait les réactions des uns et des autres. Le seul qui eut su apaiser les esprits et prendre la meilleure décision, Bernard, n'était plus en mesure de le faire. Une seconde attaque avait encore aggravé son état.

Elle entendit qu'une calèche faisait crisser les graviers du jardin, puis elle vit les silhouettes de Samuel, de Louise et celle, imposante, de Cléo.

— Il tombe bien de l'eau. La mauvaise saison elle continue mais tant mieux pour votre jardin ! dit celle-ci en se débarrassant de sa cape.

— Et pour le nôtre à El biar ! dit Louise.

Tous vinrent se réchauffer auprès de la cheminée où brûlait du bois de cyprès, puis l'on passa rapidement à table. Au dessert, après s'être dix fois retenue d'annoncer la nouvelle, qu'Anne lança, abruptement :

— J'ai retrouvé et rencontré Concha !

Les visages se tournèrent vers elle, incrédules, quand, d'une voix hésitante, elle se lança dans le récit de ce qui s'était passé.

La première, véhémente, Louise suffoqua :

— Comment a-t-elle osé ! Après tout le mal qu'elle a répandu autour d'elle, qu'elle a fait à mon père et à Julie. Cette mère indigne !

— Quelle « chitane » renchérit Cléo dont le ton, par ailleurs, indiquait que la nouvelle la fascinait.

Anne commençait à regretter ses paroles, face aux deux femmes qui maintenant traitaient Concha de grue et de sorcière. Elle était même étonnée de leur fureur, car elles adoptaient habituellement en sa présence un ton déférent, presque sucré. Elles finirent pourtant par se taire, à bout d'invectives. La pâleur du visage de Louise contrastait avec le feu qui était monté à celui de Cléo, un feu qu'elle essayait d'éteindre en agitant frénétiquement son éventail.

Samuel, qui s'était tu jusque-là, prit la parole avec autorité :

— La vie qu'a choisie Concha ne vous concerne toutes deux que secondairement. Je pense plutôt à celles que cela touche le plus, la vieille Maria et Julie ! Voyons Lou, ma chérie, tu sais bien que le remariage de ton père a été une erreur. Tu me l'as dit assez souvent. Tu sais aussi que ce qui l'a tué n'est pas le départ de sa femme, mais son intempérance. As-tu songé par quoi est passée cette gamine ?

Et Louise lui lança un regard plein de colère quand il ajouta :

— Tu es chrétienne, et ce n'est pas à moi, un juif, de t'apprendre la charité ni à te rappeler la présence auprès du Christ de Marie-Madeleine. Souviens-toi aussi de ton serment d'être fidèle à l'esprit de tolérance de la famille Maureuil ! En tout cas, compte tenu de la passion que cela soulève dans la famille, peut-être vaudrait-il mieux que ce soit madame de Viannac qui informe Julie de la chose.

Chacun parut soulagé de cette suggestion et Cléo s'exclama :

— T'y as raison mon fils, une fois de plus. Il faut faire comme ça !

Et le silence de Louise valut acquiescement.

Dehors le ciel s'était éclairci. La porte s'ouvrit pour laisser entrer Rodolphe, ce qui fit une heureuse diversion. Samuel entraîna le jeune homme sur la terrasse, pour lui parler d'un projet d'études. Anne emmena de son côté Cléo et Louise, pour leur soumettre un ouvrage de broderie puis, quand vint l'heure de rentrer, la calèche repartit vers la ville emplie de ses occupants, tous songeurs.

* * *

Début décembre, Julie, confiant ses enfants à Taos, dut quitter brièvement Fort-National pour Alger, afin de cosigner avec Louise la vente de leur propriété de Fort-de-l'Eau.

Ernest Malleray, le directeur des « Annales africaines », avait émis l'idée de faire une station balnéaire de la petite ville, et le projet avait pris forme. De ce fait, le domaine hérité de Beaudire devenait un ensemble de terrains à bâtir, sa proximité de la plage permettant d'y construire un ensemble de villas jumelles, le long d'une promenade en front de mer. De plus, Miguel souhaitait de son côté partir s'établir à Bône où vivait la famille de sa femme, et la question de la gérance des terres se trouvait posée. Cela décida les deux sœurs à accepter l'offre de vente, mais sous une condition : deux des villas leur reviendraient, en supplément de la somme qu'on leur offrait, ce qui fut accepté.

Julie voulut d'abord s'arrêter à Fort-de-l'Eau afin d'y embrasser Maria et d'aller se recueillir sur les tombes de Beaudire et de Joan. À l'Alma, elle descendit du train de Tizi Ouzou. Miguel l'y attendait, et deux jours plus tard il la conduisit à Alger pour se rendre chez le notaire. En ville, elle s'installa chez son oncle et sa tante. Bernard esquissa un pauvre sourire de sa bouche déformée quand elle s'approcha de son lit où il se trouvait désormais cloué. Bien vite Cléo lui dit que madame de Viannac souhaitait la rencontrer.

Le lendemain, à Saint-Eugène, un moment, Anne évita de parler de « cette chose qu'elle l'intéresserait beaucoup quand elle se la saurait », qu'avait évoquée Cléo à sa nièce, puis elle finit par lui dire, avec douceur :

— Ma petite, tu te souviens des résultats de notre enquête avec l'agence Pérez ?

« Son enquête à elle », songea Julie…

— Eh bien j'ai eu de nouveaux éléments d'abord par mon amie anglaise Heather, et puis – et comme Julie l'encourageait du regard

– eh bien la personne qui t'avait fait suivre s'est manifestée et a demandé à me rencontrer… Et bien il s'agit de ta mère !

Julie resta silencieuse. Rien n'apparut sur son visage puis elle finit par dire :

— Vous savez, il y a bien longtemps que je ne pense plus à elle. En fait vous avez été plusieurs à l'avoir remplacée avantageusement, Louise, Cléo et vous-même.

Anne se détendit. Elle lui raconta en détail ce qu'elle avait appris de Concha, avant de lui demander :

— Souhaites-tu la revoir ?

— Pourquoi pas ? Mais c'est surtout ma grand-mère qui aimerait la retrouver. Sait-elle que sa fille est encore en vie ?

— Non, on ne lui a rien dit et ta mère souhaite qu'on attende pour le faire.

— Eh bien je me tairai aussi. Peut-être cela vaut-il mieux.

Forte de l'accord de Julie, Anne recontacta Concha qui, peu après, prit le train pour Tizi Ouzou. Elle détourna la tête quand elle traversa la Rassauta et ne se détendit que lorsque apparurent les montagnes. Elle ne connaissait rien d'elles, ce qui l'apaisa. Cependant, elle fut de nouveau troublée quand du wagon elle vit un troupeau de chèvres gardé par un enfant. Petite fille, elle aussi…

Il se mit à faire plus froid. Une buée dense envahit les vitres, en effaçant les sommets enneigés. Derrière sa voilette, Concha contempla un moment ses voisins qui sommeillaient et, ramenant sur ses épaules sa pelisse, elle s'endormit à son tour.

À son arrivée, elle descendit à l'hôtel des Postes où elle dut rester un temps. Une tempête de neige avait bloqué la route de Fort-National. Elle trompa son ennui en déambulant à travers les rues. Elle osa même s'asseoir, à plusieurs reprises, dans une salle de café, femme seule au milieu d'une assistance masculine qui la dévisageait.

Elle passa plusieurs fois devant l'église Saint-Eustache avant de se décider à en franchir la porte. L'intérieur du sanctuaire était modeste, sans le moindre ornement, sinon un bouquet d'immortelles, au pied d'une vierge ceinturée de bleu. Elle pria en récitant machinalement les mots qu'elle employait autrefois. Quand elle releva la tête, elle vit qu'un prêtre avait rejoint le confessionnal. Quelques fidèles l'attendaient, qu'elle rejoignit. Son tour venu, aussitôt la fenêtre grillagée ouverte devant elle, elle débita ce qu'elle pensait être la liste de ses péchés. En ressortant dans la rue, elle se sentit plus légère, pareille aux flocons duveteux qui ne cessaient de tomber.

Trois jours plus tard, elle apprit qu'elle pouvait partir, le beau temps étant de retour. Elle quitta sans regret la petite ville où l'on pelletait la neige que léchait un soleil vif.

La voiture qu'elle emprunta n'avait plus d'âge. Tirée par des mules elle commença de grimper, sur une route bordée de congères. Bientôt le froid devint intense, le vent plus mordant. Le voyage paraissait ne jamais finir quand, en symétrie avec la fixité brillante de l'étoile du berger dans le ciel pâli, apparurent les lumières de Fort-National.

On s'arrêta dans une rue boueuse où circulaient de nombreux militaires. L'élégante silhouette de Concha tranchait avec la rusticité du lieu. Elle suivit en trébuchant dans la gadoue un homme à qui elle avait confié ses bagages jusqu'à l'hôtel des Voyageurs, un bâtiment sans grâce. Elle monta aussitôt dans sa chambre, une cellule étroite meublée d'un lit de fer, d'une petite armoire et d'une table sur laquelle étaient posés un broc et une cuvette. Le froid qui y régnait, malgré un brasero, la fit frissonner. Croyant avoir faim, elle descendit s'attabler dans la salle du bas. Elle eut un haut-le-cœur quand on lui proposa un civet de sanglier. Elle demanda une omelette qu'elle avala avec peine, gênée par les regards de ses voisins qui se posaient sur elle.

À un tirailleur qui la regardait ouvertement en fumant sa pipe, un demi-sourire aux lèvres, elle demanda :

— Savez-vous comment je pourrais contacter le capitaine Bénézit ?

— À quel sujet ?

— Pour des raisons personnelles.

— Alors il vous faudra vous montrer gentille !

Elle coupa court :

— Je ne pense pas que le capitaine apprécierait la manière dont vous vous adressez à une dame de ses connaissances !

Elle essayait de paraître calme mais la façon dont elle manipulait dans son assiette les débris de son omelette traduisait son impatience. L'homme se renfrogna et un autre soldat se présenta :

— Veuillez excuser mon camarade, madame, mais nous n'avons pas ici l'habitude de visites telle que la vôtre. Je préviendrai le capitaine, sous les ordres duquel j'ai l'honneur de servir.

Elle le trouva charmant et se détendit :

— Je souhaiterais surtout que son épouse soit prévenue de ma présence.

— Madame Julie ? Qui dois-je lui annoncer ?

— Lady Fairfax.

Elle remonta dans sa chambre, réclama une bouillotte, se déshabilla à peine et se glissa entre les draps humides. Elle traversa la nuit dans un sommeil haché, recroquevillée pour éviter la périphérie glacée du lit. Le chant d'un coq la réveilla à l'aube. Un jour gris filtrait à travers la fenêtre dont elle ouvrit les volets, en affrontant le froid. Il neigeait de nouveau sur une cour encombrée d'où montait une bonne odeur de bois brûlé. Plus lointaine, celle d'une étable lui fit se souvenir des matins de son enfance. Elle se débarbouilla de façon sommaire après avoir brisé la fine pellicule de glace qui couvrait l'eau de la cuvette, puis se coiffa soigneusement, avant de descendre prendre son petit déjeuner.

Elle renonça au thé dont elle avait l'habitude et dut se restaurer d'un café épais, assorti de tartines d'une confiture de figues trop sucrée. Prenant un livre, elle s'apprêta à une longue attente mais sans pouvoir pénétrer dans l'intrigue de son roman, qui lui paraissait fade à côté de ce qu'elle vivait. Elle tournait régulièrement son regard vers la rue qui s'était animée, colorée par le bleu des uniformes des tirailleurs et le brun des gandouras des indigènes. « La vie est là, songea-t-elle. Elle succède à cette mort froide qui a étreint ces lieux toute la nuit. »

Dix heures venaient de sonner quand la porte s'ouvrit ; immédiatement, elle sut qui la franchissait. Elle se retrouva dans les traits de Julie, mais fut intimidée par le regard clair de la jeune femme qui, ignorant la main qu'elle lui tendait, l'étreignit brièvement et lui dit de façon précipitée :

— Comment s'est passé votre voyage ?

— Difficile, mais sans encombre.

Spontanément, le vouvoiement s'était imposé entre elles, en même temps qu'une gêne pesante, que Concha voulut dissiper :

— Parlez-moi de vous.

Et Julie, pêle-mêle, longuement, évoqua Armand, ses deux filles, sa vie à Laghouat, son installation en Kabylie, Taos, jusqu'à ce que brusquement un clairon ait sonné, faisant affluer des soldats dans l'auberge.

— Il est tard, et Armand va revenir de la caserne. Il a l'habitude de déjeuner tôt, dit-elle en enfilant son manteau. Venez donc ce soir dîner avec nous. Taos viendra vous chercher.

Derrière la vitre, Concha contempla longuement la silhouette menue de la jeune femme qui, sous son parapluie, s'avançait avec précaution dans la rue glissante. La tempête de neige avait redoublé d'intensité. La vue du rideau des lourds flocons collants fit naître en elle un sentiment de solitude, mêlé à une impression douloureuse de rendez-vous manqué…

Elle se hasarda à l'extérieur après le déjeuner. Elle marcha au hasard, s'aventura prudemment dans les chemins qui partaient vers la campagne. Elle ne devinait rien du paysage, noyé dans le brouillard. Un grand silence régnait rompu par quelques bruits familiers étouffés par la neige. Inquiète, elle regagna sa chambre où elle dormit lourdement pour ne se réveiller qu'à la nuit tombée, quand les voix des militaires, de nouveau en quartier libre, montèrent de la salle du café.

Elle finissait de s'apprêter quand Taos vint la chercher. Elle la suivit à travers la neige bleuâtre dans la lumière du soir, surprise que la tempête soit retombée et que le ciel soit empli d'étoiles, entre lesquelles filaient des nuages.

Mal à l'aise, elle pénétra dans le petit appartement. Quand Julie l'emmena voir Estelle et Rose qui dormaient dans une alcôve, elle n'éprouva aucune émotion. Elle ressentit même une discrète répulsion devant leur immobilité. Elle se força à sourire mais elle ne put adresser le moindre compliment à leurs parents. De son côté Armand, qui s'était efforcé de se montrer aimable avec sa belle-mère, y renonça rapidement, la voyant indifférente. Il resta silencieux et seule Julie, péniblement, tâcha d'animer la conversation. Enfin la présence austère de Taos, qui officiait en silence, ne fit rien pour détendre les trois convives.

L'atmosphère resta lourde tout au long du dîner si bien que, sitôt le dessert avalé, Concha demanda à rentrer à l'hôtel. De nouveau elle traversa le bourg pétrifié par la neige et la nuit, à l'image de ses pensées. Une fois couchée, elle s'endormit pesamment sous l'effet du Véronal qu'elle avait pris. Dès son réveil, à l'aube, sans prévenir sa fille de son départ, elle profita d'une voiture qui regagnait Tizi Ouzou le jour même, le cœur glacé et la tête vide, pressée de franchir la mer.

Après le départ de Concha, les Bénézit n'avaient pas évoqué son passage, lui par discrétion, elle parce qu'elle se refusait à réfléchir à l'événement. Cependant, quelques jours après, Armand dit :

— Ma petite Juliette me paraît bien silencieuse depuis le passage de sa mère !

Elle leva vers lui ses yeux gris, un pli douloureux creusé entre les sourcils, puis baissa la tête vers le sol, comme soudain passionnée par le tapis qui le recouvrait.

Gêné, Armand se tut mais, quand elle le regarda de nouveau, elle lui fit un sourire.

— Elle est restée pour moi une étrangère, dit-elle. Tiens, je me suis sentie comme en visite. Cela m'a rappelé le jour où j'ai dû prendre le thé avec la femme de ton colonel. Penses-tu que je sois un monstre ?

Il éclata de rire :

— Mon petit monstre préféré en tout cas. C'est que ton cœur n'a pas parlé, bien qu'il soit fort bavard avec moi et avec les petites ! Ta mère est pour toi une étrangère et tu n'éprouves de l'amour que pour celles qui, en te tenant lieu de mères, t'en ont donné...

Moi-même, j'espère être un père pour mes soldats, parce que j'ai eu la chance de grandir auprès du mien !

Elle restait songeuse puis se leva pour ramasser et consoler Estelle qui était tombée et pleurait.

— Ta mère n'a jamais eu envers toi le geste que tu viens d'avoir eu avec ta fille ! Et quelle bizarre façon de repartir sans même nous en aviser. Sa vie semble faite de fuites continuelles !

* * *

Quand M'hamed fut averti qu'il pouvait quitter la forêt de Yacouren pour rejoindre Alger, la neige était encore là, alors qu'elle avait fondu dans les vallées. Il accueillit la nouvelle avec soulagement. Il était las de la monotone blancheur qui l'entourait et de la seule compagnie des grands arbres. Seule celle des animaux qui peuplaient la forêt l'avait par instants un peu réconforté. Chaque fois qu'était apparu un troupeau de singes, un chacal ou un sanglier il lui avait semblé revivre. Même, et sans que cela l'effraie, la robe tachetée d'une panthère l'avait fait, quand elle avait un instant surgi furtivement entre les chênes-lièges. « Mais, se dit-il en sortant de la forêt, si la présence de ces compagnons sauvages m'a aidé à supporter ma solitude, c'est la présence des humains que je suis avide de retrouver. »

Il put revoir brièvement Taos. Comme il était risqué de franchir les portes de Fort-National, c'est elle qui vint le rejoindre dans un coin isolé de la campagne voisine. Elle lui annonça qu'Armand avait été nommé à Blida, qu'il devait rejoindre prochainement avec sa famille. Elle lui parla aussi de la proposition que lui avait faite Julie d'y partir avec eux. Ainsi ne seraient-ils tous deux pas trop loin l'un de l'autre, en attendant de pouvoir vivre de nouveau ensemble.

Il se fit moins discret pour rejoindre la ville que lorsqu'il s'y était rendu depuis Laghouat, mais jugea prudent de redevenir Mohammed Guebli. Il endossa donc de nouveau sa gandoura blanche et son chèche et abandonna sur les bords de l'oued Harrach son burnous kabyle.

Place du Gouvernement, il retrouva, sous la statue du duc d'Orléans, son fils qui l'attendait pour le conduire chez Abdallah Chbili. Il devait séjourner chez lui avant d'avoir trouvé un travail et un logement. Dans la grande demeure, les journées d'inaction lui parurent longues, plus longues peut-être qu'à Yacouren. Il brûlait de l'envie de se mêler à la foule, de partager la vie qu'il observait depuis la terrasse, de cette vie qui faisait de la Casbah une ruche vibrante dont il aimait les fragrances et même certains remugles. Il souhaitait découvrir la ville européenne, largement étalée vers le nord, ordonnée et coupée de verdure. Il songeait mélancoliquement en regardant la mer qu'au-delà du cap Matifou commençait la côte kabyle mais qu'elle lui restait interdite. Il se souvenait de sa liberté en Nouvelle-Calédonie, mais sans la regretter, tant il se rappelait qu'elle n'était qu'un simple droit d'aller et venir, dans une prison dont les barreaux étaient l'océan.

Toutes ces menues sensations et ces pensées l'aidaient à supporter sa claustration ; il espérait surtout les visites de Hocine, qui venait régulièrement et, assis sur une natte, avait avec son père de longues conversations. M'hamed monologuait souvent. Il lui racontait ses combats, son voyage à fond de cale vers les antipodes, la végétation étrange des tropiques et les mœurs des Kanaks. Il lui parlait de ses quelques contacts avec les communards et de cette Louise Michel qu'il n'avait fait qu'apercevoir. Il disait à son fils combien il s'était réjoui quand ces proscrits avaient bénéficié d'une amnistie et sa révolte quand il avait su qu'elle ne concernait pas les déportés kabyles ; comment cette injustice l'avait fait sortir de sa résignation à rester dans l'île.

Une autre fois, il décrivit la minutieuse préparation de sa fuite avec Ikhzi, un autre Kabyle, son long voyage, sa vie clandestine à Paris, en évitant de se mêler à ses compatriotes émigrés, ce qui avait fait reprendre son imprudent ami.

— La police surveillait les quartiers où nous vivions, les garnis où nous dormions, les chantiers où nous trouvions un travail. Parmi les nôtres, certains étaient corruptibles ou trop bavards. J'étais moins visible avec mon teint, mes yeux clairs, mes cheveux blonds, mais son physique trahissait davantage ce pauvre Ikhzi !

Hocine l'écoutait, silencieux. Par moments, M'hamed lui demandait si le récit de ces souvenirs ne l'ennuyait pas mais le garçon l'engageait toujours à poursuivre. Il n'évoquait par contre jamais sa propre existence et, quand son père voulut mieux la connaître, il parut embarrassé :

— Il n'y a pas grand-chose à en dire. En ce moment, je fais le docker pour la compagnie Schiaffino. Je monte et je descends des sacs sur les bateaux, rien d'autre !

— Tu as des amis ?

— Pas vraiment, des camarades de travail tout au plus.

— Et où loges-tu ?

— Un peu partout. En ce moment, je partage une baraque sur les quais, comme ça je suis près du boulot.

En revanche il parut ne pas entendre son père, et même se buter, quand celui-ci voulut qu'il évoque son enfance. La gêne du garçon amena alors M'hamed à s'accuser : « Je ne me suis pas soucié du sort des miens dans la passion qui m'a mené à combattre. Je suis responsable de leur déchéance, qui a obligé ma femme à se placer, mon fils à être désigné du doigt au village et à en partir pour faire le docker, ma fille à épouser un homme du double de son âge. La notoriété et la fortune de ma famille, les Kaci, leur auraient assuré une vie plus honorable si je ne m'étais pas lancé dans la guerre… »

Il remâcha longtemps ces pensées moroses qui le poursuivaient jusqu'au jour où Abdallah l'informa qu'il pouvait reparaître au grand jour et qu'une famille de notables kabyles, des négociants en huile, s'était engagée à le recruter.

* * *

Au retour de Fort-National, Concha embarqua pour la France. À Cannes, la présence réconfortante d'Edwin, ses attentions, l'apaisèrent un temps puis ses pensées obsédantes, qu'elle avait cru pouvoir chasser en recherchant puis en retrouvant Julie, lui revinrent.

Elles surgissaient surtout la nuit et la laissaient épuisée au matin. D'abord floues, elles se précisaient ensuite sous la forme d'images sans cesse répétées, celle de Beaudire, celle de son accouchement, celle du bébé. Les stratagèmes que longtemps elle avait employés avec succès pour s'évader d'une réalité angoissante ne lui étaient plus d'aucune aide. En particulier celui auquel elle avait recours à Fort-de-l'Eau, qui lui faisait fixer l'horizon, pour se transporter en pensée au-delà de lui, à Minorque, le lieu de son enfance ; à Cannes ensuite, plus récemment, pour retrouver ce même Fort-de-l'Eau, mais quand elle n'y était encore qu'une jeune fille insouciante... Depuis son retour, ces rêveries auxquelles elle avait recours avortaient. L'horizon s'était muté en une ligne raide, infranchissable, barrant une mer qui n'était plus qu'une vaste flaque, morne et désespérante.

Elle dormait de moins en moins et passait une partie de ses nuits à fixer la lune depuis son balcon. Elle perdit l'appétit et rabroua Edwin quand il l'incita à mieux se nourrir. De violentes migraines lui vinrent, qui alternaient avec ses angoisses, mais qui donnèrent plus de sens à sa souffrance. Elle se mit à maigrir, cessa de teindre sa lourde chevelure brune, négligea son maquillage et les marques du temps apparurent sur ses traits délicats.

Edwin s'alarma lorsqu'elle se mit à descendre de sa chambre dans une tenue négligée, elle qui avait toujours refusé de le rencontrer le matin avant de s'être apprêtée. Maladroitement, il la questionna sur son voyage en Algérie pour n'avoir pour toute réponse qu'un silence rogue.

Il exigea alors qu'elle consulte un médecin niçois qui parla de neurasthénie et la fit entrer dans une maison de santé. Elle y séjourna trois mois, en passant le plus clair de son temps à dormir, sous l'emprise des narcotiques, ne sortant de sa chambre que pour des séances d'hydrothérapie. Son état parut s'améliorer et, fin avril, on lui permit de faire des promenades dans le parc de la clinique.

En fait, rusant avec son entourage, elle avait prétendu se sentir mieux. Elle avait dit aussi aimer le retour du printemps alors qu'il la répugnait, alors qu'elle ressentait comme une menace le bourgeonnement qui éclatait partout et que le parfum des fleurs l'écœurait.

Chacun se réjouit de son apparente guérison, et elle fut autorisée à quitter la clinique en mai. Edwin décida de regagner l'Angleterre, dont il vanta le calme apaisant. Continuant de ruser, elle supervisa la fermeture de la villa de Cannes, reprit soin d'elle-même, entreprit de teindre ses cheveux, de se maquiller et d'arborer des toilettes élégantes, comme en proie à un dynamisme nouveau qui rassura Edwin ; un dynamisme qui était en fait le fruit d'une haine violente à l'égard de son compagnon et de ceux qui avaient traversé sa vie, comme autant de mauvais génies, et qui, enfouis en elle, la persécutaient, qu'elle ne pourrait exterminer qu'en se frappant elle-même, le moment venu…

Dans le Berkshire, les rhododendrons avaient fleuri, en un moutonnement coloré qui là encore parut répugnant à Concha. Elle feignit pourtant de s'en émerveiller quand un matin elle suivit Edwin dans son inspection des écuries, du chenil et de la pièce d'eau, dont elle s'enquit de la profondeur.

Pendant le dîner, elle feignit d'apprécier la douceur de l'interminable soirée de juin que parfumait l'odeur des roses et de l'herbe coupée. Tout au long du repas, impatiente que la nuit ne s'installe, elle écouta Edwin qui évoquait longuement leurs premières rencontres.

Plus tard, dans sa chambre, tout habillée, elle attendit que chacun dans la maison se soit endormi. Vers minuit elle absorba tous les médicaments qui étaient en sa possession. Un certain engourdissement l'envahit. Sans bruit elle traversa le parc dans la nuit claire que seule animait la flûte répétée d'une hulotte. Quand elle eut atteint la pièce d'eau elle y pénétra, les poches lestées de pierres ramassées en chemin. Elle avança encore, la boue du fond englua ses pieds et la ralentit. Lorsque l'eau lui vint à mi-corps, dans une torpeur grandissante, le froid la saisit. Un instant lui revinrent le souvenir de la mort de Beaudire et celui de la jeune fille de Ciudadella dont sa mère lui avait raconté si souvent la triste fin… Elle perdit brusquement pied dans les profondeurs obscures de l'étang qui l'emportèrent, ainsi qu'une bête l'aurait happée…

Au matin on constata son absence. On vit que son lit n'était pas défait. On lança des recherches, on sonda l'étang ; très vite, on découvrait son corps.

* * *

En 1896, comme le leur avait suggéré Samuel, Rodolphe et Ahmet intégrèrent à Paris l'École spéciale des langues orientales. Ils louèrent ensemble un petit appartement et, au début de novembre, Raphaël Torjman les invita à dîner chez lui, boulevard de Courcelles.

Il avait quitté Alger et s'était installé dans les beaux quartiers comme avocat, une profession dans laquelle faisaient merveille sa faconde et son sens de la repartie. En 1891, il avait épousé Frida Weiss, avec qui il formait un couple harmonieux, alors que tout aurait dû opposer cette ashkénaze raffinée, éprise de beaux-arts, et ce sépharade à l'esprit pratique, voire parfois prosaïque.

Elle était la fille d'un riche agent de change alsacien, et c'était lors des « jeudis » de sa mère qu'elle avait connu Raphaël. Il avait su s'y faire une place, même s'il s'y ennuyait souvent, ce qui n'avait pas échappé à Frida. Bientôt elle lui avait confié qu'elle ne goûtait elle-même que modérément ces « jeudis », et ils prirent l'habitude de s'isoler avant de bientôt s'avouer leur attirance réciproque.

Au demeurant, bien des hôtes du salon considéraient sans indulgence le jeune avocat. Ils se gaussaient volontiers de son exubérance méditerranéenne et, bien qu'il ait tout fait pour le corriger, de son accent algérien ; mais madame Weiss avait su taire les médisants. Raphaël l'amusait et elle se souvenait de la morgue des Parisiens à son égard, quand elle-même avait débarqué de Colmar…

Monsieur Weiss avait été plus long à apprécier le jeune homme. Il n'entendait pas que la cadette connaisse le sort de son aînée, dont la dot avait été dilapidée par celui qu'elle avait épousé. Aussi, quand Frida laissa nettement apparaître son inclination pour ce nouveau prétendant, prit-il des renseignements sur lui. Les résultats de son enquête étant favorables, il accorda la main de sa fille à Raphaël. Le fait que la mère de son futur gendre, Louise, soit chrétienne ne le contraria pas. Il souhaitait une complète assimilation des juifs dans la société française.

À la naissance de Guy, son premier enfant, le jeune couple alla vivre boulevard de Courcelles, dans ce magnifique appartement dans le salon duquel Rodolphe et Ahmet patientaient, en contemplant le parc Monceau au travers les vastes fenêtres.

Au dehors une brume humide nappait le boulevard et coulait en longues larmes sur les vitres. Elle faisait luire la chaussée et enveloppait la triste lumière des réverbères qui éclairaient les arbres encore garnis de quelques feuilles flétries. Par contraste, à l'intérieur de la pièce, la lueur jaune des lampes, l'incarnat du velours des rideaux et des fauteuils, la gerbe de chrysanthèmes dorés posée sur un guéridon, dégageaient une douceur rassurante, qui semblait avoir mis à la porte le froid et la pluie de cette fin d'automne.

Le premier, Rodolphe rompit le silence :

— C'est la première fois que je me sens si loin de chez nous !

— De là où le soleil brille encore, venait de lui répondre mélancoliquement Ahmet, quand Raphaël entra et vint étreindre ses hôtes en leur tapotant le dos :

— Nous voilà de nouveau ensemble, comme au temps du Tantonville, quand on y buvait une anisette ! Et je n'en ai pas ici… Ce n'est bon qu'au soleil, pas sous ce climat. Mais je vais vous faire goûter un porto qui n'est pas mal.

Ils se mirent à deviser chaleureusement. Ils en étaient venus à faire des plaisanteries graveleuses sur la vertu des Parisiennes quand, moqueuse, survint Frida :

— Messieurs. Messieurs ! Vous pourriez choquer mes chastes oreilles ! Et toi, dit-elle à Raphaël, n'as-tu pas honte d'inciter ces jeunes gens au vice en leur disant que les Parisiennes sauraient si bien s'occuper d'eux ?

Elle les invita à passer à table où le bavardage incessant des trois hommes la fit renoncer à conduire la conversation. Très vite, leurs échanges portèrent sur l'Affaire, mais ce fut pour s'accorder.

Tous quatre étaient dreyfusards, pour des raisons diverses, celles d'Ahmet revêtant une coloration particulière. Cette résurgence de l'antisémitisme lui faisait songer à un autre ostracisme, à plusieurs faces, tacite mais tenace, dont il faisait l'objet. Bien que Français, après le choix de son père Ibrahim, il restait un « Arabe comme les autres » aux yeux de bien des Européens. À l'inverse, pour nombre de ses coreligionnaires, ce même statut faisait de lui un renégat de l'islam. Enfin, dans sa famille même, ceux qui évoquaient sans indulgence les Ottomans semblaient oublier ses origines personnelles.

Frida souriait de voir réapparaître chez son époux cette exubérance qu'il tâchait en permanence de contrôler. Elle s'amusait aussi de lui voir revenir cet accent qu'il avait en commun avec ses deux amis. « C'est là un monde bien différent de celui où j'ai grandi, mais c'est un monde qui me plaît, comme m'a plu Raphaël, un monde coloré où israélites, chrétiens et musulmans semblent s'accorder, un monde que mon père appelle de tous ses vœux », songeait-elle.

Quand une horloge sonna minuit, elle reçut les remerciements chaleureux de ses deux jeunes invités, et quand ils eurent franchi la porte, elle lança à son époux :

— Il faudra revoir ces jeunes gens. Ils sont charmants !

— Mais surtout, il faudra qu'un jour je te fasse connaître la terre où, comme moi, ils sont nés !

Tandis qu'au même moment, dans un fiacre, Rodolphe disait à son ami :

— Qu'attendent donc nos hôtes de ce soir pour embarquer pour Alger et nous permettre ainsi de leur rendre leur invitation ?

* * *

Avec l'argent de la vente du domaine de Beaudire, Julie acheta un appartement à Blida. Il était mal agencé, mais il était clair et son balcon donnait sur la place d'Armes, ornée d'un palmier emprisonné dans un kiosque.

Il lui fallut le meubler, car Armand et elle n'avaient pas accumulé grand-chose au long des garnisons. Elle ne put résister à un salon dit berbère et à ses fauteuils Dagobert incrustés de nacre, ainsi qu'à un buffet Henri II où elle rangea sa vaisselle, ses couverts, le plat d'argent de Concha et la louche du grand-père Eléazar. Elle déploya sur le sol de tommettes rouges des tapis achetés à Laghouat, et dans deux cache-pot ramenés du Tonkin par Armand, plaça des aspidistras. Enfin, elle accrocha dans le salon un tableau figurant un oued bordé de lauriers roses, que les Viannac lui avaient offert pour ses noces.

Heureuse d'être confortablement installée, après le temps d'errance où elle n'avait connu que des logements précaires, elle s'éprit de la ville que l'on surnommait « la Petite Rose » de la Mitidja. Elle y eut vite ses habitudes, celle d'emmener ses filles jouer au Bois sacré, de se servir chez certains commerçants, de réunir chez elle ses amies.

Un nouveau bonheur vint la combler : au printemps de 1896, elle fut enceinte pour la troisième fois. Elle accoucha en décembre d'un garçon, à la joie d'Armand qui souhaitait tant avoir un fils et qui voulut le prénommer Ronan, en souvenir d'un aïeul maternel terre-neuvas.

En revanche, Armand s'ennuyait à Blida. La vie de garnison monotone lui pesait, avec ses règles rigides et son système de castes. Jamais, dans ses affectations dans le Sud ou dans les montagnes de Kabylie, on ne lui avait fait sentir, comme maintenant, qu'il n'était pas sorti de Saint-Cyr.

De plus, si l'affaire Dreyfus opposait les civils les uns aux autres, elle divisait tout autant les militaires. Or Armand doutait de la culpabilité du capitaine. Il avait lui aussi soupçonné Esterhazy, s'était indigné que le procès de Dreyfus ne soit pas reconsidéré, et que le commandant Picquart ait été envoyé en disgrâce en Tunisie. Mais il était bien isolé parmi ses pairs. La plupart l'évitaient et seule la présence au cercle des officiers des trophées qu'il avait pris aux Pavillons noirs, témoins de sa bravoure, empêchait qu'il soit totalement mis à l'écart.

Et puis, insidieusement, un bruit s'était mis à courir. Il était dreyfusard parce que juif… Son alliance avec les Torjman, vite connue, et la consonance de son nom, qui évoquait celle de certains patronymes israélites de la ville firent enfler la rumeur. À son tour, Julie en fut la victime. Alors que jusque-là elle avait été peu sensible à l'Affaire, elle s'inquiéta. Elle comprit alors la préoccupation de Samuel à propos des émeutes antisémites sporadiques survenues auparavant en Algérie. Indignée, elle en vit surgir d'autres à Alger en janvier 1898, si dramatiques que le gouverneur Lépine et le préfet Lutaud durent envoyer l'armée pour ramener l'ordre dans la cité.

Armand était l'un de ceux à qui l'on avait confié cette mission. Dès son arrivée de Blida, il était d'abord passé, pour les rassurer, chez les Maureuil, auprès desquels les Torjman étaient venus vivre provisoirement, leur villa d'El biar, isolée, étant vulnérable.

L'état de santé totalement délabré de Bernard ne lui permettait plus de se rendre compte de la situation. En revanche, Cléo manifestait, malgré son âge, une audace étonnante :

— Qu'ils viennent un peu ces *ouayounes* et ils vont me trouver, avait-elle dit, face au danger. Ma parole je leur tire « dessur » avec le fusil à Bernard – puis se tournant vers Samuel et Louise restés sans nouvelles de Maurice Attia – et puis vous autres du calme ! Le capitaine Bénézit il a dit qu'il va s'occuper de lui !

S'étant rendu rue Bab Azoun, Armand y avait déployé ses hommes. De nombreux commerces appartenant à des Israélites se trouvaient dans ce quartier, dont celui de Maurice. La rue, dessinée sur le modèle de la rue de Rivoli, pouvait, du fait de ses arcades, favoriser la progression des émeutiers. Il avait donc pris soin d'en bloquer les deux issues, surtout celle qui donnait place du Gouvernement où s'était amassé un groupe qui vociférait :

— En bas les Juifs ! Les Juifs à la mer ! Mort à Dreyfus l'espion ! Mort à Zola, le traître à la patrie !

Il les avait laissés s'égosiller mais quand un grand escogriffe, dont l'accent témoignait de ses origines espagnoles, s'était mis à hurler « La France aux Francess ! » en entraînant les émeutiers derrière lui, il avait fait tirer en l'air les sommations d'usage. La foule s'était aussitôt repliée. Bientôt ne témoignait plus de l'échauffourée que l'odeur de la poudre, incongrue dans le décor urbain, âcre et plus forte que ne l'avait perçue Armand dans ses autres engagements, Armand qui avait souri quand un sergent arabe lui avait dit :

— Ah ! ils sont courageux, mon capitaine. Ils s'y sauvent, kif-kif les zoizeaux !

Mais sans que cela ne dissipe le sentiment désagréable qu'il éprouvait, celui de jouer un rôle qui n'était pas le sien.

Il s'était alors rendu jusqu'à la boutique de Maurice et avait lancé, face à la grille soigneusement cadenassée :

— Monsieur Attia. Je suis le capitaine Bénézit. Ouvrez-moi, vous n'avez plus rien à craindre !

— Ah, mon capitaine, quel malheur ce qui se passe ! Ça fait une semaine que je dors ici et qu'Eugénie et les enfants ne bougent plus de notre appartement. Merci à vous et à vos hommes. Ma boutique a échappé au pillage mais si vous voyiez la rue de la Lyre !

Armand y avait déjà découvert un spectacle affreux. À l'arrivée des émeutiers, les commerçants n'avaient pas eu le temps de se protéger. Des débris de verre, des sacs de grains éventrés jonchaient la chaussée. La fumée d'incendies mal éteints flottait çà et là. Dans certains magasins, plus rien ne subsistait, après le passage de pillards. Assis devant sa boutique dévastée, du sang coagulé sur le visage, un homme pleurait tandis que dans l'oisellerie voisine les cages avaient été ouvertes, en libérant canaris et chardonnerets qui voletaient en tous sens.

De retour rue Bab Azoun, le sergent avait demandé à Armand :

— Rien à signaler mon capitaine ? L'ordre il est bien en ordre ?

Il n'avait trouvé à lui répondre que :

— Ça va, ça va… Juste à signaler que tout ça c'est bien moche !

* * *

Rien ne pouvait retenir Taos quand, deux fois par mois, elle se rendait à Alger, une condition qu'elle avait posée pour suivre les Bénézit à Blida, sans en donner la raison, mais dans le but, bien sûr, de voir M'hamed

Il vivait maintenant avec Hocine, impasse Darfour, dans le garni que Bernard Maureuil avait occupé, soixante ans auparavant. Le logis était assez proche du port où tous deux travaillaient. Enchâssé à l'intérieur de la Casbah, il constituait un asile sûr. Même si M'hamed ne craignait plus d'être arrêté par les Français, même s'il pensait que son éloignement de la Kabylie le mettait à l'abri de la vengeance de ses ennemis, il restait dans un état d'alerte permanent. Il ne quittait sa retraite que pour aller travailler. Quand Taos lui rendait visite, ils ne se risquaient pas dans la ville et élaboraient le projet de reprendre une vie commune. Ils avaient pensé partir à Oran, Bône ou Constantine. Ils avaient même songé à la France, mais ils étaient trop attachés à Alger… Elle leur était familière et surtout proche des montagnes kabyles où ils n'avaient pas renoncé de retourner un jour.

— J'ai passé la cinquantaine et n'ai plus la même vigueur qu'auparavant… Difficile de trouver un travail et si je veux aller ailleurs, il me faudrait des papiers or je dois rester anonyme… disait M'hamed.

Taos se taisait, sachant qu'il n'y avait rien à redire à ce raisonnement, mais un jour elle risqua :

— Tu pourrais travailler dans le domaine des Viannac à Boufarik. Dans la Mitidja, personne ne te connaît. Il faudrait demander de nouveau à Si Chbili d'user de son influence.

Ce qui avait fait se raidir M'hamed :

— Je lui dois déjà beaucoup trop. Je ne veux plus dépendre de lui !

Elle alla tout de même secrètement voir Abdallah qui la découragea :

— Du temps du baron de Viannac père, j'aurais pu lui demander de l'employer. Cela aurait été possible, mais pas avec son fils Émile. M'hamed a du caractère et l'autre est impitoyable. Au moindre conflit, tout se saurait !

Quand ses parents se retrouvaient, Hocine passait un court moment avec eux puis s'éclipsait, pour les laisser jouir de leur intimité. Il partait à travers la ville, traînait place du Gouvernement, se régalait d'un beignet à l'huile dans une échoppe de la rue Mogador. Souvent, appuyé sur les rambardes du boulevard Front de mer, il regardait des heures entières les mouvements du port.

Il en rejoignait les quais chaque fois que s'y trouvait amarré le bateau d'une compagnie de scaphandriers, qui le fascinait. Il s'était lié avec Sauveur, le capitaine du navire, à qui il faisait décrire le monde mystérieux de dessous les eaux. L'homme, un Sicilien jovial, répondait volontiers à ses questions. Hocine lui était sympathique, au point qu'il lui avait promis de le prendre un jour comme apprenti.

C'était là un des rares moments où le garçon sortait de ce silence qu'il affectait, en toutes circonstances. Dès son enfance au village, il avait appris à se taire, ce qui l'avait empêché de se faire des amis. Cela ne le gênait guère. Il trouvait futiles les préoccupations des garçons de son âge. Cependant, il restait qu'il avait en commun avec eux une sensualité juvénile qui le conduisait parfois dans une maison close, dont il ressortait, repentant de sa faiblesse et de cet argent si vite dépensé.

Il ne sortait jamais de la partie de la partie de la ville fréquentée surtout par les indigènes mais un jour d'été, il se risqua dans la ville européenne. Il remonta vers la rue de l'Isly, où il découvrit un autre monde : des hommes en cravate et canotiers, des femmes au visage découvert, au corps moulé dans des robes étroites, aux chapeaux recouverts de fleurs ou d'oiseaux. Il en fut si fasciné qu'il en oublia sa tenue modeste jusqu'à ce qu'un passant lui ait lancé, en ricanant :

— Que fais-tu ici, *boudjadi.* Remonte dans ta montagne !

Il s'affola, et s'en retourna bien vite vers des lieux plus familiers, mais en se jurant d'affronter un jour, sans y être humilié, ce monde des Européens où il s'était aventuré… Et en particulier de s'asseoir à une terrasse de café comme celles qu'il avait longées.

* * *

Quelques jours après qu'Armand eut été envoyé rétablir l'ordre en ville, Taos monta une fois de plus dans le train de Blida à Alger, ses économies dissimulées sous sa chemise. Elle s'émerveillait en contemplant par la fenêtre du wagon les orangers lourds de leurs fruits, bien alignés sous une pluie mêlée de rares flocons de neige. Elle s'enchantait de leur vaste forêt, qui contrastait avec les minuscules vergers de Kabylie quand, à Boufarik, une femme très maquillée s'installa, accompagnée d'un homme trop corpulent.

Très vite elle comprit que ce dernier était cet Émile de Viannac, dont elle avait parlé avec Abdallah, quand il se mit à lancer à la cantonade :

— Quoi qu'en pense ma mère qui veut toujours faire l'originale, ces Juifs doivent recevoir une leçon. Il faut les ramener dans leur ghetto, d'où, grâce à Crémieux, ils sont sortis pour nous écraser !

Il poursuivit sa diatribe à l'usage des occupants du wagon. Certains, tant arabes qu'européens, opinèrent. D'autres se turent, en particulier un mercier israélite, chez qui Julie se servait à Blida, qui ne leva pas les yeux de son journal.

Taos comprenait mal ces propos mais, comme le train quittait Hussein Dey, sa dernière étape, elle remarqua que régnait une intense agitation dans les rues. Plus tard, descendue à l'Agha, elle fut apeurée par la foule dense qui vociférait des slogans hostiles aux Juifs.

Avec soulagement, elle retrouva la tranquillité de l'impasse Darfour. Hocine et son père l'y attendaient pour sortir voir ce qui se passait dans la ville, certains qu'en la circonstance nul ne s'intéresserait à eux. Ils parcoururent longuement les rues et, alors que la nuit tombait, derrière la cathédrale Saint-Philippe, un homme murmura à leur passage :

— Tu es bien M'hamed Kaci ?

M'hamed se retourna, soudain en alerte :

— Que me veux-tu ?

— J'ai un message pour toi !

Et il s'approcha avant de dire, haut et fort cette fois-ci.

— Le voici, de la part des Aït Irraten !

Avant de se perdre dans la foule.

Taos pâlit en voyant s'écrouler son époux. Une large tache de sang s'élargissait sur sa gandoura blanche. Elle tâchait de le ranimer en gémissant quand des soldats s'approchèrent d'elle :

— Il est mort. Ce n'est pas un Juif, dit l'un deux, c'est un Arabe. On va évacuer son corps. Vous connaissez la victime ? demanda-t-il à Taos.

Hébétée, elle releva la tête en opinant et constata que Hocine n'était plus là. Elle comprit qu'il s'était lancé à la poursuite de l'assassin de son père, quand lui revint ce qu'il avait dit juste après l'agression :

— Je l'ai reconnu, c'est Ali Aït Irraten. Je vais l'avoir !

Le cadavre du meurtrier de M'hamed fut effectivement retrouvé quelques jours après. Il flottait dans l'eau du port. Sa mort fut attribuée aux émeutiers et seule Taos sut qui l'avait poignardé...

Elle demanda à son gendre Ameziane de faire le voyage d'Alger pour y récupérer le corps de M'hamed. Elle rencontra brièvement Hocine, qui lui fit part de son départ clandestin pour Marseille, grâce à la complicité de Sauveur, le patron scaphandrier. Elle repassa brièvement à Blida où, le visage ravagé et les yeux battus, sans dire ce qui causait son chagrin, elle annonça à Julie sa décision de repartir définitivement dans ses montagnes.

Julie ne put faire autrement, mais à regret, que s'incliner. Elle avait appris à Fort-National que le monde kabyle recelait des secrets qu'il ne fallait pas chercher à connaître...

* * *

La folie qui s'était emparée de la ville perdit un peu de sa violence, mais en avril 1898, une foule excitée vint applaudir, à sa descente du *Général Chanzy*, Drumont, l'auteur de *La France juive*. En mai on acclamait ceux que l'on surnommait les mousquetaires gris, Régis et Marchal à Alger, Morinaud à Constantine et Faure à Oran, quatre députés violemment antisémites.

Les Torjman purent regagner El biar. Chez elle, Cléo continua d'affronter quelques vexations mesquines. Sans se troubler, elle fit effacer les inscriptions injurieuses qui avaient été tracées sur sa porte. Elle traita par le mépris certaines réflexions désagréables. Elle balança le contenu de son pot de chambre sur un groupe d'enfants qui, sous ses fenêtres, lui adressait des quolibets...

Elle était surtout préoccupée par l'état de Bernard, très affaibli, plongé dans un demi-coma et elle proclamait :

— Ces « ensultes » contre les Juifs je m'en fiche. Ce qui me fait vraiment misère, c'est que mon mari il en a plus pour longtemps.

Et en effet, une nuit du début de juin, une nuit d'insomnie, elle ne put que constater sa mort. Elle secoua la garde qui s'était endormie, la traita de « feignante » et la renvoya chez elle. Posément, elle maintint closes les paupières du défunt avec deux pièces de monnaie, lui noua un mouchoir sous le menton et lui croisa les doigts. Assise auprès de lui, elle le contempla de longues heures, en proie à un chagrin silencieux, avant de faire prévenir Louise et Samuel.

Deux jours plus tard, les obsèques se déroulaient à Fort-de-l'Eau, car Bernard avait émis le souhait d'être enterré auprès de son frère, de Mathilde et du petit Eléazar.

Anne, meurtrie par ses rhumatismes, ne put se déplacer, et envoya une lettre affectueuse à sa vieille amie. Elle lui disait que, maintenant que leurs époux étaient partis dans un autre monde, elles étaient désormais toutes deux parmi les derniers survivants du temps héroïque des pionniers.

* * *

Hocine avait débarqué à Marseille du cargo sur lequel Sauveur l'avait fait monter clandestinement. Il ne trouva longtemps dans la ville que des travaux ingrats qui lui permettaient à peine de survivre, comme les autres immigrés. Parmi ceux-ci, les Italiens étaient les moins misérables. Plus anciennement venus, ils s'étaient organisés pour se défendre de la xénophobie, après ce qu'ils avaient subi en 1893 à Aigues-Mortes.

Dans les rangs plus clairsemés de ceux qui avaient quitté l'Algérie, Hocine fit la connaissance de Idriss, venu d'El Kseur, qui l'introduisit dans une équipe de dockers. Tous deux logeaient dans le quartier du Panier et vivaient chichement. Ils mangeaient surtout du pain, qu'ils assaisonnaient d'un oignon, d'une tomate, parfois d'un poisson ramassé sur un marché, leur seul luxe étant le café qu'ils aimaient noir, amer et très fort.

Au printemps, les deux jeunes gens rencontrèrent un Kabyle. Il rentrait chez lui, avec un petit magot gagné sur le tout nouveau chantier du métropolitain de Paris. Il leur vanta si bien les avantages de cet emploi qu'au printemps Hocine partit pour la capitale. Il remonta la vallée du Rhône, dormant dans les fossés au bord des routes, s'employant quelques jours quand un travail se présentait. Il parvint au début de l'automne à sa destination où, sans qu'on l'ait questionné, il fut recruté pour creuser les tunnels souterrains.

C'était une dure besogne. Il ne voyait guère la lumière du jour, mais il pouvait vivre décemment. Il s'efforçait de dépenser le moins possible, mais s'autorisait de menus plaisirs. Il tâta prudemment de l'alcool et fréquenta une « maison », où sa sensualité trop longtemps bridée le ramena souvent.

Il ne s'aventurait jamais très loin mais la grande ville, qu'il ne faisait que traverser furtivement, l'attirait. Elle l'effrayait tout autant, mais sa peur s'évanouit quand, en avril 1900, s'ouvrit l'Exposition universelle. Pour la desservir, la ligne du métropolitain Porte de Vincennes – Porte de Neuilly avait été créée, et Hocine ressentait une fierté légitime d'avoir contribué à sa réalisation.

Ses moyens ne l'autorisaient pas à franchir les portes de l'Exposition, mais il s'en approcha. Un dimanche de mai, il se mêla à la foule qui se pressait dans la plaine de Grenelle. La journée était ensoleillée et il avait soigné sa mise. Depuis son arrivée en France, il avait troqué les vêtements qu'il portait à Alger contre une tenue à l'européenne. Ainsi était-il fier ce jour-là du costume clair, de deuxième main mais en bon état, qu'il avait acquis chez un fripier, du col dur de sa chemise et surtout du canotier qui le coiffait, bien plus élégamment trouvait-il, que la chéchia.

Les marronniers au long des avenues finissaient leur floraison. Le spectacle des femmes en tenue printanière l'émoustillait, sans qu'il ose pourtant soutenir le regard de certaines d'entre elles. Au fil des rues, il éprouvait une impression de liberté, la même que celle qu'il avait connue, et en dépit des circonstances douloureuses de son départ, lorsqu'à Alger le cargo où il s'était embarqué avait franchi la passe. Il se sentit en mesure de se plonger davantage dans la cité et de s'asseoir à une de terrasse de café, pour effacer l'humiliation qu'il avait essuyée, rue de l'Isly, autrefois.

Dès le dimanche suivant, il se dirigea donc vers les grands boulevards. Le ciel était menaçant et une légère ondée survint, qui le trempa et l'obligea à essuyer soigneusement son chapeau. Un peu moins assuré, il fut tenté de faire demi-tour. La foule élégante du boulevard des Italiens l'intimidait mais, place de l'Opéra, il parvint à se reprendre en songeant à la bravoure de son père autrefois. Comme un somnambule, il se dirigea vers une table libre sur une terrasse, après avoir manqué de se faire happer par un omnibus dont le cocher l'insulta. Calé dans sa chaise, fier de son audace, ce fut avec une fermeté retrouvée qu'il passa sa commande à un serveur au visage blafard.

Il se sentait grisé par le tourbillon des passants, des fiacres et des omnibus. Il n'entendait plus le vacarme des sabots des chevaux. Il remarqua à peine le verre qui lui avait été apporté. Il resta ainsi longtemps, baignant dans un bonheur parfait. Quand le jour se mit à baisser et les lampadaires à s'allumer, il se leva à regret, effaré par le prix de la consommation et sans remarquer le regard méprisant que lui lançait le loufiat.

* * *

Cette même année, Armand avait décidé de faire connaître sa Bretagne à sa famille. Le voyage avait commencé par Paris, qu'il voulait montrer aux siens. Sur cette même terrasse de café parisienne où s'était assis Hocine un mois plus tôt, tous les cinq s'étaient attablés, épuisés, Armand avec un air d'habitué, mais Julie avec réticence. Elle n'aimait pas les débits de boissons car elle les associait à la disparition de son père. De plus ce « Café de la paix » était l'homonyme de celui de Fort-de-l'Eau, et Armand, à qui cela n'avait pas échappé, lui avait rappelé en souriant que ce même nom avait figuré autrefois dans leur code secret... Sensible à l'argument de son mari et ne voulant pas gâcher son plaisir, elle s'était alors raisonnée en se disant : « Le troquet où mon père s'est détruit n'a rien de comparable avec ce bel établissement. Les comparer est aussi absurde que comparer Fort-de-l'Eau avec Deauville ou Biarritz comme le font certains esprits chauvins... »

Son air songeur n'avait pas échappé à Armand :

— Allons, ma Juliette, à quoi penses-tu ? Te voilà bien silencieuse…

— À rien, mon ami. Je me sens seulement une provinciale épuisée…

Très vite interrompue par une dispute qui avait éclaté entre Estelle et Ronan :

— Enfin Estelle cesse de houspiller ton frère, il n'a que quatre ans ! dit-elle en regrettant de ne pas avoir laissé le petit garçon à la garde de Louise.

Les deux enfants se mirent à bouder, mais le sourire de Rose réconforta Julie. Une fois encore elle s'émerveilla du caractère pacifique de sa seconde fille. En toutes circonstances, elle manifestait son heureuse nature, même quand son frère et sa sœur unissaient leurs efforts pour la faire sortir de ses gonds.

La chamaillerie reprit, qui fâcha Armand :

— Si cela continue vous irez au lit sans dîner ce soir et même nous arrêterons là le voyage, sans aller en Bretagne ! tonna-t-il.

Julie sourit. Qui le croirait ? L'Exposition universelle n'avait été qu'un prétexte, choisi pour faire connaître Pénestin à sa famille et ses petits-enfants à Perrine… « Et d'ailleurs, se dit-elle, il mérite ce plaisir. Il a beau s'être attaché à l'Algérie, il n'a pas revu sa Bretagne depuis si longtemps, depuis sa campagne au Tonkin. »

Son regard rêveur flotta sur lui. Il se voûtait légèrement, ses cheveux et sa barbe avaient grisonné. Ses anciennes blessures, à la cuisse et à l'épaule, le faisaient maintenant parfois souffrir. Il ne parlait pas de retraite, mais elle approchait…

Elle se reprit. « Pas de pensées moroses ! Il sera toujours temps de revenir à mes inquiétudes à notre retour. Encore quelques jours à Paris et nous partirons pour le Morbihan. Je ne serai pas fâchée de quitter la capitale. Elle me tue ! »

Ils prirent le train le surlendemain. À Pénestin, bien des choses avaient changé. Armand parut désemparé par l'état de sa mère. Elle avait un peu perdu la mémoire, mais Prudence, restée célibataire vivait avec elle. Olympe, établie avec sa famille à Blain, vint rendre visite à son frère. Elle évoqua le dévouement de leur sœur, et tous deux éclatèrent de rire quand elle lui annonça :

— Prudence ne t'a pas dit quelque chose. Tu sais comme elle est pieuse. Eh bien, elle ne prend ses repas qu'à genoux, pour assurer le salut du mécréant que tu es. Elle pense que tu l'es devenu au contact des Africains, qu'elle qualifie de païens !

— Je ne suis plus d'ici ! dit Armand un soir à Julie. Mon père, tout casanier qu'il ait été, a voulu que je connaisse l'aventure. Je m'en suis d'ailleurs bien trouvé. Ne serait-ce que parce que cela m'a permis de te connaître, ma Juliette et il lui serra tendrement le bras avant d'avoir à nouveau à séparer Estelle et Ronan :

— Vraiment vous êtes impossibles tous les deux, et vous me faites honte, ici, chez moi. Mettez-vous en rang et au pas !

Et puis se tournant vers Julie, il lui dit à l'oreille :

— Ceci dit, cela me plaît qu'ils aient du tempérament !

— À ton image ! lui dit-elle. Souviens-toi de ton escapade, à l'âge d'Estelle ou à peu près. Tu t'en es assez souvent vanté devant eux. Mais, je t'en prie, ne confonds pas les petits avec tes tirailleurs !

Ils revinrent à Alger au début d'août. La traversée fut calme. Chaque soir sur le pont, Armand donna une leçon d'astronomie à Estelle, en lui désignant étoiles et constellations, au sein desquelles le navire paraissait flotter, tant la nuit faisait se confondre le ciel et la mer. Un matin, très tôt, se dessinèrent les rivages de Minorque. Les suivant des yeux, Julie songea à sa grand-mère Maria, disparue deux ans auparavant, qui au long de son agonie avait répété le nom de sa chère Ciudadella. Elle songea aussi à Joan mais elle se refusa à évoquer le souvenir de Concha, que la ligne des falaises de l'île réveillait pourtant aussi.

* * *

Sitôt débarqués, ils partirent pour Blida. Armand devait y reprendre ses fonctions et Julie préparer ce qui lui était nécessaire pour passer le reste de l'été à Fort-de-l'Eau. Il lui fallait organiser un véritable déménagement puisqu'un roulier devait y transporter du linge, plusieurs matelas, une table, des chaises et différents ustensiles, qu'il ramènerait fin septembre à Blida.

Sur l'ancien domaine de Beaudire était maintenant alignée une série de maisons jumelles, au bord de l'eau. Conformément à la promesse du promoteur, Louise et Julie avaient obtenu deux d'entre elles, immédiatement voisines. Louise et sa famille occupaient déjà la leur depuis un mois. Julie s'installa dans la sienne avec ses enfants et toutes deux y établirent leurs quartiers d'été, selon un rituel rigoureux.

Tôt le matin, on descendait à la plage, mais on devait aussi en remonter impérativement à 11 heures, quand le soleil devenait trop chaud. À midi tapant avait lieu le déjeuner, puis la maison plongeait dans le silence de la sieste. Les volets fermés en protégeaient la fraîcheur qu'on y maintenait depuis le matin. Ils assourdissaient les rares bruits venus de la petite ville anéantie par la chaleur, ceux des heures sonnées au clocher de l'église, des claquements des sabots des chevaux sur le bitume ramolli, des aboiements des chiens. Ce grand silence durait quelques heures puis la vie reprenait. Les enfants goûtaient puis jouaient au jardin jusqu'à l'heure du dîner. Suivait alors une longue soirée qui voyait, au bas de la maison, les villageois défiler sur la promenade construite au-dessus de la plage.

Les enfants couchés, Louise et Eugénie s'asseyaient sous la treille, un ouvrage à la main. Julie, elle, préférait se retirer, mais ne pouvait trouver le sommeil.

Cet été-là, depuis leur retour de France, elle était particulièrement soucieuse. Elle songeait au caractère ombrageux d'Estelle, à ses sautes d'humeur imprévisibles. Elle en rendait responsables ses brillantes dispositions intellectuelles qui faisaient d'elle la meilleure élève de sa classe. « Son esprit va si vite qu'elle s'irrite contre les autres qui lambinent pour assimiler ce qu'elle a déjà compris, se disait-elle. Mais pourquoi est-elle parfois si méprisante ? En particulier avec sa sœur, cette Rose à l'esprit un peu paresseux et qui ne sait pas encore qu'elle est si jolie. Estelle en meurt de jalousie – et alors Julie se refusait à aller plus loin, sans parvenir toutefois à éviter de le faire – parce qu'elle-même est un peu ingrate », finissait-elle par s'avouer avant de se reprendre aussitôt : « Mais rien n'est joué, elles sont encore petites, Estelle sortira sans doute de sa chrysalide. »

Son esprit se portait alors vers Armand. Elle se disait qu'elle lui raconterait tout cela quand il viendrait à Fort-de-l'Eau. Il l'avait tant aidée après le passage de Concha à Fort-National, quand il avait justifié l'indifférence que lui avait inspirée celle qui l'avait mise au monde. Plus tard, il l'avait encore rassurée quand, lord Fairfax l'ayant informée de la disparition de sa mère, elle n'était parvenue à ressentir que la pitié qu'elle aurait éprouvée à l'égard de n'importe quelle infortunée.

Dans la journée, elle était si occupée que la morosité l'envahissait rarement, mais à la mi-août, quand Armand arriva, elle sentit qu'il était soucieux et irritable. Il paraissait irritable. Contrairement à ses habitudes, il ne prêtait qu'un intérêt distrait aux propos des enfants. Un soir il se mit même violemment en colère, quand Ronan fit un caprice.

Au début, Julie ne put lui faire dire ce qui le tourmentait. Elle pensa qu'il s'agissait de ces attaques qu'il avait subies pour ses positions dreyfusardes, ses alliances ou son patronyme. Il évitait les tête-à-tête et le soir, quand ils se retrouvaient seuls, lui d'habitude plutôt bavard sur l'oreiller, s'endormait aussitôt.

La veille du jour où il devait regagner Blida, la calme Julie laissa la place à une créature froidement coléreuse :

— Que se passe-t-il ? Qu'ai-je donc fait ? Où es-tu ? Tu as n'as pas prêté la moindre attention à la conversation ce soir.

Il baissait la tête sans lui répondre. Il ouvrit la fenêtre et le bruit des vagues soulevées par l'habituel vent violent de l'après 15 août entra dans la pièce. Elle le rejoignit et se blottit contre lui, honteuse maintenant de son mouvement d'humeur. Un moment il parut ignorer cet élan de tendresse avant de lui lancer, avec une certaine brusquerie :

— Il y a, ma Juliette, que je vais quitter l'armée, mais que tout est allé si vite que je n'ai pu ni t'y préparer, ni osé te le dire, par crainte de t'effrayer.

Son regard brillait d'un éclat particulier qu'elle avait appris à identifier, un éclat où se lisaient à la fois la colère et le chagrin. Elle préféra se taire et leva vers lui ses yeux gris :

— Eh bien, voici ce qui s'est passé, reprit-il sur un ton de nouveau ferme. J'étais assis à une terrasse de café de la place d'Armes, avec un collègue, lorsque derrière moi un groupe très excité s'est mis à se féliciter que les Israélites aient désormais été remis à leur place. Bien bruyamment, pour que nul ne puisse l'ignorer. Et puis les propos ont pris une tournure à mon adresse, je crois, puisqu'ils ont insinué « qu'ils étaient partout, même dans l'armée », comme Dreyfus, et que c'est là qu'ils faisaient courir les plus grands dangers à la patrie. Et que certains noms, « bien trafiqués, sentaient leur *youdi* ». J'ai commencé de m'échauffer malgré mon camarade qui tentait de me raisonner. Il y était presque parvenu quand soudain Benattar, l'air effrayé, s'est esquivé ! Mon sang n'a fait qu'un tour, je l'ai appelé et me suis levé pour le saluer, en clamant : « Je suis fier de serrer la main d'un Israélite. » Tu sais l'estime que j'ai pour lui depuis qu'il a été sous mes ordres, pendant son service !

Julie sourit. Elle retrouvait son Armand dans cette véhémence.

— Ce n'est que cela qui te tourmente, mon Armand ?

— Non, reprit-il, de nouveau penaud. Mon colonel m'a convoqué quelques jours plus tard pour me parler de l'incident, qui semble avoir pris des proportions grotesques. Il m'a rappelé le devoir de réserve auquel je suis tenu… Tout en prétendant qu'il comprenait mon éclat puisque, comme il me l'a dit, « votre famille a des alliances avec des Juifs ». Néanmoins, il était mécontent de ce qui s'était passé ! L'affaire semble être remontée jusqu'à la mairie, par l'intermédiaire d'Émile de Viannac, je pense. Il se trouvait avec ces excités et il n'était pas celui qui parlait le moins fort. En tout cas, j'ai « foutu » ma démission au colonel et, s'il m'a demandé d'abord de réfléchir, plus tard il m'a suggéré d'anticiper plutôt ma retraite et qu'il m'y aiderait en parlant de mes blessures au combat. Je crois que c'est ce que je vais faire mais il nous faudra quitter Blida. Ce ne sera pas la gloire ni la fortune, mais nous pourrons quand même élever les enfants avec ma pension.

Il se tut, comme épuisé par ce long discours.

— Allons, mon chéri – et elle employait exceptionnellement le terme – je suis à tes côtés. Tu es un baroudeur qui ne peut plus se battre qu'à une terrasse de café, maintenant que les guerres sont finies. Mais tu le fais toujours avec courage !

* * *

Les violentes menées antisémites s'éteignirent dès avril 1901, après le massacre d'Européens à Margueritte, dans le Zaccar. L'événement avait calmé bien des ardeurs en réveillant une peur ancestrale, celle de la « révolte arabe ».

À l'automne suivant, Ahmet et Rodolphe revinrent définitivement à Alger. Le premier suivit les traces de Samuel à l'Institut des langues maghrébines. Le second s'orienta vers l'archéologie, une discipline qui, en exhumant les restes d'une Afrique du Nord préislamique, justifait aux yeux de certains la présence française au Maghreb.

La visite officielle en Algérie du Président Loubet eut lieu six mois après leur retour, en avril 1903. Le chef de l'État, sitôt débarqué à Alger de *La Jeanne d'Arc*, recevait officiellement différentes délégations et les corps constitués, avant de se voir offrir des fleurs par un groupe de toute jeunes filles.

Rose en faisait partie, avec son amie Marcelle. Le cœur battant, elle avait vu le bateau présidentiel franchir la passe, depuis le nouvel appartement donnant sur le port, dans lequel vivaient maintenant les Bénézit. En proie au trac, elle avait passé sa robe d'organdi, un peu rassurée quand Julie l'avait complimentée, au contraire d'Estelle qui avait affirmé : « Tout ce fatras officiel n'a pour sens que de flatter la vanité de certaines péronnelles. » Très à l'aise ensuite, elle avait fait sa révérence au président, avant de rejoindre ses parents dans le dos desquels son frère et sa sœur lui tiraient la langue.

* * *

Abdallah avait considéré les émeutes antisémites avec autant d'indifférence qu'il avait accueilli le décret Crémieux. Il avait pour les Juifs un certain dédain, un dédain qui s'étendait d'ailleurs à tous ceux dont les origines différaient des siennes. Il l'avait même éprouvé à l'égard d'Ibrahim le Koulougli, en dépit de l'affection qu'il éprouvait par ailleurs pour lui. Seule son épouse, Bahia, par sa discrète réprobation, réussissait à tempérer cette attitude méprisante qu'il affectait si souvent.

Il tenait toujours compte de ses avis et suivait ses conseils, dans tous les domaines. Aussi quand elle disparut, en 1901, se sentit-il vide, détruit, incapable d'affronter le monde extérieur, sans elle pour le guider. Il se cloîtra chez lui en refusant tout contact. Il ne toléra plus que la présence de Zoubir, un vieux domestique, qui savait où se procurer ce haschich auquel son maître avait commencé de s'adonner, pour atténuer sa peine.

Cet isolement durait depuis un an quand Abdallah se souvint d'une suggestion de Bahia, celle de perpétuer la maison des Chbili. Il se résolut à surmonter ses préjugés et à adopter Ahmet. Il entendit cependant y mettre une condition, qu'il se marie et lui donne une descendance, pour que la lignée des Chbili se poursuive, quand bien même elle proviendrait des Candarli.

Jusque-là, Ahmet s'était contenté d'aventures sans lendemain. La dernière en cours s'était déroulée avec Émilienne, une Parisienne venue chercher fortune à Alger. Elle avait pris un caractère si sérieux qu'Abdallah avait dû inciter la dame à regagner la capitale en utilisant divers arguments surtout financiers.

L'alerte avait cependant été assez chaude pour qu'il entretienne le garçon des projets qu'il avait pour lui. Il le fit sur cette terrasse qui dominait la ville, cette terrasse où chaque soir d'été tant de générations de Chbili s'étaient tenues. La pleine lune, au-dessus du Bouzegza, teintait de bleu la Casbah que du geste Abdallah désigna :

— Ainsi que je te l'ai dit autrefois, voici notre domaine, celui dont il nous faut sortir le moins possible. Tu es allé à Paris et je t'y ai aidé volontiers. Tu voulais connaître le monde, ainsi que je l'ai fait en allant aux lieux saints, très bien, mais tu dois rester maintenant auprès de ceux auxquels tu appartiens !

Ahmet l'avait écouté. Il était surpris des mots qu'Abdallah employait ce jour-là. Il l'avait si souvent entendu se décrire comme un étranger en Algérie, comme un Andalou exilé. Était-ce bien le même oncle qui lui avait fait sentir parfois qu'il n'était qu'un Kouligli, un être de seconde catégorie ? Mais, déférent, il garda le silence.

— Tu devras maintenir des traditions qui se perdent, avait repris son oncle. Aussi dois-tu t'efforcer de garder à la ville son visage d'autrefois, même si les Français l'ont abîmé. Ils veulent maintenant en retrouver l'esprit, à l'instigation du gouverneur Jonnart, et bâtissent ce qu'ils nomment du « néomauresque », ajouta-t-il en faisant la moue. J'ai maintenu ici les traditions de mes ancêtres, mais je me fais vieux. Quelqu'un doit me succéder dans cette tâche. J'entends que cela te revienne, mais cela suppose que tu t'affirmes, que tu fasses des choix d'adulte, le principal étant de perpétuer notre famille !

— Autrement dit que je prenne une épouse !

— Oui, c'est exactement ce que je souhaite, répondit Abdallah, satisfait des résultats de sa manœuvre. J'ai songé à une alliance que nous pourrions contracter avec une grande famille de Miliana, les Haouari. Leur fille Doujda est en âge de se marier.

Ahmet comprit que cette suggestion valait ordre et se soumit. « C'est ainsi dans toutes les familles», se dit-il, en se souvenant des pressions subies par son ami Rodolphe.

— Il en ira comme tu le souhaites, dit-il, en s'inclinant pour baiser à l'ancienne la main de son oncle.

Après cet entretien, Abdallah se lança dans la réfection de sa demeure délabrée pour y célébrer les noces. Il voulut aussi en réaménager, à l'usage du jeune couple, une partie longtemps délaissée. Il fallut donc sceller des carreaux par dizaines, chauler des murs écaillés, rendre leur étanchéité aux terrasses, rafraîchir les revêtements des sièges et changer des tapis élimés.

De son côté, Ahmet s'efforça d'imaginer la nouvelle vie qui l'attendait. À son chevet, il avait posé la photographie de Doudja que lui avait remis Abdallah. Elle y figurait en pied, guindée, le coude appuyé sur un trépied, en souriant de façon conventionnelle. Son visage rond paraissait avenant et le voile brodé qui recouvrait sa tête laissait dépasser une épaisse chevelure. Les amples vêtements traditionnels qu'elle portait ne laissaient rien deviner de son corps mais, constata Ahmet : « Elle ne paraît pas difforme… »

Après trois mois d'une longue correspondance avec les Haouari, Abdallah partit à Miliana. « Il l'a maintenant rencontrée. Il doit faire froid dans le Zaccar, il y neige même sans doute », se dit Ahmet resté à Alger ; et il se figurait les hommes posant les conditions du mariage, les longues discussions à propos du prix que les Chbili devaient payer pour que la jeune fille assure leur descendance…

Six mois plus tard, Doudja et de ses parents venaient à Alger pour les noces. Ahmet rencontra celle qui allait partager sa vie. Il avait imaginé une jeune fille timide que la grande ville paralyserait. Or il découvrit une Doudja qui s'exprimait volontiers et aussi bien dans un arabe raffiné que dans un français parfait. Alors qu'il l'avait imaginée comme une provinciale arriérée, il apprit qu'elle avait reçu chez les religieuses une éducation accomplie. Elle séduisit Ahmet et lui fit vite oublier la gouaille amusante, mais limitée, d'Émilienne.

Après ce premier contact, tenu secret, et jusqu'aux noces, les fiancés furent supposés ne pas se rencontrer mais se virent en cachette. Le jour du mariage, ils se prêtèrent sagement aux usages traditionnels. Doudja troqua pour l'occasion les tenues à l'européenne qu'elle portait souvent contre celles, hiératiques, de la *Rossa*. Elle sut rester longtemps assise immobile, contemplée par les invités venus honorer le jeune couple par leurs présents.

* * *

Rose avait décacheté fébrilement une lettre arrivée au courrier du matin, une invitation à un raout, à la villa Abd-el-Tif, que lui avait adressée Marcelle.

Le père de son amie avait activement participé à la création, en 1907, de cette « villa Médicis algérienne », destinée à abriter de jeunes artistes peintres boursiers. Collectionneur de peintures orientalistes et ami du conservateur du musée du Luxembourg, il avait su convaincre ce dernier de réunir des fonds pour réaliser la fondation. Elle s'était donc établie dans un palais turc du Hamma, près de la grotte où, disait-on, s'était caché Cervantès, captif des Barbaresques.

Rose mourait d'envie de rencontrer ceux que la villa avait accueillis, en particulier cet Hubert Carmet dont Marcelle semblait éprise.

— Je crains que mes parents ne m'autorisent pas à me rendre là-bas, dit-elle à son amie. Et puis Estelle, qui n'est sortie dans le monde qu'à dix-huit ans, va être furieuse…

— Oh, ta sœur ! Souviens-toi, elle a dit qu'on ne la reprendrait plus à participer à « ce genre de conventions mondaines sans intérêt ». Et son entrée dans le monde s'est faite à l'occasion d'un bal, où elle a fait tapisserie… comme je l'ai su par mon frère. À Abd-el-Tif, il ne s'agit que d'une simple réception !

Rose, qui avait bon cœur, tenta de justifier l'attitude de son aînée, mais elle savait bien que Marcelle disait vrai. Estelle s'ingéniait à déplaire. Elle l'avait si souvent entendu éconduire avec acidité les jeunes gens qui s'approchaient d'elle ; en particulier ce benêt, au crâne prématurément dégarni, qu'elle avait raillé pour sa chevelure « mitée », quand il s'était obstiné à lui faire sa cour…

— Mais Maman est si sévère !

— Essaie alors de convaincre ton père.

— Impossible, c'est un officier, il nous impose des règles quasi militaires.

— Eh bien, je demanderai à Papa de plaider ta cause.

Armand, paradoxalement, donna d'emblée son accord. Il ajouta même que sa fille serait le plus bel ornement de la soirée. Julie donna aussi le sien mais en mettant la condition d'accompagner sa fille, en tant que chaperon. Seule Estelle protesta en disant :

— Ainsi vous accordez à ma sœur ce que je n'ai obtenu qu'à dix-huit ans ! Enfin, amuse-toi bien, petite sotte, ta futilité y trouvera sûrement son compte.

Rodolphe de Viannac était également convié à la villa. À bientôt quarante ans, il était toujours célibataire. L'insistance de ses parents à lui trouver des partis l'avait fait s'enfermer dans une profonde méfiance à l'égard du mariage…

Mais en juillet, il avait séjourné dans l'Allier, chez un camarade d'études. La grande maison abritait de nombreux hôtes dont une jeune fille, Marguerite Fermaud. Elle étudiait la médecine à Lyon, et son père ne l'avait autorisée à entreprendre ces études qu'à la condition de ne jamais exercer son métier, inconvenant à ses yeux pour une femme.

D'emblée, elle avait séduit Rodolphe, autant par son esprit décidé que par sa beauté brune, aux grands yeux noirs, qui éclairaient le bel ovale de son visage. Très vite ils s'étaient isolés pour de longues conversations ou des promenades dans la campagne. Marguerite, que l'épidémiologie passionnait, l'avait questionné sur les travaux menés dans cette discipline en Algérie mais Rodolphe avait dû lui avouer son ignorance en ce domaine. En revanche, il lui avait vanté avec enthousiasme les richesses archéologiques de l'Afrique du Nord. Il avait même réussi à lui faire promettre de franchir la Méditerranée. « Peut-être même pour toujours », avait-il ajouté, en déclarant ainsi avec candeur ses sentiments, ce qui n'avait pas échappé à la jeune fille.

Elle accepta de correspondre avec lui quand ils se quittèrent. Elle entendit que ses lettres soient conventionnelles. Au contraire, celles de Rodolphe revêtirent vite un caractère passionné et très vite il sollicitait de monsieur Fermaud la main de sa fille.

Aucune réponse ne lui était parvenue, un mois après sa demande, ce qui expliquait son peu d'intérêt pour la fête.

— Alors, toujours rien, mon vieux Viannac ? lui demanda Ahmet, invité également à la soirée.

— Toujours rien, mais je ne perds pas espoir. Ces gens de la métropole sont des gens prudents.

Ils se mêlèrent à la foule dans laquelle Rose commençait à se sentir bien petite. Julie l'avait quittée pour aller voir ses amies ;

aussitôt qu'était apparu Hubert Carmet, Marcelle l'avait abandonnée, et la tristesse l'avait envahie. Aussi, quand plusieurs rapins entonnèrent des refrains que sa mère jugea inconvenants et qu'elle décida de partir, elle la suivit docilement, déçue de cette première expérience mondaine.

Pendant que la calèche roulait, Julie s'éventait. Elle avait trop chaud. Depuis quelques semaines, elle s'irritait d'un rien, et quand Rose exprima sa déception :

— Pourquoi Marcelle m'a-t-elle ainsi laissée seule ? Elle ne m'a même pas présenté cet Hubert Carmet dont elle me parle sans cesse.

Elle lui répondit sèchement :

— Ainsi va le monde, ma petite. Tu voulais le connaître, eh bien tu l'as connu !

Rose la regarda stupéfaite :

— Mais Maman !

Julie se reprit en lisant une vraie détresse dans les yeux de sa fille :

— Pardonne-moi ma petite, j'ai été dure.

Et tandis que la jeune fille se penchait sur son épaule pour y sangloter, elle cherchait les mots pour la consoler :

— Tu sais, ma chérie, moi aussi j'ai été déçue la première fois que je suis sortie. C'était à un bal donné par madame de Viannac.

Mais elle savait qu'elle mentait à sa fille quand elle se remémorait son excitation tout au long de la nuit, son exaltation malgré la fatigue, en revenant à Dar el-Ouard où le chant des oiseaux saluait l'aurore…

La calèche roulait maintenant sur une rampe qui montait du port vers la ville. Les sanglots de Rose s'étaient apaisés. « Cette petite est trop sensible, se dit Julie. Elle est mal armée et c'est de ma faute. L'ai-je trop protégée ? Elle a toujours été ainsi, pas grincheuse non, mais passant si vite du rire aux larmes, si émotive, mais si heureuse d'un rien. Le contraire de sa sœur… Mais, songea-t-elle encore, peut-être Estelle est-elle aussi vulnérable et se protège-t-elle à sa manière ? En se montrant revêche, en s'abîmant dans les études. Il n'y a que mon Ronan qui ne paraît douter de rien, et de lui en particulier ! »

À nouveau, une intense sensation de chaleur l'envahit. Elle porta ses mains à ses joues qu'elle trouva brûlantes. « C'est le retour d'âge, comme m'a dit Cléo qui lorsqu'elle est passée par là l'a abondamment fait savoir. Il y a des moments où je me sens bien faible. Pourtant c'est maintenant que je devrais avoir la maîtrise de moi-même, quand mes enfants ont tant besoin de moi pour aborder leur vie d'adulte ! »

Elle paya le cocher puis, précédée par sa fille, monta vers l'appartement. Malgré l'heure tardive, en compagnie d'Estelle, Armand l'attendait en lisant sous la lampe :

— Eh bien, ma petite Rose que se passe-t-il ? dit-il en repliant son journal, tu parais toute défaite.

Et comme la jeune fille esquissait un pauvre sourire, Julie parla à sa place.

— Un peu déçue. C'est bien ce que je craignais. Elle est si jeune pour affronter la société.

— Elle est surtout si *fearful*, dit Estelle qui aimait, depuis ses débuts d'études en licence d'anglais, faire admirer ses connaissances.

Tous trois la dévisagèrent et Armand la semonça :

— Parle notre langue si tu veux te faire comprendre. Ici nous sommes en France !

Ce qui eut pour effet de la faire retourner dans sa chambre en haussant les épaules.

* * *

Marguerite Fermaud avait toujours voulu être maîtresse de son existence. Quand elle avait décidé d'étudier la médecine, elle avait usé de son charme pour que son père la soutienne contre ses principaux adversaires, sa mère et ses deux frères aînés. Pour cette raison, monsieur Fermaud aimait à l'appeler, avec justesse, « mon petit stratège », un surnom qui pouvait aussi s'appliquer à elle dans le domaine sentimental. C'était en effet de façon très organisée qu'elle avait toujours évalué les qualités et les défauts de ses soupirants. Le charme de Rodolphe avait joué en sa faveur, mais aussi son évocation de cette Algérie lointaine, où elle serait plus libre de ses décisions.

Elle avait aussi compris que le jeune homme convenait à monsieur et madame Fermaud, à son père par son sérieux et sa fortune, à sa mère pour sa distinction et le titre qu'il portait. « Dieu merci, s'était dit Marguerite, mes frères n'étaient pas présents. » Pour eux, il n'aurait été qu'un aventurier, un coureur de dot, un de ces Algériens aux origines obscures, tout baron qu'il était.

Quand il lui avait écrit pour lui faire se demande, elle avait différé sa réponse. Elle avait voulu questionner au préalable Antoine Lanier, un brillant interne des hôpitaux qui, manquant d'appuis à Lyon, avait accepté de diriger un service médical en Tunisie. Elle appréciait son jugement et fit en sorte de dîner avec lui et son épouse :

— Antoine, lui dit-elle d'emblée, une demande en mariage pourrait me conduire en Afrique du Nord, à Alger. Cet éventuel fiancé me plaît. De plus, autre argument, je serai si loin de ma famille qu'elle ne pourra m'empêcher de mettre en application mes talents.

— Ma chère Marguerite, vous savez les raisons de mon choix : j'avais un avenir peu prometteur en métropole. Je comprends le vôtre car, dans le domaine de cette infectiologie qui vous passionne, l'Afrique du Nord, où sévissent encore tant de fléaux, est un formidable domaine de recherche !

Marguerite savait que ces derniers mots d'Antoine étaient aussi une taquinerie à l'égard de son épouse Camille. Cette dernière, venue de Bourgoin, avait tout fait pour le faire revenir sur sa décision. Elle ne rêvait que de le voir s'établir dans l'Isère et réagit avec véhémence :

— Ce que dit Antoine de ces fléaux ne vous effraie pas, Marguerite ?

Elle s'efforça de la rassurer :

— Mais non Camille, il y a eu tant de progrès ces dernières années.

Et elle évoqua le succès des travaux des docteurs Laveran et Sergent en Algérie.

— Êtes-vous sûre, Marguerite, que vous aurez, ainsi qu'il vous l'a dit, le soutien total de votre prétendant pour exercer ? reprit Antoine.

— Je le pense. Il m'a paru avoir fait preuve en d'autres domaines d'un esprit très ouvert.

— Tant mieux, ma chère. Je suis certain que vous êtes éprise de ce garçon mais aussi, pour être franc, peut-être souhaitez-vous contracter avec lui non seulement un mariage d'amour mais, si vous me permettez l'expression, un mariage d'intérêt professionnel !

— Vous êtes un affreux cynique, conclut Marguerite en riant jaune.

Elle devait admettre qu'il avait raison et se souvint que, quand elle avait refusé ses propres avances, il lui avait déjà reproché, vexé, de ne vouloir épouser que la médecine…

Elle attendit encore une semaine puis un matin dit à son père que, oui, finalement, elle souhaitait s'unir à Rodolphe.

* * *

De son côté, Rodolphe, respectueux des usages, avait avisé ses parents de ses projets. Il n'avait obtenu de sa mère qu'un tiède acquiescement, et de son père un accord aussi peu chaleureux. Seule sa grand-mère Anne, le sentant sincèrement amoureux, l'avait encouragé.

Après avoir effectué sa demande, il avait guetté chaque matin l'arrivée du courrier. Par moments, il désespérait d'être agréé pour aussitôt reprendre espoir. Enfin, chaque jour il s'était retenu d'écrire de nouveau.

Le mardi qui suivit le raout à Abd-el-Tif, il était dans un de ses moments de découragement, quand il découvrit une enveloppe sur le plateau où l'on mettait le courrier : la grande écriture penchée, élégante et contrôlée de Marguerite. Il la décacheta fébrilement pour y lire qu'elle se disait heureuse et honorée de sa demande et très curieuse de connaître cette Algérie où allait se dérouler sa future existence, tandis que dans une autre lettre, monsieur Fermaud agréait son souhait de s'unir à sa fille.

Son cœur se mit à battre. Il chancela presque et se rendit dans le jardin où, face à la mer étale, Anne finissait son petit déjeuner. Il lui lut les deux lettres et vit dans les yeux de sa grand-mère briller une lueur de joie, en écho à la sienne.

Il courut le jour même chez Delphine, qui apprit la nouvelle en soupirant. À Boufarik, Émile la reçut sans plus d'enthousiasme, mais lui dit alors qu'une enquête qu'il avait fait mener laissait penser que la jeune fille avait de belles espérances...

Le mariage fut fixé pour le mois d'octobre 1909, à La Palisse, juste après que Marguerite ait soutenu sa thèse. Delphine trouva la date commode. Elle lui permettrait de prolonger ses vacances en Normandie. Par contre Émile pesta. Il lui faudrait en s'absentant confier à un contremaître les soins nécessités par le domaine.

Au cours de la réception qui suivit les noces, les deux familles s'observèrent sans grande aménité. Leur lune de miel amena le jeune couple sur les lacs italiens où l'été s'attardait ; mais arrivée en Algérie, Marguerite découvrit que le soleil régnait toujours en maître encore plus tard dans la saison.

Après son installation à Alger, elle avait fait un bilan de la situation. La ville l'avait éblouie par sa beauté, comme par l'animation de ses rues, l'activité joyeusement trépidante de ses habitants. Lyon, qui lui avait semblé un vaste espace de liberté comparé à La Palisse, lui était alors apparu, avec ses grandes avenues rectilignes et ses sombres immeubles, comme une austère prison.

Elle avait froidement jaugé les membres de la famille Viannac. Elle avait constaté d'emblée la sottise de sa belle-mère et quand plus tard, sans parler de divorce, celle-ci lui avait fait part de son souhait de partir vivre désormais en France, elle l'avait encouragée à le réaliser. Ainsi sa présence lui serait-elle épargnée...

Au début, son beau-père Émile lui avait plu par son côté terrien, mais peu à peu il lui était apparu violent et péremptoire dans ses jugements. Elle avait compris la peine qu'éprouvait, sans l'exprimer, la mère de cet homme si brutal, celle qui, pour le coup, l'avait immédiatement séduite, Anne.

Celle-ci avait usé de ses relations dans la ville pour diriger au mieux sa bru qaund elle lui avait confié ses aspirations professionnelles. Ce qui avait permis à celle-ci d'exercer dans un dispensaire d'un quartier populaire. C'était là que la jeune femme avait découvert une médecine qu'elle n'avait qu'entraperçue à Lyon. « C'est maintenant que je prends la pleine mesure du métier que j'ai choisi, s'était-elle dit. Les malades n'étaient jusque-là pour moi que des exemples cliniques, un alignement de lits. Ceux que je soigne maintenant m'apparaissent, indigènes comme Européens, comme des êtres accablés, non seulement par un mal répertorié, mais aussi par la misère. »

Son intérêt pour l'infectiologie et la parasitologie se renforça. Les tableaux cliniques protéiformes qui en relevaient vinrent noyer les conceptions livresques qu'elle se faisait de ces maladies. Face à tant de misères, elle se sentit libre de ne plus respecter les interdits paternels. Rien ne la retint plus de multiplier ses activités professionnelles et, comme elle l'espérait, pas un instant son mari ne lui reprocha de le faire.

* * *

En 1912, Hocine vivait depuis plus de dix ans dans la capitale et se considérait comme un Parisien. D'ailleurs l'accent grasseyant de ses montagnes cousinait avec celui des faubourgs. Il avait maintenant quitté son emploi à la construction du métropolitain pour un travail dans le bâtiment. Il était bien payé, et surtout cela lui permettait enfin de jouir de la lumière du jour.

Il était allé vivre à l'arrière de la butte Montmartre, dans une petite chambre d'où l'on apercevait une partie de la nouvelle basilique du Sacré-Cœur. Il avait perdu son air sauvage qui avait fait dire à son copain Azem, un autre Kabyle, que « maintenant il n'avait plus l'air d'un chacal ». Il aimait aussi prendre soin de sa personne. Le dimanche, quand il revêtait sa meilleure tenue, après s'être rendu aux bains municipaux, il avait belle allure. Les regards des femmes se tournaient vers lui, mais sa pudeur lui faisait blâmer leur effronterie et songer à la réserve des filles de son pays.

— C'est seulement chez moi que je me marierai ! avait-il dit à Azem, quand ils avaient comparé la vertu des Parisiennes et des jeunes filles kabyles.

Cette ferme résolution mollit le jour où il rencontra Antoinette, une jeune couturière. Elle et ses compagnes de travail formaient un groupe joyeux qui s'amusait à provoquer les hommes et, tout autant, à les remettre en place, s'ils devenaient trop insistants. La plus effrontée, Adeline, une grande rousse, avait offert un temps ses faveurs à Azem avant de le quitter pour Dino, un menuisier venu de Lombardie. Elle gardait cependant de son ancien amant un si agréable souvenir qu'un samedi soir, au bal, elle était allée évoluer un moment dans ses bras sur la piste, en délaissant provisoirement son Italien. Une rixe entre les deux hommes en avait découlé. Dans l'assistance des injures avaient fusé à l'égard de « ces Arbis qui se croyaient autorisés à toucher aux Françaises ». Hocine, qui ne buvait jamais, avait alors entraîné au dehors son ami qui, lui, avait le vin mauvais.

Le lundi suivant Adeline, la bouche tuméfiée et un coquard sur l'œil, leur conseilla la prudence. À ses côtés se tenait Antoinette, l'air modeste, ce qui plut à Hocine. Surmontant sa timidité, il osa la regarder. Elle était très mince, presque fluette, avec une taille fine et une poitrine si menue qu'on eut dit celle d'une adolescente. Il lui sourit comme elle partait avec ses compagnes et il la regarda s'éloigner, heureux de la voir tourner brièvement son visage vers lui.

Les jours suivants, le souvenir de cet instant le poursuivit. Chaque matin il espérait revoir Antoinette, mais en vain. Une semaine plus tard, il osa questionner Adeline à propos de la jeune fille.

— Elle a pris froid avec ce temps d'hiver. Elle a de la fièvre et reste au lit. Même que la patronne n'est pas contente et que si ça continue elle va perdre sa place. Quant à moi, dit-elle dans un éclat de rire, comme tu le vois, j'suis plus « au beurre noir » mais j'ai congédié Dino. On ne traite pas Adeline comme les filles de chez lui !

Hocine affecta cet air confus qui faisait partie de son charme, et Adeline poursuivit :

— Mais pourquoi t'intéresses-tu à Antoinette ? Si elle te plaît, il faudra y aller doucement. C'est une timide, un prix de vertu, car elle n'est à Paris que depuis peu.

Un mois plus tard, il voyait la légère silhouette de la jeune fille dévaler des escaliers. Il se dit qu'elle paraissait voler. Il craignit qu'elle ne tourne au coin d'une rue et se rasséréna quand il fut sûr qu'elle ne pouvait éviter de le croiser. Avec une assurance identique à celle qui lui était venue en des moments dramatiques, quand il avait poursuivi l'assassin de son père ou quand, lors d'un effondrement, il avait sauvé la vie d'un camarade de chantier, il lui proposa de l'accompagner au bal, le samedi suivant. Elle accepta et cela se répéta toutes les semaines, près de trois mois, avant qu'un soir de mars elle accepte de le suivre dans sa chambre…

* * *

Anne de Viannac s'éteignit discrètement, un matin de l'été 1910. Elle s'était installée sur la terrasse dès l'aurore, comme souvent aux beaux jours. Elle portait cette tenue de lever incongrue qu'elle affectionnait, faite d'une djellaba violette, de babouches brodées d'or et d'une charlotte en dentelles. Elle l'avait adoptée autrefois à Boukhandoura et ne l'avait jamais abandonnée depuis, en dépit des critiques de sa bru.

Après son petit déjeuner, elle avait « écouté la mer et le jardin ». Maintenant qu'elle n'y voyait presque plus, elle ne pouvait plus que se fier à son ouïe, restée très fine. Elle pouvait ainsi dire, en fonction du ressac, quel régime de vent animait les vagues, situer les oiseaux dans les arbres, et même reconnaître quel visiteur s'annonçait, au bruit de ses pas.

Ce jour de juillet, Rodolphe était arrivé tôt, laissant paresser Marguerite, enceinte de six mois, rue de Constantine, où ils vivaient depuis leur mariage. Il savait que sa grand-mère, sans le laisser paraître, avait souffert qu'il quitte le Djenane après ses noces. Aussi s'efforçait-il de lui rendre une visite presque quotidienne.

Ce jour-là, elle lui lança de loin :

— Bonjour, mon petit ! Viens donc près de moi. Un café ? Quelle belle matinée ! Mais la chaleur augmente chaque jour, et vient de plus en plus tôt !

Et elle avait continué en discutant de ses recherches, toujours curieuse malgré ses quatre-vingt-douze ans.

— Nous continuons les fouilles à Tipaza, dit-il. Elles jouxtent la propriété des Marguery. Ils les ont d'ailleurs lancées eux-mêmes, en exploitant leurs terres. Vous souvenez-vous des belles pièces archéologiques qui ornent leur jardin ?

Anne songea à ce piémont du Chenoua où Aimé l'avait emmenée plusieurs fois. Elle se souvint de l'odeur des absinthes et des lentisques mêlée à celle de la mer. Elle se remémora le sang des coquelicots, la terre rouge sous les oliviers et les pierres dorées de la ville romaine.

— Oh oui, si bien ! J'ai été conviée souvent chez les grands-parents, avec mon Aimé.

Elle étonnait toujours Rodolphe par la vivacité de sa mémoire, mais il avait renoncé à l'en féliciter. Il avait senti que les allusions à son âge lui déplaisaient…

Elle resta un moment pensive, comme si elle fixait au-dedans d'elle un paysage fait de gens, de lieux et d'usages disparus et dit soudain :

— Mon Rodolphe, tu as été, avec ton grand-père, la grande joie de mon existence ! J'aimais bien tes sœurs aussi…

Elle s'arrêta brusquement de parler, sa tête bascula et croyant qu'elle s'assoupissait, Rodolphe dégagea son bras qu'elle avait cessé d'étreindre. Il vit sur la terrasse, Zohra, la servante d'Anne qui s'était arrêtée de chanter et s'inquiéta :

— Pourquoi qu'y baisse la tête madame Anne ?

Et elle courut auprès de la vieille dame dont elle releva le menton avec douceur.

— Madame Anne, madame Anne, ça va ? Avant de lancer : *Ayema*, *ayema*, m'sieur Rodolphe ! elle est morte !

Rodolphe se glaça. Comment avait-il pu ne pas voir ce qui venait de se passer ? Il transporta dans sa chambre le corps léger. Il fut gêné qu'elle ait adressés ses derniers mots, si tendres, à son petit-fils plutôt qu'à son fils, puis se souvint de ce que Marguerite avait si bien résumé : « Ton père et ta grand-mère ont vécu une longue histoire passionnelle, tissée de façon curieuse. Il est hostile à sa mère, elle est déçue par ce fils si peu conforme à celui qu'elle espérait. Mais, finalement, tous deux ont adoré cette mésentente, qui les a toujours si bien liés ! »

On courut prévenir Émile qui, sitôt venu de Boufarik, lança à sa manière brusque :

— Il faut tout de suite l'enterrer, avec la chaleur qui règne. Sa place est prête depuis longtemps dans notre caveau, au cimetière de Saint-Eugène. Stéphanie qui est en vacances et Céleste en Louisiane ne pourront venir.

Marguerite, arrivée à son tour, se disait : « On le croirait avec ses ouvriers en train d'organiser la récolte des oranges ! »

Le surlendemain, pendant l'office des funérailles à Notre-Dame d'Afrique, face à la vierge noire, Armand était songeur. Quand la séparation de l'Église et de l'État avait été votée, en 1905, il avait approuvé la mesure, mais avec discrétion, pour ne pas peiner Julie. Son point de vue avait changé quand, plus tard, il avait vu les spéculateurs s'abattre sur les biens religieux. Il avait été choqué que de vastes domaines changent de main à si bon compte. Plus encore, il avait été scandalisé quand, dans certaines garnisons, on avait donné l'ordre aux militaires de ne plus fréquenter les églises. Il avait alors entrepris de se rendre régulièrement à la messe, comme pendant son enfance bretonne. Il revêtait alors son uniforme, qui depuis sa retraite était rangé dans la naphtaline. Chaque dimanche il se plaçait au premier rang des fidèles, mais ne poussait cependant pas le zèle jusqu'à prier. D'ailleurs il ne savait plus très bien les mots des oraisons, qu'il avait cessé de prononcer à l'école des enfants de troupe. Il était surtout heureux de se trouver là, au milieu de sa famille et se disait : « C'est là la vraie communion, celle que je partage avec les miens. »

Rose lui avait témoigné par ses regards sa reconnaissance de le voir de nouveau à l'église. Estelle avait ironisé sur ce qu'elle avait appelé « le chemin de Damas de Papa ». Ronan, qui atteignait alors ses huit ans, avait paru désorienté par ce revirement. Quant à Julie, elle n'était pas dupe de cette soudaine piété, mais elle en était heureuse et se disait :

« Quelle joie aurait éprouvé ma belle-mère Perrine et surtout cette pauvre Prudence, morte l'an dernier. Elle aurait cru à un miracle dû à ses prières. Toutes deux doivent se réjouir en ce paradis qu'elles ont bien mérité. Ah, les chemins de la grâce sont bien mystérieux ! »

« Bien sûr, se disait Armand pendant l'éloge de la défunte, mon attitude ne me fait courir aucun risque, contrairement aux officiers en exercice, mais je mène ainsi un baroud d'honneur contre les "maçons" – il les abhorrait autant que les prêtres… Je montre à mes jeunes frères d'armes que si l'obéissance est la force des armées, on doit parfois savoir s'y soustraire ! »

Quand on descendit le cercueil dans la fosse, il se mit au garde-à-vous en le saluant militairement ; il alla ensuite s'incliner du buste devant Émile, Rodolphe et Marguerite, avant de rejoindre les siens groupés dans l'ombre oblique d'une haie de cyprès.

Après les obsèques, ils allèrent déjeuner chez les Torjman. Cléo, qui voyait disparaître le dernier témoin de sa jeunesse, les accueillit, désolée que son impotence l'ait empêchée de se rendre à Saint-Eugène. Elle avait beaucoup pleuré comme en attestaient sur son visage les traînées de khôl qu'elle continuait d'appliquer sur ses yeux :

— Misère des humains ! J'espère qu'elle me pardonnera que j'ai pas été là pour lui dire adieu. Cette femme, une sainte c'était, une vraie reine comme celle des Anglais ! Et puis, belle qu'elle était et qu'elle est restée même quand elle est « venue » vieille… Mieux que moi en tout cas ! ajouta-t-elle.

— Mais non, ma mère, vous aussi êtes restée belle, lui dit Louise

— J'ai été, j'ai été, oui, mais je sais bien que je suis plus ! Et la beauté, crois-moi, je sais que c'est pour le bien comme pour le mal.

Des fois il vaut mieux être vilain comme un *chadi* ! conclut-elle, satisfaite néanmoins du compliment de sa bru.

Les Bénézit repartirent le soir même à Fort-de-l'Eau où, sous la treille, personne n'évoqua la cérémonie du matin. On se contenta de deviser calmement, et comme la soirée s'étirait, Julie lança :

— Mes enfants, la journée a été éprouvante, allez vous coucher maintenant.

Elle demanda à Louise de rester un moment. Elle avait tenu à emmener sa sœur avec elle à Fort-de-l'Eau ce soir-là. Elle la savait très éprouvée par la disparition d'Anne, qui avait été non seulement une marraine mais une seconde mère, après la mort de Mathilde. Elles descendirent sur la plage pour parler longuement dans la nuit calme, assises sur le sable humide. Sous leurs yeux, les vaguelettes scintillaient sous la lumière venue de la promenade. Pressées l'une contre, l'autre elles se réchauffèrent mutuellement de leur tendresse, Louise disant à Julie quand elles remontèrent vers la villa :

— Autrefois, c'est moi qui te consolais. Maintenant c'est toi qui as su le faire. Tu es vraiment devenue une grande personne !

* * *

En 1904, Doudja mit au monde une petite fille que l'on déclara à l'état-civil comme Lila Candarli Chbili, puisque Abdallah avait voulu que les descendants d'Ahmet portent aussi son nom.

Très tôt, l'enfant avait chanté avec justesse, en reprenant à partout les mélodies par lesquelles la berçait sa nourrice. Il suffisait qu'elle les ait entendues une seule fois pour les restituer sans une fausse note. Aussi, quand elle eut atteint ses six ans, impressionné par ce talent, Abdallah, qui goûtait toutes les musiques, voulut la présenter à une cantatrice de ses amies.

La dame, Viviane Pancaldi, avait fait une modeste carrière dans les salles lyriques de province avant de s'établir à Alger où, pour vivre, elle donnait des cours de chant. La fréquentation ancienne et assidue de son modeste appartement de la rue Tirman par Abdallah avait fait murmurer qu'elle était sa maîtresse. En fait, s'ils passaient en effet de longues heures ensemble, s'ils assistaient côte à côte aux concerts et aux opéras, leur attachement était platonique. Ils ne dédaignaient pas néanmoins de teinter leurs conversations d'un léger marivaudage. Ainsi le jour où Lila vint la voir :

— Cette petite est incontestablement douée ! s'exclama-t-elle après l'avoir fait chanter, et de plus elle est si jolie !

— Pas si jolie ni douée que vous, dit Abdallah avec un sourire dans sa barbe maintenant devenue toute blanche.

— Ah, mon cher, rétorqua Viviane en minaudant tandis que son regard se faisait mélancolique, toujours aussi galant ! Je crois que si elle travaille beaucoup et si son talent se confirme, elle fera une carrière bien plus brillante que la mienne...

Lila ne disait mot et observait le comportement curieux de ces deux adultes. Elle était surprise de voir que celui qui exigeait de tous obéissance, qui ne souriait qu'à peine et parlait si peu, était soudain devenu aimable et bavard. Quel était donc le pouvoir qu'avait sur lui cette dame qu'elle trouvait trop grosse, parlant trop fort et dont la bouche, les joues et les cheveux étaient trop rouges ?

— Il faut me la confier, ab-so-lu-ment, martela Viviane. Parlez-en donc à son père !

Abdallah n'eut aucun mal à obtenir l'accord d'Ahmet, et dès la semaine suivante, la petite était régulièrement conduite au domicile de Viviane par son grand-oncle.

Aucun des deux n'avait un instant songé à demander à Doudja son avis. Elle le reprocha avec douceur à Ahmet. Elle était pourtant elle-même bonne musicienne, possédait un joli soprano, s'accompagnait au luth, et quand elle avait perdu un petit garçon, né après Lila, seule la musique avait atténué le chagrin.

Elle avait très vite remarqué les talents musicaux de sa fille. Elle aurait souhaité assister aux leçons de Viviane, mais fut retenue par des scrupules. Elle était de nouveau enceinte, souhaitait mener à bien sa grossesse puis se consacrer entièrement au nouveau bébé, tant elle se rendait responsable de la perte de l'enfant précédent. Mais elle tint à dispenser elle aussi, à la maison, un enseignement à sa fille, et l'initia à la musique andalouse. Et la petite montra autant de talent dans ce domaine que dans celui que lui révélait Viviane.

En janvier de l'année suivante, Abdallah dut s'aliter avec une forte fièvre. Doujda décida alors de confier à une nourrice le petit Azziz, un beau petit garçon plein de vigueur qu'elle avait mis au monde huit mois plus tôt, afin de pouvoir accompagner sa fille aux leçons de musique. Elle affronta, voilée, une ville qu'elle connaissait peu. Bravement elle s'aventura dans la cité européenne, et suivit avec passion les cours de Viviane.

L'état d'Abdallah s'aggrava encore. De longues quintes d'une toux rauque, qui bientôt ramenèrent des crachats sanglants, accablaient le vieil homme. Ahmet lui conseilla, en vain, d'abandonner sa longue habitude du tabac. Quand des douleurs fulgurantes se mirent à déchirer sa poitrine, il voulut les atténuer. Il connaissait les habitudes prises par son oncle après son veuvage. Il suivit, renseigné par le vieux Zoubir, les chemins qui menaient aux fournisseurs de haschich. Il apprit à préparer lui-même la précieuse résine pour le malade afin de soulager ses douleurs, la dispensant à son oncle jusqu'à ce qu'il disparaisse, le dernier jour de février.

Considéré désormais comme son fils, au sein d'une foule où figuraient Rodolphe, Samuel et tous les membres du comité du vieil Alger, ce fut lui qui, par une matinée claire et froide, conduisit la dépouille du disparu au cimetière d'El Kettar. Là, enveloppée d'un simple linceul, elle fut ensevelie à l'ombre des oliviers, aux côtés de sa chère Bahia.

* * *

De part et d'autre de la Méditerranée, nombreux étaient ceux qui demandaient une réforme du statut de la communauté musulmane, à l'image du docteur Ould Hamida, un conseiller municipal de la ville, l'âme du groupe des « Jeunes Algériens ».

Marguerite de Viannac avait connu cet ophtalmologiste quand elle s'était intéressée au trachome. Elle avait appris de lui que, mise à part l'obligation de la conscription faite en 1885 aux musulmans, sauf dans le Mzab, leur statut restait inchangé. Elle s'en était étonné auprès d'Émile, dans le but de le provoquer, et il avait vivement réagi, en qualifiant ces « Jeunes Algériens » de dangereux nationalistes, aux yeux tournés vers la Turquie.

— Comment peut-on imaginer que la Turquie ait à voir quelque chose dans ces demandes ? avait-elle protesté auprès de Rodolphe.

— Tu as raison. L'Empire ottoman va beaucoup trop mal pour envisager une aventure algérienne, avait répondu celui-ci. Le temps de Byzance ou de Barberousse est bien révolu !

Bientôt ces revendications avaient franchi la mer. Elles faisaient s'opposer farouchement certains travailleurs musulmans exilés, partisans d'une réelle égalité entre tous les enfants de l'Algérie, et d'autres qui refusaient les avancées laïques que supposait cette égalité, la charia ne pouvant être remise en question.

La situation se tendait et, en février 1911, Ould Hamida était l'objet d'un attentat. Compte tenu de la gravité de l'événement, on se mit à entendre certaines voix, comme celles des membres de l'Alliance franco-indigène, autour d'Albin Rozet, avec Charles Michels, Adolphe Messimy, le maire de Tebessa, Jean Jaurès, Georges Leygues et les frères Tharaud. Elle obligeait les autorités responsables à considérer ce qu'elles avaient entendu ignorer jusque-là. Aussi une délégation de neuf des Jeunes Algériens était-elle reçue par Poincaré, à qui ils remettaient leur manifeste, avant de rencontrer Alexandre Millerand et Georges Clemenceau.

Hocine suivait tout cela avec passion. Son physique et sa maîtrise de la langue lui permettaient de passer pour un métropolitain, mais il se sentait toujours solidaire des indigènes. Il n'avait pas oublié l'incident du bal où Azem et lui avaient été traités d'Arbis.

Il était de plus en plus amoureux d'Antoinette, avait de plus en plus à cœur de la protéger et il s'engagea définitivement auprès d'elle, quand un soir il la surprit en train de pleurer.

— Que se passe-t-il mon Antoinette ? Tu as du chagrin ?

— Ce n'est rien, juste une remontrance que l'on m'a faite à l'atelier, parce que j'ai été vilaine.

Cela l'étonna. Une telle explication ne s'accommodait pas avec le caractère paisible et docile de la jeune fille.

— Que t'a-t-on reproché ?

— Oh ! juste de ne pas être assez rapide depuis quelque temps.

— Tu te sens fatiguée ?

Elle rougit :

— Oui, un peu, mais ça m'est déjà arrivé et chaque fois ça a passé très vite.

Elle n'avait pas convaincu Hocine dont le ton se fit plus grave :

— Je ne te crois pas. Je pense que tu me caches quelque chose…

Elle s'effondra et lui lança, au milieu de sanglots :

— Je crains qu'on ne me renvoie de l'atelier.

Hocine s'alarma franchement :

— Et pourquoi donc ? Tu m'as toujours dit que l'on y était satisfait de tes services.

Elle se tenait le dos tourné face à la fenêtre qui révélait une belle soirée de juin quand elle lâcha d'une voix blanche :

— Adeline s'est aperçue que j'attends un enfant…

Et elle raconta, sur un débit précipité, que tout d'abord on s'était étonné à l'atelier de l'élargissement de son tour de taille, qu'ensuite qu'Adeline l'avait forcée à reconnaître qu'elle était enceinte, ce qui l'avait atterrée lorsqu'elle avait alors pensé au sort tragique de sa propre mère.

— Que lui est-il donc arrivé ? lui demanda-t-il.

— Je ne t'en ai jamais parlé, et ce n'est pas bien, mais c'est tellement triste ! poursuivit-elle avant de lui livrer en détail ce que jusque-là elle lui avait toujours caché : si ses grands-parents, à Argenteuil, l'avaient élevée c'était parce qu'ils l'avaient recueillie lorsque leur fille, sa mère, qu'un inconnu avait séduite, avait mis fin à ses jours…

Hocine posa ses mains sur ses épaules.

— Crois-tu que je t'abandonnerai dans cette situation ? Cela ne se fait pas chez les Kaci. Je vais t'épouser, mon Antoinette !

Elle tourna vers lui un visage incrédule mais dont les traits s'étaient décrispés.

— Mais comment vivrons-nous, à trois, avec ton seul salaire ? dit-elle. Car c'est sûr, je serai renvoyée, dans ma situation. La patronne le dit à toutes les filles quand elle les embauche, à moi comme aux autres.

— Eh bien, je travaillerai davantage. On m'a d'ailleurs proposé un contrat intéressant en province, pour l'année prochaine. Nous y serons mieux qu'à Paris !

Hocine et Antoinette se marièrent à la mairie du 18e en août 1913. La jeune femme accoucha en février 1914 d'un garçon qui reçut le prénom d'Idir, auquel elle tint à ajouter celui de Christophe, avec l'accord de son époux.

* * *

Bien que Samuel ait pris sa retraite, on venait toujours à El biar pour le consulter. Il supervisait encore des travaux de ses anciens élèves et avait entrepris la rédaction d'un ouvrage ambitieux sur la langue Tamazight. Louise et Cléo étaient heureuses de l'avoir davantage auprès d'elles, tout comme les comblaient les fréquentes visites de la famille d'Eugénie.

Celle-ci, à dix-sept ans, avait épousé le très pieux Maurice Attia puis mis au monde deux filles.

La seconde, Élisabeth, s'était mariée, plus jeune encore que sa mère, à quinze ans à peine, avec Fernand Seror, et elle avait donné naissance en 1904 à une fille, Lucette, puis à un fils, Edmond, deux ans plus tard.

Quant à l'aînée, Jeanine, elle était restée célibataire. Le sort semblait lui avoir refusé ce qu'il avait accordé à sa jolie cadette. Une scoliose lui donnait une allure disgracieuse. Elle se refusait à la moindre coquetterie et seul son joli sourire empêchait de la trouver franchement laide. Devenue institutrice, elle enseignait à l'école de filles d'El biar. Aussi par commodité avait-elle quitté l'appartement de ses parents, en ville, pour vivre chez ses grands-parents, où elle était l'objet préféré des sarcasmes de Cléo.

En effet la vieille dame s'ennuyait… Sa légendaire énergie ne trouvait plus à s'employer depuis qu'elle ne pouvait presque plus se déplacer du fait de son obésité. Elle en était devenue acariâtre et alors que dans son existence elle avait su déployer de réels talents diplomatiques, elle se permettait désormais d'user d'un franc-parler qui pouvait la rendre blessante, voire cruelle.

Ainsi, un jour où Jeanine lui tenait compagnie dans le jardin, elle avait tout d'abord commencé par se lamenter :

— Après la mort de mon pauvre Bernard, pourquoi que je suis venue habiter ici, à embêter mes enfants ? Mieux que je meure avant d'avoir cent ans !

— Tu sais bien, Mémé, que tu ne pouvais pas rester seule. N'es-tu pas heureuse avec nous ?

— Heureuse ? Avec toutes les misères qu'elle me fait ma « vieillerie » !

— Non Mémé, on dit ma vieillesse, pas ma « vieillerie », avait doucement corrigé Jeanine, ce qui avait entraîné la fureur de la vieille dame.

— Allez, voilà mademoiselle la maîtresse d'école qu'elle me donne des leçons. C'est moi que je vais t'en donner une. Mieux tu t'« aregardes » un peu. De quoi que t'y as l'air avec ton chignon qu'il est ni fait ni à faire ! Tu pourrais pas t'arranger, non ? Et comment que t'y es habillée ! Tu pourrais pas mettre un peu des couleurs ? On dirait que t'y es en deuil et pourtant t'y as jamais eu de mari. Remarque que les hommes y se sont pas bousculés pour toi, comme y ont fait pour ta sœur. Vieille fille t'y es, vieille fille tu resteras, toute seule, sans enfant pour s'occuper de toi quand tu auras mon âge !

Jeanine était habituée aux critiques de la vieille dame mais la fin de la tirade la peina. Jamais celle-ci n'avait osé aller aussi loin et elle protesta faiblement :

— Pourquoi me dis-tu cela ? Ce n'est pas gentil.

— C'est pour ton bien, pour te secouer un peu les puces !

« Il y a du vrai dans ce qu'elle dit », pensa la jeune femme qui contempla alors la glycine, qui grimpait en l'enlaçant sur un cyprès du jardin, et dont les fleurs tombées recouvraient le sol d'un tapis mauve.

Tentant alors de faire diversion, elle dit à l'aïeule :

— Il faudra dire au jardinier qu'il balaie les allées…

Et dans ce même moment, elle se vit pareille à la silhouette longue, sombre, austère de l'arbre, et elle se dit : « Ce cyprès est bien sévère mais il soutient cette glycine. Leur alliance est artificielle mais elle est heureuse. Peut-être devrais-je m'inspirer d'eux... »

* * *

Le mariage de son amie Marcelle avec Hubert Carmet, loin de réjouir Rose, l'avait plongée dans une telle tristesse que Julie s'en ouvrit à Armand :

— Qu'a donc cette petite ? Elle mange à peine, refuse de sortir et même de se confier à moi, elle qui le faisait si volontiers.

Il haussa les épaules :

— Quelque peine sentimentale... ou un chagrin que lui auront causé sa sœur ou son frère. Tu sais comme ils s'ingénient à se liguer contre elle.

— Non, Estelle elle-même est préoccupée de son état.

L'été battait son plein à Fort-de-l'Eau. Dans la pénombre de leur chambre Armand et Julie, qui venaient de s'éveiller de la sieste, conversaient, comme ils aimaient à le faire.

Armand s'épongea le front et alla boire à la gargoulette qui suait sur le rebord de la fenêtre. Il grimaça en ouvrant les volets car maintenant sa jambe le faisait souvent souffrir :

— Tu me feras un cataplasme tout à l'heure, ma Juliette. Mon souvenir de Kabylie se rappelle à moi ! dit-il avant de s'exclamer : Rosie, que fais-tu sur la plage, toute seule, sans chapeau ni ombrelle ? À cette heure ! Viens donc nous voir, ta mère et moi.

Elle tourna vers son père un regard douloureux, se leva avec peine, secoua le sable qui avait poudré sa robe avant de monter vers la maison, le visage congestionné par la chaleur. Entrée dans la chambre elle se tint devant le lit, les bras ballants. Elle contemplait ses parents, son père dans sa vieille gandoura blanche, sa mère dans une longue camisole de lin. Elle songea avec tristesse : « Avec leurs cheveux également gris, leurs tenues identiques, mes parents se ressemblent maintenant. C'est ce qui arrive avec le temps aux couples unis, paraît-il. Mais ils ont aussi l'air si fragiles qu'ils ne sauraient m'aider. Pourtant ils paraissent tant le souhaiter » et cette dernière idée eut pour effet de la faire éclater en sanglots convulsifs.

— Je sors, je sors ! Je vous laisse ensemble ta mère et toi, dit Armand qui franchit la porte tandis que Julie invitait sa fille à s'étendre à côté d'elle.

Rose s'allongea dans le creux que le corps de son père avait laissé dans le matelas. Il s'en dégageait la senteur marine du varech séché qui le garnissait, mêlée à celles du tabac et de l'eau de toilette d'Armand. Cette odeur familière la rassura tout comme le fit le parfum à l'héliotrope dont usait Julie :

— Cela me rappelle quand j'étais toute petite et que vous nous permettiez, le dimanche matin, de nous allonger à côté de vous, dit Rose.

Elle se sentait plus détendue que lorsque, deux heures plus tôt, elle avait quitté la chambre qu'elle partageait avec Estelle, en laissant sa sœur endormie, une main sur un recueil de poèmes de Keats. Elle revit la rue brûlante et déserte où elle s'était retrouvée seule, à part un chien galeux qui y trottait. « Un fou comme moi pour sortir à une heure pareille », avait-elle pensé alors.

— Ma petite reine, quel est donc ce gros chagrin que tu sembles traîner depuis plus d'un mois ? demanda Julie.

Sans lui répondre, Rose tourna le visage vers les volets clos :

— Allons ma chérie, parle-moi de ce qui te tourmente.

Et se souvenant de son propre désespoir que Valentine avait su si bien atténuer, quand Armand avait cessé de lui écrire du Tonkin, elle reprit :

— J'ai aussi connu des peines quand ton père était au loin, en Asie, pour y faire la guerre, et je me suis bien trouvée de les évoquer !

— Justement Maman. Tu avais de bonnes raisons d'être triste ! Mais moi, je n'en ai aucune et je me sens honteuse d'être si morose !

— Cela date du mariage de Marcelle et de son départ pour vivre à Paris. Crains-tu de ne pas connaître le bonheur comme elle ? suggéra Julie.

— Tu sais toujours ce qui me fait de la peine, dit Rose en posant sa tête sur son épaule.

— Mais oui je te comprends, ma chérie…

Mais en elle-même, elle se traitait de menteuse. Elle aurait aimé avoir un tel talent de devin pour deviner les états d'âme de ses enfants, parfois si déroutants…

Rose reprit :

— Tu as raison. J'ai l'impression que je ne connaîtrai pas le sort de Marcelle, si amoureuse de son Hubert et puis, ajouta-t-elle, elle a gagné le pari que nous avions fait ensemble, puisqu'elle s'est mariée la première !

Julie ne put s'empêcher de rire. Elle caressa la nuque délicate puis le visage finement sculpté de sa fille :

— Je t'ai dit tout à l'heure que je t'ai faite, certes, mais pas que je t'ai aussi joliment réussie !

Elle était habituellement avare de compliments avec ses enfants. Elle craignait de flatter leur vanité :

— Je suis sûre que bien des cœurs soupirent en te voyant, reprit-elle, et puis, mais je ne devrais pas te le dire, tant de compliments m'ont été faits sur toi !

Rose, le visage parfaitement détendu maintenant, lui lança un regard incrédule :

— Puisque tu as eu ton brevet supérieur, ton père et moi voulions te récompenser. Aimerais-tu aller passer quelque temps chez Jeanne, ta cousine de Nice, la fille de ta tante Olympe ? Tu as besoin de connaître autre chose, de voir le monde, d'oublier un peu Alger !

Rose battit des mains :

— Oh Maman, j'en serais si heureuse !

— Eh bien soit, ce sera pour octobre, le temps que j'écrive à Jeanne.

Le dimanche suivant, à la messe, elle regarda sa fille qui se tenait à côté de son père, et elle se dit : « Comme les gens changent, lui qui refusait de fréquenter les églises et qui s'y rend régulièrement depuis cette loi absurde. Elle, désespérée avant-hier, tout épanouie aujourd'hui, si vite consolée, si sensible, trop sensible, si vulnérable ! »

La promesse faite à Rose vint grever un peu plus le budget des Bénézit. Estelle devait elle aussi partir, ce même automne de 1912, comme demoiselle de compagnie auprès d'une vieille dame en Grande-Bretagne. Certes le séjour de leur fille dans le Kent ne leur coûterait rien, mais le voyage restait à leur charge et les revenus d'Armand étaient modestes.

De plus Ronan venait de passer son baccalauréat. Il faudrait lui payer des études. Il envisageait de se présenter à Saint-Cyr. Il pouvait espérer réussir le concours, même s'il avait été un enfant difficile et rebelle. Longtemps il ne s'était agi que de simples broutilles. Et puis un jour, des propriétaires de vergers s'étaient plaints à la gendarmerie d'une petite bande dont il se voulait le chef. Armand avait cru à de simples chapardages de fruits. Il en avait souri pour s'alarmer ensuite. Ces larcins s'étaient accompagnés de véritables actes de vandalisme. Les branches des fruitiers avaient été brisées, les primeurs que leur ombre protégeait piétinés, les passereaux qui y nichaient massacrés à la fronde…

Armand, oubliant pour l'occasion son anticléricalisme, l'avait aussitôt mis en pension chez les jésuites de Notre-Dame d'Afrique. La mesure avait assagi le garçon. Ses performances scolaires avaient fait un bond en avant. Cependant une certaine sournoiserie avait continué d'exister chez lui, qu'il manifestait souvent, en compagnie d'Estelle, en tourmentant Rose.

— Pourquoi sont-ils si méchants avec leur sœur, si placide et sans défense ? avait demandé un jour à Armand Julie excédée.

— L'atavisme, l'atavisme, ma Juliette.

— Mais lequel ?

Et n'osant pas prononcer certains noms, et avant tout celui de Concha, ils étaient passés à un autre sujet…

Cependant, sa sœur et son frère pouvaient avoir aussi à l'égard de Rose des élans affectueux depuis qu'elle paraissait si abattue. À sa manière rude et maladroite, Estelle avait été la première à chercher à la consoler, mais sans succès. De son côté, Ronan, qui pratiquait la poésie et savait que Rose y était sensible, lui avait dédié un sonnet de sa composition.

Leur attitude avait alors rendu Julie heureuse :

— Ils peuvent être tour à tour, tous les deux, démoniaques ou angéliques ! avait-elle soupiré.

— Comme nous tous. Il en va des individus comme des nations. Vois donc cette entente cordiale. Nous voilà maintenant liés à ces Anglais, que j'ai toujours tenus pour nos pires ennemis. Plus que les Prussiens ! lui avait répondu Armand, qui oubliait combien il avait vilipendé ceux-ci sa vie durant.

Cet armistice entre ses enfants, garant d'une paix familiale provisoire, conforta Julie dans sa décision d'envoyer Rose à Nice.

— Nous le lui avons promis, mais il nous faudra serrer un peu plus les cordons de la bourse.

— Nous y arriverons. Nous ne mangerons que des pommes de terre pendant un moment si cela doit ramener le sourire sur les lèvres de notre petite Rosie, dit Armand.

Les quinze derniers jours de septembre virent les deux sœurs très affairées à préparer leur voyage. Elles embarquèrent ensemble pour Marseille d'où l'une partit vers la Riviera et l'autre pour Paris où elle devait séjourner une quinzaine de jours chez Raphaël et Frida, avant de gagner l'Angleterre.

* * *

Un matin de janvier 1913, Cléo ne descendit pas pour le petit déjeuner. Quinze jours plus tôt, elle avait fait largement honneur aux agapes des fêtes. Depuis elle se sentait nauséeuse, mais n'en avait pas pour autant renoncé à ses trois repas quotidiens, ni à sa collation de fin d'après-midi.

— C'est le jour que je mangerai plus qu'il faudra vous inquiéter ! avait-elle lancé la veille avant de se coucher.

Son absence ce matin-là dans la salle à manger, où elle avalait généralement deux à trois bols de café au lait avec son pain beurré ou des galettes de pain azyme quand elle prétendait jeûner, alarma Louise. Elle monta dans la chambre de la vieille dame pour la trouver respirant avec difficulté, la chemise trempée de sueur et le front brûlant.

— Elle a pris froid cette semaine. Elle a voulu aller faire sa promenade dans le quartier, tous ces derniers jours, malgré l'humidité qui règne, et ce brouillard permanent ! dans son fauteuil roulant, avec notre Zineb qui le pousse. Et qu'elles bavardent en arabe, comme deux pies ! J'ai voulu l'empêcher de sortir mais elle m'a ri au nez, et Zineb avec elle, dit Louise au médecin qu'elle avait aussitôt appelé.

Ce dernier parla de pneumonie et conseilla quelques soins. Prévenu, Samuel remonta d'Alger à El biar, suivi bientôt d'Eugénie, et chacun, à tour de rôle, ils veillèrent la malade dont l'état s'aggrava d'heure en heure.

Le lendemain, au petit matin, rien n'apparaissait plus de la vieille dame qui l'avant-veille encore tonitruait contre ceux qui l'incitaient à la prudence. Le visage renversé, elle gisait, telle une noyée rejetée par la mer, sa chevelure teinte au henné répandue sur les oreillers autour de son visage grimaçant, sa poitrine paraissant désespérément chercher un air qui lui faisait défaut.

À plusieurs reprises, son corps se raidit et lutta deux heures encore, puis s'immobilisa brusquement. Louise comprit que tout était fini. Elle éclata en sanglots convulsifs, ferma les yeux de Cléo, et vint prendre le bras de Samuel qui était sorti de la chambre.

— Avec Anne, ta mère a été pour moi le plus sûr des remparts contre le désespoir, quand Maman a disparu et que Papa est parti en Oranie, lui dit-elle. Elles ont su ranimer en moi un goût de la vie que j'étais en train de perdre, tant je me sentais abandonnée et découragée.

Samuel se taisait mais songeait que la défunte avait compté pour lui davantage encore. Elle avait été le souffle qui animait sa propre existence, parfois aussi un vent violent, auquel il lui avait fallu résister. Mais secrètement, il se demandait ce qu'il en irait de lui, maintenant que ce souffle était retombé…

L'enterrement ne réunit que les Torjman, leur famille et quelques proches. Cléo alla reposer auprès de Bernard, au cimetière chrétien de Fort de l'Eau, ce qui lança la rumeur qu'elle s'était convertie. Une semaine plus tard, le notaire fixa un rendez-vous à la famille pour la lecture du testament de la défunte. Il ne contenait pas de dispositions particulières, sinon un codicille qui demandait que l'on n'oublie jamais de fleurir la tombe de son bien-aimé époux… parce que, précisait-elle, il l'avait sortie de la fange, ce qui surprit voire choqua certains.

Après la mort de sa mère, quelque chose parut s'éteindre chez Samuel. Cependant, dès le lendemain des obsèques, il reprit ses travaux, en particulier la supervision de la thèse d'un étudiant sur les prénoms numides et kabyles.

Il restait étrangement muet au cours des repas. Il écourtait les tête-à-tête que, désemparée, Louise essayait d'avoir avec lui. Il continuait d'écrire tard dans la nuit, bien après qu'elle se soit couchée, comme s'il voulait éviter les conversations qu'ils avaient avant de dormir.

Elle n'osait pas le questionner, mais un dimanche où, à peine fini son dessert, il était retourné travailler, elle s'ouvrit à ses enfants de son inquiétude.

— C'est à cause de la mort de Mémé, dit impatiemment Eugénie.

— Je le sais, bien sûr ! Ce qui m'inquiète, c'est qu'il paraît me fuir ou vouloir me cacher quelque chose. Il m'a toujours tout dit…

Jeanine intervint :

— À moi non plus, il ne se confie plus. Il aimait bien le faire pourtant.

— Et il repousse, gentiment mais quand même, ma petite Lucette qu'il adore, ajouta Élisabeth.

Le printemps arriva. Il se mit à faire assez beau pour que Samuel aille travailler dans le jardin. Louise lui apportait un châle quand le soleil déclinait et chaque fois elle tentait de l'amener à se confier à elle, mais sans succès. Tout au plus lui lançait-il un bref regard ou lui adressait-il un pâle sourire, aussi vite éteint qu'apparu.

Elle perdit patience un soir de mai :

— Mais qu'as-tu, Samuel ? Je comprends ta tristesse mais je me sens désespérée de ne pas pouvoir t'aider. Pourquoi ne me dis-tu rien ?

Il leva les yeux de sa table de travail pour les abaisser aussitôt, reprenant la page délaissée un instant :

— Rien, ma chérie, rien. Tu le sauras toujours assez tôt.

Elle se résigna, mais se confia au curé d'El biar. Il lui parla de la douleur que provoque la perte d'une mère.

— C'est une chose que j'ai bien connue ! dit-elle d'une voix rageuse au brave homme que sa réaction étonna.

Le mois de juin fut caniculaire. Là encore, Samuel paraissait indifférent à cette chaleur étouffante. Louise l'incitait à s'en protéger et elle lui apportait des citronnades auxquelles il touchait à peine.

L'étudiant dont il dirigeait la thèse en avait terminé la rédaction et, avant de la faire imprimer, il monta un jour à El biar. Longtemps il sonna à la porte de Dar el-Ouard, sans succès. Intrigué, il entra dans le jardin. Il appelait pour faire connaître sa présence quand il aperçut, assis à sa table, son vieux maître qui paraissait endormi sur ses notes. Il chercha à le réveiller discrètement pour s'apercevoir, très vite, qu'il avait passé.

Louise, revenue à la villa peu après, rassura le jeune homme affolé. Avec calme, elle prévint sa fille, adressa un télégramme à Raphaël et organisa la veillée funèbre. Sur la demande d'Eugénie, elle fit mettre en terre le défunt dans le carré juif du cimetière, selon un rite qu'il avait voulu ignorer toute sa vie.

Tout aussi posément, elle se rendit avec ses enfants chez le notaire qui lui remit une longue lettre de son époux. Il l'y assurait d'abord de son amour, intact, inchangé pour elle, tel qu'il l'avait éprouvé dès qu'il était venu de Blida vivre avec sa mère. Il la remerciait « d'avoir inversé les rôles pour lui proposer le mariage, ce qu'il n'aurait jamais osé faire ». Surtout, et Louise comprit alors la raison de cette gêne qu'il manifestait depuis la mort de Cléo, il lui faisait part de ce que sa mère lui avait révélé, peu avant de disparaître : il était un enfant illégitime. Son vrai père s'appelait Salomon Benattar. « C'était là quelque chose qu'il avait toujours soupçonné, dont il s'était ouvert à Julie autrefois, Julie qui avait alors su employer les mots qui l'avaient rassuré », ajoutait-il.

Louise se souvint que ce Salomon était le père d'un Benattar de Blida pour qui Armand avait beaucoup de sympathie. Elle décida de garder pour elle le secret. Elle n'en souffla mot à personne, sauf à Julie, qui lui répondit calmement :

— C'est exact, il s'était inquiété auprès de moi de sa légitimité. Mais tu as raison, gardons le secret. Raphaël et surtout Eugénie supporteraient mal qu'on le leur confie. Tout cela c'est du passé. Tous ces gens ont disparu. En fait, tout comme ce cher Samuel à qui je l'avais dit alors, nous sommes tous, en Algérie, des enfants illégitimes aux yeux de bien des Français de métropole ? Et comme j'en ai le sentiment depuis quelque temps, notre présence ici n'est-elle pas non plus illégitime, aux yeux de nombre de ces musulmans auprès desquels nos parents sont venus vivre ?

* * *

Jeanne était venue chercher Rose à la gare de Nice. Comme elles ne s'étaient rencontrées qu'une fois, à Pénestin, des années auparavant, elle avait décrit à la jeune fille la tenue qu'elle porterait pour leur rendez-vous.

Rose l'avait tout de suite reconnue dans cette dame élégante, vêtue d'un tailleur prune, au chapeau orné d'une mouette, et lui avait dit :

— Jeanne ?

— Rose ! avait répondu celle-ci avec un large sourire. Malgré le temps passé, je vous aurais reconnue. Je n'avais pas oublié votre merveilleux teint et vos boucles blondes. J'ai tout de suite retrouvé la jolie petite fille que vous étiez dans la ravissante créature que vous êtes maintenant !

Rose était troublée par la volubilité de sa cousine et ses compliments. À Pénestin, Jeanne, âgée de vingt-trois ans, avait ignoré la fillette de neuf ans qu'elle était. Or elle la traitait maintenant en égale. Elle se sentit pour la première fois considérée comme une adulte, alors que pour ses parents elle était Rosie, ou « ma petite

Rose ». Et pour Estelle et même Ronan, pourtant son cadet, « la gamine »…

Jeanne avait fait un riche mariage avec un rentier, bien plus âgé qu'elle, qui l'avait emmenée vivre à Cimiez. Leur maison, la villa Mildred, éblouit Rose, et davantage encore son jardin. Il lui parut plus exotique que ceux qu'elle connaissait en Algérie, avec ses plantes grasses, ses agaves et surtout le grand magnolia qui le centrait.

— Les Anglais sont nombreux ici, dit Jeanne. Ils ont suivi la reine Victoria, qui descendait à l'hôtel Regina.

Puis elle enchaîna :

— J'ai entendu dire que la mère de Julie vivait parmi ces Britanniques. Elle était d'origine espagnole et hivernait à Cannes, n'est-ce pas ?

Embarrassée, Rose piqua un fard. Elle ne s'attendait pas à la question et ne savait que répondre. Dans la famille, un mystère entourait l'existence de sa grand-mère.

— Je ne sais rien d'elle, avoua-t-elle. Elle est morte longtemps avant ma naissance.

Jeanne parut surprise, mais enchaîna avec un sourire enjoué :

— Suis-je sotte, je vais vous montrer votre chambre !

Rose s'allongea un moment. Sa cousine l'avait séduite. « Ah ! songea-t-elle, que j'aimerais avoir son aisance, moi qui me sens si bête parfois, qui rougit si souvent. Peut-être va-t-elle m'enseigner à me comporter en société. Je suivrai ses conseils ! »

Quand plus tard elle descendit au salon, un homme qui lui parut très vieux s'y tenait :

— Voici donc notre petite cousine. Vous êtes encore plus jolie que ce que m'en a dit mon épouse mais vous n'avez rien d'une Africaine ! On vous dirait plutôt anglaise ou allemande mais avec la grâce que celles-ci n'ont pas. Voulez-vous un verre de porto ?

Rose déclina l'offre. Elle se félicita de la demi-pénombre qui régnait dans la pièce. Une fois encore ses joues s'étaient empourprées sous le compliment… On passa à table, puis on prit le café dehors, sous une tonnelle de roses pompons.

— Je vais vous faire part de ce que j'ai prévu pour votre séjour, dit Jeanne, qui énuméra les excursions et les invitations programmées pour les semaines à venir.

Elle insista surtout sur une soirée dansante prévue le mardi suivant au cap Ferrat et Rose pâlit.

— Mais je n'ai apporté aucune robe du soir !

— Ne vous inquiétez pas, ma petite fille. Je vous prêterai l'une des miennes. Nous avons à peu près la même taille.

Jeanne, qui considérait son union comme parfaite, avait une vocation de marieuse. Elle entendait que sa jeune cousine la prenne en modèle. Ce qu'elle avait perçu du caractère de Rose l'avait encouragée dans sa démarche. Elle s'était donc mis en tête de la présenter à un jeune diplomate corse promis à un grand avenir, Joseph Savelli, qui se trouvait à Nice avec ses parents.

Il lui avait paru un prétendant idéal pour sa cousine. Il était le fils unique de gens cossus et honorablement connus à Ajaccio. Bien de sa personne, c'était un grand garçon à qui des yeux un peu tristes, une chevelure bouclée, un teint ivoirin, donnaient un air sévère mais romantique. La rumeur disait qu'il était en quête d'une épouse. Jeanne, sûre par ailleurs que Rose souhaitait aussi convoler et que ses parents l'avaient envoyée à Nice dans ce but, fit donc en sorte de rapprocher les deux jeunes gens à l'occasion du bal au cap Ferrat.

Une fois sur place, la partie ne lui parut pas si facile à jouer. Les deux jeunes gens paraissaient mal à l'aise. Rose ne manquait pas de cavaliers. Elle évoluait avec grâce sur la piste mais, aussitôt que la musique se taisait, elle revenait vite s'asseoir. Quant à Joseph, une expression presque morose sur le visage, il dansait d'une façon mécanique, sans dire un mot. D'ailleurs, lorsque les musiciens attaquèrent un tango, ce nouveau pas venu d'Argentine, il rejoignit aussitôt ses parents dont Jeanne, Rose à ses côtés, avait fait en sorte de se rapprocher.

— Je n'entends rien à cette danse, dit-il à sa mère.

Celle-ci, de sombre vêtue, une aigrette noire plantée dans sa chevelure l'approuva, son accent corse martelant les syllabes :

— C'est parfaitement inconvenant !

— Je partage votre avis ! dit alors abruptement Jeanne, afin d'entamer un dialogue.

Pourtant elle ne pensait pas un mot de ce qu'elle disait. Elle trouvait le rythme du tango captivant, sensuel, mais il lui importait avant tout de poursuivre cette conversation qu'elle avait enfin réussi à provoquer.

— Ne trouvez-vous pas que nos deux jeunes gens accordaient leurs pas à ravir lorsqu'ils ont dansé un boston ? demanda-t-elle en désignant du menton Joseph et Rose, qui devisaient timidement,

Madame Savelli la toisa et lui répondit par un grognement bizarre, tandis que son époux se montrait plus aimable.

— Certes oui, dit-il en souriant. Est-ce là votre fille ?

Jeanne, un peu vexée, s'efforça de faire bonne figure.

— Non ! Celle d'un de mes cousins, un officier à la retraite qui vit en Algérie.

— Ah l'Algérie ! reprit monsieur Savelli. J'y avais un parent, à Philippeville, dans les douanes. Aujourd'hui, il s'est retiré chez chez lui, à Guargualé.

— Nous ne le fréquentons pas, dit sa femme en sortant de son silence. Chez nous, il n'y a que les petits qui partent aux colonies !

— Chez nous en Bretagne aussi, répondit Jeanne en regrettant d'avoir trop parlé quand Rose lança, le feu aux joues :

— Ce n'est pas exact. Il y a des gens très bien en Algérie !

Joseph parut s'animer en l'entendant. Il lui lança même un regard qui parut admiratif à Jeanne. Après l'incident, monsieur Savelli ne dit plus un mot et son épouse prit un air renfrogné. Voulant dissiper le malaise, Jeanne osa alors :

— Je serais très heureuse que vous veniez tous trois prendre le thé chez moi. Mon mari et moi résidons à la villa Mildred, à Cimiez, juste à côté de l'hôtel Regina.

Les Savelli se rendirent à l'invitation. Elle fut renouvelée et honorée plusieurs fois. Ils parurent favorablement impressionnés par la demeure de Jeanne. Ils parurent même l'être plus encore par l'évocation que fit Alphonse de l'un des séjours de la reine d'Angleterre à Cimiez.

— J'ai eu l'honneur d'être présentée à Sa Majesté en 1896. Elle y séjournait avec sa fille, la princesse Béatrice von Battenberg. Dans une suite de soixante-dix pièces au premier étage. Il fallait bien cela pour loger la cour !

À chacune des visites des Savelli, leur hôtesse avait favorisé les situations qui permettaient à Joseph et à Rose de s'isoler – ce que la mère du garçon paraissait apprécier modérément. Bientôt les visites de Joseph se firent quotidiennes, mais les conversations avec Rose restaient formelles :

— J'ai été nommé à Vienne. Il y fera bien froid pour le Méditerranéen que je suis. Mais vous savez, mademoiselle Rose, ce ne sera qu'un tout petit poste, un strapontin !

Rose l'écoutait en silence. Elle s'appliquait à garder la réserve que les jeunes filles devaient afficher, ainsi qu'on le lui avait enseigné. Elle gardait en tête ce que lui avait aussi dit sa cousine : l'amour survenait peu à peu, précédé par l'estime, l'admiration que l'on porte à quelqu'un. Cela ne ressemblait en rien au contenu de ses lectures qui décrivaient des coups de foudre, subits, violents. Par moments, elle avait un doute à propos des affirmations de Jeanne. Elle l'écartait vite en se traitant de rêveuse, en se reprochant d'être fleur bleue, un reproche que lui avait souvent adressé Estelle.

En novembre, elle reprit le bateau à Marseille, et avant qu'elle ne parte sa cousine lui dit, en la fixant dans les yeux :

— Je pense que ce jeune monsieur Savelli est amoureux de toi et toi de lui. Vous formez un couple ravissant et votre idylle a charmé tout le monde ici !

* * *

De retour à Alger, Rose décrivit avec enthousiasme son séjour, mais ne s'ouvrit à personne de ce que Jeanne avait qualifié d'idylle. Elle garda le secret jusqu'au jour où arriva une lettre dans laquelle Joseph se déclarait et demandait sa main. Julie eut alors de longs tête-à-tête avec sa fille. Elle voulait sonder ses sentiments.

Elle n'obtint d'elle que des sourires ou des soupirs, avant qu'elle ne finisse par affirmer être amoureuse de son prétendant.

Julie tâchait de se convaincre, mais elle gardait quelques doutes. Armand tempêta contre ce projet qui lui semblait si brusque. Il exigea que de longues fiançailles aient lieu, à l'image des siennes avec sa chère Juliette. Il fulmina quand, dans une lettre, les parents du jeune homme l'interrogèrent sur les espérances de sa fille. Ce fut vertement qu'il leur répondit « qu'elle n'apporterait qu'une petite dot et la bonne éducation qu'il avait tenu à lui donner, mais surtout sa beauté qui était la promesse qu'elle mettrait au monde des enfants magnifiques ».

Joseph partit pour Vienne. Pendant un an s'établit une correspondance régulière entre les deux jeunes gens, des lettres plus prudentes qu'enflammées.

Quand Estelle revint de son séjour en Grande-Bretagne, elle ironisa sur cet « engouement sentimental » de sa sœur, mais Rose fut surprise d'être indifférente à cette pique. Ces sarcasmes la persuadèrent même que sa décision de se marier était la bonne.

Les noces furent bientôt fixées pour l'automne de 1912, et Joseph et ses parents firent le voyage à Alger. Leur aspect solennel, austère et celui rébarbatif de madame Savelli, surprirent les Bénézit.

— C'est le sentiment tragique des Corses, avança Armand. J'avais dans mon unité un sergent qui venait de l'île. Tout lui paraissait dramatique. Et susceptible, avec ça ! En d'autres circonstances, j'aurais eu droit à une vendetta à chacune de mes réprimandes !

— Et tes moments de mélancolie bretonne, lui dit en riant Julie ? Nous avons parmi les Corses d'Alger des amis charmants. Les Padovani, les Santini, des bons vivants !

— Bah, chaque province a ses particularités et ses exceptions. Et toi et nos enfants, qui êtes nés dans cette province française qu'est devenue l'Algérie, qu'est-ce qui vous caractérise ?

— La perfection dans tous les domaines ! lança Julie malicieusement.

— Pas la distinction en tous les cas ! Sur ce plan les Algériens feraient bien de s'inspirer des Anglais ! lança Estelle.

Joseph n'était guère plus souriant que ses parents, mais il convint davantage à sa belle-famille.

— Finalement, ce garçon me plaît, dit Julie.

— Mais sera-t-il un bon diplomate ? dit Armand à qui son futur gendre paraissait ne convenir qu'à moitié, ce que Julie avait remarqué :

— Serais-tu jaloux de lui ? lui demanda-t-elle.

— Penses-tu ! Mais je le trouve tellement pincé par moments ! Et puis il veut m'en redémontrer à propos de ce que j'ai vécu. Ne m'a-t-il pas fait un long cours d'histoire sur la guerre de 70 ?

— Mais tu sais bien que les diplomates et les militaires n'ont pas la même vision des événements.

Ce qui le fit maugréer et se replonger dans la lecture de son journal.

Quant à Julie, si Joseph lui plaisait assez, elle n'appréciait pas ses parents. Tout était sujet à critique de la part de madame Savelli. La beauté de la baie d'Alger ne l'avait pas convaincue. Elle lui préférait celle d'Ajaccio. L'accent local lui paraissait vulgaire, la ville sale. « Pourtant elle a elle-même un fort accent, pas plus raffiné que le nôtre, pensait Julie. Et puis je ne sais pas si les rues de sa ville sont plus propres ! »

Surtout, les références continuelles à son rang social faites par la dame lui déplaisaient. Julie percevait bien que les Bénézit ne lui paraissaient pas dignes de s'unir aux Savelli. La modestie de la dot de Rose renforçait sûrement ce sentiment, ce qui n'avait pas échappé à Estelle :

— Mais qui se croit-elle ? Trouve-t-elle que notre Rose est indigne d'entrer dans sa famille ?

« Un front uni des Bénézit s'est mis en place ! se dit alors Julie. Les frictions entre les deux sœurs s'effacent. Ronan est maintenant à Saint-Cyr, mais il fera cause commune avec nous, j'en suis certaine ! »

Le mariage eut lieu à Sainte-Marie-Saint-Charles de l'Agha. Rose en monta les marches au bras d'Armand, ravissante dans sa robe nuptiale réalisée par Valentine Keller. Un déjeuner suivit, qui greva lourdement le budget des Bénézit et fit dire à Armand :

— Je tiens à ne pas donner l'occasion de dire que nous sommes des pingres ou des sauvages !

Rose quitta Alger avec son mari et ses beaux-parents pour la Corse. Un bref séjour dans l'île, avant de partir pour Vienne, devait tenir lieu de voyage de noces au nouveau couple.

— Ils veulent faire admirer à leur parentèle la beauté de notre fille. Mais voilà une bien singulière lune de miel pour nos tourtereaux ! ironisa le père de la jeune mariée.

Après le départ du jeune couple, l'opinion d'Armand sur son gendre s'était améliorée. Il avait été convaincu par les arguments de Joseph quand il lui avait dépeint les rivalités territoriales et coloniales qui faisaient jour entre les nations.

— Et l'Autriche, où vous êtes en poste ? avait demandé Armand.

— Ses colonies sont en Europe, mais elles sont turbulentes, comme j'ai pu le vérifier depuis que je suis à Vienne. Les Balkans sont en ébullition. Mais ailleurs aussi – et il évoqua Fachoda et Agadir – nombreux sont les barils de poudre prêts à exploser !

Ces échanges avaient meublé de longues soirées et amené Estelle à réviser le sentiment négatif qu'elle avait eu à l'égard de son beau-frère. Quand le jeune ménage eut quitté Alger, elle affirma :

— Quel beau parleur, ce Savelli ! Et quelle culture !

En revanche, Rose avait eu du mal à suivre les propos de Joseph et, la veille de son départ, s'en était ouvert à sa mère :

— Ni la politique ni la guerre ne sont l'affaire des femmes ! lui avait dit Julie avant de se reprendre, en songeant à sa souffrance lors du conflit du Tonkin et en se souvenant des Européennes ou des musulmanes, violées, massacrées au siècle précédent en Algérie, qu'avait si souvent évoquées Louise.

— Mais Maman, à Vienne je vais passer pour un puits d'ignorance auprès de tous ces diplomates ! avait poursuivi Rose.

— Penses-tu ! Ils ont fait bien souvent des mariages d'intérêt, avec des héritières guère plus instruites que toi. Je me flatte en tout cas de t'avoir donné une éducation certainement supérieure à bien d'entre elles, ma chérie ! Je suis sûre que tu sauras tenir ta place ! Applique au mieux ce que je t'ai appris, ma fille !

* * *

Quand le jeune couple se fut installé dans la capitale autrichienne, Rose se souvint des recommandations de sa mère. En société, elle sut vite échanger d'aimables banalités. Elle prit le parti de se montrer souriante mais réservée avec ceux qu'elle côtoyait. Elle acquit une réputation d'élégance car elle savait s'habiller, grâce aux leçons de Valentine.

Elle se lia d'amitié avec l'épouse d'un diplomate italien, Mafalda, une chaleureuse Turinoise. Quand elle fut enceinte, elle se confia à sa nouvelle amie. Un jour de janvier 1914, elles prenaient le thé, contemplant la neige qui ne cessait de tomber. Elles se lamentaient de la rigueur des hivers autrichiens quand Mafalda s'étonna d'un certain embonpoint de son amie :

— Il ne me paraît pas le fait des strudels ou des *Sachertorte* !

— En effet, lui dit Rose en rougissant. J'attends un heureux événement…

— Quel bonheur ! s'écria Mafalda qui, à vingt-cinq ans, avait déjà mis au monde quatre enfants. Ceci dit, ces rondeurs nouvelles vous vont bien. Tout en étant ravissante, vous aviez parfois l'air d'un petit chat efflanqué dans vos décolletés, un ravissant chaton au demeurant. Je vous enviais !

En effet, malgré les efforts pour serrer ses corsets, les formes généreuses de Mafalda débordaient plus qu'il n'aurait fallu…

Rose savait que le mari de son amie ne lui était guère fidèle, mais celle-ci lui avait dit :

— Quelle importance s'il me trompe ? Il me revient toujours… et il ne manque pas de m'honorer, avait-elle ajouté avec un sourire entendu, à la confusion néanmoins intéressée de Rose.

Et sur ce dernier point, à vrai dire, elle aurait aimé partager son sort. Si au début Joseph s'était montré empressé dans leurs rapports intimes, cela n'avait duré qu'un temps. Elle n'avait éprouvé que peu de plaisir dans ces moments qui les rapprochaient, brièvement. Personne ne l'avait réellement instruite dans ce domaine. Julie, peut-être, mais avec de tels sous-entendus qu'elle n'avait rien saisi de ses conseils. Au fil des mois, si la relative froideur de Joseph l'avait déçue, elle s'y était faite. Elle avait déploré davantage que dans leur vie quotidienne, là aussi, il ait du mal à sortir de sa réserve.

— Ils sont nombreux à être ainsi, ces diplomates ! lui avait dit Mafalda en s'esclaffant. Jamais un mot ou un geste de plus, même si ça ne leur coûte rien. Toujours sur la défensive. De la discrétion avant tout !

En mai, les lilas refleurirent partout dans Vienne. En juin, ce fut le tour des tilleuls. Elle se délectait de leurs parfums, qui lui étaient inconnus, tout au long des derniers jours de sa grossesse, et elle mit au monde une petite fille que son père ne connut qu'à son retour d'une mission en Styrie.

Rose avait choisi pour sa fille le prénom de Suzanne, que Joseph accepta sans discuter. Son esprit était surtout occupé par la nouvelle de l'assassinat, à Sarajevo, de l'archiduc François-Ferdinand et de son épouse morganatique, Sophie Chotek.

Un mois plus tard, exactement, se succédaient les déclarations de guerre, ce qui eut pour effet de faire apparaître un nouveau Joseph, un Joseph en proie à une grande exaltation :

— Je vais tout de suite rejoindre mon corps ! proclama-t-il. Un Corse se doit de servir sa patrie ! Mon père mourrait de honte si je tardais à le faire. Sans parler de ma mère qui est née dans une famille de militaires qui a toujours servi la France !

Rose était loin de partager son point de vue. Elle se sentait perdue, à des lieues de ceux qui auraient pu la soutenir. Là encore, Mafalda sut atténuer sa détresse :

— Ainsi sont les hommes ! lui dit-elle. Mon mari est désolé que l'Italie reste neutre, mais par prudence il me renvoie à Turin. Vous devez en tout cas absolument regagner votre pays.

— Il veut que j'aille en Corse chez mes beaux-parents et cela me terrifie. Si vous les connaissiez !

— Alors, négociez avec lui d'embarquer plutôt pour Alger.

Elle obtint gain de cause. Une semaine plus tard, elle empruntait l'Orient-Express pour la France, quelques wagons ayant été réservés aux civils dans ce train que les Allemands avaient réquisitionné dès le début des hostilités. À Marseille elle put s'embarquer rapidement. Tout au long de la traversée, en serrant la petite Suzanne contre elle, elle compta les heures passées à bord du navire car, lui avait-on dit, dcs sous-marins ennemis rôdaient en Méditerranée.

Julie vint la chercher. L'air défait de sa fille l'effraya. Au fil des semaines qui s'écoulaient, le marasme de la jeune femme, sans nouvelles de Joseph, continua de l'inquiéter. Elle songeait à sa propre situation lors de ses fiançailles, mais se disait : « Cette guerre du Tonkin n'était rien comparée à celle qui vient de débuter. »

Elle ne partageait pas l'enthousiasme qui avait enflammé l'Algérie quand le conflit avait éclaté. Le 4 août 1914, elle s'était cependant indignée du bombardement de Bône par le croiseur Breslau. Il avait fait l'une des toutes premières victimes de la guerre, André Guaglione, un employé des ponts et chaussées.

Plus tard, au printemps de 1915, elle confia ses tourments à Valentine :

— Voici ma Rosie dans une situation analogue à la mienne il y a trente ans. Tu connais bien ta filleule, tu as toujours si bien su t'en occuper et me conseiller. Tu sais combien elle est placide, d'humeur égale, un peu futile aussi… mais depuis quelque temps son état me surprend. Pendant plus de six mois, après son retour, elle a été triste mais calme, et depuis la fin février elle paraît anxieuse, agitée, indifférente à ce qui l'entoure, même à sa jolie petite Suzanne.

Elle risqua ensuite, tant elle avait confiance en sa vieille amie :

— Peut-être est-ce de la neurasthénie ? Elle est la petite-fille de Concha, après tout. J'ai songé à ce qu'elle consulte cet ami de madame de Viannac, le docteur Lanier. Il vient de Tunis, il a été mobilisé à l'hôpital Maillot, tu sais l'ancien hôpital du Dey. Il se spécialise dans les maladies nerveuses…

Valentine l'avait écoutée patiemment. Elle ne s'était jamais mariée, après une grave déception sentimentale. Un soupirant s'était éclipsé quand il s'était aperçu que la modeste ferme des Keller ne ressemblait en rien aux vastes exploitations de la Mitidja. Elle avait surmonté cette épreuve en travaillant dur pour créer de toutes pièces sa florissante boutique de mode, « Au Grand Duc ».

La détresse de Julie l'émut et c'est avec autorité qu'elle affirma :

— Il serait peut-être bon qu'elle travaille, pour se distraire de ses soucis. Cela m'a aidée, dans le temps. Et puis les femmes le font maintenant pour remplacer les hommes partis au front, aux champs comme dans les usines !

Elle n'exprimait pas le fond de sa pensée. Rose était-elle si malheureuse que le disait sa mère ? Elle avait le sentiment que sa filleule et Joseph n'avaient pas fait un véritable mariage d'amour. Leur union lui avait paru arrangée par la cousine Jeanne. Tous deux désiraient faire comme nombre de leurs amis, et Rose craignait de coiffer sainte Catherine. Joseph avait besoin d'une épouse, jolie et élégante, qui lui soit utile dans sa carrière…

Julie se disait aussi secrètement ce que pensait tout bas Valentine. Mais avant tout son cœur se serrait à propos de Ronan. À peine sorti de Saint-Cyr, il avait été envoyé au front. Ses rares lettres témoignaient de sa désillusion. Il y évoquait sans cesse l'horreur des tranchées. Ainsi qu'il le disait : « Nous nous battons autant avec les poux et les rats qu'avec les Boches. » Elle sentait aussi qu'Armand était amer et désespéré du sort de son fils :

— Il est allé jusqu'à dire qu'il s'en voulait d'avoir influencé son garçon pour qu'il choisisse comme lui la carrière des armes. Tu te rends compte ! dit-elle à Valentine.

Elle essuya ses yeux un instant embués et fut reconnaissante à son amie quand celle-ci lui proposa :

— Je te le redis, ma petite Julie, ta fille doit travailler. Je me fais vieille et je songe à prendre ma retraite. Elle est jeune, plus au fait des goûts du jour que moi. Elle a de l'allure, elle coupe et elle coud bien. Elle me remplacerait avantageusement pour tenir la boutique.

* * *

Les affaires du « Grand Duc » étaient restées prospères pendant la première année de la guerre. « Les hommes seront de retour dans quelques mois, en vainqueurs. Il nous faudra être élégantes pour les accueillir », disaient les Algéroises.

Pas plus que sa pratique Valentine n'était inquiète et son ascendance alsacienne lui faisait surenchérir :

— Nos braves pioupious sauront repousser ces sales Boches dans leurs frontières. Et alors ce seront celles d'avant 1870, sur le Rhin !

Au fil des années, elle avait transformé ce qui n'était qu'un modeste atelier en une véritable maison de couture. Les clientes y trouvaient de nombreuses pièces de confection courante. Elles pouvaient aussi y faire exécuter certains modèles, copiés sur des catalogues venus de Paris. De plus Valentine, « qui avait des idées », n'hésitait pas à élaborer des modèles inédits pour certaines pratiques.

Sa filleule Rose avait toujours été l'objet de ses soins. Elle l'avait habillée enfant, puis adulte. Elle voulait la choyer mais savait aussi que son élégance ferait la renommée de la boutique. La jeune fille était devenue la meilleure de ses disciples. Cependant quand, après en avoir parlé avec Julie, Valentine lui proposa de lui succéder, la jeune femme eut une réaction de panique :

— Mais Marraine, je n'ai aucun sens du commerce !

— Il te suffira d'être aimable avec les clientes, de les accueillir gentiment.

— Je suis si timide !

— Je dirais plutôt que tu es réservée. C'est un atout ! Et puis à Vienne tu as évolué dans un monde exigeant Tu m'as dit avoir su y tenir ta place. De toutes les façons, je ne me retirerai que lorsque je t'aurai formée.

Armand avait grommelé quand il avait appris que Rose avait finalement accepté l'offre de Valentine. Pour lui, la place d'une épouse était à la maison. Il en était quasiment sûr, Joseph partageait son point de vue. « Quelle mouche a piqué Rosie de vouloir recevoir un salaire de Valentine ? Son mari se montre un bon chef de famille, qui envoie régulièrement de quoi faire vivre sa femme et leur petite Suzanne. Et de plus ne me le reprochera-t-il pas, du fait de son sens de l'honneur corse, d'avoir autorisé ma fille à travailler ? »

Il pensa alors à Estelle, honteux des pensées qui lui vinrent. Sa pauvre aînée n'était pas une beauté, il lui fallait l'admettre. Pour ne pas lui faire de la peine, il avait cessé de la surnommer « la nère », « la noiraude » dans le langage catalan qu'employait son père Honoré. Elle avait en effet le teint bistre, une chevelure d'ébène plantée bas sur le front et un léger duvet couronnait sa lèvre supérieure…

« Par contre elle est intelligente. Cela se voit dans son regard vif et son esprit de répartie, se rassura-t-il. Et travailleuse, comme l'était ma mère. Elle ne paraît pas souhaiter se marier car elle fait tout pour décourager ses rares prétendants. Est-ce dû au lait de chamelle dont Julie l'avait nourrie à Laghouat ? À sa naissance un 14 juillet ? Je vais finir par le croire. Elle, c'est certain qu'il lui faudra un jour gagner sa vie, mais l'enseignement convient à une demoiselle… Cependant, tant que je serai là, j'exigerai qu'elle le fasse bénévolement », conclut-il sans conviction, car il savait qu'elle refuserait de se soumettre à cette exigence.

* * *

— S'il m'arrive quelque chose, tu partiras avec notre fils en Kabylie rejoindre ma mère. Ne perds pas son adresse ! avait dit Hocine à Antoinette, avant de monter dans le wagon qui l'emmenait au front.

Il était grave. Les derniers jours qui avaient précédé son départ il avait évoqué pour Antoinette son père M'hamed, ses combats, sa déportation en Nouvelle-Calédonie, son odyssée pour s'en échapper.

— Je dois me montrer digne de son exemple et faire la preuve que nous les Kaci sommes des guerriers, avait-il répété, avec une solennité qui avait fait peur à la jeune femme. Et puis, comme je m'engage pour combattre le cheikh Guillaume ma solde me permettra de vous faire vivre, Idir et toi !

Dans la foule qui se pressait à la gare de l'Est, son petit sur les bras, elle s'était sentie mal à l'aise. Elle avait eu hâte de quitter le vaste bâtiment bruyant et malodorant, envahi par la fumée et les sifflements des locomotives. Elle avait aspiré à se trouver loin de toute cette grisaille que le bleu horizon des uniformes ne parvenait pas à égayer. Dans le même temps, elle avait souhaité prolonger ces derniers moments avec celui qui partait et la serrait fort contre lui.

Quand Hocine, une grande tristesse dans ses yeux clairs, lui avait fait un pauvre sourire, pendant que le train s'ébranlait, elle avait réalisé ce qui l'attendait. Elle avait contemplé, jusqu'à ce qu'il disparaisse, le lumignon rouge qui brillait sur le dernier wagon. Maintenant, elle savait ne plus devoir compter que sur elle-même. Elle ne pourrait plus s'en remettre aux décisions de son mari, qu'elle acceptait si volontiers.

Les jours suivants, elle se surprit à guetter le retour de Hocine, à l'heure où il revenait de ses chantiers. Elle se sentit perdue, seule dans le lit où leurs étreintes les réunissaient si souvent. Il lui paraissait funèbre et glacé quand elle y entrait. Au réveil, après une mauvaise nuit, elle ne le quittait qu'avec peine pour affronter ses nouvelles responsabilités. Seul le sourire de Christophe lui faisait oublier sa détresse.

Un temps, elle songea à retourner à Argenteuil chez ses grands-parents, mais ils étaient si âgés. De plus, ils n'avaient approuvé qu'avec tiédeur son union avec un de ces individus « venus de Dieu sait où », ainsi qu'ils l'avaient dit un jour. Il leur était apparu un bien étrange époux, qu'ils avaient dévisagé avec curiosité à chacune de leurs visites.

Elle reçut quelques-unes de ces cartes préimprimées qui la renseignaient peu sur le sort de Hocine. Elle tâchait de suivre dans les journaux l'évolution des opérations ; Firmin, un aimable voisin lui décrivait les mouvements stratégiques en cours. Elle lui en était reconnaissante, mais suivait mal ses explications.

En février 1915, elle reçut un télégramme de couleur jaune. Il lui annonçait ce que, depuis le début de la guerre, elle refusait d'envisager : « La mort héroïque du caporal Hocine Kaci qui avait donné sa vie pour défendre la patrie. » La nouvelle lui parut irréelle, mensongère. Elle poussa un long gémissement. Firmin, accouru, comprit ce qui était arrivé. Il força Antoinette à s'asseoir en murmurant : « Ça a dû se passer en Champagne ! » Puis il appela sa femme, pour s'occuper de Christophe.

Antoinette, qui avait la larme facile, gardait par contre en la circonstance les yeux secs. Elle se sentait tout aussi desséchée intérieurement. Un hoquet répété la secoua un long moment. Elle se mit à évoluer de long en large dans une atmosphère qui lui apparaissait teintée de blanc.

Soudain, comme une illumination, lui vint un nom, celui d'Adeline. Dès le lendemain, elle courut à son ancien atelier. Chacun la considéra avec commisération, car la nouvelle de la mort d'Hocine y était déjà connue. Entre les bras de son amie, rassurée par l'odeur que son grand corps dégageait, elle put enfin sangloter sans vergogne.

— Ton mari était quelqu'un de bien, un homme, un vrai et je m'y connais ! lui dit Adeline. Tu dois respecter sa volonté !

Et Antoinette écrivit à sa belle-mère pour lui annoncer le malheur qui les frappait toutes deux.

Un peu plus tard, après que Taos lui ait répondu, elle prit le chemin de cette mystérieuse Algérie. Comme une somnambule, elle voyagea jusqu'à Marseille. Embarquée à fond de cale, elle affronta cette mer qu'elle n'avait jamais vue. Cet élément lui parut hostile et la rendit malade, au point d'en oublier presque les soins à donner à son fils. Elle ne connut un certain répit qu'un peu avant l'arrivée à Alger. Mal assurée, elle put monter sur le pont pour contempler, se détachant sur la mer d'un bleu cru, cette côte mystérieuse où la menait son destin. Enfin, bien qu'elle ait appréhendé cette rencontre, elle fut soulagée quand, à Tizi Ouzou, à la descente du train, elle vit venir vers elle une grande femme vêtue de sombre, dont elle sut d'emblée qu'elle était sa belle-mère Taos.

Elle monta à sa suite dans un char à bancs qui se lança sur une route étroite, au flanc de montagnes couvertes de neige, dans un paysage étrange pour elle qui n'avait jamais quitté l'île-de-France. On s'élevait, l'air devint glacé, elle frissonna. Sans un mot, Taos déplia une épaissc couverture avant de lui ordonner fermement, comme elle avait dégrafé son corsage pour allaiter le bébé :

— Pas maintenant. Il y a un homme. Ton fils attendra. D'ailleurs nous sommes presque arrivées.

Peu après, en effet, la voiture s'arrêta au pied d'un village, aux maisons basses, serrées les unes contre les autres.

— Il faut marcher un peu maintenant, dit Taos.

Et docilement Antoinette la suivit, sous le regard curieux des villageois, jusqu'à une maison devant laquelle une femme les attendait :

— Voici ta belle-sœur Tassadit. Nous allons habiter chez elle un moment. Plus tard nous descendrons à Alger. Je t'y ai trouvé du travail.

Une certaine sérénité la gagna les jours suivants. La paix qui régnait dans la montagne, les sourires de l'enfant, les attentions de Taos et de Tassadit l'y aidèrent. Seule la mettait mal à l'aise la rudesse hostile que lui manifestait son beau-frère Ameziane. Elle se fit peu à peu à cette nouvelle vie et entreprit de sevrer son fils, que tous s'obstinaient à designer sous le prénom d'Idir, au lieu de celui de Christophe.

Quelques semaines passèrent ainsi jusqu'au matin où Taos lui annonça qu'elles partiraient le lendemain pour Alger.

— Cela vaut mieux, avant que l'on sache partout que tu es là, ajouta-t-elle mystérieusement.

À la gare de l'Agha, une femme au regard gris et bienveillant les attendait :

— Je suis madame Bénézit, dit-elle. J'ai appris votre malheur par votre belle-mère. Cela faisait des années que nous ne nous étions plus vues, elle et moi, et il a fallu ces tristes circonstances pour nous rencontrer de nouveau. Mon gendre est aussi à la guerre. Il faut nous entraider. Si du moins vous le souhaitez, vous travaillerez avec ma fille Rose, qui gère un magasin de mode. Vous connaissez bien le métier, je crois ?

Dès la semaine suivante, Antoinette reprenait au « Grand Duc » cet emploi de couturière qu'elle avait abandonné après son mariage. Elle l'aimait bien. Elle eut le sentiment d'exister de nouveau, après ces longues semaines où elle s'était sentie comme morte. Elle prit pleinement conscience qu'elle ne reverrait jamais celui dont elle avait si brièvement partagé l'existence. Solennellement, elle se fit le serment de lui rester toujours fidèle…

* * *

Les départements d'Algérie, s'ils n'étaient pas le théâtre des combats, n'en payaient pas moins un lourd tribut à la guerre. Tous ceux qui étaient en âge de se battre y étaient mobilisés, et un décret proposait d'exempter du régime de l'indigénat les musulmans engagés volontaires. Aux champs, comme dans les campagnes de France, les femmes remplaçaient les hommes partis à la guerre dans tous les travaux, même les plus durs.

— Je les admire, disait Marguerite à Antoine. On se croirait aux premiers temps de la colonisation. Si en métropole elles sont exposées à ce danger que sont les Boches, voici qu'ici certaines se trouvent également menacées. Vont-elles avoir à faire le coup de feu contre ceux qui se révoltent dans le bled ?

Elle faisait ainsi allusion à des rébellions sporadiques qui avaient eu lieu, çà et là, la plus sérieuse ayant éclaté en novembre 1916, à Mac-Mahon. Près de 1500 assaillants avaient assassiné des fermiers et 14 000 hommes avaient alors été envoyés dans le sud constantinois, pour mater la rébellion.

— C'est à cause de la colère causée par les hécatombes de tirailleurs algériens, ajoutait-elle. D'ailleurs, en métropole aussi on sent naître une certaine lassitude à propos de cette guerre.

Antoine l'avait écoutée en silence. Sa présence avait été jugée indispensable à l'hôpital Maillot, ce qui l'embarrassait. Était-il un planqué, comme le lui avait reproché une de ses belles-sœurs avec qui il s'entendait mal ?

— Je me sens gêné d'être ainsi à l'arrière, loin du danger, dit-il.

— Vous êtes bien plus utile ici. Vous savez à peine vous servir d'un bistouri. Que ferait-on au front de vos compétences en neurologie ? Peut-être vous confierait-on ces malheureux que les combats ont rendus fous ou bien ceux qui prétendent l'être ? Ceci dit, vous pourriez parfois leur éviter le peloton d'exécution !

— C'est ce que m'a dit Camille.

— Elle a tout à fait raison. Je vous ai toujours dit que votre femme était pleine de bon sens.

— Mais que pensera de moi Rodolphe ? Lui qui a tant insisté pour être au premier rang.

— Vous connaissez son indulgence. Il se bat car, comme il me l'a dit, l'heure n'est plus aux recherches archéologiques !

* * *

En février 1915, Winston Churchill faisait ouvrir, sur le détroit des Dardanelles, un front oriental contre les forces ottomanes. Ainsi espérait-il prendre Constantinople, ce qui faciliterait les communications avec la Russie et assurerait l'encerclement des empires centraux.

C'était méconnaître les capacités militaires des Turcs, alliés de la Triplice. Une première opération, maritime, échouait. Une autre, terrestre, qui lui succédait avec pour objectif Gallipoli, ne se révéla guère plus heureuse.

C'est seulement deux ans plus tard que les Britanniques, les Français, les Grecs, les Italiens et les Serbes qui composaient l'armée d'Orient, sous les ordres du général Franchet d'Esperey, bousculeraient le front germano-bulgare, en quatorze jours, et mettraient fin aux combats à l'est de l'Europe.

Fernand Seror avait pris part à ces combats. De son côté Ahmet avait été enrôlé dans l'état-major du général en chef en Macédoine.

Après l'armistice de Salonique, signé le 29 septembre 1918, les deux Algérois firent connaissance, par le plus grand des hasards, dans un cabaret de la ville grecque.

— Ici on dirait le décor d'un bordel de chez moi, « Le Croissant de lune », avait lancé Fernand à la cantonade.

— Celui d'Alger ? avait demandé Ahmet.

— Oui, vous le connaissez ?

— Si je le connais ? J'habite même pas loin de lui, dans la Casbah !

— Alors, on est tous les deux des enfants d'Alger la blanche ! avait conclu Fernand dans un grand rire.

Une conversation plus grave avait suivi :

— Vous savez j'ai des ancêtres turcs, avait dit Ahmet. Je m'appelle Candarli. Peut-être, en face de moi, chez l'ennemi, y a-t-il eu d'autres Candarli, des cousins éloignés mais à vrai dire, je n'ai que peu d'affinités avec eux…

— Moi je suis israélite, mais français, hein ! Nous autres, Juifs, on se bat aussi. Mon cousin Maurice était à Verdun et un autre, Guy Torjman, mais lui c'est un Parisien, il est dans l'aviation. Moi j'ai été aux Dardanelles. Quelle misère ! Ils ont été malins les « Rosbifs », comme les Français de France. Ils ont envoyé au casse-pipe un maximum de soldats de leurs colonies, comme chair à canon… Mais pire que ces canons, ça a été la chaleur, les mouches, les moustiques et puis leurs copains, le palu, la dysenterie. La chiasse que je me suis payée ! Mais au moins je suis toujours là.

— Et vous, vous étiez où ?

— Auprès du général Franchet d'Esperey. Un grand soldat, la révolte des Boxers, la Tunisie, le Maroc, la bataille de la Marne. Il a perdu son fils à Douaumont. C'est une gloire de chez nous, il est de Mostaganem. Enfin, nous allons maintenant rentrer à la maison. C'est la déroute à l'est pour les Boches, mais cette expédition d'Orient n'est finalement qu'une demi-victoire.

* * *

Avec la guerre qui semblait ne jamais devoir finir, la clientèle du « Grand Duc » se fit plus rare. Nul n'avait le goût à s'habiller et il n'y avait guère de commandes, sauf celles de tenues de deuil...

Du fait de la triste ambiance qui régnait, et en tant que femme d'un soldat au front, Rose entendit se montrer modeste. Elle rangea la majeure partie de sa garde-robe. Imitant Antoinette, elle ne porta plus que des tenues sévères, grises ou brunes. Joseph ne lui donnait de ses nouvelles que de façon irrégulière. Pour en savoir davantage, Rose demanda à ses beaux-parents une copie des lettres de leur fils. Elle reçut de sa belle-mère une réponse sèche. Elle lui faisait savoir que ce que Joseph lui écrivait ne la regardait pas. D'autant, ajoutait-elle, qu'elle, sa bru, déshonorait le nom des Savelli en étant devenue une « marchande à la toilette ». Rose avait eu la naïveté de lui faire part de ses nouvelles occupations...

Le conflit en cours s'accordait bien avec la nature belliqueuse d'Estelle. Sur une carte de la France fixée au mur, elle plantait des épingles qui marquaient les lignes stratégiques. Elle déplaçait ces repères et tâchait d'éclairer Rose sur la situation de son époux et Julie sur celle de Ronan, dont les lettres étaient rares.

— Il n'a jamais été très écrivassier, répétait Armand.

— Il a surtout de telles responsabilités qu'il n'a ni le droit, ni le temps de prendre la plume, affirmait Estelle.

— Pas de nouvelles, bonnes nouvelles, concluait alors Rose, qui trouvait néanmoins que les lettres de Joseph n'étaient guère plus fréquentes que celles de son frère.

Elle finit par s'en ouvrir à sa sœur quand, en mars 1918, arriva la nouvelle de la sortie du conflit de la Russie, après le traité de Brest-Litovsk.

— Sans doute l'état-major français consulte-t-il ton mari ! Le secret diplomatique se doit d'être aussi rigoureux que le secret militaire, lui répondit Estelle qui ne pensait pas un mot de cette affirmation, mais voulait rassurer Rose.

Le court printemps algérien passa, et un matin de mai 1918 le sirocco souffla sur Alger. En se réveillant, Rose se dit : « Il fait bien lourd pour porter ce tailleur de serge que j'ai mis tout l'hiver. Je vais plutôt mettre cette robe de tussor que j'ai rangée à l'automne. Je serai plus à l'aise et sa couleur grise me permettra de rester sobre », se dit-elle.

Elle ressentait une certaine allégresse. Après un silence de plusieurs semaines, elle venait de recevoir une lettre de Joseph. Il lui disait que l'on voyait le bout du tunnel, et qu'ils se reverraient bientôt. En ouvrant les volets elle vit l'eau du port étinceler. La sirène d'un navire lui apparut comme un chant joyeux qui la saluait. Elle se coiffa soigneusement, prit son petit déjeuner avec ses parents et s'amusa de leur tenue. Ils portaient tous deux une gandoura de laine blanche légère, leur tenue de canicule comme ils disaient. « C'est là une saine habitude que nous avons empruntée aux indigènes du Sahara avant même que vous ne soyez nés », ajoutaient-ils, quand leurs enfants raillaient leur accoutrement

Elle les embrassa et d'un pas léger, le corps libre sous sa robe d'été, se dirigea vers le « Grand Duc ». À midi elle redescendit déjeuner rue Sadi-Carnot, en prenant soin d'ouvrir son ombrelle. Elle savait que son teint était un de ses principaux attraits. Sa mère le lui avait dit et son père ne manquait pas une occasion de vanter sa carnation. Quand il s'était enhardi, Joseph lui avait dit que c'était la pâleur et la transparence de ce teint qui l'avaient d'emblée séduit. « Tout particulièrement une petite veine bleue qui court au coin de votre tempe, sous une peau si délicate », avait-il précisé…

Dans l'entrée de l'immeuble la concierge, d'habitude bavarde, ne lui fit qu'un signe de tête.

— Madame Di Martino est de mauvaise humeur ! lança-t-elle en entrant dans l'appartement.

Dans la salle à manger, la table n'était pas mise, ce qui la surprit. Du salon provenaient les voix de ses parents auxquelles se mêlait celle d'un étranger. Et comme elle ôtait son chapeau, Estelle sortit de sa chambre :

— Une bien mauvaise nouvelle, ma petite Rosie, il te faudra du courage… Les parents n'ont pas le cœur à te l'annoncer…

— Joseph est mort ? murmura Rose en titubant, comme Armand et Julie la rejoignaient suivis par un officier de Spahis, qui déclama d'un trait :

— Le gouverneur général a tenu à m'envoyer pour vous présenter ses condoléances personnelles à l'occasion de la perte irrémédiable qui vous affecte, après la mort au combat du lieutenant Savelli, cet officier admirable promis à une brillante carrière diplomatique.

— Merci, mon capitaine, lui dit Armand. Ma petite Rose, ton époux est tombé au champ d'honneur près de Villers-Cotterêts, dans cette offensive qui repousse enfin les Prussiens vers leurs frontières.

Elle marcha lentement vers sa chambre. Ce qu'elle venait d'apprendre lui apparaissait comme une évidence. Elle se sentait vide mais étrangement calme. Ses joues étaient brûlantes et elle fut soulagée quand des larmes vinrent les rafraîchir. Lorsque Suzanne vint se blottir contre elle en disant : « Maman, pourquoi tu pleures ? », elle lui dit se sentir seulement fatiguée. Cela correspondait effectivement à l'état de son esprit du moment. Mais dans les jours qui suivirent, une douleur térébrante la saisit, qui la faisait gémir en répétant : « Mon cœur est si lourd ! »

Elle dut se rendre en Corse pour les obsèques. Elle ne s'était pas opposée à ce que ses beaux-parents ensevelissent Joseph dans leur caveau de famille. Ils ne lui avaient d'ailleurs pas laissé le choix… Comme une somnambule, elle chemina jusqu'au cimetière sous ses longs voiles noirs, derrière ses beaux-parents. Nauséeuse, elle toucha à peine au repas qui suivit, pendant lequel elle garda le silence. D'ailleurs, aurait-elle voulu parler qu'elle n'aurait pu, puisque les échanges se faisaient en corse…

Le surlendemain, elle reprit le bateau. Plus jamais elle ne revit cette famille dont elle avait si brièvement fait partie. Elle se contenta de donner des nouvelles de Suzanne à ses grands-parents quand, un temps seulement, ils lui en demandèrent.

* * *

Deux mois après l'armistice, avec Lila et Azziz à ses côtés, Doudja attendait au port le navire de ligne qui rapatriait Ahmet et les troupes d'Orient. Devenue, durant la guerre, chef de sa famille, elle circulait maintenant en ville sans la moindre appréhension. Elle tenait cependant à sortir voilée, et sa silhouette blanche tranchait sur la foule massée sur les quais.

Certains laissaient éclater ouvertement leur excitation et leur joie. D'autres au contraire semblaient en proie à un sentiment de tristesse que Lila comprenait mal. Voyant son désarroi, Doudja se tourna vers elle :

— Quand Papa sera là, reste discrète, ma chérie. Si bien des gens ici retrouvent aujourd'hui l'un des leurs, d'autres sont en deuil…

Ce climat qui régnait pesait à l'adolescente comme l'avait gênée, quinze jours plus tôt, un épisode survenu au « Grand Duc » où elle s'était rendue avec sa mère :

— Je sais votre peine, madame, et j'y prends part, avait dit Doudja à Rose. Je suis même un peu gênée de la joie que j'éprouve à revoir mon époux prochainement. Le sort a été bien cruel avec vous, s'il est resté compatissant avec moi.

Les yeux de cette dernière s'étaient embués mais elle avait eu un faible sourire :

— Je vous remercie, mais je me réjouis de votre bonheur et que vos enfants retrouvent leur père. Ma petite Suzanne se souviendra-t-elle seulement du sien ?

Elles s'étaient alors étreintes longuement jusqu'à l'arrivée d'une jeune femme que Lila ne connaissait pas :

— Voici Antoinette Kaci, qui va s'occuper de vous. Elle a eu aussi la douleur de perdre son mari, tué dès le début des combats. Son fils Christophe est dans la même situation que ma petite Suzanne…

Et puis en classe, quelques jours après, mademoiselle Bénézit, son professeur d'anglais, avait demandé aux élèves une pensée pour certaines de leurs compagnes. « Elles ne reverront plus jamais leur papa », avait-elle ajouté : « Je pense à Madeleine Orfila et à Hortense Peretti. Mesdemoiselles, n'oublions pas non plus Bachir, qui assurait l'entretien ici et qui repose maintenant dans la terre de cette France qu'il est allé défendre. »

« Pourquoi faut-il ainsi que certains soient heureux et d'autres pas ? L'injustice règne sur le monde », se disait Lila comme les voyageurs descendaient sur la passerelle du navire. Attristée, elle baissa un moment la tête, et comme elle la relevait son père lui apparut, souriant.

Il la pressa longuement contre le tissu rugueux de son uniforme et, comme elle avait fixé à la dérobée les rides qui marquaient maintenant son visage, il sourit :

— J'ai changé, hein, ma Lila ? Tu vois ce que la guerre fait aux hommes ! Et puis je ne dois pas sentir bon après cette longue traversée. Je crois que mes enfants n'apprécient pas cela. Azziz a fait la grimace !

Une fois chez eux, Ahmet s'exclama :

— C'est toujours aussi beau ici ! Et tellement plus confortable que mes bivouacs. Mon Dieu, j'avais oublié la fraîcheur de ma maison, dit-il encore avant de partir se laver et se raser, puis de revenir vêtu d'une gandoura d'été, rajeuni, plus conforme à ce père dont Lila avait le souvenir.

Marguerite et Rodolphe de Viannac, démobilisé peu avant, avaient été conviés ce même jour pour le déjeuner :

— Doudja, nous sommes confus d'être là quand ce moment devrait être consacré à des retrouvailles plus intimes, dit Rodolphe.

— Mais vous savez bien qu'Ahmet est votre frère !

Lila ne disait rien. La venue des Viannac lui déplaisait. Sans le dire, elle en voulait à sa mère de les avoir invités. « Ce sont des intrus ici », pensait-elle. Elle s'enferma dans le silence quand les deux hommes se mirent à évoquer leurs combats, leurs rencontres et quand Ahmet se mit à parler longuement du général Franchet d'Esperey, auprès duquel il avait été affecté.

— C'est un vrai chef. Il comprenait ses compatriotes algériens, qu'ils se prénomment Jean, Mohammed ou Moïse. C'est aussi un ami du capitaine Bénézit qu'il compte bien revoir, un ancien camarade de combat au Tonkin m'a-t-il dit. En tout cas, il sera sûrement bientôt maréchal de France.

Lila continua d'écouter la conversation des deux hommes. Elle portait toujours sur le front d'Orient.

Subitement, elle les interrompit pour demander sur un ton légèrement persifleur :

— Au fond, Papa, tu t'es peut-être battu contre les tiens, peut-être contre des gens de notre famille.

— Non, la tança sèchement Ahmet, je me suis battu contre des Turcs ! J'étais, moi, un soldat français !

Pour faire diversion, ses amis demandèrent alors à Rodolphe d'évoquer sa guerre :

— J'ai été un peu partout au début, puis en Champagne, en 1915. Ensuite, blessé à la bataille de la Somme, j'ai fait une longue convalescence en Bretagne. J'avais perdu en partie l'usage de la main gauche, aussi m'a-t-on envoyé dans l'Oise, auprès des Américains. Figurez-vous que j'y ai rencontré un de mes neveux, Wade Wilkes, un fils de ma sœur Céleste, interprète au QG du général Pershing. Il m'a fait part de sa fascination pour l'Algérie dont sa mère lui a tant parlé. Je l'ai donc invité à venir ici, la paix revenue.

« On n'entend que leurs histoires de guerre, leurs histoires d'hommes, quand il y a tant de choses plus intéressantes, comme la musique ! » pensait Lila. Elle se leva, excédée, et demanda à se retirer, sous le prétexte d'aller travailler sa voix.

Comme elle sortait, elle entendit Marguerite dire à Doudja :

— Oui, je travaille maintenant à l'Institut Pasteur. Ils ont été bien aise de me trouver quand les hommes sont partis se battre… Je ne compte ne pas leur laisser ma place quand ils reviendront !

« Enfin une parole sensée ! » pensa Lila en refermant la porte de sa chambre derrière elle.

* * *

La vie reprit ses droits. Certaines douleurs s'apaisèrent. D'autres moins, quand le tribut payé à la guerre avait été la vie d'un père, d'un fils, d'un frère, d'un époux, de plusieurs hommes de la famille parfois.

Le départ des hommes au front avait causé un manque de main-d'œuvre agricole. Les récoltes s'en étaient ressenties, qui avaient été maigres. Il manquait également beaucoup de produits de première nécessité après le long blocus de la terre algérienne par l'ennemi. De surcroît, dans les deux années qui suivirent, sévit une sécheresse qui vint aggraver la situation dans le bled. Elle fit resurgir au sein de la population musulmane paysanne, dès l'automne de 1920, celles que l'on croyait pourtant disparues, les famines.

Alarmé, un député algérois les évoquait :

« Les indigènes se nourrissent d'herbes, de plantes non comestibles et de cadavres d'animaux corrompus […] beaucoup s'en trouvent empoisonnés. » Les journaux titraient : « La famine est à nos portes », « La famine est venue », ce qui amenait les pouvoirs publics à organiser des secours. Des centres d'accueil s'ouvraient, trop peu nombreux. Enfin, plus efficace à soulager les misères, un crédit de 92 000 000 de francs était voté, en vue de l'importation de céréales.

À Alger, on ignorait le drame ou on le niait, comme le faisait Émile qui disait à qui voulait l'entendre : « Des histoires tout ça. Personne n'est mort de faim à Boufarik. »

Taos qui venait maintenant souvent de Kabylie pour voir son petit-fils, disait que la disette avait moins frappé les gens des montagnes. « Chez nous, précisait-elle, on mange surtout ce qu'il y a dans nos jardins. »

Ce sera la « der des der » affirmait-on de part et d'autre de la Méditerranée. Le monde qui, dans son entier, a connu ces horreurs fera tout pour éviter qu'elles réapparaissent. D'ailleurs cette Société des Nations qui siège maintenant à Genève saura ramener à la sagesse les plus fous ! déclarait-on avec optimisme…

DEUXIÈME PARTIE
1919-1962

La paix revenue, Wade Wilkes, le neveu américain de Rodolphe, avait décidé de rester un temps en Europe. Il avait encore soif d'aventures, mais surtout il ne savait comment orienter son destin.

Il était plutôt fantasque, et en Louisiane ses rapports avec son père avaient toujours été difficiles. C'est d'ailleurs après une dispute avec lui qu'il s'était engagé, en 1917. La discipline militaire lui avait pesé et il avait voulu, comme il le disait, « remettre du désordre dans sa vie » aussitôt la paix revenue... La fortune de sa famille l'y autorisant, il s'était étourdi un temps à Berlin, puis à Paris, et cet hiver de 1922 sur la Côte d'Azur. Là, se souvenant de l'invitation de son oncle, il avait décidé de se rendre dans cette Algérie dont sa mère lui avait tant parlé.

Débarqué à Alger, il entendit d'abord découvrir la ville en solitaire. Il se plongea à l'aventure dans ses quartiers populaires ou résidentiels, dans l'agitation de son port. Il se perdit dans les venelles obscures de la Casbah et se reposa dans l'ombre des jardins publics. Tout lui plaisait, et le souvenir de la guerre y était moins pesant qu'en Europe. Son insouciance et sa joie de vivre, volatilisées sur les champs de bataille, lui revinrent.

Vers la fin de l'année, il signala sa présence à Rodolphe qui le convia pour fêter Noël au Djenane, où Marguerite et lui avaient emménagé, après la disparition d'Anne. Ce 25 décembre baignait dans un froid coupant, mais avec une lumière radieuse, et Wade avait suivi la corniche de Saint-Eugène à la rencontre de ses parents inconnus.

— Voici notre parent du Nouveau Monde. Un Américain, mais parfaitement francophone, car Céleste a tenu à lui transmettre notre langue, dit Rodolphe pour le présenter à ceux qui se tenaient groupés autour du feu de bois qui parfumait la pièce.

Le jeune homme s'inclina d'abord devant un homme âgé, ventripotent et rubicond, son grand-père Émile, qui répondit brièvement à son salut. À sa ressemblance avec sa mère Céleste, Wade reconnut sa tante Stéphanie, venue d'Oran avec son mari à l'occasion des fêtes. Enfin, en raison du regard de fierté que Rodolphe avait porté sur elle, il sut d'emblée que cette femme élégante, à la poignée de main ferme, était Marguerite, l'épouse de son oncle.

— Et voici la nouvelle génération des Viannac, Madeleine et Philippe, compléta Rodolphe en lui désignant une fillette et un petit garçon d'une dizaine d'années qui, le teint rougi par le froid, se poursuivaient dans le jardin.

Un long et plantureux repas avait suivi. Il ne se termina qu'à la nuit, précoce en cette saison. Dehors le ciel s'était couvert et la journée, qui avait débuté de façon radieuse, s'était imprégnée de tristesse, à l'image de la mer, passée en quelques heures d'un bleu étincelant à un gris terne.

Les lampes avaient été allumées, rassurantes, peu avant que n'arrivent à leur tour des amis des Viannac. Ils parurent presque irréels à Wade, tels les acteurs d'une pièce inconnue, ce qui le fit se tourner vers Rodolphe :

— Vous savez, mon oncle, depuis mon arrivée à Alger et pour la première fois depuis des années, je me sens bien quelque part. Je découvre un monde qui me plaît, et où j'aimerais vivre.

Rodolphe qui l'avait écouté avec attention, cette attention que Wade reprochait à son père de ne jamais lui accorder, le mit en garde :

— Méfiez-vous de la nouveauté, Wade. Beaucoup de gens ont été séduits par cette terre mais elle peut se montrer dure. Elle est souriante mais peut se révéler cruelle !

Et à son tour Marguerite prit la parole :

— C'est exact. Moi aussi j'ai connu ce « vertige algérien » que l'on éprouve quand on se trouve confronté aux beautés dont regorge cette terre, mais le soleil ne fait pas que la réchauffer, il la brûle aussi. J'en suis le témoin quand je me penche sur les souffrances de nombre de ceux qui vivent ici, en mission pour essayer de soulager ces malheureux, comme ceux que la famine a tant accablés récemment !

En les écoutant, Wade les avait trouvés tous deux bien pessimistes. L'intervention soudaine de son grand-père lui confirma cette impression :

— Allons, mon garçon, n'écoute pas ces oiseaux de mauvais augure ! Le pays va bien même s'il y a un peu de misère par-ci par-là. Si des indigènes meurent, c'est du fait de leur imprévoyance ! Il ne faut pas avoir tant de scrupules avec eux. Au moins vous, les Américains, n'en avez pas eu vis-à-vis des Peaux-rouges et vous avez eu raison !

Autant de mots qui firent lancer à Marguerite un regard plein de colère vers son beau-père, comme le remarqua Wade.

* * *

Une semaine plus tard, le jeune homme se rendit à un bal donné pour le réveillon de la Saint-Sylvestre, à l'invitation de Ronan Bénézit. Rodolphe le lui avait présenté dans ces termes :

— Tu dois souhaiter fréquenter des gens de ton âge, pas uniquement des barbons comme moi. Ronan n'est ton aîné que de deux ans. Il t'introduira dans la jeunesse algéroise. C'est un Saint-Cyrien qui s'est battu, comme toi, en Picardie. Cela vous fera un sujet de conversation. Sache aussi que son beau-frère a été tué, et que la famille est en deuil. Il n'a pas l'air de suivre leur exemple, ce que les siens paraissent réprouver. Mais enfin il doit savoir ce qu'il fait… Il n'est là cependant qu'à l'occasion d'une permission, puisqu'il vit en garnison au Maroc.

Le 31 décembre 1922, avant de pénétrer dans la grande demeure où devait être fêté le réveillon du Nouvel An, Ronan le renseigna :

— C'est ici, à Boukhandoura, qu'ont vécu autrefois vos arrière-grands-parents. Mes parents y sont tombés amoureux l'un de l'autre à ce qu'ils m'ont dit, lors d'un bal donné par votre aïeule, Anne de Viannac. Bien plus tard, devenue veuve, votre arrière-grand-mère a quitté la maison et l'a vendue à ceux qui nous reçoivent ce soir, les Cousin. Ce sont des gens un peu parvenus, qui ont fait fortune dans les transports. Le premier d'entre eux, celui qui a constitué la fortune de la famille, n'était au départ qu'un roulier du Sersou mais maintenant, ses petites-filles ont de belles espérances !

Ronan l'avertit alors que la seconde de celles-ci, Danielle, attirait moins les prétendants. Son divorce, après un mariage qui n'avait duré que quelques mois, la faisait bouder par beaucoup.

— Vous savez, les gens d'Alger prétendent avoir l'esprit ouvert mais les divorcées y sont encore mal vues... mais pas par moi ! ajouta-t-il.

Un verre à la main, les deux jeunes gens observaient la foule qui se pressait à la soirée. Ils comparaient la beauté de celles qui se trouvaient là. Ronan ne faisait aucun mystère de ses intentions. Il comptait épouser une héritière. « N'importe quelle "cuve de la plaine" bien dotée fera l'affaire, d'où qu'elle provienne, à la condition qu'elle soit "consommable", bien sûr », avait-il ajouté. « Et cette Danielle Cousin paraît entrer dans ses plans », s'était dit Wade.

Le cynisme affiché de son nouvel ami amusait le jeune Américain. Il avait remarqué qu'en faisaient preuve nombre de ceux qui avaient survécu aux massacres de la guerre. Il souhaitait, comme eux, prendre le plaisir là où il se trouvait, après tant de souffrances. Il regardait les invités avec le même bonheur qu'il avait éprouvé à Noël, chez les Viannac. Il y retrouvait à certains égards ce monde qui était le sien, avant de partir à la guerre. On s'y habillait de la même façon. Les conventions, les distractions y paraissaient identiques. Néanmoins il avait un grand avantage sur celui de la Louisiane, il n'y connaissait personne. Il se sentait rassuré par son anonymat. Il pensait avoir enfin trouvé un antidote à ces poisons que les combats avaient versé dans ses veines et que son errance à travers l'Europe n'avait pu neutraliser. « Il me faut un entourage nouveau mais qui ressemble quand même au mien, se disait-il. Ce ne sont pas les artistes, les filles faciles que j'ai connus ces quatre dernières années qui auraient pu me faire retrouver ce que j'étais avant 1917. »

Non loin de là, Ronan dansait avec Danielle. Elle semblait l'écouter avec plaisir et lui souriait. Wade, lui, n'avait osé inviter qui que ce soit. Il avait senti pourtant qu'il était l'objet de l'intérêt de bien des invités, mais il avait écourté les conversations. Il le regrettait : « Je dois passer pour un sauvage dans l'opinion des Algérois, songeait-il, bien qu'au fond je sois pour moitié de leur espèce, par ma mère, l'Africaine » car c'était ainsi que Céleste avait été surnommée en Louisiane.

Les congratulations rituelles aux douze coups de minuit étaient déjà loin. La foule était plus clairsemée. Wade commençait à se sentir las quand il entendit derrière lui une voix féminine :

— Vous semblez vous ennuyer autant que moi !

Tournant la tête, il vit que ces mots venaient d'une toute jeune fille. Son visage très blanc et sa bouche du même écarlate que sa robe la faisaient paraître une petite fille qui aurait emprunté les fards de sa mère. Elle n'en était pas moins très jolie et, après qu'il se soit présenté, elle lui lança à son tour, en manipulant son choker de perles colorées :

— Je m'appelle Lucky.

Quand Ronan et Danielle vinrent les rejoindre Wade fut frappé du contraste entre les deux femmes, l'une blonde, l'autre brune, un contraste renforcé par l'aisance de la première et la juvénilité maladroite de la seconde.

— Eh bien Lucette, tu as fait la connaissance de Wade, tu n'as pas perdu de temps ! dit Ronan.

— Il m'a paru une des seules personnes dignes d'intérêt ici. Et je t'en prie, mon cher, oublie ce prénom affreux dont m'ont affublé mes parents ! s'exclama-t-elle en faisant la moue.

— Mais oui, mais oui, ma petite ! Bon, mon cher Wade, je crois qu'il est temps de nous retirer.

Quand les deux garçons firent leurs adieux à Danielle et à Lucky, juste comme la lueur de l'aube avait blanchi le ciel, un grand frémissement du vent passa dans la cime des pins. Danielle signala qu'il était le signe d'une belle journée. « Madame de Viannac nous l'a dit quand elle nous a vendu Boukhandoura », ajouta-t-elle en les quittant.

En haut de l'allée qui menait à l'entrée du parc, Ronan lui précisa :

— Voyez-vous, Wade, Lucky est ma parente, un peu éloignée. C'est une jeune personne qui n'a que dix-huit ans mais qui sait ce qu'elle veut. Vous devez aussi savoir qu'elle est israélite. C'est une branche de notre famille. Il est surprenant qu'elle soit ainsi reçue chez les Cousin mais la société d'ici, qui est plutôt antisémite, a ses bons Juifs ! Nous-mêmes, à cause du Ben par lequel commence notre nom, avons été parfois frappés d'un certain ostracisme. Sachez aussi que si les parents de Lucky sont aisés, il ne s'agit que de gros commerçants. Sa dot sera beaucoup moins confortable que celle de Danielle !

Wade l'avait écouté mais n'avait rien répondu. À regret, il avait retrouvé, à travers les mots de son ami, ce qui lui était familier au-delà de l'Atlantique. Ici aussi régnait cette préoccupation de tous à propos de l'argent et des catégories sociales. Et personne ne pouvait l'ignorer, sauf à faire scandale.

* * *

Après 1918, Rose avait continué de diriger le « Grand Duc » et Antoinette, aidée de deux cousettes, assurait la confection des commandes. La vie des deux femmes était triste. Elles s'abîmaient dans le travail sans se plaindre de leur sort, celui de bien des veuves de guerre. Leurs débuts dans le commerce avaient été difficiles. L'atmosphère d'alors, quand bien des familles pleuraient un disparu, ne cadrait pas avec le caractère jugé futile de la mode.

Pendant trois ans, la boutique n'avait pas fait de bénéfice jusqu'à ce que l'austérité dominante ait commencé à se dissiper. Peu à peu, le deuil intégral avait cédé la place au demi-deuil, et le violet ou le mauve avaient remplacé le noir... Et brusquement, comme une protestation, une mode radicalement différente avait surgi. Les sinuosités avaient cédé la place aux lignes droites. Les poitrines s'étaient effacées, les robes avaient raccourci et les chapeaux perdu de leur volume.

Rose avait adapté ses modèles à ces changements, mais elle n'osa le faire pour sa propre garde-robe que lorsque Marguerite l'y invita, impérieusement.

Cette dernière avait une grande réputation d'élégance et était une cliente assidue du « Grand Duc »... Elle aimait s'habiller, le faisait avec goût, comme pour affirmer que, bien qu'exerçant un métier masculin, elle ne renonçait pas à sa féminité.

Elle avait très vite deviné que, si Rose avait elle aussi des aspirations analogues aux siennes, elle se les interdisait depuis son veuvage. Un matin de mars, à la fin d'un hiver qui avait vu de fortes averses inonder la ville, qu'avaient traversée des vents violents qui fracassaient la mer sur les jetées, le soleil s'était enfin levé dans un ciel dégagé, et Alger avait repris son blanc sourire.

Comme chacun Rose s'en était réjouie, en ouvrant ses volets sur la rade. Elle était partie travailler le cœur léger. Dans la même allégresse, Marguerite qui avait aussi décidé de se constituer une garde-robe pour ce printemps soudain éclos s'était rendue à la boutique.

Rose l'y accueillit avec un large sourire :

— Quelle belle journée, madame la baronne. Après ce triste temps qui m'a rappelé l'époque où je vivais à Vienne ! Nous avons eu bien peu de monde ces dernières semaines. La pluie ne donne guère le goût de la toilette.

Marguerite la regarda en admirant sa grâce. Elle s'indigna de la voir contrainte de porter les tristes toilettes imposées par sa situation. Brusquement, comme inspirée par la lumière qui jouait gaiement à travers les palmes d'un dattier dressé devant la boutique, elle lui lança :

— Ma petite, vous devriez recommencer à vous faire belle, à céder à notre charmant défaut à nous les femmes : la coquetterie ! Je le sais, je suis mal placée pour vous dire cela, moi qui n'ai pas connu votre malheur... Disons que je le fais comme je dirais à un de mes malades de se soigner !

Cette invite interloqua Rose. Madame de Viannac ne lui disait-elle pas clairement ce que lui avaient discrètement suggéré ses parents, ce qu'Estelle lui avait asséné avec brutalité en disant : « Fais donc comme moi, suis la mode. Cesse donc de ressembler à une fourmi ou à un cafard ! » Une invite que l'accoutrement bizarre de sa sœur ne lui avait pas donné envie de suivre...

Elle resta un instant pétrifiée avant de balbutier :

— Croyez-vous vraiment que je puisse quitter le deuil ? Bien que, vous savez, depuis un an je porte seulement le demi-deuil, surtout du mauve, que j'aime bien.

— Portez aussi du jaune, du vert et même du rouge si vous le souhaitez, bien que je vous recommande plutôt le bleu. Il vous sied mieux ! Votre mari disparu aurait souhaité, j'en suis sûre, que vous paraissiez plus gaie, ne serait-ce que pour votre petite Suzanne. Ce n'est pas drôle pour elle d'avoir une maman aux tenues si discrètes !

— C'est vrai. Elle me l'a dit l'autre jour.

— Revivez, ma petite Rose, ressuscitez ! Je n'ai plus le temps avec mes bavardages de voir ce que vous me proposez mais je reviendrai. Nous regarderons ensemble ce qui, dans la mode actuelle, pourrait nous convenir, à vous comme à moi, conclut Marguerite, en sortant dans le soleil qui inondait la rue.

* * *

Lila Candarli avait pu rencontrer Camille Saint-Saëns en mars 1921, grâce à Viviane Pancaldi. Le compositeur, âgé alors de quatre-vingt-dix ans, venait faire de longs séjours en Algérie. Il y avait été envoyé dès 1873, pour des raisons de santé. Tombé amoureux d'Alger, il avait pris l'habitude de passer l'hiver à la Pointe Pescade ou à Mustapha supérieur, en séjournant parfois à Hammam Righa pour une cure thermale.

Viviane avait fait préparer par son élève, qu'elle qualifiait de jeune prodige, un air de *Samson et Dalila* :

— Évitons les lieder et la musique allemande, avait-elle précisé. Monsieur Saint-Saëns a prôné leur bannissement en 1914. Répétez longuement chez vous l'air *Mon cœur s'ouvre à ta voix*. Dans le patio où l'acoustique est excellente !

Quand elle eut chanté devant le vieux monsieur, Lila reçut de lui des encouragements, mais aussi certaines critiques. Elles concernaient sa technique et la verdeur de sa voix et ne la choquèrent pas. Elle était très lucide à propos de sa pratique du chant. Elle savait qu'il lui fallait encore beaucoup travailler, et les compliments incessants de Viviane n'étaient pas sans l'exaspérer.

Doudja lui avait enseigné d'être exigeante avec elle-même. Dans le domaine musical, sa mère, l'être le plus bienveillant qui soit par ailleurs, ne la ménageait pas avec ses critiques. Elle lui mesurait aussi les compliments, ce qu'elle justifia un jour auprès d'Ahmet, qui lui avait reproché sa sévérité :

— La musique est une chose sérieuse. Elle n'est pas un simple passe-temps, comme on la considérait dans ma famille. Elle suppose une ascèse. Dieu a donné à Lila un réel talent. Cela lui crée des obligations. Je veux qu'elle devienne, sinon la meilleure, du moins l'une des plus grandes. Je lui ferai des compliments, mais je saurai me montrer stricte avec elle, pour son bien. Ainsi redoublera-t-elle d'efforts ! Je ne suis qu'une médiocre musicienne que parce que l'on m'a trop flattée.

En novembre de la même année, Saint-Saëns revint à Alger. Lila demanda à Ahmet d'intervenir auprès de Charles Galland, un intime du musicien, pour pouvoir rencontrer à nouveau le grand homme ; mais celui-ci mourut, à l'hôtel de l'Oasis, la veille du jour prévu pour cette seconde rencontre…

Elle ne put qu'assister à la cérémonie célébrée à la cathédrale, en l'honneur du maître. L'archevêque, monseigneur Leynaud, y officiait. *La Marche héroïque*, *Le Cygne* et *La Marche funèbre* de Beethoven y furent joués. Plus tard, elle ne put qu'entendre l'hommage rendu par le gouverneur Steeg à celui qui avait tant aimé « composer sous les palmiers », au pied du bateau où était embarquée la dépouille.

De son côté, Ahmet avait entendu s'occuper personnellement d'Azziz. Il avait décelé très tôt chez lui un goût du sport et de la compétition. Aussi, dès que son fils avait atteint ses dix ans et avait élu la natation, il avait tenu, bon nageur lui-même, à s'improviser son entraîneur.

Tout petit, l'enfant avait été attiré par l'eau. Elle était devenue son élément naturel. Aussi, entre décembre et février, quand la mer était trop froide, il comptait les jours qui le séparaient du moment où il pourrait enfin s'y replonger. Il aimait particulièrement la crique du Djenane, dans laquelle Rodolphe avait proposé qu'il nage aussi souvent qu'il le souhaitait. Le garçon en avait été comblé et y plongeait avec élégance, du haut des rochers qui la bordaient, pour la parcourir ensuite en de longues brassées.

L'été était bien sûr sa saison favorite mais quand, après la guerre, les Candarli prirent l'habitude de passer quinze jours en août à Vichy, Azziz, une fois sur place, parut s'éteindre. Il errait tristement à travers la station, en boudant. Comme il était habituellement un enfant facile, ses parents s'alarmèrent, jusqu'à ce qu'il leur dise : « On ne peut pas nager ici ! » Dès lors, éclairé sur le malaise du petit garçon, Ahmet l'emmena régulièrement s'exercer dans l'Allier, ce qui fit dire à Doudja, en avalant avec une grimace l'eau de la source Grande-Grille :

— Ahmet, je comprends qu'Azziz préfère se tremper dans l'eau de la rivière que boire celle-ci !

— C'est aussi mon avis, mais cette passion n'est-elle pas due à quelque sirène chez tes ancêtres Haouari ?

— C'est chez ceux des Candarli qu'il y en aurait plutôt une ! Vous autres Turcs étiez bien plus des gens de mer que nous, les terriens du Zaccar !

* * *

En 1922, comme chaque été, les Bénézit et les Torjman étaient venus faire vivre leurs maisons jumelles de Fort-de-l'Eau. Rose envisageait de n'y séjourner qu'en août, mais avait confié Suzanne à sa grand-mère, dès les premiers jours de juillet.

Estelle, qui bénéficiait des longues vacances scolaires, s'y était installée avec une de ses amies, Gilberte. Elle parlait de toutes les qualités cette grande fille sans beauté, sèche et peu gracieuse. En revanche les autres Bénézit ne l'appréciaient guère et l'avaient secrètement surnommée « la Pieuvre », en raison de ses bras démesurés…

Un souci habitait Julie, l'engagement de Ronan dans les combats de la guerre du Rif : « Ce n'est pas Danielle, qu'il a épousée discrètement au printemps, qui va le soutenir. Dans ses lettres elle ne sait que se plaindre de l'ennui qui règne à Meknès. Il est vrai qu'elle se trouve délaissée, puisqu'il est surtout en opérations », songeait-elle.

Elle refusait l'aide de ses filles dans ses tâches mais un soir, excédée, elle lança à Armand :

— Quelle idée a notre aînée de nous imposer cette grande dinde de Gilberte, qui ne sait rien faire de ses dix doigts et qui est paresseuse comme une couleuvre.

Le vieux monsieur qu'il était maintenant délaissa un instant son livre pour s'efforcer, sans grande conviction, de défendre l'intruse, comme la qualifiait également son épouse.

— Elle paraît bien instruite.

— Un bas-bleu, tu veux dire !

— Elle est aimable avec moi. Elle vient me faire la conversation quand vous êtes tous à la plage.

— Tu veux dire qu'elle cherche à te flatter. Je parie qu'elle te fait raconter tes campagnes militaires.

— Oui, c'est exact, répondit-il d'un air piteux.

— Je te défends de le faire ! clama alors Julie. Ces campagnes c'est notre histoire à tous les deux, notre domaine réservé, pas celui de la Pieuvre !

Armand éclata de rire. Désarmée, Julie rit à son tour avant d'appeler Suzanne pour l'emmener à la plage, tous les matins, selon le même rituel. En maudissant la chaleur, elle s'asseyait sur un pliant, sous un parasol, et s'activait à un ouvrage, sans perdre un instant de vue la petite qui barbotait au ras des vagues. Souvent Eugénie venait à ses côtés. Les tenues de bain qu'arboraient Rose, Jeanine et Élisabeth la choquaient. Celles de Lucky la scandalisaient franchement comme ce matin-là, où la jeune fille arborait un nouveau maillot, très échancré :

— Regarde-la donc, ma petite fille, elle me fait honte ! s'était écriée Eugénie.

— Allons, on ne voit guère que ses jambes ! Tu sais je me suis moi-même baignée sur cette plage et, même si je portais une longue camisole, je choquais ma grand-mère, Maria.

— Oui mais tu m'as dit que tu le faisais au soir, quand il n'y avait plus personne pour te voir. Ce n'est pas comme ici avec tous ces hommes qui regardent les femmes depuis la corniche.

— Grand bien leur fasse ! Je savais bien qu'il y avait quelques « chouffeurs » pour m'observer derrière les tamaris. Que veux-tu ! Ici les hommes, les indigènes comme les Européens, ont le sang chaud !

Quand midi sonnait au clocher, elles ramassaient leurs affaires et regagnaient la maison. Estelle et Gilberte, qui ne se baignaient jamais, étaient alors généralement assises, à l'ombre de la tonnelle, auprès d'Armand qui, rituellement, buvait une anisette.

Ainsi en était-il ce dimanche où Rose, venue d'Alger, était remontée elle aussi de la plage :

— Ah te voilà, toute brûlée par le soleil ! lui avait lancé Estelle. Tu ferais mieux de faire comme nous. T'abstenir de la plage pour garder un joli teint d'Anglaise !

— Pourquoi donc ? Maintenant le soleil est à la mode. Modérément, c'est une bonne chose et je me moque de préserver mon teint. Pour qui d'ailleurs ? Ça vaut bien tes contorsions – car en effet, Estelle et son ami se livraient à des acrobaties rythmiques inspirées de l'Antique assez ridicules ou bien, avec des draps de lit, tentaient d'imiter Loïe Fuller...

— Ah, la paix ! avait alors tonné Armand, vous n'allez pas vous disputer comme des gamines, ainsi que vous l'avez fait toute votre enfance !

Cet été là vit la visite de tous les Torjman de Paris, à l'exception de Sarah. Raphaël était tout à la joie de retrouver son Algérie et Frida de la découvrir. Avant de partir, elle avait soigneusement préparé son voyage, lu Maupassant, Daudet et Fromentin et, sans tenir compte des décennies écoulées, elle s'étonnait que le pays ne soit pas celui de ses lectures. Quant à Guy, il jouissait auprès de chacun d'un grand prestige pour s'être vaillamment battu pendant la guerre, aux commandes de son biplan.

Le soir du 14 juillet, il invita Rose à l'accompagner au bal du village. Louise qui entendait que soit respectée la réserve à laquelle sa nièce était tenue de par son veuvage, exprima sa réprobation :

— Que ne va-t-il pas plutôt danser avec Lucky ?

— Elle n'a que son Américain en tête depuis qu'il est retourné chez lui, en promettant de revenir… S'il revient ! Tu sais bien qu'elle refuse de sortir de chez elle en permanence, sauf pour aller à la plage, dit Julie.

Armand, bousculant à son tour sa belle-sœur :

— Ma fille Rose est une femme maintenant, plus une gamine, et une femme qui a eu son lot de malheurs ! Elle n'a que trente-trois ans et a le droit de se distraire un peu avec celui qui, après tout, est son cousin. Je me félicite qu'elle ait enfin renoncé à ses tristes tenues, sur les conseils de madame de Viannac à ce qu'elle m'a dit. Elle ne doit pas laisser se faner ce qui lui reste de sa jeunesse sous des voiles noirs !

Quand vint septembre, l'heure du retour sonna. Raphaël et sa famille embarquèrent pour Marseille, lui regrettant de quitter des lieux où le soleil allait encore s'attarder, Frida aspirant par contre à retrouver la fraîcheur de la France. Elle avait, sans s'en plaindre, souffert de la chaleur de l'été algérien à laquelle ses vacances, qu'elle passait à Cabourg, ne l'avaient pas préparée…

* * *

Jeanine Attia ne passa pas non plus cet été-là à Fort-de-l'Eau, rompant avec sa vie monotone pour mener à bien un grand projet.

Longtemps elle n'avait imaginé d'autre destin que celui de se dévouer à ses élèves et à sa famille. Elle savait combien son physique était disgracieux et que les regards l'ignoraient ; ce qui la confortait dans la piètre idée qu'elle avait d'elle-même et lui faisait percevoir comme hypocrites les compliments qu'on pouvait lui faire.

Pourtant, mais une seule fois, elle avait eu le sentiment de vivre intensément. À vingt-huit ans, elle s'était secrètement éprise d'un Constantinois, un cousin éloigné, mais s'était gardée de laisser apparaître son attirance pour lui. Si elle ne l'avait plus jamais revu par la suite, elle n'en avait pas moins continué d'entretenir le souvenir de ce garçon qui l'avait tant séduite. Elle avait même rêvé aux enfants qu'ils auraient pu avoir ensemble, jusqu'au jour où lui vint une idée à laquelle elle s'habitua si bien qu'elle décida de la mettre en pratique.

C'était un jour où elle avait réprimandé Lucky, et où l'adolescente avait repris, sans le savoir, les mots très durs que lui avait adressés Cléo, des années auparavant :

— Tu ne fais rien pour plaire aux hommes ! Arrange-toi un peu, sinon tu n'auras jamais d'enfants pour prendre soin de toi plus tard !

Ces mots cruels de sa nièce l'avaient blessée, mais avec eux lui était revenu un souvenir, celui d'avoir porté son regard sur un cyprès qu'une glycine enlaçait, le jour où Cléo l'avait accablée des mêmes sarcasmes. Comme l'arbre soutenait la liane, ne pourrait-elle pas elle aussi, Jeanine, aider un être fragile, un enfant qu'elle aurait adopté ?

À l'école, chaque jour, la vue de ses élèves avait renforcé sa décision. Elle avait une affection particulière pour Léon Xicluna, le fils de chevriers maltais du Frais-Vallon. Ses camarades se moquaient de lui. Il était laid, souffreteux. Les autres écoliers disaient qu'il puait le bouc… Il manquait souvent la classe quand son père l'envoyait conduire le troupeau autour de l'oued Lhezar. Son air malheureux sous les quolibets, sa tignasse épaisse au-dessus de ses yeux tristes émouvaient Jeanine. « Il me faudrait pouvoir aider un petit garçon malheureux comme lui, un petit garçon qui lui ressemble ! » se disait-elle, chaque fois qu'elle le voyait, si bien que, non sans s'être soigneusement renseignée, elle prit une ferme décision dont elle s'ouvrit aux siens : pendant les vacances d'été, elle allait partir à Marrakech où une famille pauvre du Mellah était disposée à lui confier le dernier de ses enfants…

L'annonce stupéfia chacun. Nul ne reconnut dans la Jeanine décidée à mener sa démarche l'être docile et effacé qu'elle avait été jusque-là. Tous furent aussi effrayés de la voir se rendre dans le royaume chérifien. Ne disait-on pas que la guerre s'y était rallumée, en dépit du protectorat et de l'autorité qu'y avait acquise le général Lyautey ? Elle les rassura. Pour préparer son voyage, elle avait contacté Ronan Bénézit à Meknès. Il lui avait répondu que si le Rif qu'Abdelkrim avait érigé en une République indépendante, n'était pas sûr, si dans l'Atlas la résistance berbère restait active, elle pouvait se rendre sans risque dans la grande capitale du Sud. Elle n'aurait à y craindre, avait-il dit, « que la chaleur de four qui y régnait l'été ».

Le premier étonnement passé, tous furent persuadés que ce projet utopique échouerait, qu'elle n'irait pas au-delà d'Oran. Ils furent surpris de la voir de retour et descendre du train après de longues semaines, en tenant par la main un petit garçon de cinq ans, sauvage et malingre, qui ne s'exprimait qu'en arabe et qu'elle présenta comme « David Toledano, mon fils ».

Peu avant de reprendre son poste pour la rentrée, elle quitta Dar el-Ouard pour s'installer au centre d'El biar, dans la populaire cour Damas. En vue de le scolariser, elle entreprit opiniâtrement d'enseigner à l'enfant la langue de la famille au sein de laquelle il allait vivre désormais.

* * *

Une semaine après la rentrée scolaire, en rentrant du « Grand Duc », Antoinette fut surprise de ne pas trouver Christophe chez elle. Le petit garçon était maintenant largement autonome. Chaque soir, après la classe et après avoir joué un moment avec ses camarades, il rentrait seul chez lui pour y faire ses devoirs.

Comme c'était un enfant sérieux, elle s'inquiéta et partit à sa recherche. À l'école, le concierge l'avait vu sortir avec les autres. La voisine chez qui il prenait son repas à midi lui dit qu'il avait déjeuné là. De porte en porte, Antoinette n'obtint pas davantage de renseignements jusqu'à ce que le petit Georges Gadea, qui paraissait réticent à lui répondre, lui confie :

— Y a un indigène qui y a dit de venir avec lui... Pour rejoindre ta mère qu'il a ajouté ! Comme j'avais tout entendu, il m'a dit que je ferais mieux de me taire, qu'« aussinon » je verrais un peu ! C'est pour ça que j'osais rien vous dire !

Elle courut aussitôt chez Rose, qui alerta Armand, lequel se rendit au commissariat de police. Si on l'y écouta, ce fut sans conviction qu'on lui promit de lancer des recherches. Les jours suivants, il s'efforça de rassurer Antoinette affolée qui, deux jours plus tard, lui fit lire une lettre mise directement dans sa boîte. Elle l'avertissait qu'elle « s'exposerait à de graves ennuis » si elle cherchait à retrouver son fils…

Cet événement fit se rappeler à Armand que, souvent, il n'avait su comment arbitrer certaines disputes survenues entre ses tirailleurs indigènes. Il avait senti qu'au-delà du motif futile qui les avait provoquées, existaient de mystérieux conflits, en rapport avec quelque histoire ancienne, familiale ou clanique. Une fois même il y avait eu mort d'homme et il avait dû identifier le corps d'un caporal, un homme jovial qui, dans les jours qui avaient précédé sa mort, lui avait paru sombre et inquiet.

Il retourna au commissariat la semaine suivante, pour faire part de ses soupçons : compte tenu des origines de son père, Christophe pouvait avoir été l'enjeu de quelque obscure querelle et se trouver quelque part en Kabylie… Il en fut pris bonne note mais Armand sentit que, de nouveau, peu d'efforts seraient déployés aussi menaça-t-il, tempêta-t-il, pour s'entendre finalement dire :

— Mon capitaine, dans ce genre d'affaire la force publique française est bien désarmée. C'est une autre justice, secrète, qui a cours. Il serait même dangereux, pour l'enfant comme pour sa mère, que nous intervenions. Il y a là sans doute en effet quelque vendetta à la clé et malheureusement, mieux vaut ne pas s'en occuper !

Armand se souvint qu'il avait entendu un de ses collègues corses lui tenir un discours identique, lors de la mort du caporal. Il lui avait évoqué ce qui se passait dans son île et conseillé de ne pas se mêler de l'affaire. Il se souvint également des longues discussions avec son gendre, Joseph Savelli, et des comparaisons que ce dernier faisait entre les Corses et les Kabyles : « Comme mes compatriotes, ce sont des insulaires. Au sein de l'Algérie leurs montagnes sont isolées comme la Corse au milieu de la Méditerranée », disait-il.

Antoinette retourna travailler au « Grand Duc ». Elle perdu cette placidité souriante qui était devenue la sienne après sa venue à Alger, quand elle s'était sentie soutenue par les uns et les autres. Elle reprit cet air d'oiseau mouillé qui avait frappé les Bénézit quand elle avait débarqué du bateau, en 1915. Désormais, chacun évita de la questionner et on raconta aux employées de la boutique que Christophe avait dû partir en France, pour des raisons de santé.

Un mois plus tard lui parvint une seconde lettre, déposée aussi directement chez elle. Elle l'informait qu'« Idir » était en bonne santé mais elle était invitée de nouveau à ne rien tenter pour le retrouver. Le prénom utilisé, Idir, la surprit un instant mais elle se souvint que c'était celui qu'avait choisi Hocine pour son fils, et aussi celui dont Taos faisait usage. On lui demandait également de déclarer à la police qu'elle annulait sa demande de recherche, si elle en avait déposé une et elle s'exécuta.

Le message l'avait cependant un peu rassurée, et quand vint novembre, avec ses chrysanthèmes et ses cinéraires funèbres, elle songea que si tout avait mal tourné, elle serait peut-être à pleurer sur une petite tombe, et elle passa Noël dans le désarroi, malgré les efforts des Bénézit pour la réconforter.

Trois mois plus tard, par une matinée d'avril pluvieuse, comme elle avait été contrainte de s'abriter des trombes d'eau sous un auvent, un *yaouled* lui remit discrètement un pli. Son cœur se mit à battre et sans même le lire, négligeant l'averse, elle courut jusqu'au « Grand Duc ». En la voyant bouleversée, Rose entreprit de la réconforter, avant de lire à haute voix le petit mot.

Il venait de Taos, dont l'arrêt soudain des visites depuis la disparition de son petit-fils avait surpris chacun à Alger. Elle lui proposait, pour le jour même, à 13 heures, une rencontre chez « madame Capitaine », ainsi qu'elle appelait Julie. À l'heure dite Antoinette courut au rendez-vous. Elle y trouva sa belle-mère qui la serra contre elle, avant de lui faire un long récit, sur ce ton un peu triste et monocorde qui était le sien :

— Toinette, Idir il est chez nous. C'est mon gendre Ameziane qui l'a pris à Alger. Il m'a rien dit, ni à ma fille Tassadit non plus, mais il a fait ça après avoir consulté la Tajmaat soi-disant... Il est allé à la ville et il est revenu avec le petit. Maintenant ton fils il croit que tu es morte, comme il lui a dit. Il a pleuré le petit, il a pleuré ! Rien à faire pour qu'il s'arrête, pendant le jour, pendant la nuit ! Juste moi j'arrivais un peu à le consoler parce qu'il me connaissait, mais quand Ameziane il était pas là. Mon gendre il dit que maintenant Idir c'est presque un homme et qu'à onze ans, on pleure pas. Et que c'est pour ça, pour qu'il devienne tout à fait un homme qu'il l'a ramené. Pour lui, rester avec sa mère c'était pas bon. Et il dit aussi que Hocine et même M'hamed, ils auraient voulu la même chose !

Le regard de Taos brillait au fur et à mesure qu'elle parlait. Un instant très bref, ses yeux s'humectèrent quand elle évoqua la détresse de l'enfant. Elle se tut un moment et resta le regard dans le vague avant de reprendre, de façon véhémente cette fois :

— Mon gendre il est méchant ! Il est jaloux de M'hamed parce que tout le monde il admirait mon mari. Ma fille et moi on peut rien faire. Tassadit elle a peur de lui parce qu'il la bat si elle est pas d'accord. Moi, vieille comme je suis, je peux plus travailler. Il me fait vivre. Si je dis quelque chose, il me chasse !

Elle se mit d'un coup à pleurer, ce qui conduisit Antoinette à en faire de même et amena Julie à leur proposer de l'eau de mélisse. Puis, se reprenant, Taos conclut :

— Là j'ai pu venir. Je pourrai seulement de temps en temps, comme je faisais avant pour voir Idir chez sa mère. Je dis à Ameziane que je vais voir ma sœur à Alger... Avec les hommes, il faut savoir raconter des histoires ! Je reviendrai te donner des nouvelles et quand Idir il sera assez grand, je vous jure que je lui dirai que sa mère elle est pas morte, et où c'est qu'elle habite !

* * *

Au printemps de 1922, le président Millerand avait effectué un voyage officiel dans les trois pays du Maghreb maintenant placés sous l'autorité de la France, la Tunisie depuis 1881 et le Maroc depuis 1912.

Pour plaire aux Européens d'Algérie, il avait vanté l'œuvre coloniale française puis désireux de donner également un gage aux musulmans, il avait rencontré un ancien officier, l'émir Khaled ben el Hachemi, qui jouissait d'une grande popularité auprès de ses coreligionnaires. Elle avait valu à ce petit-fils d'Abd el-Kader d'être le porte-parole du groupe des Jeunes Algériens. Certains de ceux-ci avaient été investis de responsabilités à Médéa et à Miliana et lui-même avait été élu dans une charge municipale à Alger. Conforté par le soutien d'Édouard Herriot, il avait alors créé la Fraternité algérienne. Il exprimait certaines revendications politiques dans un petit livre vert, en démentant ce dont l'accusait le préfet Lefébure : vouloir promouvoir le ferment islamique. Il multipliait les protestations de son attachement à la France en affirmant dans le journal « L'Islam » : « Nous voulons toujours rester sous la tutelle de la France métropolitaine, seule capable de diriger avec équité les intérêts de tous les éléments de la population », tout en adressant par ailleurs au président Wilson une missive qui dénonçait les abus du colonialisme en Algérie. Enfin, reçu par le président de la République, il lui déclarait « qu'il se trouvait là pour solliciter une représentation au Parlement français [...] et avoir mérité cet honneur que la mère patrie considérera sans doute qu'elle se doit à elle-même de lui accorder. »

Ahmet restait dans une prudente réserve, mais il avait suivi avec intérêt ses propos. Il bénéficiait de la pleine citoyenneté française du fait du choix de son père Ibrahim en 1865 mais il était tenté de soutenir les Jeunes Algériens, tant l'inégalité entre Européens et musulmans le désolait ; en effet ces derniers n'étaient représentés que par six députés et trois sénateurs, ce que dénonçait la revue des instituteurs algériens, « La voix des humbles », en affirmant n'espérer une justice dans ce domaine que pour 2325…

Rodolphe partageait le point de vue d'Ahmet mais d'autres, comme Émile, craignaient que les succès pourtant modestes de l'émir ne fassent le lit du nationalisme indigène :

— Cet intrigant se prend pour son aïeul ! avait-il dit à son fils. En fait, les Arabes ne veulent rien de ce qu'il réclame. Tout ce qu'ils souhaitent c'est manger à leur faim et un peu plus de confort dans leurs gourbis. Il faut voir comme ils se battent pour travailler chez moi, parce qu'ils y sont logés décemment, dans ces bâtiments que j'ai fait construire pour eux !

Rodolphe l'avait laissé pérorer, par respect pour lui, mais aussi parce qu'il l'admirait. À plus de quatre-vingts ans, le vieil homme continuait de se lever chaque matin à 5 heures, pour arpenter ses terres à cheval, pour se faire traiter de vieille mule entêtée par sa bru, avec qui les relations ne s'étaient guère améliorées.

Ses liens avec Rodolphe s'étaient aussi beaucoup délités. Après avoir mis au monde Philippe, en 1911 et Madeleine, en 1913, elle estimait avoir rempli son devoir en assurant une descendance aux Viannac. Elle avait exigé de son mari qu'ils fassent chambre à part, ce à quoi il s'était résigné. Elle se consacrait maintenant totalement à ce qui, plus que la maternité, était sa véritable vocation, la médecine. Elle exerçait une activité à plein temps à l'Institut Pasteur et menait de fréquentes missions sanitaires dans le bled, ce qui l'avait amenée à déléguer le soin de s'occuper de ses deux enfants à Marie-Thérèse, surnommée Tahie.

Venue de l'Isère, Tahie était une jeune fille blonde aux yeux bleus, à l'aspect effacé mais au caractère décidé. Sitôt chez les Viannac, elle avait saisi le caractère de Marguerite et compris ce qu'elle attendait d'elle. D'emblée elle avait aussi éprouvé pour Rodolphe une admiration sans bornes, proche d'une attirance amoureuse. Surtout elle s'était attachée aux petits qui lui rendirent vite l'affection que, plus que leur mère, elle leur apporta.

* * *

Idir s'habitua à vivre dans les montagnes. Il avait repris la classe et, bien que l'école se soit trouvée loin du village, il ne rechigna jamais à s'y rendre, même quand l'hiver rendait les sentiers malaisés. Le secours de sa grand-mère Taos y avait aussi beaucoup contribué. Elle était la seule dont il recherchait la présence, la seule qui le consolait en lui parlant de sa mère…

À son contact il avait acquis assez vite la langue kabyle, et se mêla aux enfants du village, pour courir au fond des vallons, chiper des fruits dans les vergers, piéger les oiseaux avec la glu blanche des chardons. Il se mit à aimer ces pitons coiffés de villages qui se succédaient jusqu'à la mer. Émerveillé, il vit la neige venir les recouvrir. Il en admirait la chute légère depuis le ciel plombé, comme descendu au ras des crêtes et le silence qu'elle créait en étouffant les bruits ; il goûtait le contact poudreux et glacé de ses flocons, à peine palpables, sur les doigts et sur sa langue ; il prit un grand plaisir aux jeux qu'elle permettait, batailles rangées, glissades le long des pentes.

Avec le temps, les souvenirs de sa vie antérieure s'estompèrent. Il ne lui resta du passé que quelques images isolées qui lui revenaient brusquement, souvent au moment de s'endormir. Ce pouvait être celles d'un coin de rue, de l'eau miroitant au bord d'un quai mais surtout celle, très douce, du visage souriant d'Antoinette mais dont les contours, avec le temps, s'étaient faits plus flous. Obstinément il s'attacha à maintenir vivaces ces images et à les faire resurgir quand il se sentait triste. Il y avait recours en particulier quand, la nuit, un grand silence régnait dans la maison, rompu seulement par les ronflements d'Ameziane, signe de son omnipotente autorité.

Longtemps il n'avait pas envisagé de discuter les consignes du maître des lieux. Un seul de ses regards sévères lui suffisait pour se faire obéir. Nul n'osait remettre en question ses dires, y compris au village. Seule Taos gardait vis-à-vis de son gendre une certaine distance. Avec prudence, elle contestait parfois ses décisions. Aussi, devenu adolescent, la questionna-t-il un jour :

— Pourquoi chacun obéit-il à l'oncle ?

— Parce que c'est le chef ! Comme l'étaient ton père et ton grand-père, mais eux, en plus, étaient des hommes valeureux…

Dans ces derniers mots, il lui sembla déceler une critique discrète à l'égard d'Ameziane. L'ombre menaçante qu'il avait jusque-là portée sur lui se dissipa. Il osa l'affronter en lui demandant d'aller au collège, quand il fut en âge de s'y rendre. Il n'obtint tout d'abord de lui qu'un refus formel. Il estimait son instruction suffisante et comptait le faire travailler aux champs avec lui et ses deux fils. Mais lorsque l'instituteur, qui jouissait d'une grande autorité, vint plaider la cause de son élève, il consentit, en maugréant, à ce que le garçon, pour qui une bourse avait été obtenue, parte en pension à Tizi Ouzou.

* * *

Wade Wilkes avait quitté l'Algérie à regret. Le pays l'avait séduit tout autant que l'avait fait Lucky Seror. De leur côté, ni Fernand ni Élisabeth ne voyait d'un bon œil l'attachement de leur fille pour ce garçon venu de si loin. Il leur avait paru superficiel. Il ne partageait pas non plus leur confession, un point qui préoccupait aussi Wade qui connaissait l'ostracisme manifesté à l'égard des Juifs dans sa famille. Rien ne laissait donc croire que l'attirance qu'ils avaient eue l'un pour l'autre aurait une suite, sinon la correspondance abondante qui s'établit entre eux.

Monsieur Wilkes père disparut six mois après le retour de son fils en Louisiane. Wade se sentit libéré de cette tutelle paternelle, qui avait recommencé de peser sur lui. Il fut de nouveau pris par la fièvre de liberté qui l'avait gagné en 1918. Aussitôt sa confortable part d'héritage obtenue, il repartit à l'aventure, au désespoir de sa mère Céleste. Il quitta le Sud pour cette Californie qui lui rappela l'Algérie et là fut tenté d'investir dans cette industrie cinématographique que l'on disait pleine de promesses. Il y renonça quand on lui vanta les profits que l'on pouvait attendre de l'automobile. Aussi gagna-t-il Detroit, où il s'aperçut vite que son ignorance dans ce domaine le rendait vulnérable.

Il en vint à s'avouer qu'il n'avait de compétences que dans l'agriculture, pour y avoir été initié par son père. « Pourquoi ne pas partir m'établir au Maghreb ? se dit-il. Là où je me suis senti si heureux ? Là où ma mère est née. Sur cette terre après laquelle elle a toujours soupiré. Là où elle m'a dit qu'elle serait bien retournée finir ses jours. Là enfin où Lucky se trouve… »

Il revint donc à Alger, définitivement décidé à acquérir un bien et très vite il choisit un domaine modeste mais fertile, sur le littoral algérois, non loin de Tipaza, en un lieu dit le Ravin des voleurs. Un vignoble y était exploité, mais Wade se promit d'y planter des essences plus exotiques, sans se demander pourquoi nul n'avait songé à le faire jusque-là. La demeure qui s'y élevait le séduisit tout autant. Insolite en terre africaine, c'était un manoir de style tourangeau aux toits d'ardoises, flanqué de hangars et d'une vaste écurie.

Il y avait amené Lucky, un dimanche de mars. La journée était ensoleillée. L'hiver dont on sortait ayant été particulièrement doux, il dit à sa compagne :

— Voyez-moi ce temps, cette température à peine un peu plus fraîche que chez moi. Je compte bien faire des essais de cultures que nul n'a tentées ici. La canne à sucre en particulier ! D'ailleurs, regardez tous ces grands roseaux au bord de l'oued. Ce sont les cousins de cette canne et s'ils viennent si bien, elle viendra bien aussi !

Lucky, que ce genre de propos ennuyait, voulut changer de sujet :

— Parlez plutôt de ces choses avec qui les connaît. Moi je n'y entends rien. Par contre, vous ne paraissez pas avoir remarqué ma nouvelle robe !

Elle était vêtue d'une tenue jaune citron légère, courte et très droite. Elle lui faisait des hanches de garçon et elle avait le souffle un peu court, pour avoir étroitement bandé sa poitrine afin qu'elle fût la plus plate possible :

— J'ai fait copier au « Grand Duc » la tenue que portait Isadora Duncan le jour de sa mort, en septembre dernier !

— Dans ce cas, ne laissez pas votre écharpe voler par la portière de mon automobile !

— Pourquoi ? Quelle jolie mort ce serait !

Par moments Wade la trouvait un peu folle, mais c'était cette folie même qui le séduisait. Elle était si différente en cela des jeunes filles qui lui avaient été présentées chez lui, dans le but de le fixer. « Toutes si réalistes, voire calculatrices, se disait-il. Qui me jaugeaient en tant que parti, alors que rien de tel n'existe chez Lucky ! Elle au moins se comporte avec naturel ! »

Et brusquement, impulsivement, il lui lança :

— Plutôt que de mourir, faites une autre fin ! Épousez-moi donc ! Mais faisons un mariage des plus simples, afin de faire en revanche un très beau voyage de noces !

* * *

En 1914, mobilisé à l'hôpital Maillot, Antoine Lanier avait quitté la Tunisie pour Alger où, la paix revenue, il décida de s'installer avec les siens. Il espérait y faire une carrière universitaire car, depuis 1909, l'école de médecine de la ville avait pris rang d'université. En attendant, il ouvrit un cabinet privé de médecine générale, mais aussi de neurologie.

Son épouse Camille, qui s'était beaucoup ennuyée à Gammarth, se résigna à ne jamais retourner à Bourgoin. « Au moins, se dit-elle, Alger offrira plus de ressources que Tunis, en particulier aux enfants. »

Le couple en avait deux, Pierre né en 1911 et Odette en 1913, deux mises au monde qui avaient paru à Camille un véritable calvaire... Après cela, elle s'était persuadée qu'elle ne survivrait pas à une troisième grossesse, aussi l'intimité des deux époux était-elle devenue virtuelle. Antoine en avait facilement pris son parti. Il avait trouvé là une raison parfaite de laisser sa nature volage se donner libre cours. Camille tolérait ces infidélités dont certains la tenaient régulièrement informée. Elles lui assuraient une tranquillité à laquelle elle aspirait. Ainsi chacun des deux se mit-il à vivre sa vie, mais au sein d'une association consentie, une vie laborieuse pour Antoine et mondaine pour son épouse, mais non sans que l'intelligence de celle-ci ne contribue efficacement à favoriser la carrière de son mari.

En octobre 1924, ce fut avec cette dernière qu'il partit assister au départ de la Croisière noire, un long périple transafricain qui se voulait tout autant sportif que scientifique. Ils rejoignirent Colomb-Béchar dans la voiture de Wade, qui lui allait à l'expédition dans sa Citroën :

— J'ignore si ce bolide survivra jusqu'à Tananarive mais je l'espère ! avait-il dit à ses passagers. Ce sera là ma dernière fantaisie avant de songer à être plus sérieux !

Il formait désormais avec Lucky un couple élégant que chacun admirait, à commencer par eux-mêmes. L'année qui avait suivi leur union, ainsi qu'ils se l'étaient promis, ils s'étaient beaucoup amusés en Europe avant de partir quelque temps en Louisiane.

— Notre séjour chez moi aux États-Unis s'est très mal passé, dit Wade, en veine de confidences, comme il dînait avec Antoine et Marguerite, la veille du départ de la croisière. Elle s'est ennuyée à la plantation, qui est à des lieues de la Nouvelle-Orléans. Elle ne s'est pas du tout entendue avec ma famille qui est plutôt vieux jeu, ni avec nos amis. Ajoutez à cela certaines remarques indirectes faites quant à sa judéité. Nous avons été heureux de revenir en Algérie !

— Ne pensez pas que ce sera bien différent ici, lui répondit Marguerite en souriant.

— Ce jeune couple est bien déconcertant ! dit-elle le lendemain à Antoine dans le train qui les ramenait à Alger. Surtout Lucky. Je me suis laissé dire qu'elle s'était littéralement jetée au cou de Wade quand elle l'a rencontré, un 1er janvier, chez les Cousin. Après avoir fait du charme à une bonne moitié des hommes de l'assistance ! Je la crois un peu cinglée !

— C'est certainement une névropathe, mais ils sont tous les deux fantasques comme cette après-guerre. Ils communient ensemble dans leur folie douce…

— C'est exact, mon cher Antoine, Lucky est passablement excitée mais, en ce qui concerne le jeune homme je crois que c'est la guerre qui l'a déséquilibré. Avec la paix, il fera un retour à la réalité. Ils sont si nombreux comme cela. Voyez comme Ronan Bénézit qui était un garçon sensible et délicat, il composait même paraît-il de la poésie, s'est muté en un ambitieux cynique… au point d'épouser cette Danielle Cousin, une femme sotte et pas si belle, sinon comme Crésus ! Et il l'a fait, j'en suis sûre, pour s'assurer une vie confortable que ne lui aurait pas permis de mener sa solde d'officier. Ses parents en sont navrés, d'autant plus que c'est une divorcée.

— Vous êtes impitoyable ma chère, cruelle même comme l'on dit au théâtre, mais si séduisante !

Et Marguerite qui sentait, qu'une fois encore, Antoine amorçait là une tentative de lui faire la cour fut soulagée que le train ait alors atteint son terminus de l'Agha...

* * *

À l'adolescence, Suzanne devint une passionnée d'histoire. Elle aimait faire évoquer par Louise l'Algérie d'autrefois même si la très vieille dame avait tendance à embellir ses souvenirs, ou à reprendre à son compte certaines aventures survenues à d'autres.

Ainsi soutint-elle un jour que la diligence qui l'avait ramenée à Alger, quand Bugeaud avait fait évacuer les civils de Boufarik, avait été arrêtée par un groupe de cinq lions...

— En pleine Mitidja, tante Louise ?

— Oui ma petite, à la sortie de Beni Mered !

Suzanne, qui avait lu Tartarin de Tarascon, n'accorda aucun crédit à ce récit. Il était sans doute authentique, mais ne concernait ni la Mitidja, ni sa tante.

— Mais voyons, ces fauves ne vivaient que dans les montagnes, dans l'Atlas ou l'Ouarsenis, là où Gérard et Bombonnel les chassaient, lui dit-elle.

— Si, si ma petite, je les ai vus, de mes yeux vus !

Suzanne abandonna la partie en sentant que la vieille dame s'énervait, peut-être consciente du tour que lui jouait sa mémoire. « Après tout, songea-t-elle, sans doute sa frayeur et celle de sa mère quand elles ont dû quitter Boufarik menacées par les Hadjoutes, lui ont-elles fait croire que le danger qu'elle avait encouru ne venait pas de ces derniers mais de lions... »

Louise répugnait par contre à évoquer le souvenir de sa mère. Pourtant toute sa vie, deux fois par mois, elle s'était rendue à Fort-de-l'eau sur les tombes où étaient venus reposer successivement Mathilde et le petit Eléazar, puis Beaudire, et plus tard Bernard et Cléo.

— Je veux que l'on me mette à côté d'eux quand je disparaîtrai, répétait-elle.

— Mais pourquoi pas à côté de Samuel ?

— Parce qu'il est dans le carré israélite et que je suis catholique !

Ces derniers mots avaient laissé Suzanne perplexe. Elle connaissait la solidité du couple, leur courage devant les malveillances provoquées par leur union. Elle ne s'expliqua cette volonté de sa tante que comme une protestation contre le retour à la confession juive de ses enfants, alors qu'elle les avait voulus chrétiens.

Elle se souvint de cette conversation qu'elle avait eue avec sa vieille tante quand celle-ci disparut, un dimanche de l'automne 1927. Ce jour-là, un pique-nique dans la forêt de Baïnem avait été organisé par les Attia et les Seror, mais sans la vieille dame. Elle ne sortait plus de la maison et avait protesté quand Eugénie s'était inquiétée de la laisser seule : « Je suis tout de même encore capable de faire réchauffer un repas que tu m'auras préparé, ma fille ! »

Dans la forêt, tout baignait dans une tendre lumière. Le bleu de la mer que n'écrasait pas un soleil trop ardent cliquetait au travers des arbres. Les aiguilles vertes des pins contrastaient avec les baies rouges des arbousiers et les nappes des cyclamens coloraient les sous-bois d'un rose délicat.

Un drap déployé sur le sol avait servi de table. Comme les autres promeneurs, nombreux ce jour-là, l'on avait déjeuné de tomates, de *cocas* et de soubressade. Les messieurs avaient bu du rosé rafraîchi par un torchon humide et les dames de l'eau aromatisée au coco de Calabre. L'après-midi s'était ensuite écoulé de façon paresseuse et, quand le soleil avait décliné, l'on avait cueilli un gros bouquet de cyclamens pour Louise, qui en raffolait.

Au retour à Dar el-Ouard chacun fut surpris de voir la maison plongée dans le silence et l'obscurité. Maurice fit de la lumière, appela la vieille dame qui ne répondit pas. Très vite il la découvrit gisant sur le sol de la cuisine, au milieu du contenu d'une casserole renversée.

Elle ne donnait plus signe de vie. On la transporta dans sa chambre où le curé d'El biar vint bénir sa dépouille. Elle y fut veillée par les siens, un bouquet de ses chères fleurs roses placé entre ses doigts. Conformément à ses vœux, son corps fut transporté à Fort-de-l'Eau pour reposer auprès de ses parents et le prêtre dit à Eugénie :

— Votre maman est partie si vite qu'elle n'a pas pu recevoir les secours de l'Église, comme c'était son vœu le plus ardent. Elle n'en avait guère besoin, à vrai dire. Je suis sûr que le Bon Dieu lui a fait une petite place auprès de Lui. Ce n'était pas une sainte, non, le mot est trop fort mais malgré quelques travers, c'était certes une bonne chrétienne, très attachée à sa foi… mais pas toujours ouverte à celle des autres !

Ce fut avec mélancolie que Suzanne entendit cet hommage à celle dont la disparition faisait se tarir une source vive d'anecdotes à propos du passé algérien, même si elle les déformait.

* * *

En 1929, Rodolphe de Viannac fêta ses soixante ans. On lui devait l'exhumation de nombreux vestiges de l'Algérie romaine, ce qui le conduisait souvent loin d'Alger. Marguerite, elle aussi, partait dans le bled à l'occasion de missions sanitaires. De ce fait leurs relations, déjà distendues, s'étaient refroidies davantage encore, ce qui n'avait pas paru les affecter, ni l'un ni l'autre, en apparence du moins.

En fait Rodolphe souffrait de cette situation, sans rien en laisser paraître. Il aurait voulu que sa femme continue de lui manifester de la tendresse. « Au fond, se disait-il, en a-t-elle jamais fait preuve ? » Une phrase que lui avait dite Antoine Lanier, à qui il s'était confié, le poursuivait :

— Mon cher Viannac, il est des femmes qui épousent surtout leurs ambitions !

Son père Émile avait disparu en 1924 puis, deux ans après, sa mère, qu'il ne voyait plus que lorsqu'il se rendait en France. Il s'était vite fait à l'idée qu'ils ne soient plus là. « La disparition de ma grand-mère Anne a été, plus que la leur, le grand drame dans ma vie, s'était-il avoué. C'est d'elle que je me sens orphelin, depuis si longtemps, mais un vieil orphelin, ridicule d'être si avide d'amour. »

Il savait aussi que sa retraite prochaine allait le confronter davantage à la solitude. Il sentait qu'on souhaitait qu'il laisse la place à de jeunes chercheurs. Il savait aussi qu'on trouvait ses méthodes surannées. On murmurait même qu'elles étaient à l'origine d'un accident survenu sur un chantier à Djemila…

— Il ne me restera plus grand-chose, dit-il à Ahmet un jour où il se sentait particulièrement abattu, plus de travail et plus de tendresse de la part de Marguerite.

— Et tes enfants ?

— Je m'entends bien avec Philippe. C'est un garçon simple et bon. Il me comprend à demi-mot mais il est bien maladroit lorsqu'il veut m'exprimer son affection. Remarque, cette maladresse même est touchante ! Il compte reprendre le domaine de Boufarik, qui est en gérance depuis si longtemps. L'agriculture le passionne, comme son grand-père Émile. Cela a sauté une génération ! Quant à Madeleine, c'est un mystère. Elle est austère et n'a pas d'amis. Elle me déconcerte ainsi que Marguerite, qui a pourtant réponse à tout. Ce problème est d'ailleurs un des seuls points de rencontre entre nous deux…

Ahmet avait écouté Rodolphe, surpris par ses confidences. Il avait depuis longtemps perçu combien son ami se sentait seul. Il avait cherché à ce qu'il se confie à lui mais, chaque fois, il s'était dérobé. Il pensa que si cette fois-ci il s'était épanché, c'était pour avoir perçu un désarroi analogue chez lui-même, Ahmet.

Son épouse Doudja avait contracté la tuberculose. Elle avait dû aller se soigner en métropole. Aucune structure de soins spécifique de la maladie n'existait sur place. Seul se profilait un projet de sanatorium, à Rivet, dont lui avait parlé Marguerite. Azziz était toujours auprès de lui mais son entraînement régulier et ses études de droit l'occupaient beaucoup mais, davantage encore, lui pesait l'absence de Lila, qui était allée vivre à Paris pour y préparer le concours du conservatoire.

« Ainsi Rodolphe et moi nous retrouvons-nous au seuil de la vieillesse, désemparés, comme le roi Lear... » Et, assimilant ses relations avec sa fille à celles du monarque shakespearien avec les siennes, il se disait : « Rodolphe déplore son manque d'échanges avec Madeleine et je souffre aussi de ne plus avoir Lila auprès de moi, même si notre relation est parfois trop passionnelle. »

La décision d'exposer cette dernière aux dangers, réels ou imaginaires, de la vie parisienne n'avait pas été facile mais la jeune fille, qui avait su plaider sa cause, avait finalement pu partir. Elle avait dû accepter une condition, celle de vivre dans l'appartement de cousins des Viannac, sous une surveillance digne de celle d'un couvent.

Elle sut cependant s'y dérober pour se rendre à une réunion qui se déroulait à la Maison des syndicats, le 14 juillet 1926, sur la question des droits accordés aux musulmans d'Afrique du Nord.

L'Étoile nord-africaine l'avait organisée. Cette association réunissait des personnalités aussi diverses que Chedly Khairallah, un Tunisien militant du Destour, son président et Hadj Ali Abdelkader, le vice-président. Le Kabyle Si Djilani Mohammed et le militant communiste et syndicaliste Messali Hadj y figuraient aussi.

Quand Ahmet avait appris la participation de sa fille au meeting, il en avait été gêné puis il s'était raisonné. Il avait écrit à la jeune fille en lui faisant part de ses propres espoirs en l'action du gouverneur général en place, Maurice Violette, même s'il le savait impopulaire. Les communistes ne le surnommaient-ils pas « Violette le tyran », et la droite « Violette l'Arabe » ?

Puis en novembre 1927, Ahmet avait mieux compris les positions radicales de Lila ; après que Violette, découragée, ait démissionné en déclarant : « Les indigènes d'Algérie, par votre faute, n'ont pas encore de patrie. Ils en cherchent une. Ils vous demandent la patrie française. Donnez-la-leur vite sans cela ils en feront une autre. »

* * *

Rose avait été une enfant avide de goûter aux plaisirs de l'existence. Elle était très gourmande et Estelle n'avait d'ailleurs pas manqué de la railler sur ce point, en lui disant un jour qu'elle deviendrait un « monstre obèse, dont aucun homme ne voudrait », un argument qui l'avait troublée, son principal souhait étant d'aimer, d'être aimée et de se marier très vite.

À l'adolescence, alors qu'elle avait jusque-là été d'un tempérament paisible, en dépit des piques incessantes de son frère et de sa sœur, elle devint sujette à une émotivité excessive. Les larmes lui venaient aux yeux quand elle lisait un roman sentimental. Elle était émue par la misère du monde. Elle apportait d'ailleurs à ceux que le malheur avait frappé une réelle consolation, non tant par ses mots que par leur sincérité.

Elle eut des coups de cœur passagers. Elle rêva d'hyménées, sans beaucoup de réalisme. Ce ne fut qu'après qu'Estelle ait cent fois tourné en dérision son ridicule sentimentalisme qu'elle se résolut à se contrôler. Pour cela elle prit l'avis des adultes, en particulier, à Cimiez, celui de Jeanne. Elle en tint si bien compte que, comme l'avaient secrètement craint Valentine et Julie, son mariage avec Joseph fut surtout un mariage de raison.

Si elle éprouva de l'affection et de l'admiration pour son époux, elle ne trouva pas auprès de lui une réponse à ses aspirations. Sa mort la peina sincèrement, elle la plongea surtout dans l'angoisse de se trouver seule au monde avec Suzanne. Ce fut avec soulagement qu'elle revint vivre chez ses parents, s'en remit à eux et se résigna même à ce que son existence, en tant que femme encore jeune, ne soit plus qu'un désert.

En 1928, elle reçut un jour de Marcelle Carmet une invitation à la rejoindre à Menton. « C'est un endroit charmant où mon mari et moi nous nous sommes posés, tant l'endroit l'inspire pour peindre », lui avait-elle écrit. Depuis plus de cinq ans, tout à son travail, Rose ne s'était accordé aucun répit, sinon de courts séjours à Fort-de-l'Eau. Elle se laissa convaincre par le post-scriptum qui concluait la lettre de son amie : « Tu es encore jeune ! Ne laisse pas le temps t'abîmer. Goûte encore aux plaisirs de la vie, ces plaisirs que tu aimais tant, mais auxquels tu me parais avoir renoncé… »

Elle lut et relut cette lettre qui fut pour elle comme une révélation. « C'est effectivement ce que j'ai fait depuis la mort de Joseph et le temps a passé sans même que je m'en aperçoive ! » se dit-elle. Elle retrouva dans les lignes écrites par son amie leur complicité ancienne. Elle eut la nostalgie de son insouciance du temps où, jeunes filles, elles attendaient tout de l'existence. Elle en conclut que si elle s'adonnait de nouveau à ces plaisirs de la vie, que Marcelle évoquait, elle retrouverait cet élan qui l'avait quittée. Elle partit donc pour Menton, encouragée par Armand et Julie.

Cette même année 1928 était pour Suzanne l'année du bac. Avec Odette Lanier, elle avait abordé la même classe de première, au lycée de filles de la rue Michelet. Autant elle était studieuse, autant sa compagne subissait de mauvaise grâce les obligations scolaires. Elle comparait les portes de l'établissement à celles d'une prison et n'était heureuse qu'au moment des vacances.

Suzanne, de son côté, si elle appréciait aussi les vacances, se mit un jour à leur préférer les jours de classe. Ce brusque changement survint quand elle commença à s'intéresser aux garçons qui fréquentaient les facultés, proches du lycée.

Pierre Lanier y avait entamé ses études de médecine. Elle le connaissait depuis l'enfance. Il lui était jusque-là apparu comme un grand frère qu'elle partageait avec Odette. Quand elle eut atteint ses quinze ans, il devint plutôt à ses yeux un séduisant jeune homme. Aller en classe devint dès lors pour elle un grand plaisir, que suivait une grande déception quand elle n'avait pas croisé le garçon.

Dès lors elle accepta volontiers, dans l'espoir de rencontrer Pierre, la suggestion d'Odette de « faire la rue Michelet », à la sortie des cours. Se donnant le bras, elles remontaient ainsi la longue artère, en s'attardant devant les vitrines, pour faciliter ou décourager les avances de certains, jusqu'au jour où Estelle Bénézit convoqua solennellement sa nièce :

— Que signifie ces allées et venues que tu effectues avec la petite Lanier ? Crois-tu que ta mère et tes grands-parents seraient heureux d'apprendre qu'en quelque sorte tu fais ainsi le trottoir ? Est-ce pour attirer les garçons ? Prends garde à eux ma fille !

Suzanne l'avait écoutée en silence. La méfiance de sa tante vis-à-vis des hommes avait fait qu'aucun d'entre eux ne l'avait choisie, ricana-t-elle intérieurement. Elle se garda cependant de le lui dire. Elle préférait ne pas rendre compliquée une situation qui l'était déjà, aussi lui répondit-elle d'une voix douce :

— Oui Auntie, tu as raison ! Mais si je m'attarde à la sortie du lycée, c'est que j'ai juste besoin de détente avant de rentrer travailler.

— Tss ! tss ! tss ! fit Estelle. Je ne te crois pas. N'oublie pas que tu devras passer ton bac à la fin de l'année. Ton amie Odette ne l'aura pas, puisqu'elle ne fait rien. Mais tu devrais le décrocher. En tout cas je parlerai de ton inconduite à ta mère quand elle rentrera de Menton !

Suzanne se sentit soulagée que ses grands-parents n'aient pas été là quand Estelle l'avait admonestée. Elle resta cependant bien décidée à ne rien changer à cette délicieuse habitude qu'elle et Odette avaient prise…

Sa mère avait toujours été indulgente avec elle aussi, quand celle-ci revint de Menton, elle alla l'accueillir au port sans être réellement inquiète. Par contre elle fut surprise quand elle remarqua, dès que Rose fut sur le quai, une lueur joyeuse dans ses yeux qu'elle ne lui connaissait pas. Elle était tant habituée à lui voir un regard triste…

De retour rue Sadi-Carnot, Suzanne constata là encore un changement dans le comportement de sa mère. Elle s'agitait en tous sens, avait mis les couverts en fredonnant et riait pour un rien.

— Qu'as-tu donc à te démener comme un boisseau de puces ? demanda Estelle à sa sœur.

— C'est vrai Rosie, tu es toute fébrile ! ajouta Armand.

Julie qui se taisait jusque-là lança alors :

— Je ne pense pas que la simple joie de nous retrouver explique tout cela. Je crois que tu nous caches quelque chose !

Intuitivement, au travers des lettres que Rose lui avait envoyées, elle avait senti qu'un événement important était survenu dans l'existence de sa fille. Aussi ne fut-elle pas étonnée quand, tout à trac, celle-ci lâcha :

— Il y a que je vais sans doute refaire ma vie !

Armand devint cramoisi et Estelle s'exclama :

— Refaire ta vie ! Mon Dieu, comme si elle n'était pas suffisamment pleine, avec ta fille et ton travail ! Rajouter un homme là-dedans. Ma pauvre sœur, tu n'en feras jamais d'autres. Toujours à adorer la guimauve. Mais quel âge as-tu enfin pour te comporter comme une oie blanche ? Tu as franchi largement le cap qui te mène vers la quarantaine !

Quant à Suzanne, elle était effarée. Sa mère amoureuse, à son âge ! Elle n'était pas loin d'approuver les propos d'Estelle mais se tut quand Armand prit la parole :

— Tu vas m'exposer ainsi qu'à ta mère ce projet et nous en parlerons entre nous. Il ne convient pas que Suzanne soit mêlée à tout cela.

Ce qui fit réagir vivement la jeune fille qui se leva, mit son chapeau, avant de lancer en franchissant la porte :

— Pourquoi cela ? Je crois qu'au contraire cela me concerne la première !

— Quelle impudente, cette enfant, cela promet ! dit Estelle.

— Il lui a manqué un père, dit alors Rose, étrangement calme depuis un moment. Papa tu as fait ce que tu as pu pour tenir la place de Joseph mais tu n'es que son grand-père… Oh, je suis désolée ! dit-elle en courant embrasser le vieux monsieur que sa remarque avait paru heurter.

— Mais non, tu as raison, ma fille. Reste à savoir si celui que tu as évoqué remplira correctement ce rôle difficile ? Parle-nous de lui, ma chérie.

Et délivrée par cet aval, elle dévida d'une traite :

— Il s'appelle Mario Pavese, il est ingénieur agronome, diplômé de Grignon. Il provient d'une famille charmante, d'origine italienne lointaine, qui vit à Menton. Son père y est médecin, ajouta-t-elle.

Mais elle se garda bien de dire que Mario avait huit ans de moins qu'elle et qu'il comptait après leur mariage l'emmener en Côte d'Ivoire. Il avait toujours voulu faire de la culture tropicale et entendait se lancer dans celle du café…

* * *

Quand venait l'été, les Algérois s'organisaient pour affronter la canicule. Dès le matin, les carrelages étaient arrosés, les persiennes closes, des gargoulettes enveloppées dans un linge humide placées dans les courants d'air.

Le dimanche voyait courir vers la baignade ceux qui le pouvaient. Ils se pressaient aux bains Nelson, aux bains Padovani ou au long des jetées du port. Plus favorisés étaient ceux qui regagnaient les plages égrenées au long du littoral, d'Ain Taya à Sidi Ferruch, pour y vivre en symbiose avec la mer.

D'autres allaient plus loin encore. Ils franchissaient la Méditerranée pour « respirer le bon air de France ». Ainsi les Candarli faisaient-ils une cure à Vichy, où Lila les rejoignait, et les Viannac allaient-ils séjourner dans le Bourbonnais, dans la famille de Marguerite.

Quant aux Lanier, ils estivaient à Jugy, dans la vaste maison où les parents de Camille s'étaient retirés. Camille Lanier y redevenait la petite Camille Grenay, née longtemps après ses trois aînés. Un consensus se créait entre elle et les siens qui, en dépit de ses 40 ans, la traitaient en petite fille pour son plus grand plaisir, en la choyant et en la laissant paresser des heures entières sur une chaise longue, à l'ombre des tilleuls. Même, quand Antoine avait accompli avec elle ce devoir conjugal qu'elle appréciait peu, elle se disait souffrante. Elle gardait alors le lit et sa mère ne manquait pas alors de faire des remontrances à son gendre :

— Voyons, soyez raisonnable ! Vous connaissez la nature si délicate de ma petite fille !

Et Antoine que ces simagrées agaçaient, mais qui appréciait sa femme pour d'autres raisons, faisait alors le dos rond…

Il rentrait à Alger à la mi-août, en laissant sa famille en Isère pour quelque temps encore. Dans le wagon du PLM qui le menait à Marseille, il contemplait le paysage qui se modifiait, après Valence, quand une campagne sèche, parsemée de platanes qu'agitait le mistral, succédait au vert des prairies et des forêts. Il songeait surtout, avec une discrète exaltation, à cette liberté dont il allait jouir, jusqu'à septembre, avant que ne reviennent les siens…

Cependant, une semaine après son arrivée à Alger, il déchantait. Il n'appréciait pas de rentrer dans une maison vide où il passait une soirée solitaire et des nuits pénibles, à baigner ses draps de sueur. Il manquait de compagnie et, cet été de 1929, il se réjouit de croiser, dans l'allée de ficus de l'hôpital de Mustapha, Marguerite de Viannac, rentrée elle aussi avant Rodolphe.

— Vous voilà aussi abandonnée par les vôtres ?

— Dites plutôt que c'est moi qui les ai abandonnés ! Rodolphe est encore à Paris, Madeleine est en Bretagne, chez des amis, et Philippe fait un séjour linguistique en Bavière. Mais où sont les vôtres ? De retour aussi ?

— Non, toujours en métropole, et ils me manquent un peu.

Puis brusquement il demanda :

— Accepteriez-vous que nous dînions ensemble ?

— Vous n'y pensez pas, mon cher !

— Comment ? Vous refusez, Marguerite, vous, une femme si indépendante !

— Je plaisantais voyons. Bien sûr que si ! De toute façon, nos conjoints respectifs ne trouveraient rien à y redire, quoi que puissent leur suggérer les mauvaises langues, depuis le temps qu'elles nous voient ensemble.

— Eh bien allons à la pêcherie. Dans un bistrot de poissons qui s'appelle « Chez Janvier ». C'est tenu par un Italien, dont j'ai soigné la femme. Il a traduit son prénom de Gennaro en français, pour mieux s'intégrer, je pense.

Il fut le premier à s'asseoir sur la terrasse du restaurant. Elle était si violemment éclairée à l'acétylène qu'elle paraissait une scène sous des projecteurs, parfumée par les effluves du goudron et de la saumure, une scène sur laquelle Marguerite pénétra d'un pas décidé, vêtue d'une une robe tunique de lin vert.

« Toujours maîtresse de son jeu ! » se dit Antoine, tandis qu'ils dégustaient des sépias, des seiches cuisinées dans leur encre, arrosées d'un vin de Mascara. « Mais je la crois bien disposée ce soir à mon égard. Je le sens… »

Elle lui parlait médecine. Elle disait la satisfaction qu'elle avait éprouvée au retour de ses vacances dans l'Allier, quand elle avait songé à la vie monotone qu'elle aurait menée si elle y était restée.

« Elle ne parle pas de son mari ce soir, se dit Antoine. C'est bon signe ! » Et s'enhardissant, il posa sa main sur la sienne, comme elle manipulait son briquet sur la table… Ce qui provoqua chez elle un vif mouvement de recul. « Ce ne sera pas encore pour cette fois-ci », se dit-il, brusquement dégrisé.

Quand ils se quittèrent, elle remonta dans sa petite voiture en lui décochant un sourire qui lui parut ironique. Il remonta chez lui, insatisfait et se dit en se déshabillant : « Les unes n'aiment guère la chose. Celles que l'on veut vraiment ne veulent pas de vous. Quant à celles qui restent, elles sont trop faciles… Ah, qu'il est difficile d'être un homme ! »

* * *

À Paris comme à Alger, rares étaient ceux qui tenaient compte des mouvements contestant la présence de la France au Maghreb. N'étaient pas davantage prises en considération certaines suggestions plus modérées et pertinentes. Ainsi en était-il allé de celles de Blaise Diagne, un député du Sénégal, ami de Violette, qui proposait qu'à l'Assemblée nationale neuf sièges soient réservés aux députés musulmans élus en Algérie. Ainsi en était-il aussi allé de son amendement souhaitant que puisse être électeur tout indigène sachant lire et écrire le français et payant plus de cinq cents francs d'impôts.

D'autre part, les décrets de 1925 avaient limité des deux tiers le nombre des musulmans autorisés à partir travailler en métropole. De plus, il était exigé des postulants de produire un casier judiciaire vierge, un certificat médical de bonne santé, validé par une contre-visite au moment du départ, et enfin le versement d'une caution de 150 francs, le montant d'un billet de retour.

Quoique nullement concerné par une telle mesure, Ahmet Candarli s'en était ému. Il avait mieux compris l'indignation qui émanait des lettres de Lila, mieux informée à Paris que lui-même à Alger. Il n'avait trouvé aucune oreille attentive pour l'entendre, même celle de Rodolphe que ne préoccupait plus que le passé lointain du pays.

En fait, il régnait partout dans la ville un optimisme béat et des projets multiples étaient élaborés, pour célébrer le prochain centenaire du débarquement des Français à Sidi Ferruch. Ce devait être l'occasion de manifestations solennelles. La paix qui régnait sur le territoire depuis l'insurrection kabyle de 1871 y serait glorifiée. Certains incidents, parfois violents, intervenus depuis, n'étaient tenus que comme le fait de forcenés ou comme des actes de banditisme...

Ce n'était pas là le point de vue d'Armand. Du haut de ses soixante-dix-neuf ans, il gardait une attitude circonspecte. La guerre du Rif qui, de 1921 à 1925, avait ensanglanté le nord du Maroc lui avait fait se souvenir de ses propres combats, dans une autre contrée berbère. Son fils qui y combattait lui avait rapporté ce que les gazettes ne publiaient que de façon tronquée : Abdelkrim, à la tête des révoltés décimant l'armée espagnole, forte de 60 000 hommes ; le suicide de son général en chef, Sylvestre, après la défaite ; la proclamation d'une République confédérée du Rif par les tribus ; enfin la contre-offensive victorieuse de la France quand son protectorat sur le royaume chérifien avait été menacé.

— Vois-tu Juliette, disait le vieux monsieur, le général Pétain a sauvé la mise. Comme à Verdun, quand tout paraissait désespéré, mais il l'a fait en intriguant contre Lyautey. Pour des raisons politiques et pas pour le bien du Maroc, comme le veut celui qu'il a contraint à démissionner.

Quatre ans après la reddition et le banissement à l'île de la Réunion d'Abdelkrim, Armand continuait de dire :

— Nous sommes ici à la merci d'une révolte comme celle du Maroc. Le feu continue de couver sous la cendre.

Rose ne l'avait pas écouté. Elle ne pensait qu'à son mariage et se sentait heureuse maintenant que Suzanne paraissait l'avoir accepté.

Estelle par contre, avait affiché un air exaspéré, avant de lancer :

— Allons Papa, pas de grands mots. Le Maroc n'est pas l'Algérie. Cesse donc de jouer les Cassandre avec tes vieilles lunes tonkinoises et kabyles !

— Un peu plus de respect, Estelle ! s'était-il emporté. Je n'ai peut-être pas reçu autant d'instruction que toi mais, dans le domaine militaire, j'ai certainement plus d'expérience que tu n'en as. Pour y avoir consacré ma vie entière et l'avoir payé de mon sang !

— Armand, calme-toi, lui avait alors dit Julie avec douceur. Tu sais bien ce que t'a dit le docteur… Et toi, ma fille, cesseras-tu un jour d'être aussi acide ?

Elle se sentait triste. Avec le temps, le caractère de son aînée ne s'était pas amélioré comme elle l'avait espéré et puis, songeait-elle : « Rose va se remarier. Elle paraît amoureuse cette fois-ci, plus qu'elle ne l'était de ce pauvre Joseph. Mais voilà que ce Mario va l'emmener au loin ! » Quant à Ronan, elle avait tremblé sur son sort quand il était dans les tranchées, puis quand il s'était battu au Maroc. « Je suis vouée à quelque dieu de la guerre », se disait-elle en se demandant ensuite : « Et puis, qu'en est-il du mariage de mon fils avec cette Danielle ? Bien sûr, il est maintenant à l'abri du besoin. Il peut céder à ses goûts de luxe. Mais sa femme lui convient-elle réellement ? Il est dur, presque cynique avec elle. Comme lorsqu'il l'a renvoyée de Meknès ici, sans lui demander son avis, dès le début la guerre du Rif. Elle n'arrêtait pas de pleurer de le savoir au combat. Ah non, ce n'est pas une épouse de soldat ! »

* * *

Pour célébrer les cent ans de présence de la France en Algérie, un crédit de 93 millions de francs avait été voté et de multiples festivités organisées. Sollicité par le commissaire général du Centenaire, Gustave Mercier, Rodolphe de Viannac avait décliné son offre d'être du comité d'organisation de l'événement. La tâche lui avait paru trop lourde. Marguerite n'avait pu le convaincre de se rendre à Sidi-Ferruch à la commémoration du débarquement de 1830. Néanmoins elle était parvenue, en invoquant le passé de la famille dans la Mitidja, à ce qu'il ne se dérobe pas à une cérémonie qu'avait organisée à Boufarik son maire, Amédée Froger.

Au pied du monument élevé à la gloire de la colonisation, il avait donc entendu le Président Gaston Doumergue déclarer : « Je savais la transformation prodigieuse opérée par l'effort et surtout par la volonté des colons et des habitants d'Algérie. Mais rien n'instruit mieux que les faits [...] et j'ai pu constater, en voyant la plaine fertilisée, l'immensité du travail accompli. »

De son côté, Suzanne ne voulait manquer aucune des réjouissances. Elle avait assisté à la rencontre, sur l'hippodrome du Caroubier et devant 50 000 personnes, du président de la République et des grands chefs indigènes, dont l'Amenokal du Hoggar. Depuis le balcon de ses grands-parents, elle avait admiré la spectaculaire parade navale et aérienne qui s'était déroulée dans la baie.

Aux côtés de sa fille, Rose avait contemplé ce spectacle avec moins d'enthousiasme. Elle attendait Mario qui devait la rejoindre prochainement pour l'épouser. Folle de joie, elle éprouvait en même temps du vague à l'âme. Elle songeait à ce que cela signifiait aussi, leur départ pour Abidjan, deux jours après les noces, si loin des siens.

Julie, consciente de son dilemme, l'entourait de prévenances. Pas un instant elle n'avait discuté son choix. Elle avait senti que sa fille était éprise de Mario. Pourtant, elle s'interrogeait auprès d'Armand sur leur futur gendre, dont ils ne savaient presque rien.

— Crois-tu que nous pourrions empêcher Rose de se remarier ? Elle paraît si amoureuse de ce garçon, lui avait dit celui-ci.

— Et leur différence d'âge, elle a quand même presque dix ans de plus que lui !

— Tu es dure, ma Juliette. Notre Rosie est toujours attirante. Elle n'a pas eu la vie facile et la chance lui sourit enfin. Elle échappe ainsi à ce triste sort qui est celui de bien des veuves de la

Grande Guerre ! Et puis, que savions-nous de plus à propos de Joseph ? Seulement qu'il était diplomate, de bonne famille et avait reçu une bonne éducation… Comme ce Mario !

Ahmet, s'il avait participé à différentes cérémonies officielles, était soucieux. Fin avril, il avait trouvé sous la porte un tract communiste qui disait : « Le 1er mai vos frères les travailleurs français manifesteront contre la bourgeoisie. Fraternisez avec eux, manifestez contre le Centenaire, contre votre prise en esclavage, contre la colonisation française ! » De plus, il avait eu une vive discussion avec Lila, de passage à Alger. Pour elle, toutes ces manifestations étaient grotesques. Les personnalités musulmanes qui y participaient n'étaient que des dupes ou des hypocrites, des pantins qui refusaient de se préoccuper du sort de plus de cinq millions de leurs coreligionnaires, au sein d'une République qui, disait-elle, ne se préoccupait nullement d'eux.

— Nous sommes des citoyens de seconde zone ! avait-elle conclu.

— Pas toi, en tout cas ! s'était indigné Ahmet. Tu es française puisque ton grand-père a choisi de l'être, dès 1865.

Il n'avait pu la convaincre et devant ce dernier argument, elle avait lancé :

— Cela est peut-être valable pour toi mais pas pour moi. Peut-être suis-je Française pour l'état-civil, mais pas au fond de moi-même !

Troublé par ce différend, il le fut encore davantage au mois d'octobre, quand celui dont il estimait la modération, Fehrat Abbas, le président de l'Association des étudiants musulmans d'Afrique du Nord déclarait : « Ne troublons point le repos de ceux que cinquante ans de conquête ensevelirent sous le linceul de la défaite »…

* * *

Azziz Candarli, Philippe de Viannac et Pierre Lanier étaient nés tous trois en 1911. Si les deux derniers se connaissaient depuis la petite enfance, Pierre n'avait formé avec eux un trio d'inséparables qu'à l'annexe de Mustapha du lycée de garçons.

En classe, Azziz et Philippe étaient des élèves moyens qui se contentaient de passer d'une classe dans l'autre. En revanche, Pierre s'était révélé un brillant sujet, qui décrochait régulièrement des prix d'excellence. Cependant, les deux autres avaient dans d'autres domaines des compétences qui leur étaient propres, ce qui avait contribué à souder leur amitié.

Ainsi Philippe excellait-il en histoire, à laquelle Rodolphe avait tenu à l'initier. Dès son plus jeune âge, il lui avait détaillé la généalogie des Viannac, il l'avait emmené sur les champs de fouilles et, l'été, fait visiter les sites historiques de la France, ce qui avait contribué à rapprocher ces deux timides qu'étaient le père et le fils.

En ce qui concernait Azziz, sa passion pour la natation ne s'était pas émoussée avec le temps. Ses succès dans les compétitions lui conféraient un grand prestige auprès des lycéens. Nombre de ces derniers voyaient en lui un futur champion olympique, comme l'avait été El Ouafi, un ancien tirailleur algérien vainqueur du marathon aux Jeux d'Amsterdam de 1928.

Leur baccalauréat en poche, leurs trajectoires divergèrent mais leur amitié ne se démentit pas. Azziz choisit le droit et Pierre, comme son père, la médecine. Quant à Philippe, il intégra l'Institut agricole d'Algérie de Maison-Carrée. Il désirait consacrer sa vie au domaine de Boufarik en reprenant ainsi une tradition familiale que Rodolphe avait interrompue

Quand leurs heures de loisir coïncidaient, ils se retrouvaient au « Coq hardi », leur café préféré, comme ce samedi de 1930, où Philippe leur annonça, très excité :

— Vous savez la nouvelle ? Mon père va acheter un chalet dans la montagne, au-dessus de Blida. Nous pourrons aller y skier !

— À Chréa ? demanda Pierre, la perle des Vosges algériennes, comme on dit.

— Il faudra grimper pour s'y rendre mais nous en sommes capables ! Et puis nous pourrons inviter au chalet des amis, et puis aussi des amies ! ajouta Philippe.

— Nous pourrions demander à Suzanne Savelli de venir, conclut Pierre dont la jeune fille occupait beaucoup l'esprit, depuis plus d'un an…

* * *

Quelques jours après le discret remariage de Rose, Antoinette s'efforçait d'atténuer la tristesse de son amie à l'idée de quitter les siens :

— Voyons, ma Rose, tu ne pars pas pour toujours. Tu sais bien que tu les reverras !

— Oui, bien sûr, mais pas avant un an, deux peut-être. Le voyage depuis la Côte d'Ivoire n'est pas facile ! (Puis soudain, consciente qu'Antoinette n'avait jamais revu son fils depuis sa disparition.) Quelle égoïste je suis de te dire cela, à toi qui n'as jamais revu ton fils depuis son enlèvement !

— Eh oui. Il a dix-sept ans maintenant, un an de plus que ta Suzanne. Le reverrai-je un jour ? Je me console en me disant que, comme il a grandi dans les montagnes d'où venait son père, Hocine en aurait peut-être été heureux. Et puis je me satisfais tout bêtement de penser qu'il est vivant, et pas si loin d'où je vis. C'est cela, mais aussi ton affection et celle de ta famille, qui m'ont empêchée de regagner la France !

— Tu vas donc maintenant gérer le « Grand Duc », toute seule, comme une grande !

— Cela m'impressionne un peu…

— Allons ! Tu en connais toutes les ficelles ! Es-tu contente de cette Anna qui va te seconder à l'atelier ?

— Ça va ! Elle coupe et elle coud bien.

Très vite, l'esprit de Rose avait été de nouveau obscurci par son souci du moment, et Antoinette était revenue à son secours :

— Ma Rose, il y a un temps où il faut laisser les enfants s'envoler. Suzanne n'est plus un bébé. En ce qui me concerne, mes parents ne se sont pas mis en travers de mon chemin ! Un père inconnu, une mère suicidée et des grands-parents qui m'ont mise en apprentissage à douze ans. J'ai appris tôt à me débrouiller ! ajouta-t-elle en riant.

Revenue rue Sadi-Carnot, Rose jeta un regard mélancolique sur la chambre qu'elle avait si longtemps partagée avec sa fille. Suzanne s'y trouvait, qui avait déjà arrangé les lieux à sa manière :

— Eh bien Suzy, heureuse d'avoir un espace pour toi toute seule ?

La jeune fille rougit :

— J'aimais bien y être avec toi, Maman…

— Allons, allons ! Cela n'était pas vrai tous les jours !

Pensivement, Rose se dirigea vers la fenêtre :

— Vous allez tous me manquer, et mon pays aussi. Regarde le port sous ce beau soleil. On dirait un tableau de Carmet ! Bien sûr, en Afrique, il paraît que l'océan et la forêt tropicale sont magnifiqucs aussi, mais vous n'y serez pas…

Suzanne protesta :

— Maman ça suffit ! Ou bien on va pleurer toutes les deux et tout à l'heure, j'aurai les yeux gonflés auprès de mes amis !

Elle était certes un peu triste du départ de sa mère mais, à certains égards, elle trouvait qu'elle en faisait trop. Elle avait voulu se remarier, c'était une chance pour elle, soit ! Mais cela l'avait embarrassée que sa mère refasse sa vie avec un homme plus jeune qu'elle. Elle n'avait pu parler à personne de ce remariage. Ses grands-parents s'étaient fermés à ses questions, Estelle ne savait que ricaner à ce sujet. Quant à Ronan, il se moquait de tout et elle avait si peu d'échanges avec lui…

Descendue dans la rue, elle s'interrogea de nouveau sur ce beau-père dont elle n'avait fait la connaissance qu'à sa venue à Alger : « Un beau garçon au type italien, séduisant et élégant, mais qui est-il au fond ? Il ne parle que de ce qu'il connaît. Il était intarissable avec Wade à propos des cultures tropicales. Enfin, il est amoureux de Maman, cela se voit, et elle l'est aussi de lui ! »

* * *

Quand Camille avait accouché de Pierre, à Bourgoin, elle avait été très entourée et tout s'était bien déroulé. Par contre, à Tunis, mettre au monde Odette lui avait paru la pire des épreuves. Après sa délivrance, elle avait considéré avec indifférence le petit être.

Elle l'avait trouvé rougeaud et à demi chauve et avait délégué les soins qu'il nécessitait à une nounou tunisienne.

— Mon cher, avait dit plus tard Marguerite à Antoine, vous n'avez pas bien réalisé à l'époque l'angoisse de votre jeune épouse. Il ne lui était pas facile de se trouver à ce moment si loin de sa famille, dans un pays dont l'exotisme l'affolait un peu.

Elle avait ajouté qu'elle comprenait ce que la jeune femme pouvait avoir ressenti. Elle-même s'était sentie anxieuse quand elle avait mis au monde ses enfants, loin de Lapalisse.

— Mais sans faire autant d'embarras !

— Oui certes, mais je savais par mes études comment se déroulent une grossesse et un accouchement.

— Justement, vous auriez pu en redouter toutes les complications.

— Ça, c'est quand on commence à étudier la médecine, jamais quand on la possède suffisamment !

— Décidément, Marguerite, vous avez réponse à tout ! avait-il conclu.

Cette Odette s'était toujours montrée jalouse de son frère. Il avait un caractère facile, quand elle était fréquemment geignarde, ce qui ne la rendait pas sympathique. Bien souvent, on faisait des compliments aux parents sur leur fils, mais pas sur elle. C'était pourtant une jolie fillette aux grands yeux marron, au teint mat et aux cheveux bouclés, au type étrangement oriental, au point qu'un plaisantin lui avait dit un jour que sa mère avait dû la concevoir avec un Tunisien…

L'adolescente en avait été troublée. Elle avait alors commencé à se bourrer de nourriture, ce qui calmait efficacement ses tourments, avait-elle découvert. Et vers ses quinze ans, elle était devenue très forte. Antoine, alarmé, lui avait alors imposé un régime draconien. Elle l'avait suivi sans rechigner, heureuse d'avoir ainsi attiré l'attention de son père. Dès lors sa beauté, sur laquelle le regard des hommes s'arrêtait volontiers, s'était épanouie et elle ne songea plus désormais qu'à séduire, ce qui lui fut facile.

Sa scolarité avait été des plus médiocres et avait désespéré tous les enseignants. Elle n'avait pas réussi à obtenir son baccalauréat, mais son père avait voulu faire d'elle une infirmière. Malgré son indolence, elle avait décroché son diplôme mais ne souhaita pas pour autant travailler. En réalité, elle n'avait qu'une seule ambition, trouver un mari, le plus beau, le plus prestigieux et le plus riche possible.

* * *

Après le krach qui avait frappé les États-Unis, Wade réalisa qu'il était maintenant exclu que sa famille, presque ruinée, vienne à son secours en cas de nécessité. Il décida donc de larges coupes dans son train de vie, et de ne plus confier la direction de son domaine à un régisseur. Il l'exploiterait lui-même, ce qui supposait qu'il aille vivre à Tipaza avec Lucky et Isabelle, dite Belle, la petite fille qui leur était venue trois ans plus tôt.

Dans l'immédiat, il renonça également au projet de passer l'été suivant avec les siens sur la Côte d'Azur :

— Comment ! lui dit Lucky quand il lui en fit part, deux mois avant nos vacances tu décides de les annuler, quand j'ai commandé tant de toilettes ! Que va-t-on dire de nous ? Qu'allons-nous faire quand tous les gens chics d'Alger seront partis ? Et puis qu'en pensera Belle ?

— Belle s'en moque. Pour elle le sable des plages d'Algérie vaut bien celui de la Côte d'Azur. Tu pourras, si tu le veux, séjourner quelque temps à Fort-de-l'Eau, dans ta famille.

— À Fort-de-l'Eau à la place d'Antibes, laisse-moi rire ! Ce misérable village de Mahonnais qui se pousse du col, ce faux Biarritz, ce Deauville algérien ! Et puis, ne plus vivre à Alger ! Laisse-moi ! Toi et ta mesquinerie !

Paradoxalement, le lendemain de sa diatribe Lucky lui dit être en accord avec les décisions qu'il avait prises. Elle se mit même à annoncer aux uns et aux autres, sur un ton forcé :

— J'ai poussé Wade à nous installer sur le domaine. Je serai heureuse de quitter Alger pour mener dans le bled la vie rude mais saine des épouses de colon, celle de mes aïeules. D'ailleurs, pour ma petite Belle l'air de la campagne sera meilleur que celui de la ville !

Ses propos avaient suscité l'ironie d'Armand et de Julie :

— Je me souviens des souvenirs qu'avait Louise de la vie « rude et saine » des épouses de colons. Rude certainement mais saine ? En fait Lucky aura la vie douce dans la demeure des Wilkes, ce château qui possède tout le confort.

— Je me souviens aussi des récits de Cléo et de la baronne de Viannac, quand elles évoquaient la Mitidja du siècle dernier, avec ses moustiques, ses charognards et surtout ses épidémies qui frappaient tout le monde, et avant tout les enfants.

— Sans parler des dangers que faisaient courir aux colons les populations rebelles.

— Lucky est une créature des villes et elle est bien fragile. Je ne sais pas si cette petite se fera à vivre dans le domaine, comme elle le prétend. Wade y parviendra mieux, à condition qu'il prenne le taureau par les cornes.

— Il y arrivera ! Il a été un bon soldat pendant la Grande Guerre et y a connu de rudes conditions, auxquelles ne l'avait pas préparé sa vie antérieure de patricien américain mais Lucky… Je doute moi aussi qu'elle y parvienne. Elle n'est pas comme toi, ma Juliette !

Il lui prit la main, et la tendresse qui continuait de régner au sein du vieux couple émut Suzanne qui avait assisté à leur conversation.

* * *

Sa notoriété, sa connaissance du monde islamique conférait encore une audience importante à Ahmet Candarli, bien qu'il ait pris sa retraite. C'est pourquoi Abdelhamid Ben Badis souhaita le rencontrer. Fondateur de l'Association des oulémas musulmans algériens, cet imam entendait réinstaurer dans l'islam un esprit de puritanisme, lutter contre les confréries et les marabouts qui, selon lui, faisaient le lit de l'administration française.

Ahmet, qui s'était renseigné sur ces oulémas, avait suivi avec un certain intérêt leurs prêches, leur enseignement de l'arabe dans les écoles et dans les *medersa.* Il avait aussi régulièrement lu leurs organes de presse, tel « al-Chihâb », qui avait remplacé « al-Muntaqid », interdit en 1925. Il agréa donc sa demande, poussé à le faire par Lila depuis Paris, et surtout en se souvenant des propos que, dans son enfance, Abdallah lui avait tenu en faveur de l'Umma.

Cependant, il appréhendait cette rencontre. S'il s'accordait avec la première devise des oulémas : « L'islam est notre religion », il faisait des réserves sur la seconde : « L'arabe est notre langue », qui faisait table rase de celle des Berbères. Surtout il récusait totalement la troisième : « L'Algérie est notre patrie », ayant toujours considéré qu'il n'en avait qu'une, la France.

Il alla voir Rodolphe, afin qu'il l'éclaire, mais fut surpris par son attention, flottante, et par sa parole, hésitante. Perplexe, il s'apprêtait à monter dans sa voiture quand Tahie courut vers lui :

— Monsieur Candarli, pardonnez-moi de vous importuner mais je suis si inquiète pour monsieur le baron. Je devrais en toucher d'abord un mot à madame, mais elle est si peu à la maison et je crains qu'elle ne me rabroue. Mais à vous je peux le dire. Monsieur le baron oublie tout et confond les gens. Même, à deux reprises, il m'a demandé qui j'étais, avant de se reprendre. Cela me fait tant de peine. On dirait qu'il n'est plus avec nous !

Il promit à Tahie de réfléchir à la situation. Troublé, il en oublia le rendez-vous qu'il avait donné à Ben Badis. Il ne s'en souvint que le jour même et se demanda si lui aussi ne perdait pas la tête…

Quand son hôte entra sur la terrasse, il fut frappé par sa silhouette élégante, vêtue de façon traditionnelle, par son visage fin orné d'une courte barbe et par l'autorité que dégageait son regard perçant. Cependant l'usage exclusif de l'arabe par son interlocuteur dans leur entretien, tout autant que ses revendications véhémentes l'indisposèrent. À plusieurs reprises, il s'adressa délibérément à l'imam en français, sans que celui-ci change son attitude, ce qui lui parut une affectation de sa part.

Plus de deux heures passèrent ainsi. Les lumières de la ville avaient chassé les lueurs violettes du crépuscule quand, gagné par une certaine impatience, Ahmet prétexta une visite qu'il avait à faire. Son opinion était faite. Cet homme ne lui plaisait pas et il professait une idéologie contraire à la sienne.

Azziz venant de rentrer, il voulut se confier à lui. Le garçon l'écouta avec respect mais comme à son habitude, ne se prononça pas. Se retrouvant seul avec ses pensées moroses, Ahmet consulta alors Doudja qui était rentrée de métropole, apparemment guérie. Sa famille, les Haouari, connaissait bien celle des Ben Badis.

— Ils se sont ralliés tôt à la France, lui dit-elle. Le grand-père de l'émir était un cadi respecté, conseiller général de Constantine et décoré de la Légion d'honneur par Napoléon III. Son père était un important délégué financier. Lui-même est allé à La Mecque, avant de séjourner dans les grandes capitales arabes d'Orient. Ses fidèles l'appellent le Guide de la nation. Je ne crois pas, qu'au contraire de ses ascendants, il soit un grand ami des Français. Il est avant tout un panarabiste. C'est un suppôt de ces pays du Mashreq avec lesquels nous n'avons, à part l'islam, que peu de points communs, nous gens du Maghreb. Je n'aime pas que notre fille se soit ainsi entichée de lui !

— Doudja, une fois de plus tu as remis de l'ordre dans ma tête, mais une autre tête me soucie, celle de Rodolphe, dit Ahmet qui décrivit ce qui l'avait inquiété chez son ami et ce que lui avait dit Tahie, obtenant de sa femme en retour des mots qui l'apaisèrent :

— Cela concerne avant tout Marguerite de Viannac, d'autant qu'elle est médecin. Bien qu'à dire vrai, je pense que le bonheur de son mari ne l'a jamais beaucoup préoccupée. Tu devrais cependant aller la voir…

* * *

Ahmet n'eut pas à faire ce pas. Les enfants de Rodolphe s'étaient aussi émus de la dégradation psychique de leur père. En particulier Madeleine qui, récemment mariée et devant aller vivre dans la région de Sétif, entendait qu'une décision soit prise avant son départ. Ils s'ouvrirent de leur inquiétude à Marguerite qui ne voulut voir chez son époux qu'une fatigue passagère.

Ils prirent aussi l'avis de Tahie qui leur décrivit ce qu'elle avait observé :

— Monsieur le baron est pourtant encore jeune mais il se comporte comme le faisait mon grand-père à la fin de ses jours. Il ne se laverait pas si je ne le lui rappelais pas. Lui qui est pourtant si soigné, il sort parfois de sa chambre sans s'être coiffé et même, l'autre jour, sans s'être rasé. Il y a deux mois, il n'aimait pas que je lui fasse des remarques, mais maintenant ça l'indiffère !

Tous deux avaient en Tahie une confiance supérieure à celle qu'ils avaient en leur mère. Ses dires ne firent que les conforter dans leurs appréhensions. Ils entendirent dès lors que Marguerite considère sérieusement l'état de son mari. Ce fut même avec véhémence que Madeleine insista :

— Mère, nous revenons vous dire une fois encore combien nous sommes préoccupés du sort de notre père ! Peut-être serait-il souhaitable qu'il consulte un médecin. Un diagnostic que vous feriez, étant sa femme, risquerait d'être erroné !

Marguerite parut heurtée, ce que perçut Philippe qui, avec plus de diplomatie, insista :

— Mais oui, souvenez-vous, même pour une simple angine vous préfériez que ce soit un de vos confrères qui nous soigne, non ?

— Soit ! Nous demanderons l'avis d'Antoine Lanier. Je pense, quant à moi, que votre père a toujours été un psychasthène et qu'il l'est davantage encore en vieillissant !

Antoine les reçut rapidement et posa un diagnostic tout aussi rapide, après s'être entretenu avec Rodolphe. Marguerite l'entendit dire ce qu'elle redoutait, mais qu'elle préférait qualifier autrement : son époux amorçait un état démentiel…

L'état de son père se dégradant encore dans les semaines qui suivirent et devant l'impatience manifestée par sa mère en la situation, Philippe proposa alors qu'il vienne vivre avec lui à Bordj el-Kébir. Marguerite acquiesça mais entendit rester à Alger, en raison de ses obligations professionnelles.

L'été commençait. Le voyage vers Boufarik, dans la plaine sous la chaleur, fut pénible. Rodolphe ne paraissait plus savoir où, ni avec qui, il se trouvait. Il regardait fixement la route sur laquelle des mirages miroitaient. Quand on aborda l'allée de palmiers qui menait à Bordj el-Kébir, il eut un mouvement de panique. Il se calma cependant très vite quand on l'eut assis dans le salon ; comme si le rassuraient les meubles, les objets, les tableaux qui y figuraient et pérennisaient la présence dans les lieux de deux générations de sa famille.

Après cela, Tahie s'interrogea sur son propre sort. Maintenant que Philippe et Madeleine étaient partis, elle savait bien que sa patronne n'avait plus besoin d'elle. Assise dans la cuisine où, pendant tant d'années, elle avait fait manger les petits, elle agitait de tristes pensées quand Marguerite entra dans la pièce :

— Ma fille, je compte partir début juillet pour la France. Vous pouvez, si vous le voulez, le faire aussi, mais dites-le-moi vite car je dois faire prendre des billets. Cependant ce ne sera pour vous qu'un aller simple car désormais je n'aurai plus besoin de vos services, ajouta-t-elle.

Tahie fut comme foudroyée. Repartir de l'autre côté de la Méditerranée était une chose à laquelle elle n'avait jamais songé. Elle se retint de pleurer mais s'abandonna dans sa chambre, quand elle fut sûre que nul ne l'entendrait, ce que fit pourtant Madeleine qui s'indigna, lorsqu'elle l'eut questionnée. Elle informa Philippe de la décision de leur mère et Marguerite dut s'incliner devant le projet formulé alors par ses enfants : si Tahie y consentait, elle viendrait à Bordj el-Kébir s'occuper de Rodolphe, dont l'état nécessitait maintenant une aide constante.

— Bien sûr, mes petits, ce sera avec joie, leur dit-elle. Que serais-je allée faire en métropole ? Ce n'est plus chez moi et je n'y ai plus personne. C'est l'Algérie chez moi ! Et tous deux vous êtes un peu mes enfants. Si Mado s'en va à Sétif après son mariage toi, mon Philou, tu seras toujours là, au milieu de tes arbres que tu soignes si bien. Aussi bien que, petit garçon, tu soignais tes petites plantations dans le jardin du Djenane…

* * *

À trente ans, Lila Candarli était devenue une grande belle femme, au long cou, aux yeux caressants, ceux de sa mère Doudja.

Elle avait désormais acquis une maîtrise certaine de son art. Le temps où elle vivait, étroitement surveillée, chez les cousins des Viannac était depuis longtemps révolu. Elle occupait maintenant un petit appartement en plein ciel, sans voisins pour se plaindre de ses vocalises. Elle travaillait beaucoup et ne consacrait ses rares loisirs qu'à certains meetings politiques, après s'être sentie bafouée, en tant que femme et Algérienne, dans une désagréable aventure.

Un de ses camarades du conservatoire dont elle admirait la voix de baryton, ayant pris pour des avances les compliments qu'elle lui avait faits pour son talent, avait entrepris de lui faire la cour. Elle-même n'éprouvait pour lui aucune attirance. Un soir où il avait trop bu, la croyant corse, il l'avait comparée à la sauvage Colomba et raillée pour sa froideur. Il s'était enquis de savoir si un frère surveillait sa vertu… Impatientée, elle l'avait écouté, sans parvenir à le faire taire avant, excédée, de le prier de partir, sans succès.

La nuit était douce. Dans le petit jardin d'un immeuble voisin, un lilas exhalait son parfum :

— Lila ou Lilas ? Vous ne paraissez en rien pourtant semblable à cette fleur délicate. Vous tenez plutôt du chardon, avait-il lancé d'une voix empâtée.

Elle l'avait trouvé stupide et le lui avait dit et comme il cherchait à l'enlacer, elle l'avait giflé avant de lui lancer :

— Non, je suis algérienne et mon nom est d'origine turque et non pas corse. Maintenant, fichez le camp ou je hurle !

Le garçon, un instant décontenancé, s'était alors exclamé :

— Ça alors, une Algérienne ! Vous avez pourtant la réputation d'être faciles, vous les mouquères. C'est bien pour cela que vos hommes, les sidis, vous mettent sous clé dans leurs harems. Vous avez beau faire la fière, vous ne valez pas mieux que vos congénères ! lança-t-il avant de s'en aller d'un pas hésitant, en plantant là une Lila qui était en proie à une fureur légitime.

À la même époque, elle commença aussi à se produire avec un jeune pianiste dans les salons. Elle entra ainsi en contact avec Frida Torjman qui, comme autrefois sa mère, madame Weiss, faisait donner des concerts chez elle. Le jour de son récital, elle lui avait évoqué les visites d'Ahmet et de Rodolphe. Le trac de Lila en avait été atténué et les propos chaleureux de Raphaël, survenus entre-temps, avaient dissipé ses dernières appréhensions. C'est donc en pays de connaissance qu'elle interpréta de son beau mezzo des mélodies françaises, un genre où elle excellait.

Au terme du récital elle répondait aux questions de son auditoire quand, accompagnée par un grand garçon athlétique, une jeune femme menue, au visage chiffonné et aux cheveux plaqués, qui lui faisaient comme un casque, se présenta à elle :

— Je suis Sarah, la fille de Raphaël et de Frida, et voici mon mari, Georges Stern, qui est architecte.

Ils parlèrent musique avant que Sarah ne demande à Lila :

— Je vais être indiscrète, mais je vous connais sous le nom de Lila Candarli. Pourquoi, pour chanter, celui de Leïla Chbili ? Un nom de guerre ?

— Vous ne sauriez mieux dire ! lui répondit mystérieusement Lila.

* * *

En 1935, on célébra la bar-mitsva de David Toledano. Il vivait depuis maintenant huit ans chez Jeanine, qui s'était coulée harmonieusement dans son rôle de mère. Très longtemps, il était resté un petit garçon silencieux qui ne souriait jamais, ne se plaignait pas, ne parlait jamais du Maroc, ni de ses parents. Il obéissait docilement aux consignes, mais ne cédait jamais sur un point ; celui de dire ses prières. Il avait donc fallu que Jeanine, guère pratiquante, consulte un rabbin pour connaître les grandes lignes du judaïsme et de ses obligations.

Jusqu'à l'âge de sept ans, le sérieux qu'il affichait dans la journée faisait place, certaines nuits, à une agitation qui le faisait hurler dans son sommeil. Au début Jeanine en avait été paniquée, avant qu'elle ne découvre comment rassurer son petit en proie à ces terreurs nocturnes. Elle en vint même à souhaiter ces crises. Elle avait alors dans ses bras un petit garçon perdu qui ne retrouvait son calme que parce qu'elle le cajolait. Il n'était plus alors cet adulte sérieux et minuscule qu'il paraissait le jour.

Chez les Seror, l'enfant avait été accueilli avec affection. En particulier par Edmond, auquel il s'était profondément attaché. En revanche, Lucky s'était montrée hostile à son égard. Elle était allée jusqu'à dire que, pour elle, il ne ferait jamais partie de la famille. Jeanine en avait été désespérée. Elle paraissait avoir oublié qu'elle ne l'avait pas mis au monde. Elle cherchait même à ce qu'il l'appelle « Maman » ce à quoi il se refusait obstinément, en continuant de la nommer « Madame », puis « Tata », par une ultime concession.

Il ne parlait que l'arabe en arrivant à Alger. Il fut long à acquérir le français et garda une prononciation gutturale qui ne disparut jamais. Son adaptation à l'école s'en ressentit. Ses performances y étaient médiocres. Jeanine, qui avait pour lui de grandes ambitions, s'en désespérait, jusqu'à ce que son beau-frère Fernand l'ait raisonnée :

— Voyons Jeanine, mon fils Edmond non plus n'aimait pas l'école. Seul le football l'intéressait. Il était fana du SCUEB. On n'est pas des intellectuels chez les Seror ! Et il a bien réussi pourtant. Regarde comme il est un garagiste des plus réputés. S'il détestait l'école, il adore les voitures. Il a réussi à remettre en état la Bugatti de Wade alors que tout le monde y avait renoncé !

Jeanine n'avait guère été convaincue :

— Quand même. Regarde la réussite de mon oncle Raphaël. Il est devenu un des meilleurs avocats de Paris, et celle de mon grand-père Samuel. Il paraît qu'enfant il était comme David, qu'il ne parlait pas même le français et il est devenu enseignant à l'université !

— Oui, mais il ne faut pas comparer les gens comme ça, Jeanine. C'est bien aussi d'être un bon garagiste. C'est même aussi bien que de parler je ne sais combien de langues comme ton pépé. Pour ton petit, on va demander son avis à mon fils. David, il aime tellement Edmond qu'il lui a même dit ses petits secrets, comme à un grand frère.

Jeanine le fit et dut se rendre à l'évidence : l'adolescent souhaitait quitter l'école et entrer en apprentissage chez celui qu'il appelait même son cousin, Edmond.

Un petit événement la consola de la ruine des espoirs qu'elle avait caressés. En rangeant la chambre du garçon, elle découvrit qu'il gardait secrètement dans un tiroir certains objets qui lui étaient chers. Y figurait une photo ancienne sur laquelle elle le tenait par la main, juste après qu'elle l'ait ramené du Maroc. Elle versa une larme et eut du mal à reconnaître, dans le petit oiseau chétif qu'il était alors, le grand adolescent qu'il était devenu.

* * *

Antoine Lanier était le benjamin d'une famille catholique, très pieuse, de Châlons-sur-Saône et la première de ses sœurs était entrée au couvent, pour y mourir précocement, en odeur de sainteté, se plaisait-on à dire.

— C'était sans doute une odeur acétonique de son haleine, un diabète mal soigné par ces ânes de curés ! corrigeait Antoine, que son éducation chez les jésuites avaient rendu violemment anticlérical.

Son autre sœur s'était mariée à Melun. Pour elle, il avait fait une entorse à ses convictions en acceptant d'être le parrain d'une de ses filles, Bernadette. Il chérissait particulièrement sa filleule. Il la voyait volontiers faire des études supérieures, ce à quoi paraissait l'autoriser sa vive intelligence. Cette Bernadette lui ressemblait aussi beaucoup physiquement. Elle avait comme lui un regard magnétique intimidant, un nez un peu pointu et un menton volontaire.

En 1936, quand la jeune fille eut dix-huit ans, Antoine proposa qu'elle vienne vivre à Alger et qu'elle y fasse sa médecine. Son fils Pierre, maintenant interne des hôpitaux, la dirigerait. Lui-même occupant une chaire de neurologie à l'université, elle ferait partie d'une école qu'il aurait créée…

Les parents de Bernadette ayant agréé sa proposition, elle quitta Paris avec lui à la fin du mois d'août, Camille et Odette prolongeant leur séjour en France. Ils voyagèrent à bord de l'*El-Djazaïr*, un paquebot récent, le plus rapide à traverser la Méditerranée. Pierre les accueillit au port pour les amener à El biar. En effet les Lanier vivaient désormais à Dar el-Ouard, où ils avaient succédé aux Attia, quand ceux-ci avaient préféré aller vivre en ville.

Une fois installé, Antoine eut un aparté avec son fils pour lui préciser ses projets concernant la jeune fille.

— Papa, es-tu certain qu'elle veuille faire sa médecine ?

— Je l'en convaincrai ! Et je compte sur toi pour la guider. Mais je souhaite aussi que tu l'introduises dans la société algéroise.

Camille avait accepté avec des réticences la décision de son mari. Ses rapports avec sa belle-famille étaient médiocres. Elle était aussi un peu jalouse de la complicité d'Antoine et de sa nièce. Elle tint cependant à organiser la garde-robe de Bernadette, plus faite pour le climat de Melun que pour celui de l'Afrique du Nord. Elle tint spécialement à lui choisir des tenues de soirée. À son point de vue, le meilleur sort que pouvait connaître la jeune fille était certainement de trouver un parti…

Bernadette portait sur ce monde nouveau pour elle un regard qui se voulait intéressé mais qui, en fait, restait très distant. Elle parut accepter docilement la suggestion de son oncle et s'inscrivit à la faculté. Elle se coula dans la vie algéroise. Elle séjourna dans la villa d'été qu'Antoine avait fait bâtir à Cherchell, en fréquenta la plage avec ses cousins. L'hiver venu, elle les suivit dans le chalet de Philippe à Chréa mais préféra au ski de longues promenades sous les grands cèdres, le long des sentiers enneigés. Dans les soirées elle accepta de bonne grâce les invitations des jeunes gens à danser, mais d'une façon comme obligée. En permanence elle semblait avoir l'esprit envahi par quelque préoccupation qu'elle avait emmenée de France avec elle.

Il lui arrivait régulièrement de s'absenter pour une heure ou deux de Dar el-Ouard, sans en donner la raison. Intriguée, Camille la suivit un jour discrètement pour la voir se diriger vers l'église Notre-Dame du Mont-Carmel. Elle la vit prier longuement devant la vaste fresque du peintre Rochegrosse, avant de converser avec animation avec le prêtre de la paroisse.

Quant à Philippe, ce garçon un peu sauvage, il s'était secrètement épris d'elle sans oser se déclarere et il s'employait à lui fait aimer l'Algérie, dans le but de l'y retenir auprès de lui. Il finit pourtant par le faire, un jour où ils redescendaient de Chréa. Avril était là et la neige avait disparu mais le jeune homme avait voulu faire admirer à Bernadette, dans les cédraies, le tapis de tulipes naines et de pensées jaunes et bleues qui l'avait remplacée.

Du haut d'une crête, il lui désigna la plaine bien ordonnée, au-dessous d'eux :

— Regardez, Bernadette, comme ma Mitidja est belle. Voici, vers Boufarik, le domaine arraché par mon arrière-grand-père aux marais qui se trouvaient là autrefois.

Elle contemplait le paysage mais paraissait ailleurs et il poursuivit, en hésitant :

— Vous savez mon vœu le plus cher serait que vous deveniez la maîtresse de Bordj el-Kébir en m'accordant votre main…

Ce qui la fit se tourner vers lui pour lui dire, avec beaucoup de calme :

— Non, mon cher Philippe. Cela me fait de la peine de vous refuser cela, mais j'ai pris une autre décision, celle de m'unir au Christ, en entrant dans les ordres…

* * *

Cinq ans plus tard, l'euphorie qui avait accompagné le Centenaire était retombée. La crise économique mondiale avait affecté à son tour l'Algérie, et son budget s'en était trouvé déficitaire, ce qui avait fait regretter les dépenses somptuaires du Centenaire.

La production viticole avait peu souffert, mais les cultures céréalières et l'élevage sombraient. L'artisanat, une activité des indigènes, aussi. Aux cotonnades qu'ils produisaient, on en préférait d'autres, importées d'ailleurs et moins coûteuses. Enfin dans le domaine restreint de l'industrie, le nombre des faillites avait doublé et les entreprises débauchaient des ouvriers par dizaines.

Ces difficultés économiques causèrent des désordres sociaux auxquels les autorités réagissaient avec maladresse. Ainsi, par la circulaire Michel, le gouverneur général Carde s'efforçait-il de contrer l'influence grandissante d'Abdelhamid Ben Badis et des oulémas ; ainsi faisait-il réprimer une manifestation, sans doute inspirée par ces derniers, où avait été réclamée la liberté du culte ; et à Paris le ministre de l'Intérieur refusait de recevoir dix-huit personnalités de la Fédération des élus musulmans. Ils ne demandaient pourtant qu'une plus grande liberté de la presse et de l'enseignement religieux, et ne réclamaient que davantage d'écoles pour que les enfants puissent apprendre la langue française. Ils ne souhaitaient qu'une réorganisation administrative et politique de l'Algérie, inspirée du projet Violette.

Bientôt le malaise s'alourdissait. Le 12 février 1934, les partis dc gauche et les syndicats faisaient défiler dans le centre d'Alger, chantant l'Internationale, plus de dix mille personnes, en réponse au coup de force de l'extrême droite à Paris, six jours plus tôt, devant l'Assemblée nationale.

Pierre, qu'inquiétait la montée des fascismes en Europe, se trouvait à la manifestation mais sans ses deux amis, Philippe ayant plutôt de la sympathie pour la droite et Azziz se disant non concerné par la politique.

Il défilait dans le milieu du cortège, devant le siège de « La Presse libre » et de « La Dépêche algérienne », quand, consterné, il avait vu arriver, brandissant un drapeau vert, de jeunes musulmans qui s'étaient mis à briser des vitrines.

— Vous avez joué aux apprentis sorciers, lui dit le lendemain Philippe qu'il était allé voir à Boufarik. Il ne faut pas oublier ces mouvements nationalistes et, pire, panarabiques qui, bien que minoritaires, gangrènent le pays. En ce qui me concerne, je ferai davantage confiance à ce pharmacien de Sétif, Fehrat Abbas. Il a publié l'an dernier, une série d'articles sous le titre *Le Jeune Algérien.* Ses revendications sont légitimes, comme celle du docteur Ben Djelloul, avec qui il milite, dans la Fédération des élus musulmans.

En août suivant, à Constantine, une rixe entre un soldat juif éméché et des musulmans dégénérait en de graves émeutes antisémites. À Fort-de-l'Eau, où se trouvaient Eugénie, Jeanine et les Seror, une grande inquiétude s'en était trouvée réveillée :

— Ah, quelle misère ! Ça recommence comme en 1898 ! s'était exclamée Eugénie. Je me rappelle de tout. On a presque pillé le magasin de Maurice. Pendant quinze jours, on n'est pas sortis de l'appartement tellement on avait tous peur, sauf Mémé Cléo ! Si on ne l'avait pas retenue, elle aurait insulté ceux qui nous en voulaient. À l'époque c'était les chrétiens qui s'en prenaient à nous. Maintenant c'est les Arabes. Pauvres de nous, les Israélites !

— D'accord, c'était les chrétiens mais ils nous ont défendu aussi les chrétiens ! Rappelle-toi, dit Fernand. Si le magasin de Maurice n'a pas été saccagé c'est grâce à son rideau de fer, mais aussi grâce au capitaine Bénézit !

Un an plus tard Philippe, le 14 juillet, allait assister au défilé des Croix-de-feu, que les forces de l'ordre séparaient des contre-manifestants du Front populaire, lesquels entendaient protester contre la venue du colonel de La Rocque à Alger.

— Vous savez, avait-il dit, en en revenant à ses deux amis, beaucoup de musulmans soutiennent le colonel, souvent des anciens combattants. Il rassemble ainsi les deux communautés. Aux élections certains de ceux qui le suivent ont gagné grâce à leur aide, comme celle qu'a fournie Fehrat Abbas à un élu de Sétif…

* * *

Pierre Lanier ne se trouvait pas beau, en dépit de son physique agréable et de ses magnifiques yeux verts. Il ne retenait de l'image que lui renvoyait le miroir que sa maigreur et sur son visage, les discrètes cicatrices d'une acné juvénile qui avait empoisonné son adolescence.

Il éprouvait vis-à-vis de son père une profonde ambivalence. Il l'admirait pour ses talents professionnels, au point d'avoir embrassé la même carrière que lui, mais il réprouvait ses nombreuses entorses au contrat conjugal. Au contraire d'Antoine, il était très pieux ; il n'avait pas quitté le chemin que Camille lui avait désigné, ce qu'elle n'avait pu faire avec Odette, qui s'était alignée sur l'agnosticisme de son père. Pour cela, il s'était juré de n'aimer qu'une femme dans son existence. Il entendait vivre avec elle la vie la plus chrétienne possible, un vœu qu'il espérait accomplir aux côtés de Suzanne Savelli.

Quand il avait fait son PCN, il avait découvert combien elle s'était métamorphosée mais ils ne s'étaient rapprochés l'un de l'autre que lorsqu'elle avait commencé un cursus universitaire. Ensemble, ils avaient fréquenté les mêmes soirées. Ils s'étaient étendus l'été sur les mêmes plages et l'hiver avaient pris, à l'aube, le train de Blida, avant de grimper jusqu'aux neiges de Chréa.

En 1934, ils avaient figuré tous deux dans le film *Golgotha*, tourné à Alger. Un de leurs amis leur avait même fait prendre un verre avec l'improbable Ponce Pilate du film, Jean Gabin, lequel avait fait rougir de plaisir la jeune fille en lui disant « qu'elle avait quelque chose de Darrieux », cette actrice dont on commençait de beaucoup parler. Suzanne s'était cependant gardée de dire chez elle qu'au sein de la foule qui se pressait au pied des trois croix érigées à Maison-Carrée, pour le besoin du tournage, elle avait figuré une pleureuse qui embrassait la tunique du Christ-Le Vigan. Elle avait tremblé que quelqu'un de sa famille, Estelle tout particulièrement, ne la reconnaisse quand *Golgotha* était sorti dans les salles algéroises. C'était un peu déçue, mais soulagée, qu'elle avait alors constaté que la scène où elle devait apparaître avait été coupée au montage…

En 1937 une scène d'un nouveau film, *Pépé le Moko*, toujours dirigé par Julien Duvivier et avec, là encore, Jean Gabin pour vedette, était tournée devant l'hôtel Aletti. Suzanne contemplait ce spectacle quand elle se heurta à Pierre, qui revenait du Rowing Club :

— Toujours distraite, Suzy ! Où allez-vous donc ?

Elle le regarda comme si elle sortait d'un rêve. Son aspect parut alors si charmant au jeune homme qu'il s'en sentit bouleversé et, cramoisi, lui lança tout à trac :

— N'avez-vous pas compris Suzanne que je suis amoureux de vous depuis longtemps ? Que je veux vous épouser ?

Aussitôt gêné de son aveu et paniqué de la réponse qu'il allait entraîner.

Elle lui décocha un franc sourire. Depuis longtemps elle avait bien réalisé qu'il était épris d'elle. Mille choses le lui avaient dit... Odette, lui avait même lancé brutalement :

— Qu'attend donc mon grand nigaud de frère pour se déclarer. Il est fou de toi, c'est évident. Ce doit être ses scrupules religieux ou son confesseur qui le retiennent !

Ce souvenir la laissa silencieuse un moment puis, après avoir baissé la tête, elle la releva, avant de dire, posément :

— Je suis très flattée de votre demande et je partage vos sentiments, Pierre. J'accepte votre demande avec joie mais il nous faudra attendre... Vous me demandiez où j'allais ? Je descendais sur les quais pour prendre un billet sur *Le Banfora*, sur lequel je vais partir en Côte d'Ivoire passer un an auprès de ma mère et de Mario !

* * *

Quand Idir obtint son baccalauréat, deux perspectives s'offrirent à lui : se mettre au service de son oncle ou partir travailler en France. La nationalité française de sa mère le lui permettait quand, pour bien d'autres, l'émigration était contingentée. Monsieur Salini, son professeur de lettres, lui suggéra de devenir instituteur. Il n'y avait jamais songé. De retour au village pour l'été, il craignait de soumettre à Ameziane ce projet et s'ouvrit de son dilemme à Taos, qui lui confirma qu'il aurait une partie difficile à jouer :

— Ton oncle est têtu, tu le sais ! De son point de vue, le monde n'existe pas au-delà de chez lui. Il ne conçoit pas que l'on envisage de vivre ailleurs ou de faire autre chose que cultiver son jardin et ses oliviers. Et il a une nombreuse famille à entretenir. Or il se fait vieux et il n'est pas bien riche ! Ce n'est pas grand-chose, ce qu'il a hérité de son père. Il a dû tout partager avec ses frères. Ils ont même en commun un bosquet de figuiers. À chaque récolte, ils se disputent à propos du nombre de fruits auxquels chacun a droit ! Il ne faut pas trop compter sur lui pour t'aider financièrement.

Elle éclata de rire de sa bouche édentée, avant de poursuivre :

— Mais mon petit, ni ton grand-père, ni ton père n'ont eu la vie facile non plus. Ils ont beaucoup peiné pour réaliser leurs désirs ! Le premier est revenu du bout du monde où on l'avait expédié, le second s'est exilé en France pour y mourir sur un champ de bataille, ajouta-t-elle en détournant la tête. Tu dois toi aussi lutter mais, comme tu es de leur sang, tu sauras le faire !

Ainsi encouragé, Idir affronta son oncle qui refusa tout net ce qu'il lui demandait. Le cœur gros, il rejoignit le lycée à la fin des vacances. Ce fut alors que monsieur Salini lui suggéra de solliciter une bourse d'études. Il l'assura qu'il ferait jouer ses relations pour que soit reconduite celle qu'il avait déjà obtenue quelques années auparavant. Idir affronta de nouveau Ameziane qui protesta alors mollement, soulagé au fond de ne plus avoir à contribuer à l'entretien de son neveu.

Avant son départ, Taos entreprit son petit-fils :

— Ainsi, tu vas retourner dans cette ville que tu as quittée il y a si longtemps. Tu ne la reconnaîtras sans doute pas. Elle est bien plus grande que Tizi Ouzou. Mais je dois aujourd'hui te confier un secret… Ton oncle t'a dit que ta mère était morte. Il t'a dit ensuite qu'elle était vivante mais repartie en France, qu'elle n'était qu'une femme indigne, qui ne s'était guère souciée de son fils. C'est faux ! En fait, elle est à Alger. Elle n'y est restée que dans l'espoir de te retrouver un jour ! J'ai continué de la voir là-bas quand je pouvais encore me déplacer. Je lui ai donné régulièrement de tes nouvelles mais depuis que je ne peux plus bouger, elle n'en a plus. Je ne pouvais pas non plus lui écrire. Je ne sais pas le faire. Aussi peut-être croit-elle que je ne suis plus de ce monde. Tu feras comme tu le voudras mais je te dirais comment la joindre si tu le souhaites.

Une semaine après, dans le train qui le menait vers la grande ville, les paroles de sa grand-mère lui revenaient. Il balançait entre le désir et la crainte de reprendre contact avec sa mère. Il redoutait que la réalité ne détruise l'image idéalisée qu'il avait d'elle. Son esprit restait encore empreint de ce que lui avait affirmé son oncle…

Il rejoignit l'École normale de la Bouzaréa, un bâtiment de style mauresque, sur une colline qui dominait Alger. La vie y était austère, la nourriture médiocre. Dès novembre, le brouillard y noyait souvent l'horizon. Un froid tenace s'infiltrait dans les salles de classe, le réfectoire et les dortoirs, que dissipait mal le maigre feu des poêles à bois.

Beaucoup des étudiants étaient des indigènes. Parmi eux l'on comptait bien des Kabyles. Plus rares étaient les Européens. Il se lia avec l'un d'eux, Jacques, un *Francaoui*, que sa candeur exposait aux plaisanteries et aux farces des autres. Ainsi fut-il l'objet d'un bizutage qui l'envoya une nuit chasser le *tchibeck*, cet oiseau mythique dont une patte, plus courte que l'autre, l'obligeait à marcher à flanc de coteau… Idir prit ce Jacques sous sa protection ; il dissipa certaines de ses illusions ; il corrigea les *tchalefs* des autres élèves que, naïvement, son copain prenait pour argent comptant.

Quand l'hiver s'effaça, la température plus douce lui donna des envies d'évasion. Plutôt que de passer le dimanche dans des locaux enfumés par les volutes des Bastos, Idir et son copain s'éloignèrent avec prudence de l'école. Ils en explorèrent d'abord les alentours. S'enhardissant, ils descendirent ensuite vers les banlieues, avant de s'aventurer dans Alger.

La première fois, ils n'allèrent qu'à Bab el Oued puis, dimanche après dimanche, se lancèrent vers le port et d'autres quartiers. Ils prirent le goût d'arpenter la ville puis, quand la belle saison fut là, ils se décidèrent à remonter vers les quartiers bourgeois.

* * *

À la suite du concert qu'elle avait donné chez Frida, Lila se lia avec Sarah Stern qui vantait partout son talent, si bien que la jeune cantatrice obtint plusieurs contrats sérieux pour la saison musicale de 1936-1937. Cela laissait à Lila un été entier qu'elle pouvait occuper à sa guise. Apprenant que l'état de santé de Doudja s'était de nouveau dégradé, elle décida de se rendre auprès de sa mère. Elle suggéra à Sarah de l'accompagner pour connaître cette Algérie qui avait vu naître son père. Georges, retenu sur un chantier, ne pouvait accompagner sa femme, mais il approuva ce voyage et les deux jeunes femmes descendirent à Marseille.

— Cette ville annonce Alger, mais elle est moins belle ! soit dit sans chauvinisme de ma part ! dit Lila quand elles furent sur le Vieux-Port.

— Ce petit café, on croirait celui du *César* de Pagnol ! s'exclama Sarah. J'ai vu le film avec Georges. Il a profité du noir de la salle pour m'embrasser pendant toute la séance et je l'ai laissé faire. Aussi y a-t-il beaucoup de passages qui m'ont échappé !

— C'est fort mal, tout ça ! dit Lila en souriant.

— Eh oui, reprit Sarah qui ajouta alors d'un ton un peu triste, nous nous sommes mariés peu après mais je n'ai toujours pas pu être enceinte.

— Vous le regrettez ?

— Oh oui, beaucoup. Nous voulons des enfants, plusieurs même !

— Eh bien moi, je n'en veux pas ! Je ne sais même pas si je veux me marier, ce qui ne plaît pas à mes parents.

Le lendemain, tandis que le bateau quittait le port, la Méditerranée était couverte de moutons. Sarah se dit, rêveusement : « Le mistral la fait ondoyer en direction de cette mystérieuse terre dont mon père reste si nostalgique. » Au soir, la mer se calma et les deux jeunes femmes allèrent arpenter le pont. Affaibli par le vent du large leur parvenait un air de flûte, des éclats de voix et des rires masculins :

— Qu'entend-on ? demanda Sarah.

— Ce sont des travailleurs algériens qui reviennent de France, où ils ont dû s'exiler.

— Mais pourquoi donc ?

— Parce que leurs terres ne les font plus vivre. Sarah, ne vous fiez pas à la vitrine de prospérité que vous offrira ma ville. Il y a beaucoup d'injustices en Algérie. Aucun gouvernement n'a voulu le reconnaître. Ce Front populaire qui est au pouvoir ne le fera pas plus que les autres. Il veut le bien des Français mais pas celui de tous… Un jour viendra où ceux qui acceptent tout cela avec résignation se rebelleront ! Et je les soutiendrai dans leur juste combat !

Sarah ne répondit rien. À vrai dire, ce qui se passait au-delà du Rhin la préoccupait davantage. Ce régime autoritaire qui prenait de sévères mesures à l'égard des Juifs l'inquiétait beaucoup. Cependant, elle tâchait de se rassurer. Un régime comme celui de monsieur Hitler ne pourrait voir le jour en France, se disait-elle. Le président du Conseil, Léon Blum, n'était-il pas lui-même un Juif ?

Au débarcadère, Azziz Candarli et Edmond Serur les attendaient. Avec des mouvements gauches ce dernier chargea les bagages. Sarah se figurait bien ainsi son cousin. On lui avait dit qu'il était balourd mais elle aima son bon sourire : « C'est certain, se dit-elle, Azziz dans sa chemise de lin bleue et son costume de flanelle blanche est autrement séduisant ! »

Il était prévu que Sarah reste une quinzaine de jours chez les Candarli, avant de passer le reste de son séjour à Fort-de-l'Eau chez ses cousins. Aussi, quand elles furent installées dans la grande maison de la Casbah, Lila lui dit :

— Nous visiterons la ville quartier après quartier. Nous nous voilerons avec un haïk pour nous mettre à l'abri des avances masculines. Parce que ici nous risquons d'en subir. Comme à Marseille, et peut-être même davantage !

Elles arpentèrent la ville des jours entiers. Un dimanche, Élisabeth les invita à déjeuner. Après la touffeur des rues, elles apprécièrent la fraîche pénombre qui régnait dans son appartement. De nouveau Sarah trouva charmante cette cousine qu'elle n'avait vue qu'une seule fois à Paris. Elle admira sa silhouette juvénile malgré ses cinquante ans, son visage souriant et sa chevelure sombre parsemée de rares fils blancs.

— Je suis sûre que vous avez soif. Voulez-vous une citronnade ou du sirop d'orgeat ? Ils sont au frais dans la glacière.

Elle les servait quand Lila suggéra :

— Élisabeth, voudriez-vous ouvrir un instant les volets pour faire admirer à Sarah la vue que l'on a de chez vous ?

L'appartement donnait en effet sur un vaste parc dans lequel se mêlaient des dizaines d'essences qui intriguèrent Sarah.

— Que sont ces fleurs blanches, en forme de cloches renversées, dans le massif juste au-dessous de nous ?

— Des daturas ! Elles secrètent un poison. Ma grand-mère Cléo était si anxieuse à l'idée que Jeanine et moi y mettions les doigts qu'elle les a fait arracher du jardin de Dar el-Ouard ! Il faudra que vous vous promeniez dans le parc, pour en admirer les arbres. Et puis aussi voir le petit zoo dont mes enfants raffolaient quand ils étaient petits. Oh, pas grand-chose, quelques singes de La Chiffa, quelques oiseaux mais surtout de jolies gazelles. On doit le jardin à un ancien maire d'Alger.

— Charles de Galland ! Il a fait don de sa propriété à la ville. On y a créé ce beau jardin que vous avez sous les yeux. C'était un grand ami de Camille Saint-Saëns, que j'avais rencontré quand j'étais une toute jeune fille, précisa Lila. Et puis nous irons aussi visiter le Musée des antiquités.

La conversation se poursuivit ainsi longtemps. Il y fut question de ce que Sarah devait absolument connaître avant de partir à Fort-de-l'Eau, Cherchell, Tipaza, les cèdres de Chréa, la Kabylie et son littoral. Djemila, s'il ne faisait pas trop chaud, mais pour le Grand Sud, et il lui faudrait revenir au printemps…

— Azziz a promis de nous conduire partout avec sa voiture, assura Lila.

À Fort-de-l'Eau, deux semaines après, Sarah rencontra les Bénézit, chez ses cousins. Depuis le matin, sa tante Eugénie n'avait cessé de se plaindre de la chaleur et Julie s'en était irritée :

— Écoute, ma fille, cesse donc de gémir ainsi. Nous sommes bien, ici, tous ensemble, non ?

— C'est que je suis vieille !

— Comment vieille ? Que devrait dire Armand avec ses quatre-vingt-six ans !

Ce dernier leur sourit :

— Allons mesdames : *carpe diem* !

— Qu'est-ce que ça veut dire ? demanda Eugénie.

— Ça veut dire : tu nous casses les pieds ! dit aigrement Estelle. Va donc voir ta guérisseuse. Elle te débarrassera de tes malaises, bien qu'à mon avis tu te portes comme le pont Neuf !

Son amie Gilberte, qu'elle continuait d'amener régulièrement dans la villa, ricana et Armand frappa le carrelage de sa canne :

— Vous avez bientôt fini, les unes et les autres ? *Carpe diem*, Eugénie, ça veut dire : profite de la journée. Regardez donc comme la mer est belle, cette mer que grâce au Front populaire tant d'ouvriers ont vue pour la première fois ! Vous qui avez ouvert les yeux au bord de la Méditerranée, vous ne vous rendez pas compte de votre chance. Une chance que j'ai eue aussi, mais moi c'était au bord de l'océan.

L'autorité qu'il avait manifestée avait opéré. Chacun plongea le nez dans son assiette garnie de poivrons rouges à l'huile avant d'aller dans sa chambre faire la sieste, tandis que Sarah se disait : « La belle exubérance qui règne ici me rappelle celle de Papa ! »

* * *

La présence de Lila auprès de sa mère réconfortait Ahmet. Reconnaissant, il fit une concession à sa fille en acceptant de se rendre à une réunion des principaux leaders des musulmans algériens, le 7 juin 1936. Elle-même n'osait y assister. Si elle l'était à Paris, sa présence en tant que femme ne serait sans doute pas tolérée à Alger.

Quand il entra dans le cinéma Majestic, il reçut comme un choc la rumeur grondante qui se dégageait de la nombreuse assistance venue entendre des personnalités aux tendances multiples : Ben Baadis et El Okbi, Mestoul pour l'Étoile Nord africaine, Amar Ouzegane et Mohammed Belhadj pour le parti communiste et la SFIO ainsi que les élus qu'étaient le docteur Ben Djelloul et le pharmacien Ferhat Abbas.

C'était surtout la présence de ce dernier qui avait décidé Ahmet à se déplacer. Il avait apprécié sa réponse, dans « La Dépêche algérienne », à ceux qui l'accusaient de nationalisme :

« L'Algérie en tant que patrie est un mythe. Je ne l'ai pas découverte. J'ai interrogé l'histoire, j'ai interrogé les morts et les vivants, j'ai visité les cimetières, personne ne m'en a parlé. » Non sans ajouter : « Sans l'émancipation des indigènes, il n'y a pas d'Algérie française durable. La France c'est moi, parce que je suis le nombre, je suis le soldat, je suis l'ouvrier, je suis l'artisan, je suis le consommateur », une prise de position qui avait entraîné une réponse immédiate de Ben Baadis : « La France ce n'est pas toi [...]. Nous avons scruté les pages de l'histoire et la situation actuelle et nous avons trouvé la nation algérienne et musulmane [...] cette communauté a son histoire, pleine de hauts faits. Elle a son unité religieuse et linguistique [...]. De plus cette nation algérienne n'est pas la France ! »

Quand, soûlé par la fièvre des débats, Ahmet fut de retour, Lila se précipita vers lui. Il lui rapporta, soigneusement notés, les termes de la charte qui avait été élaborée à l'issue des débats :

Elle réclamait « le rattachement intégral à la France, la suppression du gouvernement général, des délégations financières, des communes mixtes et de toutes les lois d'exception ». Elle entendait aussi que soit pris en compte « le respect du statut personnel coranique, de la liberté religieuse, de l'égalité devant l'instruction, la santé, les emplois et les salaires ». Toutes ces exigences se complétaient enfin par celle de « l'existence d'un collège électoral unique, du suffrage universel et de la représentation au Parlement ».

Lila applaudit aux conclusions de la charte mais récusa le maintien du statut coranique :

— Nous serons d'accord là-dessus, lui dit Ahmet, car nous divergeons radicalement d'opinions sur bien d'autres points... Mais, tu le sais bien, c'est justement parce que le sénatus-consulte de 1865 exigeait que ce statut coranique soit abandonné pour acquérir la pleine citoyenneté française, que la majorité des musulmans ne l'ont pas accepté. Ni la plupart des Juifs, pour conserver leur droit coutumier. C'est plus tard que Crémieux a su les faire changer d'avis !

Ses enfants étaient incroyants. Il regarda sa femme et son fils qui avaient écouté silencieusement la vive discussion entre Lila et lui, et fut surpris quand Azziz, d'habitude si peu bavard, s'adressa à sa sœur :

— Je ne te suis pas, Lila. Moi aussi je souhaite que davantage de démocratie règne en Algérie. Je crois que cela se fera un jour, car ce qui est injuste finit toujours par disparaître. Mais je ne peux pas approuver que certains aient recours à la violence verbale pour hâter ce qui est inéluctable. Un jour ou l'autre, elle laisse la place à la violence tout court ! Tu ne laisses d'ailleurs dans ces propositions que celle qui ne t'arrange pas, celle qui ferait de toi, comme l'entend la loi islamique, une femme dépourvue de droits, un être de seconde catégorie. Il n'y aurait pas que l'accès au Majestic qui te serait interdit !

Un grand silence s'établit que finit par rompre Doujda, qui proposa que l'on en reste là. Par la suite, chacun évita les sujets qui auraient pu troubler le plaisir d'être ensemble.

En août, Ahmet rapporta à sa fille ce qui s'était passé au cours d'une autre réunion, au stade municipal d'Alger, que la mairie avait mis à la disposition de ses organisateurs : une foule encore plus importante qu'au Majestic y était venue écouter les mêmes orateurs. L'un d'eux, Messali Hadj, y avait été porté en triomphe quand, après le discours du docteur Ben Djelloul, il s'était déclaré ouvertement indépendantiste et, s'étant saisi d'une poignée de terre, il s'était exclamé : « On ne vend pas son pays ! »

* * *

Les fiançailles de Suzanne avec Pierre furent célébrées peu avant son départ sur *Le Banfora*, et leur mariage fixé pour juillet 1939, dès son retour de Côte d'Ivoire. « J'espère que son voyage et son séjour là-bas se passeront bien », se disait Julie. Le caractère de sa petite-fille la déroutait parfois. S'y mêlaient, de façon paradoxale, la pusillanimité et le courage, voire la témérité.

« Par son audace elle tient d'Armand, de Ronan et de Joseph. Les hésitations qui au contraire l'empêchent d'agir, ne serait-ce que pour le choix d'une robe, lui viennent de Rose. Ainsi en va-t-il aujourd'hui où elle fait ses bagages », se disait la vieille dame :

— Je ne sais qu'emporter... J'en deviens folle ! avait dit Suzanne, exaspérée.

— Voyons ma petite, tu vas dans un pays chaud ! Tu ne dois mettre dans ta valise que des vêtements légers, ceux que tu portes à Fort-de-l'Eau au plus fort de l'été ! Pourquoi donc veux-tu t'encombrer de lainages que tu ne mettras jamais !

— On ne sait pas, peut-être les soirées sont-elles fraîches !

— Ce n'est pas ce que m'écrit ta mère !

Et puis soudain Suzanne avait abordé un sujet plus grave :

— Grand-maman, crois-tu que j'ai bien fait de m'engager ainsi auprès de Pierre ?

— Mais oui voyons. Tu verras comme dans huit mois tu seras heureuse de retrouver ton fiancé !

Retournée dans la cuisine, Julie avait alors songé : « Cette petite a manqué d'un père. Maudite soit cette guerre qui a fait tant d'orphelins mais aussi tant d'indécis, de jeunes gens incertains du destin qui les attend, qui peut-être craignent une autre guerre ? » Une perspective qu'Armand s'était mis à évoquer, mais qu'elle refusait d'envisager.

En revanche, elle se réjouit de voir que Suzanne, le jour de son départ, paraissait avoir surmonté ses doutes. Elle lui fit ses adieux en souriant quand, avec Estelle et à Pierre, elle l'accompagna au port. Elle était même allée jusqu'à réconforter avec assurance son fiancé :

— Allons, Pierrot, je ne pars pas sur la lune. Je reviendrai vite ! Je suis maintenant liée à toi par ça ! avait-elle dit en lui montrant le saphir de chez Ratto-Magana qu'il lui avait offert.

Ce pénible sentiment d'incertitude qu'elle avait si bien su reconnaître chez sa petite-fille étreignit à son tour Julie quand elle fut de retour chez elle. L'appartement qu'animait la jeunesse de Suzanne lui parut bien vide. Elle se sentit soudain très seule, très vieille et le dit à Estelle qui la rabroua :

— Allons Maman, tu m'as assez souvent dit d'être crâne ! De toutes les façons, on ne doit compter sur personne... et à peine sur soi-même ! Regarde comme cette enfant est égoïste, comme elle semble heureuse de nous quitter après tout ce que nous avons fait pour elle !

De son côté, appuyée sur la rambarde du bateau et envahie d'un immense sentiment de liberté, Suzanne regardait s'éloigner la ville en se disant : « Je vais faire ce que je veux pendant toutes ces journées de navigation. Je vais goûter au luxe du paquebot, danser ! Pas de grands-parents, pas de tante, pour me rappeler sans cesse que je dois savoir me tenir, être prudente et réservée ! »

La vue du grand large qu'abordait le navire renforça ce qu'elle éprouvait. « Enfin je vais voir autre chose qu'Alger et Fort-de-l'Eau ! Quand je pense que ma plus grande aventure n'a consisté qu'à faire quelques voyages en France et en famille encore ! » Et elle se répétait les noms des étapes de son voyage : Gibraltar, Casablanca, les Canaries, Dakar, Conakry, qui lui paraissaient magiques…

Elle y rêvait encore en prenant place à table, pour le dîner, quand un couple vint s'asseoir à ses côtés et lui sourit :

— Mademoiselle Savelli ?

Suzanne fut interloquée.

— Oui, balbutia-t-elle.

La femme prit la parole :

— Nous sommes les Vassiliev. Votre maman ne vous a pas parlé de nous ? Elle nous a demandé de veiller sur vous pendant le voyage. Nous allons aussi à Abidjan, où mon mari est médecin.

Puis elle expliqua qu'ils vivaient outre-mer depuis longtemps. Ils étaient des Russes exilés, partis en AOF car le diplôme de son époux, s'il n'était pas reconnu en France, l'était aux colonies.

— Cela a été un long chemin de Moscou à l'Afrique ! avait-elle soupiré.

« Il y a loin de la liberté à laquelle je croyais goûter pendant ce voyage et la réalité, se dit Suzanne. Serai-je donc chaperonnée toute ma vie ? »

* * *

À sa sortie de l'École normale, Idir fut nommé à Lambèse. Cette petite ville du sud Constantinois était connue pour sa sinistre prison et son lointain passé de garnison de l'armée romaine, sur le *limes* africain de l'Empire.

Il aimait enseigner. Le séjour qui lui était imposé ne lui parut qu'un purgatoire, en attendant des jours meilleurs. Quand il ne faisait pas la classe, il lisait des heures entières, dans sa modeste chambre au confort rudimentaire. S'il faisait beau, il aimait à faire des promenades solitaires dans la plaine environnante, sous un soleil brûlant dès avril, ou dans le vent glacial de l'hiver.

Ses maigres ressources ne lui permettaient pas de quitter la bourgade, sauf pour se rendre en Kabylie, pour les vacances d'été. Il s'y trouvait en juillet 1937 quand son oncle Ameziane mourut et fut étonné de se voir, couché, pour une modeste part, sur son testament.

— C'est pour te garder dans son clan qu'il t'a enlevé autrefois. Il est donc normal qu'il t'ait laissé ces quelques oliviers. C'est la loi ici, lui dit Taos qui par ailleurs lui parla de nouveau de sa mère.

À son retour à Lambèse, pour la rentrée scolaire, il faisait l'objet d'une nouvelle affectation, et devait rejoindre dès janvier une école de Cherchell, trois mois plus tard, et passa de nouveau dans son village.

Une triste nouvelle l'y attendait, celle de la mort de sa grand-mère, dont sa tante Tassadit lui fit le récit :

— Déjà quand tu es parti en septembre, elle n'allait pas bien… Le cœur ! La nuit elle n'arrivait à dormir qu'assise. Elle n'avait plus faim et avait beaucoup maigri. Les sœurs blanches venaient la voir et voulaient la faire hospitaliser. Elle a refusé. Quand a commencé l'hiver, elle a pris froid. Je la couvrais, je mettais un *kanoun* près de son lit, mais elle grelottait quand même. Elle s'est mise à transpirer et à avoir de la fièvre et puis un matin elle est partie pour toujours… On l'a enterrée mais on n'a pas pu te prévenir. Ce n'est pas facile de le faire ici.

Idir alla se recueillir devant la simple pierre qui marquait la sépulture de Taos. Sans elle le monde qui l'entourait lui parut étrange, les montagnes enneigées et le froid qui en tombait hostiles. Surtout il fut frappé du désordre végétal de la campagne. Qu'étaient donc devenus les jardinets soignés de son enfance ? Que signifiaient ces broussailles qui étouffaient les arbres, mis à part les oliviers toujours impeccablement alignés, sur un sol bien retourné. « Les hommes ne s'occupent plus beaucoup de leurs terres, se dit-il. D'ailleurs ils ne sont plus nombreux ici. Il n'y a plus que des femmes, des enfants et des vieux. Leurs maris, leurs pères, leurs fils sont partis travailler ailleurs, à Alger ou en France… »

* * *

Au début des années trente, Antoine Lanier avait acquis une modeste propriété près de Cherchell. Il comptait s'y retirer quand il cesserait d'exercer, « mais le plus tard possible », précisait-il. Elle comportait deux parties : l'une au sommet d'une falaise surplombant une longue plage et une autre, en contrebas, vouée aux cultures maraîchères.

Sur la première, il avait fait construire une maison moderne garnie de grandes baies avec une vue panoramique sur la mer. Un jardin en restanques l'entourait. Les cannas, les lantanas, les lauriers y foisonnaient, autour d'un belombra majestueux, sous lequel on aimait à se protéger du soleil.

Sur la seconde partie, Antoine s'était appliqué à créer un potager et un verger, à l'image de ceux de ses parents à Châlons. Un jardinier, Mohand, l'entretenait, qu'il logea avec sa famille dans une petite maison. Le père de ce Mohand, Kader, un veuf, vivait chez son fils. Il voulait l'assister mais le gênait plutôt dans sa besogne et un matin Pierre s'efforça de consoler le vieil homme :

— Repose-toi, Kader, maintenant que tu es un *chibani.* Tu l'as bien mérité. Laisse ton fils et tes petits-fils faire le travail. De toute façon, toi ce que tu connais c'est la mer, pas la terre !

Kader avait en effet passé sa vie sur une barque avec son père, à poser des lignes et des filets. À la mort de ce dernier, il avait continué d'approvisionner le marché de Cherchell des produits de sa pêche.

— *Ayema* ! Pierrot. C'est vrai, j'étais bon pour les poissons, dit-il, mais je peux plus maintenant, même si je veux !

Et il exhiba alors, pareils à des sarments, ses mains et ses pieds déformés.

Sur un de ses mollets, Pierre courait une cicatrice disgracieuse, qui dessinait une ligne boursouflée. Intrigué, il questionna Kader sur son origine :

— Tu regardes ça qu'y a dessus mon pied, lui dit-il. Ça, c'est quand j'étais petit, quand j'apprends le métier avec mon père ! C'est un gros « zameçon », çuila pour attraper les mérous, qu'il m'a fait ça. Presque je meurs alors ! Et puis mon père il a demandé à une *roumia* qu'elle me soigne Elle était mariée avec un Juif qu'il travaille pour l'armée, un Juif qu'il parle bien l'arabe... Ma parole, si la dame elle était pas là, la vérité y a longtemps que je suis au cimetière !

Kader ne se souvenait pas du nom de la dame. Il y avait bien longtemps qu'elle était partie...

Depuis qu'elle était au loin, Pierre ne cessait de songer à Suzanne. Il imaginait cette AOF où elle se trouvait comme pleine de périls. Il y voyait sa fiancée exposée à la fièvre jaune, à la malaria, aux amibiases, mais aussi au venin des serpents, des araignées et même à la dent des caïmans... Il se remémorait avec anxiété les symptômes des pathologies tropicales qui lui avaient été enseignées en parasitologie, le kala-azar, les leishmanioses, la maladie du sommeil... Voulant se rassurer, il songeait aux maux qui avaient accablé les pionniers en Algérie. Ils étaient moins pernicieux maintenant, du fait des progrès de la médecine. Sans doute en allait-il de même ailleurs. « On a appris à se protéger et à se soigner, en Afrique tropicale comme au Maghreb. Je conçois la Côte d'Ivoire comme ces Métropolitains qui imaginent encore que l'Algérie, où je vis, est emplie de miasmes et peuplée de fauves ! » finissait-il par se dire.

Il comptait le temps qui le séparait du retour de Suzanne. Chaque matin, il cochait le nouveau jour sur le calendrier. La théorie des cases blanches avait bien rétréci quand il alla pour Pâques à

Cherchell. Le printemps de 1939 était là et le verger de son père était en fleurs. Pour le déjeuner, Mohand avait ramassé les premières févettes. Sa femme les avait accommodées avec du cumin, autour d'un gigot d'agneau.

Très fier, Antoine avait annoncé :

— Ce sont des primeurs car tout vient en avance chez moi. C'est un domaine de terres fertiles. Depuis que je l'ai un peu canalisé, l'oued qui les traverse les irrigue bien. Enfin les haies de roseaux les protègent efficacement des vents !

Camille, qui connaissait par cœur ce couplet de son mari, se retenait de l'empêcher de radoter devant les convives. Pierre se disait que le matin même il avait coché une date qui précédait d'un mois celle prévue pour le retour de Suzanne. Quant à Odette, elle minaudait auprès de celui qu'elle venait d'épouser, Marcel Grasset, un industriel installé à Châteldon, près de Vichy, où elle allait bientôt vivre.

* * *

L'apparence de Belle Wilkes avait toujours été pour sa mère d'une extrême importance. Elle jouait avec elle comme avec une poupée et lui faisait changer de tenue plusieurs fois par jour. Elle avait également entrepris de lui imposer un régime sévère pour qu'elle reste mince mais la nourrice de la fillette lui donnait à manger en cachette…

— *Miseria*, disait-elle à la cuisinière. C'est mieux si Belle elle vient *smina* et pas comme madame, maigre comme une *allatche*. C'est pas ça que les hommes ils aiment !

Et les deux matrones continuaient de converser tandis que la petite fille, lovée dans le giron de sa nounou, s'empiffrait de *makrouds* et de *zlabias* au miel.

Ces épisodes de gâteries clandestines échappaient sans peine à la surveillance de Lucky. Elle ne quittait sa chambre qu'après avoir dormi jusque vers 10 heures, puis avoir procédé à un long maquillage. Elle s'ennuyait beaucoup à Tipaza, sans paradoxalement désirer pour autant se rendre à Alger. Elle vivait de plus en plus en recluse, malgré les efforts de Wade pour qu'elle s'ouvre davantage au monde, et surtout à celui de leur petite fille.

Quand Belle eut atteint ses sept ans, elle n'eut plus que deux centres d'intérêt : un poney que lui avait acheté son père et la petite plage au bas du domaine. Elle devint un véritable garçon manqué et Wade encouragea son goût pour le sport. Bientôt un cheval remplaça le poney et le père et la fille prirent l'habitude de chevaucher de concert. Il tint aussi à ce qu'elle sache nager impeccablement et demanda à Azziz de donner des leçons à sa fille pour perfectionner son style. Belle, qui suivait avec attention les compétitions auxquelles le jeune homme participait, lui vouait une admiration sans bornes. Aussi suivit-elle consciencieusement son enseignement.

Longtemps elle eut un précepteur particulier. Lucky avait refusé qu'elle fréquente l'école du village, où elle n'apprendrait rien « auprès de ces instituteurs ignares tout juste bons à instruire les petits Espagnols et les petits Arabes », disait-elle. Quand l'enfant eut grandi, Wade, jugeant cette éducation scolaire insuffisante, remercia le précepteur. Elle entra alors comme pensionnaire à El biar dans une école religieuse, la Sainte-Famille. Lucky, se souvenant soudain de sa judéité, protesta contre cette décision « qui allait détourner sa fille des croyances de ses ancêtres » selon elle.

Ce fut le cœur gros que Belle quitta Tipaza, à la rentrée scolaire de 1936. Son institutrice, sœur Marie de la Croix, qui avait compris le désarroi de cette petite campagnarde exilée à la ville, sut la consoler. Les leçons de natation, plus fréquentes, que lui dispensa alors Azziz, le firent plus encore.

Elle ne retournait chez ses parents qu'à l'occasion des vacances, en ne leur ramenant que des bulletins scolaires médiocres, ce qui avait fait dire à Lucky :

— Je l'avais bien dit, ces bonnes sœurs ne valent rien !

Ce à quoi Wade avait répondu :

— Dis plutôt que c'est la nullité de ce précepteur privé qui est responsable du retard qu'elle a accumulé !

À vrai dire, il se moquait des mauvaises performances scolaires de sa fille. « Elle n'est pas une intellectuelle, se disait-il. Comme les femmes de ma famille et comme sa mère, quoi qu'elle prétende le contraire. Elle devient jolie et c'est une cavalière et une nageuse accomplie. Il ne lui restera qu'à apprendre à diriger une maison pour devenir bonne à marier ! »

* * *

Suzanne revint de Côte d'Ivoire en mai 1939, sans chaperon cette fois-ci, ce qui avait désolé Rose :

— Quel ennui, dit-elle, j'ai confiance en toi mais, tu le sais, Alger est une petite ville. Tu n'imagines pas les commentaires désobligeants qui ont été faits à propos de mon second mariage !

À l'escale de Ténériffe, la jeune fille n'avait pu résister à l'achat d'un bichon blanc et quand elle débarqua à Alger, Pierre la china :

— Quand tu as descendu la passerelle, avec ton chien dans les bras, j'ai cru voir une star d'Hollywood. Il ne manquait que les photographes !

L'un comme l'autre avait autant espéré que redouté ce moment de leurs retrouvailles. Leurs appréhensions disparurent vite quand chacun retrouva chez l'autre des détails qu'il chérissait : Pierre, chez Suzanne, la discrète avancée de sa lèvre supérieure, qui lui donnait un air enfantin et son regard qui paraissait toujours étonné ; Suzanne, chez son fiancé, ses yeux verts un peu tristes, sa chevelure abondante et mal disciplinée.

Ils montèrent dans la Ford T pour regagner la ville. Après avoir embrassé Armand et Julie, ils rendirent visite à Estelle, à « L'Algéria », un immeuble moderne sur le boulevard du Télemly, où elle vivait maintenant avec Gilberte.

La tante embrassa sèchement sa nièce et se récria à la vue du petit chien :

— Oh la sale bestiole, il va faire des saletés partout !

Puis se tournant vers Pierre :

— Que pensez-vous, mon garçon de cette invasion de la Tchécoslovaquie par les Allemands, après leur Anschluss sur l'Autriche ? Le Führer pousse à la surenchère, non ?

Pierre se mit à discuter de façon passionnée avec la vieille demoiselle. Il avait déjà parlé d'abondance de l'événement à sa fiancée, dès qu'ils avaient quitté le port, mais elle ne l'avait écouté que d'une oreille distraite. Elle était alors tout à sa joie de retrouver le paysage urbain qui lui était familier. Les mêmes fleurs ornaient les mêmes balcons. C'en était d'autres qui garnissaient les massifs autour du monument aux morts de Landowski. Tous les magasins étaient à leur place, y compris « Le Grand Duc », où elle se promit d'aller faire faire sa robe de mariage.

Pour saluer Antoine et Camille, les fiancés montèrent ensuite à El biar par le boulevard Gallieni, au pied des falaises de tuf jaune des hauteurs de la ville.

— Mais que s'est-il passé là, juste au-dessous de la maison de la princesse d'Annam ? demanda Suzanne.

— Un sale éboulement qui a tué deux personnes. Notre ville est instable, vois-tu, séduisante mais traîtresse... Il n'y manque que les tremblements de terre et les raz-de-marées !

— Ou bien la guerre, dit Suzanne. Crois-tu qu'elle puisse survenir ?

— Ta tante le pense et ses amis d'Angleterre lui disent qu'ils s'y préparent.

« Voici une nouvelle preuve que je me trouve bien chez moi, pensa-t-elle. Nul n'évoquait rien de tel en Afrique, sauf les Vassiliev et les autres exilés russes... mais personne ne voulait les entendre. »

* * *

Dans son domaine de Boufarik, Philippe de Viannac se vantait d'être toute la journée « au cul des mules ». Dès son enfance il y avait suivi son grand-père qui l'avait initié aux soins à apporter aux orangers et au géranium rosat. Après ses études d'agronomie, quand il décida de s'occuper lui-même des terres, il n'avait pas envisagé d'y cultiver autre chose. Il se contenta de moderniser certaines méthodes. Il entendit aussi améliorer ses contrats avec les grossistes ce qui lui fit faire des voyages à Alger et, plus rarement, en métropole.

Il était secondé par Sauveur Sintès dont les connaissances empiriques de la terre venaient harmonieusement se conjuguer avec les siennes, plus théoriques. Ce Sintès avait commencé sa carrière auprès d'Émile, et il lui en avait parlé avec ambivalence :

— C'était un patron, un vrai, mais trop dur des fois ! La purée comment qu'il nous parlait, aux Européens comme aux Arabes ! Les engueulades qu'on se prenait quand on avait fait une connerie ! Mais chaque fois il avait raison, la connerie elle était grosse !

Sa mère et sa sœur faisaient une entière confiance à Philippe et elles se contentaient de toucher les dividendes qui leur revenaient. Quant à Rodolphe, dans la nuit de sa démence, il ne quittait plus sa chambre, sous la garde de Tahie.

Plus que Marguerite, qui voulait ne considérer son époux que d'un œil clinique, Philippe se tourmentait de l'état de son père. Plus encore, il continuait de souffrir du refus que lui avait opposé Bernadette. Une crise mystique avait suivi sa déception, après qu'elle lui avait fait part de son choix. Loin de se révolter contre la religion, il s'était mis au contraire à fréquenter l'église de Boufarik avec ferveur, peut-être pour partager encore quelque chose avec la jeune fille. Il assistait à la messe quotidiennement. Plusieurs étés, il fit office de brancardier dans le pèlerinage du diocèse à Lourdes.

Il était dans le même temps devenu un fervent lecteur d'écrivains catholiques. La lecture des *Grands cimetières sous la lune*, de Bernanos, le bouleversa. Aussi, quand la guerre civile d'Espagne prit fin, voulut-il aider certains réfugiés républicains qui avaient gagné l'Algérie. Il hébergea ainsi à Bordj el-Kébir Javier Roig, un jeune médecin venu de Barcelone avec sa mère veuve, et il fit jouer ses relations pour lui obtenir un emploi d'infirmier.

* * *

Après son retour, Suzanne s'était rendue au « Grand Duc », pour un premier essai de sa robe de mariée. En chemin elle avait savouré l'arrivée du printemps que signalait, au travers des rues, la présence des petits vendeurs de narcisses blancs, d'asperges et de poireaux sauvages, cueillis sur les collines du Sahel.

Quand elle entra dans la boutique, l'état d'Antoinette la surprit. Elle l'avait toujours connue effacée ; or, ce jour-là, elle paraissait au contraire exaltée et elle avait dans le regard des lueurs si étranges que Suzanne s'inquiéta :

— Vous ne paraissez pas dans votre assiette. Des ennuis ? lui demanda-t-elle.

Antoinette détourna son regard :

— Mais non Suzy, tout va bien !

— Tout va bien ? Je suis sûre que vous me cachez quelque chose qui vous tourmente. Quelque chose dont vous auriez sûrement parlé à Maman si elle n'était pas si loin. Je pourrais la remplacer maintenant que je suis une grande fille, bonne à marier, puisque c'est pour cela que je suis venue vous voir !

Antoinette parut hésiter un moment avant de lancer :

— Eh bien, quelques jours avant Pâques, j'ai eu le sentiment que quelqu'un m'épiait depuis l'extérieur du magasin... Puis cela est devenu une certitude quand j'ai vu, derrière la vitrine, un grand jeune homme qui fumait cigarette sur cigarette, assis sur un banc, juste en face de la boutique.

— Alger est plein de jeunes gens qui font la même chose. Surtout par le temps délicieux que nous avons depuis que j'ai débarqué. La ville invite à la flânerie !

— Je l'ai bien pensé mais c'était tout de même surprenant que ce garçon revienne presque tous les jours, à la même heure, au même endroit. Et puis hier, il s'est levé, est venu vers le magasin avant de faire brusquement demi-tour...

— Mais que craignez-vous donc ?

— Tout ! Depuis la disparition de Christophe, j'ai peur de tout !

— Christophe ?

— Oui je devrais dire Idir, puisque c'est sous ce nom que vous en avez entendu parler par Taos !

Suzanne la rassura du mieux qu'elle le put et lui conseilla de prévenir la police, si elle se sentait menacée.

— Menacée ? Pas vraiment, mais je soupçonne la famille de Hocine de mijoter quelque chose. Je croyais en avoir fini avec elle !

— Voyons, vous n'avez plus à la craindre. Taos vous a bien dit que son gendre était à l'origine de vos malheurs, et il n'est sans doute plus de ce monde !

Quand elles se quittèrent, elles convinrent de se revoir une semaine plus tard, pour un autre essayage. Restée seule, Antoinette avait continué de se sentir inquiète. Dans le même temps elle était surprise de la disposition de son esprit. Ne s'était-elle pas mise à presque souhaiter que réapparaisse le mystérieux jeune homme ? Chaque matin, son cœur se mettait à battre à l'idée de le trouver assis en face du magasin. Elle était presque déçue quand le banc se trouvait vide. Dans la journée, elle se surprenait à regarder à travers la vitrine en espérant le découvrir, ses Bastos à côté de lui. « Je suis une véritable idiote, se disait-elle, je me comporte comme au temps où à Montmartre je ne songeais qu'à croiser Hocine. Mais alors, j'étais amoureuse… Ce n'est pas le cas maintenant. Je suis juste un peu curieuse et j'ai peur en même temps. Autant que ce garçon se manifeste clairement ! »

Et puis vint ce jeudi matin où elle aperçut de nouveau le mystérieux inconnu, planté devant la porte encore close de la boutique. Elle songea à faire demi-tour puis décida de mettre un terme à cette situation qu'elle trouvait maintenant équivoque. Le visage fermé, presque hostile, elle se dirigea vers le jeune homme qui se retourna avec un sourire timide.

Tout de suite Antoinette reconnut ce sourire qui faisait plisser les yeux clairs du garçon. C'était celui avec lequel Hocine l'avait séduite, celui qu'elle avait été si heureuse de retrouver chez leur fils. Il était comme une trace laissée par cet époux perdu si tôt. D'emblée elle sut qui était le jeune homme. Aussitôt elle tendit les bras à Idir et ils s'étreignirent au point qu'Assomption, l'une des couturières, se moqua d'elle :

— Et alors, tu les prends au berceau ou quoi ? Çuila, rien qu'il lui coule du lait du nez si on le lui presse !

Huit jours plus tard, Suzanne revint pour l'essayage, et s'étonna de trouver Antoinette rayonnante ; avec à ses côtés un grand garçon blond et frisé qui la salua d'un air réservé.

— Suzanne, celui qui m'espionnait et dont j'avais si peur, le voilà. C'est mon fils, Idir, et il avait aussi peur que moi de se faire connaître !

— C'est exact, nous sommes des poltrons de mère en fils ! dit-il, avant d'ajouter : À entendre mon oncle, vous n'étiez pas digne que je me souvienne de vous ! Ma grand-mère seule vous a maintenue dans mon cœur. Ensuite, celle que j'ai épousée il y a deux ans, Samia, a pris son relais !

— Et c'est Taos aussi qui m'a laissé l'espoir de te retrouver un jour. Mais désormais je me défendrais si l'on voulait à nouveau t'enlever ! Et puis tutoie-moi… comme autrefois.

Étonnée, Suzanne se disait « Est-ce là cette Antoinette triste et résignée que j'ai toujours connue, celle à qui Estelle ne trouvait rien d'autre à dire que de se secouer un peu, celle pour qui Maman et mes grands-parents avaient une affectueuse pitié. Vraiment, tout peut arriver ! »

Elle courut rue Sadi-Carnot raconter à Armand et Julie ce qui venait de se passer. Elle leur fit part des difficultés qu'Idir avait rencontrées pour retrouver sa mère. Pour l'aider dans sa recherche, il ne connaissait que le nom d'un magasin de mode où elle travaillait. Il avait dû arpenter bien des rues avant de le trouver. Enfin, Suzanne évoqua les longues stations du garçon devant le « Grand Duc » et comment il avait su qu'Antoinette était bien celle qu'il recherchait. Elle avait eu un geste pour relever une mèche de son front. Depuis l'enfance, le souvenir lui en était resté…

* * *

Idir avait davantage été séduit par Cherchell que par Lambèse, mais quand il y avait connu Samia Lakhdari, il y avait été tout à fait heureux.

Le père de la jeune fille, un commerçant, avait tenu à ce que, tout comme ses frères, elle aille à l'école et elle avait pu occuper plus tard un emploi à la mairie. Elle appréciait l'indépendance que ce travail lui octroyait. Elle n'en avait pas pour autant cessé de porter le voile à l'extérieur et, sous le toit paternel, elle était restée une jeune fille soumise à ses parents.

Il l'avait croisée pour la première fois sur la grand-place, sous les belombras. Il ne l'avait pas abordée alors directement mais s'était retourné sur elle. Très discrètement, il l'avait ensuite suivie et Samia, qui savait qui il était, l'avait laissé faire. Mieux, elle s'était arrangée pour que leurs pas se croisent de nouveau. Puis un jour, en prétendant réajuster son haïk, elle avait laissé apparaître son visage…

Il lui avait adressé la parole plus tard, en tirant profit de l'agitation qui régnait sur le marché. Elle lui avait alors répondu, effrayée par sa propre audace. La ville était petite et bien des gens y connaissaient sa famille…

Bientôt ils avaient eu de furtifs rendez-vous, en particulier au musée de la ville. Il était peu fréquenté et l'on risquait moins d'y faire des rencontres indésirables. Quand il lui avait proposé d'aller parler à son père, pour le coup, elle avait été terrifiée. Sa main avait été vaguement promise à un employé des Postes… De plus Idir était un Kabyle, quand elle appartenait à une famille qui se voulait avant tout arabe…

— Pour lui tu es un mauvais musulman, avait-elle avoué au jeune homme. C'est presque pire que si je prétendais épouser un chrétien !

— Il y a pourtant beaucoup de Berbères dans la région. Ne serait-ce que les gens du Chenoua. Ou, à Gouraya, ceux dont on dit qu'ils ont pour ancêtres des religieuses hollandaises naufragées !

— Je sais, je sais, mais par contre peut-être sera-t-il impressionné par ta fonction. Il admire les gens instruits. C'est pourquoi il a voulu que j'aille à l'école et a même accepté que je travaille. Mais pour le reste, il reste bien traditionaliste !

Le père de Samia consentit à recevoir le prétendant dont le métier fit en effet beaucoup pour qu'il lui accorde la main de sa fille. Les noces se déroulèrent juste avant la rentrée scolaire. Aucun membre de la famille d'Idir n'y assistait. Il s'était dit orphelin… Mais sa jeune épouse qui connaissait sa situation réelle l'encouragea dès lors à reprendre contact avec sa mère.

Le jeune couple alla vivre dans le logement de fonction de l'école. Samia continua de travailler. Ils menaient une vie tranquille. Ils se promenaient rituellement le dimanche sur la route de Novi. Ils la suivaient un moment, avant de s'arrêter un moment à la coopérative où travaillait un frère de Samia. Ils bavardaient avec lui, dans l'odeur entêtante du raisin écrasé sous les presses. Continuant leur promenade, ils longeaient ensuite le cimetière européen, ce qui faisait un peu frissonner la jeune femme.

Un dimanche de mai 1939, ils étaient arrivés au niveau de la villa qu'un médecin d'Alger avait fait construire, au haut d'une falaise dominant la mer. Samia reconnut ce dernier qui se tenait devant la grille d'entrée de son jardin. Il avait eu affaire à elle à la mairie, à propos du cadastre.

Elle n'était pas voilée ce soir-là et il s'adressa à elle :

— Bonsoir madame. Je tiens à vous remercier d'avoir si bien résolu mon problème. Oh, je suis désolé de ne pas m'être présenté. Docteur Lanier !

Il leur proposa de prendre un rafraîchissement et ils s'assirent, bientôt rejoints par l'épouse de leur hôte, leur fils Pierre et sa fiancée Suzanne, qui rappela à Idir leur rencontre au « Grand Duc ».

Le soir descendait et le ciel comme la mer s'assombrissaient. Soudain plusieurs détonations assourdies retentirent, et des lumières zigzaguantes apparurent au large. Elles venaient d'un chalutier qu'un petit bateau de guerre pourchassait. D'autres détonations éclatèrent de nouveau tandis que les deux navires continuaient leur course, avant de disparaître derrière la péninsule de la Pointe-Rouge.

Un grand silence régnait parmi les spectateurs de l'événement :

— Eh bien, dit Pierre, vous venez de voir là un des derniers épisodes de la guerre civile espagnole ! Sans doute le premier navire est-il chargé de républicains et poursuivi par des franquistes. Il cherche à gagner l'Algérie pour s'y réfugier. Les malheureux s'exilent par centaines. Beaucoup sont déjà ici, comme cet ami de Philippe, Javier Roig. Pauvres gens, Dieu nous préserve de connaître leur sort !

* * *

Cette scène était l'épilogue d'une guerre à laquelle succéda, quatre mois plus tard, une autre qui menaçait depuis un moment. Elle ne surprit pas Armand qui, à près de 90 ans, était accablé de nombreuses misères mais avait gardé sa lucidité.

Il se trouvait alors dans la maison de Fort-de-l'Eau où seule Estelle, flanquée de Gilberte, avait rejoint ses parents.

— Pour la troisième fois, voilà les Boches qui veulent la guerre, en envahissant la Pologne, s'exclama-t-il un soir, devant Élisabeth Jeanine et Eugénie venues dîner. Me voilà de nouveau le témoin de leur bellicisme ! Ce sont de vrais sauvages !

Et de nouveau il avait relaté sa frousse quand il était tombé aux mains des Prussiens, après Sedan.

Chacun l'avait laissé dire à part Estelle :

— On la connaît ta guerre, Papa, c'est de l'histoire ancienne !

Ce qui avait entraîné un silence désapprobateur et avait amené Fernand à soutenir le vieux monsieur.

— C'est peut-être de l'histoire ancienne mais elle se répète ou au moins elle bégaie ! Et Armand, qui a vécu pas mal de moments historiques, sait de quoi il parle !

— Tu ne t'es pas trompé à propos de la guerre de 14-18, ni à propos de celle d'Espagne dont tous, sauf toi, disaient qu'elles seraient brèves ! avait renchéri Julie.

Ce qui avait finalement amené Élisabeth, qui souhaitait que la querelle s'éteigne, à conclure :

— Allons réjouissons-nous plutôt de ne pas être à Varsovie, et loin des conflits, pour goûter cette belle soirée d'été !

Elle avait senti que, depuis la déclaration de guerre, Julie était tourmentée de savoir Suzanne en voyage de noces en métropole et Rose à Abidjan. Elle était elle-même soucieuse. Dans une longue lettre, Sarah lui avait dit son inquiétude devant ce qu'elle appelait « le péril nazi ».

Ce fut Eugénie qui ce soir-là, sans le vouloir, détendit finalement l'atmosphère. Elle ne jurait plus que par les astres et consultait une cartomancienne espagnole de Fort-de-l'Eau :

— Vous causez, vous causez, mais moi demain j'irai voir Dolorès. Avec ses tarots et ses cartes, elle me dira ce qu'il en sera de nous tous ici dans le futur. Et aussi de ceux qui sont au loin ! Peut-être même qu'elle me mettra en communication avec mon pauvre Maurice, ajouta-t-elle en évoquant, une fois encore, la mort de son époux emporté par une crise cardiaque, deux ans plus tôt.

Chacun avait ri sous cape, sauf Estelle qui lança :

— Elle est bonne celle-là ! Ta vieille sorcière aura sans doute lu dans le ciel les intentions de monsieur Hitler… Ma pauvre amie, si elle était si perspicace, c'est du monde entier qu'on viendrait la consulter. Peut-être l'état-major français devrait-il faire le voyage de Fort-de-l'Eau pour prendre ses ordres de Dolorès !

Julie l'avait reprise :

— Assez, ma fille. Respecte la peine d'Eugénie !

Ces échanges acidulés cessèrent avec l'arrivée d'Edmond et de sa jeune femme Marinette. David les accompagnait, ce qui avait fait s'illuminer le visage de Jeanine.

— Alors les gars, la route n'était pas trop longue depuis Alger ? leur demanda Armand.

— À toute blinde ! La nuit ça va vite mais il faut faire attention. Il y a toujours un chien en goguette sur le bitume ! Si on les écrase c'est pas grave mais on risque aussi de partir dans le décor !

Et il répondit ensuite aux questions d'Armand concernant son garage :

— Ça marche bien. Il y a de plus en plus d'automobilistes. Et puis, au centre-ville, on est bien placés ! dit-il avant de poursuivre, l'air grave :

— Ça sera pas pareil avec la guerre. Nous autres les hommes, en route pour le front ! Et alors qui c'est qui fera marcher les affaires ? Moi je suis bon pour y aller. Je suis costaud, presque cent kilos. Pas de la graisse, tout du muscle ! David c'est pareil, un petit maigriot mais solide, nerveux !

Et ses derniers mots, comme l'observa Julie, amenèrent sur le visage de Jeanine une grimace anxieuse.

* * *

Pierre et Suzanne s'étaient mariés à El biar, de façon très discrète et un peu mélancolique, du fait de l'absence de Rose. Le jeune couple s'envola en hydravion pour son voyage de noces. Lors d'une courte escale aux Baléares, à peine sorties de la guerre civile, le pilote avait pratiqué avec les Espagnols un échange de denrées essentielles contre des langoustes encore vivantes…

Sans s'arrêter à Marseille, Pierre et Suzanne se rendirent en Bourgogne pour voir la famille d'Antoine. Ils gagnèrent ensuite la Nièvre pour rencontrer Bernadette, à l'abbaye de Pradines.

— Vous savez, dit la religieuse à Suzanne, j'ai eu ici le plus grand mal à persuader mes sœurs auprès du Christ que vous n'étiez pas une Africaine, comme elles disaient !

— Mais partout ailleurs aussi, s'exclama Suzanne. Chacun dans votre famille m'a questionnée sur mon pedigree !

— Vous savez, reprit Pierre, pour nos cousins de la métropole, passé Marseille commence l'exotisme et il est suspect aux yeux de beaucoup de Français.

Et puis survint la question qu'il redoutait :

— Comment va votre ami Philippe ?

Une question à laquelle il répondit sobrement, sans évoquer la tristesse du garçon après que ses espoirs avaient été déçus…

Un long silence avait suivi, rompu par Bernadette :

— Je prie tous les jours pour rester en communion avec lui…

C'est à Paris, quinze jours plus tard, que les jeunes mariés apprirent la déclaration de la guerre. Ils étaient descendus chez les Torjman. Raphaël, d'habitude si jovial, affichait un profond pessimisme. Il craignait que les persécutions des Juifs en Allemagne ne s'étendent à la France, si le IIIe Reich l'emportait :

— Peut-être, avait-il dit, devrais-je quitter Paris pour Alger avec les miens ? La Méditerranée serait la meilleure des protections mais encore faudrait-il le faire à temps.

— Voyons, comment pourrais-tu voyager avec ton emphysème ? avait répondu Frida.

— Raphaël ne se rend pas compte que la mer, qui était un obstacle, ne l'est plus guère avec les moyens techniques modernes, dit plus tard Pierre à Suzanne. Peut-être les troupes allemandes seront-elles en Afrique du Nord, avant même d'avoir envahi la France. Quant à nous, il va nous falloir rentrer pour que je me soumette aux ordres des autorités militaires.

Ce retour s'avéra difficile. Les trains étaient envahis de voyageurs, surtout des hommes qui, comme Pierre, se rendaient à l'ordre de mobilisation. Ils firent le voyage vers Marseille debout dans un couloir puis, après une longue station aux guichets du port, dans la foule enfiévrée, purent acheter leurs billets de bateau.

Quand, à bord du Lépine, ils virent s'éloigner les côtes de la France en guerre, la mer leur apparut alors, malgré les doutes qu'avait émis Pierre, comme l'amie protectrice évoquée par Raphaël. Sa vaste étendue bleue figurait une barrière efficace contre ces périls dont ils s'éloignaient enfin, pour revenir à la maison…

* * *

Edmond Seror, mobilisé à la caserne Pélissier, avait confié à David le soin du garage. Si le jeune homme avait pris cette mission au sérieux, il enrageait. Resté de nationalité marocaine, il n'avait pas été appelé sous les drapeaux, alors qu'il l'aurait tant souhaité.

— Arrête de rouspéter, fils, lui avait dit Edmond, la guerre elle va vite s'arrêter. Regarde, personne il se bat dans cette drôle de guerre. À mon avis Hitler il a peur de la ligne Maginot. Bientôt je retravaille avec toi. De toutes les façons, ils t'auraient pas pris, t'y es trop maigre !

Ce qui n'avait pas calmé la fureur de David, que renforçait encore le soulagement de Jeanine de le voir à l'abri des combats.

Deux mois plus tard, Edmond était envoyé au camp de Mailly, dans l'Aube. Depuis le bastingage du paquebot transformé en convoyeur de troupe, il lançait à Marinette, enceinte :

— Allez, pleure pas, les Boches c'est des *falampos* à la castagne ! On leur donne le compte et je reviens, vite fait, pour te retrouver avec le petit ou la petite qui va naître.

Philippe avait accueilli la déclaration de guerre comme une délivrance. Elle l'arrachait à la tristesse qui l'affectait depuis sa déception sentimentale. Il s'était aussitôt plongé dans les œuvres de Péguy et avait confié le domaine à Sintés qui lui avait dit :

— M'sieur Philippe, moi je suis trop vieux pour cette guerre, mais je vais me battre pour la propriété. Comme j'ai fait aux Dardanelles. Les orangers et le géranium, ils iront bien sauf si les Boches y viennent ici… parce que alors je brûle tout !

Au Hochwald, où il avait été envoyé, Philippe se souvenait des mots de son régisseur. Il ne croyait guère à la présence des Allemands à Boufarik et doutait que cette ligne Maginot, où il se trouvait, se révèle efficace…

Pour sa part, Azziz avait été dirigé sur Kairouan. L'alliance du Duce avec le Führer et la présence de nombreux Italiens en Tunisie avaient incité l'état-major français à garnir de troupes le protectorat. Ses talents sportifs ayant été connus, un régime spécial lui avait été proposé, qu'il avait refusé en protestant :

— À moins d'être versé dans une unité d'hommes-grenouilles je ne vois pas en quoi je me distinguerais des autres ! Je ne veux pas être un planqué !

Quant à Pierre, qui s'était présenté aux autorités militaires au retour de son court voyage de noces, il eut une bien mauvaise surprise. Celle d'apprendre qu'il était atteint de tuberculose…

— Mais enfin, mon garçon, ces sueurs dont tu te plaignais depuis mai auraient dû t'alerter ! lui avait dit Antoine.

— Il faisait si chaud.

— Et cette toux tenace qui te secouait ?

— Je l'attribuai aux Bastos. En fait, j'ai dû choper ça en pneumologie, à Birtraria.

Il avait été hospitalisé et Suzanne était allée vivre chez ses beaux-parents. Comme elle entamait une grossesse, les visites à son mari lui furent interdites.

Du fait de la censure, les Algérois recevaient peu de nouvelles des combats. Ce que l'on pouvait en savoir se colportait de bouche en bouche. Estelle ne manquait pas de le faire, en particulier auprès de son père, qui avouait ne rien comprendre au conflit :

— Les combattants se font face en se tirant à peine dessus ! C'est comme en 14-18, du fond des tranchées. En tous les cas, si à chaque guerre ils changent de nom, qu'ils soient prussiens, teutons, frisés ou nazis c'est une bien sale engeance que ceux qui vivent outre-Rhin ! disait-il.

Il se souciait, tout comme Julie, de n'avoir pas la moindre nouvelle de Rose. Or, peu avant Noël, elle fut inopinément de retour chez ses parents, débarquant d'un petit avion qui avait multiplié les escales en Afrique.

Elle paraissait triste et vieillie et ce fut de façon monocorde qu'elle leur annonça :

— Mario et moi avons vendu la plantation. Mal… mais nous l'avons vendue, et me voilà.

— Mais où est donc ton époux ?

— Mobilisé en métropole, au camp de Mourmelon. À certains égards cette guerre vient à propos, si j'ose dire. Nous avons besoin de prendre de la distance par rapport à ce qui nous est arrivé. J'irai demain voir Suzanne. Je dois d'abord me reprendre un peu.

Il se fit un grand silence que ne rompait que le cri étouffé de la sirène d'un navire dans le port. Julie avait le sentiment que sa fille ne lui avait pas tout révélé mais s'abstint de la questionner. Il en allait de même d'Armand qui se leva péniblement de son fauteuil :

— Allons dîner. Pour fêter ton retour, ma fille, bien qu'il ne soit guère joyeux, nous boirons un bon Mascara.

Le lendemain, Rose monta voir Suzanne à Dar el-Ouard et se confia plus à elle qu'à ses parents, qu'elle avait voulu ménager :

— Mario a accumulé les dettes. Les récoltes étaient mauvaises, ou bien personne ne voulait de notre café. Et puis la corruption est chose courante aux colonies. Il faut savoir qui l'on doit « arroser » parmi les fonctionnaires, les gens de l'import-export et d'autres encore ! Mon pauvre mari n'en avait aucune idée, quand il ne s'y refusait pas, par honnêteté. Sa formation ne l'avait pas préparé à tout cela. Il aurait mieux fait d'utiliser ses compétences en louant ses services à quelque gros planteur. Quand je le questionnais sur notre situation, il voulait me rassurer. Il m'a dissimulé ainsi qu'il avait à maintes reprises fait appel à ses parents pour l'aider à boucler son budget… Ces expédients n'ont pu empêcher un désastre financier qu'il m'a alors brutalement annoncé. Il m'a proposé, avec autant de brusquerie, qu'il serait prudent que nous divorcions, pour me mettre à l'abri des conséquences de la faillite, ce que nous avons fait au prix d'une longue procédure. Car nous restons attachés l'un à l'autre et nous remarierons dès que cela sera possible. En attendant, je vais, je pense, travailler de nouveau au « Grand Duc », conclut-elle.

Suzanne l'avait écoutée sans l'interrompre. Lors de son séjour en Côte d'Ivoire, elle n'avait pas un instant soupçonné les difficultés que connaissaient déjà sa mère et Mario. Elle s'était laissé aller aux charmes de l'exotisme et de cette société coloniale éprise de bals et de fêtes. Si parfois Rose lui avait paru triste, celle-ci avait évoqué le climat ou le paludisme, qui la frappait de temps à autre. Ainsi votre séparation était en cours quand je me trouvais avec vous ? demanda-t-elle.

Et Rose, très pâle, baissa la tête sans lui répondre.

Suzanne ressentait à la fois de la pitié et de la colère à l'égard de sa mère et de ses comportements. Elle les trouvait souvent inconséquents. Alors qu'elle se croyait un esprit libre, elle s'inquiéta des réactions de son entourage à la situation de Rose. Cela ne gênerait pas Pierre qui se moquait du qu'en-dira-t-on. Antoine aussi comprendrait la situation. Mais que diraient les Lanier ? Et ma belle-mère si attachée aux principes ? Or celle-ci accueillit la nouvelle avec une indifférence, sans doute liée à son inquiétude pour la santé de Pierre.

Elle fut aussi surprise de l'attitude adoptée par ses grands-parents après que leur fille leur ait révélé sa véritable situation, son divorce en particulier. Ils ne modifièrent nullement leur attitude à son égard. Pourtant Suzanne se rappelait comme un drame familial leur réaction quand Ronan avait épousé une divorcée. Elle se souvenait des échanges verbaux violents entre le père et le fils. Ils effrayaient la petite fille qu'elle était alors. Plus que tout elle n'avait pas oublié non plus l'air tragique qu'affectait Julie, cette Julie dont le calme la rassurait toujours si bien...

« La guerre relativise sans doute tout cela aux yeux de chacun, se dit-elle, sauf aux miens ! » Elle s'en voulut de ne pas être capable de cette mansuétude que les autres manifestaient. Surtout elle se désespéra de ne pouvoir parler de ses tourments à personne.

Elle se sentait particulièrement nerveuse un jour de mars. Sa grossesse était presque à son terme et elle était descendue d'El biar pour compléter la layette du bébé. Elle avait descendu la rue Michelet avec peine, les jambes écartées, en s'arrêtant pour souffler, jusqu'au « Coq hardi ». Elle en avait balayé la terrasse du regard, à la recherche d'un ami à côté de qui elle aurait pu s'asseoir. Bien qu'épuisée et morte de soif, elle n'osait s'attabler seule. Qu'allait-on dire, là encore, du spectacle qu'elle offrirait ainsi ?

Aucune figure de connaissance ne lui apparaissait quand derrière un arbre elle aperçut Françoise Grollet. Elle avait été son professeur de philosophie. Ses élèves, à peine plus jeunes qu'elle, l'appréciaient beaucoup. Elle se dirigea vers elle, sûre d'avoir trouvé à qui s'ouvrir de ses soucis, celle qui, citant Freud, disait que la parole était libératrice.

Françoise Grollet avait les traits tirés et paraissait fatiguée. Elle portait à ses lèvres un verre empli d'un liquide ambré quand Suzanne arriva devant sa table. Elle la considéra un instant, sans paraître la reconnaître, puis lui sourit :

— Bonjour Suzanne ! Vous voilà bien enceinte, mon petit, mais asseyez-vous donc.

La jeune femme le fit en soupirant d'aise :

— Mon accouchement est prévu pour dans deux semaines.

— Vous me paraissez avoir des soucis...

Une phrase qui fit se lancer la jeune femme dans un long récit que Françoise écouta, sa tête couronnée d'une chevelure rousse penchée sur le côté.

— Voyons, ce qui arrive à votre mère n'est pas tragique à côté de ce qui se passe en métropole et des problèmes de santé de votre mari.

— L'atteinte de Pierre était légère. Il va beaucoup mieux. Il va revenir vivre avec moi à El biar, chez ses parents. Bien sûr il sera plus prudent qu'il se tienne à l'écart du bébé.

Et puis soudain, elle eut la surprise de voir son interlocutrice lui confier :

— Eh bien voyez-vous, je suis enceinte moi aussi, mais mon mari est en France, mobilisé. Car je me suis mariée, eh oui ! Mais à peine la chose faite, il a dû partir. Mon époux est un artiste peintre, un être un peu rude mais doux et pacifique. Je l'imagine mal avec un fusil au lieu d'un pinceau à la main !

Suzanne tombait des nues. Comment n'était-elle pas au courant de cela quand tout se savait si vite à Alger ? Comment une telle nouvelle concernant une collègue avait-elle pu échapper à la curiosité insatiable d'Estelle ?

Et Françoise reprit :

— Nous voilà dans la même situation. Il nous faudra bien du courage pour mettre au monde nos petits en cette époque tragique. Quel avenir les attend ? Mais nous y arriverons, j'en suis sûre, vous comme moi !

La nuit venait, les moineaux cessèrent de piailler dans les ficus, les lumières du café s'allumèrent. Leur éclairage parut dévoiler à Suzanne une vérité nouvelle. Françoise et elle étaient de futures mères, sur un plan de parité, dans un même monde, celui des adultes.

* * *

En ce joli mai 1940, faisant fi de la douce température, Estelle avait revêtu un chemisier à jabot sous son tailleur de laine épaisse et sur sa tête qui grisonnait, elle avait placé un chapeau démodé. D'un pas ferme, elle était descendue de « L'Algéria » jusqu'au « Grand Duc ». La nouvelle qu'elle comptait y annoncer était particulièrement mauvaise, ce qui semblait la combler d'aise.

— Ça y est, les Boches sont chez nous, enfin en métropole en tous les cas. Finie la drôle de guerre ! Après la Pologne et la Norvège, la Wehrmacht est maintenant en France. Comme en 14 elle est passée par la Belgique, entre autres via les Ardennes qui sont mal couvertes en troupes. Que des réservistes ! C'est bien là qu'est ton Mario de mari, non ?

Le jeu de mots, volontaire ou pas, exaspéra Rose qui se laissa aller à l'une de ses rares colères :

— Tu te plais vraiment à jouer les oiseaux de mauvais augure. Tu es une méchante femme !

Et elle partit dans l'arrière-boutique plaquant là sa sœur qui ressortit, un léger sourire aux lèvres.

Elle avait ainsi de petites satisfactions à lancer des piques. Si au demeurant elle savait aussi faire preuve de dévouement, ne manquait pas d'humour et se moquait souvent d'elle-même, elle ne pouvait résister à faire un bon mot, fût-il blessant. À ce jeu pourtant elle s'était attiré quelques ennuis. Au lycée, il lui avait fallu faire des excuses à des parents mécontents de son ironie à propos de leur fille…

La Nère, comme la surnommait Armand, remonta l'avenue Victor-Hugo et, arrivée rue Michelet, elle croisa Pierre Lanier :

— Bonjour, mon neveu. Suzanne m'a appris que vous étiez guéri quand je suis allée voir le petit Bruno qu'elle vient de mettre au monde, à la clinique de l'Oriental. Comment va-t-il ? Les médecins vous ont-ils assuré qu'il ne risquait rien, en vivant à vos côtés ? Ils se trompent si souvent. Il y a tant d'ânes dans leurs rangs !

« Encore une vacherie de cette Estelle », se dit Pierre, décidé à lui rendre la monnaie de la pièce.

— Non, je vais du mieux possible. Tout est nettoyé… Vous savez, Auntie, la famille des ânes est représentée dans bien d'autres corps de métier. À propos, est-il exact que vous-même avez eu des ennuis avec les parents d'une de vos élèves ?

Évitant de répondre, Estelle battit en retraite :

— Au moins votre état de santé vous évitera de partir pour cette stupide guerre. Vous serez bien plus utile auprès de vos malades, ajouta-t-elle avant d'enchaîner : Savez-vous que Ronan, qui était à Narvik, est revenu en France ? Il est sur le front du nord, je crois.

Quand ils se quittèrent, Pierre était agacé. Les propos d'Estelle l'avaient ramené à sa gêne de ne pas se battre. Il se souvenait d'avoir tout fait pour être mobilisé, malgré son état de santé, mais sans y parvenir, tout comme un ami de Suzanne, Albert Camus.

Il descendit vers l'hôpital de Mustapha où il se trouvait de nouveau en position de soignant. Rue Denfert-Rochereau, il croisa ce jeune instituteur kabyle qu'il avait rencontré à Cherchell un an plus tôt. Il ne le reconnut pas d'emblée car il portait l'uniforme :

— Bonjour docteur, nous nous sommes rencontrés chez votre père.

— Bien sûr, bien sûr, vous êtes Idir Kaci ! Où êtes-vous mobilisé ?

— Ici, à Alger, mais je m'attends à partir en métropole.

— Et comment va votre épouse ?

— Bien ! Elle a dû retourner vivre chez son père, depuis que je suis sous les drapeaux. Elle a repris son travail à la mairie de Cherchell. L'on y manque de personnel, du fait de la conscription. C'est ma belle-mère qui s'occupe de notre petit Areski.

— Nous avons eu aussi un fils, Bruno, il y a tout juste deux mois, en mars. Mais je n'ai pu le voir qu'après ma sortie de l'hôpital. Car j'ai été réformé, savez-vous, ce qui me fait enrager !

— Vous serez plus utile auprès de vos malades ! lui dit alors Idir pour le consoler, en reprenant sans le vouloir les mots d'Estelle.

* * *

Sitôt la guerre déclarée, Wade avait confirmé sa présence en Algérie au consulat américain.

— Ah ! avait-il dit à Lucky un matin de juillet, le temps joyeux de la République de Weimar est bien révolu ! Ce IIIe Reich ne me plaît pas.

Elle avait continué de se polir les ongles sans lui répondre. La guerre ne la passionnait pas. Découragé par son indifférence, il était alors parti inspecter ses vignes. Ce jour-là il attendait aussi le retour de Belle à la ferme puisque les vacances d'été commençaient.

Quand il alla la chercher à l'arrivée du car d'Alger, toute joyeuse, elle se jeta dans ses bras :

— Enfin les vacances, enfin Tipaza ! lança-t-elle, mais où est Maman ?

— Elle se repose.

Et il songea : « C'est là sa principale activité, avec ses longues séances de maquillage ! »

Ils furent bientôt arrivés, et pendant que la petite montait se changer dans sa chambre, il se rendit dans celle de Lucky. Il la trouva allongée dans l'obscurité, un masque sur les yeux.

— Il faudrait que nous songions à organiser l'été de notre fille, lui dit-il. Pour ma part, je crois souhaitable qu'elle passe un moment ici, disons jusqu'à la mi-juillet. Ensuite vous pourriez séjourner chez tes parents à Fort-de-l'Eau. Il n'y a personne de son âge à Tipaza, et à douze ans maintenant il serait bon qu'elle ait des amis ! Là-bas, elle aura plus l'occasion qu'ici d'en rencontrer !

Il ne disait pas ce qu'il souhaitait : être seul, quitte à ne pas profiter de la présence de Belle. Ne pas avoir à ses côtés ce reproche vivant qu'incarnait maintenant sa femme, sans qu'elle lui fasse savoir les raisons de son hostilité.

Par sa réponse maussade, Lucky lui fit comprendre qu'elle n'était pas dupe de sa suggestion :

— Si tu souhaites avoir la paix un moment et bien soit, nous irons chez Papa et Maman.

Il protesta mollement avant qu'elle ne reprenne :

— Ah ça, elle en aura une compagnie raffinée cet été, celle des petits Mahonnais a-qua-for-tains !

Elle partit pourtant avec Belle chez les Seror, et reprit chez eux son mode de vie habituel, avec ses interminables siestes.

Belle, aux anges, sitôt arrivée, signala sa présence aux petites Villalonga, ses condisciples à la Sainte-Famille. Surtout elle se mit à passer de longues heures à nager.

— Hélas, Azziz est bien loin ! Il me donnerait son avis sur ma technique, dit-elle un matin à sa grand-mère.

— Azziz a mieux à faire, il se bat pour nous défendre, comme aussi Edmond.

— Sait-on où ils se trouvent ?

Une lueur d'inquiétude passant alors dans les yeux d'Élisabeth :

— Personne ne le sait. C'est un secret militaire, mais ne parle pas de cela à David quand il viendra nous voir. Il est malade de ne pas pouvoir faire comme eux !

Un mot laconique d'Edmond arriva le 3 août. Il rassura Marinette qui se trouvait également là avec sa petite Monique, née peu après le départ de son père ; mais ce jour fut aussi, pour les Seror, celui d'une grande émotion…

Les Bénézit étaient venus dîner chez eux, et Belle s'était beaucoup ennuyée tout au long du repas et de la soirée : il n'avait été question que de la guerre. Ne l'avait intéressée que ce qui avait été dit à propos d'Azziz : peut-être était-il dans les commandos d'hommes-grenouilles…

— Quand je serai grande, je pourrai aussi être dans ces commandos ? avait-elle demandé.

— Mais voyons, ma petite, la guerre n'est pas une affaire de femmes ! avait répondu Armand

Vexée, elle était alors montée se coucher. Dans la chambre qu'elle partageait avec sa mère, celle-ci dormait déjà profondément. Par les rais des persiennes, la lumière d'un réverbère de la promenade éclairait doucement les lits. Le bruit des conversations sous ses fenêtres empêchait la petite fille de trouver le sommeil. Elle avait trop chaud et se sentait moite. Elle se retourna plusieurs fois dans son lit jusqu'à ce que lui vienne une idée qui l'exalta. Elle allait sortir pour nager de nuit, s'entraîner comme le ferait une femme-grenouille. Cela lui serait utile si un jour elle était mobilisée, contrairement à ce qu'avait dit le vieil Armand.

Elle descendit en silence jusqu'à la plage. Elle était vide, mis à part un couple d'amoureux. Elle trouva l'eau un peu fraîche mais s'élança vers le large, en un lent mouvement de brasse. Tandis qu'elle avançait en glissant dans l'eau noire, le bruit des voix de sa famille sur la terrasse continua un temps de lui parvenir, avant de faiblir, puis de disparaître. Désormais autour d'elle tout était sombre et silencieux. Seule au loin clignotait la barre des lumières d'Alger vers lesquelles elle se dirigeait, en se demandant si Azziz avait jamais tenté de traverser toute la baie à la nage. Cela lui paraissait difficile…

Il lui semblait aussi de plus en plus pénible de poursuivre son avancée dans l'eau, une eau soudain hostile, bien froide et bien glauque. Elle fit la planche et en se retournant vit que, si elles étaient plus brillantes que celles d'Alger, les lumières de Fort-de-l'Eau paraissaient lointaines elles aussi. Soudain prise de peur, elle avala de l'eau pour se souvenir aussitôt de ce que lui avait enseigné Azziz : pour ne pas se noyer, ne jamais paniquer, bien respirer, un conseil que maintenant elle n'arrivait plus à mettre en application… Elle avala encore de l'eau et crut que tout était fini quand soudain elle sentit sous ses pieds le contact d'un rocher sur lequel elle se posa en grelottant. Elle vit des lumières de lampes de poche se mettre à danser sur la plage, puis un ronflement saccadé qui se rapprochait d'elle lui parvint. Un large pinceau lumineux vint l'éclairer, qui provenait d'une barque à lamparo à bord de laquelle, à demi consciente, elle se sentit hissée avec vigueur. Les amoureux qu'elle avait vus sur la plage s'étaient inquiétés de la voir partir au large et avaient prévenu des pêcheurs…

On la frictionna avant de la ramener sur le rivage. Élisabeth la prit dans ses bras en sanglotant tandis qu'Estelle la traitait de petite sotte. On la transporta dans sa chambre et on la mit au lit avec une bouillotte, malgré la chaleur. Avant de s'assoupir, elle vit sa mère dans la même position que quand elle avait quitté la chambre et toujours aussi profondément endormie.

* * *

Georges Stern avait douté de la victoire, lorsque mobilisé, il avait constaté le peu d'enthousiasme qui régnait dans les corps de troupe français. Plus tard, quand la Wehrmacht avait atteint Sedan, il avait su que la partie était perdue. Enfin le désastre de Dunkerque et le départ du gouvernement pour Bordeaux avaient sonné le glas de ses dernières illusions.

De son côté Sarah, qui était liée avec Hélène de Portes, la maîtresse de Paul Reynaud, s'était un temps sentie rassurée par l'optimisme de son amie et les affirmations du président du Conseil. Mais, très vite, le doute l'avait envahie. Ainsi que le lui avait fait promettre Georges et conseillé Raphaël, disparu en décembre 1939, elle décida de mettre la mer entre elle et la guerre. Après avoir tenté en vain de convaincre sa mère de l'accompagner, elle dut la laisser à Paris. Sa place, lui dit Frida, se trouvait là où reposait, au cimetière Montparnasse, « son cher époux, parti juste à temps pour ne pas voir toutes ces horreurs ».

Elle quitta Paris pour Bordeaux. Un député d'Alger, ami des Torjman, s'y trouvait, qui pourrait l'aider. Après un long et difficile périple, sur des routes encombrées par l'exode, elle arriva à destination. Là, elle apprit la démission de Reynaud que remplaçait le maréchal Pétain, puis la signature de l'armistice.

Grâce à l'élu algérois, et avec lui, aux côtés de vingt-sept parlementaires et de quelques civils, elle put embarquer sur *Le Massilia*, le 21 juin. Le 24, elle était à Casablanca, puis rejoignait Alger où, avec enthousiasme, Estelle lui apprit qu'afin de continuer de se battre des pilotes militaires avaient fait voler leurs appareils vers l'Afrique du Nord :

— Ils sont nombreux. À l'aéroport de Boufarik qui jouxte le domaine des Viannac, il existe une véritable navette aérienne. Car bien des aviateurs repartent en métropole pour en ramener d'autres avions !

C'était à Fort-de-l'Eau, un dimanche, qu'Estelle s'était ainsi enthousiasmée. Les Bénézit et les Torjman s'étaient installés dans leurs villas plus tôt que d'habitude. On craignait des bombardements italiens sur Alger. David, toujours aussi mécontent de sa situation, les avait rejoints.

— Voyons, mon vieux, on mobilisera les Marocains un jour ou l'autre, j'en suis certain ! avait assuré Pierre qui était arrivé avec Suzanne et le bébé peu après.

— Pense donc, tu dis des *tchalefs*, la guerre elle est finie. T'y as bien vu que la paix elle est signée !

— Pas du tout. C'est un armistice qui a été conclu, ce qui veut dire que les vaincus ont le droit de reprendre les hostilités, s'ils le souhaitent. C'est ce qu'a d'ailleurs proposé Reynaud et aussi, depuis Londres, ce général de Gaulle. Notre tour viendra, David, j'ignore encore comment, mais en ce qui me concerne, je saurai saisir l'occasion !

Sarah avait écouté les uns et les autres sans mot dire. La douceur de l'air, la beauté immuable de cette baie d'Alger, d'où qu'on la regarde, la gentillesse de ceux dont elle partageait le repas ne parvenaient pas à la distraire de ses tourments. Elle songeait à la distance qui la séparait de sa mère et de Georges. Elle ne pouvait chasser de son esprit les dangers que courait l'une dans un Paris occupé par les Allemands et ceux qui menaçaient l'autre, même si la guerre était supposée finie…

Elle s'aperçut que Julie l'observait et s'efforça de lui faire un pauvre sourire :

— Ma pauvre petite, je vous sens ailleurs. Venez donc avec moi, lui dit la vieille dame qui l'entraîna près d'un massif de lauriers. Regardez ces belles fleurs roses. Elles reviennent tous les étés. Pourtant, en plantant ces arbres, je m'étais dit qu'ils crèveraient l'hiver, avec tout le vent qui souffle ici. Eh bien non, ils sont là depuis et plus beaux chaque année. Ce sont des plantes du pays, bien robustes, avec de bonnes racines, comme les miennes, comme les vôtres, celles que vous a léguées votre père !

— Vous êtes gentille de me dire cela, madame, mais vous avez plus de courage que moi, j'en suis sûre !

— Pensez donc ! J'ai bien souvent été triste ou inquiète comme vous mais chaque fois je me suis dit que je devais me comporter en femme de soldat ! Pour Armand, c'est fini depuis longtemps, mais j'ai gardé le pli ! C'est à votre tour, les jeunes femmes, de le prendre aussi. Parce que cette guerre ne ressemble pas à celles que j'ai connues et que rien n'est réglé, malgré la déclaration du maréchal. Elle va obliger chacun à se battre. Aussi n'y aura-t-il plus de soldats et de femmes de soldats. Chacun, à sa manière, homme ou femme, va devoir aller à la bataille !

* * *

Après l'armistice, semaine après semaine, les soldats démobilisés regagnaient leurs foyers. Beaucoup étaient abattus par la défaite, mais se consolaient dans la perspective de retrouver leurs proches.

Philippe fut rapidement de retour à Boufarik. Dès son arrivée, il tint à revoir Javier Roig. En 1939, avant de partir en métropole et en mettant Sintés dans le secret, il l'avait affecté à la comptabilité du domaine. Du fait des décrets-lois sur la défense nationale, le jeune républicain espagnol avait en effet perdu son poste d'infirmier. De plus, ayant appartenu à l'UGT de Catalogne, il passait pour communiste. Il risquait donc, en raison du pacte germano-soviétique, d'être envoyé à la prison de Maison-Carrée, comme l'avaient été Fajon, Billoux ou Waldeck-Rochet.

Dès qu'ils se retrouvèrent, un soir de décembre 1940, une discussion passionnée s'installa entre eux. Elle avait débuté à propos de l'opération Catapulte qui, en juillet, avait entraîné la destruction par les forces britanniques de la flotte française dans le port de Mers el-Kébir. Une de ses cousines oranaises en avait fait un récit détaillé à Philippe, qui en avait été bouleversé. 1397 marins français avaient été tués…

— Certes, ce chiffre est terrible, mais pourquoi ce refus de se battre ? Pourquoi l'amiral Darlan a-t-il fait désarmer la flotte ? Ne lui avait-elle pas été confiée pour faire la guerre, armistice ou pas ? protesta Javier.

— Vient un temps où, si l'on a perdu, il faut bien se soumettre au vainqueur…

— Nous ne l'avons pas fait en Espagne !

— Mais à quel prix ! Et pour quelle raison ?

— Celle de l'honneur !

— Peut-être êtes-vous dans le vrai ? Peut-être faut-il continuer le combat ? Mais je fais confiance au maréchal pour cela. Il a tout de même été un rude combattant à Verdun et dans le Rif.

— Bien sûr, mais il a maintenant quatre-vingt-quatre ans !

Un long silence s'installa entre les deux hommes qui entendirent le vent de la plaine produire des bruits étranges dans le conduit de la cheminée.

— Mais que penser de ce général de Gaulle dont parle si souvent mon ami Pierre Lanier ? Selon lui, il a passé avec Pétain un pacte secret. Pour défendre la France il serait l'épée et le maréchal le bouclier.

— Je ne crois guère à ce genre de pacte. Et puis je me méfie des militaires, vous vous en doutez ! répliqua Javier, en riant aux éclats avant de redevenir grave. Et de plus, comment accepter l'abolition du décret Crémieux, après soixante-dix ans d'existence. Comment tolérer que 130 000 juifs d'Algérie redeviennent des « sujets indigènes » ? On se croirait revenu aux temps d'Isabelle la Catholique. Je ne vais plus être le seul à connaître ce sort précaire dont vous avez eu la bonté de limiter les effets. Imaginez tous ces emplois désormais interdits aux Israélites !

Philippe acquiesça en songeant : « Je ne puis faire pour eux ce que j'ai fait pour Javier, et la population ici n'est pas spécialement philosémite ici. De plus, les juifs de métropole ne sont plus en mesure de venir à leur secours… »

Il se faisait tard et Javier se retira. Philippe regarda sa maigre silhouette s'éloigner vers la maisonnette où il vivait avec sa vieille mère. À son passage, le grand chien jaune du gardien aboya longuement. Ceux des fermes voisines lui firent écho. La pluie survint soudain, à torrents, en longues stries sur la nuit épaisse.

« Ce n'est pas celle que j'espérais, se dit Philippe, tandis qu'il se déshabillait. C'est une pluie juste bonne à ruisseler sur les sols et à faire déborder les oueds mais enfin, songea-t-il encore, en se glissant dans les draps, c'est une compagne dans ma solitude. Au Hoshwald, la neige qui tombait sur les Vosges le faisait dans un silence bien sinistre… »

Quinze jours après sa conversation avec Javier, Philippe dut passer une semaine à Alger. Le lendemain de son retour à Boufarik, dès l'aurore, il partit à cheval sur le domaine. La récolte des oranges débutait. Dans le petit matin froid, il ne se lassait pas de contempler les arbres ronds couverts de fruits.

« Dès que cela sera possible, j'irai skier à Chréa avec Philippe et Azziz », se disait-il, de retour chez lui, à la vue de l'Atlas poudré de blanc quand Sintés arriva, l'air embarrassé :

— Voilà les livres de comptes. Monsieur Roig, il les a tenus jusqu'au dernier moment mais vous savez il est ensuite parti sans rien dire à personne, deux jours après que vous ayez quitté la ferme. Sa mère est chez des cousins à eux, à Bab el Oued. Il s'est engagé dans la Légion étrangère, il paraît. Ils sont nombreux à le faire, parmi les républicains espagnols. Ils n'ont pas tous été bien accueillis ici, même par leurs compatriotes. Dans ma famille, par exemple, il y a ceux qui sont pour et ceux qui sont contre Franco…

Philippe se garda de lui demander dans quel camp Sintés se rangeait lui-même mais il songea : « Javier a voulu suivre son sens de l'honneur, en continuant de lutter contre les fascismes, comme l'ont fait beaucoup de ses compatriotes, ceux qui étaient à Narvik en particulier, dans les rangs de cette Légion qu'il a rejoint ! »

S'il revenait de la guerre, Azziz s'était promis d'épouser Mina Merabet, une jeune fille qui vivait dans une maison proche de celle des Candarli. Aussi, avant de partir en Tunisie, s'était-il ouvert de son projet à Ahmet et Doudja :

— Je ne lui ai pas fait part ni de mes sentiments, ni de mes intentions, mais elle les a devinés, je crois. Nous nous connaissons depuis si longtemps ! Je ne le ferai que si je reviens intact des combats. Je ne tiens pas à imposer à mon épouse de soigner un estropié. Tout ça, bien sûr, si elle ne s'est pas entre-temps engagée ailleurs.

Ses parents, amusés par l'aveu soudain de ce garçon si secret, n'avaient pas été surpris de la nouvelle. Ils avaient remarqué combien son regard s'illuminait lorsqu'on évoquait la jeune fille.

Les parents de celle-ci, des grands bourgeois, avaient de leur côté, par de subtils sous-entendus, manifesté aux Candarli qu'ils envisageraient volontiers une alliance des deux familles. Aussi, quand à son retour son fils alla se déclarer à Mina, et qu'elle l'agréa, Ahmet se rendit à quelques ruelles de chez lui, chez Ali Merabet, pour fixer les conditions et la date du mariage.

Quant aux Seror et aux Attia, si le retour d'Edmond les avait réjouis, il n'avait aucunement pu dissiper la détresse dans laquelle ils étaient plongés depuis l'abolition du décret Crémieux, à l'été 1940.

La mesure excluait les Israélites de nombreuses professions. Elle en contingentait le nombre dans d'autres. Elle chassait de leur emploi près de 3000 fonctionnaires, dont Jeanine qui ne parut pourtant s'en émouvoir qu'à peine. L'internement récent de David dans un camp de regroupement, à deux cents kilomètres d'Alger, la tourmentait avant tout.

Elle se désolait auprès d'Edmond :

— Aucune nouvelle de lui, mon pauvre, il n'a pas le droit d'écrire je crois !

— Mais enfin pourquoi tout ça ? demanda Eugénie qui ne comprenait rien à la situation. On va aussi m'envoyer comme ça dans le bled ? Pourtant moi je suis française, je ne suis pas comme David qui vient du Maroc. Même j'ai été baptisée chrétienne et j'ai le certificat du curé. Après bien sûr je suis devenue israélite !

— Non, ne t'inquiète pas Maman, lui dit Élisabeth. C'est très bien ce certificat ! Par contre, dit-elle à son fils, il va falloir que tu voies si tu peux continuer d'exploiter le garage. Il y a des professions libérales pour lesquelles existe un numérus clausus.

— Je sais, je sais ! Le docteur Molina a dû fermer son cabinet, mais on le voit en cachette pour Monique, dit Edmond. Même qu'un soir où la petite avait une grosse fièvre, il est venu la voir, déguisé en mauresque, avec un haïk !

Il resta un instant songeur, puis s'avança vers son père Fernand :

— Et toi, Papa, tu penses que tu pourras continuer de tenir le magasin ?

— Ça va, ça va ! Et puis moi, même si j'ai pas fait une guerre glorieuse en 14-18, je l'ai faite quand même, avec les zouaves, pour défendre la patrie. Ça compte, non ?

— Comment pas glorieuse ? protesta Élisabeth. Et ta blessure aux Dardanelles qui te fait encore souffrir quand il fait humide ?

— Bof, on verra, dit Fernand. Mais tu sais, fiston, il y en a qui sont contents de ce qui nous arrive, à nous les Israélites. Certains

Arabes parce que, encore maintenant, il y en a qui n'ont pas avalé de pas avoir eu leur décret Crémieux. Et puis il y en a d'autres, musulmans ou chrétiens, parce qu'ils ne nous aiment pas, tout simplement ! Il y a eu des vitrines cassées récemment par des gens du PPF de Doriot. Enfin il y a ceux qui convoitent nos biens, si l'État nous les prend.

Ronan Bénézit, lui, ne revint à Alger qu'en mars 1941. Il avait quitté définitivement l'armée après avoir combattu à Dunkerque. Depuis, il faisait part à chacun de sa vive aversion à l'égard des Britanniques :

— Les « Rosbifs », nos alliés paraît-il, m'ont canardé quand j'ai voulu embarquer dans un des rafiots de la flotte hétéroclite qu'ils avaient rassemblée pour évacuer les débris de leur armée, dit-il à Estelle dès son arrivée. Et puis voilà qu'ils ont fait encore mieux ! Ils ont envoyé par le fond une bonne partie de nos navires à Mers el-Kébir. Quand notre marine de guerre, grâce aux amiraux Durand-Viel et Darlan, était une des meilleures du monde et restait un atout précieux pour la suite !

— Mais voyons Ronan, lui répondit sa sœur, qui restait indéfectiblement anglophile. Tu sais bien que ces « Rosbifs », comme tu les appelles, avaient demandé aux commandants des navires français de se rallier à eux… ou bien d'appareiller pour les Antilles, ou les États-Unis.

— Tu parles ! Ce qu'ils souhaitaient, c'était faire main basse dessus, comme ils l'ont fait avec nos bateaux qui se trouvaient alors dans leurs ports ou à Alexandrie. En fait ils n'ont pour nous que du mépris et ils restent nos ennemis héréditaires !

— Enfin ils sont les seuls à continuer de se battre contre les nazis ! Tu ne les aimes pas non plus ?

— J'ai à l'égard des Allemands la même antipathie que Papa et, comme il le dit, quel que soit le nom qu'on leur donne !

Ils avaient enfin trouvé un point d'accord et s'étaient tournés vers le mur du salon. Comme en 14-18, Estelle l'avait tapissé de cartes sur lesquelles elle plaçait des punaises pour figurer les lignes de combat.

— Ça ne bouge guère depuis un moment. Tout s'est passé ces derniers mois au-dessus du *channel*. Les aviateurs de la RAF y ont été héroïques !

— En fait, je pense qu'Hitler aimerait traiter avec les Britanniques. Il les admire à ce que l'on m'a dit, alors raison de plus pour moi de ne pas les souffrir ! répondit Ronan.

Et leur discussion, à l'image de celles qu'ils avaient autrefois, reprit sur un ton véhément, même si une grande complicité continuait de les lier l'un à l'autre.

* * *

Le courrier que Mario adressait à Rose lui donnait peu de détails sur son existence, puis il s'était brusquement interrompu. Elle avait mis cela sur le compte de la censure. Après l'armistice, elle avait espéré le voir revenir, mais en vain, aussi l'imaginait-elle prisonnier quelque part au fond de l'Allemagne. Si elle avait longtemps continué d'espérer, à la longue un profond pessimisme l'avait gagnée, même si Antoinette, tout à la joie d'avoir vu revenir Idir, démobilisé, s'efforçait de la soutenir.

Un matin, les deux femmes venaient d'ouvrir la boutique quand un homme y entra qui demanda à rencontrer madame Pavese en particulier.

— Madame, lui dit-il sur un ton hésitant, ce que j'ai à vous dire est pénible… Cela concerne votre époux… J'étais dans le même régiment de spahis que lui à Rethel, en juin 1940. Un dur combat, où il s'est comporté avec beaucoup de courage mais nos forces ne valaient rien face aux panzers de la Wehrmacht… Mario et moi avons été blessés, faits prisonniers puis envoyés en Allemagne où, je dois le dire, on a pris soin de nous. J'ai vite récupéré mais… (Et il hésita un moment.) votre époux a eu moins de chance… Je lui ai fermé les yeux un mois plus tard… De passage à Alger, je me suis senti le devoir de vous rapporter comment se sont déroulés ses derniers instants…

Rose blanchit avant de dire d'une voix étranglée :

— Mario ! Mort ?

L'homme parut stupéfait puis embarrassé, il se mit à bafouiller :

— Je suis désolé… Je pensais que vous aviez déjà été informée par les autorités militaires…

La gorge sèche, Rose ne parvenait pas à lui répondre. Elle dut s'asseoir. Tout cela lui paraissait à la fois incroyable mais implacablement logique… Puis elle se releva machinalement et se précipita vers Antoinette en lui disant, d'une voix étranglée :

— Mario est mort ! Je pense que l'on ne m'en a pas officiellement informée puisque aux yeux de l'état civil nous étions divorcés.

Puis sur un ton presque enfantin, pathétique, elle ajouta :

— Il faut que je rentre à la maison tout de suite. Je dois voir Papa et Maman !

* * *

Le mois suivant, les Lanier convièrent à Dar el-Ouard les Bénézit, Rose et Estelle pour le déjeuner de Pâques. Il avait plu pendant toute la semaine sainte mais le samedi un ciel éclairci, où couraient quand même quelques nuages, avait remplacé les averses. Pour prendre le café, on s'était risqué dans le jardin.

— Ma petite Suzy, demanda Julie, voudrais-tu aller chercher un plaid pour ton grand-père ? Il ne fait pas vraiment froid mais le soleil n'arrive pas à dissiper l'humidité accumulée ces jours derniers !

Suzanne courut à la maison, vérifia que dans son berceau Bruno dormait bien. Attendrie, elle le contempla longuement, en lui caressant la joue du doigt. Quand elle revint, une conversation animée s'était instaurée entre les convives :

La voix aiguë d'Estelle affirmait :

— Il fallait voir les rues hier soir, quasiment vides après la sortie des bureaux ! Les Algérois sont des froussards ! Ils craignent que l'on vienne bombarder la ville !

— Je le crains aussi. Les Anglais sont bien capables de renouveler ici leur exploit de l'an dernier à Mers el-Kébir dit Antoine qui, s'il était souvent audacieux, se montrait plus prudent dans le domaine guerrier…

— Oui, tu t'es même félicité d'habiter sur les hauteurs, à distance de la ville et surtout du port ! ajouta Camille, qui craignait autant que lui une attaque aérienne et avait même collé sur ses fenêtres des bandes d'adhésif.

— Dans ce cas, nous serions aux premières loges, rue Sadi-Carnot, compléta Armand. Mais pourquoi voulez-vous que la Grande-Bretagne nous bombarde ? À Mers el-Kébir, il y avait un intérêt stratégique primordial. À Alger le port est vide. N'y sont amarrés que des cargos, ou des yachts, au port de plaisance.

Suzanne le regarda. Il avait belle allure malgré ses quatre-vingt-onze ans, enveloppé dans le plaid écossais qu'elle lui avait apporté. « Avec sa chevelure et sa barbe blanches, il a l'air d'un druide... Mais après tout cela n'a rien d'étonnant puisqu'il est breton », songea-t-elle.

Elle avait perdu le fil de la conversation qui maintenant portait sur la France occupée :

— Nous n'avons presque aucune nouvelle d'Odette et de Marcel depuis la déclaration de la guerre. Leur dernière lettre nous apprenait qu'au moment de l'exode, ils étaient partis dans le Périgord. Je pense qu'ils sont maintenant revenus chez eux, à côté de Vichy, où se trouve l'usine de notre gendre, dit Camille.

— Au plus près du maréchal, ironisa Estelle qui connaissait les options politiques de Marcel.

— Ne me parlez pas de Pétain, tonna soudain Armand, à l'étonnement de tous. Je sais qu'une majorité ici, pour des raisons diverses, le suit. Mais avez-vous entendu ses prêchi-prêcha ? Et puis ces mesures antisémites qu'a prises son gouvernement ! Il n'est qu'un soldat de salon, un mondain. Tenez, il me rappelle Mac-Mahon à Sedan en 1870. Et puis voilà aussi que maintenant le diable s'est fait ermite et qu'il prône les valeurs familiales, alors qu'il a épousé une divorcée et qu'il n'a pas d'enfants !

— Une divorcée comme Danielle ou comme moi, dit Rose, d'une voix faible.

Elle n'avait presque rien dit pendant le repas. Après la visite qu'elle avait reçue au « Grand Duc », les parents de Mario, à qui elle avait écrit, lui avaient confirmé sa mort.

Un silence gêné suivit. Chacun se mit à contempler avec une attention forcée un groupe de ramiers qui était passé au-dessus de la maison, jusqu'à ce que Pierre ait tout à coup risqué :

— Que pensez-vous de ce de Gaulle ? J'aimerais sincèrement avoir votre avis, Grand-papa !

Le visage d'Armand s'éclaira :

— Eh bien pour tout dire…

— Je pense que c'est l'homme de la situation ! coupa Estelle.

— Lui non plus n'est pas un très grand guerrier, reprit le vieux monsieur. C'est surtout un politique, mais enfin je reconnais qu'il est le seul à vouloir se battre. Oh, il ne sera pas au premier rang, non. Au contraire de mes deux gendres qui l'ont cher payé… Mon Dieu, je suis désolé ma petite Rose, je suis un vieil imbécile, dit-il soudain quand il vit que des larmes coulaient silencieusement sur le visage de sa fille.

La conversation, à bâtons rompus, se poursuivit une heure encore puis, comme le soleil baissait, Julie donna le signal du départ :

— Allons, il nous faut redescendre en ville, nous n'avons que trop abusé de votre gentillesse, ma chère Camille.

Pierre qui, en tant que médecin, bénéficiait de bons d'essence raccompagna les Bénézit et quand il fut de retour Suzanne vint vers lui :

— Ce Grand-papa ! Il lui faut toujours choisir les causes apparemment perdues… et il est tellement heureux qu'on lui demande son avis dans un domaine où il a des compétences.

— Et bien réelles, répondit Pierre qui songea, tandis que sa femme était partie donner son bain au bébé : « Il faudra que je rapporte à Idir cette conversation… »

* * *

Le 11 novembre 1940, Pierre s'était rendu au morne défilé commémorant l'armistice de 1918. Le maire y avait fait un discours, devant une foule clairsemée, où figuraient surtout, dans leurs uniformes sortis de la naphtaline, des anciens combattants fidèles au vainqueur de Verdun. Il y avait rencontré Idir, qui enseignait maintenant à Alger. Très vite, ils s'étaient avoués qu'ils n'étaient guère séduits par le régime en place. Ils avaient ensuite évoqué l'appel lancé par le général de Gaulle, et au moment de se quitter avaient décidé de se revoir. Ils avaient par la suite multiplié les rencontres pour finalement élaborer un projet audacieux, celui de continuer le combat aux côtés du général.

Cela n'était guère possible dans la ville. Comme en métropole, il y régnait l'attentisme, ou une large adhésion au régime de Vichy. Aussi l'idée de rejoindre, là où il se trouvait, l'homme du 18 juin, fit-elle rapidement son chemin dans leur esprit. Se rendre en Angleterre par la France restait hasardeux. Passer par l'Espagne neutre était plus réalisable, mais supposait d'emprunter, clandestinement, une voie maritime.

— Te souviens-tu de ce combat naval que nous avions vu se dérouler à Cherchell ? avait rappelé Pierre à Idir. La présence près de nos côtes de ces deux navires était bien la preuve de la proximité de celles d'Espagne. Nous pourrions les imiter, en sens inverse, en utilisant mon petit voilier. Il est amarré au yacht club. Je sais naviguer et je t'initierai, ce n'est pas sorcier, tu le verras !

L'idée était hardie. Décontenancé, Idir demanda à réfléchir pour se rendre finalement aux arguments de Pierre. Réaliser un tel voyage demandait une préparation aussi parfaite que discrète et exigeait avant tout le secret. Nul ne devait en être informé ; pas même, ce qui était le plus difficile, Suzanne et Samia. Il fallait de plus réunir ce qui serait indispensable à une telle odyssée, ce qui demanda du temps. Néanmoins, à l'automne tout était au point.

Le dimanche 12 octobre 1941 Pierre se leva avant le jour. Il contempla longuement Suzanne qui dormait, avant d'embrasser son fils qui, pas plus que sa mère, ne se réveilla. Ôtant ses chaussures, il descendit l'escalier de bois qui craquait un peu. Au rez-de-chaussée, sous la porte du bureau d'Antoine, filtrait une lumière. Il pensa qu'il avait tout prévu sauf que son père se levait, hiver comme été, dès 5 heures du matin… Ce qui l'amena à se faire encore plus discret pour gagner la rue.

Il descendit le chemin Laperlier. Une claire journée d'automne débutait à peine. Elle s'annonçait sereine, trop calme peut-être pour la navigation car la mer se révélait étale et de ce bleu marbré qui signifiait qu'elle se voulait pacifique. « Il y a quand même quelques risées, nous en serons quittes pour tirer des bords. Cela sera bon pour parfaire l'apprentissage de mon mousse », se dit-il en s'efforçant de ne pas penser à ceux qu'il laissait derrière lui.

Parvenu au centre de la ville, il rejoignit Idir sur les marches de la grande Poste d'où il expédia deux lettres, l'une à l'usage de Suzanne et l'autre de ses parents, comme l'avait fait peu avant son ami, pour Samia et Antoinette :

— Il n'y aura pas de levée aujourd'hui dimanche. Ainsi n'arriveront-elles que lorsque nous serons déjà loin, dit-il.

Il y avait peu de monde au port de plaisance où seul un long esquif de rowing glissait sur une eau d'or fondu que battaient en cadence ses avirons. Ils le contemplèrent un instant avant de sauter à bord du voilier qui tangua légèrement. Quand, au moteur, ils eurent gagné la passe, ils furent heureux de s'apercevoir qu'un léger vent d'est avait fini par se lever, qui favoriserait le début de leur longue aventure…

* * *

Après l'armistice, Georges Stern, rendu à la vie civile, revint à Paris. Né à Kiev et devenu français par son mariage, il craignait d'être interdit d'exercer sa profession, voire même d'être l'objet d'une mesure de dénaturalisation. Surtout, Sarah lui manquait et il décida de la rejoindre en Algérie. « Au moins, se dit-il, l'Afrique du Nord est exempte de la présence allemande… » Un scrupule le retenait, qui avait aussi retenu Sarah, celui de laisser seule sa belle-mère Frida, mais quand elle lui eût dit que son fils Guy, un ancien combattant décoré en 14-18, ne serait sûrement pas inquiété et prendrait soin d'elle, il prit la route de Marseille.

Obtenir un *aussweiss* étant problématique, il préféra se munir de faux papiers qui firent de lui Jacques Duchene pour franchir la ligne de démarcation. Tout se déroula sans trop de difficultés et le 20 octobre, il retrouvait enfin son épouse sur les quais d'Alger.

Les Stern ne disposaient que de faibles moyens. Il valait mieux aussi qu'ils se fassent discrets. Aussi Wade leur proposa-t-il de s'installer à Tipaza. Il les logea dans une dépendance de la ferme et présenta Georges comme un cousin, venu faire des travaux dans le domaine.

Lucky avait accueilli ses hôtes avec indifférence. Elle ne quittait toujours pas sa chambre où la radio était allumée en permanence. Depuis peu, elle était habitée par une passion pour l'ésotérisme, ce qui lui faisait dévorer de nombreux ouvrages sur le sujet. Wade paraissait résigné à cette nouvelle marotte de sa femme. Il s'inquiétait plus de la politique menée par les États-Unis en Afrique du Nord. Quand il était entré en contact avec le consul Murphy et les douze vice-consuls qui l'assistaient à Alger, il avait vite compris qu'à l'instar de Leahy, l'ambassadeur des Américains à Vichy, ils avaient fait le choix du régime en place. Or lui-même souhaitait l'entrée en guerre de son pays. Le tableau que lui avait dressé Georges Stern de la France occupée l'avait confirmé dans son opinion, mais c'était après une intervention d'Edmond qu'il avait fait un choix précis.

Ce dernier avait évoqué tout d'abord, à plusieurs reprises et sur un ton mystérieux, un « club » dont il faisait partie, certaines rencontres qu'il avait faites… ce que Wade avait mis sur le compte de sa possible appartenance à une loge maçonnique. Il n'avait guère prêté d'attention à ces propos jusqu'à ce jour où, à l'issue du déjeuner familial du 1er janvier 1942, Edmond l'entraîne à l'extérieur, sous le prétexte d'une promenade digestive :

— Y a longtemps que je te fais des mystères, avait-il dit, mais maintenant on me demande que je te mette au courant de tout. Voilà, y en a ici à Alger qu'ils sont pas d'accord avec ce qui se passe. Beaucoup c'est des Juifs comme moi, qui n'ont plus le droit d'être français. Alors ils ont décidé de faire de la « résistance » comme on dit… Comme il fait le fils Lanier, paraît-il, depuis son départ d'ici. Si y a beaucoup d'Américains qui sont pour le maréchal, y en a d'autres qui sont pas d'accord avec lui. Et toi, souvent t'y as dit que t'y aimes pas Vichy, non ?

— Et donc tu fais partie de ces résistants ? demanda Wade.

— Oh, je suis juste un seconde classe ! Mais on a trouvé que comme tu es mon beau-frère, tu pourrais nous aider. Alors on m'a demandé de te parler. Pour savoir si tu accepterais de rencontrer une plus grosse légume que moi. Voilà, tu réfléchis bien et tu me dis si tu es d'accord.

Un peu plus tard, la résolution de Wade était prise. La description de la France occupée que lui avait faite Georges l'avait inquiété. Surtout, ce furent les graves menaces que faisait peser le sort fait aux Juifs sur sa femme et sa fille qui vinrent à bout de ses dernières hésitations.

Il rencontra peu de temps après, au 26 de la rue Michelet, un étudiant en médecine, José Aboulker. Au terme de plusieurs entretiens, il lui apparut que le complot évoqué par Raymond, romantique à première vue, reposait sur un socle solide.

Non, lui avait dit Aboulker, tous les Américains ne soutenaient pas Vichy ; oui, l'OSS cautionnait le mouvement de résistance en Afrique du Nord, auquel appartenaient d'importantes personnalités françaises : Henry d'Astier de la Vigerie, venu à Alger sous le prétexte des chantiers de jeunesse, Lemaigre-Dubreuil, le patron des huiles Lesieur, le lieutenant-colonel Germain Jousse, le colonel Baril à Alger et le général Bethouard au Maroc ; non, on ne souhaitait pas qu'apparaisse trop la figure du général de Gaulle. Il était impopulaire en Algérie car ses alliances anglaises réveillaient le souvenir de Mers el-Kébir, y compris chez ceux qui n'acceptaient pas Vichy ; oui, le réseau de résistance était bien implanté à travers le Maghreb et c'était Roger Carcassonne, un cousin d'Aboulker, qui l'animait à Oran.

— Au fond, dit Wade, au terme des entretiens qu'il avait eus avec le jeune homme, vous attendez de moi que j'établisse la liaison avec mes compatriotes ?

— Exactement !

— Eh bien j'accepte !

* * *

En Algérie comme en métropole, l'État français entendait lutter contre le désordre moral qui, selon le maréchal, avait conduit à la défaite. En Algérie, le général Weygand, nommé délégué général en Afrique française du gouvernement, appliquait les directives vichystes avec rigueur. Il renforçait certaines dispositions des lois raciales ; il faisait interner dans le Sud des opposants au régime, des réfugiés sans contrat de travail et certains soldats de la Légion étrangère ; enfin, après la campagne de Syrie, il exigeait que les soldats qui n'avaient pas rejoint la France libre prêtent un serment de fidélité au maréchal.

Son attitude loyaliste s'accompagnait néanmoins de décisions qui laissaient apparaître son refus d'accepter la victoire hitlérienne.

S'il ne prenait position pour ou contre aucune des puissances étrangères, il négociait néanmoins avec le consul Murphy le maintien de l'aide américaine à l'Algérie. Surtout, dans la plus grande discrétion, il entreprenait la reconstitution d'une armée française conséquente, en usant de différents artifices. Ainsi faisait-il passer certaines unités coloniales pour de simples forces de police ; ainsi en janvier 1941 constituait-il la Légion française des combattants, faite de 20 000 hommes dont 40 % de musulmans ; ainsi créait-il les Chantiers de la jeunesse française qui allaient révéler toute leur utilité par la suite ; ainsi enfin réussissait-il à empêcher que Bizerte et Dakar soient mis à la disposition du Reich et refusait-il toute collaboration militaire éventuelle avec l'Axe. Autant d'initiatives et de décisions qui le faisaient démettre de ses fonctions par un gouvernement de Vichy, de plus en plus collaborationniste et, fin 1942, envoyer par les Allemands en résidence surveillée dans le Tyrol, en compagnie de Reynaud, Daladier et Gamelin.

Dès l'arrivée de Weygand, Philippe se mit à sa disposition. Comme lui, s'il tenait le régime en place comme légitime, il ne considérait pas que la signature d'un armistice équivalait à une capitulation devant l'ennemi. En conséquence rien n'empêchait de reprendre la lutte. Tout comme Weygand il se méfiait, depuis Mers el-Kébir, des Britanniques et des gaullistes. Néanmoins quand celui qu'il tenait pour son mentor durcit les mesures contre les étrangers et la communauté juive dans son « proconsulat algérien », il prit ses distances avec lui.

En avril 1941, on organisait une cérémonie au stade d'Alger, à l'occasion du passage du commissaire général aux sports, Jean Borotra. Au cours de celle-ci, les membres de différentes associations sportives s'étaient engagés à « servir la patrie avec désintéressement, discipline et loyauté ». Azziz, invité, s'y était rendu avec indifférence. Le sort de sa sœur, revenue en Algérie, le préoccupait davantage. Sa carrière connaissait un passage à vide dont elle rendait la guerre responsable. Azziz savait que la véritable raison était que sa voix présentait maintenant quelques fêlures et qu'elle en souffrait. Il savait aussi, bien qu'elle soit restée discrète à ce sujet, qu'elle avait des projets matrimoniaux avec un certain Robert Dorlac, un riche propriétaire en Algérie et en métropole.

Il avait aussi noté que le goût de Lila pour la politique s'était encore accru. Elle affichait un intérêt passionné pour les réformes que des leaders musulmans, dont Ferhat Abbas, avaient demandées au maréchal de mettre en œuvre, sans aucun effet. Elle s'était indignée quand le régime avait envoyé Messali Hadj au bagne de Lambèse et quand 61 responsables communistes algériens, accusés d'avoir reconstitué un parti dissous, avaient été emprisonnés à Maison-Carrée ou dans des camps, tel celui de Bossuet.

* * *

Dans leur odyssée vers l'Espagne, Pierre et Idir eurent beaucoup de chance. La saison était favorable à un tel périple, mais une brusque tempête restait toujours possible, comme souvent en Méditerranée. Enfin s'ils naviguèrent avant tout dans les eaux territoriales d'une Algérie officiellement sortie du conflit, cela n'aurait empêché quiconque, trouvant suspect leur voyage, de l'interrompre…

À la sortie du port, le petit voilier s'était dirigé cap à l'ouest. Il avait vite été sous la basilique de Notre-Dame d'Afrique avec, au-dessous d'elle, le cimetière de Saint-Eugène et la villa des Viannac. Au soir, il était en vue du mont Chenoua. Il allongeait dans la mer sa large proue creusée de criques. Les voyageurs passèrent leur première nuit au fond de l'une d'elles, avant de repartir à l'aube et de doubler bientôt un amer qui leur était familier, le phare de Cherchell, sur l'îlot Joinville.

À deux reprises ils durent regagner le rivage et y affaler les voiles afin d'éviter des vedettes militaires qui patrouillaient. Passé Mostaganem, le vent faiblit et il leur fallut brûler une partie de leur combustible. Aussi, quand ils se lancèrent vers la pleine mer, en direction de l'Espagne désormais proche, ne leur en restait-il plus guère. Cependant là encore la fortune leur sourit et le vent qui se leva leur permit de naviguer exclusivement à la voile.

Ayant décidé de se lancer de nuit dans les eaux internationales, ils quittèrent à la tombée du jour leur dernier abri. Ils avancèrent à la boussole dans l'opacité silencieuse de la nuit que ne rompaient que les sifflements du vent, le clapotis de l'eau noire et quelques claquements des voiles. Après quelques heures, l'obscurité avait pâli et s'était trouée de feux qui dansaient sur l'eau. Elles leur parurent familières. C'étaient celles des barques de pêcheurs au lamparo, les mêmes que celles qu'ils avaient toujours vues sur les rives africaines. Puis l'aube vint vite, qui dévoila une côte grisâtre et déserte où n'apparaissait que ce qui semblait être un village, vers lequel Pierre mit le cap.

Le temps avait changé pendant la nuit. Des nuages épais avaient couvert le ciel. L'air était humide et piquant. Ils étaient maintenant en plein inconnu et les heures de navigation qu'ils venaient de vivre leur semblèrent faire partie d'un passé paisible mais révolu.

— Paré pour l'aventure ? demanda Pierre.

— De toute façon, même si nous le voulions, nous ne pourrions plus nous dérober ! dit Idir qui n'avait cessé de se remémorer le périple héroïque de son grand-père M'hamed.

« Une odyssée maritime paradoxale pour un montagnard tel que lui… ou moi », songea-t-il.

La mer était devenue forte, d'une couleur inamicale. Sous le vent, les voiles se gonflaient tant qu'elles devenaient difficiles à maîtriser. La côte parut courir à leur rencontre sous la forme d'une haute sierra dont la base était soulignée par une plage noirâtre. Le bateau que Pierre contrôlait avec peine filait vers elle quand apparut sur la surface de l'eau un bouillonnement écumeux que le voilier rejoignit bientôt, pour s'y immobiliser brutalement, tandis que se faisait entendre un craquement sinistre.

— Eh bien voilà ! Nous avons fait ce naufrage qui était notre but ! Cela aurait été plus ennuyeux avant, dit Pierre.

Le récif était proche du rivage. Ramassant dans des sacs étanches ce qui leur était indispensable, ils pataugèrent au milieu des vagues jusqu'aux tas de varech qui marquaient la frontière de la plage.

Alors qu'ils essoraient leurs vêtements et vidaient l'eau de leurs chaussures surgit un groupe d'enfants qui détala quand, dans un espagnol approximatif, Pierre s'adressa à eux.

— Suivons-les, suggéra Idir.

Les deux naufragés partirent dans la direction que les enfants avaient prise pour découvrir, au détour d'un cap, un groupe de maisons, celui qu'ils avaient aperçu en se dirigeant vers la côte. Comme ils y pénétraient surgirent, coiffés de leurs chapeaux en carton bouilli, des gardes civils qui sans mot dire les menottèrent avant de leur intimer sèchement de les suivre.

* * *

Plus d'un an après leur arrivée chez les Wilkes, les Stern vivaient sur leurs maigres réserves financières et sur le petit salaire que Wade versait à Georges, afin de justifier sa présence à Tipaza.

— Il est paradoxal, disait à Sarah ce dernier, que toi comme moi soyons restés français alors que nos coreligionnaires d'ici, et tes cousins en particulier, ne le sont plus. Et d'autant plus que je suis moi-même français depuis moins longtemps qu'eux. Seulement depuis que je t'ai épousée, donc en entrant dans ta famille !

— Georges, tu me donnes le vertige et j'ai du mal à suivre ton raisonnement ! dit Sarah en éclatant de rire.

Il reprit son développement et elle reconnut, dans son application à le faire, celle qu'il mettait dans ses tâches professionnelles, y compris dans les ingrates besognes que lui confiait Wade.

Elle-même meublait son inactivité forcée en tâchant d'écrire.

Elle marchait aussi beaucoup à travers la campagne. L'un de ses buts favoris était, au-dessus de la mer, la nécropole où était honorée sainte Salsa, une martyre chrétienne. Elle avait, disait-on, été livrée aux murènes par ses persécuteurs romains. « Elle a subi ce destin à cause de sa religion, comme le sont les Juifs aujourd'hui », songeait-elle un jour de printemps, assise dans un champ de ruines parsemé d'asphodèles.

Elle avait tenté d'entraîner Lucky dans ses balades. Pour la décider, elle lui avait ramené un jour un bouquet de ces grandes marguerites qui teintaient les champs de leur jaune d'or. Lucky n'avait réagi que pour murmurer un vague « merci » et critiquer leur odeur un peu âcre... Depuis Sarah avait renoncé à inviter la jeune femme. « Rien ne paraît l'intéresser, sinon sa radio et ses lectures dans l'obscurité de sa chambre, aux volets clos en toutes saisons », avait-elle dit à Georges.

Un soir de la fin octobre 1942, Georges et Sarah s'apprêtaient à se rendre à une invitation à dîner de Wade, quand Mokrane, qui remplissait l'office de factotum dans la maison, les interpella :

— M'sieur Georges, madame Sarah ! le patron il y pas là. Y m'a dit qu'y s'ixcuse mais il a dû partir à cinq heures !

Les Stern furent surpris. Cela ne ressemblait pas à Wade. S'il s'absentait pour Alger, il signalait toujours son départ. Il restait un des rares privilégiés à faire rouler sa Salmson grâce aux bons d'essence qu'il recevait de son consulat. Aussi ne manquait-il jamais de demander à chacun ce qu'il souhaitait qu'il rapporte de la ville.

— Effectivement, dit Sarah, je me souviens d'avoir entendu la voiture partir en direction de Tipaza en fin d'après-midi, mais pas de l'avoir entendue rentrer.

Ils revinrent dans leur pavillon, dînèrent puis allumèrent un feu. Ces soirées de la fin octobre étaient fraîches. Il flottait une brume légère qui leur rappelait l'automne de France. Ils bavardèrent longtemps, Georges mentionnant qu'il espérait toujours être recruté par l'entreprise de construction des Nadal, avec lesquels Wade l'avait mis en contact.

— Ce serait merveilleux, dit-il, mais tu sais Barthélemy Nadal doit s'assurer auparavant qu'on ne m'interdit pas d'exercer malgré ma fausse identité.

Sarah ne croyait pas trop que le projet aboutisse mais s'abstint de le dire. Georges paraissait rasséréné par cette idée. Depuis que Wade avait évoqué cette issue, il ne manifestait plus cette impatience teintée de tristesse qui la peinait tant.

Il se faisait tard et ils allaient se coucher quand ils entendirent Wade rentrer chez lui. Le lendemain, il ne fut là qu'une partie de la matinée et repartit, évoquant une absence qui pourrait se prolonger.

* * *

Le lundi qui suivit le départ de Pierre, Suzanne ne fut pas surprise de l'absence de ce dernier. Il lui avait dit qu'il comptait traverser la baie sur son voilier avec l'un de ses confrères. « Sans doute a-t-il passé la nuit du dimanche à Jean-Bart, chez les Altairac et sera-t-il parti travailler sans repasser à El biar », s'était-elle dit en descendant prendre son petit déjeuner. Elle bavarda un moment avec sa belle-mère, puis alla réveiller un Bruno grognon. Elle l'habilla, puis descendit en ville pour en remonter à midi et trouver Antoine et Camille qui l'attendaient, le visage grave.

Elle eut aussitôt un pressentiment :

— Il est arrivé quelque chose à Pierre !

— Non, ne craignez rien, il va bien je pense, lui dit son beau-père, mais il a quitté Alger, comme il nous l'a dit dans une lettre arrivée tout à l'heure. Il y en a une autre pour vous et il lui tendit une enveloppe.

Quand elle en eut lu le contenu, elle releva la tête, blême :

— Nous abandonner ainsi ! Prendre tant de risques. Tout cela pour quoi ? Pour suivre l'invitation de ce général de Gaulle ! ajouta-t-elle, en se souvenant de l'enthousiasme qu'il avait manifesté à propos de l'appel du 18 juin.

Camille lui caressa la nuque avant d'annoncer brusquement, avec cet esprit de décision paradoxal dont elle savait parfois faire preuve :

— Ma petite, nous devons accepter sa décision. Que voulez-vous, c'est la guerre… Je retrouve dans ce choix qu'il a fait cette témérité qui est la sienne, qui m'a fait trembler pour lui pendant toute son enfance. Toujours à courir des risques, ne serait-ce que ceux qu'il a pris auprès de ses malades tuberculeux, à Birtraria, avec les conséquences que l'on sait…

Le discours de sa belle-mère rasséréna un peu Suzanne, mais elle décida d'aller voir sa grand-mère Julie pour s'entendre dire par la vieille dame, très calme :

— Ma Suzy, tu croyais avoir épousé un médecin et te voilà avec un soldat ! Tu ne peux que te résigner. La vie continue. Il n'est pas parti seul, tu sais, le fils d'Antoinette l'accompagne. Elle vient de l'apprendre à ta mère. De toute façon, je te sais courageuse et solide et tu sauras faire face.

Quand, tôt le dimanche matin, Idir avait dit à Samia qu'il allait à la grande Mosquée, elle en avait été étonnée. Il n'était pas très pieux, ce qui le faisait blâmer par son beau-père. « De plus, c'est lc vendredi que les fidèles vont prier, pas le jour des chrétiens. Ah, il a oublié de nous parler d'un rendez-vous… » dit-elle à Antoinette. Elle ne s'inquiéta pas immédiatement, mais plus tard dans la journée, comme il n'était pas revenu. Elle regretta de ne plus être à Cherchell. Dans la petite ville, elle serait allée voir ses parents. À Alger elle se sentait bien isolée.

Les heures passant, le calme relatif qui avait gagné les deux femmes s'évanouit. Samia dormit mal et vit se lever le jour avec soulagement. Dès qu'elle le put, elle courut à l'école où Idir enseignait. Quand le directeur lui fit part de sa surprise de ne pas avoir vu son mari, elle hésita à se rendre au commissariat. Elle tourna en rond, indécise, jusqu'au moment où le facteur lui apporta deux lettres, l'une pour sa belle-mère et l'autre pour elle.

Le contenu de la sienne ne la surprit pas vraiment. Depuis plus d'un an, Idir lui avait fait part de sa sympathie pour ceux qui choisissaient de reprendre le combat contre l'Allemagne. À plusieurs reprises, Pierre Lanier était venu chez eux. Elle n'avait pu faire autrement que d'entendre en partie la conversation des deux hommes.

Sa décision fut vite prise. Elle ferait ce que lui demandait Idir. Elle partirait à Cherchell avec Arezki s'installer chez son père. Le soir quand Antoinette revint du « Grand Duc », elle lui remit la lettre qui lui était destinée. Elle fut surprise du calme commentaire de sa belle-mère : « C'est un combattant, comme son père et comme son grand-père. »

* * *

Au premier semestre de 1942, Lila avait dû honorer différents contrats en métropole, après plusieurs semaines d'oisiveté à Alger. Il s'agissait de récitals de lieder et de mélodies françaises, « un cocktail symbolique de l'amitié qui règne désormais entre les riverains du Rhin », comme avait dit avec opportunisme son impresario. Faisant taire ses scrupules à chanter pour l'occupant, mais soucieuse de laisser sa mère dont la santé restait précaire, elle avait pris le bateau de Marseille. Elle donna ses concerts et fin juin prit le train pour Vichy, pour un dernier récital.

Pierre Laval, revenu au pouvoir, était dans la salle ; elle dut ensuite le recevoir dans sa loge, accompagné de Josée de Chambrun et d'un couple d'inconnus, les Grasset.

D'emblée, ce monsieur Grasset s'était mis à s'exprimer d'abondance. Il disait ne pas avoir de mots assez forts pour dire son bonheur de voir « une artiste de son envergure honorer de sa présence Vichy et ceux qui y résident », sans préciser, s'était dit Lila, s'il parlait des Vichyssois ou des Vichystes…

— Notre petite ville peut désormais s'aligner avec la capitale, avait-il ajouté. Vous ne pouvez imaginer l'aération que les circonstances ont apporté à notre vie provinciale, si étriquée jusque-là !

Il avait continué de pérorer, avait parlé de son association en affaires avec Laval, à Châteldon, d'où il était originaire, comme lui. Lila l'avait laissé poursuivre, tout en considérant son épouse, une jeune femme fort jolie, silencieuse et triste dont le visage lui paraissait familier.

Lorsqu'elle eut regagné son hôtel, après s'être dit : « Je vois tant de monde que je ne saurais dire où et quand j'ai pu avoir rencontré cette femme », elle mit un nom sur le visage de l'inconnue. Celui d'Odette Lanier. Elle se souvint d'elle comme d'une petite fille, au type oriental, qui était la sœur de Pierre, cet ami de Azziz. Elle n'avait fait que l'entrapercevoir autrefois à Alger, quand elle-même était déjà une jeune femme vivant depuis longtemps en métropole.

Le lendemain matin, elle devait rentrer à Paris. Tandis qu'elle attendait dans sa chambre qu'on la conduise à la gare, le concierge de l'hôtel lui fit savoir qu'une madame Grasset demandait à la rencontrer. Sa bonne humeur à la perspective de retrouver la capitale, tout comme la curiosité, lui firent accepter de rejoindre la visiteuse dans le hall. Celle-ci se tenait en retrait, derrière un pilier, mais, dès que parut Lila, elle se précipita vers elle avec une précipitation anxieuse et soulevant sa voilette se lança dans une longue tirade :

— Je sais, madame, parce que vous nous l'avez dit hier, que vous partez pour Alger. Nous nous y sommes rencontrées autrefois, mais il y a si longtemps. Je n'étais alors qu'une gamine insignifiante. Je vous en supplie, ne dites rien de ma visite. Je suis là à l'insu de mon mari dont le sort m'inquiète beaucoup. L'enthousiasme pour la politique du maréchal qu'il proclame partout me tourmente. Il a reçu des lettres de menace anonymes…

Elle se tut un instant, l'air songeur avant de reprendre avec fébrilité :

— Voulez-vous bien me dédicacer le programme de votre récital. Si l'on apprend que je suis venue vous voir, car tout le monde s'épie ici, je justifierais ainsi ma visite.

Elle fouilla dans son sac pour en extirper le programme et une enveloppe :

— Voici une lettre qui est en fait l'objet de ma visite. Pourriez-vous, quand vous retournerez à Alger, comme vous l'avez dit hier, la remettre à ma belle-sœur, Suzanne Lanier ? Vous pouvez la lire d'ailleurs si vous le souhaitez. Elle vient de mon frère Pierre, son mari, qui me l'a fait parvenir, par des voies compliquées.

Le côté mystérieux de cette requête avait séduit Lila qui se saisit du pli ; balbutiant des remerciements, la visiteuse s'éclipsa.

Dans le paquebot sur lequel elle embarqua plus tard pour rejoindre Alger, Lila lut la lettre de Pierre. Elle ne parvenait pas à en percer le sens tant les termes en étaient sibyllins. Ils évoquaient, entre autres, « son voyage sans encombre et le goût du thé, retrouvé dans sa nouvelle résidence »…

Après son arrivée, elle oublia un temps sa mission, tant la préoccupait l'état de sa mère, maintenant désespéré. Deux semaines plus tard, elle demanda à Azziz comment joindre Suzanne.

Quand elle lui eut remis la lettre, la jeune femme la parcourut avec avidité. Ses mains tremblaient puis son visage, qui avait pâli en ouvrant la missive, reprit ses couleurs, en même temps qu'un sourire apparaissait sur ses lèvres. Lila n'osa pas la questionner sur le sens mystérieux du texte, que Suzanne lui révéla plus tard. Ces phrases répondaient à un code ancien, convenu entre elle et son mari du temps de leurs fiançailles, imité de celui qu'utilisaient dans un lointain passé ses grands-parents, lors de la campagne du Tonkin.

* * *

Trois semaines après son internement dans un camp du bled, David s'en échappait et regagnait Alger. Il était exclu qu'il reprenne son emploi au garage d'Edmond. Ce dernier avait été interdit de le gérer. Un collègue ami en avait repris officiellement l'exploitation, tout en l'employant de façon clandestine. Il n'était pas plus souhaitable que le jeune homme réintègre le domicile de Jeanine où il risquait une dénonciation. Il alla donc vivre dans l'appartement d'Edmond et de Marinette Seror, rue de Lyon, où il rongeait son frein.

Il tenait avec Edmond de longs conciliabules. Ce dernier, de son côté, s'absentait souvent le soir, sous des prétextes qui intriguaient Marinette au point que, lui prêtant une liaison, elle s'était mise à fouiller ses vêtements, et même à les flairer, jusqu'au jour où son époux la surprit :

— Alors, ma belle, tu me fais les poches maintenant ? Tu sais qu'y a plus beaucoup d'argent et que le peu que je gagne, je te le donne. Ou alors tu crois que j'ai une bonne amie, vieux comme je suis ?

Ce qui la mit en fureur.

— Vieux comme tu es ? Que tu as même pas quarante ans. Oui peut-être que tu en as une ! Je sais même que ça doit être cette Georgette qu'elle fait les yeux doux aux hommes ! C'est elle que tu vas voir le soir, j'en suis sûre, parce que son mari il travaille la nuit. Et puis en plus, comme y a la complicité masculine, David il t'aide pour aller la voir !

Il parut décontenancé, malheureux même, avant que son visage ne revête un air de gravité qu'elle ne lui avait jamais connu :

— D'abord, arrête de crier, que tu vas réveiller Monique ! Non, ma chérie, c'est pas Georgette que je vais voir. C'est autre chose que je peux pas t'en parler mais, quand je pourrai, je te jure que tu seras la première à savoir quoi. En tout cas, je fais quelque chose que ça aiderait ce pauvre David qu'il tourne en rond.

Elle se résolut à ne pas insister mais ne fut pas surprise quand le garçon qu'elle hébergeait sortit un jour, pour ne plus réapparaître. Comme chacun, elle dut se contenter d'une explication laconique d'Edmond :

— Il est rentré au Maroc dans sa famille parce que c'était plus sûr pour lui là-bas.

En fait, ce n'était pas vers son pays natal, mais beaucoup plus loin et plus au sud que David était parti. Il avait grimpé, muni d'un léger baluchon dans un autocar de la Compagnie des transports transsahariens, pour gagner Fort-Lamy. Il y avait rejoint les Forces françaises libres, au terme d'un interminable voyage via Tamanrasset et Kano. Elles y avaient maintenant une assise solide après que le Cameroun, le Tchad, le Congo et le Gabon se soient ralliés à elles. Malgré sa maigreur, qui faisait dire à Edmond que jamais les militaires ne voudraient de lui, le garçon intégrait la colonne Leclerc. Il allait participer avec elle à des raids sur les postes italiens du Sahara oriental et, le 2 mars 1941, avec ses camarades, dans l'oasis Libyenne de Koufra, il faisait le serment de ne déposer les armes que lorsque les trois couleurs flotteraient de nouveau sur la cathédrale de Strasbourg.

Si les Seror et Marinette s'étaient contentés de l'explication qu'Edmond avait donnée du départ de David, Jeanine en avait été bouleversée. Le garçon lui avait laissé avant de partir une lettre dont les mots, « Maman, tout va bien pour moi, t'inquiète pas et merci pour tout », l'avaient un peu consolée. Pourtant, ce gage d'affection, l'épithète dont pour la première fois il l'avait qualifiée, l'avait laissée insatisfaite. Elle avait voulu en savoir plus de la bouche d'Edmond qui, pour le coup, s'impatienta :

— Écoute, Jeanine, maintenant t'y arrêtes parce que je te dirai pas ce que je sais pas ! Ton fils, il a voulu partir… Comme il est grand et vacciné j'y ai dit, fils, tu fais comme tu veux !

— Mais tu ne pouvais pas le retenir ?

— Un adulte de 21 ans passés ça se retient pas, et puis c'est la guerre, il faut se défendre !

Il s'était brusquement interrompu en sentant qu'il en avait trop dit et Jeanine, qui avait alors compris que son « poussin » comme elle continuait d'appeler David, était sans doute parti se battre, lui lança :

— Dis-moi la vérité ! Il est allé à la guerre ?

Pour obtenir seulement d'Edmond, resté de marbre :

— Maintenant basta, Jeanine, ça te regarde pas.

* * *

L'attaque de leur flotte à Pearl Harbour par les Japonais, le 9 décembre 1941, avait fait prendre les armes aux États-Unis. La guerre était dès lors un conflit mondial et cette nouvelle alliance, après celle de l'URSS un an plus tôt, faisait grandir l'espoir des adversaires de l'Axe. Ses amis et ses relations sollicitaient Wade pour qu'il les informe des intentions de son pays. Il en allait ainsi à chacun de ses voyages à Alger, aussi était-il heureux de regagner Tipaza. Au moins, disait-il : « Ici mes employés sont plus préoccupés par les vignobles que par les hostilités à la surface du globe. »

Plus que d'autres, Georges Stern brûlait d'envie de le questionner mais s'en abstenait, par discrétion. Il se contentait des quelques nouvelles que son ami lui distillait. Elles contredisaient souvent celles que donnait Radio Algérie. Il soupçonnait Wade d'en savoir davantage qu'il ne le prétendait et sa mystérieuse disparition pendant quelques jours, en octobre 1942, l'avait intrigué. Tout comme

Sarah, il avait aussi remarqué que, ce même mois d'octobre, leur hôte avait manifesté une certaine nervosité. Il s'était montré particulièrement impatient avec Lucky. À plusieurs reprises leur était parvenu le bruit de querelles du couple.

C'était la Toussaint, qui conduisait les villageois les bras chargés de chrysanthèmes vers le cimetière. Elle annonçait le début de cet hiver méditerranéen qui étonnait encore les Stern par sa venue tardive et sa clémence. Une nuit, Georges avait été réveillé par le bruit de la voiture de Wade qui quittait le domaine. Sentant qu'il ne dormirait plus, il était allé dans la cuisine pour boire un verre d'eau, avant de sortir dans le jardin. Il y contemplait la naissance du jour, saluée par les oiseaux, quand il sentit à ses côtés la présence de Sarah :

— Allons donc faire un tour dans les vignes, suggéra-t-elle en l'entraînant sur le sentier qui grimpait vers le haut du domaine. Nous verrons le soleil se lever sur la campagne, un spectacle inconnu de nous citadins, une des rares compensations qui nous ait été accordées en quittant Paris !

Georges, une fois de plus, avait été reconnaissant à sa femme de savoir jouir de l'instant, de son calme en toutes circonstances, un calme analogue à celui de cette matinée qui débutait. Ils grimpèrent le long d'une pente douce, entre les vignes dont le rouge des feuilles rivalisait avec celui de la terre qui les nourrissait. Ils savaient, pour avoir fait cent fois cette promenade, qu'au bout du chemin allait se révéler à eux l'indigo de la mer, entre le Chenoua à l'ouest et les villages de pêcheurs égrenés à l'est.

Le panorama était bien à sa place, tel qu'ils avaient appris à le connaître, mais ce jour-là il leur apparut comme étonnant, insolite… Bouche bée, ils découvraient au long des côtes une nuée de navires de guerre de toutes les tailles, une immense escadre répandue jusqu'à l'horizon…

* * *

Les GI avaient débarqué sur tout le Maghreb central et occidental et en particulier, pour investir Alger, à Sidi-Ferruch, comme les soldats de Charles X… Dès qu'il avait appris l'arrivée des Américains, Armand avait pris soin, ainsi qu'il le faisait au 14 juillet, depuis la Grande Guerre, de pavoiser son balcon avec le drapeau que Julie gardait dans un placard. Il s'était fait raconter par Estelle les péripéties du débarquement, le peu de résistance des Vichystes à l'Armada américaine, sauf à Casablanca et Oran. Il paraissait rajeuni quand il avait exprimé joyeusement sa conviction que la victoire sera bientôt là.

Si Estelle avait été enthousiasmée par l'événement, elle avait aussi été dépitée quand, dans son anglais parfait, elle avait cherché à faire parler les GI. Elle n'avait pu glaner que de minces renseignements. Certains soldats l'avaient même éconduite ou, pire, s'étaient gaussés de son accent britannique. Seul un officier originaire du Connecticut, qu'elle avait trouvé plus courtois que les autres, que ces « Peaux-rouges » comme elle avait qualifié les nouveaux venus, avait bien voulu lui détailler ce qui s'était passé. Mais avait-il ajouté, ce n'était là qu'une étape et le plus dur était à venir.

Peu après, en riposte à cette vaste opération baptisée Torch, l'aviation ennemie venait bombarder les villes algériennes. À Alger, ils touchaient un couvent près de Notre-Dame d'Afrique, une grande partie du quartier populaire de la Marine et causaient d'importants dégâts matériels et humains à Belcourt, visé en raison de sa proximité de l'Arsenal. La ville faisait alors l'objet d'un îlotage. Des abris étaient désignés à ses habitants, dont certains étaient des souterrains remontant à l'époque ottomane.

Lors des raids, nocturnes la plupart du temps, alertée par les hululements lugubres des sirènes, une population mal réveillée y descendait en tenue de nuit et encombrée de chiens, de chats ou de canaris. Elle y bavardait, y mangeait, y cuisinait même.

Dès la première alerte, Armand avait refusé de descendre dans l'abri attaché à son immeuble, un local où la voirie rangeait son matériel. Écartant du geste les instances de Julie et de Rose, il s'était mis à la fenêtre pour contempler les pinceaux lumineux et les tirs de la DCA. Cette version des combats, si différents de ceux dans lesquels il s'était trouvé engagé, l'avait stupéfait. Ébahi, il avait vu un obus toucher le port et y allumer un incendie. Les grondements et les sifflements qui peuplaient le ciel d'Alger l'avaient abasourdi. Il avait enfin compris ce que Ronan lui avait dit de la guerre moderne.

Sitôt la fin de l'alerte, Rose et Julie l'avaient semoncé pour être resté sur le balcon, dans le froid, seulement vêtu de son pyjama et de sa robe de chambre. Penaud, il avait alors compris que Julie exprimait ainsi une autre angoisse, celle que disparaisse son compagnon de tant d'années, une angoisse qu'elle avait toujours tue et qu'avait réveillée son intrépidité de vieux briscard.

* * *

Le jour de Noël 1942, Alger bruissait de la nouvelle de l'assassinat de Darlan. On en savait peu de choses sinon qu'il avait eu lieu la veille, au Palais d'été, où résidait l'amiral, venu de Vichy voir son fils malade. On disait aussi que celui qui l'avait abattu était un jeune Algérois du Corps franc d'Afrique, le fils du journaliste Bonnier de la Chapelle.

Le drame avait été évoqué chez les Seror mais chacun s'était surtout passionné pour d'autres révélations faites par Wade et Edmond :

— Vous avez dû trouver bizarre notre comportement au long des deux années précédentes, avait dit le premier. Vous connaissez maintenant mon rôle dans la préparation de l'opération Torch et, dit-il aux Stern, je suis sûr que mes allées et venues dans les semaines qui précédaient le 8 novembre ont dû vous intriguer ! En particulier, fin octobre lorsque je me suis rendu à la villa Teyssier, à Messelmoun, près de Gouraya, à l'ouest de Cherchell, pas très loin de chez les Lanier. Un épisode rocambolesque ! Nous y avions rendez-vous avec le général Clark et une délégation américaine envoyée par Eisenhower. Un sous-marin les avait débarqués près d'une plage qu'ils avaient rejointe dans un canot pneumatique. Mais figurez-vous qu'un indigène avait surpris les nouveaux venus et, les prenant pour des contrebandiers, avait couru prévenir le commissaire de police le plus proche !

— Et moi, dit Edmond, depuis Alger j'avais emmené là-bas le général Mast, le colonel Jousse et Bernard Karsenty, l'adjoint de José Aboulker, et qu'on se les attendait ces Américains !

— Oui, reprit Wade, heureusement que deux officiers français qui avaient été mis dans le secret, nous ont prévenus et ont retardé la venue du commissaire, si bien que quand il est arrivé, on a mis sur pied une mise en scène, après avoir caché Clark dans la cave.

— Et ça ne lui plaisait pas au général ! dit Edmond.

— Il a bien dû s'y plier. On a demandé au commissaire qu'il ferme les yeux en prétendant que la réunion, en fait, était une partie fine avec des dames un peu légères qui avaient décampé ! Qu'il y aurait toutes sortes d'histoires si les épouses des messieurs qui y participaient apprenaient la chose !

— Et le commissaire a été bon enfant ? demanda Belle.

— Oui, Dieu merci. Il est reparti mais après il a fallu que les Américains rembarquent dans leur sous-marin, ce qui a été très compliqué. La mer était forte. Enfin tout s'est bien terminé, mais on avait frôlé la catastrophe et tout le débarquement aurait pu se trouver compromis !

Jeanine avait écouté ce récit, qu'Edmond lui avait déjà fait. Elle se sentait heureuse car, en même temps, il lui avait rapporté les raisons du départ soudain de David. Elle était fière de son fils, mais elle restait pourtant inquiète, ce qui lui avait valu de la part d'Élisabeth une fraternelle semonce :

— Écoute, lui avait-elle dit, nous sommes tous soucieux. C'est le sort de chacun aujourd'hui ! Moi je tremble pour Edmond, maintenant que je sais tout ce qu'il a fait les mois derniers. Parce que, je le sais, il ne va pas s'arrêter là ! Marinette, elle tremble encore plus, bien sûr ! Et Suzanne et les Lanier qui ne savent pas où est Pierre ! Et aussi Antoinette et sa belle-fille avec leur Idir !

— Tu me fais avoir honte et tu as raison, ma belle, mais que veux-tu, c'est mon tempérament de toujours voir les choses en noir !

Chez les Lanier, ce même jour de Noël, le poids de l'absence de Pierre pesait plus lourdement que la mort du haut représentant du gouvernement de Vichy. Chacun songeait à Odette, maintenant que tout le territoire français était sous l'autorité du Reich, la Wehrmacht ayant envahi la zone libre cinq jours après le débarquement des Alliés en Afrique du Nord.

— Ma pauvre fille qui croyait être en sécurité, dit Antoine.

— Pas tant que cela, Lila Candarli m'a dit que quand elle l'a rencontrée à Vichy, elle paraissait inquiète ! corrigea Suzanne.

— Son Marcel est si sûr de lui. Dieu sait dans quel pétrin il l'a mise, reprit Camille !

— Oh, il a des relations partout et il s'en sortira, quoi qu'il advienne. La lettre de Pierre remise à Lila était passée par un diplomate étranger en poste à Vichy, semble-t-il. Peut-être joue-t-il le double jeu, comme le maréchal ? répondit Antoine qui, face à la morosité ambiante, entendait faire preuve d'optimisme

— Vous y croyez encore au double jeu du maréchal ? dit Suzanne avec véhémence.

Elle trouvait cette discussion stérile et s'irritait que l'on se soucie tant du sort de sa belle-sœur. « Le maréchal, le maréchal, il n'est plus qu'un pantin entre les mains de Laval et des Allemands ! » ne put-elle s'empêcher d'ajouter.

À peu de chose près, mais il avait dit les Frisés, c'était la même phrase que venait de prononcer son grand-père, rue Sadi-Carnot. Malgré la guerre, Julie avait voulu fêter Noël du mieux possible. Elle s'était procuré une grosse branche de pin qu'elle avait garnie de noix enveloppées dans du papier d'argent. Sous l'arbre elle avait aussi tenu à dresser la crèche provençale, achetée vingt ans plus tôt à Marseille. Avec les bons d'alimentation de chacun, elle avait enfin tenu à réaliser un repas de fête et fait rôtir deux canards, achetés au marché noir à un fermier de Fort-de-l'Eau.

Au café, Ronan et son père s'assirent près de la fenêtre, en parlant des événements. Estelle les rejoignit vite et commenta avec eux le sabordage de la flotte à Toulon, le 27 novembre :

— L'honneur de la Royale est sauf. Elle a préféré couler que tomber entre les mains du Reich, dit Ronan.

— Elle aurait pu aussi rejoindre le camp des Alliés. Tirer la leçon de Mers el-Kébir, répondit sa sœur.

— Toujours à défendre tes Anglais ! Moi je n'oublie pas qu'à Dunkerque ils m'ont tiré dessus quand j'ai voulu embarquer sur un de leurs rafiots pour gagner leur pays ! dit Ronan, une fois encore.

Ils évoquèrent ensuite le passage éclair à Alger du comte de Paris, venu du Maroc au moment du débarquement américain.

— Pas bien glorieux le prince, dit Estelle. À côté de la dignité du roi Georges VI sous le blitz... Il se voyait déjà sur le trône de France. D'ailleurs on dit qu'il aurait commandité l'assassinat de Darlan.

— C'est faux ! Monseigneur était malade, une furonculose et un accès de paludisme qui l'ont obligé à repartir pour mieux reprendre le combat. Moi je pense que c'est à ton de Gaulle qu'a profité le crime !

— Ah ! nous voici repartis pour une nouvelle querelle entre eux deux, dit Rose en aparté à Antoinette qu'elle avait invitée à se joindre à eux. Vivement que Suzanne descende d'El biar et nous amène Bruno. Cela changera l'atmosphère !

Et Antoinette songea alors qu'elle aussi aurait bien aimé voir ce jour-là son petit Arezki qui se trouvait à Cherchell avec sa mère.

Ce Noël avait été bien triste aussi chez les Viannac. Marguerite avait fait le voyage de Boufarik. Rodolphe ne l'avait pas reconnue. Marguerite avait alors affecté l'indifférence, mais Philippe avait bien compris que cette attitude était une manière de cacher sa détresse. Elle avait aussi, il le sentait bien, regretté sans le dire que Madeleine, son mari et ses deux enfants n'aient pas quitté Sétif pour l'occasion.

À un seul moment la morosité qui régnait s'était dissipée quand ils avaient eux aussi évoqué avec ironie le comte de Paris :

— Son apparente déconfiture aurait plu à ton arrière-grand-père Aimé, si légitimiste, et qui n'appréciait que bien peu les Orléans ! avait dit Marguerite à son fils.

* * *

Après le débarquement américain, Alger avait pris un visage de capitale. Ses rues revêtaient une joyeuse coloration cosmopolite, quand les GI les sillonnaient. Ils paraissaient tous si jeunes et inoffensifs que Suzanne, ayant parlé avec un *yaouled*, l'un de ces petits cireurs de chaussures algérois, s'amusa de l'entendre dire :

— Eux des soldats ? Y sont rien à côté des Turcs. Quand ceux-là y vont revenir, j't'y jures les Américains ils repartent chez eux. Parce que la Turquie c'est la plus forte ! dit-il en faisant apparaître ainsi, plus d'un siècle après son départ de la ville, l'empreinte qu'y avait laissée l'Empire ottoman...

Ces GI séduisaient les Algéroises et Rose et Antoinette demandèrent à la femme de ménage du « Grand Duc » de leur traduire une chanson qu'elle fredonnait, *Johnny ya Johnny*, ce qu'elle fit en rougissant :

— C'est une femme qu'elle aime un Américain... Alors elle lui dit « Johnny, ya Johnny, Johnny », « fais-moi dormir dans des draps de soie et emmène-moi dans ton pays... »

Les affaires de la boutique connaissaient un renouveau. Le goût des toilettes paraissait revenu, après trois mornes années. De plus les GI qui entendaient faire profiter les leurs des produits de l'élégance française constituaient une nouvelle pratique.

Un matin, Estelle venue au magasin, en offrant par contre une piteuse image de ladite élégance, commenta âprement ce que l'on avait appris, après la mort de l'Amiral :

— Ce pauvre petit Bonnier. On lui avait promis l'impunité et il a eu la malchance de tirer la paille la plus courte. Et cet abbé Cordier qui l'a entendu en confession et l'a absous à l'avance de son geste !

Rose et Antoinette, que les raisons politiques de l'assassinat ne passionnaient pas, se contentèrent de déplorer qu'un garçon si jeune ait été ainsi fusillé ; tout en songeant mélancoliquement à ces jeunes hommes qui avaient partagé leur vie pour disparaître eux aussi, à la fleur de l'âge.

— Le geste de Bonnier aura au moins clarifié l'horizon politique, dit Philippe à Azziz, au bar de « L'Otomatic », un matin de janvier 1943. Tu sais, reprit-il, j'ai eu hier quelques tuyaux par les Américains qui sont cantonnés à Bordj el-Kébir. Un de leurs officiers m'a dit que Roosevelt se méfie de De Gaulle qu'il tient pour un apprenti dictateur. C'est pourquoi il lui a préféré Giraud pour représenter les Français libres. Et, au départ, c'est paraît-il Darlan qui leur convenait le mieux. Mais c'est rasoir cette politique. Je vais plutôt te raconter ce qui le mois dernier est arrivé à l'une de mes amies, madame Gasser, qui a un domaine dans le Zaccar. C'est un vrai conte de Noël ! Le 24 décembre dernier, il neigeait ferme quand elle a vu arriver des troupes américaines qui se sont logées là pour la nuit. Elle a rassemblé ce qu'elle pouvait, pour faire aux officiers un semblant de repas de fête. Au cours du dîner, en parlant avec l'un des Américains qui, comme elle, avait un nom alsacien, elle a découvert que leurs ancêtres respectifs étaient partis du même village, après la guerre de 1870 ! Pour émigrer, ceux des Gasser pour l'Algérie, ceux de l'Américain pour la Californie ! Finalement, ils se sont même trouvé un cousinage !

Azziz sourit avant de dire brusquement :

— J'étais en Tunisie en 40 et je sens que je vais y retourner. Bien des choses vont s'y jouer maintenant que Montgomery a fichu la pâtée à Rommel à El Alamein et que les Allemands sont repoussés vers le nord.

— Tu crois que nous allons être remobilisés ? demanda Philippe

— Garanti, fils !

* * *

Le Noël de 1942 fut le dernier de la longue existence d'Armand. Il avait paru las pendant le repas de famille. Il avait peu fait honneur aux plats, en particulier au dessert qu'avait confectionné Estelle, un crumble anglais dont elle était très fière, en fait un curieux mélange de graine de couscous, de patates douces et de bananes séchées…

Malgré sa fatigue, les combats en cours continuaient d'intéresser le vieux monsieur et en particulier ce jour-là ceux qui avaient opposé les troupes britanniques et l'Afrikakorps, pour la possession de Tobrouk.

— C'est un point stratégique essentiel, lui expliqua Ronan. Il s'y trouve une station d'épuration d'eau de mer. C'est aussi un port dont le Royaume-Uni a besoin, puisque ceux qui sont plus au nord sont aux mains des Italiens ou des Allemands. Une offensive des Anglais en direction de Tunis est maintenant pensable, qu'appuierait, venue d'Algérie, une attaque des Américains.

Comme Armand suivait assez mal les développements de son fils, Estelle les compléta, ce qui lui fit dire à sa fille :

— Ma petite, comme tu es calée ! Tu m'en redémontres mais tu pourrais le faire aussi à ton frère qui a fait Saint-Cyr. Moi je n'ai longtemps été qu'un pioupiou, puis un sous-off devenu officier au mérite… À vrai dire je n'ai jamais fait qu'obéir aux ordres, mais sans jamais vraiment saisir à quelle stratégie ils répondaient.

Un discours qu'Estelle n'aimait pas que son père fasse, en rappelant ainsi les origines modestes de sa carrière. Partout elle laissait entendre qu'il l'avait finie comme colonel, quand en fait cela n'avait été que comme capitaine, parce que sorti du rang. Même en Angleterre elle avait prétendu qu'il était général…

— Je comprends mieux, ce qui s'est passé en Russie avait repris Armand. Avec son opération Barabarossa, le Kaiser a commis la même erreur que Napoléon et ça commence à aller mal pour l'armée prussienne !

— Pas le Kaiser, Papa, Hitler, et pas l'armée prussienne mais celle du IIIe Reich, corrigea aussitôt Estelle.

— Je sais ce que je dis ma fille, je ne suis pas encore gaga, et maintenant laissez-moi, je veux me reposer !

À l'issue de cet épisode, Rose dit à sa sœur :

— Voyons laisse-le dire ! Pourquoi veux-tu toujours le corriger ? Ce n'est pas grave ce genre d'erreurs qu'il fait. Tu vois, depuis un moment il ne m'appelle plus que Prudence. Il me prend pour notre tante, cette vieille fille confite en dévotion. Moi, tu te rends compte, Prudence, alors que j'ai fait tant de bêtises pour des raisons sentimentales dans mon existence !

Elles rirent, puis Estelle dit d'un air pensif :

— Que veux-tu, j'admire tellement Papa ! Depuis toujours. Il m'est insupportable de constater son déclin…

Rose ne lui répondit pas mais se dit : « C'est vrai. Elle ne s'est sans doute jamais mariée parce qu'elle n'a jamais trouvé quelqu'un qui soit à ses yeux à la hauteur de son père. Elle aurait dû naître garçon. Elle aurait fait un bon officier, avec son fichu caractère. »

Estelle souffrit en effet beaucoup un mois plus tard quand, en février, on porta Armand en terre après qu'il se soit très doucement éteint :

Le 1er janvier chacun était venu lui présenter ses vœux dans sa chambre qu'il n'avait plus guère quittée depuis Noël. Il y restait alité mais tenait à se lever pour les repas.

Quand il n'eut plus la force de quitter son lit ni même de manger, il entra dans un semi-coma. Il n'en sortit que quelques instants, juste avant de mourir, pour réclamer Julie dont il saisit la main et à qui il dit ces derniers mots :

— Juliette, y a-t-il du soleil dehors et du monde dans les cafés de la place d'Armes ? Je vais peut-être y descendre… avant de dire… Non je reste là. On ne sait jamais, le maréchal pourrait me rendre visite !

Chacun s'interrogea sur ce maréchal. Armand ne portait pas spécialement le chef de l'État français dans son cœur… jusqu'à ce que l'on réalise qu'il évoquait le maréchal Franchet d'Esperey, son vieil ami, dont on lui avait caché le décès, six mois plus tôt.

* * *

Avant d'être assassiné, l'amiral Darlan s'était proclamé lui-même haut commissaire de France en Afrique, avec l'accord des Américains. Au nom du maréchal Pétain, « empêché », il avait nommé le général Giraud commandant des forces terrestres et aériennes en Afrique du Nord. Enfin, désireux de se rallier ceux qui avaient contribué au débarquement, il avait attribué des fonctions officielles à d'Astier de la Vigerie, à l'abbé Cordier et à Lemaigre-Dubreuil. Ainsi l'Afrique du Nord se trouvait-elle désormais sous une sorte de protectorat américain, tout en étant toujours soumise officiellement aux autorités de Vichy.

* * *

Plus le temps passait, plus l'absence de nouvelles de Pierre pesait à Suzanne. À certains moments elle imaginait le pire. À d'autres, elle reprenait confiance. Quand elle rencontrait Philippe ou Azziz, l'un comme l'autre voulait la rassurer, se disait certain de l'invincibilité de son mari, une certitude qu'elle s'efforçait, difficilement, de partager.

Juste après la mort d'Armand, elle partit vivre à Cherchell avec sa belle-mère et Bruno. Son beau-père, qui craignait que ne tombent encore quelques bombes sur Alger, comme après le débarquement allié, avait décidé qu'elles y seraient plus en sécurité.

Sitôt arrivée, elle renoua avec Samia. Elles entreprirent de faire ensemble de longues promenades sur les plages d'hiver, où les vents balayaient le sable gris et le varech. Les deux femmes tâchaient de se persuader qu'un avenir souriant les attendait. Elles se forçaient à un optimisme qu'un rien battait en brèche. Ainsi, honteuses de leur superstition, virent-elles un mauvais présage dans le cadavre d'une mouette qui gisait sur la grève, momifié par le sel et le vent…

Une vive animation régnait dans la petite ville. Elle y avait pris corps depuis que l'École militaire de Cherchell-Mediouna y avait été ouverte, fin 1942, afin de former au plus vite les cadres nécessaires à la vaste armée française qui se constituait en Afrique du Nord. Les jeunes gens qui fréquentaient l'école, souvent éméchés, ne manquaient pas d'interpeller les deux jeunes femmes. Elles leur préféraient la gentillesse et la bonhomie des soldats canadiens et américains cantonnés autour de la ville. Un de leurs camps se trouvait à proximité de la villa des Lanier. Aussi la jeune femme recevait-elle chez elle la visite de quelques officiers, sous le regard d'abord désapprobateur de sa belle-mère, qui néanmoins, à la longue, trouva « ces jeunes gens parfaitement éduqués ». Suzanne était heureuse de parler avec eux dans cet anglais qu'Estelle avait tant tenu à ce qu'elle manie couramment, ce qui lui valut une curieuse aventure :

Elle se trouvait avec Camille dans le jardin quand une forte averse les avait forcées à se réfugier sous l'auvent de la maison. Au même moment, trois soldats britanniques étaient passés sur la route voisine et elles les avaient invités à venir s'abriter de la pluie. Camille avait tenu à leur verser un verre de vin, qu'ils avaient bu en silence. Un seul d'entre eux répondait aux questions de Suzanne, avec un accent bizarre, qu'elle avait supposé être celui de quelque province des îles britanniques. Non, avait-il dit, il n'était pas londonien mais il connaissait la ville, sa tour et les bijoux de la Couronne, Big Ben et Trafalgar Square, des propos conventionnels qui avaient étonné Suzanne. Oui, son accent était celui d'une petite ville du nord de l'Angleterre que son interlocutrice ne connaissait certainement pas. Non, ils ne connaissaient guère l'Algérie et au fait, étaient-ils bien sur la route de Novi ? Non, ils ne pouvaient pas rester davantage, même s'il continuait de pleuvoir encore un peu… Et c'était avec de brefs remerciements que les trois soldats avaient repris leur chemin.

Une heure plus tard, la jeep d'un officier américain s'était arrêtée devant la villa et avait interrogé Suzanne et sa belle-mère à propos des trois soldats :

— Oui, nous avons vu trois tommies, nous leur avons même offert à boire, avait répondu Camille, décontenancée par l'aspect sévère de l'officier.

— Vous avez été bien imprudentes. Il s'agissait en fait de trois Allemands parachutés et chargés de travailler les populations indigènes pour qu'elles se soulèvent contre nous ! avait-il lancé avant de repartir en trombe dans sa jeep vers Novi.

Après son départ, Camille avait interrogé sa belle-fille qui lui avait traduit les propos de l'Américain.

— Quand je pense au danger que nous avons couru, s'était-elle alors exclamée. Et puis c'est de votre faute ! Pourquoi leur avoir proposé de nous rejoindre ? Vous êtes souvent si tête en l'air. Il vaut mieux qu'Antoine ne sache rien de tout cela !

« Une fois encore elle me traite en enfant, avait songé Suzanne. C'est pourtant elle qui a tenu à leur offrir à boire ! » Mais elle s'était résignée à la laisser dire.

* * *

Le rétablissement du décret Crémieux par le CFLN permit à Barthélemy Nadal de recruter Georges et de lui confier un chantier, la remise en état de Boukhandoura. Les Cousin avaient vendu la grande demeure. Au contraire des Viannac, auxquels ils avaient succédé, ils n'en avaient guère pris soin. Sans être inhabitable comme au siècle précédent, avant qu'Anne ne la relève de ses ruines, elle avait besoin d'un sérieux rajeunissement.

Sa nouvelle propriétaire n'était autre que Lila. Revenue à Alger pour assister sa mère Doudja, jusqu'à sa disparition en janvier 1943, elle avait été contrainte de rester là du fait de l'opération « Torch ».

Sa voix s'était altérée. Elle s'était résolue à ne plus donner que de rares récitals. Déjà, celui de Vichy, à l'issue duquel Odette l'avait contactée, lui avait été difficile à assurer. Lors d'un autre concert, sa prestation lui avait attiré des critiques respectueuses, mais plus sévères qui l'avaient blessée. À Alger, salle Pierre Bordes, elle avait cependant encore chanté, devant un public moins exigeant et dans un répertoire plus facile ; à la demande d'un officier américain, elle avait accepté de se produire devant une salle de GI, en alternant mélodies de Broadway et negro spirituals. Mais là encore elle avait peiné…

Aussi, dans un élan de lucidité s'était-elle résignée à mettre un terme à sa carrière. Elle était d'ailleurs lasse de la discipline que celle-ci exigeait d'elle, de la vie chaotique qu'elle la forçait à mener, des intrigues qu'elle supposait. Elle aspirait maintenant à l'existence plus calme qu'un certain Robert Dorlac était en mesure de lui offrir.

Ce mélomane averti l'avait approchée dès 1938, n'avait manqué aucun de ses concerts, puis était devenu son amant. À Alger où il l'avait suivie, ils avaient décidé de se marier pour régulariser la situation dans laquelle se trouvait leur couple, possible à Paris, mais délicate en province.

Robert était riche. C'était aussi un homme d'affaires avisé. La guerre ne l'avait pas obligé à restreindre son train de vie, bien au contraire, puisqu'il avait passé des marchés pour le ravitaillement des forces américaines. Il aimait recevoir et, aussitôt officialisée son union avec Lila, il se mit en quête d'une demeure qui lui permette d'inviter les nombreuses personnalités politiques, artistiques et littéraires qui, avec la guerre, s'étaient installées à Alger. La majesté un peu décrépite de Boukhandoura le séduisit, une majesté qui, se dit-il, rejoignait celle du palais Chbili, où sa femme avait grandi.

Il lui était indifférent que son épouse soit musulmane. Le fait qu'il soit chrétien importait tout aussi peu à Lila. Ahmet ne s'était non plus ému de la chose. Quant à Azziz, il avait fait la sourde oreille aux réserves que sa jeune épouse avait émises. Il savait que personne, jamais, n'avait pu infléchir les décisions prises par sa sœur. Surtout cette question lui avait paru futile, à côté de son rappel sous les drapeaux. Il allait le forcer à quitter Mina, son fils aîné Djamel, le bébé Meriem et son père Ahmet dont, à soixante-quatorze ans, la santé donnait des signes de faiblesse.

Il alla voir Philippe à Boufarik, qui, tout comme lui, venait de recevoir son ordre de mobilisation. Après le déjeuner, assis sur la terrasse du bordj qui surmontait les orangeraies, ils prirent ensemble un café largement mêlé d'orge :

— Tu voudras bien excuser ce breuvage infâme mais s'il n'est pas fort, au moins est-il noir et chaud, dit Philippe. À la guerre comme à la guerre ! Et la nature est si belle qu'on en oublie ce que l'on boit. Puis, désignant la plaine il ajouta : Ce pays qui est né dans la violence paraît si calme ! Peux-tu imaginer que cent ans plus tôt, les Hadjoutes semaient la terreur là où aujourd'hui poussent les agrumes ? La guerre a depuis épargné notre Algérie alors, qu'après l'avoir déjà fait en 14, elle accable de nouveau la métropole depuis maintenant trois ans.

— On se bat pourtant pas bien loin de nous, à l'est du Maghreb et la bataille de Kasserine a coûté cher aux Américains. Enfin il semble que les Alliés occupent maintenant une large partie du territoire tunisien.

— Et avec eux, les FFL, dans lesquelles, semble-t-il, se trouve le petit David. Tu sais ce gamin, enfin plutôt ce jeune homme maintenant, qu'avait adopté Jeanine Seror.

— Oui. Il paraissait si sombre la dernière fois que je l'ai vu au garage où il travaillait, celui d'Edmond, son cousin « à la mode du Maghreb ». Celui-ci m'avait alors dit que David n'avait qu'une idée en tête, partir se bagarrer !

Ils continuèrent de deviser tandis que l'après-midi s'avançait. Philippe dit à Azziz que, tout comme ce David, il était heureux lui aussi de partir. Même s'il aimait ce qu'il faisait, il ressentait son existence comme stérile, utile à personne.

Son ami le comprenait. Il se disait qu'au contraire de lui-même et de Pierre, Philippe était le seul à ne pas avoir fondé une famille. Isolé dans ses terres, il n'avait pour toutes compagnies que celle de son vieux père dément et celle de Tahie et surtout, il ne s'était toujours pas remis de sa déception sentimentale avec Bernadette.

Dans une petite jardinière anglaise à deux places qui avait retrouvé son utilité depuis les restrictions d'essence, au soir tombant, tous deux partirent à la gare pour qu'Azziz y reprenne le train d'Alger. Philippe regagna Bordj el-Kébir à la nuit. La grande maison et ses dépendances lui parurent sinistres, fantomatiques au terme de cette journée marquée par la chaleur de l'amitié. Quand il eut dételé le petit cheval blanc, l'eut pansé et renouvelé le fourrage de sa mangeoire, il traversa à pas lents la cour plongée dans le noir. Il trébucha dans l'entrée et comme il montait l'escalier qui menait à sa chambre, il se dit que tout valait mieux, même la guerre, que son immense solitude.

* * *

Suzanne n'eut plus personne à qui confier son désarroi quand Azziz et Philippe, mobilisés, partirent pour la Tunisie.

Elle vivait toujours chez ses beaux-parents, et Camille lui faisait de plus en plus sentir qu'elle et Bruno dépendaient entièrement d'eux. Sa belle mère appliquait les principes d'économie bourgeoise qui lui avaient été inculqués à Bourgoin. Elle exigeait en particulier que chacun lui remette ses coupons d'achat. Elle en faisait un usage parcimonieux et seul son époux parvenait à la décider à certaines dépenses.

Une scène homérique éclata dans le couple, le jour où Camille refusa de renouveler la garde-robe de Bruno qui, ayant grandi, se trouvait à l'étroit dans ses vêtements :

— Pourquoi ne pas donner à Suzanne nos bons de tissu ? s'exclama Antoine, rouge de fureur. Fais-tu collection de ces tickets ? Attends-tu que cette guerre se termine et qu'ils ne soient plus d'aucune utilité ?

Camille, assise devant une table, des piles de bons devant elle, gardait un air buté. Il reprit :

— Vas-tu me répondre, à la fin ? Puis, lui arrachant les tickets il les tendit à Suzanne : Prenez ce qu'il vous faut, ma petite. Prenez les miens. Je n'en ai pas besoin. Mes vieux costumes me feront encore de l'usage. Habillez plutôt mon petit-fils. Je tiens à ce qu'il n'ait plus l'air d'un « gavatcho ».

Après cet éclat, Camille s'était tue et Suzanne se sentait excédée. « Combien de temps dépendrai-je ainsi de mes beaux-parents », s'était-elle demandé. « Parler de tout cela à Maman me fera du bien », se dit-elle ensuite. Sans plus tarder, elle était descendue au « Grand Duc », pour y trouver sa mère dans tous ses états :

— Figure-toi, lui lança Rose, que la petite Ginette, ma coupeuse, se retrouve enceinte d'un GI qui lui a promis le mariage, mais qu'il n'est plus là depuis un mois… Elle se lamente jour et nuit car, bien sûr, il ne lui donne plus de nouvelles. Il l'aura bien bernée je crois mais que peut-elle faire ? Sa famille, des Espagnols de Douera, la tueront si elle arrive chez eux dans son état. Mais quelle sotte aussi !

Antoinette, qui avait gardé son calme, prit alors la parole :

— Voyons, cette petite est plus à plaindre qu'à blâmer. Au contraire, nous devons l'aider. As-tu oublié le temps où tu étais amoureuse, comme elle ?

Rose se tut. Suzanne se rappela que, amoureuse de Mario, sa mère avait elle aussi montré une tête folle. Mais elle fut bien étonnée quand Antoinette déclara :

— En tous les cas moi, je l'aiderai, je sais ce que c'est !

Jamais elle n'avait songé que celle qui lui avait toujours paru un modèle de vertu ait pu connaître autrefois le même sort que Ginette. Elle sentit que le moment de parler de ses propres soucis était mal venu. Aussi se contenta-t-elle d'évoquer avec les deux femmes les vêtements qu'elles pourraient confectionner pour Bruno.

Elle ressortit boulevard Victor-Hugo, puis tourna rue Michelet. Elle voulait acheter, à la librairie « Les Vraies Richesses » de la rue Charras, un livre de Gide qu'Edmond Charlot, le propriétaire de la librairie, devenu éditeur, venait de faire imprimer. Surtout elle avait envie de bavarder un moment avec lui, qui lui donnait de bons conseils de lecture. Il était absent et Suzanne exprima sa déception.

— Il est de plus en plus rarement ici. Il est très pris par ses fonctions au ministère des Informations du gouvernement provisoire. Je fais de mon mieux pour le remplacer, lui dit la jeune femme qui assistait Charlot. Malheureusement *Les Interviews imaginaires* de Gide que vous souhaitiez prendre est épuisé. On se l'est arraché il y a quelques jours quand le maître, qui est dans nos murs, logé chez les Mondzain, a fait une séance de signature. Choisissez donc autre chose !

Suzanne se tourna alors vers les livres des bibliothèques qui tapissaient la boutique. Elle en avait lu beaucoup, en possédait certains, dédicacés, en particulier *Noces*, de son ami Albert Camus, parti maintenant en métropole. Elle se demandait ce qu'il était advenu de tous les autres auteurs qu'elle avait côtoyés dans la librairie, Jean Amrouche, René-Jean Clot, Max-Pol Fouchet, autant de copains de fac avec qui elle s'était attablée étudiante au « Coq hardi ».

Elle avait pris un ouvrage de Jules Roy, *Ciel et terre*, quand elle entendit une voix qui lui était familière.

— Bonjour ma petite Suzanne, cela fait longtemps que nous ne nous sommes vues !

Elle se retourna, et se trouva face à Françoise Grollet, en se disant : « C'est elle que je cherchais. C'est un sort heureux qui la met de nouveau sur mon chemin, en ce moment où je me sens si désemparée. »

Françoise évoqua d'ailleurs leur rencontre ancienne au « Coq hardi » :

— Je n'étais pas très brillante moi-même à l'époque, et ce jour-là je crois bien que j'avais abusé du Martini. Mon mari était à la guerre. Vous n'alliez pas très bien non plus puisque le vôtre venait de sortir de Mustapha. Et maintenant ?

Suzanne raconta pêle-mêle ses préoccupations, le départ de Pierre, sa vie chez ses beaux-parents, consciente de l'incohérence de son discours mais soulagée d'ouvrir son cœur.

— Vous n'avez donc aucune nouvelle de votre époux ? lui demanda Françoise.

— Aucune. Et je ne sais même pas où il peut se trouver !

— Il est combattant en métropole ?

Elle se raccrocha à cette idée puis, honteuse d'avoir tant parlé d'elle, elle se tourna vers Françoise :

— Et vous ? Je ne vous ne l'ai pas même demandé !

— Eh bien, je suis dans une situation analogue… Mon mari est un républicain espagnol réfugié en Algérie. Nous partagions tout, et surtout nos convictions politiques. Vous savez que je n'ai jamais caché mon antipathie pour les franquistes, en particulier à mes élèves, ce qui m'a valu quelques ennemis… J'ai parfois la langue trop bien pendue ! Et Jésus ne cachait pas non plus ses convictions ; il se sentait menacé par Vichy, et s'est engagé sur un coup de tête dans la Légion étrangère. Contrairement à vous, j'ai quelques nouvelles de lui, sans aucun détail. Il me les fait parvenir je ne sais comment. Enfin, je suis seule avec mon Diego, qui doit avoir à peu près le même âge que votre Bruno.

Suzanne regardait cette femme qui paraissait avoir retrouvé toute son assurance, qui était redevenue son professeur d'autrefois, qui n'était plus la femme un peu défaite qu'elle avait rencontrée au « Coq hardi », deux ans plus tôt.

— Ma petite, lui disait Françoise, je crois que vous retrouveriez la sérénité dans le travail !

— C'est que je ne suis bonne à rien ! J'ai arrêté ma licence de lettres pour me marier. De plus, je ne crois pas que mes beaux-parents apprécieraient que je prenne un emploi.

— Je ne les connais guère mais votre beau-père, le docteur Lanier, passe pour très ouvert. Le fait qu'il ait exigé de sa fille Odette qu'elle ait un diplôme d'infirmière le prouve. Cela a été très critiqué ! Votre mère travaille également. Sans parler de votre tante qui enseigne, comme moi, et qui a été une pionnière dans son genre.

Suzanne songea à Estelle autrement. Elle l'aimait bien, mais elle l'exaspérait souvent par son acidité, ses critiques permanentes, son anglomanie forcenée, ses tenues ridicules… Tout d'un coup elle s'apercevait que certains, telle Françoise, admiraient son indépendance et le défi qu'elle avait lancé au début du siècle, en entreprenant ces études interdites aux femmes.

— Et puisque l'on a évoqué votre tante, elle a le mérite de vous avoir appris l'anglais, non ?

— Oh ça oui, elle s'y est prise de façon tyrannique mais efficace car je ne me débrouille pas trop mal. J'ai même un plaisir certain à parler l'anglais ce qui m'a valu une drôle d'histoire récemment !

Et elle raconta en riant sa mésaventure à Cherchell.

— Eh bien plutôt que de parler à des inconnus, de prendre des vessies pour des lanternes et en l'occurrence des Allemands pour des Tommies, vous pourriez utiliser votre savoir-faire plus utilement. Cela vous vaudrait même de réintégrer ce lycée Fromentin où nous avons eu le plaisir de nous connaître. Il a été réquisitionné pour y loger les services officiels des forces alliées. Vous parlez l'anglais et savez-vous taper à la machine ?

— À peu près.

— Les Américains ont besoin de gens comme vous. Bien peu s'expriment dans notre langue. Présentez-vous à eux, faites-vous recommander. Vous connaissez Wade Wilkes, non ?

— Bien sûr ! Nous sommes même vaguement apparentés.

— Il a eu une part active dans le débarquement et il est très introduit parmi ses compatriotes. Si vous le souhaitez, je peux lui parler de vous. J'ai eu sa fille Belle comme élève. Elle est charmante, mais un peu casse-cou ! Je l'ai aidée à se stabiliser, je crois. Cela m'a mis en contact avec son père et nous avons sympathisé. Il a toujours été seul à éduquer la petite dont la pauvre mère, Lucky, est un peu dérangée.

Elles avaient parlé longtemps, et la libraire vint leur dire en souriant qu'elle allait fermer sa boutique. Quand elles se quittèrent, Suzanne avait le cœur léger…

* * *

Suzanne suivit la suggestion de Françoise. Après avoir rencontré Wade, elle fut aussitôt recrutée au QG des Américains pour un emploi qui tenait à la fois du secrétariat et de l'interprétariat. Elle fut heureuse de travailler dans son ancien lycée, dont les murs avaient échangé leur couleur blanche contre celles du camouflage.

Elle ne fut pas surprise que sa décision soit mal reçue par Camille, qui ne trouvait guère convenable que « l'épouse de son fils se trouve ainsi dans une telle promiscuité masculine ». Elle fut désorientée par l'anglais des Américains et appela Estelle à son secours qui se dit ignorante « de ce charabia, de cette bouillie infâme que les Yankees faisaient de la langue de Shakespeare ».

Peu à peu pourtant, elle s'habitua à ces sonorités nouvelles, aidée par un officier au service duquel elle avait été affectée, un Bostonien qui avait pour elle toutes les indulgences. Après s'être contenté de lui offrir des cigarettes ou des chewing-gums, il lui donna des bas en nylon, en faisant allusion à ses jolies jambes qu'il compara à celles de Betty Grable. Dès lors Suzanne devint méfiante et se confia à Grace, l'une de ses collègues, une Américaine qui avait perçu son malaise :

— Vous êtes embarrassée par son attitude ? Je sais que vous êtes une femme sérieuse et respectable mais comme toutes les Françaises il vous semble normal, comment dites-vous ? de badiner ? de marivauder ? Comme vous l'avez fait avec lui ! Nos hommes, aux États-Unis, prennent cela pour des avances… En Amérique, tout est codifié, dans le domaine amoureux comme dans les autres. Tenez, poursuivit-elle, vous lui avez dit : « *Are you available next Friday ?* »

— Mais je voulais lui demander s'il travaillait ce jour-là !

— Je le sais, mais chez nous le terme que vous avez utilisé, *available* signifie plutôt disponible ! Vous auriez dû dire : « *Are you working next Friday.* » Votre *available* lui a paru comme une avance qui sous-entendait : « Pour que nous sortions ensemble » ! Vous voyez la nuance ? Notre patron est assez tolérant mais avec un autre, vous auriez pu avoir des ennuis, tant la pruderie est forte chez nous.

— C'est pour cela que, m'ayant invitée à dîner, il a eu l'air surpris que je refuse, dit Suzanne qui, quand elle rapporta l'incident à Estelle, vit celle-ci triompher.

— Eh bien ma petite, cela t'apprendra à avoir été si peu appliquée quand je te donnais des leçons particulières ! Je n'aurais pas fait cette erreur et connu une telle mésaventure !

Et furieuse, Suzanne songea : « Tu n'aurais pas badiné ou marivaudé comme disait ma collègue, et même l'aurais-tu fait que tu n'aurais pas été invitée à une sortie galante ! »

* * *

Le 7 mai, les Américains entraient dans Bizerte et les Britanniques dans Tunis. Le 20, le général Giraud assistait aux côtés des généraux Eisenhower et Catroux à un vaste défilé. Il réunissait dans la capitale tunisienne libérée le 4e régiment de Spahis, les troupes de la Légion, les troupes des généraux Leclerc et Koenig, la colonne motorisée du Tchad, les fusiliers marins, les bataillons de marche, les unités de la 1re et de la 8e armées britanniques et enfin les divisions françaises combattantes du 19e corps d'Afrique du Nord.

Philippe de Viannac s'était trouvé engagé dans ces combats de Tunisie, se portant volontaire pour des missions difficiles, avec une douloureuse exaltation. Gravement blessé, il avait été opéré à l'antenne médicale d'urgence fondée par la comtesse du Luart, avant d'être évacué vers Sousse. Quand son état lui permit de se rendre en ville, il fut étourdi par l'agitation qui régnait dans la foule où la blancheur des haïks des femmes contrastait avec le kaki des nombreux uniformes. En dépit des dégâts que la guerre avait occasionnés dans la ville, l'euphorie qui y régnait, sous un soleil printanier, le surprit.

« Ces ficus aux troncs blanchis sont les frères de ceux des rues d'Alger. Cependant les gens n'y sont pas les mêmes. On lit bien sur les visages leur origine punique, qu'évoquait si souvent Papa », se disait-il un matin, attablé à la terrasse d'un café. Pour la première fois depuis longtemps, il éprouvait un sentiment de quiétude et même, par instants, une certaine allégresse. « Ce doit être le printemps qui me travaille ! Il faudra que je remercie le Seigneur du bonheur que je ressens. J'irai le faire en communiant dimanche », se dit-il.

Un *yaouled* vint lui proposer un petit bouquet de jasmin. Devant l'insistance de l'enfant, il finit par céder et posa les fleurs à côté de son verre de mauresque. Alors qu'il comparait le blanc velouté de leurs corolles à l'opale du mélange d'anisette et d'orgeat il entendit, venue d'une table voisine, une tirade que marquait l'accent lourd et chantant d'Alger :

— Ma parole d'abord que je me tape une anisette avec une bonne *kémia* tellement que le désert, depuis des semaines, il m'a donné soif. Rien que de l'eau pas bonne que j'ai bue là-bas et du chameau à tous les repas ! Ensuite, je vais me taper le bain à la plage. Encore du sable tu vas me dire, comme en Libye ! C'est vrai, mais y a aussi la mer et je vais faire pareil que les *Francaouis*, même si c'est pas l'été. Comme eux, l'eau froide elle me fait pas peur !

Philippe tourna discrètement son siège et vit celui qui faisait rire une toute jeune fille par son bagout. C'était un jeune militaire brun, aux cheveux ondulés plaqués par la gomina, aux manches de chemise retroussées très haut pour mettre en évidence ses biceps.

Philippe s'interrogea : « Serait-ce le petit David du garage Seror ? Celui qui avait toujours l'air tragique ? » Il n'osait l'aborder. « J'aurais l'air bête si ce n'était pas lui », pensait-il et puis, finit-il par se dire : « au diable le respect humain », et il questionna le garçon :

— Tu n'es pas David Toledano ?

— Bien sûr, m'sieur Viannac ! Moi je vous avais reconnu de suite mais j'avais la honte de vous causer !

— Dis donc tu es devenu costaud ! Où est donc le maigrichon qui a si souvent dépanné ma voiture !

— Ouais ! Une Ford T au début ! Et puis juste avant la guerre une Citroën traction avant, la plus belle, la quinze ! Vous trouvez que je suis devenu costaud – et avec un large sourire il gonfla un biceps pour le montrer à sa voisine – t'y as vu mes muscles, Claudia ? Tellement gros que j'arrive plus à me moucher ! C'est qu'on nous a mené la vie dure dans la colonne Leclerc, m'sieur Viannac, entraînement sur entraînement, tout le temps. Mais excusez-moi. Je vais me taper le bain avec des copains qu'ils m'attendent à la plage mais si vous voulez, on se voit ce soir pour l'apéro. Même endroit, à sept heures ?

Philippe accepta et précisa :

— On ira ensuite dîner ensemble ! Je t'invite, avec ton amie.

— J'ose pas dire oui, m'sieur Viannac mais j'veux bien !

— C'est un ordre, soldat ! conclut Philippe en riant.

* * *

Quand Azziz reçut sa feuille de route, Lila le morigéna, sur ce ton autoritaire de sœur aînée qu'elle employait quand ils étaient enfants :

— Il ne faut pas accepter cela ! Je ne vois pas au nom de quoi tu dois aller te battre pour la France. Pour faire de la chair à canon, ça oui, les indigènes deviennent intéressants !

— Parce que, si je suis indigène, je suis aussi français, lui dit-il avec ce flegme qui faisait sa force. Je ne raisonne pas comme toi, ou comme le faisait l'oncle Abdallah. Je ne suis pas un Algérien d'origine andalouse et ottomane. Je ne vis pas dans le passé et, je te le redis, je suis un Français.

— Notre famille n'est devenue française que sous la pression. Ils étaient des milliers d'autres à avoir refusé la pleine citoyenneté que proposait le sénatus-consulte de 1865.

— Ils sont aussi des milliers à s'engager aujourd'hui.

— Sous la pression là encore, pour quelques sous afin d'assurer la survie des leurs.

— Je ne suis pas de ton avis.

— Tu ne l'es jamais !

Un pesant silence avait suivi, que Mina avait voulu dissiper :

— Mais voyons, Lila, chacun est libre de ses choix et en ce qui me concerne…

Lila qui considérait que son frère s'était mésallié en épousant cette fille d'un fonctionnaire, ne la laissa pas poursuivre :

— Oh, quant à vous Mina, votre famille est depuis longtemps inféodée aux Français !

La jeune femme se tut. Elle connaissait les outrances de sa belle-sœur et fut reconnaissante à Robert Dorlac quand il intervint pour les modérer.

Comme si elle ne l'avait pas entendu, Lila continua de pérorer :

— Nous les indigènes, comme on nous désigne avec condescendance – et elle se souvenait de ce prétendant éconduit qui avait ironisé sur ses origines… Nous devrions plutôt exiger certains droits, comme le fait Ferhat Abbas ! cria-t-elle presque avant de brandir le *Manifeste du peuple algérien* et d'en lire des passages qu'elle avait soulignés : « La condamnation et l'abolition de la colonisation, c'est-à-dire de l'annexion et de l'exploitation d'un peuple par un autre peuple […] des réalisations tangibles et immédiates […] une constitution propre […] un gouvernement élu au suffrage universel appliquant la liberté, l'égalité sans distinction de race ou de religion. » Comment ne pas le suivre quand il dit que la seule égalité admise en Algérie est celle des champs de bataille ? conclut-elle.

Les joues en feu, elle avait fini par se taire et Azziz reprit, sur un ton égal :

— Ton Fehrat Abbas mange à tous les râteliers. Il s'est adressé à Pétain, puis à Murphy. Il a même affiché le portrait de Roosevelt dans sa pharmacie de Sétif. Maintenant, c'est de Gaulle qu'il sollicite. Que n'a-t-il demandé sa protection à Mussolini, ce César de carnaval, qui se voyait bien à la place des Français au Maghreb ? Pourquoi pas celle de Hitler pendant qu'il y était ?

— Depuis le début des hostilités le Führer nous mène une guerre souterraine, en travaillant les populations musulmanes, dit Robert. Il s'appuie sur la misère des paysans dans le bled, qu'ont aggravée l'épidémie de typhus de 41-42 et les réquisitions de vivres par les Américains. De plus la défaite de 40 a bien entamé le prestige de la France.

Les enfants qui faisaient la sieste s'étant réveillés, Mina partit les chercher. Quand, la mine ensommeillée, Djamel et Meriem surgirent, la paix revint dans le groupe. On se quitta calmement et, tandis qu'ils s'en retournaient chez eux, Mina dit à Azziz :

— Au fond, ta sœur continue d'incarner les héroïnes d'opéra ! Tosca, la Walkyrie !

— Oh, dit Azziz, elle a toujours été une rebelle, mais une rebelle qui aime son confort. Vois comme elle joue les châtelaines à Boukhandoura.

— Elle m'a dit que la demeure avait été confisquée au profit des Viannac, quand ils sont venus à Alger, en 1837.

— C'est faux ! Ils l'ont achetée, en espèces sonnantes et trébuchantes, à un raïs ottoman qui comptait rentrer chez lui. La demeure était en piteux état et sa remise en état leur a coûté fort cher. Cependant, conclut-il, c'est Robert qui l'a achetée pour elle, Robert, un de ces Français dont elle dit tant de mal et qu'elle a pourtant épousé… Ma sœur est vraiment pétrie de contradictions…

* * *

Julie ne touchait plus qu'une maigre pension de réversion après la disparition d'Armand. Aussi la location de l'appartement de la rue Sadi-Carnot fut-elle bientôt lourde financièrement. Tout comme Rose, elle reculait une décision que toutes deux savaient pourtant inéluctable, celle de devoir déménager. « Ah ! se disait-elle, ce serait là quelque chose qui, en plus de nous en aller vivre Dieu sait où, nous priverait du spectacle du port, de la vie qui en anime les quais, de tout ce qui nous fait faire des économies de cinéma, comme le dit ma fille ! »

Un après-midi de septembre, elles attendaient Marcelle Carmet, qu'elles avaient conviée à prendre le thé. Depuis 1942, le peintre vivait avec son épouse dans leur grande demeure de la Bouzaréa. Le débarquement américain les avait contraints comme bien d'autres de rester à Alger et de renoncer, comme auparavant, à passer une partie de l'année à Paris.

Julie regardait mélancoliquement le décor où elle vivait. Il était le même que celui de la place d'Armes à Blida avec ses meubles berbères, ses tapis maintenant défraîchis, la grande toile orientaliste figurant l'oued aux lauriers roses. Cependant, sur un mur, au-dessus du canapé de velours gris figurait un ornement nouveau, un tableau de Carmet, un généreux présent du peintre puisqu'il connaissait maintenant une grande notoriété. Comme le reflet de ce que l'on voyait au travers des fenêtres, il représentait le port d'Alger, sous son aspect du moment, sous un ciel d'orage marbré de jaune.

— On dirait qu'Hubert a peint cette œuvre depuis votre balcon ! dit Marcelle quand elle arriva. Comme le port est dramatique de nos jours, maintenant que l'on n'y voit plus les cargos d'autrefois mais des destroyers, des croiseurs ! Eh oui, Rosie, c'est la guerre, finira-t-elle un jour ? Paris me manque…

— Oh moi non ! Je suis bien ici. J'ai eu mon soûl de voyages au cours de mes deux mariages !

Comme elle terminait sa phrase la sonnette retentit, qui la fit se lever, surprise. Elle n'attendait personne… Un peu méfiante, elle entrouvrit la porte pour se trouver face à un officier britannique à la moustache blonde, soigneusement taillée et cirée, qui se présenta après l'avoir saluée :

— Captain Jeffrey Marsden !

Et il énonça dans un français impeccable les raisons de sa venue : comme elle le savait sans doute, les armées britannique et américaine réquisitionnaient des locaux afin de loger les officiers et monsieur Wilkes l'envoyait vers elle.

— Il n'a pas voulu vous envoyer un affreux Yankee, dit-il. Bien que, précisa-t-il en rougissant, je ne considère pas monsieur Wilkes comme tel ! J'espère que je saurai me rendre digne de son choix en partageant votre toit.

— C'est très gentil de la part de monsieur Wilkes, dit Rose. Tu sais, ajouta-t-elle en se tournant vers Marcelle, c'est la seconde fois qu'il rend un service à la famille. C'est grâce à lui que Suzanne travaille. Wade semble très influent et avoir ses entrées partout, y compris chez le général Eisenhower, boulevard Gallieni.

Tout au long de l'entretien, Marcelle n'avait cessé de regarder le jeune officier et, quand il se fut retiré, elle s'exclama :

— Quel homme charmant ! J'en connais une qui va être folle de jalousie lorsqu'elle saura que l'un de ses chers Anglais va vivre chez toi ! Ta sœur Estelle. Bien que je me demande si elle supporterait d'avoir un homme à son domicile... et puis de plus, ajouta-t-elle, il est très joli garçon ce Jeffrey !

Rose piqua un fard. Elle aussi avait été sensible au physique du jeune homme et elle se disait : « J'ai toujours eu une faiblesse pour la beauté masculine. J'ai fait des mariages dans lesquels ce critère a compté mais, finalement, où en suis-je ? À vivre chez ma mère, chichement, et contrainte de travailler. Que n'ai-je épousé un de ces garçons, moins jolis mais mieux assis, qui me tournaient autour autrefois. Je serais comme Marcelle, dont l'époux est loin d'être un Apollon. »

Perdue dans ses pensées, elle entendit à peine son amie lui dire, en prenant congé :

— Cela te fera aussi ce supplément de ressources. Ainsi pourrez-vous rester rue Sadi-Carnot. L'armée paie le logement de ses officiers, pas très cher, mais elle le paie.

— Oui, mais qu'aurait dit Papa qui entendait être seul à faire vivre ceux qui étaient sous son toit ?

— Il aurait discuté boutique avec cet officier anglais.

* * *

Un dimanche de mai 1943, Suzanne était seule à Dar el-Ouard. Ses beaux-parents étaient à Cherchell où ils résidaient de plus en plus, maintenant qu'Antoine avait dû réduire ses activités, tant sa vue s'était altérée,

En montant dans la voiture Camille avait lancé à sa bru, en désignant Bruno qu'ils emmenaient avec eux :

— Il sera toujours mieux là-bas qu'ici où il est exposé aux bombes !

Mais Suzanne s'était abstenue de croiser le fer avec elle en lui rappelant qu'il n'y avait plus de raids depuis longtemps…

En ce beau dimanche, même si son fils lui manquait, elle appréciait d'avoir la maison pour elle seule. Elle s'était levée tard et paressait dans le jardin. Elle goûtait le premier soleil de la saison sur sa peau qu'il avait légèrement rougie, malgré l'huile solaire que lui avait procurée Grace, sa collègue américaine. Elle songeait à ce que celle-ci lui avait aussi promis, de la soie de parachute, avec laquelle sa mère lui ferait une jolie robe d'été…

En regardant la mer, elle se dit qu'au-delà de l'horizon il y avait Pierre quelque part, en danger peut-être. Chaque fois qu'elle se sentait heureuse, ses pensées se dirigeaient vers lui et elle se désolait qu'il ne soit pas là pour partager son bonheur. Pour chasser la morosité qui la gagnait, elle porta son regard sur le cyprès qu'enlaçait une glycine et songea à David en se souvenant de la confidence que lui avait faite Jeannine à propos de l'arbre et de la liane.

« Décidément, je ne songe qu'aux absents », se disait-elle, quand soudain retentit la clochette du portail. Elle en fut contrariée. Une visite venait troubler sa quiétude. Elle hésita à répondre puis se résigna à se rendre à la grille du jardin. Derrière elle, vêtu d'un uniforme britannique, se tenait un homme aux cheveux blonds frisés, au teint très pâle et aux yeux clairs :

— Idir, vous ici ! Que se passe-t-il ? Qu'allez-vous m'annoncer ? balbutia-t-elle.

— Rassurez-vous, madame ! Je suis porteur de nouvelles mais elles ne sont pas mauvaises ! Ce que j'ai à vous dire remonte à plusieurs mois. Bien sûr, cela concerne votre mari.

Il lui conta alors la longue histoire de l'aventure qu'il avait vécue avec Pierre, leur naufrage en Espagne, leur détention dans les prisons franquistes, avant de pouvoir rejoindre la Grande-Bretagne.

— Les Espagnols nous ont échangés avec les Anglais contre des sacs de blé ! précisa-t-il. Ensuite, nous avons brièvement séjourné à Londres avant d'être envoyés dans un camp d'entraînement militaire en Écosse, mais là nos chemins se sont séparés. Ce que l'on me demandait était au-dessus de mes forces physiques. On a pensé que je serais utile autrement. On m'a gardé en réserve, dans des bureaux, pour des boulots subalternes, avant de me renvoyer ici, conclut-il mélancoliquement.

Il resta un instant les yeux dans le vague avant de reprendre :

— Pierre a été parachuté dans les maquis de Bourgogne. Il s'y est distingué mais il a préjugé de ses forces et a rechuté de sa tuberculose. Il est maintenant à Sancellemoz, un sanatorium de Haute-Savoie, où il est à la fois médecin et malade. Comme malade, il va mieux. Comme médecin, il est parfait vous le savez ! Au total il aura été au combat moins d'un an.

Tous deux se turent. Seul le bourdonnement des abeilles dans la glycine anima le long silence qui s'était installé entre eux :

— Avez-vous vu Samia et vos enfants ? demanda Suzanne.

— Non, je suis seulement passé embrasser ma mère. Je vais faire un simple aller-retour à Cherchell où se trouve toujours ma famille. Ma permission est courte. Je vais rejoindre l'armée d'Afrique. Mes origines, ma maîtrise du kabyle et de l'arabe y seront précieuses !

— Pourriez-vous faire un saut chez mes beaux-parents à Cherchell pour leur apporter toutes ces nouvelles à propos de leur fils ?

— Je n'y manquerai pas. Leur maison est toujours sur la route de Novi ?

— Oui, et toujours pas loin de la ferme où s'est nouée la grande aventure que nous vivons aujourd'hui.

Idir reparti, Suzanne lui trouva après coup un air un peu abattu. « Est-il déçu que leur odyssée, qui avait commencé de façon si héroïque, ait ainsi tourné ? Mais au moins en sont-ils sortis vivants, Pierre et lui. Pour le moment », se dit-elle.

Elle mit un châle sur ses épaules car le soleil avait disparu mais le frisson qui la parcourut relevait des nouvelles reçues, qui l'avaient bouleversée, plus que de la fraîcheur qui tombait.

* * *

L'été qui suivit, Julie s'était installée à Fort-de-l'Eau pour trois mois ; Rose et Suzanne, retenues par leur travail, avaient dû rester en ville. Elles ne s'en plaignaient cependant pas. Suzanne était soulagée d'être libérée de la tutelle de ses beaux-parents, repartis de nouveau à Cherchell avec Bruno. Rose était heureuse de voir ainsi davantage sa fille, venue s'installer provisoirement rue Sadi-Carnot.

Dans l'après midi du 16 juillet 1943, comme elles se trouvaient toutes deux à leur travail, une série d'explosions successives, dont les collines répercutaient les fracas, jetèrent chacun dans les rues. Aucun avion n'était apparu dans le ciel et aucun raid aérien ne menaçait plus Alger depuis que la libération de la Tunisie avait fait perdre à l'ennemi ses bases de décollage. Néanmoins, dans l'instant, nombreux étaient ceux qui avaient cru revenu le temps des bombardements, avant que l'absence du hurlement des sirènes puis le retour des bruits familiers de la ville ne les aient rassurés.

Très vite, on colporta la nouvelle qu'un très grave accident était survenu au port de l'Agha. Une explosion se serait produite à bord du *Bjorkhaug*, un cargo chargé de munitions amarré au quai de Fedalah, juste au-dessous de l'appartement de Rose.

En toute hâte, celle-ci courut chez elle, au long d'un boulevard Thiers et d'une rue Sadi-Carnot dévastés. Franchissant les barrages, elle se fraya un chemin au milieu des débris qui jonchaient la chaussée jusqu'à la porte de son immeuble, arrachée de ses gonds. Haletante, elle grimpa quatre à quatre les étages pour constater, suffoquée, l'état de son appartement…

Les éclats des vitres pulvérisées jonchaient le sol, les meubles avaient été déplacés ou renversés mais les tableaux, s'ils étaient de travers, étaient intacts, ce qui la consola un peu. Depuis la fenêtre, elle regarda effarée le spectacle de désolation qu'offrait le port : les ambulances y évacuaient des dizaines de blessés, les pompiers y luttaient contre les incendies allumés çà et là par l'explosion du cargo qui coulait lentement, enfin un remorqueur tractait vers la passe un liberty ship canadien en feu, lui aussi chargé de munitions, pour l'emmener au milieu de la baie, loin de la ville, un remorqueur piloté héroïquement par le capitaine Urbani qui devait y laisser la vie.

Elle entreprit de ranger l'immense désordre qui régnait, pleurant de rage à la vue de certains objets brisés auxquels elle tenait. Elle avait entrepris de balayer les éclats de verre quand survint Jeffrey, suivi de deux Tommies :

— Laissez cela madame. Nous allons nous en charger. Nous en avons l'habitude depuis le blitz à Londres ! lui dit-il.

Alors Rose dit à Suzanne, accourue entre-temps :

— Ah, les hommes ! On les trouve parfois pesants mais ils nous sont indispensables.

* * *

Roosevelt, qui préférait garder ses forces pour une attaque au nord de l'Europe, n'avait considéré qu'avec réticence la suggestion de Churchill de déplacer les combats depuis l'Afrique vers l'Italie. Il avait pourtant fini par l'accepter, mais à la condition que l'offensive se limite à la prise de Naples et des terrains d'aviation de Foggia et de Rome.

Le 10 juillet 1943 commençait donc l'opération Husky, dirigée par le général Alexander. L'armada multinationale réunie en Afrique du Nord mettait le pied, en vagues successives, sur les plages siciliennes, les forces du général Patton se dirigeant ensuite vers le nord-ouest de l'île et celles du général Montgomery vers Syracuse.

Les combats allaient alors se poursuivre sur le continent où l'ennemi s'était replié. Le 3 septembre, des têtes de pont étaient établies en Calabre. Le 8, le général Eisenhower annonçait la signature d'un armistice avec l'Italie. Naples était investie le 1er octobre mais la ligne Gustav, en dépit d'une offensive à Anzio, venait arrêter toute avancée des Alliés vers le nord.

Une longue bataille allait alors se livrer dans les Abruzzes, autour du monastère du Monte Cassino, de janvier à mai 1944, par une température si cruelle et sous une neige en telle abondance qu'elles amenaient à deux reprises les armées ennemies à interrompre les combats. Le printemps revenu, quand les troupes du général Juin réussissaient une percée au Garigliano et ouvraient ainsi la route de Rome, l'enlisement des forces alliées était enfin levé…

Philippe entra avec ses hommes dans la Ville éternelle. Après l'enfer du Mont Cassino, il lui sembla arriver au paradis. Les palais et les fontaines baignaient dans la lumière de juin. Partout retentissaient les carillons des églises. Devant le Colisée, il eut une pensée émue pour son père dont le souhait d'archéologue avait toujours été de contempler l'imposant monument. Il voulut en premier lieu se rendre à Saint-Pierre, pour y remercier le Seigneur d'avoir été épargné dans les combats. Puis il entreprit méthodiquement de visiter les hauts lieux et les musées de la ville.

Dans les premiers jours de juin, on apprit la grande nouvelle : le 6, les Alliés avaient débarqué sur les plages normandes… Il vit là un immense espoir. Il venait s'ajouter à ceux qu'avaient fait naître les défaites ou les reculades du Reich, au sud dans le Maghreb, au nord dans les plaines russes, et plus récemment en Italie.

À la mi-août, un autre front était ouvert dans le sud de la France, pour gêner la contre-offensive de la Wehrmacht en Normandie. De ce fait, Philippe ne put, comme il le souhaitait, fêter l'Assomption dans une des églises romaines et il assista à une messe sur le pont arrière d'un convoyeur, face à la Méditerranée.

— Mon lieutenant, que l'eau elle est belle ! lui dit, au sortir de l'office, Garcia, un jeune caporal originaire de Rouiba.

Jusqu'à la nuit, ils avaient tous deux contemplé en bavardant la mer d'été huileuse, d'un blanc nacré et semée d'étincelles dorées, puis Philippe avait arpenté un moment le pont où les uns dormaient et d'autres conversaient en fumant. Plus tard, il s'était assoupi, bercé par les notes que des soldats tiraient d'un harmonica ou d'une flûte.

Quand il rouvrit les yeux, il était près de 3 heures. Quelques lumières brillaient à l'horizon. « Voila enfin la terre de France, se dit-il, quelque part entre Cannes et Toulon ! » Un petit vent salé acheva de le réveiller et il se réchauffa avec un café brûlant. Sur le pont régnait une grande animation, les ordres fusaient, des formations s'organisaient. Lentement le navire ralentit sa course avant de stopper ses machines puis, s'en détachant, des barges se mirent à transporter les hommes vers une vaste plage.

— Tout va bien, mon capitaine ? lui lança Garcia

— Ça va, ça va ! C'est calme en tout cas. La Task force a bien fait les choses pour notre arrivée.

Le jour pointait. Au-delà de la bande de sable apparurent ce qui semblait des champs de vignes et les troncs de grands pins abattus. « Ainsi pourrons-nous avancer sans que, derrière les arbres, l'ennemi nous canarde », songea Philippe, qui entreprit de regrouper ses hommes.

En fait, les Allemands semblaient avoir évacué les lieux, et ceux qui venaient de débarquer s'avancèrent sans encombre vers l'intérieur des terres.

— Tout s'est déroulé au mieux pour nous. Mieux qu'à Cassino, n'est-ce pas, Garcia ? se réjouit Philippe, en prenant le chemin de Toulon.

Les villages traversés étaient tous pavoisés. Quand au soir ordre fut donné de bivouaquer à Solliès-Ville, que le colonel Salan venait de libérer, une grande allégresse régnait là encore. À l'issue du dîner nombreux étaient ceux, civils et militaires, qui s'étaient attablés aux terrasses des cafés.

— On est bien ici sauf que le Ricard, à mon avis, ça vaut pas la Cristal Liminana ! dit Garcia. En tout cas les filles elles sont belles ! La première que j'ai vue, je lui ai couru dessus et je lui ai fait la bise en disant : « J'ai fait le vœu d'embrasser la première Française de France que je verrais ». Remarquez, je l'avais un peu choisie, une belle blonde avec des yeux bleus... Et voilà pas qu'elle rigole et qu'elle me dit, avec un accent : « Eh bien vous avez fait erreur, je suis une Polonaise, réfugiée ici ! » Remarquez, moi je m'en foutais ça qu'elle était. C'est sûr que j'aurais bien continué avec elle mais alors vous nous avez rassemblés pour monter dans le camion.

Philippe regarda les rues qui s'étaient vidées :

— Vous n'avez pas sommeil ? demanda-t-il sûr de la réponse de son compagnon, qui avait échangé des œillades avec une brune à la table voisine.

— Pas vraiment, je resterais bien si vous m'autorisez…

— Je t'y autorise. Et la dame à côté, la brune, elle t'y autorise aussi, lui murmura-t-il à l'oreille.

Au moment de s'endormir, épuisé par sa longue journée, Philippe fit le souhait que le petit caporal réussisse son aventure amoureuse, aussi bien qu'avait réussi cette opération Dragoon, dans laquelle ils s'étaient trouvés tous deux entraînés.

* * *

Au début de 1944, Jeffrey Marsden ayant été rappelé en Angleterre, Julie ne toucha plus l'indemnité qui lui était versée pour le loger. Aussi, Rose et elle se retrouvant dans la gêne, la vieille dame demanda-t-elle à Ronan de venir à leur secours. Elle n'obtint de lui qu'une mince obole et s'entendit répondre qu'il n'avait aucun devoir vis-à-vis de sa sœur. Estelle, qui se trouvait là, avait même ajouté que Rose avait d'ailleurs suffisamment bénéficié des largesses de ses parents, depuis toujours…

Julie fut douloureusement blessée par ces piques. Pourtant, se disait-elle, « ma cadette a eu tant de malheurs. Bien plus que ses deux aînés. Deux guerres lui ont tué ses deux maris. Cela aurait pu l'aigrir, mais non, elle est toujours heureuse de vivre et de plaire, ce qu'elle fait toujours d'ailleurs, à cinquante ans passés. Le petit officier anglais était sous son charme… »

Julie avait maintenant quatre-vingt-deux ans mais ni sa santé ni son esprit ne présentait la moindre défaillance, et elle annonça un beau matin à Rose que, puisqu'il fallait aller vivre ailleurs, il leur fallait aussi se séparer.

— Tu as une petite chambre au-dessus du « Grand Duc » dans laquelle tu t'installeras. Ce ne sera pas le luxe mais nous n'avons pas le choix. Quant à moi, je vais habiter dans la maison d'été de Fort-de-l'Eau.

— Mais voyons Maman, c'est insensé, elle n'est pas chauffée ! se récria Rose.

— Ici non plus, ma petite, depuis qu'il y a la guerre.

— Mais il y fait moins froid qu'à Fort-de-l'Eau, qui est juste sur la mer.

— Nous en sommes tout près ici aussi… et Julie désigna le port sur lequel tombait la pluie… et puis tu sais je suis une Aquafortaine. C'est là que je suis née et que j'ai grandi. Il ne faisait pas chaud dans la maison de mes grands-parents quand j'y vivais petite fille, mais ça m'a forgé une santé de fer.

Rose sentit que la résolution de sa mère était ferme et elle savait que sa volonté était tout aussi faite de fer que cette santé qu'elle évoquait…

— Tu sais comme elle est, lui dit Suzanne. Il n'y avait que Grand-papa pour lui faire changer d'avis, et encore ! C'est une femme comme il n'y en a plus, bâtie à chaux et à sable. Elle a survécu à l'inconfort de Laghouat et de Fort-National au siècle dernier, et Dieu sait ce que cela devait être ! Rappelle-toi dans quelles conditions elle nous a dit avoir mis Estelle au monde. De plus, ce qu'elle ne dit pas, c'est qu'elle est fière d'être une figure de Fort-de-l'Eau. Elle est la dame du village ! Il n'y a qu'à voir quand elle y fait ses courses l'été : madame Bénézit par ci, madame Bénézit par là… Et puis elle s'alimentera mieux qu'ici. C'est la campagne là-bas.

Ce dernier argument emporta les dernières réticences de Rose. Elle avait remarqué combien sa mère avait maigri, comme elle prétendait souvent n'avoir pas faim, afin que les siens se nourrissent mieux. Elle eut un instant honte d'elle-même : « Combien de fois ai-je ignoré ses privations, ses sacrifices. Je suis une jouisseuse, je cueille les plaisirs de la vie comme ils viennent. J'ai fait pareil avec les hommes. Désormais je serai plus spartiate ! »

Et comme l'avait suggéré Julie, elle alla vivre dans la soupente au-dessus de la boutique. « L'espace m'y est compté, se dit-elle, mais je serai sur place pour travailler et je pourrai me lever plus tard… » Quant à Ronan, peut-être pris de remords, il fit livrer à Fort-de-l'Eau un poêle à pétrole.

* * *

Au mois d'août 1944, les troupes alliées se déployaient en France. Les armées du sud pénétraient le 23 dans Toulon, le 28 dans Montélimar et le 29 dans Marseille tandis que celles de l'ouest libéraient Paris le 25, saluées par un grand concert de cloches.

Suzanne, toute joyeuse, était accourue au « Grand Duc » :

— Maman, Maman ! lança-t-elle, regarde la lettre que j'ai reçue de Pierre. Huit pages, pleines de détails. Il me propose de le rejoindre en France ! Mais comment faire ? Et avec quel argent ? Pourras-tu en tout cas, ou bien Grand-maman, prendre la garde de Bruno si je peux partir.

— Bien sûr ma chérie. Mais tes beaux-parents ne pourraient-ils t'aider, financièrement ?

— Je suis au plus mal avec eux ! Avec ma belle-mère en fait... Figure-toi que quand je leur ai lu cette lettre, j'ai sauté quelques passages intimes, ce qu'elle m'a reproché. « Vous n'avez rien à me dissimuler, en tant que mère. Je suis tout autant concernée par Pierre que vous », m'a-t-elle dit avant de me lancer, comme je demandais une aide pour partir en France : « Nous avons suffisamment fait pour vous, nous ne vous devons plus rien ! » Mon beau-père a voulu intervenir mais elle l'a fait taire. C'est étrange comme avec le temps c'est elle, qui lui paraissait si soumise, qui lui dicte sa conduite.

— C'est sans doute à cause de sa cécité qui s'est aggravée.

— Sans doute, il dépend de plus en plus d'elle.

Une cliente étant entrée dans la boutique, elles se séparèrent. Quand elle eut fini l'essayage, Rose revint vers Suzanne :

— Ma cliente vient de me suggérer quelque chose. Elle pense que tu devrais t'ouvrir de ton problème à Marguerite de Viannac. Elle est très liée avec mademoiselle Lung, qui organise avec la Croix-Rouge le retour en métropole de ceux qui se sont réfugiés ici pendant la guerre. C'est par ce biais que les Stern espèrent rentrer chez eux. On a besoin de convoyeurs pour accompagner des groupes d'enfants.

* * *

La Corse était une des parties du territoire français que Mussolini avait très tôt convoitée. En 1938, il déclarait même : « *Corsica, Savoia, Tunisia, a noi !* » Mais un réseau de résistance s'y était vite constitué, soutenu par le général Giraud, avant de l'épauler avec 6000 hommes de l'armée d'Afrique. Ces forces libéraient le territoire, non sans d'âpres combats et un armistice était finalement signé avec l'Italie.

Edmond, rappelé deux mois plus tôt, se morfondait à Bastia où il avait été envoyé, fin janvier 1944. :

— Regardez-moi où c'est qu'on est, disait-il à qui voulait l'entendre, au milieu des ruines ! Et que moi j'arrive après la bataille. L'île elle est libérée, c'est vrai mais moi j'y ai été pour rien, ça me fait honte ! La seule chose bien, c'est qu'on n'est pas dépaysés, ça ressemble à chez nous. Quoique en Italie on le serait pas non plus et on serait plus utile. Mieux qu'ils m'auraient envoyé avant à Cassino !

Un de ses camarades, plus satisfait de son sort, l'avait repris :

— T'inquiète pas, on va vite nous envoyer ailleurs un de ces quatre. Ça viendra, ça viendra Edmond… Au moins pour l'instant on est intacts… et peinards.

Un avocat bastiais, chef d'un réseau de la résistance locale, était venu haranguer les soldats. « Grâce à vous et aux patriotes de l'île, la Corse a été ainsi le premier département français entièrement libéré par des Français », avait-il proclamé avant qu'Edmond ne s'adresse à lui :

— Maître, je me présente, Seror, d'Alger. Vous croyez qu'on va rester ici longtemps ? Moi à peine que j'ai vu le feu en 40, et puis repli sur Orléans. Et puis après, comme j'étais israélite, on n'a plus voulu de moi, jusqu'à octobre l'année dernière, que français je suis redevenu !

— On aura encore besoin de vous, j'en suis sûr ! Plus au nord. La guerre n'est pas finie, malheureusement !

— Vous pouvez pas faire que j'aille à la vraie guerre ?

— Ah ça non, mais ça viendra, je vous le dis, vous la verrez la vraie guerre !

Et en effet, huit mois plus tard son régiment partait pour l'Alsace.

* * *

Lila s'était installée à Boukhandoura bien décidée à y entamer une nouvelle existence ; une résolution qui se renforça le jour de son quarantième anniversaire. Robert, dès le matin, lui avait fait livrer quarante roses. Ce jour-là aussi son père lui avait remis une broche qu'il avait autrefois offerte à Doujda, quand elle avait atteint ce même cap. Ces rappels de son âge avaient gâché sa journée. « Et le pire est que, l'un comme l'autre, ont cru me faire plaisir », se disait-elle.

Elle s'était longuement contemplée dans sa glace, mécontente de ce qu'elle y avait vu. Son menton lui avait paru relâché, la peau de son cou fripée, ses yeux cernés. « Je me laisse aller physiquement mais aussi moralement, s'était-elle dit. À l'avenir plus de complaisance. De la fermeté en tout ! La même que celle dont j'ai fait preuve en mettant fin à ma carrière ! »

Elle décida que dès lors elle ne s'investirait plus que dans un seul domaine, le seul qui l'intéressait maintenant et, devant son gâteau d'anniversaire, elle s'exclama :

— Désormais je consacrerai tout mon temps à la politique. Il n'y a que cela qui compte !

— Comment ? Même pas un peu de musique pour des amis choisis ? lui dit Robert.

— Non, et n'essaye pas de m'y ramener. Elle n'a jamais été qu'un passe-temps que l'on m'a autorisée à pratiquer, en tant que femme. Ni mon père ni mon frère n'aurait consenti à ce que je m'accomplisse autrement !

— Voyons Lila, c'est faux ! Je les connais. Ce sont des gens éclairés qui ne t'auraient pas empêchée de mener n'importe quelle carrière. Nous sommes à une époque où nombre d'entre elles se sont ouvertes au beau sexe. Regarde Marguerite de Viannac.

— Penses-tu ! Elle aussi a dû transgresser un interdit, s'exiler pour désobéir à la volonté de son père. Elle me l'a dit.

Songeur, Robert l'écoutait en se disant que son impétuosité était l'une des raisons pour lesquelles Lila l'avait séduit. Il remarquait aussi combien le terme d'aliénation revenait souvent dans le vocabulaire de sa femme. Elle en faisait la cause de tous ses échecs, professionnels ou personnels. Elle prétendait en particulier que c'était pour ne pas s'aliéner qu'elle avait longtemps souhaité ne pas se marier et avait refusé d'enfanter… Or Robert pensait plutôt que c'était parce que cela aurait nui à sa carrière. « Cependant, s'était-il aussi dit, elle dissimule mal combien elle le regrette. Il n'y a qu'à voir son attachement pour ses neveux, tout particulièrement pour la petite Meriem. »

Après s'être levée et avoir contemplé un long moment le soir qui allumait derrière la pinède comme un vaste incendie, Lila avait fermé les croisées avec violence :

— Tous ces oiseaux qui piaillent avant de se coucher m'exaspèrent. Aliénés eux aussi et heureux de l'être !

Et puis elle était revenue à son sujet favori, la politique de la France en Algérie :

— Ce sont les nationalistes qui ont raison. En dépit de ce que disent mon père et Azziz, nous sommes des sujets de seconde zone, nous les musulmans… Et nous les musulmanes sommes tout autant colonisées par nos hommes.

Lassé de sa péroraison, Robert n'avait pas cherché pas à la contredire et il continuait de se taire quand elle lui lança :

— Il faudra que tu voies ce qu'a écrit ce Fehrat Abbas qui n'a pas l'heur de plaire à mon frère. Quant à moi je voudrais lire cet ouvrage de Simone de Beauvoir, *L'Invitée*, qui vient d'être publié. Peut-être la librairie Charlot pourra-t-elle me le procurer.

* * *

Après sa rencontre à Sousse avec Philippe, David avait été envoyé en Libye. Certains éléments de la division Leclerc, devenue Force L, puis 2e DFL y avaient été fusionnés avec l'armée d'Afrique. Ce fut ainsi qu'il retrouva, au camp de Sabratha, Azziz et un autre Algérois, Raymond Boglio, un professeur du lycée Bugeaud. Tous trois aimaient à se promener ensemble dans les restes de la cité antique dont les pierres cuivrées, sur le fond bleu de la mer, avaient un soir fait méditer Raymond :

— Voici donc les vestiges de l'éphémère royaume numide de Massinissa, dont elle avait été un fleuron, avant d'être romanisée et finalement détruite par les Vandales…

David et Azziz, qui étaient peu sensibles à ce passé lointain, l'écoutaient cependant avec respect. Si le second, à son habitude, ne s'exprimait guère, le premier s'était exclamé :

— Moi, tu sais, Raymond, j'y connais pas grand-chose à l'histoire ancienne, comme toi que t'y es professeur. Juste je connais Tipaza où j'ai été en pique-nique avec ma famille. Mais c'est vrai qu'ici c'est beau comme là-bas.

Et il avait enchaîné sur les tensions qui régnaient au sein des troupes :

— Y en a qui disent que c'est Giraud qu'il a envoyé les gens comme vous deux d'Algérie en Libye. Parce que Leclerc il est trop gaulliste. Moi je m'en fiche mais c'est malheureux que ça se passe comme ça. Les Allemands ils ont pas encore perdu ! Quelle misère la politique. Qu'est-ce vous en pensez vous autres ?

— Oh, moi et la politique… avait répondu Azziz, tandis que Raymond se montrait plus loquace :

— Il en faut, de la politique, David, il en faut, mais pas trop, c'est vrai. Mais ne t'en fais pas, il faudra bien que tous nos chefs s'unissent, s'ils veulent gagner cette guerre.

Il restait que tous trois commençaient de s'impatienter de leur inactivité. Aussi, en avril 1944, quand l'ordre fut donné de transférer les troupes au camp de Temara, au Maroc, ce fut dans l'allégresse qu'ils effectuèrent en camion le long périple de la traversée du Maghreb.

Leur odyssée ne devait pas s'arrêter là puisqu'ils rejoignaient ensuite un port du sud de l'Angleterre, noyé dans la pluie et le brouillard. Les semaines suivantes, chaque jour, avec les hommes de la troisième armée américaine, ils partaient en mer sur un des éléments de la flotte imposante qui y était amarrée et, après de fastidieux exercices à bord, revenaient le soir à quai.

L'ennui qu'ils avaient connu à Sabratha avait de nouveau gagné les hommes et un soir, en débarquant, David s'exprima avec véhémence :

— On dirait qu'ils nous prennent pour des bleus. La purée ! moi, ça y est, je sais me battre !

Une affirmation que Raymond Boglio ne pouvait guère reprendre à son compte.

Il se garda de le dire mais, tout autant que David, il ne fut pas mécontent quand un soir le navire à bord duquel on les avait fait monter ne revint pas au port, mais cingla vers la haute mer. Grise et agitée, elle accabla bien des hommes jusqu'à ce qu'ils soient débarqués sur une plage, dont on leur dit qu'elle se nommait Utah beach.

— Enfin on se bagarre, avait lancé à Raymond un David exalté. Et vivement qu'on aille à Paris !

Un souhait qui allait être exaucé après le 24 août.

* * *

Le conseil donné à Suzanne fut suivi d'effet. Recrutée comme convoyeuse vers la fin août, elle put enfin franchir cette mer qui la séparait de Pierre. Tandis qu'un fort roulis agitait le bateau, elle regarda la terre qui s'éloignait. Elle repéra, entre l'Harrach et le cap Matifou, la maison de sa grand-mère, chez qui Bruno était allé vivre mais très vite elle dut s'occuper des enfants dont elle avait la charge, avec la forte mer qui lançait contre la coque des vagues brutales.

L'arrivée devait se faire à Marseille mais, alors que l'on apercevait le rivage, le navire modifia sa route. Il ne pouvait accoster, en raison des combats qui se livraient encore dans la ville. Escorté par un dragueur de mines il chemina vers l'ouest, à destination de Sète, où il se rangea au long d'un quai.

Au soir, un sac sur le dos et une valise à la main, Suzanne grimpa dans un wagon où, aussitôt assise, elle s'endormit, Telle une somnambule, pour atteindre sa destination, Lyon, elle dut à deux reprises changer de train en pleine nuit, sa dernière étape étant entrecoupée de dizaines d'arrêts impromptus, çà et là, ce que les occupants de son compartiment avaient paru trouver naturel.

— C'est ainsi depuis le début de la guerre, lui dit sa voisine, une petite dame maigre qui n'avait quitté ni son chapeau à voilette, ni ses gants. La Résistance a saboté les voies ferrées pour gêner l'ennemi. Et encore il n'y a plus, Dieu merci, ces contrôles que faisaient les Allemands, avec le risque de se trouver embarqué, sans raison précise.

Cette femme l'avait intriguée, tout comme les autres voyageurs, lorsque l'aube avait révélé leurs visages. Elle avait été attristée par leur teint livide et leur résignation accablée. « Et pourtant, se disait-elle, tout à sa joie de cheminer vers Pierre, ils devraient être heureux que la France soit presque libérée, que l'ennemi en soit maintenant contraint à défendre ses propres frontières. »

— Je viens d'Algérie, dit-elle à la petite dame et je suis surprise par la tristesse qui paraît régner en métropole.

— Oh, ce n'est pas vraiment de la tristesse. Je dirai que c'est plutôt de l'épuisement. Le pays a été occupé, a eu faim et froid si longtemps !

Quand, enfin, elle fut sur le parvis de la gare de Perrache, une forte averse la surprit. Cheminant avec peine, en traînant sa valise, elle dut s'arrêter plusieurs fois avant de parvenir à sa destination, une longue et triste avenue rectiligne. Lui parut aussi sinistre l'immeuble noirâtre où vivait Josette Ferrant, une parente des Lanier chez qui elle devait faire étape.

Elle sonna à l'imposante porte de l'appartement où celle-ci vivait. Plusieurs serrures tournèrent avant que n'apparaisse le visage de Josette. Il était toujours ingrat derrière ses épaisses lunettes, mais toujours empreint de cette générosité que Suzanne avait perçue chez elle, lorsqu'elle avait séjourné chez ses cousins, juste avant la guerre.

— Ma pauvre petite, vous devez être morte de fatigue, lui dit son hôtesse. Venez dans la cuisine y prendre non pas un café, malheureusement, mais une chicorée bien chaude. Avec un peu de lait que j'ai pu me procurer par des voisins. Ensuite, si vous le voulez, vous pourrez dormir un peu. Votre train ne part que dans plusieurs heures.

Elle préféra causer avec Josette qui lui raconta la guerre et surtout lui parla de Pierre :

— Je l'ai revu brièvement, juste après que la tuberculose l'ait rattrapé, et très discrètement, parce que j'ai participé à l'action qu'il menait. Oh juste un peu de liaison… Il était furieux qu'on lui ait ordonné de partir se soigner, mais en même temps, en tant que médecin, il savait bien que c'était nécessaire. Comme il me l'a dit, « en Écosse, avant de nous envoyer en France, on a demandé à chacun de bien réfléchir pour savoir s'il se sentait prêt pour la suite. Et de ne pas hésiter à éventuellement renoncer à y être parachuté, car rien n'était pire qu'un maillon faible… Et c'est vrai que je pourrais maintenant être ce maillon, à cause de ce foutu BK ».

Et Josette conclut :

— Je n'ai plus guère eu de nouvelles de lui depuis, sauf une lettre récente me faisant part de votre passage et comportant une allusion mystérieuse, que je n'ai pas comprise, à sa sœur Odette.

* * *

Quand David et Azziz arrivèrent à Paris, le calme y était revenu après les combats de la libération de la ville, mais un grand désordre y régnait encore. Dans les rues traînaient les matériaux hétéroclites qui avaient servi à édifier des barricades et les murs gardaient la trace des balles tirées pendant les combats.

Ils se rendirent à la tour Eiffel, à Notre-Dame, à l'Arc de triomphe de l'Étoile mais s'étourdirent aussi dans certains cabarets. Si bien que David se souvint au dernier moment de la demande des Stern, transmise par Jeanine…

Il s'agissait d'aller boulevard de Courcelles pour y glaner des nouvelles de ceux que Georges et Sarah y avaient laissés. David avait peu fréquenté ces derniers à Alger mais leur désarroi l'avait ému. Il s'était souvenu du sien, petit garçon, en quittant Marrakech. Une phrase de Georges l'avait frappé : « C'est notre sort, à nous les Juifs. Devoir partir de là où nous avons commencé de nous enraciner, errer d'une terre d'asile à une autre. » Maintenant qu'il avait connu la guerre, David comprenait le sens de cette phrase et, boulevard de Courcelles, il le saisit tout à fait…

Quand il avait frappé à sa porte vitrée, la concierge, une grosse femme en pantoufles et en peignoir, l'avait considéré avec méfiance. Apparemment impressionnée par son uniforme, et après qu'il se soit fait connaître, elle avait accepté de lui ouvrir l'appartement des Torjman en lui disant :

— Monsieur Guy m'a remis les clés en partant. Il était resté là jusqu'à l'été 42. Il m'avait dit qu'il ne risquait rien parce qu'il était décoré de 14-18. Même il avait refusé de porter l'étoile jaune. Il était venu vivre ici avec sa mère, après avoir envoyé sa femme et ses enfants à Hendaye, je crois. Ensuite il est parti les rejoindre, juste avant la rafle du Vél' d'Hiv'. Il voulait emmener la vieille dame, mais elle a fait comme avec son gendre en 40. Elle a refusé de le suivre. Elle m'a dit qu'elle n'avait plus la force de voyager. Je me suis alors occupée d'elle. Je lui faisais à manger comme je pouvais, avec ce qu'on trouvait. On a fait un peu de marché noir bien sûr, comme tout le monde…

Elle parut gênée quand elle ouvrit la porte de l'appartement :

— Et puis… ils sont venus la chercher, en 43. Je n'ai rien pu faire. Vous allez voir, tout est dans un drôle d'état.

— Qui ça *ils* ? demanda David, que l'obséquiosité de la femme commençait d'exaspérer.

— Et ben la « Jestapo », dit-elle en s'effaçant pour le laisser entrer.

Les lieux étaient dévastés, vidés de leur contenu. Seuls des rideaux arrachés et un mauvais matelas à terre attestaient qu'il avait été meublé.

— C'est la Gestapo qui a tout emporté ? Vous en êtes sûre ? Et les mégots et les bouteilles vides sur la cheminée, c'est la Gestapo ça aussi ?

La concierge se troubla :

— Non, ça c'est les autres qui sont venus après. Ils m'ont menacé avec un revolver. J'ai dû leur ouvrir l'appartement…

David était sûr qu'elle lui mentait. Il la soupçonnait d'avoir participé au pillage des lieux. Il n'en dit cependant rien et la planta là.

Tandis qu'il descendait vers la Madeleine, il se sentit envahi par la colère et en retrouvant Azziz il lui dit :

— Pourquoi qu'on les vole les Juifs, comme là où je suis allé ce matin. Pourquoi que Vichy il leur a volé leur nationalité française en Algérie !

La colère de David dura longtemps. Plus tard, quand il combattit dans les Vosges, puis en Alsace, pris dans l'action, elle finit par s'atténuer.

À la fin novembre, il entrait dans Strasbourg libéré. Il y apprit que Philippe se trouvait dans la ville et dès qu'il l'eut retrouvé, lui demanda :

— Monsieur Viannac vous voulez pas m'aider ? Il faut que j'écrive aux Stern, que vous les connaissez je crois... Que des choses pas marrantes ! Que la mère à Sarah elle a été arrêtée par les Allemands, paraît-il, que son frère Guy on sait pas où qu'il est avec sa famille... Moi je connais pas les mots qu'il faut, vous oui. Alors si vous voulez bien me dicter.

Philippe accepta et les tristes nouvelles partirent vers Alger.

* * *

Suzanne fut enchantée par son voyage depuis Lyon vers le Plateau d'Assy. Elle s'émerveilla en découvrant un paysage qui lui était inconnu, fait de montagnes verdoyantes parsemées de sapinières, si différentes de l'Atlas abrupt et rocailleux auquel elle était habituée.

À la gare du Fayet, dans la foule qui se pressait sur le quai, elle le vit tout de suite... C'était bien son Pierre qui était là. Bronzé, une écharpe rouge autour du cou, il lui parut respirer la santé. Ce n'était plus le garçon efflanqué qui l'avait quittée cinq ans plus tôt et, dans ses bras, elle oublia la foule qui les bousculait.

— Tu nous amènes le soleil d'Algérie ! lui dit-il. Pluie et brouillard tous les jours derniers... Et puis ce matin beau temps et grand ciel bleu pour t'accueillir. Regarde comme la chaîne du Mont-Blanc est dégagée. J'en connais tous les sommets par cœur. J'ai eu le temps d'apprendre leurs noms pendant ces longues séances de cure qui me sont imposées, chaque après-midi.

L'autocar qu'ils empruntèrent chemina poussivement sur une route en lacets avant de s'arrêter devant un grand immeuble blanc, tel un paquebot sur une mer de sapins, le sanatorium. Ils prirent un ascenseur, parcoururent un long couloir jusqu'à une chambre devant laquelle Pierre, enlaçant Suzanne, lui annonça avec un sourire :

— Bienvenue chez nous ! Ce n'est pas grand, mais la vue est belle. Des lits jumeaux et pas de lit matrimonial, mais nous nous en passerons. Nous avons tellement de temps à rattraper.

Ce qu'ils firent en effet, et pendant de longues heures…

Elle n'avait pas osé lui parler de sa santé ; il le fit au dîner, comme s'il avait deviné ses pensées. Il se lança dans une longue description de sa rechute, de cette toux qui lui était revenue, à peine parachuté en Bourgogne, de sa fatigue, de ces sueurs qui l'avaient baigné de nouveau…

— J'ai refusé d'admettre. Comme la première fois… Pourtant chez un patient j'aurais aussitôt identifié ces symptômes. Je pensais être totalement guéri après mon séjour à Mustapha.

Il lui lança un regard malheureux et Suzanne en fut attendrie. Elle s'étonna de lui en avoir voulu de son départ clandestin et, là encore, comme s'il avait lu en elle, il lui demanda :

— M'as-tu pardonné de t'avoir ainsi quittée ?

Elle se contenta de lui sourire. « C'est un sujet à éviter, du moins aujourd'hui, se dit-elle. Il sera toujours temps de l'aborder plus tard, s'il revient nous troubler l'un ou l'autre. »

— Josette m'a parlé d'Odette. Tes parents sont très inquiets. Ils n'en ont aucune nouvelle. Et toi ? lui demanda-t-elle, afin de changer de sujet.

Il parut réfléchir avant de lâcher brusquement :

— Oui, je l'ai vue. Ici même. Et elle va nous rejoindre. Mais je préfère t'en parler dans notre chambre, loin des oreilles indiscrètes. Tu sais, même au fond de la montagne, les passions et les ressentiments restent vifs. Il se passe des choses pas toujours très jolies, dans la France libérée !

Et ce fut sur le balcon de la chambre, pendant qu'il faisait la cure, qu'il raconta à Suzanne ce qui s'était passé :

Sa sœur avait débarqué inopinément fin 1944 et il s'était alarmé de son aspect. Cette femme au visage ravagé, mal coiffée, amaigrie et flottant dans un tailleur qui avait connu des jours meilleurs était-elle bien cette Odette dont l'existence était guidée par le désir de séduire ? Elle s'était précipitée dans ses bras, tremblante et bientôt secouée de sanglots. « Marcel est mort ! Fusillé il y a quinze jours ! » avait-elle presque crié.

— Et puis, dit Pierre, peu à peu, elle m'a raconté ce qui s'était passé. Son époux n'avait jamais caché ses choix. Même avant la guerre, il s'enthousiasmait pour la montée du nazisme. « Ils fonderont une nouvelle Europe, disait-il. Où régnera l'ordre. » Il avait été jusqu'à saluer publiquement la défaite de 40 ! Quant à elle, je crois qu'elle ne se rendait compte de rien. Elle n'avait vu dans l'installation du gouvernement à Vichy que les avantages immédiats que cela lui apportait. Tu sais combien elle a toujours été futile ! Et puis elle a déchanté quand sont arrivées des menaces anonymes… Quoi qu'il en soit, à la Libération, Marcel a été parmi les premiers à être passé par les armes, sans jugement, par ceux dont il avait sans doute provoqué non seulement la colère, mais aussi la jalousie. Car il avait fait une belle réussite professionnelle. Tu le sais, ma Suzanne, Odette et moi n'avons pas été du même bord mais bon, c'est ma sœur ! Je me dois de l'aider. Elle ne peut pas revenir chez elle où elle risque au minimum de se faire tondre… Mon séjour au maquis m'a fait nouer quelques amitiés. Elle se cache donc dans un coin reculé en Bourgogne, comme je le faisais moi-même. Je crois que maintenant le mieux serait qu'elle s'éloigne le plus loin possible. Alger me paraît parfait pour cela. Si tu veux bien, elle partira avec toi et je vous rejoindrai plus tard, car il me faut rester ici encore un peu, selon mon médecin.

* * *

Les combats pour libérer Strasbourg avaient été longs et sanglants.

Philippe se réjouissait d'y avoir retrouvé David puis Azziz.

— On va fêter ça, les gars ! Je connais un petit bistrot où ils servent une choucroute faite avec les moyens du bord, sans doute pas très réguliers…

Ils se rendirent le soir même dans le restaurant, niché dans une rue étroite de la vieille ville, au pied de la cathédrale de grès rose. La bière et le schnaps aidant, chacun en vint à élaborer des projets :

— Quand je rentre, tout de suite je retourne chez Edmond ! Les autos, ça me manque, assura David.

— Et moi je reprends un entraînement que j'ai trop longtemps interrompu, dit Azziz. Je n'ai guère eu l'occasion de nager, sauf en Libye. Et toi, que comptes-tu faire ? demanda-t-il à Philippe.

— Reprendre l'exploitation du domaine, répondit-il sur un ton un peu las. J'ai peur de m'ennuyer… La guerre a été finalement une sacrée aventure…

Azziz reprit :

— As-tu des nouvelles de Pierre ?

— Aucune. Quand je suis parti, Suzanne n'en avait pas davantage et elle se morfondait chez ses beaux-parents. Mon cousin Wade Wilkes lui avait promis d'essayer d'en avoir. Ce Wade semble avoir ses entrées partout et il a fait plusieurs voyages mystérieux aux États-Unis. À ce qu'on m'a dit, il a été très actif lors du débarquement de ses compatriotes en novembre 42. Je pense qu'il fait partie de leurs services secrets.

— Mais est-il français ou américain ?

— Il a toujours été binational, par ma tante Céleste. D'ailleurs travailler pour les États-Unis maintenant, c'est travailler aussi pour la France, non ?

Ils regardèrent autour d'eux. La taverne enfumée était emplie de GI qui riaient et parlaient bruyamment. Une rixe qui menaçait d'éclater avait été désamorcée par le patron du restaurant, un Alsacien costaud, qui dit au passage :

— C'est quand même malheureux ces bagarres. Ils feraient mieux de réserver leur énergie pour celles qu'il va y avoir avec les doryphores. Ils ne sont pas encore rentrés chez eux, ceux-là !

Il se faisait tard et les trois jeunes gens devaient regagner leurs quartiers. Ils se dirigeaient vers la porte vitrée quand elle vola en éclats après qu'une énorme déflagration se soit produite dans la ruelle et y ait allumé un incendie qui éclairait de façon dramatique l'intérieur du restaurant. Un bon nombre de clients avait été projeté à terre et, si certains se relevaient au milieu des éclats de verre, d'autres gisaient sur le sol, immobiles.

Azziz s'était senti lancé par le souffle de l'explosion contre un mur, tandis que David et Philippe étaient tombés côte à côte. Lentement, le grand désordre s'était dissipé. Des gémissements continuaient de fuser dans la salle où l'on pouvait voir les dégâts produits par une bombe, tombée non loin de là.

— M'sieur Candarli, m'sieur Candarli ! M'sieur Viannac il bouge plus ! Venez voir, vite ! hurla David.

Azziz, dont les oreilles bourdonnaient, vint aussitôt s'agenouiller auprès de Philippe qui gisait la tête renversée en arrière, le visage intact, détendu, presque souriant, mais les yeux ouverts sur le vide. Il comprit tout de suite qu'il avait été tué. Il refit les gestes qu'il avait vu faire auprès des soldats blessés. Il ne put que constater que le cœur de son ami ne battait plus. À l'arrivée des secours, un infirmier confirma laconiquement :

— Celui-là, il n'est plus avec nous !

Encore plus accablé par ces mots, Azziz se dit : « Aramis est mort – car en admirateurs d'Alexandre Dumas, c'était ainsi qu'avec Pierre ils avaient surnommé Philippe – il n'a jamais eu de pot. À la guerre maintenant, comme en amour en 36, avec Bernadette… »

* * *

La guerre était finie. Les soldats retrouvaient leurs familles, tel Azziz, encore en proie au chagrin d'avoir vu mourir son ami à ses côtés, mais que le sourire de Mina et les rires de Djamel et de Meriem réconfortèrent. Tel encore Edmond qui faisait la connaissance de son fils Gérard, né pendant son absence, mais un Edmond un peu sombre et qui restait étrangement discret quand on le questionnait sur ses combats.

Tous deux, au sein de la foule de ses amis, accompagnèrent Marguerite quand elle fit mettre en terre Philippe à Bordj el kebir, à côté de son père qui s'était éteint six mois plus tôt, par un triste jour de pluie où le ciel paraissait pleurer sur la Mitidja.

Suzanne, enceinte depuis un mois, flanquée d'Odette qui avait alterné les silences et les larmes au long du voyage, débarqua à Alger le 2 mai 1945, surprise par l'atmosphère pesante qui, en dépit du soleil printanier, régnait dans la foule massée sur les quais.

À Dar el-Ouard, Bruno l'embrassa distraitement avant de se détourner d'elle. « Il me fait payer mon absence, soit patiente, ma fille ! » se dit-elle tandis qu'Antoine l'air grave, disait aux nouvelles venues :

— Hier, partout, il y a eu des cortèges de musulmans pour le 1er mai. Mais des cortèges indépendants des délégations officielles ou syndicales. Ils demandaient la libération de Messali Hadj, en résidence forcée au Congo. Certains même réclamaient l'indépendance de l'Algérie, rien que ça ! Il y aurait eu des morts et des blessés, bien que personne n'ait pu me le confirmer.

Suzanne l'écoutait à peine, heureuse qu'après une longue bouderie Bruno se soit finalement blotti contre son elle. En revanche Odette, le visage tendu, paraissait boire les paroles de son père :

— Courons-nous un danger ? dit-elle tandis que dans ses yeux s'était rallumée cette lueur d'inquiétude permanente que Suzanne y avait remarquée, une lueur qui ne s'était éteinte que lorsqu'elle avait débarqué.

— Je ne le pense pas, dit Antoine, aussitôt contredit par Camille.

— Mais si, à El biar nous sommes si loin de la ville !

— Ne dis pas de bêtises, voyons !

Ils sortirent dans le jardin. L'odeur fraîche des freesias exaltée par la chaleur de midi y flottait ainsi que celle, sucrée, de la glycine enlacée au cyprès. « Toujours fidèles l'un à l'autre ces deux-là », songea Suzanne.

Au cours de la semaine qui suivit, elle eut le sentiment d'avoir rêvé ce qu'elle venait de vivre, son voyage comme convoyeuse, ses retrouvailles avec Pierre, leurs étreintes, la vie au sana… Elle ne parvenait plus à croire qu'il y ait eu une guerre et qu'elle se poursuive encore dans le Pacifique, quand la température de l'air était si exquise, quand autour d'elle tout était si fleuri…

Quelques jours plus tard, le 8 mai, elle goûtait le soleil sur une chaise longue quand ses beaux-parents revinrent du village où ils avaient assisté aux cérémonies fêtant la victoire. Bruno lui montra triomphalement l'un de ces petits parachutes tricolores qu'un avion avait largué à travers la ville :

— Je me suis bagarré pour l'avoir, tu sais Maman. Tous les enfants en voulaient, mais moi j'y avais plus le droit puisque Papa était parachutiste. Je l'ai tapé à Mélia qui ne voulait pas me le donner !

— Oui, comme un vrai voyou, dit Camille. Tu m'as fait honte !

Antoine, qui paraissait soucieux, ne disait rien et Suzanne s'en inquiéta :

— Qu'y a-t-il, Père ?

— Il semble que les émeutes de la semaine dernière aient repris, mais de façon bien plus grave. Il y aurait des morts du côté de Sétif et dans l'est algérien, mais je n'en sais pas plus…

À Sétif une manifestation du Parti du peuple algérien avait célébré la victoire à sa manière, à côté du cortège officiel. Des manifestants avaient réclamé la libération de Messali Hadj, l'indépendance de l'Algérie et avaient salué la charte de l'Atlantique. La police était intervenue, des bagarres avaient éclaté et des coups de feu tirés avaient fait plusieurs morts.

Dans le même temps, dans les villages, dans les campagnes, aux cris de *djihad ! djihad !* des fellahs armés s'en étaient pris aux centres administratifs, aux centres de colonisation, aux maisons forestières, mais aussi aux fermes isolées.

— Il y aurait une soixantaine de morts européens, annonça Antoine un soir. Dieu merci, le gouverneur Chataigneau a fait proclamer l'état de siège et conféré des pouvoirs de police aux militaires, au général Duval plus précisément. Les esprits se calmeront vite !

— Je suis moins optimiste que toi, Papa, dit alors Odette. La foule en colère n'est pas belle, et elle est prête à tout… J'ai vu cela à Châteldon.

Et Suzanne sentit ce que le grave événement faisait surgir en elle, comme un héritage venu du siècle précédent, les grandes peurs de ceux qui l'avaient précédée sur la terre d'Algérie, celles qu'évoquaient les récits de Julie et surtout ceux de Louise…

* * *

Dans les semaines qui suivirent les massacres allaient succéder aux massacres, les vengeances aux vengeances. L'armée engageait 10 000 hommes, légionnaires, tabors marocains et tirailleurs sénégalais. La marine pilonnait les zones côtières. L'aviation bombardait les *mechtas* et certains Européens se regroupaient en milices d'autodéfense.

Idir, dont la démobilisation avait été retardée par quelque fantaisie administrative, fut requis pour servir d'interprète à un état-major dans le Constantinois ; là, il apprit que dans la population musulmane les morts se comptaient par centaines ou par milliers, selon les sources. Il se refusa cependant à entrer dans la querelle qui s'était élevée à propos des raisons de l'insurrection et du nombre des victimes. Il voulut ignorer qu'entre les communautés semblait s'être creusé un fossé, fait de rancœurs et de défiances. Et il entendit le général Duval déclarer : « Je vous ai donné la paix pour dix ans mais il ne faut pas se leurrer, tout doit changer en Algérie. »

Après les disparitions successives de Rodolphe, puis de Philippe, Marguerite allait connaître une ultime épreuve, qui allait la briser. Jusque-là, elle était apparue indestructible, elle avait offert lors de ses deuils précédents un visage impassible, mais elle s'effondra quand elle apprit que sa fille Madeleine, son gendre et leurs deux enfants avaient été massacrés près de Sétif, au tout début de l'insurrection.

À Ahmet, qui voulut aussitôt la voir, Tahie, qui vivait de nouveau au Djenane, décrivit comment sa patronne avait reçu la tragique nouvelle :

— Madame la baronne a écouté sans dire un mot celui qui est venu la lui annoncer. Elle était restée de marbre lors de la disparition de monsieur Rodolphe, puis de celle de mon petit Philou. Elle n'avait rien changé à ses habitudes ni versé une larme mais alors là, elle a titubé, a porté la main à son front et m'a même appelée au secours. Elle a eu des haut-le-cœur et puis elle a vomi. Je l'ai alors conduite dans sa chambre dont depuis elle n'est plus sortie. Elle ne mange qu'à peine, dort plus ou moins. Mais le pire, c'est qu'elle ne dit pas un mot et ne verse toujours pas une larme, du moins en ma présence.

Lorsque ensuite Ahmet entra dans la chambre de Marguerite, elle détourna aussitôt son regard. Il lui parut haineux, comme le silence qu'elle lui opposa. Comme, bouleversé, il s'était rapidement retiré, Tahie chercha à le réconforter :

— Elle a fait pareil avec tous ses visiteurs, y compris avec le docteur Lanier qui était pourtant son meilleur ami.

Il rentra chez lui accablé. Lila, alarmée, s'adressa à son père avec douceur :

— Tahie t'a dit qu'elle a procédé ainsi avec tous ses visiteurs !

— Je ne pense pas. C'était autre chose qui était dans ses yeux, un reproche, celui que je sois un musulman, comme les assassins de sa fille. Allons-nous tous nous déchirer maintenant ?

Il voulut rechercher du réconfort auprès d'Antoine, à qui il rendit visite.

— Notre malheureuse amie a subi trop de chocs, successivement, dit-il. Ce sang-froid, cette belle impassibilité qu'elle tenait à affecter en toutes circonstances se sont pulvérisés. Pourtant Dieu sait qu'elle en a toujours fait preuve dans sa vie, professionnelle et personnelle. Au point de rendre malheureux ce pauvre Rodolphe, et de ne pas s'être montrée la plus chaleureuse des mères.

Marguerite n'assista pas aux obsèques de sa fille, critiquée en cela par la foule qui s'y était rendue, une foule qu'agitaient une sourde colère et un désir de vengeance. Et puis, un mois plus tard Tahie eut la surprise de la voir sortir de sa chambre un matin, toute de noir vêtue. Elle paraissait s'être reprise et elle organisa alors froidement son départ définitif pour la métropole. Il se fit de façon presque furtive, après qu'elle eut mis en vente tous les biens des Viannac.

Lila reprit ses longs monologues. Seul Robert les écoutait, Azziz ayant dit à sa sœur qu'il ne voulait plus l'entendre ressasser ses protestations :

— Ferhat Abbas arrêté et envoyé en prison à Constantine, quand il était venu pacifiquement voir Chataigneau ! Sa pharmacie vandalisée, son journal suspendu, l'association des Amis du manifeste de la Liberté dissoute. Des membres du PPA arrêtés, condamnés pour certains à mort ! Et cette immonde boucherie à Guelma où, s'il y a eu des émeutes, aucun Européen n'avait été attaqué ! disait-elle à son mari un soir à Boukhandoura.

— Je te l'accorde, la sévérité n'est pas la meilleure des solutions à des problèmes réels. Néanmoins il semble que nombre de ceux auxquels la justice s'est intéressée avaient préparé l'insurrection et étaient responsables des premiers massacres !

Elle n'avait pas paru l'entendre :

— J'ai bien vu les regards mauvais que certains m'ont lancés aux funérailles de Madeleine. Mais justice sera faite. Ce qui s'est passé ici va se savoir dans le monde entier. La conférence des Nations Unies à San Francisco dira le droit des pays à l'indépendance !

* * *

Pierre revint à Alger peu après ces drames. Deux mois plus tard, Suzanne mit au monde une petite Jacqueline. Ronan, venu avec Danielle rendre visite à la jeune accouchée, affichait une mine sombre.

— Il y a eu la drôle de guerre et maintenant nous avons droit ici à une drôle de paix, lui dit Pierre.

— Oui, je ne vois rien de bon dans ces pansements politiques que l'on a appliqués aux plaies ouvertes par les émeutes de Sétif. À mon sens, il faut la manière forte. Les vagues concessions que nous avons faites aux Arabes les amèneront à nous mépriser, au lieu de nous aimer !

En fait l'avenir de l'Algérie lui paraissait inquiétant, le souvenir de la guerre du Rif ne l'avait jamais quitté et, sans le dire à personne, il avait fait acheter à sa femme une propriété en métropole...

Jacques Chevallier, le maire d'El biar, briguait la députation aux élections prévues pour novembre 1946. Si Estelle proférait que tous ses discours n'étaient que « pures fariboles », Pierre, en revanche, prêtait foi à ses promesses et assistait à toutes les réunions électorales.

Il avait par ailleurs ouvert un cabinet, orienté vers la psychiatrie, l'une de ses premières patientes ayant été Lucky dont l'état mental s'était brutalement détérioré.

À Tipaza, elle continuait de se cloîtrer en permanence dans sa chambre. Elle n'acceptait que la présence de sa servante Louisa et les visites de sa mère ou de sa fille. Elle refusait formellement de recevoir son père et son frère parce que, disait-elle : « En tant qu'hommes, et tout autant que Wade, ils étaient responsables du mal qui s'était mis à régner sur la terre... »

Belle, qui souffrait de cette situation, s'était construit une carapace faite d'un silence dont elle ne se défaisait jamais, sinon avec sa grand-mère.

— Mémé, quel est donc ce mal dont elle parle ? lui avait-elle demandé.

— Un mal imaginaire, ma petite.

— Non je pense qu'en fait elle accuse ainsi Papa de la tromper, ce qu'il fait depuis longtemps d'ailleurs !

— Mais non, voyons. Où vas-tu chercher cela ?

En fait, en dépit de son isolement, la nouvelle des émeutes de 1945, qualifiées officiellement de jacqueries dues à la faim et celle de leur terrible répression, décrite comme une juste réponse à la barbarie, était parvenue aux oreilles de la recluse. La fragile protection qu'elle s'était construite s'en était trouvée effondrée. Un beau matin, échappant à la surveillance pourtant attentive de Louisa, elle était partie au village sur le cheval de sa fille, entièrement nue, en répétant comme une litanie :

— Remerciez-moi, gens de Tipaza, je suis lady Godiva. Je viens vous éviter le feu venu du ciel ! Celui qui a frappé Sétif et Guelma !

Après cela, seule Louisa avait pu raisonner sa patronne. Elle seule aussi avait réussi à lui faire accepter de consulter Pierre qui, tout de suite, l'avait fait entrer en clinique.

En apprenant la nouvelle, Élisabeth avait alors eu avec Jeanine une conversation éprouvante :

— Le docteur Lanier a dit que ça a dû commencer il y a bien longtemps. Et moi qui n'ai rien vu venir, se lamenta-t-elle.

— Je t'avais pourtant dit qu'elle ne tournait pas bien rond, ta fille.

— Il a aussi demandé s'il y avait un atavisme chez nous. Qu'est-ce que c'est ça ?

— Eh bien d'autres dingos dans la famille. Pas chez ton mari que je sache, mais Maman elle n'était pas toujours nette, avec son guérisseur et sa voyante de Fort-de-l'Eau. Et qu'elle en parlait à Lucky ! Et que la petite elle l'écoutait ! Et la mémé Cléo ? C'était pas un numéro spécial ?

— Il a dit aussi que ce qu'elle a fait, c'est à cause de la guerre et de ce qu'il y a eu à Sétif. C'est vrai qu'elle écoutait la radio toute la journée avec toutes les horreurs qu'ils débitent dans les nouvelles ! Mais il a parlé aussi de la destruction de Coventry en Angleterre, que c'était pour ça quelle disait qu'elle était lady Godiva. Qu'est-ce que ça veut dire ça encore ?

— Ça, j'en sais rien… avait conclu Jeanine.

* * *

Rendu à la vie civile, Idir demanda sa réintégration dans le corps enseignant et fut nommé à l'école de garçons d'El biar qui jouxtait l'église, le presbytère et le monument aux morts. Le village lui-même, autrefois peuplé de Mahonnais et de Maltais, s'était beaucoup transformé. Autour de sa grande place encadrée par la poste et la mairie, de style Jonnart, il avait maintenant un visage plus urbain que rural.

Pour se loger avec les siens, il loua, ouvert sur un jardin sauvage, le rez-de-chaussée d'une villa, « Le Petit Gâtinais », dont la propriétaire, madame Cardona, habitait le premier étage.

La vieille dame était une institutrice à la retraite, une veuve dont le fils unique avait été tué à la bataille de Garigliano. Toujours vêtue de noir, elle avait pour principe de ne jamais rester inactive. Très vite elle prit Samia sous sa protection, tout en servant un peu de grand-mère à Arezki.

Idir avait bien senti qu'elle retrouvait en lui quelque chose de son fils disparu. Il accepta d'endosser ce rôle, non sans se trouver mal à l'aise, chaque fois qu'elle l'interrogeait sur ses campagnes. Il n'aimait guère les évoquer. Quand, en Angleterre d'abord, il avait été écarté des combats, il s'était profondément ennuyé dans une base militaire et s'était dit : « Est-ce là ce qu'ont tant voulu vivre mon père et avant lui mon grand-père, au point pour le premier d'y laisser la vie ? Est-ce pour cela que j'ai entendu suivre leurs traces ? »

Ensuite, lorsqu'il avait été envoyé dans l'armée d'Afrique, il n'avait pas davantage aimé l'autre visage que la guerre lui avait offert. En particulier dans les Vosges, quand cerné par les balles d'un ennemi invisible, il avait tiré au hasard au travers des sapins, il s'était senti minuscule et vulnérable, tel le perdreau rouge du conte de Daudet qu'il aimait lire à ses élèves…

Il se forçait pourtant à répondre aux questions de madame Cardona. Il savait que cela adoucissait le deuil de la vieille dame. Par ailleurs, il puisait lui-même un grand réconfort dans l'amitié que lui portait Jean Souchon, un de ses collègues. C'était un grand invalide qui avait perdu ses deux mains pendant la campagne d'Italie. Deux prothèses les remplaçaient, l'une en bois, l'autre une pince de métal. Elles impressionnaient tant les élèves qu'il lui suffisait de les brandir pour faire cesser leurs querelles.

— Pour eux, je suis le capitaine Crochet, pour ceux du moins qui ont lu *Peter Pan*, disait-il en riant aux éclats.

Idir l'admirait de parler avec humour de son infirmité et d'avoir pu surmonter l'horreur de la guerre, en dépit de ce qu'elle lui avait coûté. Toutefois, à propos de leurs combats, ils avaient gardé le silence, jusqu'au 8 mai 1946.

Ils avaient participé à une cérémonie du souvenir au monument aux morts, et une orpheline de guerre avait refusé en pleurant de déposer une couronne. Idir avait compris la colère de l'enfant. Elle lui avait rappelé ce qu'il avait ressenti, si souvent, dans son enfance.

— Cela doit lui sembler absurde. Ça ne lui rend pas son père ! avait-il dit à Jean qui avait acquiescé.

* * *

Azziz n'avait pas voulu reprendre ses études, que sa mobilisation avait interrompues. Il avait préféré entrer comme journaliste sportif à « Alger Républicain », un quotidien proche du PCA, fondé par Pascal Pia. Il restait sourd aux propos politiques des collaborateurs du journal. Il ne sortit de sa réserve qu'à l'occasion d'un article qu'il consacra à Alfred Nakkache, un champion de natation d'origine constantinoise, déporté à Auschwitz. Quand ses collègues lui reprochaient son indifférence, il accueillait là encore leurs remarques avec une belle impassibilité, apparente du moins. En fait, quand certaines attaques avaient été trop violentes, il avait besoin du secours de Pierre.

— Tu sais, lui dit-il un jour à « L'Otomatic » car ils n'aimaient plus s'attabler au « Coq hardi » où les hantait le souvenir de Philippe, c'est bien simple, je n'arrive pas à penser comme eux. La guerre et tous ces morts autour de nous, j'ai tout effacé de ma mémoire. Et ces discours politiques qui glorifient notre courage me paraissent dérisoires !

— Moi aussi. Je voudrais tirer un trait sur le passé, mais trop souvent les souvenirs reviennent m'obséder. Ils ne veulent pas me lâcher, la nuit surtout. Récemment, je me suis réveillé, angoissé et trempé de sueur. Seule la présence de Suzanne a pu me réconforter. Je préfère penser à des solutions concrètes concernant le futur de l'Algérie. J'en parle beaucoup avec Jacques Chevallier, depuis qu'il a été élu à l'Assemblée nationale. Bien des problèmes restent pendants ici. Si on ne les règle pas, ils vont nous revenir, comme un boomerang ! Mais ça se fera, ça se fera…

Les avis de son ami réconfortaient Azziz, mais quand de nouveau, au journal, une remarque lui était faite, il se refermait en se disant : « Rien ne vaut les leçons de natation que je donne à Djamel, le rire de Meriem ou celui du bébé Kamel. »

Malgré sa répugnance pour toute actualité autre que sportive, il ne put pourtant éviter de prendre de plein fouet les nouvelles mesures prises pour l'Algérie ni, en 1948, de donner son bulletin de vote aux élections.

Une représentation plus importante avait été concédée aux musulmans, ainsi que l'avait promis le général de Gaulle à Constantine, en 1943, mais ils étaient encore peu représentés.

Ces élections avaient provoqué une nouvelle indignation de Lila :

— Tout a été truqué par le nouveau gouverneur Naegelen, ce SFIO. Pourquoi, alors que nous sommes 7 800 000 musulmans, un seul sur sept seulement a voté ?

— Il y a eu beaucoup d'abstention ou de gens qui ne se sont pas inscrits. Ils ne savaient même pas comment procéder ! lui avait dit Ahmet. N'oublie pas non plus que le PPA a prôné le boycott des urnes. Il reste des points positifs tout de même. On s'engage à supprimer les communes mixtes, à maintenir l'indépendance du culte musulman, à procéder à l'enseignement généralisé de l'arabe. Et puis, ce qui devrait te réjouir, le vote est accordé aux femmes musulmanes comme il l'a été depuis peu à toutes les Françaises !

— Mais cette Assemblée algérienne n'a aucun pouvoir ! Elle se contentera d'appliquer ce qui a été déjà prévu à Paris. En plus, pour chacune de ses décisions, la majorité des deux tiers sera nécessaire. Finalement, Fehrat Abbas avait raison quand il a dit au maréchal Juin : « Il n'y a plus d'autres solutions que les mitraillettes ! »

Ahmet l'avait regardée poursuivre ses protestations, les yeux étincelants et le visage empourpré, sans se rendre compte que son chignon s'était dénoué. Il s'était demandé d'où elle tenait cette pugnacité et en y songeant bien, il lui apparut qu'elle lui venait de Doudja. « Ma chère femme savait ce qu'elle voulait… jusqu'à en être parfois têtue, se disait-il. Je me souviens comme elle a bravé l'opinion, celle de sa famille en particulier, quand Lila a voulu faire carrière dans le chant… »

Quant à Azziz, il n'avait pas fait preuve de la patience de son père. Il n'avait pas attendu que sa sœur ait terminé sa péroraison pour quitter la pièce, non sans avoir lancé :

— Moi, je ne prétends pas révolutionner le monde comme toi, Lila ! Je me contente d'être un bon journaliste, un bon nageur et surtout un bon Français !

* * *

Lucky passa plusieurs semaines à la clinique Saint-Raphaël avant que son état ne se stabilise.

— Elle sortira presque dans le même état que celui dans lequel elle est entrée. Je me demande s'il existe un traitement approprié à son cas ! s'était exclamée Belle, à l'issue d'une des nombreuses visites qu'elle faisait à sa mère.

— Mais j'espère bien la guérir, ou du moins faire en sorte que ne se produise plus ce qui s'est passé, lui avait répondu Pierre. Malheureusement, nous, psychiatres, sommes parfois désarmés. Bien souvent je ne peux qu'être le gardien de mes patients, celui qui les empêche de faire du mal aux autres ou de s'en faire à eux-mêmes…

— Mais elle n'a fait de mal à personne en montant un cheval toute nue à travers Tipaza !

Certes, elle voulait bien admettre que la chevauchée de Lucky était incongrue, mais elle ne voulait voir là qu'un dérapage. À vrai dire, à certains égards, elle admirait même son originalité…

— Non, elle n'a fait de mal à personne ! Mais tu n'as pas mesuré, je pense, l'état d'angoisse dans lequel elle se trouvait alors. Il était en rapport, comme pour nombre d'entre nous, avec les massacres de Sétif mais plus encore, je pense, avec ce que l'on a appris sur les camps d'extermination nazis. Personne ou presque ne pouvait imaginer une abomination pareille. Si ta mère vivait en recluse, elle était toujours suspendue à la radio. Quand elle a accepté, oh si peu ! de dialoguer avec moi, elle m'a dit avoir suivi de près le procès de Nuremberg, en tant qu'Israélite m'a-t-elle précisé. De plus son identification à lady Godiva avait un lien avec l'anéantissement de Coventry en 40… Tous nos actes, même et peut-être et surtout les plus fous, ont une cause, souvent inconsciente.

Pourtant Belle n'avait été qu'à demi convaincue par les arguments de Pierre. « En fait, se disait-elle, tout le monde dans la famille a peur de Maman. » Ses grands-parents paraissaient anéantis par l'état de leur fille, Jeanine se dérobait à ses questions et enfin Edmond se contentait de dire, à sa façon bourrue, que sa sœur était « maboule » et l'avait toujours été.

Belle n'arrivait à prendre une certaine distance avec ce qui la hantait qu'en faisant du sport, de façon intense. Dès le premier soleil de mars, elle aimait retrouver, à la piscine du RUA, Azziz qui l'appelait « sa première et meilleure élève ». Elle jouait aussi au tennis, au Raquette Club de La Redoute et elle était très fière d'avoir été honorablement battue, en double, par Bob Abdesslam.

Un jour, Suzanne perçut ce désarroi de la jeune fille à propos de sa mère. Elle lui dit combien l'avis de Françoise Grollet, maintenant Françoise Escobar, qui avait été leur professeur de philosophie à toutes deux, lui avait été un jour précieux. Elle lui recommanda de le prendre à son tour et Belle suivit le conseil.

Françoise la reçut dans sa demeure de la Casbah, qui servait aussi d'atelier à son mari, Jésus Escobar, qui avait en effet repris ses pinceaux au retour de la guerre, comme si rien ne s'était passé.

Il régnait dans les lieux, malgré leur inconfort, une ambiance de sérénité. Depuis une fenêtre s'offrait une échappée sur la baie dans laquelle contrastaient le bleu délavé de la mer et la blancheur écumeuse de ses vagues.

— Mon mari aime peindre la Méditerranée quand elle est ainsi, quand elle prend un air sauvage, dit Françoise à Belle, mais je ne pense pas que vous soyez venue pour que je vous parle de peinture !

Il n'en fallut pas davantage à la jeune fille pour qu'elle lui livre hâtivement tous ses soucis, dans un grand désordre. Le thé à la menthe servi par Françoise refroidit dans son verre sans qu'elle y touche. Au terme de son long monologue, elle se tut brusquement, comme gênée.

— Vous en aviez gros sur le cœur, mon petit ! Vous vivez en effet un moment bien difficile, mais souvenez-vous du moment où j'ai évoqué dans votre classe l'œuvre de Freud. Notre inconscient nous mène, mais on peut essayer de déchiffrer pour y voir plus clair ! Vous devriez tenter l'aventure. Il n'y a pas de psychanalyste à Alger, mais une de mes amies devrait s'y installer bientôt, après s'être formée avec René Laforgue, à Casablanca.

— Vous me croyez donc folle, comme ma mère ! protesta Belle, le feu aux joues.

Très vite, cependant, elle s'apaisa en voyant sa conseillère lui sourire avec bienveillance. Et plus tard, cheminant au travers des ruelles obscures, elle se souvint de ce que Françoise avait dit un jour à ses élèves :

— Vous savez, mesdemoiselles, je ne saurais mieux vous évoquer le dédale de l'inconscient qu'en le comparant aux venelles mystérieuses, aux escaliers secrets, aux passages dérobés de la Casbah que vous connaissez toutes. C'est à première vue un labyrinthe, mais on peut apprendre à y retrouver son chemin…

* * *

Nombreux étaient ceux qui demandaient à David de raconter sa guerre, mais ils n'obtenaient de lui, au mieux, qu'un : « J'me rappelle pas. » Il avait cependant consenti à rendre visite à Tahie, en compagnie d'Azziz, pour lui parler de la mort de Philippe dont ils avaient été les témoins, encouragé par Edmond qui lui avait dit :

— Va la voir, la pauvre. Elle était la seconde mère à Philippe. Si c'était toi que t'y étais mort, t'y aurais voulu qu'un de tes copains il aille voir Jeanine, non ?

Ils s'étaient exécutés mais ni l'un ni l'autre n'avait été bien prolixe, l'un par timidité, l'autre du fait de sa nature taciturne…

Edmond ne s'étendait pas non plus sur ses campagnes. Une seule fois il avait dit à Marinette, inquiète de l'expression de profonde tristesse qui, par moments, envahissait son visage habituellement si jovial :

— Quand je pense, ma belle, qu'en Corse je me plaignais d'être à l'arrière ! Même qu'à Bastia j'avais demandé à cet avocat s'il pourrait pas me faire envoyer au front… J'étais alors un vrai mulet, ma chérie, je savais pas ce que c'était au juste ! Ah, j'y ai été au front après, en Alsace ! J'ai été gâté dans les horreurs ! Si t'y avais vu, dans la poche de Colmar, le massacre que ça a été, dans la neige, par -20 °C. Tous ces morts au milieu des mines de potasse. Alors là la guerre, j'ai plus trouvé ça joli ! Des fois, encore maintenant, j'en fais des cauchemars…

Puis il s'était vite tu et elle ne l'avait jamais plus questionné, quand elle avait compris que, tout comme David, ce qu'ils avaient vécu ne leur semblait maintenant qu'un mauvais rêve, que l'ombre de nombreux drames se portait sur la gloire qu'ils en avaient retiré. Elle s'était même désormais efforcée de faire taire les curieux, efficacement secondée par Jeanine.

En décembre 1947, David était pourtant sorti de son silence lors de la mort du général Leclerc :

— On dit que c'est un accident à cause d'une tempête de sable. Moi j'crois plutôt qu'on a mis une bombe dans son avion, qu'il connaissait trop de choses sur tout le monde et que ça en gênait beaucoup.

Et même, en janvier 1948, il devint presque bavard à propos de la guerre entre les Arabes et Juifs, après la partition de la Palestine :

— Ça, c'est la vengeance des Anglais. Rien qu'ils montent les uns contre les autres. Vous avez vu comment qu'ils ont traité les malheureux de l'exode, et empêché de partir ceux qui sortaient des camps de concentration ? Moi, ces camps, je les ai pas vus. Mais j'avais un copain GI qui m'a dit qu'il est allé à Dachau. Que tellement c'était dégueulasse qu'il a vomi. Alors après, avec ses camarades, ils ont pas fait de quartier avec les SS ! Bon, les Anglais, c'est pas les SS, d'accord, mais pourquoi qu'ils s'acharnent contre ceux-là qu'ils ont plus de maison, plus de pays et surtout plus de famille ? C'est pas bien ça ce que les Anglais y font. Jamais les Français ou les Américains ils auraient fait pareil !

Il admirait beaucoup ces derniers. Quand il les évoquait, il décrivait l'équipement qu'il avait reçu d'eux, lorsque la 2e DB avait été rattachée aux troupes de Patton :

— De tout, des beaux uniformes confortables, des rations pour manger très bonnes, et même ce qu'il fallait si on allait voir les femmes !

Bientôt il fit part à Jeanine d'un projet qui avait germé dans sa tête :

— Maman, peut-être que je vais m'en aller en Palestine pour me battre avec mes frères Juifs. Ils ont besoin qu'on soit nombreux avec eux pour la castagne. Un jour, c'est sûr qu'il va falloir leur donner un pays bien à eux. T'y en parles à personne parce que si ça marche pas, tout le monde il va dire que je suis un « chiqueur ».

Jeanine ne voulait pas croire à ce projet qui la désespérait. Ainsi, à peine revenu, après cinq années d'absence pendant lesquelles elle avait tremblé pour lui, il reparlait de guerre… Elle avait du mal à reconnaître dans cet adulte belliqueux, devenu un beau gosse costaud, le petit garçon malingre et silencieux qui avait changé sa morne existence.

Il lui parlait aussi beaucoup d'une Claudia Habib qu'il avait connue en Tunisie et avec laquelle il correspondait. Jeanine le poussa à la revoir en se disant que peut-être la jeune fille saurait le faire renoncer à ses projets :

— Pourquoi n'irais-tu pas à Sousse rendre visite à Claudia ? Autrement elle va t'oublier pour un autre.

Ces paroles eurent le don d'assombrir David jusqu'au jour où, irrité de l'insistance de Jeanine, il lui lança :

— T'y arrêtes, hein ! Pour beaucoup de choses je t'obéis mais là, c'est moi qui décide. D'ailleurs Claudia elle m'a juré que jamais elle m'oublierait !

Contrainte, Jeanine se tut, en se disant qu'elle aussi n'avait jamais cessé de penser à ce garçon à peine entrevu qui lui avait inspiré un amour aussi intense que platonique... Cependant, elle tint à lui dire :

— Tu sais, mon fils, les femmes c'est changeant ! Si on ne s'occupe pas d'elles, elles vont voir ailleurs !

* * *

— En 45, ce n'était qu'une révolte de paysans affamés à cause des disettes dues à la guerre. Tout est rentré dans l'ordre, comme je l'avais prévu, affirma Estelle au petit groupe qu'elle avait convié chez elle, pour un *five o'clock*, comme elle disait...

— Le ciel t'entende. Moi je n'en suis pas persuadé, lui répondit Ronan. Les indigènes n'ont toujours fait que se résigner à notre présence. J'ai appris ça dans le Rif. Ils attendent que nous donnions des signes de faiblesse pour se soulever contre nous. La révolte kabyle après 1870, et maintenant ce soulèvement après notre pseudo-victoire !

— Ce que vous dites est peut-être vrai au Maroc qui est un État ancien, avec un souverain respecté, descendant du prophète, mais pas ici où il y a des populations si diverses, ennemies les unes des autres, avait repris Gilberte.

« Quand je pense qu'Estelle la prétend aussi belle que Greta Garbo », songeait en la regardant Danielle, qui se flattait, de son côté, de ressembler à Marlene Dietrich... « Oui, elle a ses grands pieds et son allure gauche ! » La politique l'ennuyait. Elle était lasse de ces conversations, les mêmes depuis des mois, prétexte à des joutes verbales entre son mari et sa belle-sœur. Elle avait pris la décision de vendre ses terres d'Algérie et du Maroc pour en acquérir d'autres en métropole, ce qui la préoccupait davantage. Elle ne se plaisait guère à Alger. On lui avait été tenu grief de son divorce, puis de son second mariage, qui avait désespéré ses autres prétendants. Son esprit vagabondait, elle songeait aux deux options qu'elle avait : des vergers en Touraine ou des terres dans le Sud-Ouest, quand la voix stridente d'Estelle la ramena à la réalité.

— Ne me dis pas que la situation en Algérie ressemble à ce qui se passe en Palestine. Les Anglais n'y étaient pas implantés, comme nous ici. Ils savent ce qu'ils font et se retirèrent à temps pour garder de bons rapports avec ceux qu'ils ont colonisés. Comme en Inde l'année dernière !

— Ils s'y trouvaient bien installés, en Inde, comme les Français en Algérie. Ils sont partis après une guerre sanglante et des victimes par milliers. Comme ce sera peut-être le cas ici un jour ! tonna Ronan.

— Oh, cessez de comparer, l'Algérie n'est pas une colonie britannique, ni une colonie tout court, mais trois départements français, trancha Gilberte.

Wade fréquentait aussi les réunions chez Estelle. Il s'y ennuyait mais Washington lui avait demandé de rapporter les opinions des Algérois dans leur diversité. Il avait ce jour-là des préoccupations plus domestiques. Il se sentait triste que ses efforts pour maintenir unie sa famille soient bien vains. Ce jour-là, elle lui semblait définitivement détruite.

À son retour à Tipaza, quelques jours avant, après son séjour en clinique, Lucky paraissait calmée mais elle n'en avait pas moins repris son existence antérieure et affectait d'ignorer son existence. Il se sentait comme transparent à ses yeux. Tout était à l'inverse de ce qui s'était passé au sortir de la Grande Guerre, quand la fougue, la fantaisie de la jeune fille d'alors avaient ressuscité le zombie qu'il avait l'impression d'être. À ce moment-là elle avait su lui faire oublier la mort qui avait frappé partout autour de lui…

Quant à la complicité avec sa fille, elle avait maintenant disparu. Belle s'était inscrite en faculté de droit, dont elle séchait volontiers les cours en leur préférant la terrasse de « L'Otomatic ». Elle ne manquait pas de soupirants et s'éloignait de lui. C'était normal, se forçait-il à penser, à contrecœur.

Il se sentait bien seul. Ses aventures extraconjugales n'avaient fait que renforcer son sentiment de n'avoir personne à aimer ou à qui se confier. Il lui arrivait même de regretter le temps de cette guerre qui venait de finir, où ne comptaient pour lui que les complots, les secrets, les intrigues, tout ce qui lui avait donné la sensation d'exister…

Il se leva en demandant à Estelle de l'excuser de partir si tôt mais il lui fallait rentrer à Tipaza avec Belle. Elle l'attendait au bas de l'immeuble où elle partageait un appartement avec deux étudiantes venues comme elle du bled. En montant dans la voiture, elle posa sur le sol le sac Hermès que son père lui avait rapporté de Paris :

— Je suis crevée, j'ai nagé tout l'après midi au RUA.

— Mais l'eau n'est pas bien chaude. On n'est que fin avril.

— On s'habitue vite.

Wade regretta qu'elle se soit endormie quand ils eurent passé les grands eucalyptus frémissants qui bordaient la route, juste avant Chéragas. Elle aimait à voir, en face du domaine des Borgeaud, un bosquet de mûriers dont, petite fille, elle cueillait des feuilles pour nourrir ses vers à soie. Les villages se succédèrent après Sidi-Ferruch, entre les champs de primeurs que protégeaient des rideaux de cyprès. Wade aperçut un pêcheur qui manœuvrait son carrelet au-dessus des eaux jaunes du Mazafran puis, sur le toit d'une sardinerie, près de Chiffalo, le nom de son propriétaire, Papafalcone… « Un Sicilien, venu autrefois de Cefalu, de son île, songea-t-il, mais pas un de ces maffiosi comme ceux qui nous ont aidés, nous les Américains, à entamer la campagne d'Italie… »

Peu avant Castiglione, Belle se réveilla :

— Déjà « Petit guignol » – car c'est ainsi qu'enfant elle avait surnommé la bourgade… Au fait, comment va Maman ?

— C'est pareil… dit Wade laconiquement qui songea : « Au moins seras-tu là quelques jours, ma jolie Belle, pour m'aider à supporter la situation, même si tu n'es plus ma petite fille d'autrefois. »

* * *

Les Algéroises, comme toutes les Françaises, étaient lasses de l'austérité. Elles aspiraient à porter des toilettes qui ne soient pas retaillées dans les costumes de leurs maris. Elles avaient envie, plutôt que de les teindre au brou de noix, de gainer leurs jambes de ces bas nylon venus avec les GI. Et puis, les restrictions de textile s'adoucissant, elles avaient applaudi le « New Look » lancé par un jeune couturier, Christian Dior.

La clientèle était nombreuse au « Grand Duc ». Aussi Rose avait-elle recruté deux nouvelles ouvrières, après qu'Antoinette lui ait fait part de son souhait de prendre sa retraite.

— Je te comprends, avait-elle dit à son amie. Je suis à peine plus jeune que toi mais j'ai eu une jeunesse protégée et je n'ai commencé ma vie professionnelle que bien tard. Je me débrouillerai avec les nouvelles petites mais je ferai appel à toi, s'il y a un coup de feu...

Elle avait reçu une lettre de Marguerite de Viannac, retirée à Lyon, et l'avait fait lire à Antoinette. Elle lui disait que sa douleur s'était un peu apaisée, qu'elle avait connu à Alger les meilleures années de sa vie, mais qu'il ne lui serait plus possible d'y vivre. Elle y serait trop entourée par les fantômes de ceux qu'elle avait perdus... Elle ajoutait, en post-scriptum, qu'aucune boutique lyonnaise n'égalait « Le Grand Duc ».

— C'était ma cliente préférée, et je trouvais tant de plaisir à l'habiller. Je l'aurais volontiers fait pour rien. Elle était même plus chic que bien des Parisiennes ! avait dit Antoinette.

Marguerite avait aussi écrit aux Lanier et Antoine, frappé du ton de sa lettre, s'était dit : « Ce n'est plus l'amazone d'autrefois, la conquérante que j'ai connue, celle qui pouvait même être si dure, voire glaciale, celle pour qui son métier comptait plus que tout. Le sort l'a bien accablée, en la frappant justement au travers de ceux qu'elle avait négligés. » Il en avait conclu que la Némésis avait fait son œuvre, parce que les dieux l'avaient trop comblée. En l'occurrence, cela lui avait évité de penser qu'en fait c'était celle qui avait toujours dédaigné ses avances qui s'était trouvée ainsi châtiée...

Tahie enfin avait aussi reçu une missive de son ancienne patronne qui la félicitait pour son mariage – un peu tardif. Après la mort de Rodolphe, Prosper Martinez, un petit colon des collines du Sahel qui la courtisait depuis longtemps l'avait, une fois encore, pressée de l'épouser. Elle avait alors agréé sa demande, et vivait maintenant chez lui à Dely-Ibrahim, dans une de ces maisonnettes des colons-soldats de Bugeaud qui, à travers la campagne, témoignaient encore des temps anciens.

* * *

En 1949, un décret du gouvernement général fusionnait l'enseignement destiné aux élèves européens et celui réservé aux musulmans. Les deux communautés allaient se mêler. Le but était louable, mais il ne pouvait être atteint avec les modestes crédits prévus et le nombre restreint d'enseignants. Aussi, bien des enfants ne trouveraient-ils de place nulle part…

Le décret n'avait fait qu'officialiser, à l'école de garçons d'El biar, une mixité qui existait déjà. Si les petits musulmans y restaient minoritaires, ils provenaient presque tous de familles bourgeoises, souvent plus fortunées que celles de leurs camarades européens. Idir y assurait l'enseignement de la classe précédant l'entrée en 6e. Quand vint la rentrée scolaire, le surpeuplement de sa classe l'inquiéta et il ne crut guère que de nouvelles mesures viendraient améliorer la situation.

En septembre, il avait fait un bref voyage en Kabylie. Il y avait rencontré un collègue, Ali Hammache, qui n'avait eu que des mots très durs à propos des conditions dans lesquelles il devait exercer dans le bled :

— Ici la scolarisation n'a rien à voir avec celle des grandes villes. Bien des enfants ne vont pas à l'école. Mes élèves échapperont à l'analphabétisme mais les autres resteront sur le carreau. Avec pour seule perspective une vie vouée à des travaux ingrats ou à l'exil. Et puis bien rares sont ceux qui poursuivront un cursus dans le secondaire, et plus rares encore ceux qui fréquenteront l'université !

— Mais c'est que nous sommes près de huit fois plus nombreux que les Européens, lui avait dit Idir.

— Des Européens qui ont depuis longtemps fait pression pour laisser le peuple dans l'ignorance, afin de ne pas perdre une main-d'œuvre exploitable !

Ali avait poursuivi sa diatribe, très argumentée, sur la situation du moment et sur l'avenir du pays, en se disant particulièrement scandalisé par la manière dont les élections s'étaient déroulées :

— À Alger, peut-être que nul n'a osé appliquer les instructions de ce gouverneur Naegelen, nommé à la place de Chataigneau, que les colons jugeaient trop libéral. Mais ici, il aurait fallu que tu voies l'encadrement des bureaux de vote par les patrons européens. Et tous ces malheureux qui suivaient leurs consignes ! Sans parler du trafic des bulletins et du bourrage des urnes !

Il s'était ensuite lancé dans une description de la répression menée au travers de la Kabylie après le 8 mai 1945. Il avait dénoncé les humiliations exercées contre les populations, même quand le calme était revenu, et il avait fini par confier à Idir qu'il militait pour Messali Hadj :

— Il a été l'un des premiers à dénoncer les méfaits du colonialisme et à réclamer ouvertement l'indépendance du pays, d'une façon bien plus claire que ce Fehrat Abbas qui louvoie et ne parle que de compromis.

Ses propos avaient troublé Idir qui lui demanda timidement :

— Mais comment imaginer un combat sans soutien extérieur ?

— Oh, il n'en manque pas. De la part du monde arabe en général et de bien d'autres, l'URSS, l'Amérique !

Idir avait médité les propos d'Ali. À certains égards, il l'admirait d'assurer sa tâche ingrate d'avoir à instruire des montagnards, qui « s'ils restent dans l'état d'ignorance où ils se trouvent ne pourront jamais se libérer de leurs chaînes », comme il avait dit. La part d'Idir qui le rattachait à son père approuvait ces positions, mais celle qui le reliait à Antoinette en blâmait certains aspects. La véhémence d'Ali le gênait, tout comme son refus de reconnaître qu'il devait son instruction aux Français. Son usage du terme de colons qu'il appliquait systématiquement, sur un ton méprisant, à tous les Européens, le choquait. Les idées de Fehrat Abbas lui convenaient mieux que la radicalité de ceux de Messali Hadj. « Certes, pensait-il, ce dernier payait cher son engagement en faveur de l'indépendance. Il lui avait valu les travaux forcés et l'exil », mais son intransigeance, ses anciennes attaches communistes et surtout son islamisme le rebutaient.

Il n'en resta pas moins qu'Idir s'ouvrit à la politique, dont il se désintéressait depuis son retour de la guerre. Désormais, il écoutait régulièrement la radio, où depuis 1946 nombre d'émissions évoquaient le « problème algérien », par les voix d'Albert Camus, de Paul-Émile Viard ou de Jean Amrouche, un Kabyle chrétien.

* * *

Les affaires du « Grand Duc » ayant repris, Rose avait pu quitter sa soupente pour un deux pièces de la rue Bourlon. Elle avait maintenant cinquante-huit ans et le soutien et la complicité d'Antoinette lui manquaient beaucoup.

— Je me sens un peu lasse, un peu trop âgée peut-être pour former ces deux jeunesses qui l'ont remplacée… bien qu'elles fassent de leur mieux, d'ailleurs, disait-elle à Julie un dimanche.

— Il faut pourtant t'y faire. C'est « Le Grand Duc » qui te fait vivre.

— Je songe à le vendre. Je pourrais tirer un bon prix du pas-de-porte. Un jeune couturier venu de Paris m'a fait une offre de rachat. Je pourrai placer ce qu'il me donnera et, avec mes petites économies, vivre correctement.

Julie songeait en l'écoutant : « Toujours ma Rosie, pas paresseuse, non, un peu indolente peut-être, mais courageuse ! Mais il lui faut toujours un tuteur ou une tutrice. Son projet me paraît un peu irréfléchi, à moins qu'elle ne me cache quelque chose ! »

Rose, en fait, entretenait une liaison discrète avec un homme marié, Henri Roussel. Elle l'avait connu à la boutique, quand il y avait accompagné son épouse. Celle-ci se portait mal, elle était d'une maigreur extrême, due à un cancer qui la minait, ainsi que Rose l'avait su plus tard. Sous des prétextes divers, il était revenu. Un point commun les avait rapprochés : l'Afrique noire. Henri Roussel avait fait sa carrière dans l'administration des colonies avant de prendre sa retraite en Algérie, d'où sa femme était originaire. Un soir où elle allait fermer le magasin, elle s'était trouvée seule avec lui… Des rencontres furtives avaient suivi qui avaient amené le couple, chemin Bucknall ou chemin Romain, sur les hauts de la ville. C'était là que se donnaient rendez-vous les amoureux et si tous deux se sentaient vaguement honteux de roucouler ainsi à leur âge, cette gêne cessait dès qu'ils se retrouvaient.

Madame Roussel finit par s'éteindre, ce qui sépara un temps Rose et Henri, au nom des convenances. Elle finit par révéler sa liaison quand son soupirant, jugeant suffisant le temps passé depuis la mort de sa femme, lui proposa de l'épouser. Elle annonça ce nouveau projet de la même manière juvénile et précipitée avec laquelle elle avait annoncé ses fiançailles avec Joseph, puis sa rencontre avec Mario.

Julie ne fut pas surprise. Elle avait souvent pensé que Rose referait sa vie encore une fois, tant elle la savait romanesque et effrayée par la solitude. Elle savait aussi que, séduisante, elle avait toujours plu aux hommes et qu'ils l'appréciaient parce que, comme elle les aimait, elle était bonne et indulgente avec eux. « Avait-elle eu d'autres liaisons ? » se demanda Julie. « Qu'en avait-il été au juste de ce pensionnaire anglais, Jeffrey Marsden, en dépit de leur différence d'âge ? Autrefois je n'aurais jamais osé avoir de telles pensées, j'étais une vraie oie blanche ! » s'avoua-t-elle.

La vieille dame restait lucide sur la manière dont ses enfants avaient mené leur vie, Estelle en intellectuelle hostile à la gent masculine, Ronan en jouisseur et Rose en sentimentale, et elle demanda à cette dernière :

— Es-tu sûre de toi, ma petite ? Es-tu sûre de cet homme ? Tu devras faire avec lui un contrat de mariage sérieux. Il a des enfants, tous adultes bien sûr, mais qui ne te pardonneront peut-être pas de remplacer leur mère… Comme peut-être Suzanne, car je crains que ta fille accepte mal, telle que je la connais, qu'une fois encore un autre vienne prendre la place de son père…

À propos de père, Julie songeait aussi à Bruno, qui avait souffert de l'absence prolongée de Pierre. Elle l'avait bien senti. La seule image masculine qu'il avait longtemps eue était celle de son grand-père. Elle n'était guère rassurante. Antoine était un homme distant et maintenant infirme, puisqu'il n'y voyait plus du tout.

Celle de Mokhtar, le jardinier des Lanier à Dar el-Ouard, l'était plus. Il fallait voir comme le petit recherchait sa compagnie et s'initiait avec lui aux soins à apporter aux plantes. « Depuis le retour de Pierre, même s'il reste en lui un fond d'inquiétude, il s'est affirmé, tout de même », se disait Julie. Il avait été si fier de lui annoncer comme il s'était battu avec un grand qui avait triché alors qu'ils jouaient aux noyaux d'abricots, mais qui le respectait maintenant, après qu'il ait eu le dessus sur lui. Il restait qu'elle avait perçu dans les yeux de son arrière-petit-fils une certaine anxiété quand, après les émeutes de 1945, il lui avait dit : « Un copain m'a dit qu'un jour les Arabes ils feront comme ils ont fait le mois dernier, ils nous tueront tous, nous les Européens. » En la circonstance, elle avait eu du mal à le détromper puisque maintenant elle s'était mise elle aussi à redouter que cela ne survienne...

* * *

Lila avait toujours été une cliente assidue de la librairie Charlot, devenue un véritable salon littéraire pendant la guerre. Elle fut désolée quand son animateur transféra la plus grande partie de ses activités à Paris. Elle regretta de ne plus pouvoir côtoyer dans sa boutique des hommes de lettres locaux ou venus de la métropole, comme elle le faisait lorsque Alger était la capitale de la France libre.

Sa passion pour les livres lui fit même faire, en décembre 1947, dans un Lockeed Constellation de la nouvelle compagnie, Air Algérie, un aller-retour vers la capitale. Elle entendait assister, rue Danton, à une soirée consacrée à « l'apport nord-africain dans la littérature moderne ». Elle fut aussi l'une des premières lectrices de *La Peste*, vendu en quelques semaines à plus de 50 000 exemplaires, comme des livres de Jules Roy, d'Emmanuel Roblès ou de Gabriel Audisio. En mars 1948, elle assista à la réunion littéraire qu'avait organisée à Sidi Madani Christiane Faure, qui avait réuni auprès de son célèbre beau-frère Albert Camus, Francis Ponge, Louis Guilloux, Brice Parain, Henri Calet, Jean Sénac et Emmanuel Roblès.

Elle s'intéressa particulièrement à un jeune poète, Mohammed Dib et se réjouit quand, en 1952, son roman *La Grande Maison*, le révéla au public :

— Enfin une littérature musulmane, dit-elle à Robert. Enfin quelqu'un qui prend la parole pour évoquer le sort de notre communauté.

— Oui, mais en utilisant la langue française, lui dit son époux. Et il n'est pas le premier dans ce cas, tu oublies Mouloud Ferraoun.

— Il n'a pas la même envergure. C'est un écrivain régionaliste, et un Kabyle, ajouta-t-elle avec un soupçon de dédain dans la voix.

Robert sentait bien qu'autant sinon plus que leur qualité littéraire, c'était la tonalité politique de ces textes que retenait son épouse ; tout comme l'avaient fait les origines sociales de Dib, qui provenait d'une grande famille ruinée de Tlemcen. « Elle lui conviennent mieux que celles, très modestes, de Ferraoun, se dit-il. En dépit de ses aspirations révolutionnaires, Lila reste imbue de ses préjugés aristocratiques. »

De son côté, Idir avait lu d'une seule traite *Le Fils du pauvre* qu'avait couronné en 1950 le Grand Prix littéraire de la ville d'Alger. Il s'était identifié avec passion au personnage principal du roman, un instituteur kabyle, ce Fouroulou Menrad, une anagramme transparente du nom de l'auteur. Il fit lire l'ouvrage à madame Cardona, qui lui dit tout le bien qu'elle en pensait :

— Ce livre évoque parfaitement ce dilemme qui nous est commun, à vous comme à moi, du fait de notre double culture. Quand il décrit son village de Tizi Hibel, on croirait qu'il évoque le village de mes parents, qui venaient d'Espagne. Oui, reprit-elle, on peut se sentir à la fois comme moi française et espagnole ou, comme vous, français et kabyle… Ces deux patries, il faut parfois les défendre. La petite, qui est fragile, tous les jours, pour qu'elle ne disparaisse pas. Quant à la grande, ils sont nombreux ici à être allés à son secours au sein de l'armée d'Afrique, quand bien même leurs aïeux étaient arabes, kabyles, juifs, espagnols, italiens ou maltais. On peut même en arriver à mourir pour elle, comme l'a fait mon fils, conclut-elle, avec une lueur de mélancolie dans les yeux.

Idir avait écouté avec respect la vieille dame, mais il n'était pas entièrement satisfait de ses conclusions. Elles lui paraissaient trop simples. Bien sûr, il se sentait kabyle et français, mais, se disait-il : « Qui a fait principalement mon éducation ? Quelle influence l'a emporté ou l'emportera un jour ? Celle de ma mère à qui l'on m'a soustrait ? Celle de mon oncle Ameziane, au village ? Ou bien encore celle de mes maîtres à l'école, puis au lycée ? Pourquoi a-t-on fondu les communautés européenne et musulmane d'Algérie, en les envoyant ensemble au feu en 1943, et pourquoi ensuite a-t-on opéré ce clivage absurde qui en a fait deux collèges d'électeurs, trois ans plus tard ? »

Au printemps de 1953, il décida de présenter sa famille à ceux de son village, ce que la guerre l'avait empêché de faire jusque-là. Il voulait qu'ils connaissent ces gens des montagnes. Il détailla à son fils aîné, Arezki, les règles qu'il lui faudrait respecter. Le garçon, qui atteignait ses quatorze ans, appliqua scrupuleusement les consignes de son père. Il prêta en particulier une grande attention à ce que lui dit, sur un ton amer, un vieil homme assis sous le grand figuier qui centrait le village :

— C'était sous cet arbre que siégeait la *Tajemaat.* J'avais à peu près ton âge quand je l'ai entendue autoriser ton grand-oncle Ameziane à ramener ton père. Ça ne se ferait plus maintenant, parce qu'il n'y a presque plus d'hommes pour former un conseil. Ils sont tous partis travailler au loin. Ne restent ici que les vieux, ou les estropiés comme moi, dit-il en exhibant son bras droit amputé. C'est une machine qui m'a fait ça quand je travaillais en Lorraine. Je touche une petite pension d'invalidité, mais c'est bien juste pour faire vivre ma famille…

Dans le train qui les ramenait à Alger, l'adolescent soumit son père à un feu roulant de questions, et Idir lui raconta en détail sa naissance à Paris, ses premières années à Alger avant son rapt par Ameziane, tous ces souvenirs sur lesquels il lui était pénible de revenir. Il dut encore lui raconter ce qu'il savait, par Taos, de l'épopée de son grand-père M'hamed et, par Antoinette, de la guerre qu'avait faite son père, Hocine. Il n'évoqua cependant que discrètement, par modestie, ses propres combats.

* * *

Huit ans après les sanglants événements qui avaient endeuillé l'Algérie, l'avertissement du général Duval paraissait oublié. Beaucoup préféraient ignorer ou minimiser l'importance de ce qui s'était passé. Les autorités locales ou celles de la métropole les confortaient dans leur opinion. La paix ne régnait-elle pas, envers et contre tout ? La France, comme on l'affirmait, n'était-elle pas une grande puissance, qui avait gagné cette guerre ? Elle saurait venir à bout, sans mal, de ce qui n'était que de simples échauffourées…

L'été de 1954, Rose ferma pour l'été sa maison du Ravin de la femme sauvage, où elle résidait maintenant avec Henri, pour aller s'installer à Fort-de-l'Eau avec Julie, où celle-ci avait entendu continuer de vivre. Estelle était partie en compagnie de Gilberte pour séjourner trois mois à Bournemouth, dans sa chère Angleterre. Quant à Ronan, il avait définitivement quitté l'Algérie. Après avoir liquidé les biens de son épouse et acquis des vergers en Touraine qu'il exploitait, disant à Danielle : « C'est de toute façon un investissement sûr. Dans dix ans, les Français seront fichus hors d'Algérie et au moins aurons-nous évité le pire. »

Dans la villa d'à côté, celle des Seror, ne s'installèrent que Fernand et Élisabeth puisque Eugénie était décédée l'hiver précédent, d'une crise cardiaque. Elle avait trop longtemps négligé l'état de son cœur en n'écoutant que les avis de sa guérisseuse préférée. Edmond ne venait les voir que le dimanche, tant la gestion de son garage l'occupait. Il abordait la cinquantaine et avait retrouvé sa bonne humeur, en arborant de nouveau, sous sa moustache blanchie, ce bon sourire qui inspirait confiance à sa clientèle.

En 1950 pourtant, le départ d'Alger de David l'avait contrarié. Le garçon qui avait épousé Claudia, la jeune fille qu'il avait connue en Tunisie, avait émigré avec elle et leurs deux petits garçons en Israël. Les mots qu'il avait eus alors pour expliquer sa décision avaient heurté Edmond :

— Ici, c'est pas chez moi, avait-il dit. Le Maroc, y a longtemps que ça l'est plus. Moi je suis Juif et mon seul pays c'est celui des Juifs, Israël !

— Et nous autres, on compte pour rien ? Nous autres qu'on t'a toujours considéré comme de la famille, aussitôt que tu es venu à Alger. Et Jeanine ? T'y as pensé à Jeanine ?

David avait bronché un instant :

— Bien sûr que j'y ai pensé mais elle m'a dit de faire comme je veux, que c'est mon avis qui compte d'abord.

En fait, sans paraître s'y opposer, elle avait durement ressenti la décision qu'il avait prise :

— À peine mon garçon revenu, après cinq années d'absence dues à la guerre, voilà qu'il décide de repartir, et si loin en plus ! J'ai voulu échapper au destin que m'avait prédit Cléo, puis Lucky, et voici qu'il me rattrape. Je vieillirai toute seule. Vieille fille j'étais, vieille fille je redeviens ! avait-elle lancé un jour à Élisabeth qui s'efforçait de la consoler mais que préoccupait, tout autant, le sort de sa fille, Lucky.

Pourtant l'état de cette dernière s'était stabilisé après son séjour en clinique, même si par moments elle s'en prenait violemment à Wade.

— Mais comment fait-il pour supporter tout cela ? demanda un jour Élisabeth à Edmond.

— Il s'en fout et il a bien raison ! Il retourne des semaines entières dans son pays et puis y en a beaucoup qu'elles sont toutes prêtes à le consoler. Ma sœur, je te le redis encore, elle est « maboule » et y a le docteur Lanier pour ça !

Un point souciait tout autant Élisabeth. Il avait trait à Belle. Avec le temps, celle-ci méritait bien son surnom. Elle était dans l'éclat de sa trentaine et avait l'allure de sa mère autrefois. Elle menait une vie indépendante dans laquelle elle multipliait les activités sportives et les succès professionnels en tant qu'avocate. Cela consolait ses grands-parents qu'inquiétait par contre le désordre qui régnait dans sa vie amoureuse :

— Crois-tu qu'elle se fixera un jour ? Voilà maintenant qu'elle sort, et ouvertement encore, avec ce chirurgien divorcé, qui a vingt ans de plus qu'elle. Et en plus, elle est venue chez nous avec lui comme s'ils étaient fiancés ! Qu'est-ce que les gens vont dire ? se désolait Élisabeth.

— Laisse-la faire, tu n'y peux rien, lui avait doucement répondu Julie à qui elle s'était ouverte de son souci. Elles sont ainsi les nouvelles femmes. Pas comme on était nous !

* * *

En 1954, pour les vacances, Bruno passa le mois de juillet à Cherchell où il s'ennuya beaucoup, tout comme son copain Arezki Kaci qui séjournait également chez ses grands-parents. Ils tuaient le temps ensemble en passant de longues heures à se baigner, à refaire le monde ou à parler des filles. Ne les passionnaient plus autant les événements sportifs, comme le faisaient, quelques années plus tôt, les exploits de Marcel Cerdan, un natif de Sidi-bel-Abbès, de Zelasco, un enfant de Belcourt ou les mésaventures de Zaaf, né à Chebli.

Au début du mois d'août, il partit dans le Surrey pour séjourner dans une famille amie d'Estelle. Il se rendait à Londres quotidiennement, pour y visiter les musées et y lorgner les petites Anglaises. Son séjour touchait à sa fin quand, le 10 septembre, il vit venir vers lui ses hôtes, Dennis et Victoria Cox, le « Times » à la main. Il fut surpris de leur air embarrassé quand ils lui désignèrent un gros titre du journal dont il ne saisit pas le sens. À ce qu'il crut comprendre, des troubles graves avaient éclaté en Algérie.

— Cela ne m'étonne pas puisqu'il y a eu la même chose déjà au Maroc et en Tunisie ! dit-il.

Sa réponse avait étonné les Cox qui avaient alors entrepris de lui traduire le mot *earthquake*. Confus de sa méprise, il s'était alors appliqué à mieux comprendre l'article qui détaillait un séisme qui avait surpris les gens dans leur sommeil, à 1 h 11 du matin, en ravageant particulièrement Orléansville, la vallée du Chélif et une partie du littoral à l'ouest d'Alger. Elle avait mis à bas des dizaines de douars, de villages et de petites villes, fait au moins 1500 morts et plusieurs milliers de blessés et de sans-abris, selon les premières estimations…

À la même heure, à Cherchell où ils étaient en vacances, les Lanier avaient été réveillés par un sourd grondement et le bruit des meubles oscillant sur leurs bases. Désorientés un instant, ils avaient vite compris ce qu'il en était et s'étaient précipités dans le jardin.

— J'ai cru d'abord à un bombardement... dit Pierre dont les mots furent interrompus par une nouvelle secousse, moins ample.

— J'ai tout de suite su que c'était un tremblement de terre, affirma Suzanne contre laquelle se blottissait Jacqueline.

— Recommandons notre âme au Seigneur, compléta Camille, livide.

— Dès le jour venu, je verrai en quoi je pourrai me montrer utile, dit enfin Antoine qui semblait retrouver une détermination qui pourtant paraissait l'avoir quitté depuis que la cécité lui cachait le monde.

Pour leur part, au moment du séisme, les Kaci dormaient sur leur terrasse pour fuir la chaleur qui régnait à l'intérieur de la maison, une tradition familiale de l'été qu'ils maintenaient, non en raison de son efficacité, mais parce que le vaste dortoir familial ainsi créé ravissait leurs enfants. Comme les Lanier les mêmes étranges phénomènes, suivis de cris d'effroi, de lamentations, d'appels de fenêtre à fenêtre les avaient tirés du sommeil. Comme eux, ils s'étaient précipités dans la rue pour se retrouver au milieu des Cherchellois à peine vêtus, à qui la peur semblait avoir fait abandonner toute pudeur. Comme Pierre, Idir avait songé un instant à un raid aérien et, se souvenant de ce qui lui avait été enseigné à Londres pendant le blitz, il avait entrepris de rassurer la foule désorientée qui errait au travers des rues.

Et puis tout était redevenu calme. Avec le matin les oiseaux s'étaient mis à chanter. À demi rassuré, chacun était rentré dans sa demeure, y avait redressé un meuble, ramassé ce qui était tombé à terre, balayé les débris. Chacun s'était tenu à l'écoute des bulletins radiophoniques qui, l'un après l'autre, disaient l'ampleur du tremblement de terre, les dégâts et les lieux qu'il avait affectés, en chiffraient les victimes, dont le nombre augmentait sans cesse.

Pierre partit dès le matin pour le Chélif se joindre à une équipe médicale. Idir l'accompagna et demanda à être employé jusqu'à la rentrée scolaire à toute tâche où il pourrait rendre service. Quant à Antoine, il dut douloureusement se résigner à n'être utile nulle part, du fait de son infirmité.

À Orléansville le maire, Ange Biscambiglia, s'était dépensé sans compter pour panser sa ville meurtrie. Sur son exemple nombreux étaient ceux qui s'étaient mobilisés. Devant le malheur avaient été abolies les différences communautaires ou sociales qui pouvaient séparer les uns des autres. Nul ne se doutait cependant que la catastrophe était venue frapper les trois coups d'un autre drame à venir…

* * *

Juste avant la rentrée scolaire, Idir fut sollicité pour arbitrer un conflit financier familial. Après avoir participé à Ténés au déblaiement des ruines, il se rendit en Kabylie, de nouveau avec Arezki. À Tizi Ouzou, il tint à revoir le collège où il avait étudié et dit à son fils : « Il fallait que j'aie souhaité échapper au sort auquel me destinait mon oncle pour avoir supporté de vivre entre ces murs sinistres ! »

Un taxi les fit ensuite grimper dans la montagne, par une route en lacets dont il connaissait tous les tournants. À son arrivée au village, il y remarqua certains changements, en particulier des bâtiments tout neufs, ceux d'une école, lui dit-on. Il s'enquit de Ali Hammache, son collègue qu'il avait rencontré l'année précédente. Nul ne parut désirer le renseigner. Tout au plus apprit-il qu'il était parti quelque part, assez brusquement, à la fin de l'année scolaire…

Un jeune homme, Mouloud, frais émoulu de la Bouzaréa, le remplaçait qui l'entretint de ses projets, de ses ambitions et voulut qu'il vienne déjeuner chez lui. Il accepta l'offre et la veille de son départ, avec Arezki, il alla partager le couscous de son collègue.

Un temps la conversation resta formelle et ne porta que sur l'École normale, les maîtres communs qu'ils y avaient eus, leurs préoccupations pédagogiques, avant que ne soit évoquée la répression des émeutes de 1945. Mouloud en avait un souvenir douloureux. Plusieurs membres de sa famille l'avaient subie et il exprima son indignation. Idir n'avait retenu des massacres que ce que la radio ou les journaux en avaient laissé filtrer. Il avait voulu croire à la version officielle mais l'émotion du jeune homme, la douleur qui se lisait dans son regard l'amenèrent à reconsidérer l'opinion qu'il s'était faite.

— Tant de morts et puis ensuite tant d'humiliations gratuites, avait dit Mouloud avec véhémence. Cette vengeance disproportionnée des Européens. Bien sûr ils ont alors eux aussi subi des malheurs, mais pourquoi ne pas avoir alors simplement laissé s'exercer la justice ? Pourquoi avoir envoyé partout l'armée ? Pourquoi avoir laissé se créer des milices de civils, avides de revanche ?

Idir sentit ressurgir en lui des souvenirs qu'il croyait avoir réprimés, ceux des règlements de comptes en France à la Libération et ceux, en Allemagne, des pillages, des viols, des exécutions sommaires quand les Alliés y étaient entrés. Il aurait voulu dire, à l'adresse de Mouloud et d'Arezki, que quand se déclenchait la folie guerrière des hommes l'on devait s'attendre au pire. Il s'en abstint pourtant, sachant qu'il ne saurait les convaincre par des mots.

— Depuis l'on conspire partout dans nos montagnes et il faut s'attendre prochainement à quelque chose de grave, avait conclu Mouloud.

« Peut-être fait-il partie des conspirateurs », se dit Idir qui, par la suite, se trouva très embarrassé quand, dans le train qui les ramenait vers la plaine, Arezki lui demanda de façon abrupte :

— Papa, si tu avais mon âge, referais-tu maintenant ce que tu as fait aux côtés de Pierre Lanier en 1941 ?

* * *

Après le voyage sur les lieux du séisme du ministre de l'Intérieur, François Mitterrand, l'automne algérien s'installa, lumineux et apaisant. Pierre, Suzanne, Rose et son mari entendirent profiter des vacances de la Toussaint pour faire découvrir à Bruno et Jacqueline la cité antique de Djemila, des ruines moins récentes que celles d'Orléansville.

Elles se dressaient à près de mille mètres, silencieuses, dans un paysage de terres brunes et nues au fond d'une vallée. Elles étaient le témoin d'une vie antérieure éteinte au VIe siècle, du fait là encore d'un tremblement de terre, mais aussi de la peste et des invasions vandales. Seuls les animaient leur gardien avec ses chèvres et Yvonne Allais, une archéologue qui avait été l'élève de Rodolphe de Viannac. Longtemps les visiteurs les parcoururent, le visage fouetté par le vent, respectueux du silence qui avait remplacé le tumulte de la Cuicul antique.

Au soir ils regagnèrent Sétif. Ils devaient y faire étape et rendre visite à un ami de Pierre, François Druon, un colon de la région.

La ville, sans charme, alignait ses maisons identiques au long de ses rues étrangement mortes ce jour-là. Après s'être installés à l'hôtel, ils gagnèrent la villa de leur ami qu'un maigre jardinet, où aboyait un chien, séparait de la rue. La porte s'ouvrit avec précaution et François apparut, qui les pressa d'entrer :

— Vous connaissez les nouvelles ?

— Non, nous avons vécu hors du temps à Djemila que nous venons de visiter.

— Vous veniez d'Alger ?

— Oui nous sommes partis ce matin, avant le jour, pour passer le plus de temps possible sur le site.

— Eh bien, nous allons écouter la radio.

Ils se groupèrent devant le poste. Un air familier annonça le journal et d'une voix grave le speaker fit la lecture d'un communiqué officiel du gouverneur général Léonard. Il annonçait que s'était produite une série d'attentats à travers le territoire algérien, plus particulièrement dans l'est du département de Constantine et dans les Aurès. Des coups de feu avaient été tirés sur plusieurs gendarmeries. Un officier et deux soldats à Kenchela, deux gardiens de nuit en Kabylie avaient été tués et dans les gorges de Tighanimine un instituteur, Guy Monnerot et un caïd, Hadj Saddok, avaient été massacrés dans un autocar. Mais, était-il conclu, tout serait mis en œuvre pour assurer la sécurité de la population et réprimer ces menées criminelles.

— Comme en 45 ! s'exclama François avec un sourire amer. À l'époque, ici dans le bled, nous avions déjà cru notre dernière heure arrivée et nous avons préféré vivre en ville plutôt qu'à la ferme.

Pierre et Suzanne se turent, respectant son émotion, quand il poursuivit :

— Ma femme voudrait que nous liquidions tout, mais ma vie est ici. Je suis né dans les montagnes voisines, à Tizi Ouzou exactement !

— Comme moi, lui dit Rose, mais bien avant vous !

— J'aime aller en automne chasser la grive et le sanglier en Kabylie et l'été pêcher le mérou à Tigzirt. Sans parler du ski que l'on peut maintenant pratiquer à Tikdja, une station bien plus belle que Chréa. Non, partir, jamais ! Je crèverai plutôt ici, chez moi.

Paola, sa femme, l'interrompit :

— Eh bien, moi non, je n'ai pas envie de subir le sort de ceux que les Arabes ont massacré en 45. Rappelle toi nos amis parmi les morts, comme Madeleine de Viannac, son mari et ses enfants ! Et je suis contente que notre fille Constance soit en pension à Alger !

François ne paraissait pas convaincu de ce qu'elle venait de dire :

— De toute façon, tu ne t'es jamais plu ici !

Un silence embarrassé s'établit, que rompit Rose :

— Un ange passe et je suis, nous sommes tous même, je crois, bien fatigués par cette longue journée. Nous avons abusé de votre hospitalité et il est temps de nous retirer.

Ils partirent dans une nuit épaisse que seul animait le bruit de leurs pas. Les nouvelles qu'ils venaient d'apprendre avaient fait naître une inquiétude sourde chez les adultes, tandis qu'au contraire, détendus, Bruno et Jacqueline se chamaillaient. Le hall de l'hôtel, bien éclairé, les réconforta et chacun regagna sa chambre.

— C'est inquiétant, dit Pierre à Suzanne qui se préparait pour la nuit. J'aurais voulu interroger François sur Fehrat Abbas qu'il connaît bien, et aussi sur la répression, mais le moment ne s'y prêtait guère !

Tandis que, dans leur chambre, Rose en se démaquillant, disait à son époux :

— Nous voilà revenus aux temps héroïques qu'ont connus nos aïeux… En tout cas demain, retour à Alger et pas question, comme prévu, de pèlerinage sur les lieux de mon enfance, à Fort-National !

* * *

Lorsque Lila apprit la vague d'attentats qui avait secoué le territoire algérien, elle ne s'en étonna pas et s'exclama auprès de Robert :

— Tout cela est brouillon mais voici qu'enfin les opprimés se manifestent !

— Mais tu remarqueras, ma chère amie, que si certains représentants du pouvoir de la France ici ont été pris pour cibles, il y a eu aussi des victimes innocentes, ce jeune instituteur et ce caïd.

— Un collaborateur celui-ci, qui n'a que ce qu'il mérite.

— Oui, mais un bon musulman.

— Il n'y a pas de bons et de mauvais musulmans, il n'y a que des résistants ! s'écria-t-elle avant de se reprendre : Je t'accorde que la mort de l'instituteur est une maladresse mais, que veux-tu, sans doute l'a-t-on pris pour quelqu'un d'autre.

La manière dont elle balayait les arguments qui la gênaient amusait Robert. Cette inconséquence faisait même partie de ce qui en elle le charmait mais, cette fois-ci, il fut choqué.

Il lui proposa d'aller faire un tour dans le jardin de Boukhandoura, baigné de soleil. Ils marchèrent sous la pinède que traversa le vol précipité d'une huppe :

— Il y a toujours eu de ces oiseaux dans ces arbres. Les Viannac me l'ont dit quand nous nous sommes installés ici. Celle-ci doit être la énième descendante ce celles qui nichaient là, cent ans plus tôt.

« Elle a le don de changer de sujet quand elle se sent à bout d'arguments », se dit Robert et il voulut la taquiner :

— Lila, ne t'es-tu jamais dit que tu as dû choquer bien des gens qui pratiquent ta religion en m'épousant. Le Coran interdit aux musulmanes de convoler avec des infidèles, n'est-ce pas ?

Elle devint cramoisie :

— Encore une fois, nous ne sommes pas là au début d'une guerre de religion mais à celui d'une révolution. Ce que les discussions n'ont pu faire, les armes le réaliseront !

Robert sentit qu'il était allé trop loin et qu'elle allait s'enfermer dans la bouderie. Aussi préféra-t-il lui rappeler qu'ils devaient dîner chez Ahmet, avant de se retirer dans son bureau.

Il y travailla plusieurs heures et, en fin de journée, ils descendirent vers la Casbah. Tandis qu'ils la traversaient, elle revint à ce qui n'avait cessé d'occuper son esprit, en taillant ses rosiers.

— Ces rues sont les témoins de la liberté qui régnait dans le pays avant la venue de la France.

— Oui, des ruelles puantes entre des maisons édifiées par les Turcs, dont on n'a jamais dit ici qu'ils étaient des bienfaiteurs du pays.

Elle ne répondit pas et, comme ils étaient devant la maison des Candarli, elle frappa violemment la porte avec le heurtoir de cuivre.

— Voilà, voilà, dit en ouvrant une servante essoufflée.

— Tu ne pouvais pas faire plus vite ! cria Lila.

La femme s'effaça devant elle avec humilité mais ses yeux noirs brillaient d'une colère contenue en la regardant monter vers la terrasse.

La nuit tombait et Ahmet interpella sa fille :

— C'est donc toi, Lila, qui fais tout ce bruit ? Je t'ai entendu tambouriner comme une forcenée.

Son regard vert, qui restait vif dans son visage parcheminé, la considérait avec autorité. Depuis qu'il ne sortait plus guère, il s'habillait de façon traditionnelle, et toujours de blanc en été. En face de lui s'étaient assis Azziz, Mina et Djamel tandis que Meriem et Kamel tendaient une feuille de laitue à leur tortue apprivoisée.

Lila les considéra l'un après l'autre, avant de lancer d'un ton glacé :

— Je continuerai de tambouriner autant que je le voudrai. Je tambourinerai même jusqu'à ce que je puisse enfin attirer votre attention sur ce que vous voulez ignorer : le combat pour la liberté. Celui que vous devriez mener avec ceux qui l'ont entrepris, en levant l'étendard de la révolte !

— Quelle éloquence, Lila ! Tu veux sans doute parler de ceux qui ont tué et brûlé ? lui répondit Azziz.

Robert fut soulagé quand Lila, comme si elle n'avait pas entendu son frère, parut de nouveau sereine et demanda si l'on allait bientôt dîner. Mais il fut frappé de voir passer une lueur passionnée dans les yeux de sa nièce Meriem, quand la frêle et jolie adolescente avait entendu sa tante faire sa tirade.

* * *

Après la Toussaint tragique, Wade Wilkes revint séjourner en ville plus régulièrement.

Son union avec son épouse était maintenant toute virtuelle. Elle avait quitté Tipaza pour un appartement d'Alger, boulevard Saint-Saëns, dont elle refusait de sortir et où elle vivait en compagnie de sa fidèle Louisa.

Un jour de septembre 1955, Wade, Belle et Pierre s'y retrouvèrent pour évoquer la santé de Lucky, mais rapidement la conversation porta sur l'embrasement qui avait gagné le pays.

Pierre, qui soupçonnait Wade d'en savoir plus qu'il ne le prétendait, l'interpella directement :

— Qui arme ces rebelles ? Qui les pousse à de telles exactions ? Il y a un an les tracts qui appelaient à l'indépendance disaient qu'elle devait se faire pacifiquement, en respectant les intérêts de chacun, non ? Alors qui a ordonné, le mois dernier, le massacre de El-Halia avec ces vingt-trois enfants assassinés ? Sans parler des représailles que cela a entraînées… Veut-on couper les communautés l'une de l'autre ?

Éludant le début de la question, Wade lâcha alors :

— C'est probablement le but poursuivi. Quant aux tracts dont vous parlez, ils n'ont entraîné aucune réponse du gouvernement, sinon de vagues enquêtes menées par les RG, des arrestations dans les milieux nationalistes et enfin des opérations militaires qui portent de jolis noms, Véronique, Violette, Aloés !

Il se tut. Manifestement, il n'en dirait pas plus. Pourtant Pierre insista :

— Connaissez-vous ce Soustelle, le gouverneur depuis février ? Quand j'ai questionné Jacques Chevallier, qui était auprès de lui aux États-Unis pendant la guerre, il est resté évasif.

— Assez peu, se contenta de répondre Wade. Pendant la guerre il était en effet à la tête de la DGSS…

Là encore Pierre sentit qu'il ne s'engagerait pas davantage. Il se contenta de ce qu'il savait du nouveau gouverneur, un passé gaulliste et des engagements à gauche, qu'attestait sa nomination par Mendès France, ce qui le faisait passer d'ailleurs pour Juif aux yeux de certains antisémites… Il se souvint aussi de sa tentative ratée, quatre ans plus tôt, de former un gouvernement, à la demande du président Auriol et des foudres de De Gaulle qu'elle lui avait attirées.

Il entra dans la chambre de Lucky avec Belle, déçu par le silence observé par Wade, qui les quitta aussitôt. « Sans doute pour éviter confrontation houleuse avec sa femme », se dit-il… Celle-ci était allongée sur une méridienne, drapée dans un peignoir douteux et plongée dans la lecture d'un gros livre. Elle affecta d'ignorer la présence de ses visiteurs avant de lancer soudain :

— Je vous ai entendus comploter avec Wade !

— Oh Maman ! nous ne faisions que parler de la situation actuelle en Algérie.

— C'est bien de cela que je parle. Il est ici parce que ses compatriotes l'ont chargé d'une mission.

Pierre ne fut pas étonné de ces propos. En l'occurrence, ils ne lui parurent pas délirants et correspondre à une certaine réalité. Il soupçonnait Wade de collaborer avec la CIA. Il préféra se taire et ne pas pousser plus loin l'entretien et, après avoir laissé certaines instructions à Louisa, il remonta à El biar.

« En rentrant de la guerre, je croyais à un avenir heureux et pacifique ici, se disait-il, en abordant le boulevard Gallieni. J'aspirais à une paix méritée, et elle n'a pas même duré dix ans… J'étais si las de ces combats au-devant desquels je m'étais pourtant lancé. Et puis les voici, feutrés mais tout aussi hideux qui reviennent, qui poussent non pas deux pays rivaux l'un contre l'autre, mais des gens qui depuis si longtemps ont vécu sur la même terre. »

Le bel optimisme qui était le sien en 1945 s'était beaucoup dissipé, et au dîner il dit à Suzanne son inquiétude :

— Tu vois, ma rencontre avec Wade m'a convaincu que les enjeux à propos de l'Algérie sont internationaux. Il flotte là-dedans une odeur de pétrole. Quoi qu'on dise, ces troubles n'ont rien à voir avec les rébellions sporadiques qui éclataient autrefois.

— Comme celle de Kabylie ou celles du Sahara dont parlait tant Grand-papa ? demanda Bruno.

Il écoutait ses parents sans bien comprendre ce dont il était question. Après tout l'Algérie appartenait à ceux qui y étaient nés et qui y vivaient. Pourquoi ces *fellaghas* réclamaient-ils d'en avoir l'usage exclusif ?

Il le disait à ses parents quand Jacqueline se mit à pouffer de rire.

— Pourquoi ris-tu ? lui demanda sa mère.

— Parce qu'à l'école on joue à se faire peur en se disant : « *fellagha*... ah-ga-ga-ga ! »

— Ah c'est malin ! lui dit Suzanne qui n'eut pas pour autant l'envie de la gronder.

« Après tout, songea-t-elle, mieux vaut rire de tout cela qu'en pleurer... »

* * *

À la tête de ces *fellaghas*, les « coupeurs de route » en arabe, qui s'étaient révoltés, il y avait aussi de nouveaux venus, groupés sous un sigle jusque-là inconnu, le FLN, le Front de libération nationale.

En décembre, on arrêtait des militants et des élus, dont des adjoints au maire d'Alger, Jacques Chevallier. Ils subissaient des interrogatoires contre lesquels protestaient « L'Express », par la voix de François Mauriac, et « L'Humanité » qui allait jusqu'à parler de tortures dignes de la Gestapo.

— Eh bien, nous voici de nouveau en guerre, dit Azziz à Pierre à qui il avait donné rendez-vous à « L'Otomatic ».

— Comme en 39, nous voici aussi à supputer ce qui se passe, depuis notre Landerneau algérien. Tout cela me paraît dépasser ce que l'on nous présente comme une affaire intérieure française. Ma rencontre récente avec Wade Wilkes et sa présence ici, après toutes ses absences, m'a confirmé dans mes convictions.

— Les esprits s'échauffent en tout cas.

— Oui. En métropole aussi. Il y a eu beaucoup d'arrestations dans les réseaux du FLN. Et l'envoi du contingent ici, ainsi que le rappel d'une classe, ne sont guère populaires. Il y a eu des démonstrations de pacifisme un peu partout. Nous ne l'avons pas fait ici en 43, lorsqu'on nous a appelés sous les drapeaux !

— Autres temps, autres mœurs…

Autour d'eux régnait une douce atmosphère. De la terrasse qu'un garçon avait arrosée au jet se dégageait une fraîcheur apaisante et au pied des ficus les moineaux sautillaient. Les jolies filles, toutes dorées en cette fin d'été, passaient en groupes rieurs, en épiant discrètement les jeunes gens. Ceux-ci cherchaient à deviner leurs formes sous leurs robes légères et commentaient entre eux ce qu'ils pensaient avoir découvert…

Pierre sourit en entendant deux d'entre eux, au visage encore enfantin, qui se montraient des plus bavards tout en sirotant leur Orangina, la dernière boisson locale à la mode :

— Tu vois celle qui a le chignon à la Grace Kelly ? Elle a une copine que je me suis levée en *bouffa*, samedi ! Un *canusse.* Tu vois Kim Novak ? Mieux !

À aucun moment la conversation des deux jeunes gens ne portait sur la situation en cours. Il n'y était question que de filles, de plage et, un peu, de la rentrée des facultés.

— Il me semble qu'à leur âge nous étions plus préoccupés par la guerre et même, dès 38, par ses prémices.

— Voyons Pierre, fais pas le vieux *zboub*. Nous avions alors près de dix ans de plus ! Ils ont tout juste dix-sept ou dix-huit ans. Ceci dit, ils sont plus précoces ou plus vantards que nous l'étions.

Un groupe de soldats passa en riant et ils sifflèrent deux jeunes filles qu'ils avaient croisées. Prenant un air offensé, elles baissèrent la tête avant de dire :

— Qu'est-ce qu'ils se croient ceux-là ? Enfin remarque, le petit blond devant il était mignon !

— Ça promet des bagarres en perspective entre les bidasses du contingent et les jeunes pieds-noirs, puisque c'est ainsi que les journaux surnomment maintenant les Européens d'Algérie ! dit Pierre.

— Et alors comment nomment-ils les Français musulmans comme moi ? demanda Azziz. J'aimais mieux quand on nous appelait tous des Algériens…

* * *

Un jour d'avril 1956, Élisabeth et Julie prenaient le café sur la terrasse de la villa de Fort-de-l'Eau, à l'abri d'un parasol. Elles avaient longuement contemplé le camaïeu des bleus de la baie, par cette journée transparente, quand Élisabeth rompit le silence :

— Excuse-moi de t'embêter avec mes soucis de famille, ma Julie, mais l'un d'eux me pèse. Il concerne ma petite Belle. Elle a coiffé sainte Catherine et l'idée du mariage ne paraît pas l'effleurer. Elle paraît s'en moquer totalement !

— As-tu essayé de lui en parler ?

— Oui, une seule fois, mais si elle ne m'a pas envoyée promener, c'est parce qu'elle a du respect pour moi. Mais c'était tout juste…

— Cela prouve aussi qu'elle ne se moque pas tant que cela de monter en graine, en tout cas. Tu ne lui as jamais connu de soupirants ?

— Oh que si ! On la voit avec beaucoup d'hommes différents et on dit qu'elle a beaucoup de succès. C'est normal d'ailleurs puisque, primo elle est belle, deusio elle est intelligente, et tertio elle a de belles espérances ! J'ai pensé qu'elle pourrait se confier à toi. Suzanne le faisait bien autrefois !

Julie, après s'être servi une seconde tasse de café, resta songeuse. Elle ne se sentait guère l'envie de s'occuper des désarrois sentimentaux d'une jeune fille et se dit qu'Élisabeth lui prêtait bien des talents. En fait Suzanne s'était rarement confiée à elle. Et puis, se disait-elle : « Je ne peux vraiment pas prétendre avoir aidé mes enfants à réussir leur vie sentimentale. Estelle ? Une vieille fille de plus en plus acariâtre et qui a, avec cette Gilberte, une relation qui ne me plaît guère... Rose et son sentimentalisme ! Quant à Ronan, c'est l'intérêt qui l'a guidé pour s'unir avec cette Danielle que sa fortune rendait séduisante à ses yeux. Je ne les vois plus ces deux-là d'ailleurs maintenant qu'ils vivent en Touraine à cultiver des poires. Une petite lettre de temps à autre, en général quand il a besoin que je lui rende un service. »

Elle reposa sa tasse, racla avec sa petite cuiller le sucre qui restait au fond et, voyant qu'Élisabeth attendait une réponse :

— Tu me prêtes des talents que je n'ai pas, mais je veux bien voir ta petite-fille.

— Oh, merci, tu es adorable. Elle doit venir passer quelques jours avec moi.

Belle arriva le vendredi suivant. Elle rangea devant la villa de ses grands-parents le joli cabriolet 203 noir que son père lui avait offert, puis rejoignit Élisabeth, Julie et Jeanine. Elles la regardèrent traverser le jardinet en admirant l'élégance de sa démarche, ses longues jambes, sa taille fine et son joli port, non sans que Julie ne se dise : « Ses épaules sont un peu larges. Elle a trop nagé ! »

Belle dénoua le foulard dont elle avait ceint ses cheveux et leur sourit :

— Alors c'est le conseil des aïeules ?

Puis, sachant ce qui préoccupait Jeanine, elle lui demanda :

— Des nouvelles de David et Claudia en Israël ?

— Ils sont à Tel Aviv maintenant. Il y a trouvé du travail. Tu sais, dans leur kibboutz la mer leur manquait. Leurs deux petits vont bien. Je vais les voir cet été !

La conversation se poursuivit. Comme la lumière déclinait, Élisabeth et Jeanine dirent leur intention de faire quelques courses au village, laissant Belle et Julie en tête-à-tête.

« C'est le moment », se dit celle-ci, qui lança sans préambules :

— Tu sais, ma petite, ta grand-mère s'inquiète de ton célibat...

Les mots de Julie ne surprirent pas la jeune fille. Quand elle avait téléphoné à Élisabeth pour lui annoncer sa visite celle-ci lui avait dit, de façon insistante, qu'elle pourrait bavarder avec Julie... Elle savait bien que chacun voulait la voir mariée, sauf sa mère qui ne se préoccupait que d'elle-même.

Elle regarda Julie fixement :

— Je m'attendais à cette question.

— Je m'en doutais. Aussi te l'ai-je posée d'emblée.

En fait Belle ne répugnait pas à s'épancher. Depuis un moment elle le souhaitait même mais ne trouvait pas d'interlocuteur qui lui convienne. Julie par contre, se dit-elle... Elle avait toujours admiré son calme, son esprit de décision et surtout son indulgence. La question que la vieille dame lui avait posée tombait bien car elle était amoureuse, depuis un an. Elle avait rencontré un officier qui avait fait l'Indochine et qui était devenu son amant.

Avec prudence, sans entrer dans les détails, elle évoqua longuement le jeune homme et comment s'était nouée leur relation puis, ce que Julie respecta, elle se tut brusquement en entendant les voix d'Élisabeth et de Jeanine de retour de leurs courses.

***

La presse continuait de parler « d'événements » à propos de ce qui ressemblait de plus en plus à une guerre. Elle évoquait un maintien de l'ordre quand, de tous côtés, se déchaînait une tragédie sauvage qui mêlait dans les massacres Européens et musulmans.

Elle avait engendré un franc malaise entre Robert et Lila, qui trouvait toujours une justification aux pires exactions. La tension entre eux était devenue si intense qu'ils évitaient les tête-à-tête et limitaient leurs échanges à quelques mots. Aucun des deux ne faisait d'ailleurs le moindre effort pour dénouer la situation et l'attachement qui les avait longtemps unis se délitait.

Pour Robert, les lubies, les foucades de Lila étaient devenues insupportables. Elles avaient fait place à une intransigeance partisane de tous les instants qui faisait dire par Robert : « Je ne suis plus marié avec la Dalila de Saint-Saëns, mais avec celle que les

Philistins avaient soudoyée pour séduire Samson. » Avec la situation nouvelle, il commençait aussi de regretter d'avoir investi en Algérie une partie de sa fortune. Il envisageait de quitter les lieux mais n'en parlait pas à Lila. Il savait qu'elle refuserait de le suivre.

Elle se rendait néanmoins en métropole très souvent, ce qui faisait dire à Robert : « Le tapis rouge est déployé par Air Algérie à chacun des vols qu'elle prend, tant elle est une bonne cliente. » Certains voyages l'amenaient en Suisse. Des indiscrétions lui étaient revenues, et il la soupçonnait de les faire au service de la cause qui lui était chère.

À Paris, elle avait en effet repris contact avec ses anciennes relations proches du FLN. Pour justifier ses déplacements en Suisse, qu'elle pensait surveillés, elle avait trouvé un prétexte. Elle disait s'y rendre pour mettre sur pied un mécénat à l'usage de jeunes chanteurs, alors qu'elle travaillait au financement de la guerre…

Azziz observait les activités de sa sœur de façon circonspecte. Elle continuait parfois de lui en imposer comme autrefois, et à certains égards il l'admirait pour son engagement. À d'autres, il la blâmait de ne pas se ranger, comme lui, du côté de ceux dont il partageait la citoyenneté, aux côtés desquels il s'était battu, les Français. Il se sentait bien seul, et vivait un paradoxe : alors qu'il avait épousé une musulmane, et Lila un chrétien, c'est lui qui était du côté de la France, et sa sœur qui complotait contre elle…

Il sentit que son père Ahmet était troublé par le comportement et les propos de sa fille. Pour le vieux monsieur aussi, la patrie, c'était la France. S'il avait tôt soutenu ceux qui luttaient contre certains abus du colonialisme, il trouvait inconcevable de prendre les armes contre elle.

— Le comportement de ta sœur m'inquiète, dit-il un soir à son fils. Et cette frénésie de voyages qui l'a prise ! Comme si sa vie conjugale ne semblait plus compter pour elle. Ah ! ce n'est pas ma chère Doudja, Dieu ait son âme, qui aurait agi ainsi, ni ton épouse qui est si douce !

Ces propos amusèrent Azziz quand il songea à la liberté, si critiquée alors, qu'Ahmet avait accordée à sa fille dans le passé.

— Tu la connais, Papa. Elle est et elle a toujours été une rebelle.

— Mais là, elle se trouve dans une situation compliquée. Elle est, comme nous les Candarli, Arabe pour les Français et Française pour les Arabes. Elle est exposée des deux côtés, sans parler de son mariage qui va à l'encontre des préceptes du Coran.

Azziz fut surpris. Son père paraissait très conscient des problèmes.

— Oui, Papa, elle se met en danger, se contenta-t-il de lui dire, en se gardant de lui parler de la lettre anonyme et menaçante à l'égard de sa famille qu'il avait trouvée la veille, glissée sous sa porte.

* * *

La naissance de Belle s'était déroulée sans difficulté mais Lucky avait craint que sa propre beauté n'en pâtisse. Aussi avait-elle alors décidé de ne plus renouveler l'expérience. Wade aurait pourtant aimé avoir d'autres enfants, mais il s'était résigné. Il avait centré son existence sur Belle. Pour sa fille, rien n'était trop beau. Il avait exaucé tous ses désirs en restant strict dans certains domaines, tel celui des études. Elle avait joui dès sa petite enfance d'une liberté que lui enviaient ses compagnes, soumises à une sévère éducation méditerranéenne. Comme le disait Wade, elle avait poussé comme une fleur sauvage.

Très jeune, elle s'était mise à pratiquer intensément le sport, en prenant parfois des risques inutiles. Mais Wade était fier de la témérité de sa fille. Il y retrouvait le sang de la Lucky audacieuse qui l'avait séduit.

Plus tard, elle répondit aux avances de nombre de jeunes gens mais sans s'engager avec aucun. Un de ses soupirants dépité la surnomma « la Belle Dame sans merci » ce qui la flatta plutôt. Un autre, dans un accès de colère, la traita de « sale garce », ce qui l'amusa.

En fait, sans qu'elle se la soit formulée, une sourde appréhension à l'idée du mariage l'habitait, quand elle considérait les ruines de celui de ses parents. Elle se voulut libre et eut très tôt une première expérience sexuelle avec un garçon maladroit qui la déçut, mais sans que cela l'ait dissuadée de réitérer l'expérience. « Simplement, se dit-elle froidement, je choisirai quelqu'un de mûr et d'expérimenté. »

Parce qu'elle l'admirait, parce qu'il la rassurait et parce que aussi il était séduisant, elle jeta son dévolu sur Azziz, qui ne put résister aux charmes qu'elle sut déployer. La liaison ne dura guère. Très vite, il se reprocha la faiblesse à laquelle il s'était laissé aller, se sentit inquiet de ses conséquences, tant conjugales qu'amicales. La fillette qu'il appelait « mon petit poisson » lui apparut comme une sirène maléfique. Après leur rupture, Belle pleura un peu puis s'efforça de recréer avec lui les relations antérieures qu'ils avaient auparavant, avec succès.

Peu dc temps après, ayant terminé ses études, elle ouvrit un cabinet d'avocat et elle allait fêter ses trente ans quand elle rencontra le capitaine Renaud Schneider.

* * *

— Guy Mollet nous envoie le général Catroux pour remplacer notre grand Soustelle ! claironna Estelle, en entrant dans la chambre de sa mère, « L'Écho d'Alger » déployé dans la main. Pour nous c'est le début de la fin étant donné son rôle au Maroc !

Julie avait quitté sa maison de Fort-de-l'Eau pour vivre quelque temps chez Rose. En entendant sa fille aînée, elle se souvint de ce que disait Armand du père du nouveau ministre résident : « Un gars sorti du rang, comme moi, et un homme valeureux ! » Lui revint aussi de ce que Ronan disait par contre du fils, qu'il n'appréciait guère : « Un ambitieux que j'ai rencontré à plusieurs reprises quand j'étais au Maroc puis à Alger, quand il était gouverneur général en 43-44, un militaire politicien, dans le sillage de De Gaulle ! »

« L'homme du 18 juin est le seul qui saura dénouer notre drame ! » venait de clamer Estelle quand arriva d'Edmond. Il les avait conviées toutes deux à faire un tour en voiture, à la rencontre du printemps dans le Sahel. Tout au long du trajet, Estelle reprit sa diatribe et, devant un bosquet d'amandiers fleuris, elle fit allusion à Camus :

— Il dit qu'aux jours les plus sombres de l'hiver, il reprend espoir en songeant aux amandiers de la vallée des Consuls. Pour moi, dans la triste situation où nous sommes, je songe au général de Gaulle.

— Eh bien moi je songe à ma petite Monique. Ma chérie tu es belle comme ces fleurs ! dit Edmond à sa fille en lui désignant les corolles dont l'intense blancheur était tempérée par quelques stries d'un rose délicat.

Il était très fier de sa fille qui venait de fêter ses quinze ans. Elle avait hérité de sa grand-mère Élisabeth son joli visage et son caractère optimiste. Chaque fois qu'il voyait Jeanine, il était heureux que la petite n'ait rien d'elle, bien que, se disait-il en regardant sa belle-sœur : « Elle est mieux maintenant. Comme toutes les moches qui, avec le temps, prennent leur revanche sur les beautés. »

Ils pique-niquèrent à la lisière d'un champ de vignes aux jeunes feuilles à peine déplissées, dans une prairie teintée de jaune par les fleurs d'oxalys. Le soleil était délicieusement chaud et comme dit Julie : « C'est le seul moment de l'année où l'on ne préfère pas l'ombre », avant d'ajouter : « Dire que l'on est si bien dans ce pays, qu'il est si beau et que malheureusement il a fallu que la guerre s'y installe ! »

Des mots qui firent reprendre par Estelle son discours politique :

— Vous savez que Guy Mollet vient à Alger ? On m'a dit qu'il est prévu de lui faire un accueil *soua soua*, et soyez sûrs que je serai une des premières pour ça !

Le 6 février 1956, sa silhouette un peu dérisoire, un couffin plein de tomates sur le bras, vint se mêler aux manifestants qui attendaient la Delahaye du président du Conseil. Quand la voiture apparut, Estelle tentait de s'approcher du trajet officiel, en participant de sa voix aiguë aux premiers lazzis, quand les CRS, déployés en un long cordon, fondirent sur elle. Une matraque s'abattit sur son dos et, gênée par ses talons hauts, elle s'efforça de courir. Une odeur piquante lui vint au nez, qui la fit éternuer tandis que ses yeux se noyaient de larmes et que sa vue se brouillait. Elle lâcha son couffin dont le contenu se répandit sur l'asphalte, perdit une chaussure et à demi aveuglée continua de courir… droit sur un lampadaire qui se trouvait sur son trajet. Une lueur blanche l'éblouit, suivie de ce qui lui apparut comme un plongeon dans le noir, avant, plus tard, de se retrouver allongée dans l'infirmerie du lycée Delacroix, où elle avait si longtemps enseigné.

— Je vous ai reconnue dans la foule, mademoiselle Bénézit, lui dit en se penchant sur elle l'infirmière du lycée, et j'ai demandé à deux gars de vous amener ici. Ce n'est pas prudent ce que vous avez fait là… À votre âge ! Ah, ces brutes vous ont bien arrangée, il faudra consulter un docteur !

Elle tendit un miroir à Estelle qui y vit son visage tuméfié, son œil droit quasiment clos et son chemisier taché de sang. Elle se redressa sur le lit avec peine et, un instant, se sentit étourdie :

— Je vais vous faire raccompagner chez vous !

— Pas question, je rentre toute seule !

Elle remit de l'ordre dans sa toilette, chercha un instant son couffin puis se rappela qu'elle l'avait perdu dans sa fuite, avant de sortir dans la rue où flottait encore l'odeur des gaz lacrymogènes.

En la voyant entrer, Gilberte s'exclama :

— Mon Dieu, tu es défigurée !

Et Estelle débita la version de son exploit qu'elle avait mise au point en remontant pieds nus le boulevard Saint-Saëns, avant de conclure :

— Les CRS m'ont rouée de coups mais je leur ai résisté, en fille d'officier !

* * *

Tout comme son parrain, un lieutenant-colonel tué pendant la campagne de France, Renaud Schneider avait toujours voulu être un soldat. Trop jeune pour être mobilisé en 1940 il était entré, après l'armistice, dans un réseau de la Résistance. À la Libération il avait intégré Saint-Cyr, avant de partir en Indochine, jusqu'à la fin du conflit.

Une affectation en Kabylie avait suivi. L'intensité des combats l'avait longtemps empêché de se rendre en permission à Alger. Et, fin 1956 seulement, il contacta Wade, à qui il avait été recommandé par des amis communs. Belle, qui avait répondu à son appel téléphonique, lui proposa alors un rendez-vous à la terrasse de « L'Otomatic » pour le 29 décembre :

— Pour que vous me reconnaissiez, je porterai un manteau vert et j'aurai dans les mains *Noces*, d'Albert Camus, que je vous prêterai. Il est indispensable que vous le lisiez si vous voulez comprendre ce pays.

La voix claire, mélodieuse, ses intonations chantantes, la trace de cet accent pied-noir, comme l'on commençait de dire, algérien comme l'on disait auparavant, plurent à Arnaud…

En la regardant venir vers sa table, il crut revivre une scène de ce film tourné en partie à Alger qu'il avait vu à Paris : *Le Grand Jeu*, le « remake » de la fameuse réaliation de Jacques Feyder. La silhouette, le sourire, les boucles brunes de Belle lui rappelaient Gina Lollobrigida.

De son côté, Belle avait rapidement repéré ce garçon dont les yeux bleus, la blondeur signalaient des origines alsaciennes, et les cheveux coupés ras son appartenance militaire ; un garçon qu'elle trouva séduisant, même s'il s'était révélé légèrement plus petit qu'elle.

Leur conversation débuta de façon embarrassée. Elle évoqua d'abord la relation commune qui les avait mis en contact, puis le temps clément pour un mois de décembre, pour finalement porter sur le spectacle qu'offrait la rue. En effet les trottoirs étaient encombrés d'une foule qui parlait fort et remontait la rue Michelet, tout au long de laquelle les magasins tiraient leurs rideaux.

Belle questionna un passant qui lui dit :

— C'est aujourd'hui les obsèques d'Amédée Froger, le maire de Boufarik, que le FLN a assassiné hier. Y en a marre, il faut faire quelque chose si on ne veut pas tous subir le même sort. Il faut faire ce que l'armée ne fait pas. D'ailleurs il y en a qui ont déjà commencé…

Renaud avait entendu déjà des propos analogues, dans les rangs des civils comme dans ceux des militaires. Il protesta auprès de Belle que l'armée faisait quelque chose… et il ajouta :

— Je pense que votre ami a évoqué ces organisations clandestines comme l'ORAF qui font du contre-terrorisme, cette ORAF qui a fait sauter ce hammam et avec lui plusieurs maisons, rue de Thèbes, dans la Casbah.

— En rétorsion de ces attentats comme celui du café « Le Milk bar » en septembre ! répondit-elle.

Elle paraissait discrètement irritée mais se détendit quand Renaud reprit :

— Le terrorisme est une mauvaise stratégie. Tout se joue en fait dans les djebels, comme tout s'est joué dans les rizières là où j'étais avant, en Indochine !

— Oui peut-être, mais cela s'est terminé par la victoire du Vietminh, et notre départ !

— C'est une autre partie qui se joue en Algérie. En Asie, il y avait un ennemi dans chaque passant, dans chaque paysan. Et puis la population française n'était pas aussi importante qu'ici. Je ne lis pas cette hostilité dans les yeux des Kabyles. D'autre part, ajouta-t-il, l'air soudain troublé, il y a quelque chose que, comme nombre de mes camarades, je ne me suis pas pardonné : abandonner à la vengeance des vainqueurs ceux qui nous étaient restés fidèles…

Belle n'oublia jamais ces derniers mots de Renaud. Elle sut les lui rappeler quand, quelques jours plus tard, elle le rejoignit dans sa chambre de l'hôtel Albert 1er, puis tout au long de la liaison passionnée qui les unit très vite.

* * *

Quand les travaux de sa chère maison furent finis, Julie put retourner vivre à Fort-de-l'Eau. Quotidiennement elle reprit ses promenades au travers du village, à petits pas, en s'appuyant sur la canne à pommeau d'argent d'Armand, qu'on avait dû raccourcir pour elle.

Un mauvais refroidissement l'avait empêchée de sortir une bonne partie de ce mois d'octobre 1956. Elle s'était soignée seule car elle tenait le médecin de la petite ville pour un âne. Elle se trouvait fort affaiblie par sa maladie et les villageois, surpris de ne plus la voir sortir, déléguèrent auprès d'elle une robuste femme qui s'occupait du presbytère.

Quand Julie lui ouvrit, celle-ci s'inquiéta franchement de sa mauvaise mine et de son amaigrissement :

— Madame Bénézit, qu'est-ce qui vous est arrivé ?

— Oh rien, Paquita, juste un gros rhume.

— Un gros rhume ? Avec la tête que vous avez et maigre comme vous êtes venue ! Qui c'est qui vous a soignée ?

— Je l'ai fait toute seule avec de bonnes tisanes, un peu d'aspirine, du quinquina et du repos.

— Misère des humains ! La vérité que vous êtes pas raisonnable, à votre âge. Sans appeler le docteur pour qu'il vous donne ça qu'il faut. Je sais, vous l'aimez pas, mais quand même !

D'autorité, Paquita entreprit de ranger et de nettoyer vigoureusement la maison. Puis elle recommanda à Julie de prévenir ses filles, celle-ci ne relevant son conseil que pour lui dire qu'elles avaient leur vie et qu'elle n'entendait pas les déranger…

Sentant sa détermination, Paquita abandonna le sujet et en aborda un autre :

— Vous avez entendu ce bruit qu'ils ont fait les avions l'autre jour. Le 22 octobre que c'était l'anniversaire à mon fils ?

En effet, entre deux sommes agités, du fond de son lit, Julie avait entendu un vacarme qui l'avait étonnée, bien plus fort que celui que faisaient habituellement les appareils, à l'approche des pistes de Maison-Blanche.

— Eh bien, dit Paquita qui poursuivit son discours sans attendre la réponse de Julie, c'est l'avion des chefs du FLN. L'armée de l'air elle les a forcés à se poser ici. Ils venaient du Maroc et ils allaient en Tunisie, parce que, celle-là, rien qu'elle les aide… Bravo les aviateurs !

Rose et Estelle, alertées par Paquita, malgré la défense que lui en avait faite Julie, débarquèrent le surlendemain. Elles étaient décidées à faire savoir à leur mère qu'il n'était plus question qu'elle continue de vivre seule à Fort-de-l'Eau, à quatre-vingtquatorze ans. Après s'être concertées, il fut convenu que ce serait chez Henri et Rose qu'elle irait s'installer, ce dernier ayant imposé avec autorité cette solution :

— Imagines-tu sa cohabitation, dans un deux pièces, avec Estelle et surtout avec Gilberte que ta mère ne peut pas souffrir. Cette femme qu'elle ne tolère qu'à peine et qu'elle surnomme « la Pieuvre » ? Estelle a d'ailleurs bien dit qu'elle ne pouvait pas imposer cela à son amie et que leur appartement était trop exigu. Allons, elle sera bien mieux chez nous. La rue de l'Amiral Coligny est tout près du parc de Galland. Elle pourra y aller prendre l'air. Enfin je m'engage à la conduire en voiture le dimanche à cette église de Mustapha où elle s'était mariée…

Rose ne discuta pas la décision de son époux. Après avoir dû décider seule, tant d'années, de ce qu'elle avait à faire, elle se laissait maintenant diriger.

— Et puis, vois-tu, ajouta Henri, je préfère la savoir en ville. Bien sûr, Fort-de-l'Eau est plein de soldats avec le camp du Corso à côté, mais leur nombre tient aussi au fait qu'il y a une population civile à protéger. Le FLN a maintenant une véritable armée, mal équipée, mais qui peut se lancer à l'assaut des petites villes. Cette armée est conçue selon un découpage savant.

Et il se lança dans une description détaillée de l'ALN en évoquant les mots de *wilaya*, *mintaqa*, *naia*, *kism* ou encore *katiba*, *ferka*, *moudjahidin*, *moussebeline* que Rose écouta d'une oreille distraite avant de dire :

— Mais il y a eu ici aussi des attentats ! Ces bombes au « Milk bar » et à « La Cafétéria », la dernière brasserie à la mode, en septembre dernier !

— Oh, juste des gestes isolés. Et Julie ne sortira guère ! Pas dans les cafés en tout cas…

Elle lui demanda de l'éclairer davantage sur l'interception des chefs des *fellaghas*.

— Il s'agit du DC 3 qui transportait une délégation du FLN en route pour la conférence maghrébine de Tunis. Elle devait y rencontrer le roi Mohammed V et le président Bourguiba. L'armée de l'air l'a détourné et a capturé ceux qui se trouvaient à bord, Ben

Bella, Boudiaf, Aït Ahmed et Lacheraf, un jeune écrivain. L'initiative vaut ce qu'elle vaut. Max Lejeune lui a donné son aval, paraît-il, mais Savary a démissionné. Le gouvernement est bien embêté car cet acte est qualifié d'acte de piraterie par l'opinion internationale ! Mais moi, j'approuve cette initiative de l'armée.

Rose ne l'écoutait plus depuis un moment. Elle était surprise qu'Henri l'ait ainsi prise comme confidente. Il réservait en général ses propos à ses amis hommes, et aussi, quelquefois, à Suzanne. « Ah, se disait-elle, je suis d'une autre génération. Les femmes de mon temps, à part Estelle, ne prétendaient pas parler de politique et encore moins de la guerre. Mais aujourd'hui, elles la font, la guerre, elles aussi… »

Après ceux de septembre, l'année précédente, d'autres engins de mort explosaient, en janvier 1957, de nouveau à « La Cafétéria » mais aussi à « L'Otomatic » et au « Coq hardi ». Des jeunes filles de type européen les auraient déposées, disait-on…

Ces attentats dramatiques inauguraient la bataille d'Alger, un combat qu'allait mener le général Massu, investi des pleins pouvoirs civils et militaires par le président Guy Mollet.

La Casbah était particulièrement surveillée. Elle était régulièrement bouclée et les perquisitions s'y faisaient fréquentes. L'une d'elle avait amené les parachutistes chez les Candarli mais la vaste demeure, le calme dont avait fait preuve Azziz, sa nationalité française, sa célébrité sportive que certains connaissaient, les avaient impressionnés. Aussi les soldats s'étaient-ils contentés d'une discrète inspection des lieux, sans que le reste de la famille ne soit éveillé, sauf Meriem dont le regard avait suivi intensément ce qui se passait. Il n'en avait pas été de même dans les maisons plus modestes et, après le passage des militaires, une atmosphère lourde planait dans les ruelles, et partout avaient retenti les lamentations.

Après la perquisition chez son père, Lila avait protesté avec véhémence :

— Quelle intrusion inadmissible chez nous ! Toutes ces mesures d'intimidation brutales. Les tortures que subissent ceux qui se battent pour la liberté ! Ah, le masque est jeté, l'oppression coloniale ne cherche plus à se dissimuler ! Ceci dit, je préférerais vous savoir tous hors de la Casbah où l'on n'a pas fini de voir des horreurs.

* * *

Si la violence se déchaînait dans Alger, elle n'empêchait pas ses habitants de jouir du ciel bleu et du soleil qui ruisselait sur les toits, les terrasses, en ces derniers jours de mai. La mort qui pouvait frapper partout dans la ville n'en altérait pas la beauté ni celle de l'arc parfait de la baie, offerte au détour d'une ruelle ou au débouché d'un escalier. L'été débutait et avec lui le temps des plages, des piscines ou des jetées mais aussi celui des examens qui forçaient les étudiants à résister aux sollicitations sournoises de l'été débutant.

Belle, qui avait longtemps dû lutter contre ces séductions de la belle saison afin de « bachoter », se sentait ce jour-là heureuse d'être libérée de cette contrainte. Devant les facultés, elle considérait avec commisération les mines soucieuses des jeunes gens. Marchant joyeusement, elle se sentait sûre d'elle. Elle étrennait une robe turquoise dont la corolle, élargie par un jupon raide, se balançait au rythme de ses pas. Elle envisageait de façon optimiste sa journée de travail au cabinet d'avocats qu'elle partageait depuis deux ans avec un confrère. Pourtant les dossiers qui l'attendaient n'avaient rien de passionnant…

Alors qu'elle passait devant le magasin Bissonnet, elle s'entendit appeler par sa petite cousine Monique :

— Belle, Belle ! je voudrais te demander quelque chose.

— Dis-moi…

— Le 3 juin il y a le bal de fin d'année à l'École d'agriculture de Maison-Carrée. Je voudrais y aller et mes parents ne le veulent pas… Je crois qu'ils diraient oui si tu m'y accompagnais !

La proposition ne souriait guère à Belle. Ce jour-là justement Renaud avait une permission. Ils s'étaient promis de la passer à Sidi-Ferruch mais, attendrie par le visage suppliant de la petite, elle accepta.

— Mais, Belle, surtout ne dis pas à mes parents que Richard y sera aussi ! Ils n'aiment pas que je le fréquente, sous prétexte qu'il est imprudent. Tout ça seulement parce qu'il a été un peu blessé à « La Cafet' » cet hiver, ajouta Monique. Remarque que j'ai failli y passer moi aussi. J'y avais rendez-vous avec lui. À cinq minutes près, j'y étais…

— Alors présente-le-moi. C'est lui, non ?

Et elle désigna un grand garçon, aux faux airs de James Dean qui se tenait, l'air boudeur, près du passage souterrain du carrefour des Facultés.

Le soir même Belle appela les Seror. Elle fut assez habile pour les convaincre mais non sans qu'ils n'aient exigé que leur fille soit de retour avant minuit, l'heure du couvre-feu.

Quelques jours après, en entrant dans le parc de l'École sur lequel le soir tombait, Belle ne regretta pas sa décision. Elle s'avança au bras de Renaud au milieu des allées qui traversaient les massifs fleuris et les pelouses de gazon kikouyou. L'air ravi de Monique la récompensait mais elle lui recommanda, au cas probable où elles se perdraient, de se retrouver à l'entrée de l'école, à 23 heures au plus tard. Elle dégusta des brochettes et le rosé servi dans les buvettes, en laissant libre celle qu'elle était chargée de chaperonner. Surtout elle dansa tendrement avec Renaud, sans voir le temps passer, avant de réaliser que, telle Cendrillon, elle avait oublié le rendez-vous fixé à sa cousine.

Elle courut vers la grille pour y trouver la jeune fille :

— C'est le couvre-feu, nous voilà bloquées ici. Qu'est-ce que je vais prendre ! lui dit Monique en riant, mais tu sais ce n'est pas la première fois que je passe l'heure. L'embêtant c'est que je ne peux pas téléphoner à mes parents comme je le fais d'habitude. Il n'y a pas de cabines. Bah, je serai bonne pour une engueulade !

— Bon, ce n'est pas trop grave, je dirai à tes parents que tout est de ma faute. Nous attendrons la levée du couvre-feu pour rentrer en ville. Alors, à 5 heures, d'accord ?

Elles se retrouvèrent alors que le jour se levait sur le parc aux pelouses couvertes des débris de la fête. De la voiture qui roulait sur la route moutonnière, ensommeillées, elles regardaient la mer bleutée du petit matin quand, au niveau des entrepôts Tamzali, un barrage de soldats les arrêta, aussitôt levé quand Renaud eut fait état de ses papiers militaires.

— Pourquoi ce barrage ? demanda-t-il aux territoriaux.

— Y a eu du grabuge…

Ils entrèrent dans la ville dont les rues luisaient après le passage des arroseuses municipales. Les gardiens ouvraient les grilles du parc de Galland quand Belle et Monique franchirent la porte de l'immeuble où vivaient les Seror, bientôt accueillies par Edmond qui vociférait, Marinette, la mine défaite, à ses côtés :

— C'est des heures pour arriver ? Et vos promesses alors ? Les tiennes surtout, Belle, que tu m'avais dit que ma fille elle serait là avant minuit !

Belle rougit :

— Je suis désolée. C'est en effet de ma faute, mais j'ai laissé passer l'heure du couvre-feu. Je te demande de m'excuser, mais tout est bien qui finit bien !

— Tout est bien qui finit bien ? Et la Corniche alors ?

— Quelle corniche ?

— Le casino de la Corniche. Il y a eu une bombe sous l'estrade de l'orchestre qu'elle a tué tous les musiciens et leur chef, mon cousin Lucien, qu'on l'appelle Lucky Starway ! Huit morts et quatre-vingt-cinq blessés. Toute la nuit j'ai pensé qu'ils avaient fait pareil à votre fête à Maison-Carrée. Et que je téléphone à tous les commissariats, et qu'ils veulent rien me dire, et aux hôpitaux, et qu'on me parle de secret professionnel ! Même quand je leur ai dit que j'étais dans la territoriale !

Il était aussi cramoisi que Belle était confuse tandis que Monique, la mine longue, regagnait sa chambre dans laquelle son père l'avait envoyée en criant :

— Et tu en sors plus pendant un mois. Et seulement pour le lycée et pour ton bac ! C'est vu ? Quant à toi Belle, je veux plus te voir. Compris ?

Quand, d'une voix blanche, celle-ci rapporta à Renaud ce qui s'était passé, il l'interrompit très vite :

— Oui, je sais. Une patrouille qui vient de passer m'a tout raconté en détail, en ajoutant que ça se paierait très cher. Ce qui me fait craindre le pire…

* * *

Meriem avait été une enfant puis une jeune fille secrète, comme son père, Azziz le taciturne. Par contre, quand elle s'exprimait, elle faisait preuve d'une maturité d'esprit surprenante, ce que ses professeurs avaient vite remarqué. Ainsi avait-elle sauté des classes et, à la rentrée de 1956, abordait-elle l'année de philosophie avec deux ans d'avance.

Ses parents étaient très stricts avec elle, mais sa tante Lila s'efforçait de lui aménager des espaces de liberté. Elle l'invitait souvent à Boukhandoura, l'emmenait aux concerts du cinéma Rex et aux spectacles du Centre régional d'art dramatique, qu'animait Geneviève Baïlac. Un jour, à l'issue d'une représentation d'*Antigone*, Meriem avait paru troublée. Sitôt sortie de la salle Pierre Bordes, elle avait donné à sa tante son point de vue sur les notions de justice et d'obéissance, à sa manière d'adolescente intransigeante. Lila, ravie, s'était à son tour lancée dans une diatribe passionnée en évoquant ses sujets favoris, la situation inique faite aux indigènes en Algérie, puis celle, tout aussi injuste faite aux femmes.

Meriem l'avait écoutée sans mot dire mais, après cet épisode, elle avait changé. Sans être pour autant devenue bavarde, elle avait davantage pris la parole en classe et avait, avec ses compagnes, des discussions passionnées qui se poursuivaient à l'extérieur du lycée.

Peu à peu elle s'était mise à beaucoup voir une certaine Malika Larbi, à passer la nuit chez sa nouvelle amie, à travailler avec elle. Azziz et Mina s'étaient réjouis de la voir ainsi s'ouvrir, mais aucun des deux n'avait soupçonné ce qui avait rapproché les deux jeunes filles : l'idée qu'il leur fallait s'engager dans la lutte pour la justice que Lila avait tant vantée à sa nièce…

Malika vivait dans la même rue que les Kaci. Son père, Menouar Larbi, qui n'avait jamais fait mystère de son engagement politique auprès du FLN, avait été arrêté quelques jours, fin 1955.

Il était réapparu plus tard, le visage tuméfié, mais était resté très discret sur ce qu'il lui était arrivé. Malika, qui avait aussitôt rapporté la nouvelle à Meriem, avait alors juré de venger son père, mais selon un plan que son amie avait jugé peu réaliste :

— Ne pense pas que j'écarte l'idée de la lutte, avait-elle dit, mais il convient de ne la mener qu'avec des chances de succès. Bien sûr cela implique de prendre des risques. Mais avant de faire n'importe quoi, il faut frapper à la bonne porte, à celle qui nous conduira vers une action efficace. Peut-être Arezki Kaci connaît-il justement cette bonne porte !

À l'insu d'Idir, le garçon participait en effet maintenant à des actions en faveur de la rébellion. Il avait avec Malika des contacts fréquents, ceux que peuvent avoir des amis d'enfance. Ils s'étaient vite ouverts l'un à l'autre de leur passion commune pour l'indépendance de l'Algérie, leurs opinions ne différant que sur le fait qu'Arezki avait une préférence pour Aït Ahmed, un Kabyle comme lui.

Quand il rencontra Meriem, il s'éprit d'elle immédiatement mais elle lui opposa cette froideur dont on lui faisait si souvent grief. Quand Malika la questionna sur ses sentiments à l'égard du jeune homme, elle lui répondit qu'il ne l'intéressait que pour l'introduire dans le réseau tissé par le FLN au travers de la ville…

Elle fut entendue et en mars 1957, on lui demanda d'agir dans la Casbah, le quartier où elle vivait.

* * *

Le péril terroriste était devenu un élément de la vie quotidienne des Algérois, qui avaient appris à vivre avec lui. Dans les trolleybus et les tramways, dans les grands magasins, dans les salles de spectacle, sur les stades, dans les cafés, partout des bombes pouvaient exploser. Même au hasard des rues…

On avait appris à se prêter à l'inspection des sacs, des couffins, des voitures et aux fouilles au corps. La suspicion portait sur tous mais en particulier sur les femmes musulmanes, dont le haïk qui les drapait pouvait dissimuler bien des choses. Les descentes nocturnes étaient devenues quotidiennes dans la Casbah, mais aussi dans les bidonvilles dont le labyrinthe anarchique, autour d'Alger, abritait les paysans fuyant la terreur instaurée dans le bled par l'ALN et l'armée française.

Les tribunaux siégeaient en permanence. Leurs verdicts envoyaient en prison des dizaines de suspects, une dernière étape pour certains avant l'échafaud. En métropole comme en Algérie des voix s'élevaient pour dénoncer certaines méthodes utilisées pour venir à bout de la guérilla urbaine, et tout particulièrement la torture.

François Druon, cet ami des Lanier qu'ils avaient rencontré à Sétif le soir de la Toussaint tragique, était venu dîner chez eux un soir de juillet 1957, et il avait ainsi résumé la situation :

— Longtemps la guerre vous a épargnés, vous les citadins et puis vous voici confrontés à la violence. Celle que nous connaissons depuis le début, nous les blédards : la peur que les *fellaghas* n'attaquent la ferme, celle de la trahison d'un de nos employés, même les plus fidèles. Le FLN les menaces de s'en prendre à eux ou à leurs familles, s'ils ne lui obéissent pas. Et nous aussi nous craignons pour les nôtres. C'est pourquoi, comme j'ai fait pour Constance auparavant, j'ai préféré envoyer à son tour Paola à Alger. Moi je suis revenu vivre à la ferme. Je suis sur place et n'ai plus à m'y rendre chaque jour depuis Sétif, sur un trajet dangereux, mais vivre ainsi tout seul ce n'est pas drôle. Pour toute compagnie j'ai mon bras droit, ce brave Cardona, avec qui je me barricade tous les soirs. Et pour aller travailler les terres, je mets le fusil à l'épaule, comme nos ancêtres. Seulement, au contraire d'eux, je ne crois pas à un avenir pour nous dans ce pays. Je partirais si tout devient trop difficile…

Pierre et Suzanne l'avaient écouté en silence. Quand ils allèrent se coucher, ils commentèrent l'ambiance pénible qui avait régné toute la soirée. Au cours du dîner, certains convives avaient paru douter des dires de François. D'autres, à demi-mot, l'avaient traité de couard et de défaitiste. Même l'un d'eux, dont les Lanier appréciaient peu la forfanterie, avait évoqué certaines activités secrètes :

— Elles se mettent en place pour faire ce que la France et ses soldats se révèlent incapables de faire… comme ce *fellouze* de général de la Bollardière, avait-il ajouté.

— Je pense à ce pauvre Camus, dit Pierre. Je l'ai rencontré brièvement quand il est venu voir sa mère. Il faut bien le dire, il est assez découragé depuis cette réunion en vue d'une trêve pour les civils qu'il avait organisée ici, en janvier de l'année dernière. Tu aurais dû voir à quoi ça ressemblait !

Suzanne se souvenait de la déception de son époux à son retour du meeting qui, pour lui, n'avait finalement été qu'une occasion de « servir la soupe » à la rébellion. On y avait piégé les bonnes volontés comme celles de Camus, de Roblès ou la sienne et, avait conclu Pierre :

— Cela a en plus permis aux ultras, ce mot que la presse emploie à tort et à travers, de dénoncer ceux qui veulent « brader l'Algérie ». Camus est découragé, mais pas désespéré. Mais sa position est impossible, puisqu'il souhaite à la fois que nous restions ici et qu'il dénonce le colonialisme. Il fait une belle cible pour chacun des deux camps !

— Je continue de garder confiance, lui dit Suzanne. L'Algérie a connu bien des crises ! Il fallait entendre les récits de Grand-papa et ceux que Grand-maman tenait de la bouche de Louise. Il faut se remémorer ce à travers quoi sont passés mes aïeux, mon arrière-grand-père Beaudire et sa femme, la pauvre Mathilde. Il nous faudra nous battre comme eux, tout en changeant ce qui est injuste dans ce pays. Tu l'as bien fait en 40, non ? Et moi je pense que les projets de Camus pour le futur de l'Algérie se tiennent !

— J'y adhère aussi mais peut-être est-il trop tard ? La haine s'est insinuée entre les indigènes et nous. Tu aurais dû voir en décembre la foule européenne faire la chasse aux Arabes qui s'étaient aventurés au centre-ville, après les obsèques d'Amédée Froger, une foule qui ne voulait pas entendre les appels au calme de sa fille Madeleine ! Il y a une pauvre femme de ménage à qui j'ai évité d'être lynchée en l'aidant à fuir, tout empêtrée qu'elle était dans son voile. Même chose il y a un mois, à l'enterrement des morts du casino de la Corniche. Va faire comprendre que ce genre de vengeance est stérile à ceux qui ne veulent pas l'entendre… Cette action des paras depuis janvier n'est pas faite pour arranger les choses, bien que je ne puisse pas les désapprouver. Ils veulent vaincre ce terrorisme qui nous menace tous, toi, moi, et puis cet idiot de Bruno ! Je sais bien qu'il ne suit pas nos consignes de prudence. Il continue d'aller au cinéma malgré notre interdiction. Il s'est coupé l'autre jour en parlant d'un film !

— Qu'y pouvons-nous mon chéri ? Il faut faire semblant de le croire. Et *Inch Allah* ! conclut Suzanne qui finissait de se démaquiller.

Elle rejoignit Pierre et, après avoir éteint, elle lui dit :

— Tu sens cette délicieuse odeur de chèvrefeuille ? On a bien fait de laisser la fenêtre ouverte. Ces nuits d'été sont si belles !

* * *

Renaud avait dit à Belle, à propos de la section administrative spécialisée à la tête de laquelle il se trouvait en Kabylie :

— J'y ai un rôle qui va dans le sens de la promotion de l'Algérie française, mais assez peu guerrier. La SAS, et en ville la SAU, font partie de ces organismes à la fois militaires et administratifs dont le gouverneur Soustelle a confié la mise sur pied au général Parlange. C'est un homme qui connaît bien les gens du Maghreb, ces officiers de la coloniale, qui ont fait carrière outre-mer, contrairement à ceux qui n'ont que peu quitté la métropole. Comme de Gaulle…

L'entourage de Belle avait adopté le jeune capitaine. Il était invité chaque fois qu'il se trouvait à Alger, lors de ses permissions. Un jour Suzanne l'avait amené auprès de Julie, qui s'était dite curieuse de connaître « ce soldat qui vient d'Alsace, comme en venait ma chère Valentine et qui se bat en Kabylie comme, avant lui, mon cher Armand ». La rencontre s'était faite à Fort-de-l'Eau où, chaque dimanche, Rose et Henri amenaient la vieille dame retrouver son cher village, et Julie avait questionné Renaud avec curiosité.

— Capitaine, mon mari était breton, mais comme votre nom l'indique, vous venez de l'autre côté de la France.

— Oui madame, ma famille est alsacienne et mes parents vivent à Obernai.

— L'Algérie vous plaît-elle ? Vous a-t-elle séduit comme elle avait séduit mon Breton d'époux ?

— Elle m'a subjugué, madame, et je compte bien y passer le reste de mon existence.

Julie, si elle se voulait optimiste, n'en avait pas pour autant oublié d'être lucide :

— Détrompez-vous. Je ne pense pas que nous pourrons rester ici, lança-t-elle. Cette guerre est vilaine, qui tue indifféremment tant d'innocents, Européens et indigènes. Le Bon Dieu n'aime pas cela et il va nous le faire payer !

— Maman, dit Rose, le Bon Dieu n'a rien à voir là-dedans mais plutôt la volonté des hommes. Il suffit de tenir. N'est-ce pas, capitaine ?

— Sans aucun doute, mais il ne faut pas se contenter de faire parler les armes. C'est une guerre psychologique, vous savez. Il y a ici beaucoup d'officiers, comme moi, qui ont combattu en Indochine, et qui pensent que nous l'avons perdue en ignorant cette dimension.

— Armand ne disait pas autre chose. Il avait à cœur de comprendre ses tirailleurs. Ce n'était pas facile. Ils avaient un code de l'honneur différent, des façons de faire qu'il n'avait pas apprises en Bretagne. Tout lui est apparu plus facile quand il a appris.

Un ange passa. Pour prévenir la question qui risquait de survenir – « Et ce mariage, c'est pour quand ? » – Belle écourta l'entretien :

— Nous devons partir maintenant qu'il fait moins chaud. Nous allons dîner ce soir chez mes amis les Klein, à Sidi-Ferruch.

Leurs adieux faits, ils reprirent la route d'Alger.

— Nous avons tout notre temps et je vais prendre le chemin des écoliers, pour bien te faire connaître la ville ! dit Belle en faisant démarrer la voiture.

— C'est amusant comme vous vivez, vous les pieds-noirs. On croirait que rien ne se passe ici, que l'avenir vous sourira. Il n'y a que madame Bénézit qui paraît bien pessimiste.

— Que veux-tu que nous fassions, que nous nous couvrions la tête de cendres ? Pierre Lanier dit qu'il faut profiter de chaque instant, comme faisaient les Londoniens pendant le Blitz. Ignorer les attentats, les bombes dans les lieux publics… qu'il faut s'amuser comme ils le faisaient pour oublier les V2 et autres ! Et puis, pour nous les gens d'ici, seul compte l'instant présent, ainsi que l'a écrit Camus. Nous avons hérité de la tranquille incertitude de nos ancêtres, les pionniers et le fatalisme arabe nous ont gagné… Aussi fais comme nous, et regarde plutôt ma belle ville !

Elle lui avait désigné tour à tour la route Moutonnière, l'hippodrome du Caroubier, le Jardin d'essai.

— Et puis nous voici sur le boulevard Front-de-mer que cette chère Julie continue d'appeler le boulevard de l'Impératrice. Tu vois ces belles maisons turques au bord de l'eau ? C'est là que vit le général Massu.

Ils enfilèrent la route de Saint-Eugène et elle lui désigna la villa où avaient vécu les Viannac puis, sur la colline, Notre-Dame d'Afrique. Elle se tut en passant devant le casino de la Corniche dont l'accès demeurait interdit. Ils traversèrent la Madrague où, dit-elle :

— Il s'est ouvert un restaurant vietnamien où il faut que nous allions un jour. Ça te rappellera l'Indo !

Passé Staouéli, ils gagnèrent le bout de la presqu'île « sur laquelle, cent vingt-sept ans plus tôt, précisa-t-elle, avaient débarqué les Français… »

* * *

La double origine d'Idir, qui avait mêlé le sang kabyle à celui d'une jeune fille d'Argenteuil, le mettait parfois mal à l'aise. De plus le contraste entre sa culture berbère et celle de sa belle-famille, qui se voulait arabe, entretenait aussi son trouble. Ce sentiment d'insécurité s'était renforcé quand avait débuté ce que l'on ne voulait désigner que comme les événements d'Algérie, un euphémisme qui irritait l'ancien combattant qu'il était.

En 1945, tout comme Pierre, il s'était cru quitte de tout nouveau combat pour le reste de ses jours. Il aspirait à une vie paisible. Il pensait avoir fait preuve d'assez de bravoure pour que les mânes de son père et de son grand-père soient fiers de lui, sans devoir s'engager nulle part.

Or, après les émeutes de Sétif, l'idée que chacun devait choisir son camp avait prévalu de façon sourde. Son comportement était épié par ses collègues, Européens et musulmans, et en particulier par Menouar Larbi, qui le poussait à rejoindre la rébellion. Idir en était ébranlé mais quand, le 28 mai 1957, les trois cents habitants de Melouza, des partisans de Messali Hadj, avaient été sauvagement massacrés par le colonel FLN Mohammed Saïd, Idir avait protesté auprès de son voisin :

— Comment accepter une telle boucherie fratricide ?

— Oui, c'est affreux, avait repris Menouar. Mais cela ne doit pas empêcher de s'engager. Tu le sais bien, toi qui as fait la résistance. Choisis de nouveau ton camp, mais le bon ! Tu pourrais regretter de ne pas le faire…

Et Idir avait senti que, dans ces paroles, planait une menace.

Il s'en était ouvert à Pierre pour l'entendre lui répondre :

— Je partage ton malaise, mais souviens-toi du bruit qui avait couru en 1944, quand on avait dit qu'un maquis en avait livré un autre aux Allemands, pour des raisons politique. Bien qu'à l'épuration… En tout cas la Résistance ne s'en prenait pas à des civils innocents comme vient de le faire le FLN en assassinant mon ami François Druon dans sa ferme !

Un autre collègue, un Européen celui-ci, l'avait à son tour interpellé, comme l'avait fait Menouar, et presque dans les mêmes termes :

— Tu devrais choisir le camp de la France, Idir, comme tu l'as fait en 41. Il faut que des gens comme toi le fassent, pour montrer que vous les indigènes vous n'êtes pas tous du côté des *fellouzes*. Ta mère est une Française de France, non ?

Idir ne lui avait rien répondu. Peu après il était parti avec sa famille pour passer les vacances d'été à Cherchell. Il avait cependant été contrarié qu'Arezki décide de rester seul à Alger, pour étudier avait-il dit… Et puis le calme qui régnait dans la petite ville, la caresse tiède des vagues l'avait rasséréné. Les dispositifs militaires déployés partout n'étaient pas parvenus à gâcher pour lui la beauté de l'été algérien. Ce fut l'âme de nouveau sereine qu'il revint avec les siens à Alger en septembre pour préparer la rentrée scolaire.

* * *

La bataille d'Alger dura neuf mois, neuf mois de combats dans l'ombre, au bout desquels une nouvelle stratégie, adaptée à la guérilla urbaine, finit par porter ses fruits. Le dispositif de protection de la ville mis sur pied par le colonel Trinquier et l'infiltration des réseaux FLN par le colonel Godard se révélèrent efficaces.

Le 3 mars, le colonel Bigeard arrêtait un responsable important du FLN, Larbi ben M'hidi, qui finit mystérieusement pendu en prison. Une jolie jeune fille, Djamila Bouired, une poseuse de bombes, tombait à son tour entre les mains des paras ainsi que nombre d'individus de moindre importance. La fin de l'été voyait la prise, dans sa cache de la rue Caton, de Yacef Saadi ainsi que celle de Zohra Drif, une étudiante en droit, qui avait été chargée de poser un engin de mort au « Milk bar ». Le 8 octobre, enfin, Ali la Pointe disparaissait de façon spectaculaire : lors de l'assaut de son repaire de la Casbah par les parachutistes, l'incendie d'une réserve d'explosifs qui s'y trouvaient détruisait un immeuble voisin et faisait vingt-quatre victimes.

Cet événement marquait la fin de la bataille. Alger respirait après que chacun des habitants de toutes ses communautés ait été concerné, de près ou de loin, par un attentat sanglant ou par la lutte implacable menée par l'armée française contre le FLN.

En rentrant de leurs vacances à Cherchell, les Kaci avaient trouvé une bien mauvaise mine à leur fils Arezki. Sa mère s'était exclamée qu'il aurait dû se reposer un peu, en passant une quinzaine de jours avec eux à la mer. En guise de réponse, le jeune homme avait haussé les épaules, avant de se rendre à la bibliothèque universitaire. En le regardant partir, son père avait noté combien la maigreur du garçon s'était accentuée pendant l'été, comme il flottait dans son pantalon et sa chemise de toile.

— Dieu sait comment il s'est nourri tout ce temps où nous étions absents, avait dit Samia.

— Surtout de nourritures intellectuelles ! Oh, sitôt ses examens passés, il se reposera. On pourra l'envoyer chez ses grands-parents, s'il le veut bien, avait répondu Idir.

En fait, un changement dans le comportement d'Arezki l'inquiétait. Le garçon ouvert, volontiers bavard, que mille sujets passionnaient, paraissait s'être fermé, depuis quelque temps. Alors qu'il se confiait volontiers à ses parents, il semblait maintenant les fuir. Surtout, la présence de tracts du FLN dans sa chambre, qu'avait trouvés Samia, avait franchement alerté Idir. Cependant, il avait banalisé l'événement, dans le contexte du moment. Et les conciliabules de son fils avec Malika Larbi, et parfois Meriem Chbili, n'étaient pas que des flirts d'adolescents, même si Samia n'y voyait que du feu et qu'elle proclamait : « Gardez vos poules, je lâche mes coqs »…

Fin septembre, Arezki passa ses examens. Il en revint en se disant satisfait mais son ton morne surprit son père. Les jours suivants, bien qu'il n'ait plus d'épreuves, le garçon continua de se lever tôt et de quitter la maison, sitôt avalé son petit déjeuner. À plusieurs reprises, il téléphona pour dire qu'il ne serait pas là pour le dîner et ne rentrerait que juste avant le couvre-feu. À Samia qui se plaignait de cette désinvolture, Idir répondit que leur fils était maintenant un homme. À son âge, lui dit-il, lui-même « vivait sa vie », en semblant oublier qu'en fait il était alors soumis à la stricte discipline de l'École normale, ce que son épouse ne manqua pas de lui rappeler…

Les jours passèrent jusqu'à ce 7 octobre au soir où Arezki, parti dès 8 heures du matin, ne fut pas là pour le dîner et ne leur téléphona pas non plus. Toute la soirée vit ses parents aller et venir dans l'appartement. Passée l'heure du couvre-feu, ils restèrent éveillés, à épier le moindre bruit jusqu'au petit matin où, épuisé, Idir partit assurer ses cours.

Vers midi, un groupe de soldats se présenta à l'école. Ils lui demandèrent s'il était bien monsieur Kaci et le prièrent de les suivre avant de le conduire, envahi par l'inquiétude, à la morgue d'El Alia où on lui montra, au milieu d'autres cadavres, un corps martyrisé, aux jambes arrachées, au visage tailladé et boursouflé que, dans un cauchemar, il identifia comme étant celui d'Arezki…

Il eut à signer différents papiers avant de subir un long interrogatoire. Un officier lui demanda s'il était au courant des activités de son fils avec un certain Ali la Pointe, auprès duquel il se trouvait dans une maison de la Casbah qu'avaient attaquée les parachutistes, une question à laquelle il ne put répondre que négativement, en toute sincérité.

Le jour des obsèques du garçon, Pierre ne parvint à trouver que de pauvres mots quand il voulut soutenir son ami ravagé par le chagrin. Il n'obtint de lui que cette brève phrase : « J'ai su choisir mon camp en 41, mais pas cette fois-ci… C'est mon fils qui m'aura appris à le faire. »

* * *

La complicité de Meriem avec sa tante avait longtemps irrité Mina. « Qu'as-tu donc de si important à lui raconter ? » lui demandait-elle. Meriem se montrait évasive et Azziz relativisait la chose en disant que les adolescents choisissaient rarement leurs parents comme confidents… Aussi Mina avait-elle fini par se résigner en se disant que Meriem était comme son père, un être secret dont le silence ne dissimulait rien de particulier… Elle ne lui posa donc aucune question ce jour de la mi-octobre où l'adolescente, une fois de plus, monta à Boukhandoura.

Lila l'y attendait, assise dans le patio. Elle avait décidé d'annoncer à Meriem sa décision de divorcer de Robert, en raison de la divergence de leurs idées politiques. Elle entendait que la plus grande sincérité règne entre elle et sa nièce… Quand elle fut là, elle lui dédia un grand sourire mais fut vite désorientée par la panique qu'elle lut dans ses grands yeux noirs.

— Qu'as-tu ma chérie ? lui demanda-t-elle en lui prenant le menton.

Meriem grimaça puis, d'une voix étranglée, lâcha avec de nombreuses hésitations :

— J'ai fait comme disent bien des philosophes et comme toi-même tu m'as dit de faire, je me suis engagée et j'ai choisi mon camp.

Lila fut heureuse de ces mots. Ce conseil qu'elle lui avait si souvent donné avait donc porté ses fruits…

— Tu sais, cette Malika dont je t'ai parlé… J'ai connu par elle un de ses copains d'enfance qui est aussi son voisin, Arezki, un Kabyle étudiant en droit. J'ai bien vu qu'il était amoureux de moi mais il ne me plaisait pas vraiment…

Ainsi se dit Lila, c'est aussi d'une histoire de cœur qu'il s'agit, mais elle devint perplexe quand sa nièce poursuivit :

— Arezki nous a fait entrer, Malika et moi, dans un réseau de résistance. Comme j'habite dans la Casbah, j'ai pu rendre des services… J'ai fait l'agent de liaison, j'ai transporté de l'argent et même trois fois des armes, dans mon sac de plage.

— Tu n'as jamais eu de problème ?

— Non, tu sais les soldats ont vite su qui je suis, que j'habite une belle maison de la Casbah, que j'ai une carte d'identité française. Et puis je leur ressemble, j'ai le type européen, comme m'a dit Arezki. D'ailleurs lui-même pouvait passer pour un Européen. Sa grand-mère est unc métropolitaine. Enfin, il avait… parce qu'il est mort, dit-elle froidement, auprès de Ali la Pointe il y a huit jours… On m'a fait savoir qu'il valait mieux que je me fasse oublier, que je parte d'Alger, conclut-elle.

Lila tomba des nues. Jamais elle n'avait pensé que la petite irait si loin. Effondrée, elle réalisa qu'elle-même n'avait guère pris de risques, que son engagement personnel, dont elle était si fière, n'avait été que verbal. Amèrement, elle se reprocha le rôle qu'elle avait joué.

— Il faut avertir ton père, lui dit-elle, ce qui fit grimacer Meriem mais sans qu'elle proteste. Il n'y a pas d'autre issue !

Le lendemain elle descendait voir Azziz et Mina et leur faisait part de la situation dans laquelle s'était mise leur fille qui, muette, assistait à l'entretien. Une semaine plus tard, celle-ci partait pour Genève sous le prétexte d'y faire une école d'interprétariat.

* * *

Après tant de mois, il était de nouveau possible de se promener au travers de la ville, sans craindre que ne se cache quelque part un danger mortel. Ce printemps de 1958 était joyeux et exempt des menaces qui flottaient partout un an plus tôt. Un matin d'avril, Suzanne, accompagnée de Jacqueline, décida de descendre à pied en ville depuis El biar. Elle osait désormais emprunter ce chemin Laperlier, peu fréquenté, dont les méandres révélaient de si belles échappées sur la ville. Certaines traverses de terre humide, envahies de mousse verte, raccourcissaient le chemin. Des haies couvertes de clématites sauvages les bordaient et Suzanne se souvenait que, petite fille, elle en piquait des lianes dans sa chevelure, pour jouer à la mariée. C'était un jeu que lui avait appris Rose, qui le tenait de Julie, qui le tenait de qui ? se demanda-t-elle. C'était un jeu qu'à son tour elle avait enseigné à Jacqueline qui le lui rappela, en cueillant une grappe des petites corolles blanches.

Elle avait dans ce trajet un passage favori, un tournant qui dessinait une épingle à cheveux et qu'ombrageaient les cimes pommelées d'une pinède. Quand on l'atteignait, la grande flaque bleue de la baie se révélait tout entière, surmontée par la ligne des montagnes. Elle se souvint que le matin de son départ clandestin Pierre lui avait dit s'être arrêté là pour contempler la ville, pour lui dire adieu. Là se terminaient les banlieues, avant que les maisons qui se resserraient n'annoncent la trouée verte du parc Montriand, puis le boulevard du Télemly, où vivait Estelle que Suzanne avait promis de passer saluer.

— Maman, je n'ai pas envie d'aller chez Auntie. Elle dit toujours des choses méchantes sur les uns et les autres ! dit Jacqueline dans l'ascenseur.

— Allons ! protesta Suzanne qui partageait pourtant l'avis de sa fille. Bon, concéda-t-elle, c'est vrai de temps en temps mais elle ne pense pas vraiment ce qu'elle dit, tu sais.

À certains égards, et c'est pourquoi elle continuait de lui rendre visite, elle avait une certaine tendresse pour sa vieille tante. Après qu'elle l'ait longtemps irritée, elle l'admirait même maintenant. Rares étaient les femmes dans sa génération qui avaient fait des études supérieures et gagné seules leur vie. Et puis elle avait été souvent pour elle un exemple à suivre, plus que sa mère dont Suzanne jugeait sévèrement l'inconséquence un peu coupable.

Quand Estelle lui ouvrit, son allure pathétique lui inspira de la pitié. Elle était en pantoufles, ses cheveux gris déployés, enveloppée dans une vieille robe de chambre écossaise dont elle était très fière.

« Je l'ai achetée chez Harrod's en 34 », répétait-elle, et quand un jour Suzanne lui avait fait remarquer que le vêtement était élimé et démodé, sa tante lui avait répondu, en anglais, que « le beau Brummel ne portait jamais un vêtement neuf ».

— Vous êtes en retard ! lança la vieille demoiselle.

— Nous sommes descendues à pied, par le chemin Laperlier.

— À pied ! Mais tu es folle, vous auriez pu vous faire violer !

« Cela reste sa grande hantise, se dit Suzanne. Il n'y a pas si longtemps, nous aurions pu plutôt nous faire tuer… »

— Avec tous ces hommes, avec ces Arabes qui ne pensent qu'à ça ! Enfin libre à toi… conclut sa tante avant de se lancer dans une analyse de la situation politique du moment, à sa façon subtile que Suzanne appréciait.

Pierre l'avait d'ailleurs un jour taquinée en l'appelant la Geneviève Tabouis algéroise et, furieuse, elle avait répliqué : « Mon cher Pierre, je ne suis pas comme elle aux ordres des Soviets ! » Car si elle appréciait son neveu pour son choix de 1940, elle avait une dent contre la journaliste qui, à Londres, ne s'était pas rangée aux côtés du général.

Cependant elle l'évoqua ce jour-là :

— Je l'ai entendue, cette Tabouis que Pierre apprécie tant. J'ai cru comprendre, et cela confirme ce que m'a écrit Ronan à demi-mot, qu'il y aurait du complot dans l'air à Paris.

— Quel genre de complot ?

— Un complot dans lequel ton oncle trempe sûrement, mais un complot derrière le plus grand de tous, le général de Gaulle !

Puis, brusquement, elle ouvrit le tiroir d'une commode et en sortit un objet long enveloppé dans du papier de soie :

— Tiens, Suzy, je vais te faire un cadeau. C'est la louche de notre aïeul, Eléazar Maureuil. Elle est passée dans bien des mains depuis la pauvre Mathilde, à qui il l'avait offerte pour ses noces. Après la mort de Louise qui la tenait de sa mère, c'est ta grand-mère Julie qui en a hérité, avant de me la remettre quand elle a cessé de faire la cuisine. Je ne m'en suis moi-même que bien peu servi. Tu connais mes talents dans ce domaine. Tu sauras mieux en tirer parti !

En quittant la vieille demoiselle, Suzanne songea : « Cette Auntie n'est certes pas un cordon-bleu. J'ai encore le souvenir de l'horrible crumble qu'elle avait confectionné pendant la guerre et pourtant j'étais petite alors. Et ses bonbons à la carotte ! Mais il y a sûrement du vrai dans ce qu'a dit par ailleurs la tante. Ce qu'elle annonçait comme une pythie s'est presque toujours vérifié, sauf ce qu'elle disait après les émeutes de 1945. Que va-t-il bien pouvoir arriver ? »

* * *

Le 13 mai 1958, il régnait une certaine agitation dans la ville quand, le ventre noué, Bruno arriva devant les facultés, pour y subir les épreuves du PCB. Si tout se passait bien, il aurait alors accès à cette médecine qu'il avait choisie, en partie pour perpétuer la tradition familiale.

Il fut surpris de trouver close la grille d'entrée de la rue Édouard-Cat et des étudiants qui, devant elle, réclamaient qu'on l'ouvre. Un peu plus haut, vers l'avenue Pasteur, d'autres jeunes gens, silencieux, observaient de loin la situation, et entre les deux groupes semblait flotter un courant d'hostilité.

— Tu sais ce qui se passe ? demanda-t-il à Monique Seror qui se présentait aussi à l'examen.

— Il paraît qu'on ne veut pas nous laisser entrer. On ne vient, soi-disant, que pour créer la pagaille dans la fac.

— Et c'est qui les autres là-haut ?

— Ils sont venus dénoncer les fascistes que nous sommes, paraît-il.

Bruno ne portait à la politique qu'un intérêt limité. Il ne se sentait concerné que lorsqu'elle le touchait directement.

Monique était au contraire beaucoup plus au fait de ce qui se jouait et il l'interrogea de nouveau.

— Alors ce qui se passe maintenant a un rapport avec ce que tu m'as dit l'autre jour, à propos du Grand Charles ?

— Je crois !

— Mais quel rapport avec le PCB ?

— Eh bien, certains profs, pas très nombreux, veulent dénoncer ce qu'ils considèrent comme un pronunciamiento attendu du général et ils font la grève des examens. Quant aux autres, ces abrutis en haut de la rue, c'est *fellouzes* et compagnie. Ils sont là pour appuyer ces profs et nous empêcher de passer nos examens.

Il se fit soudain un mouvement dans la foule dans laquelle un bruit se mit à y courir : « Ça y est, on ouvre les grilles. » En effet, un appariteur les écartait et Bruno et Monique venaient de les franchir quand survint une forte clameur, issue des rangs ; ceux que Monique avait accablés de son mépris et qui, ayant pénétré à leur tour dans les facs en clamant des slogans, protestaient contre le fascisme et réclamaient l'indépendance de l'Algérie.

— Tu vois ce que je t'ai dit ? Et puis voila les CRS. Filons !

Courant côte à côte, ils grimpèrent de nombreux escalicrs, se perdirent dans un labyrinthe de couloirs, avant de parvenir dans un jardin intérieur dont le calme fut soudain rompu par le bruit de détonations.

— Des grenades lacrymogènes maintenant ! Viens, on va remonter plus haut. Il y a une sortie sur le Télemly, dit Bruno.

Ils y parvinrent pour se trouver devant les silhouettes, bleu marine et casquées, des policiers. Ils tentèrent de ruser avec elles avant de se résigner à recevoir quelques coups de matraque, le prix à payer pour se retrouver libres…

Il était près de midi quand ils redescendirent vers la rue Michelet. Sur les grilles des facultés, de nouveau fermées, un écriteau invitait les étudiants à revenir le lendemain. Surtout, en deux heures à peine, une foule dense avait envahi les trottoirs. Des groupes se formaient, qui parlaient haut et fort.

— Il y a une grande manif prévue à la mémoire des soldats descendus récemment par les *fellaghas*, leur dit un copain. C'est en fin d'après-midi, devant le GG.

— Allons déjeuner chez moi, mais pas un mot sur les manifs. Mes parents m'empêcheraient d'y aller ! dit Monique.

Et ils se dirigèrent vers la rue de Mulhouse, accueillis par Marinette et Edmond qui étaient déjà à table.

— Alors, ça s'est bien passé ?

— Pas d'examen, et une grande *baroufa* dans les facs, répondit laconiquement Monique.

Ils restèrent à bavarder dans la chambre de la jeune fille avant de ressortir vers les cinq heures, sous le prétexte d'aller aux nouvelles. Dans les rues, les voitures avaient renoncé à circuler tant les chaussées étaient envahies par une foule imposante, qui se dirigeait vers le square Laferrière. Ils se mêlèrent à son lent mouvement au travers du tunnel sous les facultés, puis au long du boulevard Pasteur, avant de remonter jusqu'au monument aux morts.

Quand ils parvinrent sur le Forum, le soleil était bas sur l'horizon. Le ciel pâli était parcouru par les hirondelles, indifférentes à la masse humaine qui, au-dessous d'elles, levait les yeux vers le rectangle de l'immeuble du gouvernement général, indifférentes aussi à ces feuilles de milliers de dossiers qui voltigeaient. Entraînés par Pierre Lagaillarde, le président de l'AG des étudiants, revêtu pour l'occasion de la tenue léopard des parachutistes, ceux qui avaient pris d'assaut le bâtiment quelques heures plus tôt les jetaient par les fenêtres à toute volée.

* * *

Après le départ de sa nièce, Lila avait mauvaise conscience. Azziz et Mina l'avaient accusée d'avoir manipulé Meriem, ce qu'elle-même n'était pas loin de se reprocher. Elle fut encore plus mal à l'aise quand survinrent les événements de mai. Elle en avait suivi à la radio les épisodes, sans sortir de Boukhandoura sauf le 4 juin, pour entendre au Forum le discours du général de Gaulle. Elle se sentit perdue dans la foule à qui il déclarait, de sa voix de tribun : « Je vous ai compris » et frémit en l'entendant dire : « Je prends acte qu'il n'y a ici que des Français à part entière. » Tout cela lui faisait peur. Le combat pour l'indépendance de l'Algérie était-il perdu ?

Les jours suivants, fuyant l'ambiance joyeuse qui régnait dans la ville, elle ne sortit de chez elle que pour chercher un réconfort dans la Casbah, là où l'agitation urbaine cédait la place au silence. Elle s'y promena au long des ruelles de ce labyrinthe obscur et qui la rassurait, au hasard de ce cadre familier de son enfance.

Elle hésita longtemps à frapper à la porte de ce qu'elle appelait toujours la maison de son père, bien que le vieil Ahmet se soit éteint six mois plus tôt, au terme d'une pénible agonie pendant laquelle il s'était inquiété de l'avenir de ses enfants, « dans notre malheureuse Algérie », selon ses termes.

Elle admettait mal qu'Azziz soit désormais le maître de la grande demeure et le chef de la famille. Il s'était d'ailleurs clairement manifesté comme tel quand il avait envoyé sa fille à Genève et mis sur pied là-bas un système de surveillance étroite de la jeune fille. « Le même que celui que j'avais subi à Paris autrefois », avait songé Lila qui n'avait cependant rien osé dire, gênée quand elle se souvenait du regard de reproche silencieux que la petite lui avait lancé la dernière fois qu'elle l'avait vue.

À la mi-juin pourtant, elle se résolut à rendre visite à son frère qui, très vite, évoqua le général de Gaulle.

— Cet homme a déjà sauvé la France et il sauvera l'Algérie de ceux qui veulent sa perte. Heureusement, car nous, les Candarli, n'aurions plus notre place dans ce pays s'il devient indépendant, comme le craignait Papa avant de nous quitter. D'ailleurs, comme le disait l'oncle Abdallah, sommes-nous algériens ? Nous sommes plutôt andalous et ottomans et devons être solidaires des pieds-noirs dont les ancêtres, comme les nôtres, sont venus s'installer ici !

Faisant taire sa colère, Lila était aussitôt remontée chez elle en affrontant l'agitation joyeuse qui régnait dans la ville européenne. Les contraintes du couvre-feu ayant été supprimées, nombreux étaient ceux qui s'attardaient dans les rues pour profiter de la nuit d'été. Elle ne partageait aucunement l'allégresse de cette foule et sa vue lui faisait appréhender la solitude qui était la sienne, depuis sa séparation d'avec Robert. Même, ce soir-là, elle éprouva une sorte de haine à l'égard de Boukhandoura, cette demeure qui, jusque-là, la consolait d'avoir mis fin à sa carrière. Quand le gardien la salua, elle lui répondit à peine. Elle ne souhaitait pas avoir une de ces conversations qu'elle aimait mener d'habitude avec lui. Elle regagna sa chambre, se démaquilla soigneusement, cherchant par des gestes précis à se détourner des pensées moroses qui l'avaient envahie. Quand elle eut éteint, elle chercha en vain le sommeil. Les coassements des grenouilles dans le bassin d'irrigation, le chant des rossignols venus d'un micocoulier, sous sa fenêtre, lui parurent scander les pensées qui l'obsédaient.

Elle se leva pour fermer la croisée, puis alla s'asseoir dans un fauteuil où elle finit par s'assoupir. À son réveil, une décision s'imposa à elle. Elle quitterait Alger pour Paris, où, se dit-elle, elle avait finalement plus vécu que dans sa ville natale, Paris où ses amis partageaient ses choix politiques. Elle serait loin de ceux qui vivaient ici et s'assemblaient sur le Forum, en croyant au retour des temps anciens, un retour qui l'avait un moment effrayée mais qu'elle tenait maintenant pour une utopie.

* * *

Après la mort d'Arezki, Idir parvint, douloureusement, à assurer sa classe jusqu'aux vacances scolaires, soutenu par Pierre chez qui il se rendait souvent. Le moral de Samia était aussi dramatique mais elle ne changea rien à ses habitudes, s'acharnant à tenir la maison avec une douloureuse obstination.

— J'admire son stoïcisme. Elle reste le pilier qui tient toute la famille quand moi je n'ai plus aucune force, disait Idir à son ami un soir. Elle a imposé le respect aux paras puis à la police quand ils sont venus nous questionner sur Arezki et ses activités. Elle a su parler aux deux petits de la mort de leur frère, sans idée de vengeance alors que moi, au contraire, je ne songe qu'à cela…

— Comment pourrais-tu te venger ? lui avait alors demandé, sans conviction, Pierre qui savait bien comment il pouvait le faire et se demandait même s'il n'avait pas déjà élaboré quelque projet en ce sens.

Comme il s'y attendait, Idir ne lui avait rien répondu mais dans son regard était passée la même lueur que celle qu'il y avait vue dix-huit ans plus tôt, quand ils avaient décidé de rejoindre Londres.

— Je le sentais prêt à n'importe quoi, dit Pierre à Suzanne quand ils apprirent de Samia qu'à la rentrée scolaire leur ami n'avait pas pris ses fonctions et qu'elle prétendit, d'une manière embarrassée, qu'il était à Cherchell pour régler un problème familial. Faisons semblant de la croire, mais c'est ailleurs qu'il se trouve… Eh oui, ma chérie, certaines situations ont des points communs. Ainsi, comme en 41, Idir veut entrer en résistance mais, hélas, c'est à la France qu'il veut résister ! C'est contre nous, contre moi qu'il veut se battre. Nous sommes devenus des frères ennemis.

— Mais où crois-tu qu'il soit ?

— Quelque part en Kabylie. C'est sa patrie, c'est le pays de ses ancêtres.

— Pas celui de sa mère, en tout cas.

— Non, au contraire de Camus, il n'a pas choisi sa mère, osa Pierre en ricanant, mais à défaut de l'approuver nous pouvons essayer de le comprendre. Que ferions-nous si Bruno avait été tué par quelque fellagha ?

— Je me serais vengée ! s'exclama Suzanne.

Pierre sut qu'elle ne plaisantait pas et il se dit : « Elle est bien la petite-fille de Julie ! Elle est de cette race de lutteurs, prêts à tout, celle de ces gens qui autrefois se sont exilés en n'ayant rien à y perdre. Je reste un *Francaoui*, même si je suis né ici et que je me sens de ce pays. »

Bruno revint à ce moment-là, et son père, qui cherchait une occasion de dissiper le malaise qui l'avait envahi l'apostropha :

— Combien de fois faudra-t-il te dire d'être à l'heure ? Nous nous faisions un sang d'encre, ta mère et moi !

— Mais Papa ! protesta le garçon, désorienté.

Pierre se trouva soudain honteux en songeant au souci que s'étaient fait ses parents et Suzanne quand, à peine plus âgé que son fils, il était parti à l'aventure. Gêné, il tapa dans le dos de son fils en souriant et fut soulagé que Suzanne les invite à passer à table.

* * *

En septembre 1958, Renaud revenait à Alger après une permission passée en Alsace. Belle, venue le chercher à Maison-Blanche, était impatiente de connaître la grande nouvelle qu'il avait promis de lui annoncer, « mais seulement une fois confirmée », avait-il précisé.

— Regarde ces pauvres gars qui reviennent de perm', lança-t-il à Belle. Ils n'ont pas comme moi la chance de t'avoir pour les accueillir. Ils vont retrouver leurs pitons ou leur sinistre garnison au fin fond du bled.

— Mais toi aussi tu vas partir après-demain dans ton bled.

— Eh bien non, figure-toi. Je ferai en fait un simple aller-retour vers la Kabylie. Maintenant je peux te la dire, la grande nouvelle. J'ai reçu un ordre de mutation sur une SAU d'Alger !

L'annonce avait à la fois réjoui et contrarié la jeune femme. « Enfin, se dit-elle, nous allons partager vraiment notre existence, lui et moi » Et à cette idée elle blottit un instant sa tête dans son épaule. « Mais mon Dieu, pourquoi fait-il si souvent des mystères et annonce-t-il de façon si flegmatique quelque chose de si important ? Son côté "patos" de l'est de la France sans doute. »

— Quel genre de mission t'attend à Alger ? lui demanda-t-elle

— Comme dans ma SAS de Kabylie. Établir des chantiers, des liaisons avec les autorités municipales, avec les médecins, les écoles. Je crois que dans l'immédiat ce sera un boulot de recensement, en vue des élections prévues pour novembre. Au fait, je ne te l'ai pas dit, c'est au Clos-Salembier que je suis affecté. Tu connais ?

— Un sale coin. Un énorme bidonville juste au-dessus de la maison où vivait Rose Roussel, la mère de Suzanne. Elle a dû déménager. On lui balançait des pierres…

Au même moment Suzanne, qui était aussi venue chercher à Maison-Blanche Bruno, annonçait elle aussi à son fils que sa grand-mère avait dû quitter le Ravin de la femme sauvage. La joie du garçon de se retrouver chez lui en avait été un peu altérée. Il aimait la maison tarabiscotée où vivait Rose, les grands mimosas qui encadraient de jaune l'allée centrale, le nom même de l'endroit qui se parait de mystère. Qu'allait-elle faire de son chien, Whisky, et de son chat, Soda ?

Un éclair de mélancolie dissipa un instant l'allégresse qui l'avait envahi en posant le pied sur le tarmac. Elle lui revint vite, quand surgit l'éclat rouge des fleurs d'hibiscus dans les phares de la voiture, comme elle quittait l'aéroport. Elle se renforça quand lui apparut le collier scintillant des lumières de la ville entre la mer et le faîte des collines. Elle fut complète quand lui parvint l'odeur pestilentielle qui émanait de l'oued Harrach, devenu un égout en plein air, cette odeur paradoxalement chère aux Algérois à qui, au retour d'un voyage, paraissait leur dire : « Bienvenue chez vous ! »

* * *

Revenu à Seddouk, en Kabylie, Renaud dut attendre la venue du jeune appelé qui allait le remplacer. Il fut de nouveau ébloui par le Djebel Trouna et par le massif du Djurdjura, ces sommets qu'il avait été si surpris de découvrir enneigés, dix-huit mois plus tôt. Il réalisa combien il s'était attaché au petit bourg et à la forêt domestiquée d'oliviers, de figuiers et de caroubiers qui l'entouraient. Ce fut sans déplaisir qu'il retrouva ce village si semblable et si différent d'un village de la métropole, le même par sa mairie, son école et son église Sainte-Thérèse, tout autre par le bordj qui le surmontait, par sa mosquée et par cette SAS qu'il s'apprêtait à quitter.

Un regret lui resterait, se dit-il, celui de n'avoir jamais pu, au-delà des salines de Lemllah, se rendre plus haut dans la montagne car la situation y restait peu sûre.

Or c'est là même que se trouvait Idir, dont le parcours, pour mener à bien le projet de vengeance qui l'habitait, avait été long et difficile. On ne pénétrait pas aisément dans les zones intensément militarisées. Il lui avait fallu prétexter une raison familiale pour obtenir un sauf-conduit afin de se rendre dans le village de son enfance. Là, il avait dû encore attendre un bon moment avant que quelqu'un organise son voyage vers le maquis.

Et puis, une nuit, on était venu le chercher. Une marche difficile dans l'obscurité et le silence avait suivi, qu'il avait été fier de parvenir à faire, malgré ses quarante-cinq ans. « Me voici plus alerte qu'autrefois en Angleterre… mais dans une situation plus stimulante que dans les bureaux où l'on m'avait affecté », s'était-il dit en grimpant des pentes couvertes de silex, en descendant au bas de profondes ravines, en traversant d'épais fourrés de broussailles, avant de rejoindre le camp des moudjahidines.

À son arrivée, ces derniers l'avaient considéré un temps avec méfiance. Leur chef avait eu avec lui plusieurs entretiens, pour s'assurer de la sincérité de son engagement. Pendant deux mois, ils ne l'avaient pas fait participer à leurs sorties. En revanche, il avait été soumis à un entraînement physique intense et initié au maniement des armes.

Enfin, un certain matin d'octobre, on l'avait réveillé avant l'aube et informé qu'il participerait à une embuscade. Il ignorait jusque-là où il venait de passer de si longues semaines mais, après deux heures de marche, il sut où il se trouvait ; non loin de Seddouk car, en face d'une crête où on le posta, le Djebel Trouna brillait au soleil…

Une longue attente avait alors commencé, passée à surveiller en contrebas un paysage minéral où serpentait le ruban poussiéreux d'une route. Tout baignait dans un grand silence qu'un groupe d'oiseaux, alerté par la venue d'un rapace, avait brièvement rompu en s'envolant. Plus tard, les rires de trois enfants et d'une jeune femme chargée d'un fagot l'avaient déridé, une éphémère et gracieuse vision, qui en lui faisant songer aux siens, avait ranimé en lui une fureur douloureuse.

Quatre heures avaient ainsi passé. La lumière du soleil devenue vive avait estompé les reliefs et les creux du paysage, effacé leurs ocres et leurs bruns pour les teinter d'un jaune uniforme. Sous l'épaisse gandoura de laine par-dessus un treillis, Idir avait bientôt eu chaud et soif. Il portait sa gourde à ses lèvres quand, sur la route en contrebas, était apparu un véhicule militaire muni d'un fusil mitrailleur.

Le chef du groupe, tapi derrière des lentisques, avait alors fait signe à ses hommes de se tenir prêts puis en abaissant le bras, avait donné l'ordre de tirer. En bas, l'un des soldats était tombé de la voiture, qui elle-même avait fait un écart, avant de s'arrêter brutalement. Ceux qui s'y trouvaient en avaient sauté pour s'abriter derrière elle avant d'ouvrir un feu nourri, en déclenchant un vacarme assourdissant. Un autre soldat qui, un instant, s'était découvert avait basculé à son tour et ses camarades l'avaient abrité derrière le rempart du véhicule, en le tirant par les pieds.

Peu à peu les échanges de balles s'étaient faits moins nombreux, pour cesser bientôt et, quand le grand silence de la montagne s'était rétabli, Idir avait reçu l'ordre de décrocher.

* * *

Dans les mois qui suivirent mai et juin 1958, le désenchantement des lendemains de fête succéda à l'allégresse et à l'exaltation des Algérois. Une vague inquiétude s'était éveillée après que, dans son voyage officiel à travers l'Afrique noire, le général de Gaulle ait offert l'indépendance aux colonies auxquelles il rendait visite…

Belle, qui bavardait avec Edmond et Pierre auprès de qui elle avait emmené sa mère, la ressentait aussi :

— Je commence à avoir de sérieux doutes quant aux intentions du général. Après tout, il ne faut pas oublier ses discours antérieurs, en particulier celui de Brazzaville en 44, dit-elle.

— Allons, allons, c'est un officier, sa parole elle est sacrée. Rappelle-toi donc ça qu'il a dit sur le Forum et puis partout ensuite. Comment ? Cet homme qu'il a su chasser l'occupant de France tu crois qu'il va céder devant ces *fellouzes*, qui sont de la *zoubia* comparés aux Allemands ! protesta Edmond.

Elle le regarda. Elle aurait bien voulu qu'il dise vrai. Elle appréciait cette attitude optimiste de son oncle. Elle se souvenait de son stoïcisme quand le régime de Vichy lui avait confisqué son garage. Elle n'avait alors que quinze ans mais elle l'avait admiré, quand Élisabeth et Marinette ne savaient que gémir et dire « qu'allons-nous devenir ? ». « Il est le seul à qui m'adresser quand ça ne va pas. Papa refuse de répondre à ses questions, en raison de ses mystérieuses activités. Quant à Maman… »

Elle contempla Lucky qui regardait fixement devant elle, absente, le bas du visage animé par un mâchonnement dû à son traitement puis, se tournant vers Pierre, Belle lui demanda :

— Je vais être indiscrète. As-tu toujours la même confiance en de Gaulle ?

— Je commence à avoir bien des doutes…

— Renaud garde confiance. Il dit que l'armée est maîtresse du terrain. Pourtant il l'a échappé belle en quittant Seddouk. Il est tombé dans une embuscade au cours de laquelle un de ses *moghzani* a été tué, le pauvre gars. Lui-même a été très légèrement blessé, à peine une éraflure au bras et, sitôt soigné, il a continué son voyage sur Alger. Mais ce que pense son remplaçant, un jeune appelé, qui est pour des négociations avec le FLN et qui prétend que c'est l'opinion qui prévaut en métropole, l'inquiète plutôt.

Lucky gardait sa posture hiératique et ne disait pas un mot quand soudain elle s'anima et désigna un tableau de Rochegrosse représentant une sirène.

— Elle me veut du mal. Elle veut du mal à tous ceux qui vivent ici ! lança-t-elle avant de se replonger dans le silence tandis que Pierre lui répondait en souriant :

— Vous avez raison. Ce personnage n'a rien d'aimable et Suzanne m'a dit cent fois d'enlever cette horreur, mais Papa l'aimait bien. C'est un cadeau que lui avait fait le peintre quand il habitait la villa Myriam à El biar !

Il se tourna alors vers Belle pour commenter le changement qu'il avait apporté au traitement avant de dire à la jeune femme :

— Que pense ton père de ce que nous avons vécu ces derniers mois ?

— Il s'en fout, dit brusquement Lucky, comme il se fout de moi et de tout le monde !

— Maman exagère un peu mais il y a de cela. Quand, de plus en plus rarement, il se trouve en Algérie, il est à Tipaza où la situation n'est pas réellement dangereuse mais pas tout à fait sûre non plus. Il voit beaucoup Peterson, le nouveau consul des États-Unis ici, le chef des consuls devrais-je dire, car ils se sont multipliés ici depuis quelque temps.

— Autant d'espions ! commenta Lucky.

Pierre, heureux qu'elle se soit ainsi exprimée, à plusieurs reprises le lui fit savoir, puis s'adressant à Edmond qui se levait :

— Tu sais qu'à la rentrée d'octobre, Idir n'a pas rejoint son poste. Il ne m'avait rien dit de ses intentions. Pourtant Dieu sait que nous étions liés et que nous nous sommes beaucoup vus après la mort de son fils. Je crois bien me douter du pourquoi de la chose !

— C'est exact, et un client qui habite près de chez lui m'a dit que sa famille avait quitté Alger, y compris Antoinette.

— Il est parti rejoindre les *fellaghas*, dit laconiquement Lucky et tous se regardèrent, presque soulagés qu'elle ait ainsi formulé ce que chacun pensait tout bas.

* * *

En avril 1958, à Tunis, une dizaine de footballeurs musulmans originaires d'Algérie, jusque-là apparemment bien inclus dans la vie nationale, s'étaient ralliés au FLN. Leur choix avait troublé Azziz mais les événements survenus un mois plus tard, le 13 mai, avaient dissipé ses craintes. Il était même sorti de sa réserve habituelle pour participer aux manifestations qui s'étaient déroulées à travers la ville.

Sa célébrité sportive locale et sa situation sociale l'avaient fait approcher par les candidats aux élections législatives de novembre. Son peu de goût pour la chose politique lui avait fait refuser toute proposition et Mina avait approuvé sa décision. Elle lui avait fait part de son scepticisme quant à l'euphorie qui régnait et quant à la fraternité entre les communautés qui semblait s'être manifestée sur le Forum. Elle doutait en particulier du réel enthousiasme de ces centaines de musulmans qui, venus du bled dans des camions militaires, s'étaient joints aux manifestants européens, en brandissant des drapeaux tricolores. Elle les voyait comme « tous manipulés par l'armée qui ne leur avait pas laissé le choix de faire autrement », mais avait-elle tout de même concédé : « Je crois davantage en la sincérité de ces jeunes femmes qui ont brûlé symboliquement leurs voiles en public, mais pour des raisons dues à leur désir d'émancipation. »

De Paris, Lila avait écrit à son frère pour lui dire « que Dieu merci en France certains y voyaient clair ». Elle citait les noms d'écrivains et d'artistes qui réclamaient des négociations en Algérie. Elle lui disait qu'elle espérait qu'il « ne croyait plus à ces pitreries qui avaient eu lieu récemment » en ajoutant que « ceux qui étaient venus piller l'Algérie n'avaient en aucun cas le droit de s'en réclamer ».

Avant de déchirer cette lettre rageusement, Azziz l'avait fait lire à sa femme qui, avec un sourire, lui avait dit :

— Elle semble ne tenir aucun compte de ce que tu lui as dit à propos de vos ancêtres turcs, qu'elle évoque sans cesse en d'autres circonstances. Ils ont aussi pillé le pays, pourtant ! Si l'on doit suivre son raisonnement, elle sera indésirable elle aussi dans une Algérie indépendante. Au même titre que les Français, les Ottomans n'ont jamais été autre chose que des colonisateurs, non ?

La réponse de sa femme avait réconforté Azziz autant que l'avait fait son attitude quand il avait décidé d'envoyer leur fille en Suisse. Elle n'avait pas protesté contre le départ de Meriem et, comme lui, elle était heureuse de voir que la jeune fille se consacrait maintenant à ses seules études.

En février 1959 Paul Delouvrier, le délégué général du gouvernement, avait dévoilé ce que l'on avait baptisé le « plan de Constantine », une série de mesures destinées selon de Gaulle à « permettre que dans un délai de cinq ans ce pays [...] soit profondément transformé ». Le plan visait à renforcer la solidarité entre la métropole et ses départements africains. Il prévoyait, du fait de la découverte du pétrole au Sahara, une industrialisation de l'Algérie. Enfin il allait dans le sens d'une meilleure justice sociale à l'égard des indigènes.

Le projet avait paru heureux à Azziz tout comme à Renaud alors que Belle, au contraire, doutait qu'il soit mis en application et même le tenait pour une poudre aux yeux... Tous trois se retrouvaient régulièrement sur les « blocs » de la jetée nord, pour plonger.

En cette fin de décembre, entre deux bains, ils se réchauffaient aux rayons d'un soleil aussi chaud qu'était glacée l'eau où ils avaient nagé quand soudain Belle, désignant la ville, s'exclama :

— Il me serait impossible d'avoir à quitter tout ça, mais pourtant c'est ce qui va arriver. On nous trompe, j'en suis certaine, y compris de Gaulle. Dans son discours de septembre, il a caché ses véritables intentions. Il veut tout bazarder. D'ailleurs, tu me l'as dit toi-même, Renaud, cette guerre l'embête puisqu'elle l'empêche d'accomplir les vastes desseins qui sont les siens !

Le visage en feu, elle avait ensuite baissé la tête et s'était tue avant de reprendre, tout en se frictionnant avec sa serviette :

— Écoutez donc ce qui se dit ici et là ! Moi, j'écoute mon père par exemple, quand il veut bien dire quelque chose... Mon père qui n'a pas contredit l'autre jour un de ces consuls américains qui se sont multipliés dans la ville quand celui-ci a déclaré que l'indépendance du pays était inévitable. Mon père qui aimait tant ce pays à ce qu'il disait, et qui s'apprête à le quitter, comme un rat, quand il aura vendu son domaine de Tipaza. J'écoute aussi l'oncle

Edmond, qui voit beaucoup de monde. Il pense que l'on va vers un clash !

* * *

Pendant les vacances de fin d'année, Bruno avait été convié à de nombreuses soirées. Dans chacune d'entre elles il retrouvait les mêmes jeunes gens et les mêmes jeunes filles, y buvait les mêmes boissons, y dansait sur les mêmes disques, ceux de Bill Haley et des Platters, et, juste avant le couvre-feu, il remontait dans sa 2 CV vers El biar.

Il était sorti tous les soirs, sauf celui du 24 décembre qui avait été consacré à la réunion de famille. Pour l'occasion, Henri et Rose étaient allés au vivier de Sidi-Ferruch s'approvisionner en huîtres et Suzanne avait fait rôtir une dinde.

Une semaine plus tard, il avait fêté le passage de 1959 à 1960 dans une demeure où flottait le souvenir du général Eisenhower. Réquisitionnée pendant la guerre, elle lui avait servi de résidence. Au petit matin, un Parisien invité qui effectuait son service militaire à *TAM*, le magazine de l'armée, s'était étonné de « l'insouciance coupable de la jeunesse algéroise, capable de s'amuser quand d'autres se battaient dans les djebels ». Il avait failli en venir aux mains avec les garçons qui l'avaient alors traité de planqué et Bruno s'était trouvé dégrisé par l'incident :

— À certains égards il n'avait pas tort, avait-il dit. Pourquoi ne pas nous avoir mobilisés puisque nous sommes concernés par cette guerre, et bien plus que les métropolitains ?

— Allez va ! C'est un con ce mec ! lui avait répondu un copain. On l'a proposée, cette mobilisation ! Mais à Paris on n'a pas voulu constituer une nouvelle armée d'Afrique, comme en 43. Ça leur a paru dangereux, à nos gouvernants ! D'ailleurs, avait-il poursuivi, à l'époque nos pères ils sont allés les défendre les « patos » en Tunisie, en Italie et en Provence, sans que, une fois la France largement libérée, on ait aussi, et à leur tour, mobilisé les Français de la métropole !

Bruno n'avait rien répondu, envahi par une sourde mélancolie et avant de s'endormir lui était revenu ce leitmotiv qui circulait à la fac : « Il va se passer quelque chose ».

En effet, un mois plus tard, il s'était passé quelque chose. La semaine des barricades… une semaine d'exaltation qui s'était terminée par la reddition et à l'arrestation de ceux qui, derrière Lagaillarde, s'étaient dressés contre le pouvoir, en transformant les facultés en camp retranché.

Pourtant, une semaine plus tôt, le 24 janvier, il avait semblé à Bruno que tout avait bien commencé. C'était sous un généreux soleil d'hiver qu'il avait rejoint le plateau des Glières. La foule joyeuse descendait au travers des rues, dans une atmosphère semblable à celle des lundis de Pâques, quand elle se rendait à la campagne pour manger la *mouna*. On plaisantait dans les rues, on se moquait de De Gaulle, surnommé « la Grande Zorah ». Les garçons crânaient devant les filles qui pouffaient à leurs plaisanteries ou rougissaient sous leurs compliments. Les bistros faisaient le plein et l'anisette exaltait les esprits, autant que les discours clamés dans les haut-parleurs. Celui de Joseph Ortiz, un patron de café, avait été particulièrement applaudi. La journée s'était lentement écoulée, pendant laquelle Bruno avait cru revivre les journées de mai 1958.

— La différence c'est qu'à l'époque on manifestait pour que de Gaulle il revienne. Maintenant c'est pour qu'il « se taille », ou qu'il arrête de brader l'Algérie, ce « falso » ! avait constaté un manifestant.

Lentement la lumière qui avait présidé à la journée avait décru, mais malgré la fraîcheur qui tombait la foule ne refluait pas. Soudain, alors que Bruno se trouvait devant les vitrines d'Air Algérie, il avait entendu éclater des bruits secs, telles des claques, répercutées en écho par les façades des immeubles. Pétrifié, à l'image de ceux qui l'entouraient, il s'était interrogé sur leur nature.

« Ils nous tirent dessus ! » avait crié une voix anonyme dans la foule qui s'était mise à refluer, le bousculant au passage, « comme le font à la plage les grosses vagues de septembre », avait-il songé un instant. Alors, la peur l'ayant saisi, il avait détalé vers le boulevard Baudin jusqu'à une entrée d'immeuble où il s'était engouffré.

Dans la demi-obscurité, les visages étaient défaits et des informations contradictoires circulaient. Assise sur les premières marches de l'escalier, il avait aperçu soudain sa grand-tante Estelle qui, l'air défait, se massait la cheville en répétant : « Les sales gens ! Les sales gens ! » avant de s'écrier en l'apercevant :

— Que fais-tu ici, petit idiot ? Rentre donc chez toi, maintenant que les tirs ont cessé !

Et comme il lui demandait si elle souffrait de sa jambe, elle avait haussé les épaules en répétant :

— Rentre donc chez toi !

Comme le calme semblait revenu, un garde mobile, le visage ensanglanté, avait fait irruption dans l'entrée de l'immeuble, en protestant :

— Je ne veux pas tirer sur des Français !

Et, le soutenant, Bruno s'était alors hasardé dans la rue où stationnait une ambulance.

— Il est comment ? lui avait lancé un infirmier, en baissant la vitre de la portière.

— Atteint à la tête je crois…

— Bien, on l'embarque pour Mustapha !

— Je vais avec vous dit Bruno. J'y suis externe.

Et ce fut dans la voiture qui avait démarré en trombe, toutes sirènes hurlantes, qu'il avait traversé la ville maintenant déserte et lugubre dans la lumière blanche des réverbères.

* * *

Le printemps qui suivit la semaine des barricades fut triste, et si l'été qui lui succéda ramena les Algérois sur les plages, les conversations sur le sable y furent moroses. Aux illusions qui avaient régné une courte semaine d'hiver avait succédé une terne vie quotidienne, envahie par la crainte des temps à venir.

Certains refusaient de se laisser gagner par le pessimisme, tels Pierre et Suzanne. En mars 1960, ils se joignirent à des groupes de discussion dans lesquels certaines personnalités algéroises cherchaient à envisager cet avenir qui se profilait si mal. Venus de métropole certains, comme Jacques Laurent, s'efforçaient de leur faire garder espoir. Invitée à y participer, Belle refusa d'en faire autant. Elle ne voulait croire qu'à l'efficacité d'une lutte pure et dure contre ces menteurs de Paris qui, disait-elle, allaient trahir ceux qui les avaient amenés au pouvoir. Elle accusait ouvertement de Gaulle de s'apprêter à renier ses promesses, ce qui engendrait entre elle et son fiancé des discussions passionnées. Ils en étaient même venus à s'éloigner l'un de l'autre, lors des journées des barricades. Renaud en avait réprouvé et le principe et les motivations affichées par leurs initiateurs :

— Comment peux-tu accorder ta confiance à Ortiz, ce limonadier qui se croit un grand stratège ! avait-il lancé à Suzanne, tout en lui concédant qu'il avait une certaine estime pour Lagaillarde qu'il avait qualifié de sympathique baroudeur…

En revanche, tous deux se retrouvaient d'accord à propos de Wade. Ils lui reprochaient non pas tant sa froideur à l'égard du prétendant de sa fille que de s'apprêter « comme d'autres rats à quitter le navire Algérie », ainsi que le répétait Belle. Il avait finalement vendu, à perte, sa propriété de Tipaza, en prétextant que son âge ne lui permettait plus de la diriger, pour acquérir un domaine viticole en Provence.

— Son âge ne lui pèse plus autant quand il s'y rend. En métropole il retrouve ses forces. Et puis il se sent délivré de Maman à qui il se contente de signer des chèques, avait déclaré la jeune femme, avec une certaine amertume.

Et puis, un peu plus d'un an après les barricades, le 23 avril 1961, les Algérois s'étaient réveillés pour apprendre que leur ville, Oran et la Mitidja avaient été investies par les Bérets verts de la Légion et, surtout, que quatre généraux s'étaient révoltés contre le pouvoir. Challe, Salan, Zeller, Jouhaud…

Très vite à leur déclaration : « Un gouvernement d'abandon s'apprête à livrer les départements d'Algérie à la rébellion », avait répondu le : « Françaises, Français, aidez-moi » de De Gaulle, qui avait vite fait décroître le relatif enthousiasme des Algérois vis-à-vis du putsch.

— Il aurait fallu que les barricades et le coup des généraux se soient accordés, avait dit Pierre à Suzanne. Or chacun a joué sa partie séparément. Les civils se méfiaient des militaires et vice et versa, comme au siècle dernier, ainsi que le disait ton grand-père. Rien ne concorde dans les aspirations des uns et des autres. Les pieds-noirs se sont soulevés pour rester sur leur terre natale. Les généraux et ceux qui les suivent, les Godard, Argoud, Gardes, ont mené leur révolte au nom de l'honneur de l'armée.

— Tu as raison, mais certains n'ont que des desseins politiques. C'est le point de vue d'Estelle qui est bouleversée par le revirement de son cher de Gaulle et qui admire le « quarteron de généraux en retraite », comme il a désigné les généraux putschistes. Ce terme est un barbarisme abominable, a-t-elle dit. Comment de Gaulle, qui écrit comme Chateaubriand, il faut le reconnaître, a-t-il pu ? proclame-t-elle.

— Oh, cette apparente erreur dans les termes n'est pas due au hasard… Cela dit bien le mépris du Grand Charles pour ceux qu'il considère comme n'étant pas aux couleurs de la France, autrement dit des quarterons. En l'occurrence, ici, les indigènes, et aussi nous les pieds-noirs, qui ne sommes que des braillards buveurs d'anisette, selon lui, dont il pense que nous ne sommes pas de vrais Français…

Le désenchantement de Pierre lui avait fait rejoindre ceux qui, avant même son échec, avaient vite compris la fragilité du coup de force militaire. Ils n'avaient pas été étonnés de la loyauté au pouvoir de la majeure partie de l'armée, en particulier de celle du contingent, alerté par ses transistors. Une sourde tristesse avait envahi tous les cœurs, malgré le soleil printanier de mai, aussi présent que lors du printemps de 1958, mais qui brillait comme un soleil noir, desséchant les âmes et les vidant de tout espoir.

* * *

En décembre 1960, entre les « barricades » et le putsch, de méchants nuages gris couvraient Alger quand Bruno rangea sa 2 CV dans l'hôpital de Mustapha. Il avait choisi un poste d'externe au pavillon chirurgical de garde : « Ici tout est passionnant. Vous serez constamment sur la brèche mais vous apprendrez beaucoup de choses ! » avait dit le professeur Sernac, le chef de service, en accueillant la nouvelle équipe.

En cette matinée un peu triste, le jeune homme faisait un bilan désenchanté des trois mois qu'il avait passés là. Il y avait beaucoup travaillé mais n'avait rien fait d'exaltant, contrairement à ce qu'avait dit son patron. Il avait posé des pansements, tenu des écarteurs ou servi de secrétaire aux internes. Sans grand enthousiasme, il était en train de passer sa blouse blanche quand survint de l'extérieur le hurlement de plusieurs ambulances, tandis que l'interne de garde lui lançait :

— Viens vite, on va avoir du boulot !

En quelques instants, le service s'était empli de brancards. Les infirmiers faisaient un premier tri des blessés qui gémissaient ou gardaient un silence impressionnant.

— Ça a tiré partout dans la ville, lui dit Josseline, une infirmière. On vient de ramener le cadavre de monsieur Miquel, le beau-frère de Sernac, tu sais le pharmacien… L'OAS a fait une descente dans plusieurs officines de la ville pour y descendre les préparateurs qui y travaillent qui sont souvent des musulmans. Elle avait interdit à ces derniers de venir dans la ville européenne. Et comme monsieur Miquel a voulu défendre le sien, ils ont eu droit tous les deux à une rafale de mitraillette !

En entendant la jeune femme, Bruno s'étonna de la voir rapporter cette histoire tragique comme un banal événement. Sommes-nous tous devenus fous et insensibles ? se demanda-t-il.

Plus tard, quand son patron ressortit de la salle d'opérations, qu'il n'avait pas quittée pendant plusieurs heures, il réunit ses collaborateurs pour leur demander de rester sur place toute la nuit :

— Il y a eu dans toute la ville de très graves troubles. Des descentes du FLN sur certains quartiers français et des ripostes de l'OAS. Vous savez ce qui est arrivé à mon beau-frère… Avec sa visite en Algérie, la « Grande Zohra » a semé la merde en faisant des promesses déguisées d'indépendance !

Au soir le calme était revenu dans l'hôpital. Il régnait dans Alger un grand silence qu'avait un temps troublé des youyous venus d'Hussein dey ou des collines de Kouba. Seul le phare du cap Matifou animait une nuit comme vêtue de deuil tandis que Bruno et Charles, un autre externe, échangeaient des propos désenchantés :

— Mon père pense que tout est foutu, que d'ici un an on aura fait nos valises.

— Oh, le mien il pense que ce sera même avant, mais qu'en attendant on ne doit rien laisser aux Arabes, qu'il faut tout détruire.

« Quelque chose ne va plus dans notre Algérie, se dit Bruno le lendemain. Sernac a parlé des Français et Charles des Arabes. Où est passé le temps où l'on qualifiait tout le monde d'Algériens ? »

* * *

Après sa première embuscade, Idir en connut bien d'autres. Avec ses compagnons de combat il ne cessa de se déplacer de djebel en djebel, afin d'échapper au dispositif stratégique du plan Challe. Les pertes subies par l'ALN étaient maintenant considérables. Son approvisionnement en armes se trouvait presque tari, tant les frontières étaient efficacement verrouillées. Même sa subsistance quotidienne commençait d'être précaire, car l'armée française, renforcée par des soldats indigènes, moghaznis et harkis, exerçait une surveillance constante des douars et des zones de regroupement,

Idir sentait que les longues marches, les exercices d'entraînement, les combats avaient rendu à son corps une souplesse que la vie sédentaire lui avait fait perdre. Son esprit, toujours sur le qui-vive, était aussi devenu plus alerte. Il prit conscience de ce qu'avait été sa vie après 1945, une vie confortable mais qui lui paraissait émolliente quand il la comparait à celle de plusieurs de ses compagnons d'armes.

— Tu sais, dit-il à Amar, un étudiant qui avait rejoint le maquis, ces derniers mois j'ai eu le sentiment de rajeunir, d'être libre, même si les chaînes m'ont manqué !

— Au contraire, pour moi c'étaient elles qui me pesaient, lui dit le jeune homme. J'en avais marre de mon père, un caïd qui refusait de comprendre mes raisons, que l'idée que la France quitte notre pays n'enthousiasmait pas !

Idir l'avait ensuite entendu mener un long discours politique, en parti appris, mais qui recelait des aspirations sincères, analogues aux siennes en 1941. Il avait plus de doutes que le garçon quant à ce que serait une Algérie indépendante, mais il n'en dit rien. Il s'efforça même de s'imprégner des convictions d'Amar et y parvint presque, en certaines circonstances : lors des escarmouches dans lesquelles son groupe se trouvait engagé, ou quand la colère l'envahissait en voyant un avion militaire bombarder une zone interdite.

En décembre 1960, il réalisa qu'il y avait déjà trois ans qu'il était entré dans la clandestinité et n'avait pas revu sa famille. Les abondantes chutes de neige qui avaient recouvert les montagnes empêchaient tout déplacement. Le froid était intense et la vie au creux d'un amas de rochers difficile. La faim les tenaillait, et des conflits éclataient sporadiquement entre les hommes, au point que leur chef décida de disperser son unité :

— Je suis sûr qu'il y en aura d'assez lâches pour se rendre ! lui confia Amar.

Idir garda le silence. Il savait que certains de ses compagnons n'auraient pas d'autre issue, quand ils ne pourraient plus faire parvenir à leurs familles quelques pauvres subsides. Les propos du jeune homme le gênèrent : sa famille l'aiderait… Tout comme son beau-père avait subvenu aux besoins de Samia et de ses enfants…

Quand vint son tour de descendre de la montagne, muni de vêtements civils et de fausses pièces d'identité, il se contenta de formuler à Amar le souhait que son désir de l'indépendance soit exaucé. Comme il descendait vers la plaine, il sentit que son désir de vengeance était accompli, qu'il avait fondu comme l'avait fait la neige sous le soleil d'avril, répandue en milliers de ruisseaux aux flancs des montagnes.

* * *

Dès son arrivée à Paris, Lila fit tout pour pénétrer le milieu des intellectuels et des célébrités qui militait ouvertement en faveur du FLN. Cependant, quand à force d'obstination elle put s'en approcher, elle y rencontra au mieux une attention distraite, au pire une fin de non-recevoir. Elle apparaissait à beaucoup comme un étrange personnage et sous ses allures bourgeoises n'avait rien d'une révolutionnaire... Elle se dit que les amitiés de son époux sauraient lui être utiles. Ils étaient séparés, mais leurs rapports restaient courtois. Elle plaida sa cause auprès de Robert qui voulut bien contacter une de ses relations influentes, laquelle la dirigea sur un petit cénacle. Un temps, elle eut l'illusion d'être enfin entendue, pour comprendre finalement qu'on ne lui avait manifesté de l'intérêt qu'en raison de ses moyens financiers ; pour réaliser qu'il en avait été de même quand, auparavant, elle avait subventionné avec ses propres deniers une fondation genevoise soi-disant destinée à de jeunes talents...

En septembre 1960, paraissait le manifeste des 121. Quand elle avait exprimé le désir d'y apposer sa signature, sa demande avait été ignorée, ce qui lui fit prendre la mesure de la vanité de ses efforts. Elle s'indigna alors des gesticulations auxquelles se livraient ces personnages bien parisiens, sans grand risque, malgré les menaces brandies et celles, plus ou moins réelles, de l'OAS. L'absence de sanctions à l'égard de Sartre, à la suite de la lecture d'une de ses lettres au procès dit des porteurs de valises, la choqua. Elle entama sérieusement l'admiration qu'elle avait toujours portée au grand homme et à sa compagne et la ramena à une réalité dont, se dit-elle, elle s'était beaucoup écartée.

Elle se souvint alors de ce qu'avait entrepris sa nièce à Alger, cette Meriem maintenant fiancée avec un garçon d'une bonne famille algéroise rencontré à Genève. « Ce qu'en toute ingénuité a fait cette petite, ce combat obscur qu'elle a mené, je vais le mener à mon tour ! Je le ferai mieux qu'elle, en raison de mon expérience de la vie, et ainsi aiderai-je cette cause qui m'est chère », se dit-elle.

Elle délaissa l'intelligentsia et se tourna vers ceux dont elle pensait qu'ils l'accepteraient mieux, les humbles, les sans-grade, les vrais combattants. Elle n'obtint pas plus de succès dans cette démarche. Là encore elle fut regardée avec méfiance quand elle alla rôder du côté des bidonvilles de Nanterre, malgré le soin qu'elle avait pris de changer son apparence.

En octobre 1961, elle se joignit à la manifestation des immigrés algériens et défila de l'Étoile aux Grands Boulevards. Elle fut arrêtée, embarquée dans un fourgon mais vite relâchée, heureuse d'avoir enfin été mêlée à une action réelle. Elle continua de participer anonymement à d'autres manifestations, en particulier à celle qui devait se terminer tragiquement au métro Charonne.

Ce dramatique événement, la violence qui l'avait marqué, eurent sur elle l'effet d'un choc. Elle comprit qu'elle devait renoncer à de hautes ambitions politiques mais sans pour autant abandonner son combat, comme auparavant, sur la scène, à partir d'un certain âge, elle avait su qu'elle ne pouvait plus physiquement ou vocalement incarner certaines héroïnes lyriques… Elle se dit qu'elle arrivait après la bataille. Désormais les jeux étaient faits, à son insu, s'avoua-t-elle, déçue…

Au début de 1962, quand désormais l'indépendance apparut comme inéluctable, elle repartit pour Alger.

* * *

Julie était entrée dans sa centième année en avril 1961. Chaque jour elle quittait l'appartement de Rose, rue de l'amiral Coligny, pour faire sa promenade. Les troubles qui régnaient à travers la ville ne lui avaient pas fait renoncer à ces sorties, malgré l'inquiétude de sa fille.

— Tu resteras ici aujourd'hui, Maman, lui avait dit Rose, un jour où la violence s'était particulièrement déchaînée sur la ville.

— Mais non, mais non ! Regarde comme il fait beau et doux, lui avait répondu la vieille dame. Et puis Suzanne m'a promis de m'emmener au parc de Galland. À mon âge, je fais ce que je veux !

Peu importe si l'on me tue, j'aurais largement fait mon temps ! avait-elle conclu avant de se coiffer du canotier de paille galonné de noir qu'elle arborait invariablement, dès les premiers beaux jours.

— Écoute ! De quoi as-tu l'air avec ce chapeau que tu portes maintenant depuis plus de vingt ans !

— J'ai l'air de ce que je suis, d'une vieille avec un vieux chapeau !

Rose avait abdiqué devant sa résolution et, en soupirant, l'avait laissé partir avec Suzanne. Elle avait suivi depuis sa fenêtre les silhouettes de sa fille et de sa mère, émue à la vue de cette dernière, si fragile mais si droite dans sa robe noire à pois blancs, une main sur le bras de sa petite-fille et l'autre sur sa canne d'ébène à pommeau d'argent.

À petits pas les deux femmes avaient suivi le Télemly jusqu'à l'entrée du jardin public, Julie commentant leur trajet et évoquant le passé.

— Qu'est-il arrivé à la boutique du « moutchou » ? demanda-t-elle devant « L'Étoile du Sud », l'épicerie mozabite dont la devanture était ravagée et le rideau de fer en accordéon.

— C'est l'OAS qui a plastiqué le magasin…

— C'est embêtant pour Rose qui s'y approvisionne… Et pourquoi ?

— Il devait donner de l'argent au FLN.

— OAS, FLN ? Qu'est-ce que c'est que tous ces mots nouveaux ? Je n'y comprends plus rien. Ce que je comprends, c'est que c'est bien malheureux tout ça. Autrefois les Européens et les indigènes, on s'entendait bien. On s'aimait et maintenant on se tue ! Je crois de moins en moins que l'on restera ici… ce qui avait fait protester Suzanne :

— Allons, Grand-maman, un peu d'optimisme !

Comme elles étaient parvenues devant un enclos qui abritait des gazelles, Julie reprit :

— Regarde comme ces petites bêtes sont jolies. Tu as un peu les mêmes yeux qu'elles, avec tout ce noir que tu mets sur tes paupières. Quand nous étions à Laghouat, Armand en a ramené une du désert, un bébé, mais je n'ai pas su la soigner et elle est morte. Ah, mon Dieu, ça m'a fait de la peine alors tandis qu'à mon âge, c'est terrible, c'est le contraire. Quand quelqu'un meurt, je me sens indifférentc. Crois-tu que j'ai maintenant un cœur de pierre, ma petite ?

Suzanne sourit. Elle comprenait ce que voulait dire sa grand-mère. Depuis maintenant des semaines, la mort rôdait à visage découvert dans la ville, banale, frappant en plein soleil, au hasard des rues, dans l'indifférence générale. Ainsi de ce poissonnier kabyle chez qui elle se servait, exécuté par l'OAS devant sa boutique ; ainsi également pour ce médecin ami de Pierre froidement descendu par le FLN, dans la cité de Climat-de-France où il s'était rendu à l'appel d'un de ses patients ; ainsi encore pour le vieil appariteur moustachu et chaleureux de la faculté de médecine, Matiben, assassiné par Dieu sait qui, et Dieu sait pourquoi…

Le tragique était devenu banal et chacun se durcissait, se dit-elle. Une seule fois, tous avaient été bouleversés par les hurlements sauvages d'une femme d'El biar, quand on en avait su la cause. Elle avait laissé ses trois enfants à la garde de sa domestique musulmane qui les avait égorgés sans doute afin qu'elle-même ou les siens ne le soient si elle se dérobait à l'injonction qui lui avait été faite…

En se souvenant de cette tragédie, elle fut saisie d'un vertige. Les bougainvillées sur le mur du musée Stéphane Gsell lui semblèrent une tâche de sang et elle crut s'éveiller quand Julie l'interpella :

— Qu'as-tu ma petite ? Tu es toute pâle. Tu ne vas pas t'évanouir au moins ? Viens donc t'asseoir !

— C'est toutes ces horreurs qui se produisent en ce moment qui me reviennent en tête, Grand-maman !

— Je vois ce que tu veux dire, mais c'est ça la guerre, ma chérie ! Celle-ci n'est pas comme celles que j'ai connues mais elle répand les mêmes malheurs. Je n'étais pas aux côtés de mon Armand au Tonkin, mais je m'imaginais bien ce qu'il subissait. Je souffrais avec lui et tout comme lui. Il en a été de même ensuite quand ton oncle Ronan était dans les tranchées, tout comme j'ai souffert pour ton père, en 14-18, et ton beau-père, Mario, en 39-45. On dit que la guerre c'est la faute aux hommes, que c'est eux qui l'aiment et qui la veulent. Je ne crois pas, certains oui, mais certaines femmes l'aiment tout autant qu'eux ! Tiens, comme l'Impératrice !

Et Suzanne s'amusa que le souvenir de la souveraine soit encore si frais dans la mémoire de son aïeule lorsqu'elle se mit à lui rapporter les fastes du voyage impérial à Alger, plus d'un siècle auparavant. Elle la félicita pour sa mémoire, ce que Julie accueillit avec un sourire satisfait avant de dire :

— Les vieilleries du passé, je me les rappelle bien. Ce qui se passe maintenant ça va encore, mais tout juste. Comment déjà m'as-tu dit que se nomment ces deux groupes de sauvages qui sèment maintenant la guerre chez nous ?

* * *

Azziz ne quittait presque plus sa grande demeure de la Casbah. Il y vivait désormais seul. Six mois plus tôt, il avait envoyé à Nice Mina et ses enfants, malgré les menaces de l'OAS à l'égard de ceux qui quitteraient l'Algérie. Il avait pris cette décision après avoir reçu de nombreuses lettres venues des deux clans qui le tenaient pour suspect : le FLN, à qui il avait toujours refusé de payer le moindre tribut, et l'OAS qui le soupçonnait de le faire depuis toujours.

— Ce pauvre Azziz est ainsi pris entre ces deux extrêmes. Il est particulièrement visé, pour représenter un exemple parfait d'une intégration ancienne et réussie, avait dit Belle à un des chefs de l'OAS qu'elle connaissait. Laissez-le donc en paix ! Je me porte garante de son caractère pacifique !

— Il reste un Arabe et il est maintenant un ennemi potentiel. Contrairement à toi, je ne lui ferai aucune confiance. D'ailleurs sa neutralité en dit long sur ses options véritables. Je veux bien rayer son nom des personnalités à abattre puisque tu insistes, mais je ne suis pas seul maître du jeu. Il peut se trouver un cavalier seul qui lui réglera son compte. Tu sais lui et sa famille sont suspects depuis longtemps. Nous savons pourquoi il a envoyé sa fille en Suisse, la petite était bien compromise. D'autre part, sa sœur Lila s'est beaucoup agitée à Paris en faveur de l'Algérie indépendante !

Cet entretien avait découragé la jeune femme. Par ailleurs, elle sentait combien Renaud avait été bouleversé par le putsch des généraux, qu'il n'avait pas plus approuvé que les barricades.

— Tous des retraités avec des ambitions politiques, sauf Jouhaud peut-être, qui est d'ici. Mais je suis solidaire de tous les petits qu'ils ont entraînés avec eux, avait-il dit après l'échec du putsch et les arrestations qui l'avaient suivi. Je ne sais plus où est mon devoir…

Il était aussi déchiré par l'attitude du général de Gaulle et ne croyait plus en lui. Il sentait que le plan de Constantine qui avait emporté son enthousiasme partait à vau-l'eau, trois ans après sa mise sur pied.

— Tout de même, avait-il dit à Belle, comment est-il possible que tous ces projets soient remis en question ? N'a-t-on pas fait des promesses à chacun, engagé tant de gens, quasiment renversé une situation militaire mal partie ?

— Grâce à qui ? Grâce à Challe ! que de Gaulle a dégagé sur l'OTAN quand la victoire sur le terrain était entre nos mains. Ce Challe que tu qualifies de politique ambitieux et qui est maintenant à la Santé. Non, de Gaulle a d'autres desseins, européens, planétaires même, que la guerre d'Algérie l'empêche de mener. Et puis cette guerre n'est pas populaire en métropole. On se doute bien de ce que donnera ce référendum prévu pour avril, auquel nous tous ici, indigènes et Européens, nous n'aurons pas le droit de participer, bien que nous soyons pourtant les premiers intéressés ! Mon pauvre Renaud, tu vis hors de la réalité. Et ne me dis pas que la parole d'un officier est sacrée. La tienne peut-être, pas celle de de Gaulle. Il n'est un militaire que de surcroît et un sale politicard, bien plus que ces officiers que tu désignes comme tels !

Renaud se rendait à certains des arguments de sa fiancée, mais il continuait d'espérer un renversement. Il se taisait pour maintenir entre eux deux les profonds sentiments qui continuaient de les lier, en dépit de leurs divergences. Mais au soir du 26 mars 1962, il exprima soudain, tout autant qu'elle, son indignation à la suite de la tragédie qui se déroula dans la ville.

Cet après-midi, très exaltée, Belle s'était jointe à la foule qui s'était massée dans les grandes artères algéroises avant de se porter vers Bab el Oued, ce quartier populaire encerclé par l'armée depuis plusieurs jours. En descendant la rue Michelet elle avait croisé, près du tunnel des facultés, Bruno et Suzanne Lanier :

— Je ne suis jamais allée à une manifestation ! lui dit celle-ci. J'ai peur de la foule… mais là, j'ai pensé que je le devais pour délivrer ces pauvres gens. Pierre et un groupe de médecins se sont présentés à un barrage de Bab el Oued pour aller soigner ceux qui devaient l'être, avec un drapeau blanc même ! Réponse d'un officier de l'armée française – tu te rends compte ! – qu'il n'en avait rien à foutre !

Comme elle venait de terminer sa phrase, des rafales d'armes automatiques s'étaient mises à retentir. Leurs aboiements secs avaient fait fuir vers les abris de fortune, tels une voiture, le tronc d'un ficus ou une entrée d'immeuble, comme celle dans laquelle Belle vit s'engouffrer Bruno, traînant derrière lui sa mère hébétée.

Un quart d'heure plus tard, le calme était revenu, aussi vite qu'il avait été rompu. Belle était partie en courant vers la rue Charras où, selon une rumeur, avait eu lieu la fusillade. Elle s'était avancée encore vers la grande Poste pour découvrir, horrifiée, qu'au bas de ses escaliers gisaient de nombreux corps que l'on évacuait peu à peu dans des ambulances.

Elle rentra chez elle où l'attendait Renaud, défait, mais dont le visage se recomposa en la voyant, et qui l'étreignit longuement avant de lui dire :

— Après cette horreur, plusieurs dizaines de morts, plus d'une centaine de blessés paraît-il, tout m'apparaît clairement. Je ne veux pas refaire ce que j'ai fait en Indochine. Je ne rembarquerai pas en abandonnant ici les Européens et les indigènes qui ont cru à ma parole de soldat !

* * *

Alger se décomposait, insensiblement. Après le 26 mars, les nuits avaient perdu le caractère rageur qu'un temps leur avait donné les concerts de casseroles. Elles étaient maintenant vouées à un silence profond, que rompait parfois par le bruit d'une explosion.

Si le jour ramenait l'activité dans les rues, il n'existait plus rien de cette vie joyeuse qui avait animé la ville depuis toujours. Et quand parfois éclataient des coups de feu et que leur auteur détalait, les badauds contemplaient un instant avec indifférence le cadavre effondré sur l'asphalte.

Avec les beaux jours, l'enfermement auquel le couvre-feu, établi dès 20 heures, contraignait les Algérois, devint plus pénible. Les rues désertes sur lesquelles le soleil déversait ses derniers rayons leur paraissaient étrangement inquiétantes. Paradoxalement, l'arrivée de la nuit, qui effaçait un décor devenu menaçant, en vint à paraître rassurante. Elle amenait un répit provisoire, pendant lequel le sommeil ferait oublier les inquiétudes que distillait la journée.

Chaque soir Pierre, Suzanne et Bruno étaient heureux de se retrouver à Dar el-Ouard, derrière leurs portes verrouillées. Souvent ils évoquaient ceux qu'ils avaient envoyés à l'abri en métropole : Antoine, Camille et Jacqueline, partis vivre chez Odette dans l'Allier, une décision qu'avait imposée Suzanne avec fermeté :

— Imagines-tu ta mère, si craintive, dans un contexte pareil ? Et aussi ton père qui se refusait à prendre la mesure du danger et entendait faire sa promenade quotidienne. Pourquoi ? Pour se faire descendre par quelque tueur fou, de l'un ou l'autre bord ? Quant à la petite, je veux qu'elle soit à l'abri aussi, comme eux !

Il n'avait rien répondu, mais dès le lendemain il était allé prendre des billets d'avion, puis avait conduit ses parents et sa fille à Maison-Blanche. Il avait assisté, en traversant la ville, à ce qu'il s'était longtemps refusé d'envisager, la lente agonie d'Alger la française…

— Le temps me semble figé, dit un soir Suzanne. On dirait une épidémie d'autrefois. C'est ce qu'a dû ressentir la pauvre Mathilde lors du choléra de 1849…

— Aujourd'hui, c'est plutôt la peste, celle de Camus… répondit Pierre. Chacun attend que le mal disparaisse mais qui donc pourra le faire cesser ?

— Qu'on nous dise enfin clairement à quelle sauce nous serons mangés ! Je ne peux plus supporter cet attentisme qui nous est imposé par les autorités. Elles font comme si cette situation était normale. S'imaginent-elles que nous voudrons rester dans cette Algérie prévue par les accords d'Évian ? Et puis aussi cette OAS qui n'a autre but que de résister, mais à quoi et comment, mon Dieu ? répondit Suzanne, sur un ton d'exaspération.

La réponse ne survint qu'un mois plus tard, début juin, quand, très ému, Pierre déclara en retrouvant les siens à l'issue de ses consultations :

— Un patient vient de me dire que des négociations sont en cours pour dénouer la situation. Il y participe lui-même, je le crois. L'OAS représentée par Jean-Jacques Susini et le FLN par le docteur Mostefai discutent entre eux. C'est un revenant, Jacques Chevallier, qui a servi d'intermédiaire. Figurez-vous qu'ils proposent que l'on dépose les armes, mais aussi que nous les Européens participions ensuite à la construction de l'Algérie nouvelle, ce à quoi je me refuse totalement. Nous n'y aurons jamais notre place. Il n'y a que Chevallier pour prétendre y croire. Ah, il est loin le temps où je lui faisais confiance. Qui va avaler ces fariboles ? Celles que la tante Estelle dénonçait déjà quand il faisait ses premiers discours ! Au fond, elle avait raison. Ces négociations, entres autres, lèvent l'interdiction de quitter l'Algérie que nous imposait l'OAS. Nous avons maintenant le choix de rester ou de partir… Le mien, pareil à celui que j'ai fait en 40. Je choisis la France, mais cette fois-ci, je le sais, quelque chose de moi mourra dans mon aller simple pour Marseille…

* * *

Le commandant Azzedine, le chef FLN de la zone autonome de la ville, dans une « bataille d'Alger » à l'envers, avait déployé ses soldats dans ces quartiers indigènes qu'avaient conquis les parachutistes du général Massu, cinq ans plus tôt. L'un des premiers, le plus emblématique, avait été la Casbah au cœur de laquelle Azziz s'attendait au pire.

À la mi-juin, des coups lourds avaient été frappés sur la porte d'entrée du palais ; il était allé l'ouvrir avec calme, à la façon qu'il avait autrefois d'affronter les compétitions. Des soldats de l'ALN se tenaient dans la ruelle, qui l'avaient interpellé avec véhémence avant de le faire cheminer les yeux bandés, par un trajet compliqué, au travers de ruelles et d'escaliers.

Quand on lui avait ôté son bandeau, il avait tout de suite reconnu, assis derrière un bureau, le commandant Azzedine :

— Vas-tu te décider à nous rejoindre, te montrer un Algérien, digne de notre patrie qui va voir le jour ? Toi, le sportif, qui honorera notre jeune pays ! avait-il demandé à Azziz.

— Je ne suis pas un Algérien !

— Tu penses être un Français ? Un sujet de cette France qui t'abandonne ?

Azziz avait gardé le silence. Il savait que de son attitude dépendrait son sort puis, comme inspiré, il avait repris ces mots de son grand-oncle Abdallah, que son père rapportait si souvent et que Lila employait si volontiers. Autant il les trouvait dérisoires autrefois, autant ils lui parurent d'un coup comme empreints d'une force et d'une vérité qu'il n'avait jamais pressenties.

— Toi, tu es d'ici parce que tu es kabyle, pas moi. Par certains de mes ancêtres je suis andalou, par d'autres, je descends de ceux qui étaient vos anciens maîtres, les Ottomans… Je ne me sens pas appartenir à cette nouvelle patrie dont tu me parles !

Il savait qu'il bluffait, dangereusement, qu'il crânait en lançant un défi à celui qui le questionnait, comme il le faisait avec ses rivaux lors des compétitions sportives, qu'il paierait peut-être très cher son arrogance…

— Prends ma maison, prends mes biens, tue-moi si tu le veux mais je ne reviendrai pas sur ce que je t'ai dit, ajouta-t-il.

Et il sut qu'il avait gagné quand Azzedine, après un long silence, dit aux deux hommes qui se tenaient à ses côtés :

— Qu'il s'en aille, reconduisez-le chez lui !

Ses yeux furent de nouveau bandés. Avant de se retrouver devant sa demeure, il marcha au travers de ce labyrinthe qu'il avait traversé deux heures plus tôt. Il savait que cette grâce qu'il avait obtenue pourrait lui être reprise, que celui qui l'avait laissé partir reviendrait peut-être sur sa décision. Il sut qu'il lui fallait quitter au plus vite la Casbah, cette citadelle protectrice, pour lui comme pour ses ancêtres. Hâtivement, il réunit le nécessaire pour le grand voyage qu'il allait faire, fit ses adieux à ses domestiques, serra contre lui la vieille nourrice des enfants qui gémissait. Muni d'une simple valise il se dirigea au travers des rues vers le port rejoindre ceux qui, de plus en plus nombreux, s'entassaient sur les quais, entamant comme lui leur exil.

* * *

Renaud épousa Belle juste avant de recevoir la nouvelle de son affectation en métropole. Il avait maintenant le sentiment d'avoir été cruellement joué. Il ne se passait pas de nuit sans qu'il soit visité par un cauchemar qui avait trait à la guerre, à celle d'Indochine surtout. Il en sortait fourbu, en proie à des images obsédantes. En particulier il revoyait ceux qui, à Saïgon, s'accrochaient aux camions qui évacuaient la troupe, ceux sur les mains de qui l'on avait frappé à coup de crosses, pour les forcer à lâcher prise… Aux côtés de Belle qui dormait paisiblement, lui revenait comme une ritournelle ce qu'il lui avait dit et qu'elle avait écouté sans mot dire : « Jamais je ne ferai ici ce que j'ai fait en Indochine, plus jamais je n'abandonnerai ceux qui ont cru à ma parole d'officier. »

La présence à son mariage d'un convive inattendu, David Toledano, venu de Tel Aviv, l'avait surpris. Personne ne l'avait revu depuis qu'il avait fait son Alya avec sa famille en 1951, personne sauf Jeanine qui chaque été s'était rendue auprès de ceux qui, pour son grand bonheur, la considéraient comme leur aïeule.

— Il est venu conseiller les gens de l'OAS, avait murmuré Belle, j'en suis persuadée. Les Israéliens ne voient pas d'un bon œil la création d'un nouvel état musulman, autrement dit un ennemi supplémentaire. Je m'en réjouis car ils en connaissent un brin, en matière de guerre secrète et de terrorisme, plus que tous ceux qui, ici et en France, ne sont souvent que des amateurs… Courageux, certes, mais qui se font vite épingler, comme par exemple Geneviève.

Elle avait en tête l'arrestation quelques mois plus tôt d'une amie par ceux que l'on avait surnommés les barbouzes. Ils avaient commencé par la torturer pour très vite la relâcher quand ils avaient pris conscience de la notoriété de son époux.

— Cette impétueuse et imprudente Geneviève ! avait-elle poursuivi. Mais je pense aussi à tous les petits, les sans-grade dont le sort a été plus tragique, à ceux qui sont portés disparus et dont en fait les corps reposent Dieu sait où. À ceux qui sont dans la clandestinité, et dont on n'a aucune nouvelle, à ceux au sort desquels Mohammed Duval, notre cher archevêque, ne s'est pas intéressé.

Même s'il le comprenait, il ne pouvait approuver ce vaste mouvement de refus qu'était l'OAS. Il évitait de le dire aux membres de la famille où il était entré. Il soupçonnait fort Edmond d'en faire partie, en raison des propos mystérieux qu'il tenait. Il en avait été certain quand son nouveau cousin lui avait confié qu'il se battait de nouveau pour la France.

Il soupçonnait aussi Belle d'avoir des activités clandestines. Elle restait très mystérieuse quant à ces inconnus que certaines nuits elle avait hébergés, tel ce garçon venu de Bordeaux qui prétendait être là en vacances, dans cet Alger à feu et à sang… Ou encore tel cet officier qui disait avoir démissionné de l'armée…

Et ses appréhensions s'étaient trouvées confirmées cette nuit où des gardes mobiles avaient envahi l'appartement et emmené Belle, menottée ; une Belle qui avait été rapidement libérée car il n'y avait rien de majeur à lui reprocher, une Belle exaltée qui lui avait déclaré :

— Je sais maintenant ce que ceux du FLN, je parle des vrais combattants, ont subi toutes ces sept dernières années ! Je me dis qu'il est juste au fond que nous les pieds-noirs partagions leurs souffrances d'alors. Nous sommes tous d'ici après tout, différents, mais avec un amour égal pour cette terre où nous sommes tous nés.

Puis elle s'était tue longuement avant de lui révéler, d'une voix blanche, ce qu'il redoutait :

— Edmond a été arrêté, la même nuit que moi, mais je n'étais que du menu fretin, quand lui est un très gros poisson. J'aimerais savoir qui nous a dénoncés !

On était venu chercher son oncle avant la levée du couvre-feu en déployant dans la rue des forces sans commune mesure avec le danger qu'il était censé représenter. Il n'avait pas cherché à fuir. Il avait simplement pesté intérieurement d'être resté ce soir-là auprès des siens alors que, par précaution, il passait la plupart de ses nuits dans une cachette aménagée dans son garage.

— Rassure-toi, avait-il lancé à Marinette avant de partir, ça va s'arranger ! Et vous les enfants, rappelez-vous que vous aurez vu comment que la France elle récompense votre père qu'il a aidé à la venue des Américains en 42 et qu'il a ensuite fait la guerre jusqu'en Allemagne !

Avant, mais gêné par ses menottes, de faire un doigt d'honneur…

David était arrivé peu après et avait tenté de rassurer chacun en promettant d'intervenir, tout en sachant qu'il ne pourrait rien tenter, car comme il l'avait dit à Jeanine :

— Maintenant, ici, c'est arbitraire et compagnie. On arrête, on met en prison sur des dénonciations, sans les vérifier. Encore heureux que c'est les forces officielles qu'elles ont arrêté Edmond, mieux que quand c'est les barbouzes, parce qu'alors on peut craindre n'importe quoi avec ceux-là. Ils sont encore actifs malgré la strounga à la villa Sésini, la nuit du réveillon. Y avait là que des Chinois il paraît. Tu te demandes qui c'est qui l'a dénoncé Edmond, mais à quoi ça sert ? Il y a des jaloux, il y a des maniaques, il y a ceux qui le font parce qu'on les menace. De toute façon Edmond il est à Maison-Carrée et j'ai appris qu'ils vont le transférer en métropole !

L'arrestation d'Edmond emporta la décision que, depuis un long moment maintenant, Renaud hésitait à prendre : démissionner de l'armée. David, à qui il s'ouvrit de sa décision, organisa son départ pour un maquis de l'Ouarsenis. Si Belle ne dit rien, son regard lui signifia par contre combien elle l'approuvait…

* * *

La ville était maintenant divisée en quartiers ennemis. Chaque communauté se retranchait dans le sien. Il ne valait mieux pas se hasarder n'importe où, ce qui amena Suzanne à se soucier du sort de Françoise Escobar, qui vivait dans la Casbah. Aussi se rendit-elle au lycée Fromentin où elle pensait pouvoir la trouver.

— Elle vient juste d'assurer un cours qui se termine à 10 h 30 ! lui fit-on savoir quand elle fut sur place.

Elle s'arma de patience, heureuse de retrouver le cadre où elle avait étudié, puis travaillé pendant la guerre. Elle attendit plus d'une heure avant de voir arriver son ancien professeur. Elle fut effrayée de son air accablé, des rides profondes sur son visage, des nombreux cheveux blancs dans son épaisse chevelure, qu'elle ne semblait plus avoir teinte au henné depuis longtemps.

— Oh, je suis heureuse de vous rencontrer, ma petite Suzy, dit-elle à Suzanne tout en s'efforçant de lui adresser un pauvre sourire.

— Je m'inquiète pour vous et votre famille qui vivez dans la Casbah. Je voulais vous proposer de venir vivre chez nous. Il y a de la place depuis le départ de mes beaux-parents et de ma fille en France. El biar, pour le moment du moins, reste à peu près sûr !

— C'est gentil à vous, mais vous savez nous sommes hébergés maintenant chez un ami de mon mari. Nos voisins musulmans nous avaient prévenus du danger que nous courrions si nous restions chez nous.

— Bien, mais n'hésitez pas à me contacter si nécessaire !

— Certainement ma petite, mais vous savez, quoi qu'il arrive, je resterai à Alger. Mon fils Diego est dans la clandestinité, Dieu sait où, et je ne partirai pas en métropole sans lui !

Ces mots pétrifièrent Suzanne qui jusque-là n'avait pas voulu penser à un départ. Elle se refusait également à songer au sort de tous ceux dont on disait qu'ils n'étaient plus à Alger, tel Renaud porté déserteur et dont Belle n'avait plus de nouvelles. Elle ne s'interrogeait pas davantage sur leur destination, l'Hexagone, l'étranger ou bien ces mystérieux maquis dans le bled. À moins, et là son esprit se refusait à envisager cette issue, que leurs corps ne gisent au fond de la baie, celui d'un oued ou dans quelque charnier.

* * *

— Eh bien, mon petit c'est toi qui vas m'escorter jusqu'à Marseille ? avait dit Julie à Bruno. Me servir de chaperon ? avait-elle ajouté en riant, comme il l'aidait à s'installer dans leur cabine du *Ville d'Oran*.

Il ne savait quoi lui répondre. Il ressentait lui-même tant de tristesse devant le spectacle de sa ville devenue folle. Il en avait oublié son appréhension lorsque ses parents lui avaient demandé d'accompagner son arrière-grand-mère dans ce voyage vers l'exil.

— Tu sauras lui apporter des soins si elle est malade et je te préparerai une petite trousse d'urgence pour le cas où… avait dit son père.

« Le cas où quoi ? » s'était demandé Bruno. Tant de fois chacun avait vanté l'excellente, l'exemplaire santé de celle qui, cette année 1962, venait de fêter son centenaire.

— Oh tu sais, mon petit roi, tu sauras mieux prendre soin de moi que ta grand-mère Rose, qui est trop sensible, ou que ta grand-tante, avec son sale caractère. Quant à tes parents, il faut bien qu'ils restent encore un peu pour organiser leur déménagement.

Quand elle l'appelait « son petit roi », comme elle venait de le faire, le cœur de Bruno fondait. Il n'y avait qu'elle qui l'appelait ainsi. Elle l'avait toujours fait, d'aussi loin qu'il s'en souvienne ; quand il allait coucher chez elle, petit garçon ; quand il passait des vacances à Fort-de-l'Eau ; quand elle caressait son front brûlant lorsque, terrassé par une angine, elle venait à son chevet…

Le *Ville d'Oran* venait de franchir la passe et Julie se reposait dans sa cabine. Ce grand départ et ses préparatifs avaient néanmoins été laborieux, se disait Bruno qui contemplait la côte qui s'éloignait. Dans la baie évoluait un yacht. « Son propriétaire fait-il la même chose que ce que Papa se propose de faire ? Rejoindre l'Europe, avec Maman, sur son voilier, comme il l'a fait en 41 ? »

Il éprouvait un sentiment étrange, celui d'un soulagement à voir se fondre sur l'horizon cette terre dont ne lui revenaient que des images sanglantes. Il revoyait celles de cet hôpital de guerre qu'était devenu Mustapha, quand à côté de lui quelqu'un éclata en sanglots, avant de dire :

— Ça y est, on ne voit plus rien de chez nous !

C'était une jeune femme, seule avec deux petits garçons qui jouaient à se poursuivre, ce qui la fit se reprendre et crier :

— Les enfants, ça suffit. Vous n'allez pas en plus tomber à l'eau ! puis se tournant vers Bruno : Ah ! monsieur quelle misère ! On est de Rovigo mais comme ça devenait dangereux on est partis… Ils ont massacré des voisins à nous et puis maintenant ils s'en prennent aux pauvres harkis ! Mais mon mari, il y est encore. Il essaye de vendre notre épicerie aux Arabes. On n'a rien d'autre et personne il nous attend en métropole ! Et ça me fait du souci de le savoir là-bas.

Il continua de l'écouter, chercha des paroles consolantes. Il trouva à lui dire que peut-être ses petits seraient heureux de découvrir la France, ce qui lui valut de la part de la femme un : « Ça m'étonnerait ! »

Le paquebot était maintenant en pleine mer. Il descendit dans la cabine où Julie s'était allongée sur la couchette. « Elle doit être bien lasse, se dit-il. Je ne l'ai jamais vue assise que sur des chaises ! »

— Il y a beaucoup de monde à bord ?

— On est plus de deux mille, il paraît…

Il la regarda. Assise bien droite contre un oreiller, ses cheveux blancs soigneusement tirés en arrière, elle polissait avec un mouchoir la louche d'argent de l'aïeul Eléazar, que Suzanne lui avait confiée.

— Tu as l'air bien abattu, mon petit ! Allons, allons, il faut faire face ! Et ne pas nous sentir coupables ! Il paraît que nous méritons ce qui nous arrive parce que nous avons exploité les musulmans… Certains l'ont fait c'est sûr… Et puis il y a eu aussi tous ces gouvernements successifs qui ne leur donnaient pas les mêmes droits qu'à nous, les Européens. C'est sûr ! Mon cher Armand le répétait, mais qui l'écoutait ? Pas ces messieurs de Paris malgré leurs belles paroles. Pourtant on a été nombreux à tâcher d'atténuer les misères, comme on le pouvait. Car il y en avait du malheur ! J'ai pu le constater dans le Sud et en Kabylie !

Elle s'exprimait avec calme. Elle restait comme il l'avait toujours connue, celle dont, en dernier recours, chacun prenait l'avis, même la tante Estelle qui pourtant en redémontrait à chacun.

— Tu regardes la louche ! Ta mère m'a demandé de l'emmener et d'en prendre soin. Elle la tenait d'Estelle avant qu'elle ne passe entre mes mains, celles de ma sœur Louise et, il y a plus d'un siècle, celles de la pauvre Mathilde. Elle témoigne de l'histoire de notre famille et aussi de celle de l'Algérie, qui ne sera bientôt plus française… Elle reprend, après plus d'un siècle, le chemin qu'elle avait fait autrefois, dans les bagages des Maureuil. Tu devras veiller sur elle plus tard et raconter son histoire à tes enfants, quand tu en auras.

Elle resta un moment de nouveau silencieuse, avant de conclure :

— Allons, trêve de jérémiades ! Tu sais, je suis heureuse de voyager de nouveau, de revoir la métropole, moi à qui ton père l'interdisait, à cause de ma tension… Ce qui compte, mon petit roi, quand on sera tous là-bas, c'est de nous montrer des pionniers dans ce vieux pays qu'est la France. Même si elle nous a toujours considérés comme de la mauvaise herbe… Mais la mauvaise herbe on peut la faucher, la brûler, elle repousse toujours ! Nous lui apporterons de la vigueur à la France, comme nos ancêtres en ont donné à cette Algérie d'où le bateau nous emporte… et si nous faisons aussi bien qu'eux, nous pourrons être fiers de nous !

Impression CPI Bussière en mars 2022
Éditions Albin Michel
22, rue Huyghens, 75014 Paris
www.albin-michel.fr
ISBN : 978-2-226-47419-3
N° d'édition : 24987/01 – N° d'impression : 2063617
Dépôt légal : avril 2022
Imprimé en France

SUITE ALGÉRIENNE